旧曾谙

旧曾谙

上册

吉祥夜 著

青岛出版集团 | 青岛出版社

图书在版编目（CIP）数据

旧曾谙/吉祥夜著. —青岛：青岛出版社, 2023. 6
ISBN 978-7-5736-1078-2

Ⅰ.①旧… Ⅱ.①吉… Ⅲ.①长篇小说—中国—当代 Ⅳ.①I247.5

中国国家版本馆CIP数据核字（2023）第059815号

JIU CENG AN

书　　名	旧曾谙	
作　　者	吉祥夜	
出版发行	青岛出版社（青岛市崂山区海尔路182号）	
本社网址	http://www.qdpub.com	
邮购电话	18613853563	
责任编辑	郭红霞	
特约编辑	杨婉莹	
校　　对	宋　芸	
装帧设计	千　千	
照　　排	千　千	
印　　刷	三河市良远印务有限公司	
出版日期	2023年6月第1版　2023年6月第1次印刷	
开　　本	32开（880mm×1230mm）	
印　　张	16.5	
字　　数	425千	
书　　号	ISBN 978-7-5736-1078-2	
定　　价	65.00元（全2册）	

编校印装质量、盗版监督服务电话 4006532017　0532-68068050

目录

上册

目录

下册

第一章
红绳圈和小银铃

在宋河生的眼里，陈一墨自他们第一次见面时起就是不同的。

初见陈一墨时，宋河生才八岁。放学回来后，宋河生便见邻居陈婶领着一个小姑娘，眉开眼笑地往家里去了。

小姑娘看起来只有四五岁，生得白白净净的，一双眼睛黑漆漆的，睁得大大的，四处乱看。她因个子不够高，被陈婶牵着手腕时，就跟一只被拎着的瘦脚鸡似的，两条腿忙个不停。

她的手腕很细，木柴棍儿一样，仿佛陈婶再用力些就能把它拧断。

他走近了才发现，她的手腕上还系着一根红色的绳子，褪了色的绳子上好似蒙着一层白灰。

他的眼中便只剩下这白白的手腕和褪了色的红绳了，它们晃啊晃的，晃得他的眼神恍惚起来，直到陈婶的笑声响起。

"墨囡，叫哥哥！河生，她是婶子家的小囡囡，叫陈一墨，以后就是你的妹妹了，你要护着她呀！"陈婶笑道。

"哦！"他用力地点着头，一时也不知道陈婶家怎么多了一个小囡。

"哥哥……"小女孩轻声叫他，声音小得他几乎听不见。喊完之后，小女孩便躲到了陈婶身后，只探出一颗小脑袋看着他，黑眼珠骨碌碌地转。

小女孩那模样活像被陈婶拎住翅膀的小鸡。

那一刻他就下定决心，拍着自己尚不宽厚的胸膛，十分豪气地说道："陈婶放心！我一定护着妹妹！"

后来他才知道，陈一墨是陈叔、陈婶从福利院里领养回来的女儿，虽然看起来个头小，但已经六岁了。

这个年纪的孩子原本不是陈叔、陈婶想要领养的。他俩结婚多年还没孩子，领养孩子的话，自然是领养年龄小的更好，这样孩子没什么记忆，能养得跟亲生的差不多。可这孩子实在是生得好看又乖巧，就得了陈婶的喜爱，陈婶便办了领养手续。

陈叔夫妻俩都不是文化人，想不出好名字，于是拜托附近小学里的老师给孩子起名儿。老师看了这孩子的照片之后，只说了一句："好一个灵透的孩子，眸若点墨！就叫'陈一墨'吧？"

陈一墨！陈婶觉得这名字念着好听，也果真有些墨水的意味，欣喜地感谢老师之后，便给孩子上户口去了。

宋河生听着爸妈的唠叨猛扒着饭，狼吞虎咽地吃完，摸摸口袋，里面还有第二天的早饭钱，抹抹嘴，离开餐桌就要往外跑。

"河生！你瞎跑什么？作业写完了？"母亲将筷子一放，咆哮道。

"我去买作业本。"他摸着脑袋，嘀咕了一句，不等母亲说话，拔腿就奔出了家门。

他的身后传来母亲的声音："这臭小子……"

母亲后来还骂了什么，他就听不见了。

他一口气跑到了小卖部，捏紧手里的两块钱，盯着小卖部的货柜里的东西，内心挣扎。他原本打算花一块钱给陈一墨买几块糖的，可售价为两块钱的那种巧克力看起来就很高档，他认为她一定爱吃，街口的小饭馆的老板冯叔家的胖丫就爱吃！但是，买了巧克力他明早吃什么呢？

他犹豫再三，终于响亮地喊了一声："老板，我买这个巧克力！"

他攥紧了那块小小的巧克力往陈叔家跑，一边跑一边念着陈一墨的名字，越念越觉得好听。八岁的小男孩第一次有些忧伤，为什么当初他的爸妈不找一个老师给他起名儿呢？河生河生，只因他妈妈在运河边洗菜时突然见红了，回来就生了他！

他跑过了小饭馆，胖丫扭着圆滚滚的身体追着他喊："河生哥，你要跑到哪儿去？"

他没理她。胖丫受身体影响，实在跑不过他，便跺了跺脚，没追了。

他一口气跑到陈叔家门口，却听见里面传来了陈婶的斥责声："把你那条破绳子取了！戴这个！这可是我花了大价钱专门给你打的！"

他虽然没听到陈一墨的声音，但是躲在门外，完全能想象出陈一墨的样子——她一定低着头，像一只受了惊的兔子，漆黑的眼睛里满是慌张之色。

"墨囡，你现在是我们家的孩子了，要听我们的话，知道吗？不是爸爸妈妈把你带回来，你能有家？你能有爸爸妈妈？"

他看不到陈叔家里发生了什么事，然而很快，一条红绳被扔了出来，里面传来银铃发出的响声。

"这就对了，乖孩子，你姓陈，叫陈一墨。我们是你的爸爸、妈妈，也是为了你好，你看你这么瘦，爸爸妈妈心疼，才给你打了这个带铃铛的手镯，它能保佑你健健康康地长大。"

宋河生没有进去，只是悄悄地拾起了那条红绳，跑到树后将它藏了起来，琢磨着能不能偷偷见一见陈一墨，然后把红绳和巧克力一起给她。

机会还真来了。

他等了一个多小时，小小的陈一墨提着垃圾出来了。她换了衣裳，穿着一件崭新的花布衬衫，衣服有些大，愈加显得她瘦小了。

她不去扔垃圾，只在她家门口弯着腰、转着圈地找东西。

他走上前去，摊开手，问道："你是在找这个吗？"

她眼睛一亮，可是转瞬又黯淡下去了，细而白的牙齿咬住了唇。

"这个也给你。"他把巧克力和红绳一起递给她，说道。

她却只是睁大了眼睛，怯生生地看着他。

他牵住了她的左手，她手腕上的铃铛发出一阵清脆的声响，他说："拿着吧，这个很好吃的。"

他将巧克力和红绳都交给了她。

她低着头，紧紧地咬着嘴唇，不说话，泪珠却一颗一颗地落了下来，打在了她的跑鞋上。

"墨囡……"他手忙脚乱的，不知该怎么办。

突然开始下雨了，雨点稀稀拉拉的，有那么两三滴落在了他的脸上。

雨滴倒是给了他借口，他抢过她手中的垃圾，慌慌张张地说道："下雨了，你赶紧回去吧，我去帮你扔垃圾。"

他刚想跑，衣服的下摆就被一只小手抓住了。

他回头，看见的是她湿漉漉的眼睛里流露出来的怯意。

"哥哥，这个给你。"她抽出那条红绳，说道。

他有些不明白，她不是在找这个东西吗，为什么又要将它给他？

他傻乎乎地将红绳接过来，只听她哀求道："哥哥，你可以帮我把它藏起来，保护它吗？"

他终于明白了，陈婶是不准她戴这个的，她这是对他委以重任呢！

他用力地点头，说道："当然可以！我一定会保护好它的！绳在人在！绳亡人亡！"

她还小，虽然不懂他说的那些话是什么意思，却知道他愿意帮自己。她想笑，泪珠却又滚落下来。

她连忙用手背擦去脸上的泪珠，说道："这是我妈妈给我戴在手上的。"

"你妈妈呢？"他问。

她神情黯然地摇了摇头。

"那她叫什么名字？"他又问。

她默然良久，指了指陈家，说道："我姓陈，爸爸叫陈亮，妈妈叫付英英。"

他愕然。

"哥哥，谢谢你，我回去了。"她挺直小小的身板往回走，手里捏着他给的巧克力。

他愣了好一会儿，才记起还没告诉她自己的名字，于是连忙冲着她的背影喊道："墨囡，我叫宋河生！我妈生我前在运河边，我的名字很好记！"

陈一墨在陈家还是过了一段好日子的。

陈家不富裕，陈亮和付英英都在服装厂上班，每个月领着不多的固定工资，再加上付英英勤俭持家，空闲时间还从厂里领衣服回来缝扣子，所以日子过得倒还算宽松。

夫妻俩结婚多年没孩子，想孩子都快想疯了，如今得了个闺女，父爱、母爱泛滥，对陈一墨是打心眼儿里疼，成天"我们墨囡""我们墨囡"地说着。

付英英在厂里是做缝纫工作的，充分发挥自己的特长，给陈一墨做了好些漂亮的衣服和裙子，家里的吃食她也是优先让陈一墨吃。

陈一墨虽然年纪小，却极为懂事，在吃穿方面很懂得分寸，而且非常勤快。

街道里像陈一墨这么大的孩子基本上只会傻吃、傻玩，陈一墨却从来不出来跟他们一块儿玩。

大家都知道陈家多了个小囡，有好奇者会来陈家门口找她，唤她出去与他们一起玩捉迷藏之类的游戏，她都摇头。

她拒绝的次数一多，人家也就不叫她了。

陈一墨不合群。

可是，她没闲着。她从不睡懒觉，陈家夫妻上班以后，她就举着比她还高的扫帚，把家里仔仔细细地扫一遍，再把爸爸妈妈换下来的衣服洗了。

她人小，才六岁，做什么事都很慢，也很吃力。

她学着洗衣服时，倒是把自己身上的衣服都弄得湿透了，好不容易洗完，也没力气拧干，就将衣服湿淋淋地挂到晾衣杆上。

从水龙头到晾衣杆的距离对六岁的她来说，是没办法让她端着装满衣服的脸盆走过去的。她只能慢慢挪，像她曾经看过的蚂蚁搬食一样，一点儿一点儿地挪，总能挪到的。

她那么矮，够不着晾衣杆，便架了两张凳子，站在上面摇摇晃晃的，手腕上的银铃随着她的动作发出清脆的声音，看的人、听的人都难免揪心。

有一回，宋河生没去上学，来找她，正好看见她在晾衣服，被吓得大喊一声："墨囡，小心！"

他不喊便罢了，这一喊反而惊了她，凳子一歪，只听铃声一顿乱响，她瘦瘦小小的身体跟他去年放过的风筝似的栽倒下来。

他的心像被火烤着一样，他恨不得飞过去。

等到他跑到她身边时，她已经爬起来了，正在手忙脚乱地捡衣服。

他那会儿不太懂事，没想过问她是不是摔疼了、有没有伤着，只知道自己闯了祸，挠挠头，蹲下来帮她捡衣服。此时他才发现，她的手腕被擦破了皮，正冒着血珠。

"哎！你……"他指着她的手，结结巴巴的，话也说不清楚了。

她却随手把血一抹，冷静得不像一个孩子，然后弯着腰，吃力地端着脸盆，要去重新洗衣服。

他看着她的背影，觉得她像一只又瘦又小的虾米。她身上的衣服湿了，贴在她的身上，脊椎骨都凸显出来了。

他说不上来为什么，心里难受得很，一种为她打抱不平的想法直往脑门儿冲。他冲上去，抢过她手中的脸盆，气恼地问："你为什么要做这些事？"

陈一墨抿着唇不说话，只是伸手来抢脸盆。

他也犯犟，不让她将脸盆抢走，心中气愤难消，问道："是陈婶要你做的吗？"街上像他们这么大的孩子，没几个人做这些活儿，顶多帮忙扔一下垃圾什么的。像他，都八岁了，还啥事都不用干。在他看来，只有故事里灰姑娘的后妈那样的人才会让孩子做家务。陈一墨刚好不是陈婶亲生的。

听他这样问，陈一墨这才赶紧摇头，表情是他熟悉的慌乱样子。

"不是，你别胡说！"陈一墨说道。

"那你为什么要做这些事？！"他声声逼问，显然她若不说实话，他就不会把脸盆还给她。

她咬了半天嘴唇，眼睛里浮起雾气，说道："杨妈妈要我乖乖的，听爸爸妈妈的话，孝顺爸爸妈妈。"

"杨妈妈是谁？"他越听越糊涂了，问道。

"杨妈妈就是……"她吞咽了一下唾沫，顺便把眼睛里的泪水忍了回去，回道，"是福利院里的妈妈。"

他似乎有些明白了。

她的眼睛里又有了雾气，柔嫩的小嘴撇了撇，声音更小了，跟蚊子哼哼似的，她说："河生哥，是不是我不听话的话，爸爸妈妈就又会不要我了？"

宋河生不知道该怎么回答，只知道自己的眼睛酸得厉害。这种感觉让他难受得要命，他爸拿扁担揍他时，他都没这么难过。

陈一墨的眼里水润润的，她露出一副"我就知道是这样"的表情，抢回了脸盆。

他一把将脸盆抢了回来，又说道："那有什么？要是陈叔、陈婶不要你了，你就到我家去，我把我的爸爸妈妈分给你！"

陈一墨看着他，眼睛里的水珠终于滚落下来了。半晌，她摇摇头，说道："别闹，我洗完衣服后还要给爸爸妈妈煮面。他们就要回来吃午饭了。"

"你别哭啊！"八岁的宋河生不明白她为什么哭，只当是陈叔、陈婶要回来了，她还没做完家务，没准儿要挨陈婶的骂，就像他没做完作业就会被妈妈骂一样。于是他抱紧了脸盆，说道："那我帮你洗衣服，你快去煮面吧。"

她想了一会儿后同意了，便撒手往厨房里去了。

"你每天都做这么多事吗？"他追着她的背影问。

她点了点头。

她每天都把自己能看到的事帮爸爸妈妈做了。上午就是这些，下午她会缝扣子，然后煮晚饭。

她第一次把煮好的面捧给爸爸妈妈吃的时候，妈妈可高兴了，抱着她亲了又亲，夸奖她是"妈妈的小棉袄"。

她喜欢这种感觉，在妈妈的怀里悄悄地松了一口气。虽然煮面的时候，她不小心把热汤洒在了身上，肚子被烫红了一大片，但她一点儿也不觉得疼。

于是她又跟着妈妈学缝扣子。她虽然小，但是手指灵活，又用心，所以学得很快，妈妈再一次夸赞了她。

她照着杨妈妈说的那样，做妈妈的好小囡，这样妈妈就会一直喜欢她了。

可惜，她现在只会煮饭，还不会炒菜。等她学会炒菜了，妈妈就会更喜欢她了。

"墨囡!"宋河生放下脸盆追过来,拉着她的小手说道,"以后我帮你,这些活儿你都等着我放学回来后帮你做!"

她惊讶地睁着一双乌黑的眼睛看着他,没有说话。

他以为她不相信,于是很有气度地拍着自己的胸脯,说道:"放心!我比你大,什么都会做,而且比你做得好!"

陈一墨自然是不会等他放学回来后帮她的,他要上学,等他回来后什么事都被耽搁了。当然,这不是最重要的原因,最重要的原因是,她从来就没想过要等谁来帮她。她的面前是一个陌生的世界,她面对的是一群陌生的人,就像一只闯入未知空间的小动物,小心翼翼地朝这个世界探着爪子。她防备着这个世界上的每一个人,却又期待着与他人亲密,获得她渴望的温情。

陈家人待她算得上宠爱,尤其见她小小年纪就如此懂事,愈加觉得自家这个闺女领养得称心。

这样的日子持续了一年。

一年之后,陈一墨到了上小学的年纪,付英英给她买了新的小书包、漂亮的文具盒,铅笔成打地买给她。

陈一墨摸着崭新的文具,心里对陈家爸妈无比感激——她终于有一个真正属于她的家了。

就在她正式上学的前一天,一个喜讯从天而降——婚后多年未怀孕的付英英怀孕了!

那会儿陈一墨正在家里做饭。一年内,她已经学会炒几道简单的菜了,尤其是西红柿炒蛋,做得格外好吃。

她寻思着昨天才吃了西红柿炒蛋,要不今天就做西红柿鸡蛋汤吧!门一响,爸爸妈妈的笑声就传了进来。

这还是她第一次听见爸爸这么笑呢!

陈亮为人老实,沉默寡言,脾气极好,从不与人生气,即使有大喜之事,也只是挠挠头、露露牙,而今天让他这样开怀大笑的原因是——他终于有真正属于自己的后代了！虽然他的后代还只是付英英的肚子里那性别未知的"小黄豆"。

最初听到这个消息的时候，陈一墨是有些慌乱的。她怕，怕爸爸妈妈有了自己的孩子后会嫌弃她。可是，那天晚上，付英英笑眯眯地把她搂在怀里，拍着她瘦削的背，说道："咱们墨囡就是有福气，墨囡一来就把小弟弟带来了！墨囡以后要疼弟弟呀！"

紧绷了一天的心弦总算松了下来，陈一墨偎在妈妈的怀里用力地点头。会的！她一定会好好爱弟弟的！弟弟呀！光是这个称呼就让她觉得欢喜了，在这个世界上，她又多了一个亲人！

陈家的好消息很快被传遍了河坊街，陈一墨只觉得走在路上时人人看着她，有人笑，有人叹息，有人好奇，更有相熟的人凑到她的面前来打趣："墨囡，你妈妈有弟弟了，就不喜欢你了。"

她背着她的小书包，一句话也不说，低着头，咬着唇，越走越快，快到后来跟她一起放学回家的宋河生和胖丫都要小跑才能追上她了。

"墨囡！墨囡！"

陈一墨听见这呼喊后却跑得更快了，书包里的文具盒响个不停，她怎么也甩不掉身后的宋河生。

"墨囡！"宋河生追上陈一墨是一件轻松的事，他按住了她瘦削的肩膀，逼着小小的她和他面对面地站着。

他生怕她哭。在他的印象里，女孩子都爱哭，动不动就掉眼泪，可是，面对陈一墨时，他才知道自己错了。陈一墨的眼睛里一点儿泪花也没有，黑漆漆的眼珠暗沉沉的，像下雨前的乌云，又像冬天里的铁，冷冷的、硬硬的。

他的心里难受极了。

"墨……墨囡。"

他的话还没说完，胖丫就追上来了，可怜她跑得上气不接下气，鼻子里的鼻涕也没顾得上擦。

"墨囡，"胖丫喘着气，用袖子在鼻子上一抹，问道，"墨囡，你妈妈真的会不要你的，我妈也这么说了，到时候你怎么办？"

陈一墨一直咬着唇，都将其咬成白色的了。

宋河生发现陈一墨小小的身躯在颤抖，刚要维护她，就听见她大声说道："不会！不会！我妈妈不会！"说罢，她便用力地推开胖丫，往家跑去。

胖丫一边喘气，一边问宋河生："河生哥，你说墨囡要是回了福利院，是不是就不能和我们一起上学了？"

宋河生的心里难受到了极点。陈一墨跑动的时候，手腕上的银铃发出的声音第一次让他觉得心烦意乱，还有她身上那宽大的衣服，裹着她瘦小的身体，飘飘忽忽的，好像她随时都会被风吹走一样。

他突然吼道："上一边待着去！再胡说八道小心我揍你！"

胖丫是家里的宝贝，从来没被人这样凶过，又气又怕，"哇"的一声大哭起来，边哭边说道："你……你……你欺负我！我告诉我爸爸去！"

"要滚就快滚！"宋河生心里烦着呢，语气恶劣地吼道。

胖丫怕真的挨揍，一边哭一边往她家的饭店跑，并说道："我要告诉我爸爸！你打我！你坏死了！我讨厌你，也讨厌陈一墨！"

宋河生没工夫听她啰唆，追陈一墨去了。

陈一墨越跑越快，他忍不住大喊："墨囡！你记住，如果你的爸爸妈妈不喜欢你，你就来我家！"

陈一墨从福利院来到这条街的第二年，第二次听见宋河生说这样的话。可是，她始终固执地相信，不会有这么一天。妈妈说过，她是陈家的福星，是她的福气把弟弟招来的。

然而，又一年过去了，这个信念在她的心里终于有了一丝动摇。

付英英于第二年生了一个白白胖胖的儿子，起名儿陈一鸣。"陈一鸣"这个名字是陈亮自己起的，既从了陈一墨的"一"字，又有"一鸣惊人"的意思。虽然陈亮的文化程度不高，但这个成语他还是知道的，自觉这个名字具有很深的文化气息，走到哪儿都介绍得十分响亮。

那天是陈一鸣的百日宴。

陈亮夫妇老来得子，老早便在餐馆里订了宴席，请了所有的街坊参加儿子的百日宴。

下午四点多的时候，夫妻俩带着儿子准备去餐馆，陈一鸣却大哭起来。

其实陈一鸣今天一直挺闹的，付英英已有些着急，只道孩子又饿了，催着陈亮去给儿子冲奶粉。

陈亮却在收拾东西，孩子一哭，手忙脚乱的，东西掉在了地上，连奶粉罐也掉了。

付英英发火了，抱着正在哭闹的孩子，大声训斥起了陈亮，而陈一墨就在这时放学回来了。

一看这种情况，陈一墨就知道发生了什么事，放下书包后麻利地拾起地上的奶粉罐，说道："妈，我去给弟弟冲奶粉。"

这些事她都做习惯了。妈妈自从生了弟弟就在家里休息，爸爸要上班，她一有时间就帮着妈妈带弟弟。

陈一鸣哭得嗓子都哑了，小脸涨得通红，付英英着急，不断地催着陈一墨快点儿。

陈一墨手一抖，开水溅出来烫到了自己的手。

她默默地把手往回一缩，一声也没吭，继续兑水，身后的付英英还在催："你快点儿，磨磨蹭蹭的，一个个的只会吃饭，一点儿忙也帮不上！"

陈一墨没说话，迅速把奶粉冲好并摇匀了，拿去给付英英喂弟弟喝。交接奶瓶时，陈一鸣的小手正在胡乱地挥舞，陈一墨以为妈妈已经将奶瓶拿稳了，便松了手，不料，"啪"的一声，奶瓶被弟弟打到了地上。

"呀！"她一阵惊慌，正要去捡奶瓶，付英英的巴掌便劈头盖脸地扇了下来。付英英骂道："你是死人吗？奶瓶都拿不好！"

陈一墨的脸很痛。

付英英又气又急的时候，扇下来的巴掌用尽了力气。陈一墨只觉得脸上火辣辣地痛，脑袋里甚至在"嗡嗡"作响。

她顾不得这些，捡起奶瓶就要去将它洗了重新冲奶粉，却被陈亮跨过来一把夺走了奶瓶。

"我去吧！"陈亮说道，语气里透着无奈之意。

陈一墨还没从刚才的那一巴掌回过神，"嗡嗡"的声音好似还没消失，就被付英英用力地戳了一指头。

"还戳在这儿干吗？赶紧收拾东西去！"付英英怒道。

陈一墨反应过来了，默默地把掉在地上的尿布、小衣服等物品收到大包里。

陈亮洗完奶瓶回来，对陈一墨说道："墨囡，去把弟弟的尿片洗了。"

"哦。"说罢，她便小跑着出去了。

她做什么事情都是小跑着去的，怕自己人小、速度慢，怕妈妈着急，怕自己做得不好。

尿片只有两片，她一会儿就洗完了。

她将尿片晾好后回屋时，弟弟已经在喝奶，不哭了。她轻手轻脚的，生怕惊动了弟弟，却在快到家门口的时候听见了爸爸的声音："英英，你打孩子干吗呀？说两句就得了呗。"

付英英天生嗓门儿大。

"我怎么就打不得？我领回来的人，吃我的、穿我的，还不让我打了？"付英英说道。

陈一墨停住脚步，躲在了一边。

　　"墨囡毕竟还是个孩子，已经够懂事了！你看谁家的孩子有她那么勤快？"陈亮颇不赞同地说道。

　　付英英冷哼了一声，说道："谁家的孩子不是亲生的？她要是我自己生的孩子，我也舍不得让她做事，可她不是！她又不是我的什么人，我供她吃、供她穿，还供她上学，她若不帮忙做事，怎么还我的养育之恩？"

　　若在以前，付英英是绝对不会说这样的话的。没能生个孩子出来是她的耻辱，她在街坊面前都抬不起头来，但现在不一样了，有了儿子底气十足。

　　陈亮动了动嘴唇，不知道该用什么话来反驳，半晌后，只说道："你小声些，别让孩子听见了。"

　　付英英却不以为意地说道："我跟你说，亲生的就是亲生的，连着骨同着血；外面领来的永远是外面领来的，养不熟的！幸好老天爷可怜我们，给了我们一个亲生宝宝！鸣宝，你说是不是？你就是妈妈的宝贝疙瘩！"

　　"别瞎说！"陈亮生怕陈一墨回来后听见，回头看了一眼，庆幸自己什么也没看见。

　　陈一墨缩在墙边，觉得刚才被妈妈打的那一巴掌都不怎么痛了，更痛的是她心口的位置，很痛很痛。

　　进陈家以来，她很少哭。炒菜的时候被油烫时她没哭，现在手上还有几个小疤；晾衣服她不够高，从凳子上摔下来，胳膊被摔出血时她也没哭。弟弟出生以后，妈妈便开始骂她了，开始是几天骂一次，后来天天骂，再后来又骂又打，她都没哭。因为她觉得打和骂并不代表什么，河生哥不也常常被他爸追着打吗？有时候他爸还拿着棍子追他，街道里的好些小孩子也被他们的爸爸妈妈打过。

　　这一刻，她却呆呆的。视线渐渐变得模糊了，终于有温热的泪水滚落下来，她用手一抹，却是凉的。

房间里，妈妈还在继续说："我哪里瞎说了？我们家现在有多难，你不是不知道！我不上班，靠你一个人能挣多少钱？厂里效益又不好，你挣的那点儿工资给咱们鸣宝买奶粉都不够，还要养一个吃白饭的人。她又不是我生的，我凭什么白养着她？"

"可咱们不是把她领回来了吗？她的户口都在咱们家呢，咱们也不能亏待她呀。"

付英英一听这话就更生气了，说道："我怎么亏待她了？我不给她吃还是不给她喝了？我还供她上学呢，怎么就亏待她了？到底谁是你亲生的，你搞清楚！"

陈亮知道自己老婆的脾气，就算给她讲一箩筐的道理她也听不进去，怕吵起来反而让陈一墨听见，于是干脆不说了，眼看着儿子也要喝完奶了，收拾收拾去餐馆吧。

"墨囡！墨囡！"他朝外面喊道，"洗好没有？要去吃饭了！"

"爱去不去，做什么都磨磨蹭蹭的，不去就在家里待着！"付英英生气地说道。

"我……我在这儿！"陈一墨飞快地擦干了眼泪，假装刚跑来的样子，站在门口，却不知道自己该不该去餐馆——妈妈好像并不愿意让她去。

陈亮却提着包，牵着她，低声说道："快去，快去，不然就要迟到了，主人家迟到可不好。"

陈一墨偷偷看了妈妈一眼，并没有在妈妈的脸上看到反对的样子，才确信自己是要去的。于是她伸手去够陈亮手上的大包，小声说："爸爸，我来拿吧。"

"不用你拿，很重！"陈亮牵着她的手，快步走了。

陈一墨跟着爸爸的脚步，脸上被妈妈扇过的地方依然火辣辣地痛。

餐馆里很热闹，一条街的邻居都被请来了，每个人来了之后做的第一件事就是看看陈一鸣。大家都称赞陈一鸣长得好，是个有福气的孩子，把付英英高兴得红光满面。

陈一墨超乎寻常地懂事。她才八岁，跟着付英英两口子参加过几回别人家办的喜宴，就学会了怎么待客。

小小的一个人儿，平时文文静静的，也不爱出门玩，邻居她却都认识，居然懂得如何给客人安排座位。谁跟谁是一家人，谁跟谁坐在一起，哪一席满了，哪一席有空座位，她理得清清楚楚，领着人入座时落落大方，惹得邻居们赞叹不已。

宋河生和他的爸爸妈妈来的时候，陈一墨正站在门口迎客。他大大咧咧地上前跟她打了个招呼，却看见她白净的脸上泛着红，一条血痕从耳根处开始勾出一根细细的线。

他想问她这是怎么回事，她却朝着他们微微一笑，说道："宋叔、宋婶、河生哥，你们来了？请坐这边吧。"

宋河生的父母笑呵呵地夸了她一阵，宋婶便牵着她的手往座位走去，顺便把红包塞给了她。

宋河生没找到机会和她说话，想着这会儿人多，干脆等一下再问吧。

客人多，事也多，陈一墨一时便忘了宋婶塞给她的红包。

等她忙完已经开席了。她是主人，知道自己应该跟爸爸妈妈坐在一起，可是，那一席没有空座位了，爸爸妈妈忙着逗弟弟，笑嘻嘻的，压根儿没注意到她。

"墨囡，来这里！"宋河生叫她。

她想了想，便去了他身边。

宋婶笑得极为亲切，摸着她的头发，说道："今天可把我们墨囡累坏了，多吃点儿！"

宋河生则一个劲儿地往她的碗里夹好吃的菜。

陈一墨腼腆地笑了笑，拿起筷子开始默默地吃。

在长辈面前，她从来不多说话，十分乖巧。

快散席的时候，付英英终于想起了她，把她叫了过去。

"妈妈！"她忙里忙外，又喝了几碗热汤，小脸红扑扑的，她看见弟弟的脸也像红苹果似的，心里十分欢喜。

尽管妈妈待她凶了一些，但她有时候想，也许是因为家里真的穷，妈妈才心情不好。无论如何，都是妈妈把她接到这个家里来的，让她有了一个家，还有了一个这么可爱的弟弟。

付英英却没给她好脸色看，绷着脸对她说道："拿出来！"

"什么？"陈一墨没反应过来，只觉得妈妈看起来又要发怒了。她心里害怕，下意识地往后退了一步。

可是，付英英一巴掌就扇了过来，并骂她："你这个小浑蛋！吃我的、穿我的，还学会偷钱了是吗？"

宴席还没散，所有的宾客看了过来。陈一墨捂着脸，觉得很羞耻，委屈的泪水在眼眶里打转。

在家里，妈妈怎么打她、骂她她都不吭声，可现在是在外面，妈妈还误会她偷钱，她觉得街坊们的眼神快把她的身体戳出洞来了。

她毕竟只是一个八岁的孩子，小嘴一撇，泪珠便大颗大颗地掉了下来。她哭着为自己辩解："我没有偷钱！"

陈亮看了不忍，劝付英英："你也是，回了家再好好问问，非得在外面动手动脚的？"

陈亮不劝还好，一劝更是火上浇油。付英英当即把陈一鸣往陈亮的怀里一塞，揪着陈一墨的衣领就把小小的她提了过来，在她的身上翻找了几下，从她的口袋里翻出了宋婶给她的那个红包。

付英英拿着红包在陈一墨的面前晃了晃，又将一个巴掌扇在了她的脑袋上，尖声训斥道："还狡辩？这是什么？还狡辩吗？你小小年纪，平时看着老老实实的，暗地里却干这下贱的勾当！我是少你吃还是少你穿了？你就是这么报答我们家的？"

付英英一边骂着，一边在陈一墨的身上又打又掐。

陈一墨想忍住不哭，可是哪里受得了这么大的委屈？她忍得抽噎着全身发颤，气儿都不顺了，话也说得断断续续的："我……我……忘……忘了……不……不是……偷……"

在旁边围观的街坊看不下去了，纷纷劝解。宋婶更是过意不去，把陈一墨拉到一旁，对付英英解释道："老陈家的，都怪我，我当时图便利，把红包塞给墨囡了。她还小，一时忘记了也情有可原。"

大家都在劝付英英，付英英脸上过不去，沉着脸狠狠地瞪了陈一墨一眼，说道："总之我接了个小讨债鬼回来！"

宋河生实在忍不住了，如果不是他爹一直揪着他，他早冲出去了！这会儿听了这话，他气得挣脱了他爸的手，说道："陈婶不喜欢墨囡，墨囡就去我家好了！我家就缺一个妹妹！"

"你瞎闹什么？"宋婶瞪着自己的儿子，说道。

宋河生可不管那么多，拉着陈一墨就跑。

陈一墨很轻易地就被拉动了。她犹犹豫豫的，脸上还有红红的掌印，回头一看陈亮两口子，就见陈亮点了点头，示意她先出去玩一会儿，避一避也好。

她便任由宋河生把她拖走了。

她被宋河生拽着，深一脚浅一脚地一直走到河边。

宋河生拉着她，在码头的台阶上坐下，从口袋里掏出几颗糖，递给她，说道："快吃，饿着了吧？"

陈一墨看看他，伸手接了糖，手腕上的银铃微微作响。

她把糖握在手里，不吃，也不出声，只盯着河面。长长的睫毛掩盖着如墨的眼睛，上眼皮上有淡淡的红色痕迹，那是哭过的印记。

宋河生见此，便想起了春天里雨后的桃花。

"墨囡，疼不？"他看着陈一墨红肿的左脸，想伸手摸一摸，又怕碰疼她，于是将伸出去一半的手缩了回来。

陈一墨摇了摇头。她真的没觉得疼，只是脸上麻麻的，有些辣。

"陈婶太过分了！我一定帮你出这口气！"他气得手都握成了拳头，说道。

陈一墨呆滞的表情这才有了变化，她说道："不行！她是我妈妈！你不能打我妈妈！"

宋河生眼珠一转，说道："好，好，好，听你的！那你别难过了，陈婶不喜欢你，我喜欢你！"

陈一墨盯着他，问："你有多喜欢我？"

他该怎么形容呢？

"很多很多！"他看着河流，说道，"比这运河里的水还多！"

他又张开手臂，画了一个大大的圆圈，一个在他的眼中能将整个天空装下的圆圈。

陈一墨的嘴角微微翘起。

"墨囡，看那边！有枇杷！"他指着河边的一处民宅，民宅那青苔斑驳的院墙里有一棵枇杷树，枇杷树的树顶他在院墙外就能看见。圆圆的果子点缀在树上，顶端向阳面的果子已经开始泛黄。

"我去给你摘！"宋河生说道。

说罢，他便一溜烟跑到了院墙下，她都来不及阻止，他就已经爬到了院墙上。

"墨囡，快来！"他坐在院墙上，两只手里已经全是枇杷。他小声地唤她，招手让她过去。

她忙不迭地跑过去，扯起衣服的下摆，把他扔下来的枇杷都接在衣服里，还俯下身去捡掉出来的几颗。

就在这个时候，只听一声怒吼自院子里传来："哪里来的臭小子？竟敢摘枇杷！"

院子里面居然还有狗叫声，甚是吓人。

陈一墨被吓坏了，正要起身，就听见"哎哟"一声，有什么东西重重地砸在了她的身上，把她砸倒在地，两个人叠罗汉似的摔成了一堆。

宋河生赶紧爬起来，唯恐把她压坏了。

"怎样，墨囡？"他将趴在地上那个瘦小的人儿扶起，焦急地问道。

陈一墨表情茫然地看着他，摇摇头，表示自己没事，再低头看着自己的衣服，一衣兜的枇杷都掉在地上了，还被他俩压坏了，枇杷汁全沾在她的衣服上，好好的一件衬衫，被染上了黄色和绿色痕迹。

"人没事就好，枇杷就别管了，下回再来！咱们快跑，怪老头儿可能要追出来了！"他边说边拉住陈一墨的手，企图逃跑。

然而，他话音刚落，就听见狗叫声近了，一道苍老的吼声随即传来："下回还要来？我看你小子胆子不小！站住！不然我就放狗了！"

宋河生立马不敢动了，回身将陈一墨护在身后，只见一个凶巴巴的瘦老头儿站在院门口，穿着一件旧的对襟布衫，同色布裤，两只脚上的千层底布鞋各破了一个洞，两只大脚趾探出了头。

一条大黑狗的脖子上拴着绳子，绳子的另一端在老人的手里。

一人一狗，老头儿面容瘦削，天生一副凶相，此刻板着脸，愈加显得凶神恶煞；那狗和他一样，龇牙咧嘴，凶狠恐怖，"汪汪"叫着，好像要从老头儿的手里挣脱出来。

宋河生不禁暗想：果真是什么人养什么狗！

他其实已经怕得不行，但还是要护着陈一墨！

"枇杷是我摘的！跟我妹妹没有关系！你别欺负我妹妹！"他反手将陈一墨拉到身后，将她小小的身体遮挡起来。

老人冷哼一声，说道："我欺负你妹妹干什么？你们摘了我的枇杷，赔钱就行了！"

"多少钱？"宋河生的底气还是挺足的，他的口袋里还有一块钱。

"这么多，还有掉落在院子里的，"老头儿指了指地上，说道，"怎么也得十块钱！"

"要这么多钱？"宋河生虽然不懂行情，但也不傻，从口袋里掏出仅有的一块钱递出去，说道，"我只有一块钱，剩下的九块钱分九天给你，一天给你一块钱！"

他寻思着给一块钱他不会吃亏，至于那些枇杷值不值十块钱，等他回去打听后再说。

老头儿把一块钱接过去，继续冷哼，说道："不行！必须一次给清！不然就把你妹妹抵押在这里，你回去取钱。"

陈一墨从宋河生的身后钻出来，想要说话，却被他一把捂住了嘴。

"不行！我在这里，我妹妹回去取钱！"说罢，他又小声在陈一墨的耳边说："等会儿你只管回去，不要再来了，我自己有办法跑掉的。"

老头儿见状，连哼了几声，说道："你小子想要花招，还嫩了点儿！既然这样，那你们就别回去了！进来，给我把院子打扫干净，就抵了你们的那九块钱，不然我就告诉你们的家长！"

这个主意不错！

被捂住嘴的陈一墨朝宋河生眨眼睛、点头。

宋河生懂了，一拍胸脯，说道："行！打扫就打扫！我来就行，不许欺负我妹！"说罢，他还哼了一声，自言自语道，"告状精！"

其实他是不怕老头儿告状的，大不了被爸爸揍一顿，可是墨囡本来就已经不讨陈婶喜欢了，他怕墨囡被陈婶打。

他拉着陈一墨往院子里走，经过大黑狗的身边时，还冲它做了个鬼脸，惹得大黑狗"汪汪"直叫。

　　老头儿的院子其实极小，就十平方米左右，但真是又脏又乱，杂草丛生，垃圾遍地，还有狗的便便。

　　老头儿扔下一把大剪刀，说道："把草都剪了！将垃圾捡干净！"

　　陈一墨上前试了一下，那剪刀她提起来都够费劲的！

　　"墨囡！放下！我来！"宋河生抢过大剪刀，指了指一旁的石子路，对陈一墨说道，"你站到那儿去等着！"那石子路上也长了青苔。

　　陈一墨看着宋河生挥着大剪刀开始剪草，他的胳膊还没剪刀长呢，他做起来十分费劲。她默默地拿起一只垃圾篓和一把铁钳，帮着捡垃圾。

　　"墨囡！不用你捡！赶紧站着去！"宋河生还来阻止她。

　　她站直小身板，细声细气地说："我捡垃圾不累，你一个人做不完，太晚回去要挨骂。"

　　他一想也是，陈婶可不就爱骂墨囡吗？他也就只好随她了。

　　两个小家伙累弯了腰，宋河生的手还被磨破了皮，他们才终于把草坪整理干净。此时天上的月亮都快到正中了。

　　"妈呀，累死我了！"宋河生将大剪刀掷下，捶着自己的腰，说道，"我的腰都快累断了！"

　　"小猴崽子哪里来的腰！"老头儿怒吼一声，来验收了。

　　宋河生哼哼唧唧的，第一个反应还是将陈一墨护在自己的身后，他指了指草坪，说道："打扫完了！"

　　"哪里打扫完了？屋子里还没打扫呢！"老头儿板着一张脸，两条花白的眉毛竖成了一个"八"字。

　　宋河生气得跳脚，说道："你只说打扫院子，可没说要打扫屋子！"

　　"我说要打扫就是要打扫！怎么？想要我告诉你们的家长？"

宋河生顿时像被掐住了脖子的小公鸡，除了憋红了脸"哇哇"大叫毫无办法。

老头儿哼了一声，说道："明天准时来！"

"明天要上学呢！"宋河生气得想一脚踹倒旁边的垃圾篓，可一想到刚才墨囡捡垃圾捡得那么辛苦，便忍住了，"呼呼"直喘气。

"那就周末来！"老头儿一点儿也不客气地说道。

"你！"宋河生气得用手指指着他，说道，"你这个坏老头儿！"

老头儿由着宋河生骂自己，指了指垃圾篓，说道："别忘了把垃圾倒掉！"

"哼！气死了！"宋河生毫无办法，收起垃圾篓里的袋子，拉着陈一墨就走。

"等等！把这个也扔了！"老头儿又递过来一个纸包，说道。

"这是什么？"宋河生现在念小学四年级，认识很多字了，只见正方形的纸包上贴着一张小小的红色的纸，纸上写着"核桃云片糕"几个字。

老头儿哼了一声，说道："太甜了！我不吃，给我扔了！"

"扔就扔！"宋河生这回没反对，抢过云片糕就跑了。

二人扔了垃圾，又在运河里洗了手，便一起坐在码头上，把一包云片糕分着吃了。

说是分着吃，其实大部分糕点被宋河生喂给了陈一墨。在吃云片糕的时候，陈一墨也从宋河生的嘴里知道了怪老头儿的故事。

老头儿姓易，一辈子没结婚，无儿无女，是个金匠，靠给人打首饰为生。据说他的手艺很好，他年轻时别人找他打首饰得预约，现在早没生意了。他脾气怪得很，还吃小孩呢！

"大人们都说，离他家的院子远一点儿！若是小孩被他捉了去，说不定就会被他炖了吃掉，骨头就扔给他家的黑狗吃。"宋河生吐吐舌头，一想到他俩还在怪老头儿的院子里待了那么久就后怕得很。

"他真的吃小孩吗？"陈一墨被糕点噎了一下，瞪大了眼睛，直打嗝。

"是！"宋河生笃定地点了点头。

"他还给我们吃糕糕呀！"陈一墨的手里还拿着一片云片糕，她不知道该不该吃。

"这是他准备扔掉的！他才不会那么好心！"

陈一墨歪着头想了想，觉得不像是这样。

"所以，周末我们一定不能再去他家了，得想个法子！"宋河生皱着眉思考，然后突然大叫，"哎呀！我明天还要默写呢！我都记不得了！"

"河生哥，你要默写什么？"陈一墨把最后一片云片糕塞到他的嘴里，拍了拍手上的云片糕碎屑，问道。

"古诗词！这个学期学过的古诗词都要默写！"他抓抓头，开始背，"江南好，风景旧……旧……"

他想了半天，说道："哎呀，忘记了！"

陈一墨捂住嘴笑了，问他："河生哥，这首古诗词是什么意思？"

"就是说啊，咱们江南好，这风景都是熟悉的，太阳像火一样，江水蓝莹莹的！外出的人，到了哪里都想念咱们江南老家！"

他的声音脆生生的，在寂静的夜里回荡着。脚下，运河里的水淙淙流淌，明月倒映在江心里，碎成粼粼波光，一闪一闪的。

两个人回家的时候，街上的人都睡了。宋河生牵着陈一墨瘦瘦小小的手，一直将她送到她家门口。

陈家还亮着微弱的灯光，那是付英英为了照顾儿子而留着的一盏小灯，通宵不熄。

想到下午盛怒的付英英，陈一墨有些胆怯，在门口犹豫着。

"去吧，去敲门，别怕，我在这里看着。如果陈婶打你，我就进去救你！"宋河生轻轻地推了推她。

她回首，轻轻地点了点头，用自己脖子上挂着的钥匙打开了门。

此时的两个小人儿并不知道，后来的很多次，宋河生就这样站在陈一墨的身后，目送她前行，每一次都对她说："走吧，墨囡，往前走，别害怕，我会在这里看着你。"

"一直看着我吗？"

"是的，一直看着你。"

"等着我回来吗？"

"是的，等着你回来。"

所以，陈一墨人生中的每一步都走得坚定而勇敢，只是，她没有想到，她每往前走一步便离她的河生哥远一尺。直到后来，她回首时，再也找不到那道在晨光、暮色里目送她前行的身影，才明白，没有人等着她回来。

陈一墨当晚并没有再挨付英英的训斥，因为彼时陈一鸣已经睡着了，付英英不想闹得动静太大吵到儿子，于是狠狠地瞪了陈一墨几眼，并在陈一墨的身上用力地掐了一把。

第二天一早，宋河生来叫陈一墨一起去上学，并递给她一杯鲜牛奶，说道："快喝！还热着呢！"

鲜牛奶可是好东西呢，还贵，是宋婶专门给他买的吧？

她摇了摇头，将牛奶推回去，说道："你自己喝！"

"我不喜欢喝！难喝得要命！"他嫌弃地说道，"我妈非逼着我喝，你就当帮帮我吧！"

陈一墨便无话可说了，用两只手捧着温热的杯子，小口小口地喝着。

宋河生看着，满意地笑了。

"河生哥，你给墨囡喝的什么呀？"胖丫不知从哪里钻了出来，跟他们走到了一起，说道，"呀，是牛奶！我刚才也喝了！"

"你那么胖还喝？小心更胖！"宋河生看着胖丫圆鼓鼓的脸蛋说道。

胖丫气得要捶他，说道："我胖怎么了？我妈说了，胖是福气，说明身体好！小孩子胖胖的才可爱，墨囡就是太瘦了才命苦！"

"你胡说！你才命苦！"谁敢说墨囡，他就和谁拼命，也不管什么男生不打女生之类的狗屁逻辑，一下就揪住了胖丫的羊角辫。

胖丫顿时大哭起来，边哭边说道："她本来就命苦！连爸妈都没有的人，命还不苦吗？陈婶有了小弟弟，也不喜欢她了！她就快没人要了！"

"你胡说！"宋河生在胖丫的眼前挥舞拳头，说道，"你再胡说，我就把你的鼻子打扁！墨囡才不命苦，没人要她我要，她有我就不命苦了！"

他的拳头没能砸下去，因为他的衣袖被人拉住了。

他回头一看，是陈一墨伸出了小小的手。她不许他打人，用那双乌溜溜的眼睛看着他，清晨的阳光映在她的眼中，折射出五彩的光，亮得他心里发烫，拳头自然就砸不下去了。

"哼！她欺负你，就该打！"他嘴上不饶人地说道。

她拉着他的袖子不放，认真地说："你打了胖丫，宋叔会打你。"

"我不怕！"他仰着脸的样子像一只骄傲的小公鸡。

"会疼！"

"我妈说了，我皮厚不怕疼！"

"河生哥，古诗词你会背了吗，能默写吗？"她转移了话题。

"会了！我背给你听！"宋河生清了清嗓子，背起了古诗词，"江南好，风景旧曾谙。日出江花红胜火，春来江水绿如蓝。能不忆江南……"

他从《忆江南》背到《独坐敬亭山》，再背到《望洞庭》，一首接一首，最后背到《渔歌子》。

宋河生牵着陈一墨的手，一蹦一跳，声音清脆、响亮，其中还夹杂着胖丫的抽泣声。后来，胖丫也背起了诗词，忘了刚才差点儿被揍的委屈。

"西塞山前白鹭飞，桃花流水鳜鱼肥，青箬笠，绿蓑衣，斜风细雨不须归。"

很久以后，陈一墨在他乡，在明月如霜之时，总是想起这一幕，想起桃花流水的江南，想起斜风细雨的江南，想起江南肥美的鳜鱼，想起在江南的晨曦里背诗词的河生哥。

风景旧曾谙，能不忆江南？

都说少年不识愁滋味，此时的宋河生能有什么愁呢？除了默写不合格、考试不及格，以及爸爸的"竹片炒肉"，他就没什么可愁的事了。至于周末与怪老头儿的约定，他打定了主意爽约，怪老头儿难道还能来他家里逮他吗？

周末他有重要的事要做！

至于是什么重要的事，看他出现在陈家就知道了。

他拎着一兜水果来陈家，说是给墨囡和弟弟吃的。

付英英见了水果自然高兴，还谢谢他，说道："弟弟暂时吃不了水果！"

他逗弟弟玩了一会儿，就去厨房寻陈一墨了。

厨房里炖着鸡汤，那是给付英英炖的。陈家原本就不是富裕的家庭，得了个儿子后，付英英更是恨不得把所有的钱攒下来留给儿子，家里人两三天能吃一顿肉已是不错。鸡，尤其是土鸡，可不是天天能吃的，若不是为了给儿子喂奶，付英英自己也舍不得吃。

宋河生在厨房里转了几圈，东摸摸西摸摸，然后出去跟付英英说，要带陈一墨出去一起学习。

付英英是不大喜欢陈一墨出去疯的——家里的事多着呢，她一个人每天累得腰酸背痛，好不容易周末得陈一墨搭把手，这小丫头虽然是个讨债鬼，但做事十分利索——可宋河生都这么说了，她也只好同意。她再一想，他们这时出去也好，马上就要吃午饭了，她不留宋河生吧，礼节上说不过去；留了吧，鸡汤只有那么多，这个半大小子又特别能吃。

这么一想，她便爽快地同意他们出去了。

陈一墨还惦记着与怪老头儿的约定呢，问宋河生："我们去易爷爷家？"

"不去！别犯傻！"宋河生坚决不同意。

他带着她在街上晃了一个多小时，然后领着她回陈家了，回去的时候身后多了个"小尾巴"胖丫。

陈一墨不明白他怎么又回来了，更不明白他带她回来了怎么不进去，而要扒在门上偷听。

"嘘——"他将食指竖在自己的唇上，要她们别出声，示意她们也听。

三个人扒在门上，听着里面传来的动静，付英英正在家里骂陈亮："这鸡汤不干净！你是怎么收拾鸡的？我肯定是喝了鸡汤拉肚子的。"

见宋河生捂着嘴偷笑，陈一墨便明白了，一定是宋河生刚才在厨房里动了手脚。

她沉默地看着宋河生。

陈亮却在里面分辩道："我收拾得干干净净的！怎么可能是因为喝了鸡汤？"

"那是怎么了？那就是墨囡那个小蹄子干的！也不知道她在厨房里弄了什么进去！"

"怎么可能跟墨囡有关？墨囡每天都在厨房里忙，你就今天拉肚子了，准是你还吃了别的东西！"

"你哪只眼睛看见我吃别的东西了，还是你瞎了？不是墨囡就是河生那个臭小子！他今天在厨房里转了半天！我说他今天怎么奇奇怪怪的呢，还带苹果来给宝宝吃，原来他是没安好心！我这就去宋家说理去！"

原本还在得意地偷笑的宋河生顿时傻眼了。

胖丫拽了拽他，说道："河生哥，陈婶要去你家告状了！你还不赶紧跑？！"

"快跑！"宋河生反应过来，拉着陈一墨撒腿就跑。

他肯定不能回家了！三个小人儿往与宋河生家相反的方向——运河边跑去。

在怪老头儿的院子渐渐近了的时候，宋河生才想起另一件事，急忙停下奔跑的步伐，掉转方向，说道："快！我们往这边走！"

"站住！"

三个人还没跑出几步呢，一声怒吼便传了过来，随即传来的还有狗叫声。

"再跑我就放狗了！"

宋河生想起那条凶狠的大黑狗，脚下一停，差点儿摔倒。他才不怕大黑狗呢，哼哼，他是担心墨团害怕！

他蔫头耷脑地转过身，还没忘把陈一墨挡在身后。

胖丫也往他的身后躲，声音颤抖地说道："河……河生哥怎么办？怪老头儿会不会把我们抓去吃了？"

宋河生回头瞪了她一眼，说道："他要吃也是吃你！你身上的肉最多！"

胖丫一听，"哇"的一声哭了。

"不许哭！谁哭我就放狗咬谁！"老头儿绷着一张脸，中气十足地吼道。

胖丫立马捂住了嘴，眼泪"哗哗"地流，却不敢再吭一声。

"进来！继续打扫卫生！"老头儿板着脸牵着狗进去了。

这仨小孩不敢逃跑，乖乖地一个拽着一个，连成一串进去了。

"谁会做饭？"老头儿凶巴巴地问。

"她！她家开饭馆！"宋河生毫不犹豫地出卖了胖丫。

胖丫"哇"的一声又哭了起来，边哭边结结巴巴地说道："我……我……我不会……是……是我……我爸爸……爸爸……会……"她想起不能哭，谁哭谁就要被狗咬，很想捂住嘴忍住，但是因为太害怕，实在忍不住，最后崩溃地喊道，"哇……我……我也不想哭……可是……可是我忍不住……怎么办？别……别咬我……"

"先打扫卫生！然后三个人一起做饭！"老头儿恶狠狠地说了一句。

胖丫巴不得离老头儿远点儿，一溜烟就去打扫卫生了，拖着扫帚边哭边扫边打嗝。

这一回他们打扫屋子里面。

老头儿的屋子不大，一间正房，用来吃饭、起居，一间卧房，睡觉用的，厨房在外面，里面有着积年的污垢。三个小孩连小刀都用上了，又洗又刮的，花了几个小时才将厨房清理干净。宋河生累得瘫倒在地上，觉得胳膊都抬不起来了；胖丫更是满头大汗，连哭都忘记了，吐着舌头直喘气，两只小脏手摸得脸上黑一团灰一团的。

只有陈一墨默不作声，在其他两个小伙伴累得瘫倒以后，还将厨房里的锅碗瓢盆叠放得整整齐齐的。

他们以为这就完了。

他们太天真了。

老头儿又打开了厨房旁边被锁着的一间房，说道："还有这里！"

"哇……我要回家！"瘫在地上连站起来的力气都没了的胖丫放开了嗓子喊道。

"不许哭！再哭我就让大黑吃了你！"

老头儿一吼，胖丫如被掐住了脖子的鹅，不敢哭又忍不住，发出怪叫声。

这间房可是个奇怪的世界呢。

房间里有奇怪的桌子，大大小小、奇形怪状的剪刀，还有许多他们不认得的工具和各种金属。只是，这些东西上都蒙上了厚厚的灰。

"扫的时候小心点儿！要是东西丢了或者被弄乱了，我就狠狠地揍你们！"老头儿甩下一句话后便牵着狗走了。

宋河生到底大一些，东摸摸，西摸摸，小声地问："这儿便是老头儿打金器的地方吗？"

陈一墨也觉得是，点了点头。

宋河生连连咋舌，说道："也不知道这里有没有金子，听说金子很值钱呢！"

胖丫的脸上又是眼泪又是尘土，她还流着鼻涕，用袖子往鼻子上一抹，脸上更花了。她抽噎着说道："肯定没有！怪老头儿的衣服、鞋子全是破的，有金子他还能这么穷？"

陈一墨却认真地说道："不管有没有都不关我们的事，有也是他的金子，我们不能拿。"

这句话得到了另外两个人的认同，他们点着头，异口同声地说道："嗯，不拿！"

等这三个人把工作间也打扫干净时都日落西山了，老头儿取了肉和菜出来，扔给他们。

三个小家伙中只有陈一墨有做饭的经验，但宋河生怎么可能让她独自忙活？

宋河生使唤胖丫："赶紧洗菜、洗米、烧火去！"

胖丫委屈地说道："我……我累坏了。"

"谁不累？你再不动我就告诉坏老头儿，让他放狗了！"

胖丫再度"哇"的一声哭了，边哭边挪动着圆滚滚的小身体洗菜去了。

陈一墨则去烧火。

"墨囡，你坐着歇会儿，等会儿让胖丫烧！"宋河生来给她捏手、捏肩——爸爸干活儿干累了时，妈妈就是这么给爸爸捏的。

胖丫又在那边喊了："河生哥，你偏心。"

"再喊我就牵狗去！"虽然他自己也怕那条大黑狗，但用它来唬唬胖丫还是很管用的！

胖丫果然闭了嘴，打着嗝哭着洗菜。

陈一墨已经开始不顾宋河生的唠叨默默生火了。

至于三个小人儿是怎么把这顿饭做熟的，过程不赘述，也就是将肉、菜一起煮，煮熟为上，至于味道，没人讲究。三个小家伙干了一天活儿，饿得前胸贴后背，吃起饭来那叫一个风卷残云，整整一大锅的肉和菜，怪老头儿只吃了一口就因为太难吃而搁下了筷子，但他们仨吃了个一干二净，最后一个个满足得捧着胀鼓鼓的小肚子，瘫在椅子上打着嗝。

怪老头儿十分嫌弃地扔下一包点心，说道："吃饱了就赶紧滚蛋！帮我把这些都扔了！"

这回怪老头儿要扔的居然是一大包奶糖。

还没见识过这种场面的胖丫舔了舔嘴唇，问："这种奶糖可好吃了，为什么要扔啊？"

怪老头儿哼了一声，回道："这是小孩子吃的东西！我又不是小孩子！"

胖丫笑得眯起了眼，抱着奶糖，说道："我们扔！我们马上去扔！"说罢，她还冲着陈一墨和宋河生眨眼，示意他们赶紧走，免得怪老头儿后悔。

宋河生和陈一墨经历过一回这样的事了，一点儿也不觉得奇怪，三个人手牵手地出了怪老头儿的小院。

三个人一出怪老头儿的小院，胖丫就要分糖，还因"分赃不均"和宋河生吵得不可开交。唯有陈一墨，回头一望，只见小院的门还开着，橘黄色的灯光从小院里照出来，照亮了他们回家要走的路，怪老头儿站在灯光下，脚边趴着那条凶巴巴的大黑狗。见她回头，老头儿绷着脸哼了一声，牵着狗进屋去了，却始终留着门，留着那一盏灯。

　　陈一墨微微一笑，接过宋河生塞给她的奶糖。

　　三个人回去时，胖丫的辫子散了，她就像在煤堆里打过滚的胖花猫，到家后被父母好生询问了一番。宋河生则被揍了一顿，因为付英英上午就去他家告了他的状。陈一墨回家后，拉了一天肚子的付英英一见到她就打了她几个耳光，骂她"赔钱货"，甚至说她"吃里爬外""小小年纪就会勾引男人来害妈妈"。

　　其他的话她已经听习惯了，可是，此时八岁的她听见"勾引男人"四个字时，还是怔住了，奶糖被弄撒掉了一地。

　　"哎哟，这是什么？这么贵的糖！"付英英转头就给了陈亮一个耳光，怒道，"你这个狗胆包天的东西！老娘辛辛苦苦地给你生儿子、养儿子，你居然还藏私房钱！你还给这个赔钱货买这么贵的糖？她有吃这种糖的命吗？小心折寿！"

　　陈亮虽然在家里被付英英"教训"惯了，但是听付英英这么说，再看看一旁低着头发呆的陈一墨，觉得付英英这次实在骂得过分，忍不住顶了嘴，说道："你在胡说八道些什么？我哪里给她钱买糖了？"

　　"你还敢顶嘴？"付英英又将一个巴掌打在了陈亮的背上，说道，"不是你还会是谁？难道宋河生那个野小子有钱买这么贵的糖？他可以啊，上午送苹果，下午送糖！这个赔钱货还挺有本事，勾得那野小子围着她转！"

　　付英英喋喋不休地骂着，直到把陈一鸣吵醒了。她要去哄儿子，才算放过了陈一墨。

陈一墨坐在自己的床边，默默地擦去眼角的泪水。

陈亮来了，在陈一墨面前叹了一口气，说道："墨囡，你妈就那性格，嘴巴刻薄，可心地是好的，你别怪她。"

陈一墨还愣着，老半天后才问出一句话："爸爸，什么叫'勾引男人'？"

陈亮涨红了脸，憋不出一句解释来，末了，掏出两块钱往她的手里塞，说道："你不是说要买铅笔吗？快拿着，明天自己去买。"

陈一墨低下头，没有接钱，不是在跟他客气，而是在她看来，付英英无所不能。陈亮的私房钱无论金额还是位置，都能被付英英找到，这钱若是让付英英知道了，她和陈亮就都没好果子吃。

"快拿着！"陈亮急了，"赶紧拿着！别被你妈看见！"

陈亮话音刚落，付英英便风一样闪了过来，一把抢走了这两块钱，说道："你还有钱给这个赔钱货？你还有脸藏私房钱？老娘辛辛苦苦地给你生儿子，连只鸡都舍不得吃，你还有闲钱四处撒？"

"哎哟，你小声点儿！别又把儿子吵醒了！我这不是……墨囡要买铅笔吗？"陈亮抱着头，只差鼠窜了。

"啪"，付英英的巴掌又拍在了陈一墨的脸上。

"你可真行！你当自己是谁呢？没人要的贱丫头！我把你领回来，就是发善心了！你当你自己是有钱人家的大小姐呢？买支铅笔要两块钱？"

陈亮苦着脸把付英英拉走了，出去后两个人还是吵个不休。

陈亮在付英英的吼叫声里叹息不止，说道："唉，咱们也稍微对墨囡好些吧？咱们现在也是有亲生儿子的人了，将心比心，想想墨囡的亲生父母，如果他们知道墨囡在咱们家不受待见，时时挨打、挨骂，还不知会怎么心疼呢！"

"心疼？根本就没人要她！她没准儿是谁偷男人生的野种！谁会心疼她？若是有人心疼她，还能把她扔了？我养着她，对她来说已经是天大的恩典了，不然现在她还没人要呢！怎么？难道我还养出仇来了？早知道我就不把她带回来了！"

"我求求你了，小声点儿行吗？"

亲生父母？

陈一墨在心里念着这四个字，忍了一晚上的眼泪终于顺着脸颊流了下来。

爸爸、妈妈，你们在哪里？你们为什么不要我了？

第二章
谁动了我的枇杷

夏天的脚步随着怪老头儿院里探出院墙的枇杷枝上的枇杷一天天黄透而近了。

陈一墨在墙根下拾起自然掉落的几颗枇杷，吹了吹上面的灰，将它们装到自己提着的塑料袋里，前去敲门。

"你这个臭丫头怎么又来了？！"老头儿十分嫌弃地说道。门开了，门内戳着吹胡子瞪眼的老头儿，还有那条如今一见她就摇尾巴的大黑狗。

她笑眯眯地把塑料袋里的骨头倒出来，摸摸大黑的头，说道："大黑，吃吧。"

今天中午，她家吃的菜是猪大骨炖海带，吃完后她收拾收拾出来扔垃圾，骨头正好给大黑当零食吃。

大黑显然已经被她投喂惯了，用大脑袋在她的掌心里蹭了蹭，便欢快地啃骨头去了。

怪老头儿哼了一声，说道："真没出息！几根骨头就把你收买了！我平时没让你吃饱？"

大黑冲着他叫了两声，好像在说：难道你不是在等小囡囡？别以为我不知道，你在门口戳了半个小时了！

陈一墨一边熟练地帮怪老头儿打扫院子，一边笑嘻嘻地说道："我今天来晚了，等了河生哥一会儿。河生哥期末考试没考好，天天被他爸关在家里，今天想不到法子偷跑出来了。"

怪老头儿还是冷哼，说道："谁稀罕你们来？闹得人头痛！"

陈一墨笑笑不说话，埋头捡枇杷去了。

自从在怪老头儿这儿吃了一回核桃云片糕，又得了一回奶糖，她便时不时地主动来这里，帮老头儿扫扫地、做做饭，或者补补他破了的衣服，当然，针脚是如何被他嫌弃的就不提了。

如果有时间，她还会陪老头儿吃饭，不为别的，就为那一晚她回首时，见到的灯光下老头儿望着他们离开的一幕，也为那一幕里始终为他们留着的那盏灯。

从那一刻起，她便有了一种感觉——老头儿和她是同一种人。

那种感觉，她长大以后才知道，有个名词可以与之匹配，这个名词叫孤独。

她和他，都是没有人要的孤独之人。

所以，她从那时起便坚信，老头儿是喜欢见到他们的。

后来，她每一次和宋河生来看他，老头儿的反应都证明了这一点。

尽管老头儿每次都拉长一张脸，对他们大呼小叫，但每一次都没赶他们走，还总是把他十分"嫌弃"的糕点扔给他们吃。

他哪儿来那么多让他"嫌弃"还不重样的糕点？

因她时不时地过来，如今放了暑假，她的时间更是充裕，基本隔一天便能来一趟，所以，老头儿这里已经十分干净、整洁，她已无须再花大力气打扫了。稍稍整理后，她便把捡来的枇杷洗干净了，放在院子里小小的竹茶几上，给老头儿吃。

院子不大，树荫很浓，小茶几被搁在树下，老头儿就坐在茶几旁，十分凉爽。

"老头儿，你可真会享受！"她自己也搬来一把竹椅，坐在了老头儿的对面。原本她是叫他"爷爷"的，被他训了一顿，他说自己不是她的爷爷，让她别乱叫，于是她便随着河生哥叫他"老头儿"了，他居然没反对，可真是个怪老头儿。

她白白的、小小的手取了一颗枇杷，剥去皮，喂到老头儿的嘴边。

老头儿嫌弃地扭头，说道："不吃！"

"吃嘛，吃嘛！"她"咯咯"笑着，还撒了一下娇。

老头儿这才表情不情愿地给了她面子，皱着眉，勉为其难地将枇杷吃了。

"真酸！"吃完枇杷吐籽儿的时候，他还要吐槽。

"那也是你自己种的枇杷酸！"她点着小脑袋说，一点儿也不怕怪老头儿。

街上的人都说怪老头儿会吃小孩，胡说！

老头儿板着脸，说道："小囡囡好的不学，跟坏小子学顶嘴！"

陈一墨捂着嘴"嘻嘻"笑。老头儿说的"坏小子"，便是河生哥。

老头儿对他们的态度总是不好，河生哥便老和他吵嘴，可吵来吵去，她也没见老头儿把河生哥吃了呀！相反，他们还有糕点吃，所以，陈一墨也渐渐地被带着和老头儿你一句我一句地打嘴皮子仗了。

她喜欢和老头儿这样玩。

很多年以后，她回想童年，最平静、温馨的时光，便是在这破旧的小院里度过的。要么有河生哥和胖丫，要么就她和老头儿两个人，围坐在树荫下的小茶几旁，吃饭或糕点，斗嘴说笑，蝉鸣犬吠，喧闹不止。哪怕他们把老头儿气着了，他操起板凳要砸他们，飘荡在这院子里的也是他们的笑声。

小孩并不惧怕打骂，但最敏感，这打骂是真还是假，里面包含的是疼爱还是厌恶之意，他们比谁都清楚。

她剥第二颗枇杷的时候，老头儿再也不肯吃了，还进屋取了一瓶橘子罐头来，开了盖儿给她，说道："不好吃！给你！"

　　"这还不好吃呢？"陈一墨眼睛都笑弯了，说道，"我们一人吃一半吧？"

　　老头儿紧紧地皱着眉，说道："我不喜欢吃！"

　　"不喜欢吃你还去买？"陈一墨笑着问道。

　　"谁说这是我买的？"老头儿顿时炸毛了，说道，"我在垃圾堆里捡的！别人给我的！我怎么会去买？"

　　陈一墨咧了咧嘴，小声说道："我上午亲眼看见你在街口的小卖部里买的！"

　　说完，知道老头儿必定会暴跳如雷，她赶紧跳了起来，直奔厨房而去。

　　果不其然，老头儿已经操起板凳要向她砸过来了，气呼呼地说道："算你跑得快！不然砸扁你的小身板！"

　　陈一墨在厨房里转了一圈，回来时手里多了两只小碗、两支小勺。她认认真真地把一瓶橘子罐头分成两碗——她和老头儿一人一碗——还很真诚地说："老头儿，我知道你对我们好，谢谢你，我们也很喜欢你。"

　　老头儿的脸都红了，还好他的皮肤本来就黑，不太明显。他别扭地哼了哼，说道："我要吃小孩！把你们养肥了，正好一锅炖了吃！"

　　"我才不信呢！"陈一墨先喂了一勺汤给老头儿喝，说道，"你是好人！他们胡说！反正我们喜欢你！"

　　老头儿别别扭扭地喝了一口汤，还是吹胡子瞪眼地说道："谁要你们喜欢了？你们就是喜欢我这里好吃的东西！"

　　陈一墨笑眯眯的，不与老头儿争辩，还吃了一大勺橘子，用行动表明老头儿说得没错，她就是爱他这里好吃的东西！

老头儿被她的这副模样气坏了，做出一副见不得她如此嘚瑟的样子，指着工具间，说道："去！打扫！"

"我刚才打扫过了，干净着呢！"她又吃了一口橘子，眼睛弯弯的，好像十分满足。

老头儿哼了一声，说道："再去！将每件工具仔细地重新擦一遍！还要说出它们分别叫什么名字！"

陈一墨呆住了，回道："可我不认识它们啊。"

老头儿露出"你终于也被难倒了"的得意眼神，说道："还不快去！"

陈一墨嘟着嘴，慢慢地把小勺放下，蔫头耷脑地到工作间里去了。

工作间里放着一张桌子，桌子共有两层，她还没第二层高，下巴堪堪能搁到第一层上。布满斑驳印记的陈旧桌子曾经蒙着厚厚的灰尘与污垢，如今已被她擦得干干净净，只是，桌面上的印记无法再被去除，有的像是被火烧的，有的像是被刀刻的，有的像是被磕的。她联想起关于老头儿的传说，这张桌子记载的大约是老头儿一生的故事吧？

小小的她忽然觉得心里异常平静。大约是因为喜欢这些有着厚重历史感的古旧东西，即便还是一个懵懂的稚子，她也能感应到它们的魅力。

她拉开第一层的抽屉，里面全是各式各样的工具。老头儿让她认的工具便是这些了，可她哪里知道它们的名字？

她举起一件奇形怪状的物品出去了，大声问："老头儿！这是什么？"

老头儿躺在树下的躺椅上闭目养神，听见喊声后睁了睁眼，哼了一声，说道："固定锯弓！"

现年八岁、念小学二年级的她完全不知道是哪四个字，默念了好几次，硬生生地记了下来，转身回到工作间里去了，又举起一件跟这件有些相似的物品，跑出去问："那这个呢？"

"可调式锯弓！"

哎哟，这个比刚才那个还难记！她挠了挠头，多念了五遍，才换了一个再跑出去，又问："这个呢？"

"锯条！"

"这个呢？"

"游标卡尺！"

"这个呢？"

"圆规机剪！"

如此反复问了十几趟，她揣着一把锉刀跺脚，说道："太难了！这么多！我记不住了！"

"笨！"老头儿嫌弃她时从来不留情。

"那你过来！我都跑累了！"小姑娘本来身板就小，好胜心又极强，短胳膊短腿的，已经跑得气喘吁吁了。

老头儿不耐烦地哼了一声，但还是从躺椅里起来了，和她一起进了工作间。

"老头儿，你该换一张新桌子了，你看，这张桌子都坏掉了！"她指着桌面上的各种疤痕说道。

"你懂什么？"老头儿在她的脑门儿上敲了一下，说道，"这叫桌子吗？这叫功夫台！"

"功夫台？"陈一墨鹦鹉学舌般念了一句。

"嗯。"老头儿见她模样乖巧，神情便温和了几分，还告诉她，"这可是我做学徒的时候，我师父亲自给我打的功夫台！"

一晃他都老了。

老头儿的眼里涌起了几分怀念之意。

陈一墨发出"哇"的一声，还用手摸了摸那些疤疤，顿觉它们更加厚重、有内涵了。她冰雪聪明，联想起老头儿的行为，惊喜地说道："老头儿，你是打算收我做徒弟吗？那你可要给我打一张新桌子了。哦，不，新功夫台！这张太高了！"

老头儿嫌弃地瞪了她一眼，说道："你怎么不说是你太矮了？"

陈一墨的重点可没在矮不矮上，她眼睛一亮，说道："那你是真的要收我做徒弟了？徒儿见过师父！"她学着电视剧里的样子，双手作揖，对老头儿行了拜师礼。至于给老头儿当徒儿有什么好处，她完全不懂，只知道自己喜欢老头儿，成为老头儿的徒弟就能常常和老头儿做伴了，也能跟老头儿更亲近了。

老头儿却炸毛了，说道："谁说我要收你当徒弟了？我要收徒也不会收你这么笨的人！再说，我这辈子都不会收徒弟！"

陈一墨一点儿也不生气，小脑袋点啊点的，给大黑顺毛似的安抚老头儿："好嘛，好嘛，不收就不收，你也犯不着跟大黑似的，一被逗就叫啊。"

老头儿快被气死了！他会收这样的徒弟吗？这世上有徒弟敢骂师父是狗的吗？他上辈子是造了什么孽，这辈子遇上这么一个赖皮鬼似的精灵丫头？！

"来，我再考考你，看你还记得多少！"老头儿不能揍她，便只能为难她了，"你手上拿的是什么？"

"三角锉！"他才问过的，她还记得呢！再说，三角形她学过了！

"这个呢？"他换了一把。

"圆锉！"

"这个？"

"这个……钳……钳……什么钳……？"

"拉线钳！"老头儿的脸色变得难看了，他又问，"这个？"

"什……什么……圆规……什么来着……？"她的小脸已经皱了起来。

老头儿又要怒了，问道：“这个？”

这个叫啥来着？四个字的！她挠挠头，真的想不起来了，可是还记得一个字，嘟着嘴嘀咕：“锯……锯子……”锯子她还是认识的，河生哥的爸爸做木工活儿的时候，会用到与它差不多形状的东西，只不过比它大好几号。

老头儿终于奓毛了，在她的头上用力敲了一下，说道：“锯子？你当是锯木头呢？这叫固定锯弓！我说你这么笨可怎么得了？！”

“反正你也不收我为徒，我笨不笨跟你有什么关系？”陈一墨也哼哼唧唧的，把锉刀往桌上，不，功夫台上扔。

“你还有理了？你不好好学这个，以后拿什么来我这里骗吃的？你个小骗子！”老头儿开始吹胡子瞪眼了。

“我给你煮饭！给你缝衣服！帮你扫地！”她摆出一副“我很有用”的表情说道。

老头儿哼了一声，说道：“就你？你煮的饭还没大黑煮的饭好呢！缝衣服？我好好的一件衣服，被你缝过之后我都没脸穿出去了！”

“那以后你让大黑给你煮饭，让大黑给你缝衣服好了！哼！”就他会哼，她不会吗？她哼过之后，还很潇洒地挥了挥手，说道：“我走了！回去了！”

“等等！”老头儿大声呵斥。

她扭过头来，背着手，问他：“知道我的好了吧？”

“你好个甚？小骗子！”老头儿气呼呼的——如果他长了胡子的话，胡子一定飞起来了——问她，“放暑假了吧？”

“嗯！”陈一墨翘着下巴答道。

“以后天天来！小骗子！”说完，他嫌弃地挥了挥手，意思是“快滚吧”。

小骗子也是有个性的！

“我才不来了呢！”她叉了叉小腰，迅速地跑没影了，只有大黑夸张的叫声表明小骗子已经跑出了院门。

老头儿跨出工作间，看到墙根下的一兜枇杷后，拍了一下脑袋，懊恼不已。

他忘了让小骗子把枇杷带走了——哼，这么酸的东西他可不吃，拿去惩罚小骗子！

至此，陈一墨在老头儿这里有了一个新的外号——小骗子。

小骗子、怪老头儿，嗯，还挺配，一听就是一家人。

第二天一大早，老头儿就去买了一只鸡，炖了汤，还把那一大兜枇杷搁在了院子里显眼的位置，怕再忘了。

鸡汤炖到中午，整座院子里飘着浓浓的香味，惹得大黑上蹿下跳的，十分着急。

老头儿却不给它吃，自己也不吃，只正对着院门坐在院子里，摇着一把蒲扇，时不时地睁开眼看一看院门，或者站起来自言自语地说热，要打开院门吹吹风。

他一直折腾到天黑，铁锅里炖着的鸡汤干了几回。直到添的水煲出来都不香了，他才悻悻然地扔了几块鸡肉给大黑吃，自己胡乱喝了一碗汤，回主屋了。

"哼！说不来还真不来了！这个没良心的小骗子！"他都躺在床上了，还愤愤地捶着床。

陈一墨果然好些天没来，老头儿搁在院子里的那一大兜枇杷渐渐发黑、腐烂，被老头儿全部扔掉了。

十天后，陈一墨终于来了，雪白的小瓷娃娃被晒成了小黑妞，乍一出现，老头儿险些没认出她来。

"你这是到煤堆里滚了几天来的？"老头儿十分嫌弃地说道，"一点儿也不可爱了！"

"老头儿，你从来没觉得我可爱啊！"陈一墨笑嘻嘻地说，露出一口小白牙，和她的小黑脸形成了鲜明的对比。

"那倒是！"老头儿又摆起了架子，问，"你不是说再也不来了吗？怎么又跑来了？"

陈一墨已经和大黑玩在一块儿了，大黑绕着她直转圈，明显对她手里拎着的袋子很感兴趣，舌头吐得连老头儿都替它感到害臊。他很想问问它，刚吃了一盆美食的人，不，狗是谁？

"有吃的！有吃的！"陈一墨一边把袋子里的肉骨头倒出来给大黑啃，一边回头回答老头儿提出的问题——她说的话可真是气人！她说："那不是怕你太想我了吗？"

她还真是没脸没皮！这都是跟谁学的？

老头儿捂眼摇头，说道："谁想你了？你没来的这几天，我不知过得多开心！好不容易安静了几日，你又来捣蛋！"

他捂着眼，不知道陈一墨拿着什么在他的面前晃了几下，只听陈一墨说道："你不看我是吧？那这礼物我就不给你了！我给大黑！"

什么？礼物？

他立马睁开眼，只见在他眼前晃着的是一件衣服。

他斜着眼，说道："哼，我当是什么好东西呢？一件破衣服？小骗子，别是你把你爸爸的衣服补坏了，你爸爸不要，你就拿来哄我吧？"

"什么破衣服？是新衣服！"陈一墨把衣服往身后藏，说道，"不要算了！"

"谁说不要了？"他拿扇柄敲敲她的头，说道，"这衣服大黑能穿？大黑是条狗！我不要不就浪费了吗？人哪，不能浪费！浪费可耻！"

正在埋头啃骨头的大黑"汪汪"叫了两声，表明了自己的态度：狗怎么了？狗就不能穿衣服了？狗穿怎么就浪费了？

只不过它的态度直接被老头儿忽视了，老头儿正用挑剔的眼光检查着那件衣服呢，发现果然是一件新衣服！他的心里又不平静了，他瞪着陈一墨，问："小骗子，虽然你是个小骗子，但在我这里骗吃骗喝不打紧，去骗衣服可就不好了！"

"我才不是小骗子呢！"陈一墨是断然不愿意接受这个外号的，"衣服不是骗的，是我买的！"

"买的？你哪儿来的钱？"老头儿皱着眉问道。

陈一墨笑了笑，说道："我不是十来天没来看你了吗？这十来天我可忙了。我爸厂里发不出工资，就给每个员工发了一批衣服，我带着衣服出去摆摊儿，帮我爸爸挣钱呢！"

老头儿总算明白了，问她："这衣服就是你爸领回来的？"

"嗯！"她笑着点头，一口白牙十分耀眼。

"那也不行，你爸让你摆摊儿去卖的衣服，你不能拿来送人！"老头儿难得严肃一回，这傻孩子，以付英英那精明劲儿，这孩子这么胡乱一送，回去后还不得挨付英英的骂？

"这是我买的！"陈一墨解释道，"每件衣服卖多少钱，我爸都告诉我了，可好多衣服我卖的比我爸说的价高，多出来的钱我就买了这件衣服，这不就是我买的吗？"

老头儿看着小骗子这双闪闪发亮的眼睛，暗暗感叹：这丫头是真的很聪明，若是投胎到好人家，有亲爹、亲妈，定会有大出息。他再看她还穿着那身半新不旧的褂子，不由得问她："那你怎么不给自己买一件呢？"

她摇摇头，说道："我的衣服又没破！哪儿像你，衣服上全是补丁！我都快没地方下手补了！"说这话时，她还露出了一脸的优越感。

老头儿被气得无话可说，她穿着这套衣裳还有啥优越感？她这套衣裳的确没破，可是，裤子都快短到膝盖处了。她一举手，别说肚脐眼，小胸脯都快要露出来了！

他在这儿又气又叹的，陈一墨却已经开始打扫卫生了，还摆出一副大人的样子，苦口婆心地劝他："老头儿，你就爱整洁一些吧，我就这么几天没来，你家的院子就又成垃圾场了！"

老头儿哼了哼，正想说"垃圾场怎么了？反正你是要来打扫的"时，便听到了她说的下一句话："我以后不能常来，你可怎么办哪？"

屁大点儿的人说他"你可怎么办"，这多好笑！但老头儿委实不想笑，于是面无表情地追问她："为什么不能常来？你想偷懒？"

"不是。"陈一墨笑道，"我不是说了吗？放暑假了，我要给爸爸妈妈分忧的！我上午带弟弟，下午去摆摊儿卖衣服，晚上还要写暑假作业，哪儿有时间再来啊？今天还是因为上一批衣服被卖完了，我爸还没将新货取来，我才能过来看看你的！"

老头儿的心里别扭着呢，这傻丫头是不是缺心眼儿？陈家人这么苛待她，她还双眼发亮、一脸骄傲的样子，嘚瑟个什么劲儿？谁舍得让自己八岁的亲闺女顶着接近四十摄氏度的高温出去摆摊儿卖衣服？

"傻子！"他哼了一声，说道。

"傻子"可没觉得自己傻，还得意着呢，在他面前显摆，清澈的眼睛里闪烁着兴奋的光，说道："老头儿，我能赚钱了！你知道吗？我能赚钱了！我比有的大人还能干呢！我能帮爸爸妈妈赚钱了！"

老头儿心里直犯愁，她这个被人卖了还帮人数钱的傻子！她以后该怎么办？！

他哪里晓得，小丫头的心里还有一句话呢，她想：我能赚钱了，以后上学的时候交学费、买笔什么的，妈妈就不会那么不开心了吧？

可是，小丫头还是太天真了，成人的想法不是她揣测得到的。

她在院子里忙着打扫卫生的时候，胖丫和宋河生也找来了。

"刚才去你家找你，你不在，我就知道你来这儿了！"

宋河生的一双手脏兮兮的，他去帮陈一墨擦脸上的汗，在陈一墨的脸上留下了一道道黑印，胖丫看得哈哈大笑。

陈一墨这会儿兴奋着呢，说道："河生哥，我能赚钱了！我妈都夸了我呢，说我赚的钱比有的大人赚的还多！"

宋河生也傻笑，说道："我知道了！陈婶到处说呢，也说给我妈听了！你可真棒！"

陈一墨腼腆地笑了笑，又对胖丫说："胖丫，我能赚钱了！我赚了好多钱呢！"

老头儿在一旁看得直皱眉，心想：小骗子真傻了！

胖丫也皱起了眉头，说道："墨囡，你赚钱去了，我们就不能和你玩了！"

"是啊！"宋河生也觉得这一点太伤脑筋，可是有什么办法呢？墨囡能赚到钱，陈婶对墨囡的态度都好多了。他觉得自己太没出息，挣不到钱，如果他能帮墨囡挣钱就好了。

想到这里，他忽然灵机一动，说道："没关系！我们可以帮墨囡卖衣服！"

胖丫也觉得这个主意好，点了点头，说道："卖衣服那里还有个老奶奶卖雪糕呢！"

"你就知道吃！赶紧擦桌子去！"

老头儿看着这三个小孩直摇头。你们还一起卖衣服呢！你们的爹妈都没舍得让你们出去吃苦，你们倒好，自己找苦吃！

"行了，行了！"老头儿招了招手，说道，"今天先不打扫卫生了，来，来，来，给我干别的活儿！"

在三个小孩询问"干什么"的喧闹声中，老头儿领着他们进了工作间，让他们在功夫台后站好，给他们一人扔了一把线锯、一小块银板，还有钢尺和画图工具。

"这是要干什么？"宋河生用尺敲着银板，问道。

"放下！放下！猴崽子，这不是拿给你们玩的，你们要正经干活儿！"老头儿觉得头痛，有点儿后悔把这三个人拘在一起了，然后说道，"先画线，在板上画，每两条线的间距不能超过三毫米。然后用这个，它叫线锯，用线锯沿着线把板锯开。"

他坐下来，先示范给三个小孩看怎么安装线锯，一边示范，一边说道："看着，它叫锯弓，要将锯弓的前端顶着功夫台的木台塞——这里就是木台塞。弓口向上，肩膀顶着锯弓的手柄，轻轻地压。记住，不能用太大的力道，不然锯条会断。这个就是锯条，看着，压住手柄以后，锯齿朝上，安装上去，肩膀一定不能太用力，装上以后旋紧螺钉就装好了。你们来试试，宋家小子，你先来。"

"这容易！"宋河生率先开始了，结果毫无悬念，锯条断了。

胖丫和陈一墨也没安装成功。

三个孩子失败了很多次之后，老头儿头痛地说道："算了，算了，我给你们安装！"照这么下去，他能被他们坑穷！

他将锯条安装好后，便给他们一人打开了一只小抽屉，让他们开始锯，说道："站在这儿，对着抽屉！"锯下来的银屑他们还能收集起来再熔，银虽不如金值钱，但他们一开始就要养成好习惯。

说完，他便发现三个小孩不够高，又在他们每个人的脚下垫了一张小凳子，让他们踩着干活儿。

"好嘞！还是我先来！"宋河生踩上凳子，说道。

胖丫和陈一墨见状，也拿起了钢尺。

一样的活儿，三个人完成的情况却完全不一样。

宋河生一开始还能做到三毫米一量一画，后来便觉得麻烦了，估摸着差不多三毫米便直接画起来了，结果宽宽窄窄、距离不等不说，还不平行。他起笔的时候还与前一条线隔着三毫米或者四毫米的间距，画下去后却一会儿上天一会儿下地，尾部的间隔一会儿两毫米一会儿五毫米，最后两条线相交的情况都有。

他挠挠头，将笔一扔，说道："太难了，我开始锯吧！"

胖丫呢，是画一条线锯一条，烦恼的是，明明线画得齐齐的，为什么一锯就不按照线走了呢？她锯出来的银条全是歪的！而且她锯了没多久手就酸了。

她将锯子一放，说道："太累了，我要喝点儿水去！"

她喝完水，也没来接着锯，跑进跑出的，一会儿去院子里摘花，一会儿又进来拿锉刀碾花汁。

只有陈一墨一丝不苟地用尺子在银板的两端都量出三毫米的间距，并且标上点，再画线时，就不会像那两个人一样，一会儿飞到天上一会儿跌到地上，规规矩矩的三毫米丝毫不差。

待画完了，她才拿起线锯开始锯，锯得很慢，不像宋河生那样着急，也不像胖丫那么毛躁。

一个小时过去了。

宋河生倒是早早地完成了他的工作，锯出来的东西宽的宽、窄的窄，长方形、梯形，形状不一；胖丫则自从去喝水以后，就再也没拾起她的锯子。

两个人已经在老头儿的院子里上树、钻洞，玩得不亦乐乎，只有陈一墨还在认认真真地锯银条，每一根银条都一样长、一样宽。

老头儿没吭声，任那俩皮猴瞎玩，只在一旁摇着蒲扇打着盹儿，估摸着时间差不多了，才去看陈一墨。

陈一墨到底年纪小，没力气，锯银板时手指都被勒红了，鼻尖上全是汗，下唇被咬得紧紧的。

她听见声音后抬头一看，继续锯，一边锯一边说道："还有一点儿，马上就好。"

老头儿不打扰她，而是在一旁给她扇风。

陈一墨按着已是窄窄一条的银条，小心翼翼地锯完最后粘连着的一点儿，松了一口气，朝老头儿露出如释重负的笑容，说道："好了。"

"嗯！"老头儿不评价，让她把工具、银条都收拾好，然后出去吃西瓜。

玩疯了的宋河生和胖丫听说有西瓜吃，也满头大汗地围了过来。

老头儿还是把西瓜摆在了树荫下的茶几上。燥热的下午，蝉儿叫个不停，累了的三个小朋友瘫坐在竹椅上，凉沁沁的西瓜入肚，他们只觉得浑身舒坦。

"老头儿，你这儿可真舒服。"宋河生拍着圆鼓鼓的肚子，说道。

老头儿哼了一声，说道："没有白舒服的！要干活儿！"

"还有什么活儿要干？"宋河生哀号。

老头儿拿了三本画册出来扔给他们，说道："在家照着画，每天画，觉得自己画得好看了，就拿来让我检查！"

三个小孩打开书一看，发现书上是各种花、草、动物、人物。

"这个画了有什么用呢？"胖丫皱着眉头苦恼地问，她的暑假作业还有好多没做呢！

"你们只管画就是了！画好了才有西瓜吃！"老头儿板着脸，说道。

宋河生和胖丫都觉得家里又不是没西瓜吃，谁稀罕？可是，他们偏偏还真稀罕到老头儿这里来玩，虽然不情不愿，但最终还是把画册收起来了。

只有陈一墨默默地拿起画册，一句怨言也没有。

三个小家伙走的时候，异口同声地说："我们过几天再来看你！"

然而，他们这一去，直到快开学才来。

这个暑假注定不平凡。

他们住的这条临河的街道叫河坊街，街上住着的大多是厂子里的工人。这两年各家厂子都不太景气，陆陆续续有人下岗，陈亮夫妇工作的服装厂也在垂死挣扎，不然付英英也不会索性在家带孩子，厂长更不会用一大批卖不出去的衣服抵工资。

夫妻俩只觉得未来的生活毫无希望，而就在这个暑假，服装厂彻底宣布倒闭，陈亮除了又带回一大批衣服，便什么都没有带回来了。

家里多了一个儿子，收入突然变成零，付英英每天摔盆打碗，脾气也跟这燥热的天气一样，一点就着。陈亮和陈一墨自然成了她的出气筒，每天过得提心吊胆的，唯恐一不小心便被付英英逮着骂。

陈亮是个老实人，要他去摆摊儿卖衣服，他一天也卖不出去一件，但陈一墨机灵，这个暑假几乎天天出去摆摊儿卖衣服，每天带回家的钱好歹能稍稍安抚付英英焦躁的心情。可衣服总有被卖完的时候，没有固定的工作就没有保障，陈亮也试过出去找事做，但那些工作朝不保夕，没准儿哪天就又丢了。付英英想着宝贝儿子的未来生活，急得一个暑假就瘦了一圈。

穷极便会生出变数，这变数有好的，也有坏的，端看人性。

街道上的有些人便索性前往南方沿海地带，有些人则挑起担子、推起车子，做起了小本买卖。

付英英要带儿子，陈亮又是除了傻傻地干活儿什么都做不好的人，该怎么办呢？付英英看着一个暑假被晒得漆黑的养女，心里有了主意。

宋河生就是在这个时候跑到老头儿的小院里的。他气喘吁吁地拉着老头儿的手就跑，边跑边说道："老头儿，你快去看看墨囡！她妈妈不让她上学了！"

得知这个消息后，宋河生第一时间就来找老头儿了，甚至都不知道自己为什么要这么做，明明老头儿和他们非亲非故，脾气还臭。

老头儿被他拉得差点儿跌倒，问道："怎么回事？你说清楚！"

"哎呀，你去了就知道了！"宋河生急得很，拽着老头儿使劲跑。

陈家人此时也正在吵架，就是为了陈一墨念书的事。陈亮始终不同意让陈一墨退学，但付英英决定的事谁又能改呢？

今天是新学期报到的前一天，他顶着付英英的怒火，跟她做着最后一次沟通。

"再穷也要让她把初中读完，不然街坊要戳我们的脊梁骨！我们以后怎么出去见人？再说，念书才要几个钱？"陈亮小心翼翼地说。

付英英眼皮一翻，说道："谁戳脊梁骨？你让他到我面前来戳试试！我看谁敢！难道我不想让她去念书吗？还不是你没本事！你要是像胖丫的爸爸似的开一家饭店，或者像河生的爸爸似的给人做木工活儿，那我也供她念书！你会什么？你除了会张嘴吃饭还会什么？在服装厂工作了一辈子，你连一件衣服都做不好！你有什么本事让她去上学？她不过是个丫头，终究要嫁到别人家去的，从小学着做生意，既能给自己攒一笔嫁妆，也能贴补家用。就以她这两个月赚的钱来看，她挣上个二十年，以后鸣宝娶媳妇都不用愁了！靠你？我们娘儿俩要饿死！"

说完，她又换了一副好脸色对陈一墨说："墨囡，你不要怪妈妈，念书有什么用？我们服装厂的副厂长，不就是大学生吗？结果怎么样呢？厂子一样倒闭了。还不如像胖丫的爸爸那样学一门手艺，一辈子受用！你现在学做生意，长大了指不定也能开店挣大钱！"

陈亮听得直皱眉，问："可你让人家怎么看我们？"

"看什么看？谁要是敢到我面前来说三道四，我就把死丫头领到他家去！他供她上学去呗！"付英英火了，以一顿怒吼宣告这场争吵必须就此结束。

陈一墨低下头。死丫头？

把卖衣服赚来的钱交给付英英，她便是"乖墨囡"；一旦付英英发火了，她就是"死丫头"。

"爸爸、妈妈，"她小声说，"你们别吵了，我不上学就是了，卖衣服赚钱也挺好的。"

"你！"陈亮一屁股跌坐在椅子上，无比苦恼地说道，"傻孩子，只怨爸爸没本事。"

怪老头儿就是在这个时候到陈家来的，身后还跟着满头大汗的宋河生。

天气热，陈家的大门敞开着，只关着一扇纱门。

付英英透过纱门，隐隐约约地看到了两道人影，后头那道她熟悉——宋河生！这个坏小子每次来她家都没啥好事！今天只怕他又是为墨囡上学的事来找碴儿的！

她眉毛一竖又想发火，结果一打开纱门，走进来一个瘦老头儿！

她一看，那老头儿她认识，但对他的到来感到很震惊！

她认识他是因为街坊们谁不知道河滨住了一个怪老头儿？那怪老头儿一生没结过婚，更是无儿无女。她觉得震惊是因为，怪老头儿脾气怪，不跟任何人来往，她和陈亮也跟他没有来往，倒是听说死丫头去老头儿家玩过，老头儿莫非是为死丫头的事来的？必然是的！宋河生那个臭小子把他带来的呗！

她做好了与老头儿大战一场的准备！吵架？不是她吹牛，河坊街上就没人是她的对手！

她卷起了袖子，用轻蔑的眼神看着老头儿。

陈一墨已经下意识地往老头儿的身边靠过去了。她猜到老头儿是为了她念书的事来的，可是，老头儿哪里说得过妈妈呢？她不想连累老头儿被妈妈训，就像爸爸一样，被训得像一只鹌鹑一样不敢说话。

老头儿却拍拍她的头，示意她别怕，自己则在陈家用来待客的椅子上坐下了。老头儿面容清瘦，须发花白，举手投足间竟有几分清绝出尘的气质。

付英英觉得奇怪，平日里看着那么邋遢的老头儿，今天看起来不一样了，怎么就像一个世外高人了呢？

她再细看，他穿的还是那身半旧的对襟衫，唯一的变化就是布鞋上没洞了。

"呀!"付英英这么一惊,声势上就先输了。

只见老头儿一挥手,开口就说道:"墨囡必须上学!"他的语气十分霸道。

付英英在心里冷哼。她果然猜中了!他在这儿等着她呢!她那被老头儿震慑下去的气势瞬间高涨,斗志顿时爆棚。

老头儿伸出了三根手指,说道:"三百块钱。"

老头儿的声音不大,却足以震慑在场的所有人,付英英的高音炮刚起调儿就成了哑炮。

"什么意思?"她以为老头儿要拿三百块钱出来给陈一墨交学费,那她不干!学费才要几个钱?关键在于陈一墨若是上学去了,就没人做生意贴补家用了!

老头儿却说道:"我收这丫头为徒,每个月给她开三百块钱的工资。"

付英英张大了嘴,两分钟没有合上,还是陈亮难以置信地问了一句:"什么?你说你要给墨囡开工资?"

他觉得自己一定听错了!三百块钱呢!他在工厂里干一个月的活儿都挣不到三百块钱!

"没错,我收这丫头当徒弟,给她开工钱,平时让她去上学,放学以后和周末她去我那里当学徒!"老头儿又说了一遍。

付英英这才反应过来,确定自己没有听错,但是仍然不敢相信,于是问道:"你说的话当真?每个月三百块钱,一直供到她上完学?"付英英可不傻,他别供一个学期又说不供了!

"当真!每个月三百块钱,一直供到她工作!"老头儿板着脸说道,接过陈一墨递给他的茶呷了一口。

付英英的脸笑成了一朵花,她马上指挥陈亮端点心、水果,把陈一墨拉到跟前来,再往老头儿的面前推,并说道:"我们墨囡又聪明又勤快,长得也水灵,不然,当初在福利院也不会一下子就合了我的眼缘。说实话，我也想供墨囡上学，培养出一个大学生来，我不也能跟着享享福嘛！但是家里的经济条件实在不好，不然，我哪里舍得委屈墨囡呢？"

她"嘿嘿"笑着给陈一墨整理衣领，又拍了拍陈一墨的衣襟，说道："现在好了，承蒙您老人家看得上，那我们就把墨囡交给您了。墨囡，你可要记得……"

她想了半天，也没想出老头儿姓什么，索性称"师父"了，继续说道："要记得师父对你的恩情，以后长大有本事了，记得报答师父！"

陈一墨站着，老头儿坐着，两个人的眼睛正好在同一水平线上。

陈一墨看见的是老头儿眼里慈爱的光，泪水渐渐模糊了她的视线。

付英英还在催她跟老头儿道谢，可是，小小的她已经明白，老头儿对她的好又岂是一句"谢谢"就能表达的？

"师父，收徒是不是要有文书啥的？"付英英的意思是让老头儿立字据，她怕老头儿开空头支票，毕竟这一供就要供十多年呢！不过，付英英的心里也有小算盘，就算他不供完她也不亏，他供到小学，墨囡就念到小学，供完初中，墨囡就念完初中呗，她家又不用花费什么，每个月还能净赚三百块钱！

老头儿在心里冷哼。他也正有此意，还让宋河生把居委会的人叫来做见证，写了收徒文书，按了手印，并且付了第一个月的三百块钱，挥舞着钞票强调道："既然我收了徒，又付了工资，丫头周末和放学后就都得去我那里学艺，若是耽搁了时间，我可是要扣钱的！"

"那是当然，那是当然！"付英英笑嘻嘻地吹干文书上未干的手印，眼珠子随着老头儿手上的钞票转！

那天，陈一墨送老头儿回去时，一直拽着老头儿的衣角不松手，也不说话。

老头儿见她这样，板着脸把自己的衣角从她的手里解救出来，还摆出那副凶巴巴的样子，说道："我就这么几件衣服，你别给我拽破了！拽破了你赔吗？别忘了，我已经把工钱开出去了！你这个月还没开始上工呢！"

陈一墨看着老头儿一脸嫌弃的样子，抿着嘴笑，眼泪却落了下来。

"哭什么哭？"老头儿更加嫌弃了，摆摆手，说道，"哭得我头痛！小姑娘就是麻烦！赶紧回去吧！别烦我！"

他说完就满脸厌烦地走了，好像真的多看她一眼就烦似的。

宋河生笑嘻嘻地和陈一墨站在一块儿，冲老头儿的背影嚷："老头儿，我知道你是一个大好人！"

老头儿挥挥手，说道："我可不是好人！明天都把作业给我带来！你们若是交不上来，我可是要揍人的！"

宋河生一听见"作业"两个字就头痛！他好不容易把暑假作业做完了，老头儿那里还有什么作业？

"画。"陈一墨提醒他。

他顿时蔫了，说道："完蛋了！完蛋了！我把画忘了！"

陈一墨听罢，抿着嘴笑了起来。

"不管了！我今天回去把它画完！"宋河生"嘿嘿"一笑，握着陈一墨的手，眼里的粼粼波光像盛夏艳阳下的河水，闪亮、耀眼，"墨囡，这下好了！我们又能一起上学了！"

难得地，付英英的脸上也堆满了笑容，她还留宋河生吃饭。

突然被天上掉下来的馅儿饼砸中，付英英怎会不高兴呢？每个月三百块钱呢！这可不是一笔小收入，就算在厂里上班，有些人一个月还挣不到三百块钱呢！

"婶给你蒸肉吃！墨囡也有！"其实话一说出口，付英英就有些心疼了。她这么大年纪才生孩子，早没奶了，只能将上好的里脊肉剁成肉泥煮汤，给儿子拌米糊吃，她和老陈是一口肉都舍不得吃的。可话已说出口，不能收回，她按了按心口，安慰自己，好歹墨囡每个月能赚三百块钱呢，舍一口出去怎么了？她这般想着，脸便笑成了一朵菊花，去收拾傍晚捡回来的菜叶子了。

她总是傍晚去买菜，猪肉摊的老板给她留下一块小小的里脊肉，别人不要的筋头巴脑的肉她花很少的钱买回来，让家里唯一的劳动力陈亮改善伙食，她自己和陈一墨都是吃捡回来的菜叶子的。猪肉摊的老板将卖剩的比较差的几块骨头都送给她了，她拿回来煮菜叶，自己和陈一墨也能沾沾油荤。

她不得不节俭！她叹了一口气，儿子还这么小，她和老陈年纪又大了，不给儿子攒点儿钱，万一他俩早早去了，儿子还没成年，可怎么办呢？

老头儿布置给三个孩子的作业只有陈一墨认认真真地完成了，一个暑假她足足临摹了三大本画本。其余两个人，一个人用一晚上的时间画完一本，深刻地诠释了什么叫鬼画符；另一个人一本画本只画了两页，后面被空着了。

此刻，没完成作业的两个人正蔫头耷脑地等着老头儿揍他们的屁股呢。

老头儿是真的要揍人吗？不，老头儿没揍人，只是打发他俩去打扫院子，他和陈一墨坐在树下吃点心和水果。

不知道老头儿从哪里弄来的新式点心和奶提，他们从来没吃过，一边打扫一边馋得直流口水。可是没办法，老头儿不给他们吃！宋河生急得抓耳挠腮不说，胖丫本就是个贪吃的人，顿时后悔不已。

陈一墨见状，一边吃一边悄悄揪了提子往口袋里藏。老头儿即使看见了也半闭着眼睛，只当不知道。

晚上回去的时候，陈一墨把自己口袋里的提子分给那两个人吃，两个人顿时欢呼起来，只差喊"墨囡万岁"了。待将半口袋提子吃完，两个人还意犹未尽，宋河生咂着嘴说："从来没吃过这么甜的葡萄，还没核！"

胖丫又是感叹又是遗憾地说道："葡萄都这么好吃了，不知道刚才的点心得有多好吃呢！"

陈一墨笑眯眯地说道："下一回老头儿要你们做什么作业，你们好好完成不就有吃的了？"提子好藏，点心不好藏，不然她就再装半兜点心了。

宋河生不断点头，但真到了下一回，又忘了个一干二净。

老头儿说是要陈一墨去做学徒，但陈一墨每天到了老头儿的小院里，老头儿都是让她写作业，写完作业要是还有时间，就让她临摹几幅画，或者老头儿老神在在地坐在那儿给她当模特，让她画他。

她画出来的画像哪里能看？老头儿也不多说，她一画完他就端糕点、水果来给她吃。

她这是当学徒？

她自己都觉得不好意思了，周末的时候想主动提出来。

她刚叫了一声"师父"，老头儿就拍着小桌板，大声喊道："错了！错了！"

她吐了吐舌头，改口："老头儿。"她也很无奈，明明都写了拜师文书了，他还不让她叫他"师父"，得继续叫"老头儿"。

"嗯。"老头儿这才满意了，问她，"什么事？说！"

"老头儿，我什么时候跟你学艺呢？"陈一墨托着腮帮子问。

"着急了？"老头儿摸着下巴，反问道。

陈一墨点点头，说道："今天是周六，我昨晚就写完作业了，闲着呢！"她觉得老头儿如果长了胡子，再摆出这种姿势，就跟老神仙差不了多少了。

"行！那你就跟我来试试吧！"

老头儿这回交给她的任务仍然是锯银板。

"又锯？"陈一墨失望极了。

"嗯。"老头儿让她继续画线、锯直线，锯完直线再锯折线和波浪线，"还记得我是怎么教你用锯子的吗？"

"记得！"她认真地想了一会儿过程才回道。

"记得就好。"老头儿把锯弓和锯条给她，说道，"可别把锯条锯断了，不然要扣工钱的！"

陈一墨认真地点着头，末了又冲他笑了笑，露出缺了门牙的牙龈。她知道，老头儿是唬她的，他才不会扣她的工钱呢！

老头儿立马捂住眼睛，表情嫌弃地说道："别冲我笑，这门牙缺的，丑得我眼睛痛。"

陈一墨更乐了。她掉牙晚，第一颗牙就是在老头儿这里吃桃子的时候掉的，老头儿还帮她把掉下来的牙齿扔到了屋顶上。

时光就在陈一墨练习锯银板的日子里一天天过去，她从最初的锯线条到锯圆形，再到锯空心环、五角星，现在，她能锯她想要锯的任何图案。

她的银板锯了熔，熔了又锯。当她终于锯出一朵漂亮的桃花时，心情十分激动，她将桃花捧在手心里，拿去给老头儿看，让老头儿帮她想办法，用一根绳子把桃花穿起来。

"穿起来干什么？"老头儿斜着眼睛看了一眼她的作品，觉得丑，又要捂眼睛。

"别捂眼睛！"她拉着他的胳膊，说道，"你教教我！"

"打孔呗！"

"不行！打孔就破坏花儿了！"

"要穿起来送人？"老头儿一猜就猜中了她的心思。

她笑眯眯地点头。制作出来的第一件她认为拿得出手的作品，她要穿起来送给河生哥！

老头儿“啧啧”两声，问她：“是要送给河生那个臭小子吧？”

她“嘻嘻”一笑，再次点头。老头儿真精明，啥都瞒不过他。

老头儿嫌弃地说道：“就这种丑兮兮的玩意儿，送出去你不嫌丢人，我还嫌你砸我的牌子呢！”

她噘着嘴，说道：“河生哥才不会嫌丑呢！我锯的他都说好看！”上回她锯了一个五角星，五个角都不一般大，他也说好看来着。

老头儿不同意，不管她怎么说，他都不同意她就拿这东西送人，还凶巴巴地戳着她的脑袋说：“丫头！这门手艺，你连门都没进，连一道门缝都还没打开，就开始嘚瑟了？跟我来！”

老头儿开始教她第二课：练习锉功。

她在打扫工作室时就将各种锉刀认过一遍了，还记得一丁点儿，但怕老头儿笑她答得底气不足。老头儿倒是没笑话她，又教了她一遍。

如今她正儿八经地跟着老头儿学，不再像从前那般玩玩闹闹。小小年纪的她竟学得十分用心，怕自己忘记，还仔细地记了笔记。

老头儿本来有一本册子要交给她看，见她这样认真，很是满意。老一辈的手艺人始终相信熟能生巧，好记性不如烂笔头，她自己记的东西，印象会更深刻。

等她记完，老头儿就问她了：“你来说说，你做这朵桃花该用哪把锉刀？”

陈一墨在自己记的笔记里找了一圈，迷糊了，说道：“平锉、半圆锉，还是圆锉？”

“不急，你慢慢想。”老头儿摸着满是胡楂儿的下巴，眼里有难住陈一墨的得意，说道，“这点儿东西都弄不明白，你就敢把桃花拿出去送人呢？！”

陈一墨噘了噘嘴，说道：“还师父呢，就会笑话人，也不教我！”

老头儿被她逗乐了，这丫头总算被他调教过来了——会笑，会生气，会撒娇，再也不是那个活得战战兢兢的受气包了。

于是，老头儿开始教她。她珍惜她的小桃花，还不肯将它拿出来当练习品呢。

老头儿又笑话她一通，这么个丑玩意儿还当宝！笑完，他取了她从前练习时留下来的银条、圆片，手把手地教她怎么拿锉刀，怎么运刀；平面的怎么锉，圆弧面的又怎么锉。

教完，他便让她将小圆片锉成圆柱，还规定了圆柱的尺寸。

陈一墨回想刚才老头儿所教的内容，先拿起游标卡尺量圆片的尺寸，心里有底以后才去拿锉刀。

老头儿看着她生疏的手法，心里却在点头——这丫头适合做这行，至少耐得住性子，心也细，不像那两个闹腾的家伙。

提起那两个家伙，不得不说，他们更像吃货，来他这里吃东西才是最大的目的。虽然会顺便帮他做做杂事，但要他们练习枯燥的锯功，他们总会找各种借口开溜。

没办法，这事半点儿也强求不得，他自然不会强迫他们。

他正想着呢，有人来访。

他这破院子从来没有访客，所以他没有安装门铃，这会儿院门被敲得震天响。听这动静，他便以为是宋河生和胖丫来了，让陈一墨自己练习，他去开门了。

他板着一张脸，准备吓唬一下门外的二人，结果表情却在门被打开的一瞬间凝固了。

陈一墨初时也以为是宋河生来了，但等了一会儿，还没见宋河生进来找她，外面的动静更是诡异，大黑叫个不停。她放下锉刀，悄悄从门边探出头去看情况。

结果，她大吃一惊。

院门口站着一个非常美丽的女人，打扮得跟电影明星似的，耳朵上、脖子上、手腕上戴着一整套首饰。在陈一墨和老头儿闲聊时，老头儿给她看过他的画册，那女人身上的首饰应该是由很贵很贵的宝石制作而成的。

对，这个女人除了美丽，还看起来很贵。

这么美的女人来找老头儿干什么呢？她对老头儿很客气，老头儿待她却一点儿也不客气，虽然牵住了大黑，却指着门叫她"滚"！

可即便是这样，女人也没生气，外面又来了一个穿着西装的年轻男人，提进来一大堆看起来很高档的礼盒，像是要送给老头儿的。

女人的身边还站着一个小男孩，那小男孩跟河生哥差不多大，穿得也十分讲究。这会儿他应该是看见陈一墨了，将目光落在她藏身的地方，冲她笑了笑，还对她勾了勾手。

她没理，谁要理一个小屁孩？她关心的是老头儿和这个女人！

女人让年轻人把东西放下，打量着院子，对老头儿说："我知道这么多年你一直恨我，恨我们。可是，你也没必要把自己的日子过成这样呀！"

老头儿冷笑，问道："过成什么样？我这样怎么了？要过成你们那样才算好吗？"

女人被噎住，片刻后继续说道："我不是这个意思，你明明可以过得很好的。我这次来，就是想带你离开这里，去能让你飞黄腾达的地方。你拥有一手绝技，难道就甘心这样被埋没吗？"

陈一墨的心提了一提，老头儿要走了吗？她有些舍不得呢。

老头儿却更凶了，怒道："怎么，又有谁出高价了吗？"

"你！"女人大概是被戳中痛处了，高贵的气质在一瞬间被撕裂，不过，她很快就恢复了正常，还是那样温温柔柔地说道，"大师兄，我知道你还对以前的事耿耿于怀，也知道我和安平对不起你，可是，这么多年过去了，我们都知道错了，很想补偿你。"

"我不需要补偿！我现在过得很好，十分好！你们还是把我忘了吧，别来打扰我就是最好的补偿方式了！走吧！走，走，走！"老头儿作势要赶人。

原来，这个女人是老头儿的师妹！原来，老头儿是有亲人的！偷看的陈一墨捂住了嘴，可是，这师兄与师妹也差得太多了，她简直无法相信。

女人穿着高跟鞋，被吼得差点儿没站稳。

小男孩站到了女人和老头儿中间，气势汹汹地说："不要欺负我妈妈！"

"别胡闹！他是你大伯！"女人赶紧把男孩拉住，对老头儿说道："大师兄，你真的不会原谅阿慈吗？"

听到这个名字，老头儿一时陷入了沉默之中。

"是，阿慈做错了事，阿慈对不起你，可阿慈现在后悔了，谁年轻时没犯过错呢？今天看见你的境况后，阿慈的心里更是难受。大师兄，你今年才四十多岁，你看看你。"女人说着，还哭了起来，"大师兄，你原本可以过得很好的，是阿慈将你害成了这样。这些年，阿慈一直承受着良心的折磨，大师兄，阿慈从来没有忘记你，阿慈的名字都是你起的，没有你就不会有阿慈……大师兄，你也记得阿慈是不是？你看，你还记得我爱吃枇杷，你的院子里种着枇杷树。既然这样，你又何必再躲着我们呢？咱们一家人团圆不好吗？"

陈一墨再次被女人的话惊住了——老头儿才四十多岁？可他看起来真的跟个老头儿似的。

老头儿不知道被哪句话触动了，反应没有之前那么激烈了，语气却更加冷淡了。

"不必说了，过去的事情我都忘了，你们也不必再耿耿于怀，过得好就行。易南生已经从这个世界上消失了。"老头儿说道。

易南生？

原来老头儿叫易南生！

陈一墨听得出了神，一下没站稳，扑到了门外，差点儿跌倒。

她赶紧往回缩，但这声响已经惊动了门口的几个人。女人一眼便看清了这缩回房间去的孩子是个女娃儿，惊讶地问："大师兄，她是你的女儿吗？你结婚了？有孩子了？"说完，她又把男孩扯了过来，继续说道，"正好，她跟你侄子差不多大，两个人可以一块儿上学。大师兄，你就算不为自己想，也要为孩子想想吧？难道要孩子也跟你隐居在这里，得不到好的发展？大师兄，你跟我们走吧，带孩子一起！我保证，我会送她上最好的学校，你侄子有的东西她都有。"

老头儿的耐性终于被耗尽了，他拎起她带来的礼盒就往外扔，并说道："走，走，走！你赶紧给我走！我跟你说过，易南生已经死了！你们若是还记得这个人，就给他设个牌位，没事的话给他上一炷香；记不得最好，就当我们从来没认识过，谁也不欠谁的！滚吧！"

老头儿这回毫不客气，连推带搡，甚至放出了大黑。在大黑的叫声中，三个人终于被赶到了门外，院门被老头儿"砰"的一声关上了。

女人在年轻男人的搀扶下才站稳，不然穿着高跟鞋被老头儿这么搡还真得崴脚。她带来的孩子被大黑吓得"哇哇"大哭，死死地抱着她的腿。

她不想装了，不耐烦地说道："走吧！"说罢，她一把抱起孩子，哄着他让他别哭了。

三个人上车后，年轻男人递给她一部砖头般大小的手机，说道："太太，先生打来的电话。"

她将电话接了起来，那边的男人问她："怎么样？办成了吗？"

"办成什么呀？老顽固一个！"女人皱着眉说。

"不是让你打感情牌吗？"

"打了！我只差跟他叙旧情了，你高兴了吗？"

男人顿了顿，又说道："他看见璧青后也没有一点点动摇？他怎么说的？"

"他让我们当他死了！我回去后就给他立个牌位吧！真是的，这么多年了他还死性不改！他死了就死了吧，你可别叫我再来了，一肚子气！"女人说罢，便把电话挂了。

老头儿返回时有些失态，走路都有些跟跟跄跄的，然后就一头钻到了屋子里，把门关上，再也没出来。

他似乎忘了工作间里还有陈一墨。

陈一墨觉得老头儿遇上了大事，不敢打扰他，老老实实地在工作间里练锉功，把老头儿教给她的每一个形状都修标准了，还用油光锉刀精修了一遍，老头儿还是没动静。

她把自己做的银桃花又掏了出来，小心翼翼地锉了一遍，然后托着腮思考着是不是真的要打孔、怎么打孔才好看，忽然灵光一闪。

为什么要打孔？她把它做成镂空的桃花不就能穿绳了吗？

她骂了自己一声"笨笨"后，找出了她唯一会用的工具——线锯。

她在那朵丑丑的五瓣桃花上重新画图，再用线锯把花瓣的内环锯掉，一朵镂空的桃花就被制作出来了！她兴致勃勃地锉、削了一番，自认为完美无瑕，然后寻了一根红色的绳子，将桃花穿了起来，塞到口袋里。

她一看天色，该吃饭了吧？老头儿还没出来呢？

她利落地煮了饭，炒了三道菜，去叫老头儿吃饭。

其实老头儿并没有将门锁上，大黑还趴在门口呢。大黑大概是饿了，迎上来围着她叫了几声。她把手里装肉的碗放到地上，给大黑吃里面的肉，而后去敲门。

她叫了两声没人答应，便自作主张地推开了门，结果，一股酒味儿扑面而来，老头儿躺在竹靠椅上，手里还拎着一个酒瓶。

"老头儿！老头儿！"她去推他，"起来吃饭了！"

老头儿看见眼前的人影后，迷迷糊糊地叫了一声："阿慈。"

他是在叫刚才的那个女人吗？人家都走了！老头儿醉糊涂了！

她附在老头儿的耳边大声说道："我不是阿慈！我是墨囡！"

老头儿如梦初醒，看了她好一会儿，喃喃道："墨囡啊。"

"是！起来吃饭了！"陈一墨把他从躺椅上拉起来。

一碗热热的汤下肚后，老头儿才算彻底清醒了，一眼便看见了从陈一墨的口袋里掉出来的半根红绳，哼了一声，问："孔打上了？"

陈一墨下意识地捂住口袋。

"捂什么捂？我都看见了！"老头儿用蔑视的眼神看了过来。

陈一墨"嘿嘿"一笑，把红绳拎出来，眼神中带着几分得意之色，说道："你看，漂亮吧？不许捂眼睛！"

老头儿没捂眼睛，只说道："以后不许说你是我的徒弟！"

他这是嫌她的作品丑，丢人呗！陈一墨还不懂吗？可她不介意！她小心翼翼地把银片又装回了口袋里。

老头儿却来了耐性，问她这朵丑桃花她后来是怎么加工的。

她就"叽叽喳喳"地说开了，自己是怎么想到用线锯的，锯好后又是怎么用红柄锉刀和整形锉刀削边缘的，怎么用油光锉刀精削的，用到了哪几种锉、削方法，都说得清清楚楚。

老头儿听完后点了点头。这丫头有灵性，时间仓促，他没来得及将方法一一教给她，她用她自己的法子倒也蒙了个八九不离十。

她能得到老头儿的赞许太不容易了！眼看老头儿的心情好了些，她便小心翼翼地问老头儿："老头儿，你要跟那个人走吗？"

老头儿的脸色瞬间变黑。

陈一墨吐了吐舌头，说道："老头儿，人家是关心你，黑什么脸呢？"说完，陈一墨又神秘兮兮地问，"她是什么人哪？"

老头儿的脸色更黑了，他拿起碗便要砸人。

陈一墨将头一缩，没了声音。

她悄悄抬起眼睛往上看，只见老头儿早已放下碗，面色十分平静。

"老头儿。"她觉得老头儿是伤心的，于是靠向他，拉了拉他的袖子。

老头儿的目光落在她的脸上，他神色复杂地问她："你希望我走吗？"

陈一墨认真地思考了一会儿，摇摇头，又点点头。

"这是什么意思？"老头儿皱起了眉，问她。

"我当然不希望你走了！但是，如果你走了比在这里开心，你就走吧。"她说着，眼睛就红了。

老头儿顿时变了脸，凶神恶煞地说道："走什么走？你在我家吃了这么多东西，狗屁都没学会！我怎么走？不从你这里捞回本，我是不会走的！"

陈一墨笑了，但这笑里含着泪花。

"就知道傻笑！"老头儿扔给她一只碗，说道，"还不给我盛饭？这么没眼力见儿，我以后怎么靠你养老？！"

陈一墨麻利地抱着碗盛饭去了，还回头笑眯眯地说："老头儿，我以后肯定给你养老！"

大黑也跟着凑热闹，"汪汪"叫个不停。

她盛好饭回来后摸摸大黑的头，说道："还有你，大黑，我也一直养着你！等老头儿牵不动你了，我就牵着你，陪你散步。"

老头儿听了这话不乐意了，说道："我走不动了，它还能走动？胡说八道！我的肉呢？它有肉吃我没有？真是人不如狗了？"

你的肉就在你面前啊！

陈一墨摇摇头，给大黑顺完毛又给老头儿顺毛，用汤勺舀了一大勺排骨给他。

她微微笑着，老小孩、老小孩，一条老狗、一个老头儿，她现在就跟哄着两个小孩子似的，也真是不容易呢！

陈一墨回去的时候，太阳刚下山，将天边烧得金灿灿的，夕阳照在河坊街两边低矮的旧房子上，给青灰色的屋顶镀上了一层金光。

她踩着青石板路，一路蹦着跳着去了宋河生家，途中还遇到了好几位在门口择菜、聊天的大婶，她们都知道她从怪老头儿家学艺回来了。

宋河生刚吃完饭，跑着出来的，问她："墨囡，你今天累不？"

他如今周末都不去老头儿那里了，不然老头儿教墨囡学手艺，他还得跟着学，每次学完手都累！

陈一墨摇摇头，从口袋里把银桃花掏了出来，拎着红绳儿给他看。

镂空的银桃花坠子在他的眼前晃来晃去，在夕阳下闪闪发光。

"哇！"宋河生用手将它捉住了，赞不绝口，"这是你今天做的吗？太漂亮了！墨囡，你可真棒！"他满脸惊喜之色，证明他的夸赞是发自内心的。

银坠映在他墨色的瞳孔里，晶亮晶亮的两个光点儿，星星一般。

他的小墨囡，做什么都是最棒的！

陈一墨松开绳子，笑得咧开了嘴，说道："送给你的！"

"给我？"宋河生惊讶不已。

"对！"陈一墨点点头，说道，"这是我目前做得最好看的作品了！"

宋河生立刻将它挂在了自己的脖子上，跑到窗户边对着玻璃照镜子，边照边用力点头，说道："嗯嗯，真好看！太好看了！我喜欢！"

陈一墨看着她的河生哥笑。她就知道，河生哥才不会嫌弃她的桃花丑呢！河生哥一定会喜欢的！

这个一元硬币般大小的银桃花坠子，宋河生这一生都没有再取下来过。

第三章

掌心里的花

陈一墨十三岁的时候，河坊街发生了翻天覆地的变化——整条街被征用，用来开发旅游资源。

河坊街上的每一户人家都会被补给新房，还有一笔对当时的河坊街居民来说十分可观的拆迁款。

这个消息让这条街上的居民兴奋不已，街坊们每天的话题都离不开"拆迁""补偿""面积"等词。

只有一个人是消沉的——老头儿。

老头儿不想搬家，陈一墨也舍不得离开那座小院。

那座陈旧得近乎破败的小院承载了她童年时期最美好的时光。她舍不得院墙下的枇杷树、树荫下的竹桌与竹椅、她在其中挥洒了不知多少汗水的工作间、她年年修剪年年枯了又生的小草……

她舍不得的东西太多了。

街坊搬家的那段时间，正是枇杷成熟的时候。

陈家人早已搬走，但陈一墨仍然像平时一样，在放学后去老头儿的小院。

往日里热热闹闹的河坊街如今变得空荡荡的，那些在门口一边择菜一边闲聊的阿姨、婶婶都不见了，好几户人家紧闭着的大门上贴着的褪了色的年画掉下了一半，被风吹得猎猎作响。

大伙儿搬得差不多了。

她一直走到街尾河滨，老头儿的小院关着门，她熟门熟路地将门打开，大黑立刻跑了上来，围着她嗅。

她在主屋里找了一圈，没见到老头儿，再回到院子里时，才在枇杷树上看见了他。

夕阳下，他穿着比树干的颜色更深一个色号的旧衣服，藏在树影里，与枇杷树粗糙的枝干和在暮色中破败的小院融为一体，陈旧、过时、孤独。时间的车轮滚滚向前，他却与这里的一树一草、一砖一木一样，早已停止在了过往的不知哪段时光里，就像一潭死水，不再流动。冬去春来，日夜更替，都不过还是那一刻，永远是那一刻，是昨日，是从前。

从前注定是要被世人遗忘的。

他忘不了的时光却已将他遗忘，连同旧时光里的世人一起。

陈一墨看着他，突然间泪如泉涌。

她站在枇杷树下，无比庆幸在那个夏天，调皮的孩子动了他的枇杷，惊了他的时光，也搅动了那一潭死水。

"哭什么？还不来帮忙！"老头儿吼道。

"哦！"她抹了一把眼泪，把老头儿扶了下来，自己上了树。

老头儿在树下看她摘枇杷，并不断地骂她："手别碰枇杷！别把那层绒毛蹭掉了！枇杷娇贵着呢！那层绒毛若被蹭掉了，枇杷就不耐放了！怎么这么笨手笨脚的？"

整棵树上的枇杷，她一直摘到月上树梢才摘完，装了两大箩筐。

老头儿把箩筐摆在他们常常吃瓜果、喝茶的树下，打开头顶上那盏昏暗的旧路灯，昏暗的灯光一亮，小小的蚊子蜂拥而来，围着灯飞。

老头儿自己喝酒，请她吃枇杷，说道："吃吧，吃吧，就这一年了，明年可就吃不着了！"

陈一墨没有说，明年若想吃，可以去街上买。

可买来的枇杷终归和这棵树上的不一样。

她选了一颗黄透了的枇杷，先递给他，他摇了摇头，表示不要。

她便自己吃了，很甜。

老头儿问她："甜不？"

她用力地点头。

老头儿怔了半晌，也点了点头。

她很好奇，问老头儿："你自己种的枇杷，你不知道甜不甜？"

"我从没主动吃过。"老头儿淡淡地说道。

他从来不主动吃它，又为什么要种呢？陈一墨想起了那个叫"阿慈"的女人！

"这棵枇杷树你种了多少年了？"

老头儿似乎回忆了一下，然后缓缓摇头，说道："我不知道，不记得了。"

他都不记得了，那应该是很久很久了——她认识老头儿都五年了。

这么多年结的枇杷，他自己不吃，最后都去了哪里呢？今天摘下的这两大箩筐，她即使敞开肚皮吃，也不过吃了一斤多。她走的时候，老头儿也没让她把枇杷带走，剩了那么多，他会怎么处理呢？

她不得而知。

老头儿第二天就搬了家，选的出租屋也是最边缘的一套，但是还算宽敞。

她、宋河生、胖丫都去给老头儿帮忙了，但她没想到的是，陈亮也去了，还和老头儿聊了会儿天，说了些感谢老头儿这几年教陈一墨的话。

虽然说是学手艺，但陈一墨大多数时间是在老头儿这儿学习学校里教的功课，以及练习画画，这两件事老头儿抓得很紧，不容她懈怠，正经手艺倒是教得很随便。但这么几年下来，基础的锯、锉、压、拉、锤、焊、磨、铣等手艺她还是学会了的，而且技术可以说非常纯熟了，这个时候如果谁要她做金戒指、金耳环什么的，她完全能做好，但是老头儿这里是没活儿可干的。

不过，陈一墨完全没想到这上头来，每天傻呵呵地学，傻呵呵地照顾一人一狗，很喜欢这样的生活。

他们在临时的出租屋里住了一年多以后，搬进了新家。

从平房搬进崭新、明亮的楼房，谁不高兴呢？

街坊们一个个喜气洋洋。

胖丫家要了一套三居室的房，她一间房间，父母一间房间，还有一间房间既可做她的书房又可做客房。

宋河生家就更不得了了，补了一套房，自己家又按市价买了一套房。宋婶暗地里说了，买的那套房子给宋河生以后娶媳妇用。

陈家却只要了一套两居室的房。

河坊街这片区域的拆迁补偿采取的是货币补偿与产权置换相结合的方式，陈家要了一套小房子，拿到了更多的钱。

两居室的房子，付英英是这样安排的：她和陈亮住主卧，次卧则给了陈一鸣——陈一鸣今年也开始上学了，需要独立的房间来学习。至于陈一墨，她给陈一墨在阳台上放了一张小床。

付英英把床指给陈一墨看的时候是这么跟她说的："墨囡，咱们家的条件不比别人家，你爸爸没本事，这么些年也没挣到几个钱，所以我们是要不起大房子的。你弟弟现在要上学了，需要一个安静的环境学习，你就把房间给弟弟住，等弟弟以后有出息了，你也能依靠弟弟不是？再说，你通常也不在家里，不是上学就是在你师父家学手艺，在家的时间少，也就回来睡个觉，所以这儿挺合适的，而且阳台上光线好，空气也新鲜。你看，妈妈把这里收拾得干净又漂亮，被子、床单全是新的，比弟弟的房间里的还要好呢！"

陈一墨二话没说就点了头，说道："妈妈，挺好的！我挺喜欢的！"

她是真的对付英英的安排没有异议。正如付英英所说，她只有睡觉时才回家，连晚饭都是在老头儿家吃的，而且对比从前住的平房，这里已经不知好了多少倍。从前家里可是一共才一间房的，爸爸妈妈带着弟弟睡一张床，中间拉一块帘子，她就睡在帘子后面，在饭桌上写作业。所以，现在有了阳台这个独立的空间，她不知有多欢喜，从宽大的窗户望出去就是风景，还能看到远处泛着光的运河如一条金色的腰带围绕着这座小城，付英英在窗台上种的几盆葱和蒜更为这风景增添了几许绿色的情趣。她怎会不喜欢呢？

至于她和弟弟在付英英心中的地位，她从来就没去比较过，因为根本不用比较。弟弟是付英英亲生的，她不是。她觉得自己如果为此而感到不公，那就是在自寻烦恼。

付英英放心了，笑了笑，说道："我们家墨囡真懂事，长得也漂亮。"

这话就不是谬赞了，陈一墨的懂事之处不必说，这几年下来，她早已不是当初那个瘦得跟柴火棍似的小女孩了。

她常年生活在老头儿那里，吃得极好，不知是不是她在的缘故，老头儿每天早上牵着狗去市场买菜和零食。老头儿家里的伙食比陈家的好多了，糕点、水果什么的都给她吃，老头儿碰都不碰。老头儿还给她订了鲜奶，每天一盒。

经过老头儿这样精心喂养，陈一墨渐渐地长出了少女的姿态——明眸灵动，唇红齿白，配得上诗里的那句"碧玉妆成"。十三四岁青葱春柳般的女孩，真真是碧玉妆成啊！

付英英这么打量着陈一墨，心理又不平衡了。

这丫头倒是出落得越来越好看了，比河坊街上的任何一个姑娘都漂亮。这丫头被养得好也是正常的！她听街坊们说，怪老头儿换着花样地买肉给这丫头吃，今天鸡明天鱼后天排骨，市面上的那些进口水果贵得她连价格都不敢问，老头儿却三天两头地买回去。这丫头到底知不知道自己吃的都是些什么？怪老头儿到底多有钱？

付英英这么一想，心里就开始冒酸气，拉着陈一墨小声问："你在怪老头儿那里到底学到了些什么？"

说是学艺，可她从来就没看见这丫头做过什么生意。

陈一墨早就告诉过付英英了，听她又问，于是又说了一遍："打首饰啊！"

付英英心想：那你倒是打一件出来看看哪。付英英很是不满，说道："我看哪，这老头儿就是个骗子，每个月花三百块钱骗你去给他当保姆，你在那里，地是你扫的吧？饭是你做的吧？衣服是你洗的吧？每个月花三百块钱请个童工，他可真会算计！也就是你这个傻子会老老实实地给他干活儿！"

"妈妈！"陈一墨不喜欢她这样说老头儿，反驳道，"我真的学艺了！"

"说你傻你还不服气？"付英英戳了一下她的脑袋，说道，"六七年前他给三百块钱，现在还是三百块钱；街口卖地瓜的老太太六七年前一个月挣两百多块钱，现在一个月能挣一千五百多块钱！你还拿着那三百块钱回来给我交差？就你在怪老头儿家干的那些活儿，你去别人家里干，随随便便都能赚个千儿八百的！"

原来，她的重点在这儿呢。

陈一墨没有吭声，妈妈抱怨的话她听听则罢，反正这些年也听惯了。妈妈总说她在老头儿那里吃香的喝辣的，不管家里人的死活，还让她悄悄从老头儿那里拿点儿肉和菜回来。

其实她也时不时地给弟弟带吃的东西回来，不过都是些进口水果或者糕点、糖果。她也想过带鲜奶，但老头儿会盯着她，让她把奶喝完。

只是，水果、零食这些东西付英英瞧不上，总说她拿吃不完的东西来打发叫花子，这话连陈一鸣都学去了，每回狼吞虎咽地吃了也不感激她。当然，她也从没想过要他感激。付英英总想让她提一块肉或者拿一只鸡回来，可这种事她做不了，总觉得这样做太对不起老头儿！所以妈妈说，她听，沉默以对就是了，反正妈妈抱怨抱怨也就过去了。

但这一回，付英英没有就此罢休，这个突如其来的想法让付英英激动起来，她用力地拉了一下陈一墨的衣袖，说道："你听着，你下回再去时，就跟老头儿说，物价都涨了，七年前的三百块钱如今只能当三十块钱用！让他给你涨工钱，涨到三千元！不然，你以后就不去了！"

陈一墨还是没出声。

付英英生气了，说道："怎么了这是？我把你养大了你就翅膀硬了是吧？和你说话你都不理不睬了？"

陈一墨于是理她了，说道："我不说。"

"你！"付英英气得敲了她一下，怒道，"不说？不说你就不准再去！反正你还有一年就初中毕业了，这义务教育我也给你供完了，谁都管不着我了！你初中一毕业就别念了，给我进工厂上班！"近年政府招商引资，附近多了许多家外资或者合资企业，原来下了岗的工人好些又进厂上班了，陈亮和付英英也进了服装厂。

陈一墨含着泪低下头。

付英英又问："你说话啊，到底说不说？"

陈一墨看着自己的脚尖，一滴泪滴了下来，说道："不说。"末了，她又加了一句，"又不是你供我上学的！"

她这下算是捅了马蜂窝。付英英拿起衣架劈头盖脸地就往她的头上砸，骂她忘恩负义："当年要不是我把你领回来，你能有今天的日子过？我当年想着做善事，谁知道招进来了一个狼心狗肺的东西！你给我好好想想，是谁给你饭吃的？是谁供你去学艺的？为了让你专心学艺，家里的事我一个人忙得脚打后脑勺儿也不舍得让你沾手，结果呢？你的日子过好了，你就把这个家忘了！早知如此，我把你领回来干什么？让你在福利院里当个野孩子多好！我这是做善事吗？我这是作了孽才有这样的报应吧！"

陈一墨被打得蹲到地上抱住了脑袋。这时，付英英的骂声里还掺入了一个稚嫩的男声："打死你！打死你！"

一只小脚往她的身上踢了好几下，陈一鸣还吐了几口口水到她的身上。

"好了！"陈亮的声音响起，他把陈一鸣拎到一旁，抢走了付英英手中的衣架，示意陈一墨出去避一下。

陈一墨起身，并没有像陈亮示意的那样出去，而是一头钻进了阳台并关上了阳台的门。

门外是付英英哭天喊地的撒泼声，她骂陈亮，又骂陈一墨。

陈亮劝她不该这样教小孩，别把陈一鸣教坏了。

付英英对着阳台的门，连吐了好几口口水，说道："就该吐！怎么了？鸣宝做错了吗？这样的白眼儿狼不该被吐吗？"

付英英骂完又说道："她到底不是亲生的，不亲，早知道就不把她带回来了。还是自己生的亲，还是我们鸣宝知道疼妈妈！鸣宝，来，今天做得好，妈妈奖励你一个大苹果。"

"我不要大苹果，我要买小汽车！"陈一鸣得意地提要求，他才不稀罕大苹果呢，不奖励也是他吃！他要买玩具小汽车！

"好，妈妈给你买！"

陈亮听了母子俩的谈话直叹气，敲门进了阳台，安慰陈一墨："你妈就是这么一个人，嘴巴毒，你别放在心上。"

"我知道。"陈一墨点了点头。

陈亮看着女儿脸上的伤痕，再度叹息，说道："我去给你弄点儿药来。你啊，你妈妈再要打你时，你就往外跑知道吗？别这么傻乎乎的。"

陈一墨低下头没有说话。"往外跑"就是让她躲到老头儿那里去，但她这个样子跑去，除了让老头儿担心，还能怎么样？

不久，付英英说的这些话还是传到了老头儿的耳朵里。

付英英的那张嘴是藏不住话的，她将对老头儿的不满、对陈一墨的抱怨情绪在与街坊聊天的时候全说了出去，一传十、十传百，多多少少让老头儿知道了。

老头儿什么都没说。

不久后，河坊街重建完毕，开始整体对外招租，老头儿居然把他之前住的小院租了回来。

只是，这时候的河坊街已经不是从前的住宅区了，而是变成了商业区。

说是重建，但整条街的格局并没有发生什么变化，路被修整了，街道两旁的房子在原来的基础上被改头换面，一律被改成了商铺，房子的外观被改造得古色古香的。

陈一墨第一回跟老头儿回来时，惊讶得简直都不敢认了，心想：这就是古装电视剧里的街道吧？

她兴奋得一会儿拉着老头儿看挂着"酒"字旗的饭店，一会儿拍着手让老头儿看新开的客栈，还有各种卖本地土特产的店铺，都用牛皮纸包装商品，用草绳打个结系起来，再贴一张红纸。她看得眼睛都不够用了！

老头儿很瞧不上她这种没见过世面的傻样，一路上要她离自己远点儿，别丢他的脸。

她"嘻嘻"笑着，感叹道："老头儿，咱们家的这条街现在可真漂亮，不是吗？"

"这叫漂亮？矫揉造作！"老头儿嗤之以鼻。

"就是漂亮……比原来破破烂烂的样子好多了！"陈一墨喜欢河坊街，无论是它历经风雨、布满沧桑的样子，还是如今古典与现代结合、生机勃勃的样子。

"你懂个啥？傻子！"老头儿毫不留情地嘲笑她。

她不以为意地四处看，只觉得眼睛不够用，突然在一家饭店的门口看见了熟人。

"胖丫！"她大声喊道。

"墨囡！"胖丫这会儿正拿着一根肉骨头在啃，对陈一墨说道，"快来，我爸刚卤的猪蹄，你来吃！"

陈一墨见饭店的牌匾上写着"胖丫饭店"四个字，惊讶极了，问胖丫："这饭店是你爸爸开的？"

胖丫用力地点了点头，说道："嗯！你来吃啊！"

胖丫热情地给她装了一大碗卤猪蹄，并说道："拿回去给老头儿也尝尝吧！"

"那就谢谢了！"陈一墨跟老头儿还有事要忙呢，她捧着大碗没有停留太久。

一老一小走到街道的尽头，来到老头儿从前住的小院前。

小院还是那座小院，但院墙已经被翻新，那扇陈旧、布满岁月痕迹的木门已经被换成了新门，门前的台阶也已被更换，角落里的那些绿绿的青苔都不见了踪影。

门的上方挂一块牌匾，上面写着三个字：旧曾谙。

她惊喜不已，《忆江南》是她特别喜欢的诗词，她连忙问："老头儿，为什么是'旧曾谙'？'旧曾谙'是什么？"

老头儿从来不会好好地回答她的问题，反问道："莫非你是文盲？还是你没学过那首诗词？"

她当然学过《忆江南》那首诗词，可是想知道"旧曾谙"三个字为什么被用在这里。

她还没来得及再问呢，老头儿便开门进去了。

这是她第一次来翻修后的小院，但老头儿不是，所以，两个人进去后老头儿面色平静，她却震惊了。

不，这不是她和老头儿的小院。

枇杷树被砍掉了，草地被全部铺上了水泥，夏天常常给她和老头儿遮阴的，让她和老头儿可以躺在竹椅上惬意地吃瓜、乘凉的树荫也没有了。

她忽然明白老头儿为什么不喜欢新的河坊街了——新的河坊街看似什么都没改，其实什么都被改掉了。

曾经的河坊街像怀旧歌手反复吟唱的旧时光，固然是美的，但就让它永远留在河坊街人的旧照片和老调里吧。她更喜欢新的河坊街，全新的街道会是通往未来的路，在河坊街人的欢声笑语里，未来会有无数种可能。

"老头儿，你看，我们还是能在这儿种一棵枇杷树的！"她指着从前枇杷树生长的地方说道，"我们把水泥地挖开，再买一棵枇杷树来种！"

老头儿板着脸说道："种你个头！我是叫你来学艺、打工的，不是叫你来吃枇杷的！你怎么就这么馋呢？"

她嘟了嘟嘴。她嘴馋吗？她还不是想着老头儿有枇杷情结？

"过来！你还愣在那里做什么？"老头儿朝她吼了一声，进屋去了。

"哦。"她拖长声音跟了进去。

老头儿拿出几本画册，给她打开了其中一本。

她震惊了，捧着画册的手都在抖，问道："这也太漂亮了吧？世界上真有这么美的作品？"

老头儿摆出一脸鄙视的表情，脸上写着四个字：少见多怪！

她翻完一本画册，又去翻下一本，边翻边"嘿嘿"地笑。

"傻笑什么？"老头儿实在看不惯她那副傻样。

"我以为自己已经很厉害了。"她有些害羞地红了脸，说道。

老头儿哼了一声，说道："你连门都没入！"

"老头儿，你给我说说，快说说这是怎么被做出来的？"她已经迫不及待了。

老头儿摆了一阵架子后，才慢悠悠地说道："这个是老祖宗留给我们的手艺，叫花丝镶嵌，又被称作'细金工艺'，号称'燕京八绝'之一。花丝很好理解，就是把金、银拉成丝，再通过各种技法，把丝编成你想要的形状和花样，掐、填、攒、焊、堆、垒、织、编每种技法都要练得炉火纯青，任何一个步骤出了错都得重新开始；镶嵌就更好理解了，锉、镂、捶、闷、打、崩、挤、镶，通过这些技法把金片、银片做成托，再把宝石镶上去。"

陈一墨点点头，说道："这个镶嵌我学过的。"

老头儿板起脸，说道："你学过？你学过的东西连这个的皮毛都称不上！这可跟商场里那些金银首饰不一样，每一件都是由手工一点儿一点儿地精心制作出来的，每一件成品都是手艺人的心血，它是活的，是有生命的，天下间绝不会有两件一模一样的花丝作品，就算是一样的设计，它们的灵魂也是不一样的。商场柜台里的那些首饰是用模板做的，一个模板可以做出成百上千个一模一样的东西，那是没有灵魂的，是死的。"

陈一墨早就被老头儿打击惯了，脸皮厚着呢，认真地听完后笑道："那你教我啊！"

"哼！"他自然是要教她的，所以指着画册上的一幅图说道，"看见这个没？这个叫《金瓯永固杯》，是清朝的皇帝在新年的开笔仪式上用的酒杯，杯耳是夔龙，杯足是象，杯身布满宝相花，还镶了珍珠、红宝石和蓝宝石。它虽然只是一只杯子，但它的纹样、设计表现出了当时手艺人的智慧和审美能力，也体现了我们老祖宗的工艺里精雕细琢的东方之美。"

"那这个呢？"陈一墨指着另一幅图，说道，"这个蓝色的，像戏台上的头冠。"

老头儿看了一眼，说道："什么戏台上的头冠？这个是凤冠，明朝皇后戴的，现在在北京的博物馆里呢！"

"那这个呢？老头儿，这是一条裙子吗？"陈一墨翻开另一本画册，指着第一幅图问道。

她刚问完，就看到了这幅图的底下标注着"《百鸟朝凤裙》，作者：陆安平、林雪慈"。

老头儿瞟了图片一眼，随后把画册合上了，说道："行了，别看了，贪多嚼不烂。"

难道不是他让她看的吗？

"老头儿，你是要教我这些东西吗？"她有些跃跃欲试，看完这些经典作品后终于明白了，老头儿评价她的那句"连门都没入"还真有些道理。

老头儿坐在那儿闷闷的，不知在想什么，过了好一会儿才问她："你想做什么？"

她马上想到了她送给宋河生的桃花坠子，自己都觉得实在太丑了，马上说道："桃花！"

老头儿哼哼两声，直接用锤子敲她的头，说道："除了宋家那小子，你的心里还能惦记点儿别的事吗？"

她"嘻嘻"一笑，说道："我还惦记老头儿啊！"

老头儿别开眼，说道："听着都没法信！"

她也不说其他的了，拉着老头儿的衣角晃了晃，算是撒娇。

老头儿咳嗽了两声，说道："花丝镶嵌，首要的就是丝，最大的特点也是丝。这花丝的种类常见的就有二十多种，你先练习掐丝吧！"

学掐丝前，陈一墨先学了拉丝。所谓拉丝，即把银条放进拉丝机粗拔，再进行精拔。

老头儿当场就开始教她了。粗拔后的丝的直径三四毫米，老头儿精拔后拉出最细的一根，让她去测量，她量出来后直咋舌——妈呀，这根丝的直径才零点一九毫米呢。

"我还能拔得更细。现在就看你的了，你从粗的开始吧！"老头儿把工具扔给她，说道，"丝的型号在七到三十六之间，不同型号的丝有不同的用途，你先拔粗的给我看看，七号丝的直径是四点七毫米。"

她认真地点了点头，结果拔出来的丝丑得要命，她都不敢抬头看老头儿了。明明老头儿轻轻松松地就将一根根的丝拔得又均匀又光滑，她拔的怎么就粗细不一了？

老头儿这回倒是没训她，而是说道："还好，第一次能做成这样不错了，手稳着点儿，熟能生巧，凡事贵在勤奋，三天不练必然手生。你得记住，身上永远揣着本子和笔，走到哪里画到哪里。还有，一旦进了花丝这道门，镊子不可离手，千丝万丝都从这镊子中来，你慢慢练吧！"

她这一练，就练到了初中毕业。

掐、填、攒、焊、堆、垒、织、编。

老头儿说这个工艺流程是不可颠倒的，中间任何一步出了错，所有的步骤就要重来。

而她不知道出了多少回错，重来了多少次，才做出了第一件自己满意的作品——花丝桃花。

是的，她坚持将桃花作为她的首件作品的目标。她随身携带一把小镊子，练习了几百次，才把花瓣的弧度掐得圆润、流畅。那时候，她走路时在掐，吃饭时在掐，睡前还在掐，直到掐出来的花朵的轮廓跟真的桃花的一样。

而后她便去填丝，用的主要工具是一把镊子，加上迎丝棍、小盘、小勺、沾活纸、剪刀等小工具，把各种花丝的纹路往花瓣里填。她填了花丝、蔓丝和巩丝进去，花蕊处用的是小松丝。

她艰难地走到这一步，后面的过程让她好几次差点儿疯掉，不是焊错就是焊接点不规整。她甚至掌握不好火候，花丝还被她烧熔过很多次，好不容易没被烧熔吧，有时候留下了一大片焊接过的痕迹。

在每一个步骤里老头儿提到的不能犯的错，她都一犯再犯，才终于将那朵桃花做好了。

最后，她还把那朵银桃花镀成了金色。原本她想着要在这朵桃花上镶几颗珍珠的，但一想到这朵花是送给一个男孩戴的，镶上珍珠就不合适了，便放弃了。

她做这朵桃花的时候，宋河生常常在一旁边玩他的掌上游戏机边看，看着她重来了一次又一次。因她还要上学，所以一枚小小的桃花坠子她做了大半个月才做好。

等那朵镂空桃花金光闪闪地躺在她的手心里的时候，她深吸了一口气，这才觉得这么久以来手指的疼痛、肩膀的酸痛都是值得的！

"河生哥，给你的！"她笑着把掌心里的花呈到他的眼皮底下。

宋河生按了按自己的胸口。

他的胸口处已有一朵银桃花，与这朵相比虽然粗糙了一些，但他一戴上就没取下来过。此刻它贴着他的胸口，与他的皮肤温度相同。

她看懂了他这个动作的意义，展颜一笑，有些羞涩地说道："河生哥，那朵做得太丑了，你取下来我熔掉算了！这朵新的给你。"

他却捂紧衣领直摇头。

"怎么？你不喜欢这朵吗？"她低头看自己新做出来的桃花，难道它有什么瑕疵？

他还是摇头，说道："喜欢，你做的东西我都喜欢，但我就要这个了。"

"为什么呀？"那朵那么丑，丑得她都不想多看它一眼。

他微微一笑，说道："你以后做出来的东西会越来越好看，难道你每做出来一件新的，就要把给我的旧的换回去？"

"那有什么不可以？"她相信，随着自己技艺成熟以及设计水平提高，以后她做出来的每一件作品只会比之前做的更出色，这也是她的目标！

此时念高二的十七岁少年，唇上已经冒出毛茸茸的胡须，额头上有几颗小小的、红色的痘痘，脖颈间的喉结微微上下滚动着。他用粗粗的嗓音说道："不必。我喜欢最开始的这朵，有它就够了。也许它不是最好的，但它是最有意义的。"

可能是夏日的天气太热了吧，陈一墨突然觉得脸发烫，就连托着镂空花丝桃花的那只手的手心里也全是汗。

宋河生凝视着那只灵巧、精致的小手，再度笑了笑，问她："这朵桃花卖多少钱？"

"什么？"她一时不明白他的意思。

他便朝着工作间外的老头儿大喊："老头儿，墨囡新做的这朵桃花卖多少钱？"

河坊街翻新，小院里的大树被砍掉了，陈一墨便让老头儿在原来种着大树的地方搭了一座凉棚。这夏日的午后，老头儿正躺在凉棚里的竹床上打瞌睡呢，听见喊声后，眯着眼随便说了一个数字。

宋河生便从陈一墨的手心里抢走桃花跑了，少年的指尖滑过她的手心，一阵酥麻感在二人的皮肤的相交处蔓延开去。

陈一墨愣了一会儿后追了出去，只见宋河生往老头儿的身上扔了一把钱，然后便跑出门，跑得没了影儿。

"河生哥这是干吗呢？"她摸不着头脑，问老头儿。

老头儿指了指钱，说道："这还用问吗？他把你的烂桃花买下来了！"

她把"烂桃花"这个词听成了打击，不服气地反驳道："什么烂桃花？我做得那么精致！"

老头儿重新闭上眼，哼哼两声，说道："等你回去的时候，到药店买一盒药去。"

"什么药？"她还以为老头儿病了呢。

"脑残片。"

老头儿学会骂人了！她气得跺脚，说道："老头儿！我哪里笨了？"

老头儿干脆翻了个身，答道："哪儿哪儿都笨！"

陈一墨抬头望天，说道："我今天不给你做好吃的东西了！"

宋河生把吊坠拿走后，还在河坊街上卖各种纪念品的店铺里买了一个首饰盒，把金光灿灿的镂空桃花装了进去，回家后直接送给了他妈。

宋婶今天过生日，收到儿子送的礼物后喜不自禁，说道："这个几块钱买的？倒是挺好看的。"她以为这个吊坠是河坊街上卖几块钱的东西。

"几块钱？"宋河生跳脚，说道，"这是几块钱能买到的东西吗？纯银镀金，墨囡做了大半个月才做好的！"但它也不是多贵的东西，他积攒的零用钱够买了，他刚才扔给老头儿的只能算定金，一会儿他还得把存钱罐里的钱都给老头儿送去。

"哎哟，这是墨囡做的？"宋婶震惊地说道，"这么说，墨囡这几年是真的在学艺？"

"她不在学艺在做什么？"宋河生觉得妈妈这话问得莫名其妙。

宋婶不好意思说付英英四处跟人说，怪老头儿这几年打着收徒的幌子，其实是在把墨囡当保姆用，墨囡什么都没学会，光给怪老头儿洗衣、做饭了。

宋河生一想就明白了，说道："是陈婶又在外面瞎说了吧？妈，您能不能别信她的话？陈婶睁眼说瞎话的本领您又不是不知道！您赶紧把这个戴出去，给墨囡正正名。"

"你胡说八道什么呢？有这么说长辈的吗？"宋婶数落了儿子一顿，但最终也没能拗过儿子，戴着桃花坠子四处显摆了一番。因为坠子金灿灿的，所以街坊都以为它是金的，都说好看。宋婶便借此机会把陈一墨夸了一番，但虚荣心作祟，她并没有说这玩意儿是镀金的，陈一墨的名声顿时响彻整条街。

河坊街上的女人们不是不认识金匠，原先另一条街上就有一个金匠，但他手艺平平。从前是没的选，大家只能去他那儿打，自打商场里各种品牌的金饰多起来，谁还瞧得上金匠做的"土笨丑"？她们倒是听过关于怪老头儿的传说，但谁也没见他真的出过手，只道是虚传，没准儿他的手艺还不如邻街的老金匠的呢！不料，墨囡这一出手，居然如此不同凡响！

那朵镂空桃花别致、精巧，累丝缠就，上面的金丝比线还细，怎能不让人心动？

胖丫的妈妈第一个耐不住性子，把家里陈年的金饰拿了出来，寻到"旧曾谙"，请陈一墨给她改改款式，要打一个贵气的手镯。

"要缠花，像河生妈的那种！"胖丫的妈妈给陈一墨下达了任务。

陈一墨的心里没底，她偷偷向老头儿求助，结果老头儿正老神在在地闭着眼睛哼曲儿。

她心一横，答应了下来。

然而，她没想到，这只是开始。

等她挖空心思给胖丫的妈妈设计了一个缠丝兰花手镯后，街坊中家里经济条件好点儿的婶啊姨啊都找过来了，请她给自己打首饰，快要结婚的姑娘更是请她一定要优先给自己打，她们等着在婚礼上戴呢！

她日夜琢磨，共花了快一年的时间才把这一批首饰赶制出来。老头儿一丝一毫也没沾手，全让她自己折腾。

宋河生见她那么辛苦，后悔不已，说道："早知道我当年就和你一起跟着老头儿学了，现在还能帮帮你！都怪我妈到处显摆，给你惹来了这么多事。"

陈一墨却不这么想。她很开心，自己学艺那么多年，得到了街坊们的认可，难道不值得高兴吗？再说，她还赚了一大笔工钱，当然，这"一大笔"是对她而言的。

她拿到第一笔钱的时候，就想把钱交给老头儿，但老头儿不要，还跟她说，这笔钱拿回去，一半交给家里人，一半自己攒起来，以后上学用。

她当时还是分出了一部分给老头儿，不为别的，只因为从老头儿那里买了给家人制作饰品需要的银子。如今，这三件银饰她都已经加工好了，正揣在兜里呢！

宋河生来老头儿这里接她回去，她便请宋河生去吃好吃的。

宋河生哪里舍得让她花钱？但他又不忍心拒绝她的心意，便说要吃雪糕。

于是，两个人在"旧曾谙"隔壁的冷饮店里一人买了两支雪糕，左右手各持一支，坐在河岸边的码头上晃着小腿吃雪糕。

那时候已是黄昏，落日像被打散的蛋黄，坠入运河最远的平面，"蛋液"四散开来，将天际和江水都染成了红色。

宋河生一边吃着雪糕，一边大声念诗："日出江花红胜火，日落天边红心蛋！"

陈一墨听得"咯咯"直笑。

摇橹船慢慢靠岸，两三名游客从船上下来，大声说着要去哪家餐厅吃饭；河坊街的烧烤店里飘来的香味，馋得人几乎能想象，烤肉正在炉架上冒油；卖手工花生酥的店铺里，捶糖的木槌一下一下地砸在制糖板上，像是给夜幕降临的脚步打着节拍。

第一盏灯亮了。

而后，繁星点点，落入河坊街的人声里，渐渐地亮起了一片灯火。最后，整条街的灯火亮了起来，灯火和人群一起，将河坊街推入最繁华的夜里。

他们的眼前波光粼粼，身后明光闪烁。陈一墨站起身来，感叹道："河生哥，我们河坊街真美，是不是？"

"那当然！"对于从小生长的地方，谁没有与生俱来的自豪感？

后来，陈一墨才明白，这种自豪感的由来与一个词息息相关，这个词便是故乡。

"墨囡，你以后考上了大学，还会回来吗？"宋河生盯着河水，问陈一墨。

陈一墨即将念完高一，而他自己马上就要参加高考了，看着这河水，忽然不知道该何去何从了。

"回来！当然回来！"她毫不犹豫地说。

宋河生笑了，灯火里，他的笑容很憨厚，透着少年的简单与透彻。

"走吧，我们回家啦！"他大声地对着运河喊。

"回家啦！"那是她"哈哈"笑着的回应，和他的回声一起。

"河生哥，你高考要加油啊！"

"嗯！"

年少时的承诺总是像二月春风里剪出的新柳条，芽新叶嫩，不知春天过后是夏天，枝条总会变得粗壮，秋天和冬天总会来临。

两个人穿过热闹的街市，各回各家。

陈一墨进屋时，付英英正在腌酸菜，看了她一眼，态度恶劣地问："还知道回来？"

陈一墨沉默地走到付英英的身边，帮着付英英腌酸菜。

"去！把衣服洗了！别来这儿捣乱！一天忙到晚，没一个人帮帮我！你们都是老爷命、小姐命，就我一个人是老妈子命！"付英英抱怨起来没完。

陈一墨起了身，却没马上去洗衣服，而是在付英英的面前站着。

"怎么还不去？磨洋工呢？"付英英冲她瞪眼，怒道。

陈一墨从口袋里把钱掏了出来，知道这是最能让付英英高兴的东西。

钱虽然只是薄薄的一沓，但每一张都是"大票子"，当然，也只是对她而言的大票子。

付英英眼睛一亮，问道："你从哪里弄来的钱？"

陈一墨老老实实地说了。

"还有一半呢？"付英英追问道。

陈一墨捏了捏自己的口袋，欲言又止。

付英英顿时跳脚，骂道："我说你个小蹄子，吃我的、穿我的，还藏私房钱？你的良心被狗吃了？赶紧给我掏出来！"

付英英弄出来的动静太大，惊动了在屋里陪儿子写作业的陈亮。

陈亮的头皮一阵发紧，他实在搞不明白，老婆为什么一见到墨囡就咆哮，墨囡已经够乖了。

陈亮一出去便看见老婆指着墨囡，正准备继续骂。

"这又在干什么？小点儿声！影响儿子写作业了！"他小声提醒。他只有提儿子，才能让老婆稍有顾忌。

但这一回关系到钱，付英英就无法控制自己的情绪了，歇斯底里地说道："小声点儿？养了十几年养出个白眼儿狼！我还能小声？这么多年，她吃我的、穿我的，我供她上学，花了多少钱？我图什么？我不就图老有所依吗？结果这小蹄子一天到晚只会在外面浪，胳膊肘往外拐，倒是很孝顺宋家的那个老娘儿们，金啊银的东西只管往宋家送。我怎么养了这么一只白眼儿狼？！这钱你不拿回家，又打算倒贴给宋家吗？我告诉你，你越是倒贴，宋家人就越是看不起你！我要是再不管管，说不定你就能给我弄出一个姓宋的孩子！我可丢不起那人！"

说着，她就要上手去抢钱。

陈一鸣一向跟他妈妈站在同一条阵线上，立刻从房里钻出来帮着妈妈抢钱。

陈亮觉得付英英说的话太不像样，忍不住斥责道："你胡说八道什么呢？在孩子面前说话这么不干净？"

这下陈亮可算撩老虎须了，付英英当即跳起来往地上一坐，拍着大腿就哭了起来，还边哭边说道："我不活了！我这么劳心劳力是为了谁？我早上天不亮就起来，晚上你们都睡了我还在熬。我这么辛苦，好心都喂了狗，招来的都是恨！连你这个老货也没一句好话给我！你向着外人！我还活着干什么？！鸣宝，这个家里没有我们娘儿俩生活的地儿！我们娘儿俩还赖在这里干什么？收拾收拾出去讨饭吧！"

陈亮听得头痛。

她又是这一套，他但凡说一丁点儿她的不是，她就一哭二闹三上吊。

陈一鸣一口咬在陈一墨的手腕上，陈一墨一松手，口袋里的东西就都被陈一鸣掏了出来——几张纸币、一把银锁、一个小银牌，还有一个银手镯。

"妈妈，我帮你报仇了！"陈一鸣得意地把抢来的东西都交给了付英英。

付英英也不哭了，从地上跳起来，数了数钱，赶紧将钱装进口袋，并在儿子的脑门儿上亲了一口，夸道："鸣宝果然是我的贴心人！"

"还有这些，妈妈！"陈一鸣献宝似的把三件银饰交给付英英。

付英英拿着银饰，摆出一副看穿了的表情，质问陈一墨："这又是给谁的？"

陈一墨在心里叹息，回道："给你们的，镯子是你的，银牌是爸爸的，银锁是弟弟的。"

付英英却看不上这些东西，表情嫌弃地说道："你可真是我们亲生的！给别人的东西是金的，给自家爸妈的就变成银的了！"

陈一墨蹙着眉思索了一会儿，才明白付英英的意思，解释道："宋婶的那个是河生哥买的，不是我送的；也不是金的，而是银镀金的。"

付英英不信，唠叨了一大堆话，但还是将三件银器收下了，还说什么"有总比没有好！谁让我们穷呢？活该被人当成叫花子"。

陈一鸣追上付英英，说道："妈妈，我的那个铃铛正好小了，戴不上，这个锁给我戴吧？"

陈一鸣说的铃铛，其实就是陈一墨刚到陈家时付英英给她打的那个。陈一鸣满周岁后，铃铛就到了他的手腕上。

付英英拽着三件银器不放，对儿子说道："不行，你东跑西跑的，弄丢了怎么办？"她也没有把陈亮的银牌给他。

陈一鸣想了想，又说道："妈，等我长大了给你买金镯子，大金镯子！"

"还是我儿子孝顺！"付英英听了这话，心里跟吃了蜜似的甜。丈夫没出息，一辈子过去一半了，也没给家里挣几个钱，她这辈子就指望儿子了！"鸣宝要好好念书，念书有出息！"

其实陈一墨还记得当年付英英不让她再上学时说的话，付英英说读书没用，他们厂的副厂长是个大学生，厂子破产时一样下了岗，还不如胖丫的爸爸开饭馆、宋河生的爸爸做木工。

但她听这些话已经听习惯了，所以也不以为意，转身去洗衣服了。

陈亮跟在她的身后，回头看付英英母子俩已经关上了房门，想来是在里面数钱，一时半会儿不会出来，便小声对她说："墨囡，你放心，爸爸会给你存一笔钱供你以后上大学的，我们不能老靠着师父。"毕竟她是陈家的女儿。

陈一墨回过头微微一笑，点点头，说道："谢谢爸爸。"爸爸是个好人，但她其实对这个承诺并未抱什么希望。

陈亮又说道："你也别怪你妈妈，她是穷怕了。自打下了岗，街坊们便都在谋别的生路，爸爸没本事，赚不到钱。"

每每说到这些事，陈亮就惭愧得抬不起头。他也想当一个顶天立地的男人，给这一屋子的人遮风挡雨，但就是这么没用。

陈一墨也只是懂事地笑了笑，说道："我知道，爸爸，我没有怪妈妈。"

"嗯。"陈亮想再说些什么，却已经找不到话了，站了会儿，悻悻地去了厨房。

老头儿让她留着的念书的钱，她没能留住。但这事她没跟任何人说，还跟平日里一样，认认真真地上学，勤勤恳恳地跟着老头儿学艺，在家时还默默地帮着付英英做家务。

某个周末，她跟从前一样，穿过热闹的河坊街，去老头儿的"旧曾谙"。

不知为什么，她特别喜欢从家到"旧曾谙"的这条路，小时候就喜欢。

她喜欢幼时陈旧、破败的青石板路，下雨天时若不慎踩到松动了的石块，还能溅起一脚泥；也喜欢现在被翻新后的房子，她每在这条路上走一步，她的命运便会多一点儿意外和惊喜。她亲眼看着河坊街的变化，河坊街像一件老金饰，被翻新后散发着光芒和生机。

而这一次，让她更意外的是，一向冷清的"旧曾谙"里，今天居然十分热闹。院子里的茶桌旁围坐着好几个人，茶桌上摆着瓜子、水果、盖碗茶，围着茶桌坐着的男女均是四十多岁，但他们看起来都比老头儿年轻。

"来了？"老头儿面朝着门坐着，一抬头就看见了她。

一桌人回头，见来者是个身形清瘦的小姑娘，都惊讶极了。有人问道："老易，这个小姑娘是谁啊？"

还有人开玩笑道："她不是你这些年躲在这里生的女儿吧？"

老头儿没搭理这些人，只向她招手，对她说道："过来。"

她乖巧地走过去，从这些人和老头儿说话的态度上便能知道他们是从前与老头儿交好的人。因为老头儿不喜欢的人是进不了这座院子的，即便进了，老头儿也不会允许他们与自己开玩笑。

所以，她先恭恭敬敬地对他们行了个礼，说了声"叔叔、伯伯、姑姑好"。

这让大伙儿高兴得不得了。

又有人说道："这个小丫头可真机灵！老易，你在哪儿找来这么个伶俐的丫头？"

老头儿便向众人介绍道："这是我收的弟子。"

"弟子？"众人被他的话惊住了，异口同声地问道，"你终于肯收徒弟了？"

陈一墨也愣了愣，他不是不让她叫他"师父"吗？

老头儿摸摸胡子，一脸怡然地说道："嗯，人虽笨了些，但胜在专心、勤奋，也还算孝顺。"他嘴上说徒弟笨，但脸上的那得意劲儿分明在彰显"我的徒弟聪明过人"这个事实。

老头儿的这副表情把一干老友都逗乐了，老友们将陈一墨拉到自己的面前来打量，纷纷表示："嗯，是个聪明孩子！"他们还要给陈一墨见面礼。

陈一墨看看老头儿，老头儿直点头，说道："给你你就收着，总不能白叫那一声叔伯姑姑吧！"

"可不是！"几人中唯一的女性把众人的礼都收了过来，全部塞给陈一墨。

老头儿开始给陈一墨一一介绍自己的老友，指着众人中唯一的女性，说道："这位是梅姑，她是缂丝大师，也精通刺绣。"

刺绣陈一墨懂，可缂丝是什么？她听都没听过。

梅姑笑了笑，说道："什么大师不大师的？我就是会一门技艺混饭吃！以后要是有用得着梅姑的地方，你只管开口。"

老头儿微笑着说道："丫头，有了你梅姑的这句承诺，你将受益无穷。"

"嗯！"陈一墨虽然不懂，但老头儿说的话她都信！

"这位是鲁叔叔，雕刻大师。

"这位是池伯伯，錾刻的功夫比我好。

"这位是漆器大师，李叔叔。

"这位是真丝编织大师，乐叔叔。

"这位是厉伯伯，他的制胎功夫比我强太多！特别是在纸胎方面，我远不如他，你以后可以多向他学习。

"这位是陈叔叔，也是花丝镶嵌大师，跟咱们是同行。"

众位叔伯自然谦虚了一番。

老头儿摆了摆手，说道："今天叫你们来，不是请你们来喝茶的。我这十几年在这儿独居，跟所有人断了联系，这个丫头陪了我快十年，让我这死水一样的日子有了些活力。而这个丫头又有几分天赋和毅力，我想着我这一门也算是有了个传人，所以，我今天把你们都约来，正式拜托你们几个，以后照顾照看我这个徒弟。"

说完，他又把陈一墨叫到身边，对她说道："丫头，你得知道，你现在会的那些东西不过是小玩意儿。你刚入门，不可骄傲、大意。在座的各位大师，哪位不是在各自的行业里钻研了几十年？就算是这样，也没人敢说自己之外就没高人了，水满则溢，艺无止境，山外有山哪！"

陈一墨点了点头，说道："嗯，师父，我知道。"

也许是老头儿今天的语气格外正经，所以陈一墨忍不住改口叫了他"师父"。

老头儿也没纠正她，点点头继续说道："你如果真的要跟着师父学艺，不可能只追求做个花坠子或者指环、镯子，师父这一身技艺还有百分之七十没教给你呢！你得慢慢学，可就算是你把师父的本事学齐了，想做出一件大作来也还不够，还需要其他技艺。但是人的时间和精力都是有限的，你不可能把你需要的技艺都学完，也学不完，这时候你就需要找这些叔伯姑姑了。如果他们肯教你，那就是你的造化，各门技艺各有不同，但技艺之间也有相通之处，你好好学，对你自己的专长也有帮助；若他们不教你或者你自己学不全，那冲着今天的这一声叔伯姑姑，他们也会是你的合作伙伴，有需要你可以找他们。事实上，你是一定需要别人帮你的，大件的作品你一个人十年也完不成。"

"对，你师父当年做的那件绝品，就不是他一个人完成的。"梅姑拉着陈一墨说，可是话刚说了一半，所有人就看向了她，她讪讪地闭了嘴。

老头儿只当没听见梅姑说的话，只看着陈一墨，问："听明白没有？"

"嗯！"陈一墨用力点头。

梅姑因为说错了话，急着补救，说道："丫头，我们还不知道你叫什么名字呢。"

陈一墨小声又清晰地说："我叫陈一墨，大家叫我'墨囡'。"

"好，墨囡，既然老易把你托付给了我们，那你就和我们的弟子差不多了，想学什么你只管说，只要是我们会的，我们没有不教的！"梅姑温柔地笑着说道。

陈一墨表情茫然，学什么？她连这些大师擅长的东西到底是什么都不清楚呢。

与老头儿同为花丝镶嵌大师的陈叔叔帮她选了，说："你就先跟着鲁叔叔学雕刻吧，练练立体造型，对你有好处。"

老头儿也点了点头。

鲁叔叔完全没推托，看着她问："玉雕很辛苦，每天都要苦练，你能不能吃苦？"

陈一墨想也没想，拼命点头。

她喜欢老头儿教她的这些东西。学艺近十年，只要进入敲、打、掐丝的状态，她就能忘记这世间的一切事。

"好！我每个星期来教你一次！"鲁叔叔马上拍板。

老头儿再次强调："各位，我这徒儿以后可就托付给你们了！"

"你放心！"梅姑拍着胸脯答应，"下回我们把家里的徒儿也带来，师兄师姐认个脸，哪天我们这些老家伙不在了，他们年青一辈还能相互照应下去！"

众人纷纷表示赞同。

老头儿缓缓点头，说道："那我就放心了。"

陈一墨的猜测没有错，这些人的确都是老头儿的好朋友。自老头儿把自己封闭起来以后，大家已经很多年没有来往，但年轻时结下的情谊没有因为时间和空间而断裂，这次老头儿为徒弟发出邀约，他们全来了。

大家都是赤诚之人。

大伙儿在"旧曾谙"里待了整整一天，叙旧、考陈一墨技艺、喝茶、吃饭、喝酒，直到夜深了才依依不舍地与老头儿告别。那时候，陈一墨早被老头儿赶回去了，老头儿说，女孩不宜晚归。

一行人在回去的路上依然十分激动，特别是梅姑，回头看着小院里亮着的那一盏孤灯，热泪盈眶，说道："易老头儿终于肯出来见人了，我还以为他这辈子都出不来了呢！"

"唉，小丫头。"陈叔叔叹了一口气，说道，"想当年老易也是为了一个小丫头。"

梅姑气愤地说道："农夫与蛇！别再跟我提那个女人！如果不是老易拦着，那对狗男女能过这么逍遥的日子？他们穿金戴银、名利双收！呸，我非闹得他们身败名裂不可！"

"好了，都是过去的事了，老易自己都不在意，你还在这儿较什么劲？"乐叔叔劝她。

"不在意？不在意他能把自己封闭起来十几年，一生不娶妻？他这么凄惨，那个不要脸的女人却功成名就！天理何在？"梅姑始终愤愤不平，"咱们学艺的时候，哪个师父不是先教德？学艺之人，有德有艺才叫匠，空有艺没有德，连人都不配做，还想当匠人？我呸！"

随着一行人远去，议论声越来越小，直到最后和人影一起消失在黑夜中，就像那些往事，隐匿在时光的深处，不复被人提起。

"旧曾谙"在那天后便比平常热闹了许多，陈一墨也多了一堆叔叔、伯伯，还有一个梅姑。一到周末，这些叔叔、伯伯以及梅姑便约着来"旧曾谙"拜访，陈叔叔查查她花丝掐得怎么样了，鲁叔叔给她指点指点玉雕。

她在一旁认认真真地练基本功的时候，长辈们便围坐在茶桌的周围，和老头儿聊天。

偶尔会有二十多岁的师兄、师姐跟着叔叔、伯伯、梅姑过来，长辈们聊天时他们插不上嘴，就和她坐在一块儿，手里做着他们自己的活儿。陈一墨看着他们怎么绣花，怎么制胎，觉得十分有趣，特别是陈叔叔带的那名叫商辉的师兄，和她一样学花丝镶嵌，做出来的东西比她做出来的精巧多了。

老头儿说，山外有山，果然如此。

有时候店里来人定做首饰，商师兄便会帮她一起完成，效率高了一倍。

日子就这样无忧无虑地过着，很快就到了夏天，宋河生今年要参加高考。

宋河生的成绩一向算不上好，他又贪玩，于是填报了本省的师范大学，学的是体育，专业是跳高。

学校是宋叔、宋婶逼着他填报的。

二老做了一辈子零工，深觉辛苦，虽然宋叔做木工活儿赚了些钱，但离富裕还远，只能说养家糊口没有问题，所以就希望宋河生能踏踏实实地端上一碗公家饭，过安稳日子。

可宋河生不愿意，觉得好男儿就该拼搏，怎么能安于所谓的稳定生活？再加上考上大学了他就要离开小镇，离开河坊街了，整个暑假他显得心事重重的。

他也不去"旧曾谙"了，成天要么在家里闷头睡大觉，要么在河堤上瞎走，直到陈一墨来找他。

陈一墨双手背在后面，头发在脑后被绑成一根马尾辫，露出整张清丽、白皙的小脸。她在暑假里没穿校服，上身穿的是在河坊街的小店里花二十块钱买的T恤，下身穿着一条牛仔短裤，脚上穿着十五块钱一双的白色跑鞋。

宋河生看见她后，目光首先便落在了她的长腿上，随即立刻移开。

两个人慢慢离开宋家，在一棵栀子树下站定。白色的花儿开了满树，空气里的香味很浓烈。

十六岁的女孩已经有一米六五的身高了，身形单薄，一双白皙的腿尤显修长。

"河生哥，你最近有心事？"陈一墨毫无心机地凑到他的面前，一如幼时一样问道。

"没有。"他别开眼，回道。

"骗人！你的性子是怎么样的，我还不清楚吗？"她不是没看见他失魂落魄地在河堤上转悠，老早就想来找他了，但一到暑假，老头儿和鲁叔叔都盯得紧，她自己也深觉一边上学一边学艺时间宝贵，于是一天十几个小时坐在工作台边，今天好不容易把送给他的东西做好，抽个空跟老头儿告假就出来了。

她想了想宋婶在街坊间的抱怨，揣测道："你是因为不想上师范大学，所以不开心吗？"

提到这茬儿，宋河生忽然回头了，还问她："墨囡，你觉得呢？你觉得男生当一个平平凡凡的老师有出息吗？"

陈一墨歪着头笑了笑，他果然是为了这事不高兴！

"河生哥，什么叫有出息？我觉得有出息就是好好做自己该做的事！比如你爸，是好木匠，大家有木工活儿要做都找他，这就叫有出息；再比如冯叔，炒菜好吃，大伙儿都爱吃冯叔炒的菜，这也叫有出息！再比如我和我师父，我们都是手艺人，把手里的东西做好了也叫有出息；男生当老师怎么就没出息了呢？你好好教书，教出一批有出息的弟子，那可就是大出息了！"

陈一墨笑着，眼睛弯成了月牙儿。

宋河生看呆了，觉得她耳旁的栀子花都比不上她明媚的样子的一半。

"河生哥，你怎么了？"她挥了挥手，另一只手还藏在身后。

他的脸涨得通红，他说道："我……"他结巴了半天，把她耳旁的那朵花摘了下来，"看这花真好看。"

"哦。"陈一墨懵懵懂懂，不知道他为什么提到花了。

"那个……墨囡……"他结结巴巴地问道，"你真的觉得当老师也能有出息？"

"嗯！当然！"她十分肯定地点头，说道。

"那和你做首饰比呢？我当初要是跟你一样，跟老头儿学手艺就好了。"他想起了那个常常和她一起做首饰的商辉。

陈一墨错愕了。

"我……"少年的脸比天边的晚霞还要红，宋河生觉得自己很快就要走了，憋了许久的话不说出来不行，可是又不知该如何开口，"你……你和他……你们……我……"

陈一墨虽然年纪小，但并不愚笨。看着他这红得跟猴子屁股似的脸，他说话时又"你""他""我"的，慢慢地，她便明白他是什么意思了，白皙的小脸顿时变红，喃喃了半天，憋出一句："商师兄有女朋友的。"

"啊？"他突然抬起头看她。

陈一墨跺了跺脚，说道："你在胡思乱想什么？商师兄的女朋友就是梅姑的徒弟初初姐，这个东西还是她教我绣的呢！"

她一直藏在身后的手塞了个东西到他的手里，然后她就跑了。

她觉得自己的脸从来没这么烫过，好像要烧起来了，一颗心也"扑通扑通"地跳，仿佛要从胸腔里跳出来一般。

她跑出老远，看见他还在栀子树下发呆，忍不住大声喊道："我送了东西给你，你没打算送什么给我吗？"

宋河生还在那儿发呆呢。

他的手里躺着一只小荷包，他认识。自从河坊街变成商业街以后，街上就有了卖绣品的铺子，那些铺子里就有卖荷包的，那些荷包绣得比陈一墨送给他的这个好多了。

陈一墨是新手，仗着有多年的临摹功底，图样画得不错，但她那一手绣工实在歪歪扭扭，简直糟蹋了她的图样。

不过，在宋河生的眼里，天底下就没有比这个荷包更出色的绣品了。

天青色的底子上绣了一树枇杷，他不禁想起多年前的那个夏天，男孩爬到墙头摘枇杷，墙下的小女孩扯住衣摆，在树下焦急地蹦来蹦去地接枇杷。

被陈一墨这么一喊，他急得跳了起来，回答道："送！我送！我早就……"

他还没喊完，那道纤瘦、高挑的人影便已经跑得不见了。

他将荷包紧紧地压在胸口处，像是要压住里面那颗疯狂乱跳的心。

他一闭上眼，眼前全是女孩清丽的面容。

空气里的花香，浓得让人无法呼吸。

八月的最后一天，宋河生离开了小镇，去往省会念大学。走前的那个晚上，他和陈一墨在河堤上走了一个又一个来回。

"墨囡，你还记得那年夏天，我们两个第一回被老头儿逮进小院，给他打扫卫生的事吗？打扫完之后就在这个位置，"他在河堤上坐下，说道，"虽然这里被翻修过，但我仍然记得，我们就坐在这个位置，吃完了老头儿送给我们的糕糕。"

陈一墨坐到他身旁，说道："当然记得！老头儿给我们的糕糕是云片糕！我还记得，我用打首饰赚到的第一笔钱请你吃了两支大雪糕，吃雪糕时咱们也是坐在这个位置的！小时候咱们晚上还坐在这儿看过月亮，你告诉我不能用手指月亮，否则月亮会悄悄地来割我的耳朵！"

陈一墨纤长的手指指着天空中的月亮，她说道："河生哥，你看，这月亮还和我们当年看到的一模一样！

"河生哥，月亮总归是不会变的。"

皎月清辉如昨，月下人影依旧。

他看着她指间凝着的淡淡的光，一时痴了。

宋河生送给她的离别礼物是一弯小小的木刻月亮，月亮有眉有眼，长长的睫毛低垂着，弯弯的嘴角含着笑，像一个睡着了的娃娃。

陈一墨给它穿了一根细细的绳子，将它戴在脖子上，垂在锁骨以下，夏天的衣服领子稍低就能看见它。

这么一个刻工粗糙的玩意儿自然遭到了老头儿的嫌弃，他说："你好歹也是花丝镶嵌这门技艺的传人，戴这么一个木头玩意儿，雕得还没大黑啃得整齐，简直丢尽师门脸面！"

陈一墨笑嘻嘻地说道："反正是丢师门的脸面，又不是丢我的脸面！"

老头儿气得要罚她。

"罚就罚呗！是打扫屋子，还是补破衣服，还是做饭给你吃？"陈一墨都对他的惩罚方式了如指掌了！

然而，这一回老头儿出了新招，扔给她一张四四方方的厚纸片，确切地说是一张图，这张图过塑了，他让她把图里的东西做出来。

陈一墨又惊讶又兴奋，图里是一个花丝小葫芦，她能看出来，这个小葫芦还上了色，精美繁复的金丝缠绕中翠蓝为底，再配色点缀，漂亮得不得了！

"这个颜色好漂亮！怎么还可以这样？"她赞叹道。

老头儿十分鄙视地说道："少见多怪！"

陈一墨早已习惯老头儿的这种嫌弃式教法，反正她还是老头儿的"小赖皮""小骗子"。

她"嘿嘿"一笑，凑上去问道："老头儿，你要教我这个吗？"

老头儿哼了一声，将脸扭到一边去了。

她顺势把双手搭在老头儿的肩上，用力地给他捏肩，老头儿的脸色这才渐渐缓和下来，他闭着眼睛很是享受。

陈一墨暗笑，这可怎么得了，老头儿简直比她还小呢！他时时需要她哄着！

陈一墨揣着那张图，穿过人声鼎沸的河坊街回到家，将图片收进抽屉。

小小的阳台上，窗帘未拉，月光溶溶，洒满窗棂，照着女孩安静的睡颜，女孩那在梦里依然翘起的嘴角说明她对未来很期待。

其实她今天挺累的，手和肩膀都有些酸，因为想学，所以恨不得一天就把胎制好，把丝掐出来，最好马上就能学点色，但怎么可能呢？最后，是老头儿把她赶回家的。

老头儿说她没见识，其实说得挺对的，她见过什么呢？如果没有老头儿为她打开这扇新世界的大门，她永远不会知道自己会对一件事那么感兴趣。

老头儿说，花丝镶嵌是一门值得花一辈子去琢磨的手艺，她现在触摸到的不过是其中的万分之一，且不说这个行业里还有点翠、烧蓝、包金、镀作、拔丝、串珠等等加工行业，就算她把所有技艺学会，要怎么融会贯通，要怎样去创作属于她的作品，这里面可以探索的空间就像大海，深不可测。

陈一墨完全没有被老头儿吓倒，反而十分向往，眼睛里闪着光，说道："我还小，不正有一辈子的时间可以去琢磨吗？我一定能把它学好的！"

老头儿点头，又摇头。

陈一墨歪着头，问他："什么意思呢？"

老头儿的眼里生起淡淡的光泽，又渐渐退去，他说："属于传统手艺的时代已经过去了，两千年的历史终将成为绝唱。这并不可惜，事物的发展与消亡就像人的生与死，谁也逃不掉。"

陈一墨盯着刚开了个头的掐丝珐琅小葫芦，抿了抿嘴。她天生不服输，憋着一口气，认真地说："怎么会是绝唱呢？还有师父呢，还有我呢！我一定会好好学，把它发扬光大！"

老头儿笑了笑，摸摸她的头，说道："墨囡，师父老了，和师父同一辈的手艺人也都老了，你看你李叔叔、厉伯伯，他们都很艰难。"

老头儿难得这么正经，都叫她"墨囡"了，平日里都是叫她"小丫头""臭丫头""小骗子"的。陈一墨从老头儿严肃的语气里听出了苍凉之意，这让她心里酸酸的，很不舒服。

"可是你还有我！李叔叔和厉伯伯他们也有徒弟！它不会成为绝唱的！"她的眼神更加倔强而坚定。

老头儿看着她，又是欣慰又是感怀，说道："墨囡，我晚年能遇到你也算是我修来的福分，但是我们这一辈人过时了，我们制作的作品，样式被嫌土气，手工活儿又出活儿慢。这世道就像这河坊街，日新月异，旧貌换新颜，这是好事，先进的东西总要淘汰落后的，我这辈子没学什么文化，混了一辈子也是靠师父当年说的一句'有天赋'，但我这样的人注定是要被淘汰的。你喜欢花丝，又勤奋，在这上头有些天赋，我把能教的东西都教给你，后面的路就要你自己走了。"

"嗯！"陈一墨迫不及待地说道，"老头儿，你教我点翠吧！"她的小葫芦制好了胎，经过了掐丝、烧焊、酸洗、平活、正丝等工序，终于到了她最期待的点翠环节。

老头儿长叹一声，说道："墨囡，记住，不管发生什么事，都要努力念书，多学文化知识。"

"我会的，老头儿。我要上大学的，我要努力攒钱！"她要多做活计，攒很多钱，不能让老头儿再供她上大学了，还要给老头儿养老呢，要赚好多好多钱！

"来吧！"老头儿慢悠悠地说道。说罢，他便领着她走向早已备好的釉料，给她示范，怎么用那把小小的铜铲把釉料一点点填进纹丝框架："填色要饱满、平坦，轻重全靠你自己掌控，这不是一蹴而就的。手工艺和做人一样，要讲究，不能马虎，哪种颜色要填多少层，一层都不能少。"

小院里，灯下，老头儿的声音慢悠悠地响着，像是在黄昏时分的运河岸边被拉响的悠悠的二胡声，暮色、灯火、河风、孤舟，都在这摇摇曳曳的声音里了。

这只小葫芦的成品自然又被老头儿嫌弃了，陈一墨却喜爱得很，毕竟又是自己新尝试的作品，有纪念意义。

她把小葫芦和图片一起放到抽屉里收藏了起来。

这张图片明显是从一个集子里取下来的，边上还有两个孔，孔是用来穿绳的吧？陈一墨思索着，下回找老头儿要别的图，她要继续学。

然而，有一天她放学后打开抽屉，发现小葫芦和图片都不见了。

葫芦和图片都不是什么值钱的玩意儿，只是，这毕竟是老头儿的东西，她不知道这图片老头儿还会不会收回去。

她不敢问付英英，只悄悄地问陈亮。

陈亮犹豫了一下。

陈一墨知道大概是怎么回事了。

"这个……你弟弟看着好玩就拿出去玩，给弄丢了。"陈亮小心地说，末了还问她，"是很要紧的东西吗？"

她笑了笑，反而安慰起陈亮来："没关系，没什么要紧的！"她打算改天和老头儿好好说。

睡觉前，付英英却来找她了，挤进阳台那不到九十厘米宽的床和墙壁之间狭窄的空隙，在床沿坐下，脸上是压抑不住的兴奋之色，说道："囡囡，妈问你一件事。"

陈一墨莫名其妙地觉得心里发毛，这是付英英第一次这么亲热地叫她"囡囡"，而且付英英眼中的欲望特别明显。

"什么事？妈，你说。"她的心里生了警惕感。

"喀喀。"付英英清了清嗓子，问道，"囡囡，老头儿那里是不是有一本秘籍？"

"秘籍？"陈一墨被问得一头雾水。

付英英笑得一脸慈爱，一如对陈一鸣说话时那般，说道："是啊，你看，你做的东西又精巧又好看，大家都说比商店里的样式还好看呢！老头儿是不是有什么秘籍？他那里还有好看的款式吗？你给妈妈做一个最好看的！让妈妈显摆显摆去！"

陈一墨以为付英英真的想要显摆，毕竟付英英就是一个好胜心极强的人，但老头儿那里的确没有秘籍！她只好诚实地摇头，说道："没有，不过，妈妈，你想要好看的首饰，我可以给你做。等以后我长大了，赚钱了，还可以给你做金的。"

"啧！"付英英不高兴了，说道，"死丫头！连你妈都骗呢？妈也是想要看看有什么别人家没有的款式，我跟你说，人家愿意出钱买呢！"

陈一墨这才明白，原来付英英存的是这样的心思，别说真的没有秘籍，就算有，她也不能出卖老头儿！她一口咬定没有秘籍，还问付英英到底是谁要买。

付英英自然不肯说，悻悻地回到自己的房间里，坐在床上对着陈亮唉声叹气，说道："这个死丫头！真是白养了她十几年！早知道就让她在福利院里当野孩子好了！"

这话陈亮都听麻木了，只当没听见。

付英英转眼又扼腕叹息，继续说道："我们当初就不该领她回来！若是没领她回家，没准儿就是我们一鸣被怪老头儿收为徒弟了，那我们岂不是要什么有什么？"

陈亮觉得自家婆娘真是被钱糊了眼睛，不禁好笑，说道："你当老头儿收墨囡做徒弟，是看在你的面子上呢？"

"这叫缘分，你懂吗？"付英英纠正他，"如果没有墨囡，没准儿就是鸣宝和老头儿有缘了。"

"睡吧！"陈亮都懒得跟她费口舌了。

付英英痛心疾首地说道："一个破葫芦和一张图就给了我们一千块钱！那人说了，如果我们能弄到秘籍，就给我们至少六位数的钱！六位数是多少？十万以上哪！那得是多少钱哪？！"

陈亮不理她，她又一个人在那儿念叨开了："早知道就不接那死丫头回来了！这个忘恩负义的东西。"

陈亮终于忍不住了，说道："你天天说这个，那你干脆把墨囡送给怪老头儿算了！"

"那怎么行？"付英英的心里有一本账，她算得门儿清，说道，"每个月好歹有三百块钱呢！我将这死丫头养到这么大，她吃了我多少米？用了我多少布？还没回报我呢！眼看死丫头长大了，就快能赚钱了，让怪老头儿白捡一个女儿？哪儿来的这么好的事？"

陈亮终于在付英英的唠叨声里睡着了。

陈一墨把有人买秘籍和葫芦与图片丢失的事说给老头儿听，老头儿沉默良久后微微点头。

陈一墨等了一会儿没等到老头儿的答案，也就不敢再问了。她总觉得，老头儿是知晓一切事情的。

老头儿后来却对她说："这秘籍啊，说有也没有，说没有也有。"

陈一墨蒙了，这到底是什么意思呢？

老头儿叹道："从来就没有什么秘籍。有些人天赋不够，又不肯努力，总奢望不需要付出就能有收获，这世上哪儿有这样的好事呢？这样的人，就算真有一本秘籍摆到他的面前，他也会觉得那是废纸，何况没有呢？"

陈一墨觉得，老头儿说的这种人是有所指的。老头儿一定认识这样的人，这样的人不是她，肯定不是她！她还摇了摇头来肯定自己的想法。

老头儿一看乐了，问她："摇头晃脑干什么？你就知道我说的不是你？"

陈一墨瞪着黑白分明的眼睛，说道："你说过我聪明又勤奋的！"

老头儿笑得更开心了，笑了好一会儿，指了指陈一墨的头，说道："所以我说，秘籍也是有的，就是每个人自己的头脑。这里面有你的创造、灵感、各种奇思妙想，与众不同，取之不尽，前提是你肯动脑，肯努力，并且有天赋。你自己就是别人抢不走的秘籍。小丫头，无论你以后从事哪个行业，都要记住这句话。"

陈一墨完全没想过自己除了花丝还能从事什么行业。她肯定是做一辈子花丝啊，老头儿真是，为啥这么说？可是，老头儿的这段话沉甸甸的，压在她的心里，很有分量。老头儿说他没什么文化，但这话是没文化的人说得出来的吗？不少有文化的人也说不出这样的话呢！

冬去春来，转眼又是一年。

陈一墨迎来了高二的暑假。彼时，她刚做完一只花丝小玉兰花点翠的镯子，老头儿将它拿在手里看，微微点着头，说道："花丝精进了，錾刻也有进步，唯独这点翠还需努力。"

"老头儿，我学点翠的时间还不长呢。你慢慢教我，我努力学，我会学好的！"陈一墨一向对自己信心十足。

老头儿哼了一声，说道："我教得还不够多吗？自己笨，领悟不了！我没啥可教的东西了！"

"老头儿。"陈一墨拉了拉老头儿的袖子。

"哎，哎，哎，你这都是大姑娘了，怎么还动不动就撒娇呢？"老头儿嫌弃地甩了甩袖子，说道，"别把我的新衣裳拽皱了！"

"这新衣裳还是我做的呢！"她跟梅姑学制衣，做了这件绸缎对襟衫给老头儿，边角的地方还绣了竹子，老头儿表面嫌弃，实则爱惜得不得了！

老头儿喝了一口茶，说道："臭丫头，老头儿没跟你说笑，老头儿的毕生所学都已教给你了，师父领进门，修行靠个人，你只是火候未到罢了，往后还要好好练。花丝仍然不可落下，它是本，其他的任何工艺都只是锦上添花，即便没有这些加工，你将花丝学好，也足够你一生受用了。"

"我知道的，老头儿，我不会松懈，每天都在练，玉雕也没放下。"陈一墨回道。

"嗯。"老头儿点了点头，说道，"去吧，我知道那小子今天回来，你的心早不在我这儿了！"

陈一墨脸一红，说道："胡说，我才没有。"

"去吧！去吧！别在这儿闹得我头痛！"老头儿嫌弃地挥挥手，说道。

"那我走了！"陈一墨红着脸吐了吐舌头，出去时还摸了摸大黑的头。

宋河生在河提上等她，她出了"旧曾谙"转个弯就到了。

"墨囡！"看见她，宋河生惊喜地跑来，手里抱着满满一兜吃的东西。

陈一墨脸色微红，抿着嘴笑了。

两个人依旧坐在码头那边，余晖洒进运河，目之所及处皆金光闪闪，十分晃眼。

"墨囡，吃。"少年把一兜吃的东西递给她，说道。

两个人视线相撞，看着彼此眼睛里的亮光，夕阳瞬间染红了他们的脸，他们慌慌张张地移开自己的视线，天边的云都烧起来了。

"你就会买吃的东西！"女孩小声嘀咕，说完却又红着脸笑了。

"嘿嘿！"男孩傻呵呵地抱着吃的东西，不知该接什么话。这些都是墨囡爱吃的呀！

陈一墨的小手伸了过来，她选了一包小饼干，撕开包装，小口小口地吃着。

男孩看着她的侧颜，一时呆住了。

陈一墨被他看得两腮红透，瞋了他一眼，说道："呆子！"

某呆子还是"嘿嘿"地笑，说道："墨囡，你吃东西的样子像小老鼠。"胖丫家开饭店，食物多，老鼠也多，小老鼠就是这么吃东西的，小口咬着，腮帮子一鼓一鼓的。

"你才像老鼠！"她有那么丑吗？

"我……我是说你可爱。"男孩慌了，因为这不恰当的比喻。

陈一墨见他急得汗都出来了，忍不住"扑哧"一笑，转身伸手给他抹去额头上的汗珠。

女孩的手微凉，因为她长期进行手工劳作，所以她的指腹上有着厚厚的茧，擦在皮肤上微微发痒，宋河生闭上眼，忍不住激灵了一下。

他的脸上忽然拂过一阵风，带着淡淡的香味儿，像记忆中的栀子花香，他睁开眼，原来是她调皮地朝他的脸吹了一口气。

他的整张脸顿时涨得通红。

女孩银铃般的笑声响起，久久不停。

陈家。

付英英唉声叹气地对着陈亮唠叨："这可怎么办？一点儿进展都没有！人家可是连定金都给了的！"

陈亮毫不客气地说道："你把定金还给人家！就说这事咱们办不了！"

"一万块钱呢！"她想到那厚厚的一沓钱，以及将事办成后还会有厚厚的好多沓钱，再想到如今事情毫无进展，心里就像被刀割一样。

"君子爱财,取之有道!不是我们的钱,我们就不拿!"陈亮甩下一句话。

付英英顿时气炸了,说道:"说得好像你赚了很多钱回来似的!但凡你有出息一点儿,能多挣儿个钱,我至于这样劳心劳力地去想法子吗?我是为了谁?我难道是为了我自己吗?我还不是为了这个家、为了鸣宝?"

每回提到挣钱这个话题,陈亮就蔫了下去,挣不到钱是他一辈子的弱点,也让他一辈子在付英英的面前抬不起头来。

"妈。"陈一鸣从房间里探出头来,小声地叫着付英英。

面对儿子,付英英立马换上宠溺的表情,进了屋,问:"怎么了,鸣宝?"

陈一鸣关上门,"嘘"了一声,小声说:"妈,我有办法。"

"你有什么办法呀?你知道妈妈要做什么吗?"付英英爱怜地揉了揉儿子的头。虽然不信儿子真能帮自己,但儿子有这份心就很让她感动了,至少比那没良心的父女俩强多了!

夜色渐渐变浓。

河坊街上的热闹景象却没消去半点儿,华灯繁闹,人声喧嚣。

街尾的"旧曾谙"大门紧闭,不,应该说,这里白天也鲜少开门。据说老板是个怪老头儿,擅长制作金银制品,只接预订生意。

忽然,一声巨响传来,随即便有火光蹿起。

"好像着火了!"人头攒动的街道上有人大喊。

穿行于夜市中的陈一墨和宋河生也听见了声音,并发现火光升起之处好像就是"旧曾谙"。

"不好了!老头儿!"陈一墨大喊一声,拔足便往回跑。

她瘦小、灵活,所以在拥挤的人群里一会儿便跑出很远。她一口气跑到"旧曾谙",听见里面大黑的叫声时,小院的上空已是浓烟滚滚、火光冲天,可门还是关着的。宋河生比她先到一步,此刻已站在门前,正在用脚踹门。

她赶紧用钥匙去开门,一打开门,一股热浪便冲了出来。

"老头儿!大黑!"她急得大喊,可是一人一狗都不见踪影,只有逼得人无法靠近的热浪和滚滚浓烟。

"墨囡!出去!"宋河生用力把她往外拽!

"不!"她突然崩溃了,大哭,"老头儿!老头儿在里面!老头儿!"

"打电话报火警!我去!我进去救老头儿!你站在外面不许动!"他大喊,随后到对面的店里借了一床棉被,把被子和自己都浇得湿透,然后冲进了火里。

陈一墨擦干眼泪,参与救火。

已经有人打电话报火警了,也有围观群众自发地开始救火,更有人和宋河生一样披着湿透的棉被进了火里。

火势已经开始蔓延,和"旧曾谙"同侧的店铺一家一家地烧了起来。

河坊街本就是主打古风的街道,街道上的建筑多为木质结构,这条街上卖各种纸品、丝绸、刺绣等易燃物的店也多,"旧曾谙"旁边的三四家店都是。很快,火势就以不可抵挡之势蔓延开来,普通群众自发地用桶、盆泼水的灭火方式根本不管用,灭火器喷上去也阻止不了火势继续扩大。

陈一墨学着宋河生的样子,披着湿棉被、捂住口鼻进入院子,可她的面前是滚滚浓烟,她根本看不清前方是什么,眼睛还被烟熏得生疼。

她仗着对小院熟悉往前走着,大喊:"老头儿!"

可她一开口,就被浓烟呛得直咳嗽。

她摸索着走到老头儿住的房间的门边，门还是关着的，里面却火光冲天，大黑的叫声从里面传来，透着绝望与哀楚之意！旁边的厨房里更是燃烧着熊熊大火，厨房已经被烧得只剩框架。

宋河生进不去，便踹门，用力地踹了两脚之后，门向内倒下，里面一片火海。

"老头儿——喀喀喀——"陈一墨尖叫，咳得停不下来。

宋河生想冲进去，滚烫的火浪生生将他逼了出来。

一道火光从里面跃出来，是大黑！

大黑全身是火，听见他俩的声音后不断哀鸣。

"大黑——"陈一墨瞬间哭了出来，取下身上的湿棉被将它裹住，推着它在地上打滚。

"出去——"宋河生嘶哑着嗓音喊，"带着大黑出去，我进去就行了！你在这里反而会拖累我！"宋河生准备再一次冲进火海，进去前冲着她大喊。

陈一墨哭得上气不接下气，浓烟也呛得她无法呼吸，可她知道宋河生说得对，她留下来只会让他分心，导致他两头顾不着。

她哭着打开棉被，大黑身上的火倒是灭了，但它趴在棉被里，腹部剧烈起伏，已是奄奄一息。

她不敢再耽搁。大黑重，她抱不动，大黑被烧成这样，皮一定都烂了，她更不敢碰它，只好让它继续躺在棉被上，连棉被一起拖着它往外走，边走边抬头看房门。只见宋河生已经冲进了火海，担忧和焦急情绪又绞得她心痛，她却只能抹一把眼泪，继续拖。

好在消防车迅速赶到了，消防员进来后，便看到了一个一身黑乎乎的女孩拖着一床棉被。

当即有消防员将地上的棉被卷起，把狗连同棉被一起抱了出去。另一位消防员则护着陈一墨，将她带出小院，叮嘱她千万不要再进去。

陈一墨快急疯了，宋河生就这么冲进火海，也不知情况如何，老头儿没有一点儿动静！这么大的火，老头儿怎么能一点儿动静都没有？他一定是喝多了！最近这段日子，老头儿总喜欢晚上喝酒，如果今晚他也喝醉了，那么这么大的火可能会将他烧死。

她害怕自己的想法成真。

她身上湿透了，满脸是水，也不知道是泪水还是救火时喷上的水。她抹了一把眼睛，模糊的视线变得清晰，可眼前很快又只剩下了一片模糊的火海。

终于，消防员从熊熊烈火中出来了，背上负着一个人。

她用力地揉了揉眼睛，看清了从消防员的背上垂下来的那只手臂。尽管只是一只手臂，尽管那只手臂上的白色半袖已经被熏黑，她仍然能认出来这是宋河生的手臂，消防员背上的那个人是宋河生！

救护车早已到达，担架已然备好，陈一墨赶紧上前。医护人员把宋河生从消防员的背上抬下来，放到了担架上。

"他被房梁砸伤了腿，身体局部有烧伤。"消防员告诉医护人员情况之后，转身又进入了火海。

宋河生满脸漆黑，一侧被烧伤的脸上还露出肉来，头发也少了一边，但他尚有意识，嘴里喃喃叫着："墨囡。"

"在！我在！"陈一墨站在一旁，眼泪直往下掉。她想抱抱他，却碰都不敢碰他——他的手臂上全是烧伤。

"对不起，我……我没能救下老头儿……"宋河生虚弱地说着。

他见到老头儿了，老头儿躺在床的中央一动不动，可床早被烧成了灰烬，老头儿在中间只剩一道黑影。

陈一墨不知道自己应该说什么，摇着头哭得停不下来，只求医生赶紧给他治伤。

"又出来了一个！"陈一墨的身后有人说道。

她迅速回头，只见消防员又背了一个人出来——说是人，其实已经看不出人形了，那完全就是一团黑炭。

她只看了一眼就不敢再看了，眼泪"哗哗"直流。

不，那不是老头儿，不是老头儿，一定不是！

老头儿可凶可凶了，生龙活虎，成天不是吹胡子瞪眼就是教训人，怎么会是担架上那团漆黑的不明物体？

"老头儿！你出来！"她瘫软在地，大哭着。老头儿，我知道这不是你！这怎么可能是你？你一定是躲起来了！你出来好不好？墨囡好担心你！你去叔叔、伯伯家串门了，今天根本不在家。你回来好不好？墨囡悄悄给你做了一件新衣服，就差缝扣子了！你一定会喜欢的！你快回来好不好？

人群中，有人悄悄离开。

陈家一片漆黑，门从外面被打开了，付英英和陈一鸣相互搂抱着，踉踉跄跄地往屋里走着。

陈一鸣全身发抖，进门后大哭起来。

付英英顾不得开灯，一把捂住了陈一鸣的嘴，声音嘶哑而颤抖地说道："别哭！千万别哭！"

陈一鸣发不出声音来，"呜呜"直叫，拍打着付英英的手背，泪珠大颗大颗地往下掉，瞬间浸湿了付英英的手。

付英英搂紧了他，压低声音说道："别叫！别叫我就松开！听见没有？！鸣宝乖，听妈妈说，别叫！别叫！"最后一句她几乎是嘶吼出来的。

陈一鸣大概是被吓到了，惊悚地僵了一下，而后紧紧地依靠在付英英的怀里点着头。

付英英这才试着慢慢松手，见陈一鸣真的不号了，浑身一软，瘫坐在地上。

陈一鸣抖个不停，而且越抖越剧烈，结结巴巴地说道："妈……

妈妈……怎么办？……怎么办？我烧死人了……烧死怪老头儿了……怎么办？警察会抓我，我要坐牢了……我……我会不会……被枪……枪毙？……"

付英英用力地抱住他，同样结结巴巴地说道："不会……不会……鸣宝，你听妈妈说……谁也不知道……我们不说……谁也不会知道……千万不能说……不能跟任何人说……你爸都不能！"付英英自己也颤抖得厉害。

"我……我不是故意的……我……我想打开火……打了好多遍都打不着……我再用力扭一下之后……突然火就燃起好高……我怕死了……想跑，不小心碰倒了油……火更大了……我就……就不敢再管了……我就……就钻出来了……我不想的……我不想烧死怪老头儿的……我只想在院子里点一小把火，把怪老头儿吸引出来……我就进房间去……去拿秘籍……我不想……怪老头儿为什么不出来？他为什么不出来？我不是坏人……我不是……我不要坐牢……不要被枪……枪毙……"

陈一鸣完全语无伦次了。

付英英也后悔无比。从怪老头儿的店里的厨房窗户能钻进去一个人，如果不是她个子大钻不进去，她怎么也不会让儿子去钻！

她紧紧地抱着陈一鸣，抚摩着他的头和脸，镇定地说道："鸣宝，妈妈知道，妈妈知道你不是故意的！你只是不小心！我们鸣宝不会坐牢，不会被枪毙！绝对不会！你记住，一定不能告诉任何人！记住！我们鸣宝是好孩子，是好孩子！妈妈知道，知道！"

"啪"，家里的灯忽然亮了。

陈一鸣尖叫一声，大喊："不是我，别抓我。"

付英英赶紧捂住儿子的嘴，抬头一看，是陈亮回来了。她身体一松，只觉全身惊出了一身虚汗。

陈亮看着这母子俩，一个瘫坐在地上，毫无形象可言，一个被他妈捂着嘴，全身颤抖，两个人像是经历了一场大难似的，十分狼狈。

"你们这是在干什么？"陈亮疑惑地问。

"没……没什么……"付英英结结巴巴地说道，"怪老头儿家失火了，鸣宝被吓到了。"

"太惨了！"陈亮叹息着说道，"怪老头儿都被烧成焦炭了，河生也受伤了，墨囡不知道有多伤心！"

"啊——"陈一鸣听见他爸的话后又开始尖叫，在付英英的怀里乱拱，很是狂躁。

"这是怎么了？"陈亮注意到了儿子过激的反应。

付英英又慌又乱，捂着儿子的嘴，大声训斥陈亮："你回家了还胡说八道什么？明明看到鸣宝怕成了这样，你还说？鸣宝胆子小，你又不是不知道！"

陈亮皱皱眉，看儿子都被吓得像一只钻到母鸡羽毛下的小鸡了，也就住了口，蹲下身去抱儿子，并安慰道："一鸣，别怕。"

可他的手才碰到陈一鸣的衣服，陈一鸣就转过身来大声尖叫，还对他又打又咬。

陈亮躲闪不及，脸被挠破了不说，手腕也被咬住了。

"这孩子怎么了？"陈亮的手腕被咬得生疼，他"咝咝"直叫，好不容易才把手腕从陈一鸣的嘴里拿出来，腕子上被咬出了一大圈血印。

陈一鸣在他妈妈的怀里又哭又叫，付英英的心里也乱糟糟的，她胡乱地跟陈亮解释道："他是被吓到了。鸣宝，鸣宝，我们去房间。不怕啊，不怕！"

母子俩进房间后关上了门，陈一鸣在里面哭得直打嗝，无论付英英怎么安抚都平静不下来。他即使后来睡着了，也总是哭醒，一醒就打嗝，胡言乱语，后半夜时还发起了高烧。

付英英不敢带陈一鸣去医院，他烧得糊里糊涂的，说出来的话也很吓人，她哪儿敢带他见外人？她只找出了家里储存的药给他吃了，通宵不眠地守着他。到快天明的时候，她才打了个盹儿，迷迷糊糊间被一声凄厉的喊声惊醒了。

陈一鸣突然从床上蹦起来，大声喊："不要抓我！不是我！我没有放……"

付英英吓得再次把他的嘴捂住，死死地把他压在床上，一双眼睛通红，说道："别胡说了！祖宗！妈妈求求你！你要是不想被抓起来就别再胡说了！"

陈亮在外面把门敲得震天响，大声问怎么回事。

付英英连门都不敢开，只回他："孩子做噩梦了，别吵。"

陈一鸣全身滚烫，烧退不下去，一直在那儿说胡话。

付英英抱着陈一鸣直掉眼泪，说道："都怪你那死丫头姐姐！如果她肯把秘籍交出来，哪儿有这样的事？对！都怪你姐姐！"

付英英终于找到了宣泄的对象，通红的眼里全是恨意。

过了三天，陈一鸣才渐渐退烧，整个人瘦了一大圈，眼神空洞，终于安静下来了，但家里一有动静他就瑟瑟发抖。

而陈一墨这三天都没有回家，是一周以后陈亮把她带回来的。

付英英不让陈亮靠近陈一鸣，但他担心陈一墨。火灾发生那晚女儿直到半夜也没回来，他便出去找，结果在"旧曾谙"被烧焦的大门外找到了她。

夜深人静，围观的人早就散去了，河坊街上的店铺也全关了门，就她还蹲在焦黑的大门外一动不动，他叫了好几声她都没反应。

他怕她难过，走到她身前看她的脸，只见她小脸苍白，眼神呆滞，却一滴泪也没有。

他更觉得难过，哪怕她哭出来也好啊。

女儿终于看见了他，他叫她回去，她也只是摇头。他一贯嘴笨，不知道该怎么安慰女儿，就陪着她在院门口坐着，这一坐就坐到了天亮，直到河坊街上的铺子陆陆续续地开了门。

他想去给她买早餐，叮嘱她就在这儿等着，结果等他回家看了看陈一鸣再买好早餐回来时，她已经不见了。

他寻了一大圈没寻到她，又想着怪老头儿没有亲人，这几年毕竟教了陈一墨一场，陈一墨就算是怪老头儿最亲的人了。可是，墨囡一个小孩，哪里懂事？于是，他想帮着去各处奔波，结果在街道办事处遇到了她，她在认真地听着街道办事处的工作人员教她怪老头儿的身后事要如何去办。

她稚嫩的小脸一夜之间变得坚毅了不少，单薄的背挺得格外直。

她把工作人员交代她的事情都记在了纸上，一项一项地去办。

陈亮不放心，怕这孩子太伤心会做傻事，一直跟着她，眼见着她去办各种手续、买墓地、把老头儿的遗体领回来。她没有通知任何人，自己找工人把老头儿葬了，还在墓园找工人制碑，并与工人约定了立碑的时间。

买墓地的时候他还琢磨着墨囡肯定没钱，当然，他身上也没钱。他想跟墓园的管理员说他回去取钱，心里盘算着自己悄悄存了一点儿私房钱，是留给墨囡的，这回就先用吧。谁知，他还没开口呢，墨囡就掏了钱出来。

陈亮不知她一个小姑娘怎么会有钱，不过想来是在老头儿那里接活儿攒下的。

她把这些事办好后，便去医院看宋河生了。

宋河生的脚踝受伤了，头和身子都被烫伤了，宋婶在那儿哭。

"这可怎么办哪？！河生以后不能再运动了，还怎么上学？"宋婶边哭边说道。

宋叔一脸愁容，烦躁地训斥道："你能说点儿好的吗？医生只是说可能！你就这样给儿子定了命了？没事都能被你咒出事来！"

"我不是着急吗？"宋婶哭着说道，"就算脚没坏，那也会留一身疤，身上的疤也就算了，脸坏了他这辈子可怎么办才好呀？哪个姑娘还会嫁给他？他要打一辈子光棍了！"

宋叔更不耐烦了，说道："儿子才多大？你就操心他打光棍的事！烦不烦？"

"多大？他都虚岁二十了！他都懂得喜欢墨囡了！还小？"宋婶满眼含泪，说道，"这回也赖墨囡！如果不是因为怪老头儿是墨囡的师父，河生怎么会命都不要地去救人？！按理说，墨囡如果是个知恩图报的孩子，以后就该嫁给河生才是！"

"你这叫什么话？"宋叔烦躁地说道。

"实话！什么话？！"宋婶抹了把泪，说道，"要说以前，我还真看不上墨囡，不是墨囡不好，而是付英英的人品我瞧不上！但现在，也没别的姑娘了。"说着，她又呜咽起来，继续说道，"我们河生怎么就这么倒霉呢？"

宋叔烦得想离开病房透透气，一抬头，就看见了在门口站着的两个人——陈亮和墨囡。

宋婶还在那儿哭，说道："万一我们河生真的就这么被毁容了，墨囡要是嫌弃他，我可不答应，怎么也要……"

宋叔赶紧碰了碰她。

"干什么？"宋婶不耐烦地瞪他，这时，陈一墨已经走到她的面前来了。

陈一墨本来就是一个清瘦的小姑娘，这两天好像更瘦一些了，身上的衣服脏兮兮的，脸上也脏兮兮的，头发像一堆乱草。

她先到病床前看了看宋河生。他还睡着，也不知是昏迷还是睡着了。而后她转身，在宋婶的面前跪下，磕了三个头，轻声说道："对不起，您放心，我记得。"

唉，她也是个可怜的孩子！

宋婶瞬间泪崩，宋叔和陈亮也忍不住背过脸去抹泪。

宋叔把陈一墨扶起来，说道："墨囡，别胡思乱想。你宋婶就是胡说的，你河生哥没事的！你该干吗干吗！"

宋婶使劲瞪宋叔，宋叔也不管，看小姑娘这模样，就知道她这两天不好过，于是把她往外推，并说道："你放心吧，河生有我和他妈照顾。你赶紧回去，自己先休息休息！"

陈家父女离开医院时，陈亮安慰女儿："你别多想，你宋婶是急慌了胡说的。你宋叔说得对，你别把这些话放在心上，该干吗干吗。"

她却十分冷静地说道："的确怪我！宋婶没说错。"

陈亮便不知该说什么了，他本就笨嘴笨舌。

他以为陈一墨该跟着他回家了，没想到她却转了个弯，往另一条路走了。

"墨囡，不回家？"他问。

陈一墨摇了摇头。

陈亮不知道她要去哪儿，只好继续跟着她。

她在兽医站停了下来。陈亮明白了，她惦记着老头儿养的那条狗——大黑。

火灾发生之后，"旧曾谙"里一片混乱，大黑被救出来后就被送走了，后来他都忘了这件事了。

陈一墨走进兽医站，大黑躺在角落处的一张小床上，身上盖了一层薄薄的纱布。

她快步走进去，轻轻地喊了一声："大黑！"

原本静静躺着的大黑突然激动起来，大声地叫个不停，还从床上跃起来要奔向她。这么一折腾，它身上的纱布掉落了。

陈一墨赶紧跑过去，想要把它按回小床上，却不知道该怎么下手——大黑身上的毛都没了，身上被涂满了烫伤膏，好几个地方流出了脓。

可尽管这样，大黑还是不顾一切地想要往她的身上扑，"呜呜"

直叫，一双黑黑的大眼睛里溢满亮亮的光泽。

陈一墨一细看，那亮亮的东西分明是大黑的眼泪。

她瞬间崩溃了，叫着"大黑"，眼泪决堤而下。

这几天她始终紧绷而僵硬，瘦小的身体用尽力气来支撑她的情绪，而所有的努力在这一刻土崩瓦解，心里的痛排山倒海般将她冲垮、淹没。

她抱着大黑痛哭，久久停不下来。

大黑，老头儿走了，他再也不能牵着你去市场买菜，再也不能和你一块儿在河堤遛弯了。

大黑，此时此刻，我的痛是否只有你明白？

大黑，你还有我，你只有我了。

她哭得嗓子都哑了，陈亮怎么劝都劝不住，还是兽医过来要给大黑涂药，她才慢慢止住哭声。

涂药的时候，大黑特别乖，只是溃烂的皮随着兽医的动作一颤一颤的。每颤一下，它就呜咽一声，眼里湿漉漉的，明显是因为疼痛。

陈一墨轻轻摸着它头上唯一的好皮安抚它，眼前浮现出老头儿被烧成一块焦炭般的身体，眼泪直往下掉。

大黑，老头儿已经回不来了，你一定要挺住，一定要留下来陪我！

大黑涂完药，乖乖地"呜呜"一声，躺了回去。陈一墨给它盖上纱布，趴在它的小床边，眼睛红肿地看着它。

陈亮再次来劝她回家。她摇摇头，眼睛一眨不眨地盯着大黑，好像一眨眼大黑就会不见一般。

陈亮没了办法，只好劝道："墨囡，你得回家先洗漱，换身衣服再过来。你身上脏脏的，细菌多，对大黑也不好！"

陈一墨低头看看自己，这才觉得陈亮说得也对。

于是她点点头，轻轻地摸了摸大黑，说道："大黑，我很快就回来，你乖乖的。"

可是她刚站起来，大黑就跃了起来，"呜呜"地叫着，来咬她的衣袖，刚涂了药的好几处伤口一使力又渗出水来。

裂开的不仅仅是大黑的伤口，还有陈一墨的心。

陈一墨顿时不想走了，回头对陈亮说："爸，麻烦你给我拿一套换洗衣服来吧，我不走了。"

她要守在这里，守着大黑。

她守着的，不仅仅是大黑。

数日后，大黑身上的伤口结了痂，大夫说它可能很难再长出毛了。

陈一墨点点头，带着大黑离开了。

曾经一身黑毛、威风凛凛的大黑成了一只癞子狗。

陈一墨在回家的路上遇到了陈亮。这几天她没回去，陈亮每天来看她，给她送吃的东西，她也拜托陈亮每天守大黑一段时间，她去看宋河生。

大黑如今对陈亮熟悉了，不再抗拒，也允许陈一墨短暂离开。只是，她只在宋河生昏迷的时候见过他，他清醒后便不肯再与她相见。

但她仍然每天去医院，哪怕只是在病房外站一会儿。

她早已得知宋河生没有生命危险，那时便松了一口气。如今人活着就是她最奢侈的愿望，只要活着，总会有希望。

陈亮是来给她送饭的，见她带着已算康复的大黑出来，心里轻松了不少，牵着她，说道："回家去吧。"

她摇头，说道："我先去看河生哥。"

陈亮点了点头，说道："也好。"

陈一墨没把狗牵进医院，把大黑交给陈亮看着，自己进去了。

毫无意外，她再次吃了闭门羹，宋河生始终不愿意见她。

她在病房门口站了许久。宋叔出来，叹道："墨囡，你先回去吧，他现在一时想不开，我们劝劝他，你以后再来。"

宋叔说宋河生的身上会留下大面积的疤，脸上也有疤。还有，他即便出院两条腿也会不一样长，虽然不影响行走，别人不仔细看也看不出来，但是他不能继续念那个专业了。

宋叔还劝她："没关系，男孩子的外表是次要的，本事是关键。书念不下去，他还可以学手艺，这年头，只要人勤快就饿不着！再说了，医生说他脸上的疤可以整容慢慢恢复的。"

陈一墨点点头，说道："宋叔，我会再来的，直到他肯见我为止。"

宋叔重重地叹了一口气。

父女俩带着大黑一前一后地回了陈家，两个人想的都是，老头儿不在了，大黑就在自家养着吧。

然而，他俩刚带着大黑进家门，大黑就变得暴躁起来，冲着在客厅里依偎着的付英英母子大叫。

陈一鸣立马被吓哭了，从付英英的怀里挣脱出来，直奔自己的房间。

刚伤愈的大黑居然发狂了一般，挣脱陈一墨手里的绳子，朝陈一鸣扑了过去。

"大黑！"陈一墨大喊，跑上前阻止。

幸亏陈一鸣还算伶俐，进房间后迅速关上了门，大黑这一扑便扑在了门上。

付英英也疯了，从厨房里拿了刀出来，大叫大嚷："这该死的畜生！我剁了你炖狗肉，给我鸣宝补身体！你这畜生！畜生！"

大黑冲着付英英狂吠，在屋子里乱跑，躲避着付英英手中的刀。

陈一墨神色黯然，将大黑死死地抱住，也用自己的身体挡住了付英英手中的刀。

她明白了，这个家是容不下大黑的。

"妈！妈妈！"她昂着头哀求，"别砍！求你！我带大黑走！"

付英英狂躁极了，哪里听得进她的话？若不是陈亮手疾眼快，只怕那刀都能砍到陈一墨的身上了。

陈一墨借机带着大黑迅速地离开了家。

第四章
我们都长大了

"旧曾谙"只剩一片废墟，不能待了，陈一墨打算暂时带着大黑住在老头儿的房子里，只是她不知道她能住多久。

她咨询过了，老头儿无儿无女，也没有亲人，这房子是没有继承人的，这样，她能去避几天吧？

在老头儿家门口，她遇到了梅姑和其他的叔叔、伯伯。

"墨囡！"梅姑红着一双眼，见到她后冲过来抱着她就哭。

梅姑柔软的怀抱和身上淡淡的香味透着陈一墨未感受过的陌生的温暖之意，她那已经麻木的泪腺被这温暖感觉软化，眼泪瞬间浸润了梅姑丝质的衣裳。

进了屋，梅姑还在哭，问道："为什么不告诉我们？傻孩子！"

陈一墨默然不语。

大黑乖乖地趴在她的脚边，不时舔舔她的裤管。

"梅姑，各位叔叔、伯伯，"她小声地说道，"师父的事我差不多料理好了，唯独就是大黑，大黑陪伴师父的时间比我陪伴师父的时间还长，我答应过师父，给他和大黑养老，我……"

她话未说完，眼泪便又涌出，她总不能答应过的事一件也做不到吧？

众人谁不知道她的处境？梅姑直接说道："墨囡，你和大黑都跟梅姑走！以后有梅姑照顾你们！"

陈一墨低着头，摸摸大黑没有毛的脑袋，说道："梅姑，让大黑跟您走吧，拜托您照顾它，我实在是没地方养它。"

梅姑急了，问道："你呢？你为什么不跟我走？"

陈一墨摇摇头，说道："谢谢梅姑，可是我还不能走。"

小丫头人虽小，性格却倔强，梅姑等人也拿她没法子，梅姑当天带走了大黑，每个人还给她留了一笔钱，说是易老头儿的挽金，这些钱理应由她这个徒弟保管。

大黑走的时候是懵懂的，由梅姑牵着，一步一回头，好像在问陈一墨：我要去哪里？你为什么不去？

陈一墨握了握拳，手里空空的，就像她此刻的心，也空得仿佛有冷风吹过，凉得发疼。

火灾的原因初步被判定为液化气罐爆炸。老头儿的卧室和厨房仅一墙之隔，爆炸炸开了这堵墙，火苗蹿进房间，迅速燃烧起来。

陈亮把起火的原因告诉陈一墨的时候，她正在自己家的阳台上练习制作花丝。

这是她的最后一件习作，所有的工具、材料已在大火中化为灰烬。

她已经一宿未眠，不，确切地说，自从火灾发生以后她就没有睡好过。她总是在迷迷糊糊的时候梦到大火，梦到老头儿牵着大黑，在火光中骂她"臭丫头""小骗子"，也梦到了那棵枇杷树，老头儿隐藏在黄澄澄的枇杷里冲她笑，跟她说话："丫头，老头儿走了，三天不练就会手生，你可要天天练哪，不然我就出来打你的手心！"

她总在这样的时候惊醒。

她在黑暗中流着泪想：我不练了！我再也不练了！你出来啊，出来打我的手心啊！

然后，她便再也无法入睡，狠狠地抹掉眼泪，坐起来掐丝、点鹅毛，就着一盏台灯的光不眠休地练习。

　　奇怪的是，付英英没有骂她通宵开灯浪费电。

　　陈亮叹息着把她手里的工具取走，安慰她："你师父是个好人，我们都知道。但是人死不能复生，墨囡，你要看开点儿，不要把自己逼得太狠了，你师父在天上看着，也会不安心哪！"

　　陈一墨默然。

　　胖丫来找陈一墨了。

　　胖丫已经不胖了，但比陈一墨圆润一点儿，十分可爱。她比陈一墨高一届，刚结束高考。

　　胖丫是来邀她一起去看宋河生的，宋河生今天出院。

　　"我去医院好几回了，河生哥都不肯见我，今天他出院，我怎么也得看到他！让我沾沾你的光！"胖丫以为，宋河生一定会见陈一墨。

　　陈一墨不由得苦笑。她也见不着他啊！不过，胖丫说得对，她今天一定要见到他！

　　陈一墨和胖丫走后，陈家忽然传出了付英英的咆哮声。

　　"陈亮！你给我跪下！"

　　一本存折被扔到了地上。

　　"我为这个家起早贪黑，累得腰酸腿疼，只差把一颗心挖出来给你们父子吃了！你竟然还藏私房钱？陈亮，你对得起我吗？"付英英指着陈亮，歇斯底里地骂道。

　　陈亮的脸色一片灰白。

　　这本存折里的钱是他给墨囡准备的，他存了七八年了，每个月存的钱数额不等，多的一百来块钱，少的几十块钱，甚至十几块钱的都有，都是他在外做工时从付英英给他的午饭钱中省下来的，他不饿就不吃，实在饿得不行就挑最便宜的吃。

"你说！你为什么要这么做？难不成你在外面还养了个小的？"付英英仿佛要撕了他，揪住他的耳朵怒道。

陈亮哭丧着脸，无奈地说道："哪儿有什么小的？咱们总得给墨囡存点儿钱吧？"

"那个小贱蹄子害得我们家还不够啊？害得我们……"付英英忽然意识到不能说"害得一鸣"这几个字，于是将这几个字憋了回去，再骂，"陈亮，你这个死没良心的家伙！你和那个死丫头是一路货色！"

她足足骂了一个小时。

陈亮的脸上透着绝望的神情，付英英的声音在他的脑中化作一片嗡鸣，嗡鸣声里只盘旋着一个问题：墨囡以后可怎么办哪？

陈一墨和胖丫到了宋家门口，敲门，宋叔给她们开门，请她们进去，而后指了指宋河生的房间门，小声说："回来了，把自己关在房里呢。"

陈一墨上前敲门，说道："河生哥，我是墨囡。"

里面的人没有回应。

"河生哥，我知道你能听到！"陈一墨对着门大声喊道，"我六岁时就认识你了。那时候我在家里端着小盆洗衣服，你说等你放学回来后帮我，我们一起洗；后来，我们去老头儿家摘枇杷，被老头儿发现，你把我挡在身后，无论是跑还是被罚，你都和我一起；再后来，你考上大学要走了，你问我喜不喜欢河坊街，要是我考上了大学，还会不会回到河坊街，我说会；'旧曾谙'失火，我要和你一起进去救火，你却不让，你说有你，让我等你出来。现在，我在这儿等你出来，我只想问你，你是不是要我和你一样才肯见我？"

宋河生呆坐在房间里，听着她说的每一句话，眼前浮现出像柴火一样瘦的女孩踮起脚晒衣服的模样，宽大的衣服罩着她瘦小的身体，小银铃随着她干瘦的手腕的晃动，在风里响起清脆的声音。

"墨囡！你干什么？放下！"

外面突然陷入混乱之中，还有胖丫尖厉的声音。

"我只想问你，你是不是要我和你一样才肯见我？"

她刚才的话在他的耳边闪过，他心里一惊，跳起来冲向房门。

果然不出他所料，陈一墨站在他的房间的门口，手里握着他家的水果刀，刀尖对着她的脸。

胖丫和他妈一人搂着她的腰，一人抱紧她的手臂，他爸则抓住了她的手腕。但她白皙的脸上已有一丝血痕，鲜红的血珠子正一点点地往外冒。

那一瞬间，刀尖仿佛刺破了他的心脏。

陈一墨用坚定的眼神看着他，继续说道："从小到大，我们做什么事都是一起的！那个时候，你有一盒牛奶都要分给我喝，我唯一让你一个人行动的就是这次救火。我很后悔。有福同享，有难同当，是不是？我不能让你一个人承担这后果。"

她不会让他知道，此刻她的心里是震惊的。

这是她在他住院后第一次见到醒着的他。

她不愿意相信眼前这个没有头发，头皮、侧脸和脖子都被狰狞的疤痕占据的人是她的河生哥，但她更不愿他发现她在面对这样的他时有一点点惊讶的表情。她的心很痛，仿佛被那夜的大火舔舐心口。

刀尖与她的脸的距离在她和他爸的力量的博弈中忽远忽近。

宋河生闭了闭眼，走上前去，手穿过刀尖与她的脸之间的空隙，手心里抹开一颗血珠，刀尖从他的手背上擦过。

她绷紧的身体终于变松，手里的刀被宋叔夺走。

"河生哥，月亮总归是不变的。"她差点儿没站稳，脸贴着他的手心稳住身体后定了定，转身离开了宋家。

胖丫追着她的脚步出来了，脸上是掩饰不住的惊骇表情，她问陈一墨："墨囡，河生哥怎么变成这样了？他还能好吗？"

陈一墨摇摇头，说道："不知道。"无论他好不好，她都有心理准备。

"我都快被吓死了，又不敢在河生哥的面前表现出来，怕他觉得我嫌弃他，以后更不让我去看他了！"胖丫抹了一把鬓边和额头上的汗，说道，"你说，河生哥以后还会把自己关起来不见我们吗？听说他不能再上学了。"

陈一墨思量着，说道："他不上学也有别的法子生活，至于别的，我们总要给他一点儿时间的。"

"嗯，我们过几天再来看他。"胖丫点头，又问了陈一墨对未来的打算，"墨囡，你以后怎么办？过完暑假你就要读高三了，你要考什么大学？"

她要考什么大学？

陈一墨的眉毛轻轻地蹙起。

若是按照老头儿之前的打算，她是要进大学去学珠宝设计的，老头儿说"咱们这行虽然是传统手艺，但也要看看现代工艺是怎么发展的，要做一个有文化的人"。他还说他已经打听过了，考珠宝设计专业要参加集训，虽然她从小就临摹，功底不差，但不知是否符合考试的要求，老头儿打算就在这个暑假送她去画室参加集训，可现在……

她的眼前又出现了老头儿凶巴巴的模样，眼睛酸酸的，她摇头说道："还不知道呢，到时候再说吧。"

河坊街连续下了几天大雨。

陈一墨还是每天都会去宋家。

宋河生仍然不肯见她。不过宋叔说，他比从前好了，至少叫他出来吃饭时他愿意出房间了，从前都是他们把饭菜放到他的房门口等他开门端进去吃的，往往饭菜凉了他也不开门。宋叔还说，河生哥买了帽子和口罩，这几天对着镜子试戴了好几回。

他在改变就有希望，转变总需要一个过程。

陈一墨灰暗的心情有了些许亮光。

这天，她从宋家回去时，在必经的路上见到了急得在原地转圈的梅姑，梅姑告诉她大黑丢了。

"丢了两天了！我四处找也没能找到它，只好来告诉你！墨囡，梅姑对不起你！对不起易老头儿！"丢的是狗，但梅姑这会儿的眼泪又何止是为了一只狗？

"我知道了，梅姑。"陈一墨倒是比梅姑想象中的平静，还对她微微一笑，说道，"给您添麻烦了，很抱歉。"

雨水如帘，淅沥而下。女孩举着伞，头发微湿，巴掌大的小脸上有几颗雨珠，她这样一笑，愈加显得脸色苍白了。

梅姑心里一酸，将她往怀里搂，抚着她的背，哭着说道："墨囡，墨囡……"

陈一墨的伞掉在了地上，不停地打转。

江南的雨一下就没完了。

陈亮从码头回来，念叨着这雨要是再下，只怕运河的水位要上涨。

陈一墨已经好多天没去码头和运河边了，河坊街，那条十年来她每天都要去的街道，她也不再踏足。

回忆突然在某个时间点断了崖，关于河坊街的一切事情断在了悬崖的对岸，她再也无法抵达。

付英英和陈一鸣不在家，陈亮拍着身上的雨水继续说道："这雨天，我还看见了一条狗，有点儿像大黑，要不是你把大黑送走了，我还真以为是大黑呢。"

陈一墨浑身一颤，声音都颤抖了，问："爸，你说什么？"

"我说我看见……"

陈亮还没说完话，陈一墨就如一道影子一般，瞬间不见了踪影。

"墨囡，你去哪儿？伞哪！"陈亮拿着伞追了出去。

陈一墨清瘦的身影已经消失在了雨幕中。

此刻正在下雨，河坊街上的人比平时少了很多，陈一墨提着一口气奔跑在街道上，看见了举着伞急忙跑来的胖丫。

"墨囡！墨囡！大黑！我看见大黑了！"胖丫拉着她的手飞奔，在被烧毁的"旧曾谙"的门口，胖丫停住了脚步。

"在里面。"胖丫气喘吁吁地指着"旧曾谙"焦黑的门框，说道，"我今早听我爸说，这条狗在河坊街流浪好几天了，长得丑，又脏。小孩怕它，好多人赶它，有拿石头砸它的，还有拿棍子揍它的。"

陈一墨的衣服早已湿透，没等胖丫说完，她就跨进了院门。

胖丫的声音在她的身后响起："我就猜是大黑，出来找它，看着它钻了进去，却怎么也无法将它叫出来。"

大雨浇在这一堆被烧焦的废墟里，陈一墨一迈进去，就感觉到了巨大的压力，好像有一堵坚固的结界阻止她靠近。

她知道这"结界"是什么，眼泪已混着雨水滂沱而下。她以为，她这一生都没有勇气再跨过这扇门。

她闭上眼，院子里的青草肆意地生长，枇杷树枝叶繁茂，坏脾气的老头儿躺在树下的竹椅上打着盹儿，手里的蒲扇时不时地摇一下，脚边趴着一条大黑狗，懒洋洋地啃着一根肉骨头，小小的她推开院门走进去，金色的阳光洒满院落，大黑狗跳起来朝她摇尾巴，坏脾气的老头儿哼哼，说道："臭丫头这么晚才来？是不是想偷懒？"

她不想睁眼，也不敢睁眼。

她慢慢朝老头儿的主屋的位置走过去，而今，那里除了被烧焦的木头框架，一点儿房屋的影子也没了。

雨水模糊了她的视线，她不知道大黑是不是在里面，只是试着叫它的名字："大黑！大黑！"

短暂沉默后，屋里爆发似的传来一串熟悉的长啸，声调兴奋、激动、嘶哑、狂躁。

伴随着长啸，一道黑影从屋里跑出来，准确地扑到了她的身上。

它很脏，身上都是泥水。

它瘦了，曾经壮硕的身体只剩一层皮包骨了。

它还受了伤。原本结了痂的伤疤多处感染，流着脓，露着肉；它的腿骨不知被谁打断了，它跑起来时一瘸一拐的，痛得发抖；它的头上被砸出了一个洞，血肉模糊，愈加显得它又丑又狰狞。

她抱着它大哭不止，不知道它到底经历了什么遭遇，为什么会变成这样。

这是她的大黑，她健硕威武、气势汹汹的大黑。

她知道它也在哭，在她的怀里嗅着、拱着、哭着，好像在问她为什么不要它了，好像在说它有多么委屈。

大雨还在下。

一把伞撑在了她和大黑的头顶上，豆大的雨点打在伞上，"噼里啪啦"地往外溅开。

有人拽住了她的手臂，用力地把她往上提。

她软软地站住，来人手一松，她又往下滑去。

身边的人便蹲了下来，扶着她。

大黑"呜"一声叫了起来，扑向来人，在他的肩头又蹭又舔。

陈一墨抬头一看——来人穿着黑衣、黑裤，戴着黑帽子、黑口罩。

来人的全身被遮得只露出了一双眼睛，可她仍然认得他，她怎能不认得他？

"回家吧。"隔着口罩，他的声音在雨中显得遥远又模糊，他说道，"大黑交给我，以后我养着它。"

陈一墨刚被憋回去的泪水再一次决堤而下。

大黑看起来很开心，好像有一种把丢了的人一个个找回来的感觉，把身上的污泥全蹭到了他的身上。

他轻轻地摸着大黑伤痕累累、脏兮兮的身体，轻声说道："大黑，走，我们先去看医生，然后跟我回家。"

他把伞交给陈一墨，想要把大黑抱起来，大黑却咬着他的裤管将他往屋里拖。

那屋也就只剩下一个被烧焦的框架了，里面还有什么东西？

大黑一瘸一拐地走在前面，她和宋河生跟着。

一进门，陈一墨就捂住了脸，眼泪从指缝里"哗哗"往外溢。

老头儿睡觉的那张床早被烧得连灰都不剩了，但大黑还记得那个位置。它不知从哪儿叼来了一只破碗，摆在原来床头的位置，碗里也是它四处叼来的剩饭、剩菜，碗里的东西不知放了几天了，馒头都已发霉。

它蹲在碗边，看着他俩，"呜呜"叫了两声，眼里满是疑问之色，好像在说：老头儿去哪儿了？我给他弄来了好多吃的东西，他怎么不回来吃？

陈一墨无法面对它这样的眼神，别开眼泣不成声。

宋河生也别开发红的眼睛，好一会儿才缓过来，蹲下身摸着大黑的头，哽咽地说道："大黑，老头儿去了很远的地方，短时间内不会回来了。我们先回家，等这里修好了，我们再回到这里来等。"

说完，他便把大黑抱了起来。

大黑在他的怀里"汪汪"直叫，挣扎着想下去，好像在说它要等老头儿回来一样。

宋河生安抚着它，最终还是强行把它抱了出去。

两个人先带着它去治伤，兽医站里的兽医将它的全身清洗干净，给它那被打折的下肢上了夹板，将全部的伤处做了处理。

大黑全程乖得不像话，好像知道这是在给它治疗，只是在治疗完毕之后，忽然可怜巴巴地叫了两声，不闹也不跳，只是定定地看着他们。

陈一墨忽然明白了，大黑这是怕他们又把它扔下！上一回就是给它治好烧伤后，她就把它送给了梅姑。

她把自己的猜测说给宋河生听，宋河生在征得兽医的同意并记了一大页怎么照顾大黑的笔记后，抱着大黑离开了兽医站。

陈一墨看着大黑在他怀里欢喜的样子，就知道自己没有猜错。

她的心里酸酸的，她一路摸着大黑身上尚完好的皮，默念：大黑，放心跟哥哥回去，这一回不会再把你弄丢了。

她相信宋河生能照顾好它，没有理由，就是相信他。从他出现在雨中，为她撑着伞的那一刻开始，她就知道，那个始终将她护在身后、陪着她成长的男孩回来了。

他们回去的时候，大雨依然下着。她举着伞，向他那边倾斜着，身体与他的身体贴得很近，忽然生出了一种与他相依为命的感觉。

伞下像是一个独立的世界，雨帘将一切阻隔在外，仿佛天地间只有他们。

他们乱糟糟的生活一点儿一点儿地被理清了。

宋河生将大黑带回了家，这么一条又脏又丑的狗，宋婶原本是不喜欢的，但宋河生如今这个状态，只要是他决定的事，她和老宋半个"不"字都不敢说。

"旧曾谙"及其旁边被烧毁的房子开始修复。陈一墨正犯疑，这院子是老头儿租的，老头儿不在了，租金却是交了的，"旧曾谙"该怎么处理呢？

就在她打算去社区咨询这事的时候，宋河生给了她答案：老头儿租这座小院的时候，宋河生已经十八岁了，老头儿居然是以宋河生的名义租的，租金交了三十年。老头儿让他写了公证书，等陈一墨满十八岁时就把院子转给她。

陈一墨愣住了，老头儿为什么要这么做呢？不管老头儿这么做的理由是什么，他都把遗产留给了她，除了手艺，还有承载了她生命里所有的温暖回忆的院子。

宋河生说："墨囡，你放心地去上学，小院我给你看着，带着大黑一起看着。"他顿了顿，又说道，"你什么时候想老头儿了，就回来看看。"

他的言语间满是离愁之意。

她总归是要离开这里的。河坊街太小，这座小镇太小，而她羽翼初成，怎可能被圈在这方寸之地？

陈一墨却说道："河生哥，我会回来的。"

她会回来，这里有她的男孩和一条没有毛的老狗。

可是，她想知道他有什么打算。

"河生哥，你今后怎么办？"他们总要面对这个话题的。他始终戴着帽子和口罩，头皮有一半长不出头发，半张脸也被毁了；他的两条腿的长度差两厘米，虽然平时走路时不明显，他却再也不能跳高了。

宋河生戴着口罩，只有一双乌黑的眼睛露在外面，眼里平静无波，说道："我看看情况吧，要么跟着我爸学做木匠，要么跟着冯叔学做厨师。我爸说，只要勤快，就不会找不到生路。不过，我不想学做木匠，喜欢做吃的东西。"

陈一墨微微放心了，歪着头笑了笑，说道："那好啊，我等着你给我做好吃的东西。"

宋河生的眼睛微微一弯，他似乎也笑了。

陈一墨再次强调："河生哥，我会回来的！"

"嗯。"宋河生没跟她犟，前路未知，人未成长，谁知道下一个路口会有怎样的风景？

暑假不知不觉过去了一半，陈一墨每天临摹，老头儿送她去参加集训的计划完不成了，她便自己练习，手艺也没落下。她每天的时间被安排得满满的，每周还要去鲁叔叔和陈叔叔那里一次，请他们指点她玉雕和花丝，巩固基本功。

某天她从陈叔叔那里回来时，陈亮在路口把她堵住了，神神秘秘地将她拉到僻静处，递给她一张卡，说道："赶紧拿着，这里面的钱可以供你参加一年的专业集训，我已经在省会的培训班里给你报了名，你只要去交费就能参加集训，回家收拾收拾东西，快去！"

陈一墨觉得奇怪，问："爸，你怎么知道省会集训的事？"这事老头儿只和她以及宋河生说过。

"你就别问了！我当然知道！你赶紧把卡拿着啊！要是被你妈发现就完蛋了！"陈亮说罢，把卡塞进了她的小布包。

陈一墨却还疑惑着呢，又问："爸，你哪儿来的那么多钱？"他的钱难道不是全被付英英管着吗？

陈亮左右看看，小声说："你就别问那么多了！总之，爸能想到办法送你上学，爸答应过你的！"

陈一墨却非要问出这钱是怎么来的，陈亮没办法，只好说道："是去银行贷的款，现在上学都能贷款了。你以后有出息了，挣钱帮爸爸还给银行就行！"

陈一墨这才打消了疑虑。

陈一墨独自踏上了去省会参加集训的路。去的那天宋河生和陈亮都去送她了，他们一直将她送到火车站的进站口。

她背着背包，将行李放在地上，迟迟不肯进站。

这是她第一次离开小镇。

宋河生把行李箱的拉杆放到她的手里，又递给她一包吃的东西，说道："去吧，墨囡。"

他在心中补充道：往前走，朝着你的方向一直走，不要再回头。

她手里的塑料包温温的，带着不知什么食物刚出锅的余温。陈一墨的眼泪突然"吧嗒吧嗒"地往下掉。

宋河生默默叹息,一手推着她,一手拎着她的行李箱,把她往站里推,终于把她推到了进站的人流里。

她一边回头一边大喊:"河生哥!照顾好大黑!爸!保重身体!"

站外的两个人终于转身,渐渐地远离了她的视线。她一只手拖着行李箱,另一只手抱着那兜吃的东西,哭出声来。

"我一定会回来的!河生哥,我一定会回来的!"

宋河生走在回家的路上,眼前全是陈一墨泪眼婆婆的模样,陈亮说了什么,他一句话也没听清,直到听到一声"墨囡",才回过神,问道:"什么?"

"我说,这是墨囡第一次离家,也不知道她能不能顺利地找到学校!"陈亮担忧地说道。

宋河生也担心,可是不可能送她去。

他沉默了一会儿,肯定地说道:"她一定能找到的!墨囡很能干。"

陈亮叹息着说道:"可惜了。"

"可惜什么?"宋河生不解地问。

陈亮摇摇头,说道:"她那么聪明、懂事,可惜来了我们家,耽误了她,墨囡她妈……"他顿了顿,到底不想在外人面前说老婆的坏话,"幸亏有你,我替墨囡谢谢你,我这当爸的惭愧啊!"

宋河生皱眉,说道:"陈叔,你可要保密,不能告诉墨囡哟。"

"我知道!"陈亮点头,说道,"可是,你爸妈真的没意见吗?他们由着你把房子卖了供墨囡参加集训?"

"放心吧,没事!"

他爸妈怎么可能没意见?妈妈都快闹翻天了,他也知道这不是最好的法子。

虽然家里多出的这套房子是给他结婚用的,但房子终归是爸妈买的,他没有权力处置得这么理直气壮。可才十九岁的他,除了卖房子，再没有别的法子支持墨囡。墨囡今年的集训、今后上大学，还有"旧曾谙"修复后他要重开"旧曾谙"，这些事都需要钱。

他算是对不住爸妈了，以后他会努力挣钱，回报父母。

暑假结束的时候，陈一墨回了一趟河坊街。

胖丫考上了本地的一所大专院校，马上就要去上学了，陈一墨刚好赶上送她。胖丫的亲朋好友们就在冯叔开的饭店里吃了一顿饭。

宋河生正式拜冯叔为师了，这顿饭就是宋河生打的下手。只是他始终戴着帽子和口罩，不愿意以口罩下的面目示人。

宋叔和宋婶还是要给他去做整容的，不然也不会死死地抓着手里的现钱不放，让宋河生不得已卖了房子。当然，这些事陈一墨都不知道。

陈一墨只看见大家都越来越好了，心里高兴，就连大黑如今也过得十分滋润，跟着宋河生，被养在胖丫家饭店的后院里，吃香的、喝辣的，胖了不少。遗憾的是，被烧伤后的皮有大片没再长出毛来，有些部位又长了一些绒毛，看起来更怪异了。

陈一鸣却不太好，人变得傻傻的，老看着一个地方发呆，听到点儿响动就受惊一般跳起来。他还总是打嗝，一个暑假都在看医生，吃了不少药，却总不见好，而且睡眠质量特别不好，常常惊醒，如今都不敢一个人睡了，和付英英睡，陈亮在儿子的房间里睡。

因为这状况，付英英都不让陈一鸣去上学了。她不顾陈亮的反对，给陈一鸣办了一学期的休学手续，说要先给他治病。

陈一墨本是好心，问要不要去省会给他看看，结果被付英英一顿骂："都是你害的！不是去看你师父家的火灾，他哪里会被吓到？"

老头儿的死是陈一墨心里永远的痛。

她便不吱声了。

付英英接下来却唠叨了一大通话，什么死丫头去省会享福了，嫌弃他们穷了；什么死丫头拿了老头儿的一大笔遗产，也不给家里人一分钱；什么死丫头吃陈家的、喝陈家的，把她养到这么大，她不知道回报，还不如养条狗等。

陈一墨还想，妈妈怎么说那是老头儿留给她的钱呢？后来再一想她就明白了，爸爸去贷款，肯定不敢让妈妈知道，所以才在妈妈面前假称她去集训花的是老头儿的钱吧？

"弟弟现在要看病！你不给弟弟医药费？我真是养了一只白眼儿狼！"付英英在陈一墨再次出发去省会前瞪着眼，不让她走。

陈一墨的兜里只有几百块钱，供她日常花费，但付英英还是把钱掏空了，放在桌上。陈亮在一旁看得直摇头。

付英英嫌少，骂骂咧咧的，但终于还是放陈一墨走了。

宋河生在楼下等陈一墨，手里又提着一兜吃的东西，塑料袋里三层外三层地包裹着吃食。

从河坊街到火车站的这条路，陈一墨后来不知道走了多少次，每一次都是宋河生送她，每一次他都提着这么一兜吃的东西，抱在怀里是温热的。兜里有时是炒好的菜，有时是蒸熟的粽子或者米糕，有时是自家晾的各种干菜。前两次还是宋河生缠着宋婶做的，后来就都是学厨师的他自己做的了。

不知道从哪一次开始，两个人颇有默契地不再搭车，而是提早出发，步行去火车站。二人从河坊街搭车去火车站只需要十几分钟，慢慢地走，能走一个小时。

又是一年暑假结束的时候，陈一墨奔赴的是省内最好的艺术大学，她考上了这所大学里的珠宝设计专业。

还是那座火车站，还是宋河生送她，他还是带着一包温热的吃食。

而他，仍然戴着帽子和口罩，只露出一双眼睛，眼神平静无波。

进站口处，陈一墨抱着那包吃食，和从前每一次离开小镇时一样久久地凝视着他。

他也和从前一样，躲开她的目光，推着她的行李箱，也推着她，想要把她推进站。

但这一次，陈一墨没那么容易被他推走。

她固执地站在原地，还是那样看着他。

十八岁女孩的眼睛如江南烟雨一般，薄雾缭绕，染了淡淡的哀愁。

"河生哥，我想看一看你。我都快记不得你的样子了。"她知道他已经做过一次整容手术，他的口罩和帽子却从来没被摘下来过。她不知道手术到底是成功还是失败了，不敢问，但她也不在乎。

宋河生的动作停滞了一会儿。

"河生哥！我想看你。不管你是什么样子，我都要记住你。"她往前走了一步，离他很近很近了，都能闻到他身上属于夏天的、雨水过后的树叶气息了。

"好。"

他回答得非常爽快，爽快到吓了陈一墨一跳。一眨眼，他的口罩就被取掉了。

他的右脸上还是有一大块疤痕，她不知道他整容是不是整的脸，但与她去年在他家见他时相比，他的脸并没有太大变化，新长的皮肉白了好几个度，狰狞、扭曲地盘踞在他的脸上，像是她幼时第一次拿针补裤子时，补上的那个丑陋的补丁。

他垂下眼帘，掩去眼里的冲动之色。她要看就看个够好了，记住他现在的样子也好，至少，她以后往前走的每一步都不用再有顾忌，不会后悔。

忽然，一阵熟悉的香味靠近，而后，从他丑陋的带着疤痕的脸上传来了柔软的湿热感。

他惊得抬眸，陈一墨涨红着脸退开了。

"河生哥，我们都长大了。"她用蚊蚋般的声音扔下这句话后，转身走入了进站的人流。

宋河生呆呆地看着她远去的背影，良久才反应过来——她亲了他，亲的还是他被毁了的那侧脸。

他的脚步连同思绪被定在了此处，脸颊上像是多了一道烙印，湿热感迟迟无法散去。火车站周遭的喧闹声尽数化作轰鸣声，在他的脑海里震荡，他全然不曾察觉旁人经过他身边时对他的脸颊的侧目行为。

"河生哥，带好大黑，帮我看着'旧曾谙'，我会回来的。"

他的耳边回响着她的声音，她每一次离开时都说一样的话。

"又来送小女朋友啊？"车站里戴着红袖套的老爷爷打趣他。

宋河生匆忙戴上口罩，没点头，也没摇头。

一样的送别场景，有些事却又不一样了。就像他童年时救过的一只鸟儿，他放飞的时候，它绕着他飞了一圈又一圈，最终还是飞向了它的蓝天和森林，那儿才是属于它的地方。

他默默地回到家，一进门就听见妈妈在跟爸爸哭诉："墨囡考上那么好的大学走了！这可怎么办？她都不知道她能念大学是谁的恩德！只怕她还在感谢她的那个屄货爹！你说，河生怎么就那么蠢啊？他供养这么一个大学生出去，墨囡还瞧得上他？还不如把她拘在河坊街开个小铺子，还能绑住人！现在真是人财两空！人财两空啊！"

宋河生默默地听了一会儿，转身回了冯叔的饭店。

胖丫已经上学去了，冯叔也刚到店里，问他："墨囡走了？"

他点点头，开始干活儿。

"今天不去金铺吗？"冯叔问他。

街坊都不习惯说"旧曾谙"这个名字，从前把它叫"怪老头儿家"，现在叫它"金铺"。

"一大早和墨囡去看过了。"他闷声答道。

"旧曾谙"已经被修复并重新开张，他立了规矩，只一早一晚去接一趟定做单，做熟客的生意。接到了单子没法制，他便一周去找商辉一次，就这样勉强维系着"旧曾谙"的牌子。

他说过要守着"旧曾谙"，但也只能守着而已，就像守着大黑。

大黑会慢慢变老，他不知道自己能守到哪一天。似乎，他也不必知道。

冯叔点头，对这个学徒还是十分满意的，宋河生踏实、勤快，而且有眼力见儿，眼里能装事，不声不响地便把厨房里大大小小的事做完了，别人都走了，他还留在最后收拾。

第五章
九十九朵桃花

进入大学后的陈一墨像是一尾从狭窄的小溪里忽然被推入江河的鱼，短暂惊诧后便轻松自如地摇摆着尾鳍，自在畅游。

她就读的专业是珠宝设计，金银器基本功对她来说当真就是大学生学拼音，再容易不过。不过，她从不轻视基本功，仍然一步一步地跟着老师扎扎实实地学。

开学第一周的周末，宿舍里的同学约着出去玩了，她想去图书馆，于是最后一个离开宿舍。离开之前她给宋河生打电话，打到冯叔的店里，是冯叔接的电话，冯叔一听声音就知道是她。

"墨囡？找河生吗？"冯叔问道。

"冯叔！我是墨囡！河生哥在吗？"她"嘻嘻"地笑。自从高三那年赴省会参加集训开始，她每周都会给宋河生打电话，每次都是打到冯叔的店里。

"在！在！我给你叫！"

电话那端随即响起冯叔大声喊"河生"的声音，以及宋河生远远的一声应答"来了"。

她听见有人拾起话筒，随后听见熟悉的一声"喂"。

他的声音很小，他每次说话时声音都像离她很远，她握紧了电话，似乎这样就能将他的声音抓得紧紧的。

"墨囡，你好不好？习惯大学生活吗？"

她用力地点头，仿佛电话那头的他能看见一样，说道："习惯！我很习惯！河生哥，你不用惦记我。"说完，她又觉得不对，跺了跺脚，马上改口，"不，不行！你必须惦记我！天天惦记我！你说，你有没有惦记我？"

宋河生即便戴着口罩，脸也发热了，嗫嚅着，不知道该怎么回答，眼里却泛起了泪光。

"河生哥！你说呀！"

她大有他不说就不罢休的架势。

他憋了半天，终于还是结结巴巴地说了几个字："惦……惦记的，怎么会不惦记？"

她便笑弯了眼，问他："河生哥，你好不好？"

"我都好的。"宋河生不欲多说自己的事，只问她，"你呢？学习紧张吗？"

"挺轻松的！我可是老头儿的高徒呢！对我来说，学校里的课程太容易了。"在老师和同学的面前还能保持谦虚谨慎态度的她，在宋河生的面前很是得意。

两个人在电话里聊了好一阵，不外乎宋河生叮嘱她好好照顾自己，别只想着省钱，该吃就吃，该买漂亮的衣服就买，他现在已经能挣工资了，不怕她花钱。

他一直叮嘱，她也一直答应着，但是答应之后，她该怎么着还是怎么着。

两个人一聊就聊了一个小时，店里开始忙了，宋河生才依依不舍地放下电话。

日子就这样一周一周地过去了，第三周的时候，陈一墨顺利地找到了一份家教的工作，教小孩学一个下午的美术。

　　她还买了一辆二手，不，确切地说已经不知道是几手的破自行车。她从一位学长的手里买来的，才花了三十块钱，自行车破得不像样子，但是她算了一下，做家教每周往返的公交车费是四块钱，十周就要四十块钱，骑自行车划算多了。

　　她开开心心地将它买了下来，洗得干干净净的，一个下午她就学会骑自行车了。

　　某个周末的下午，她骑着自行车直奔向校门，却不料突然起了风，风扬起一片沙子直扑她的脸庞。

　　眼里进了沙子，她什么都看不清了，只觉得自行车顿了顿，撞上了障碍物。她重心一歪，车往一边倒去。

　　"对……对不起。"她眨着眼睛，泪水迷蒙间，看见她撞上的也是一辆自行车，只是那辆自行车的主人的大长腿稳稳地踩在了地上，她却翻倒在地，自行车压住了她的脚。

　　"是我该说'对不起'才是，你没事吧？"说话的人是个男生，男生帮她把自行车扶了起来，还要过来搀扶她。

　　"我没事。"她摆摆手，自己站了起来，只觉得小腿有些痛，眼里的沙子也让她眼睛痛。

　　"你的眼睛不舒服吗？很痛吗？"男生走近，关切地问道。

　　她摇摇头，说道："进了沙子。"

　　男生想说"我给你吹吹吧"，可想了想，觉得不太合适，改口道："我这里有滴眼液，你拿着冲冲？"

　　"谢谢，不用了。"她闭着眼睛，任眼泪冲刷眼里的异物。不是她不想用滴眼液冲，而是这会儿她没办法自己撑开眼皮。

　　好一会儿之后，眼泪把沙子冲出来了，她眨了眨红红的眼睛，觉得没事了才低头看脚上的痛处——脚被蹭破了皮，流了一些血。

"你流血了，去医务室看看吧？"男生说。

"不用了，就破了点儿皮。"她推着自行车，到十字路口附近的小卖部买了几张创可贴，自己蹲下贴好，然后推着车继续往校门口走去。

"喂，同学！"她的身后有人叫她。

她惊讶地回头，只见刚才的那个男生还跟着她。她忽然想起，的确是她不对，她撞了人，也没问人家伤到没有就走了。

"不好意思。"她连忙问道，"你有没有伤到？"

男生愣了一下，笑道："有！"

"你需要去医务室吗？"她觉得自己真是马虎，竟然把人家忘了。

男生笑着自我介绍道："我叫向挚，是服装设计系大三的学生，你呢？"

陈一墨急着去做家教，但还是说道："你受伤了，我还是先陪你去医务室吧。"

他没受伤，刚才是在撒谎。

"一点儿小伤，你都不在意，我一个男子汉怎么会需要去医务室？"他说道。

陈一墨以为他也被蹭出了血，想了想，把口袋里剩下的创可贴递给他，说道："那你也贴贴吧。"

他将创可贴接过来，点头，应道："好。"

他没贴，而是把创可贴装进口袋，放缓脚步跟着陈一墨。

陈一墨见他跟着自己，想着他是不是怕她撞了人就跑，也想赶紧把这事处理好。

"同学，不然我还是陪你去医务室看一下吧？该怎么样就怎么样。"该她赔的，她不会赖掉的！

向挚摇头，说道："我没事，真的不用去医务室。"

"那我走了？"陈一墨试探着问。

"你要去哪里？"

陈一墨无话可说了，掏出纸、笔写下自己的名字和班级，交给他，说道："我有急事，如果你的腿后续有什么问题，你找我就是了，我不会赖的。"

她骑上车，往校外行去。

向挚看着纸上的名字，再看看骑着破自行车的身轻如燕的女孩，笑了笑。

陈一墨做完家教回校后，便去看有没有自己的包裹，果然，一个写着她的名字的邮包在那儿候着她呢。

陈一墨每周都会收到来自河坊镇的包裹，包裹里没什么特别的东西，全是吃的，比如用真空包包装好的炒好的菜，还有小吃、零食，每次都是满满一箱。

她总跟宋河生说寄太多了，但他说不多，她和室友一起吃，一下就吃完了。

她和室友们相处的时间长了，大家慢慢熟悉了，室友们就会问她邮包是男朋友寄来的吗？因为她们接到过宋河生打来找陈一墨的电话，确定电话的那一端是年轻男子的声音。

陈一墨坦荡地微笑，没有否认。

一室十七八岁的女孩，嘻嘻哈哈地闹得十分开心。

陈一墨第一次过集体生活，觉得很新鲜，但也有不方便的地方，就是没法在宿舍里练习手艺。她思来想去，还是决定在外面租一个小小的工作间。

她把这个想法跟宋河生说了，宋河生很赞成，还让她不用操心钱的事，都有他！

陈一墨想着哪里需要河生哥的钱呢？她爸给她的钱还剩很多呢，她自己也在做家教，省着点儿花就是了。她只是拜托宋河生去找商师兄，让商师兄给她准备一套新的工具以及必要的设备。

她忽然想起了老头儿那张陈旧的功夫台，想起功夫台上斑驳的刻痕和被烧黑的印记，连同整个工作间一起在大火中化为灰烬。老头儿一本正经地纠正"那叫功夫台，不叫桌子"的画面还历历在目呢。

到最后，老头儿都没给她打一张新的功夫台，她一直在那张旧功夫台上练习。

如今，她得打一张新的功夫台了。

不久，宋河生来了，还带了他爸宋叔过来。父子俩带的东西简直能装一货车了！

"没啥！就是一些吃的东西，还有你要的工具，也有木材。打功夫台我爸拿手，他来给你打。"宋河生把东西放到她租来的小屋里，边忙边说，"商师兄和你的叔叔、伯伯、梅姑都给你捎了东西，你爸也给你捎了东西，所以看起来就多了。"

陈一墨听着他的话，只抿着嘴笑。她其实很幸运，有这么多对她好的人！

陈一墨租的单间就十平方米左右，东西放进去后再站三个人就挤得没挪脚的地儿了。

宋叔四下里看了看，说道："这房间太小了，放上功夫台后连床都没地方搁！"

陈一墨赶紧解释道："宋叔，这房间就是用来工作的，我不在这里睡觉！"说罢，她又在心里补充道：最重要的是，这房间便宜！

宋叔再一看这环境，她还跟人合租呢！这隔壁住的谁？不行，不行！

宋叔问了房东，得知隔壁的房间还没被租出去，当即叫宋河生将它租下来！

陈一墨要阻止都没用，宋叔拽住宋河生，在他的耳边咬牙切齿地说道："你傻啊？隔壁要是住进来一个男生可怎么办？近水楼台啊！"

宋河生感叹，他爸爸还很懂套路呢。

就这样，宋河生把一整套两居室的房子租下来了。

三个人一起打扫了一个下午，窗明几净的，颇有几分家的样子。陈一墨看着，心里十分欢喜，有了一种这是她的第一个家的感觉，看向宋河生的眼神也更加柔和了。

房子的租金是宋叔出的，起初她还别扭了一会儿，后来一想，反正以后都是一家人，也就不客气了。

对她来说，宋河生是这个世界上最特别的人。

晚上，累了一天的三个人简单地做了一顿饭，宋河生还到外面的小卖部里买了一大瓶汽水，放在冰箱里冰镇。陈一墨喝下冰镇汽水，觉得有点儿像回到了夏天和老头儿坐在树荫下吃西瓜的时候。

时间每一秒都流淌得很安静。

"宋叔，谢谢你。"陈一墨的眼睛亮晶晶的，她想起小时候，宋河生把即将挨打的她护在身后，大声说：陈婶不喜欢墨囡，墨囡就去我家好了！

她去宋家，成为宋家人吗？

她的嘴角弯弯的，眼里全是光芒。

国庆节期间，宋叔一直在出租屋里忙碌，忙着给陈一墨打功夫台，还敲敲打打的，修桌补窗。

陈一墨原本说不必修了，都能将就着用。但宋叔非要给她都修好，说修好后住着舒服，还让她不用管他，趁假期尽管和河生出去玩。

陈一墨不知道要去哪儿玩，对这座城市完全不熟悉。倒是宋河生，因为也在省会上过学，所以带着她四处转悠。

他们游览着传说中压着白蛇的塔、神僧隐居的寺庙、白蛇娘娘和许仙重逢的断桥。

他们游湖的时候下起了雨，残荷在雨中颤巍巍的，莲蓬却骄傲地挺立着。

"河生哥，你说，是西湖更美还是我们的河坊街更美？"

宋河生想了想，回答道："当然是西湖更美了。"

陈一墨仰着脸笑，说道："可我觉得，我们的河坊街是最美的！"

宋河生愣了愣，没听出她的言外之意。

"河生哥！你看那条鱼，它的身上有七种颜色！"他们站在树底下，陈一墨指着水面，双眼睁大。

七色鱼？

宋河生诧异地看过去，没见到七色鱼，但唇上突然多了温软的触感，即便戴着口罩，那触感也异常明显。

他的脑袋里"嗡"的一声，他全身僵直。

不似那一回在火车站的蜻蜓点水般的吻，她的唇竟然一直贴着他的，迟迟不肯撤去。

"河生哥，"她满脸通红，轻声说道，"把口罩取掉。"

他呆滞着，不知所措，心跳如擂鼓。

最后是她摘下了他的口罩，二人的脸贴得近近的，他的唇能感觉到她说话时嘴唇翕动，还有花香一般的气息侵入他的呼吸、胸腔，以及他的整个世界。

"河生哥，每一次都是我主动，你会不会觉得我不知羞？

"河生哥，我不要当这个不知羞的人。

"河生哥，接下来要怎么办？我不会。

"河生哥，你是男生，你教教我。"

她说话时，唇像一片花瓣，柔嫩、清甜，触着、拂着、撩着他的唇。

热血冲击得他眩晕。

他牢牢地勒住花枝，擒住那片调皮的花瓣，大口吞入，蜜汁相渡，一时春光绚烂。

"墨囡，你不后悔？"

"不，永不后悔。河生哥，对我来说，河坊街比西湖美一万倍。你要记得，不要让我一个人往前走。河生哥，墨囡胆小，会害怕。"

傍晚的时候，两个人回到出租屋。

宋叔正在做饭，问他们想要吃什么。

陈一墨捂嘴笑了笑，回道："想吃七色鱼。"

宋叔表情迷惘地问道："这是什么鱼？"

宋河生早已满脸通红，即使有口罩遮着，也无法直视宋叔迷茫的表情，只说道："爸，你别听墨囡胡说！随便吃什么都可以！"

说完，他便把那条不听话的、撩人的鱼拉进了房间。

宋叔关注的重点在他们牵着的手上，他心中窃喜，精神抖擞地继续做饭去了。

"想吃什么？"宋河生问。

陈一墨偷笑。

"真是不知羞！"他揪了揪她的马尾辫，说道。

"那你喜不喜欢不知羞的我？喜不喜欢？"

他不理她，只是眼里满是柔情。

她偏偏还要缠着他追问："到底喜不喜欢，你说！"

他低下头。

喜不喜欢？你说喜不喜欢？我不知该怎么喜欢，只能给你所有你想要的东西，比如，此刻你想吃七色鱼，那就给你吃。

宋叔不知道什么是七色鱼，但草鱼市场上多得很，于是做了一道醋鱼，还强调道："没有七色鱼吃，但宋叔醋鱼做得好，比学过厨的河生做得还好。"

两个人刚才在房间里吃了好一会儿的"七色鱼"，现在听了这话均脸颊绯红，陈一墨更是低头吃饭不说话了。

"墨囡吃鱼啊。河生，给墨囡夹菜！"宋叔指挥着。

宋河生没忍住，"扑哧"笑出了声，还问她："你还吃不吃？"

陈一墨的耳朵都红透了，她在桌子底下用力地踩宋河生的脚。

宋河生笑着。

吃饭的时候，宋河生取下了口罩，笑起来时，疤痕处狰狞的新肉在灯光下泛着粉色的光泽。

宋叔怔了怔，心里又酸又痛。自打这孩子受伤以后，这还是他第一次看到这孩子笑。

宋叔老眼微湿，问陈一墨："墨囡，宋叔做的鱼好不好吃？"

陈一墨的脸红红的，她用力点头，回道："嗯，好吃！"

宋叔笑了笑，又问："甜不甜？"

"甜！"

恋爱的味道，能生生把醋鱼调成甜味。

暮色初降，陈一墨带着宋河生逛校园。宋河生骑着自行车，她坐在自行车的后座上，双手抱着宋河生的腰，穿行在校园里。

月光、灯光、星辰照亮了他们穿过的每一条小路，他们无须躲闪，不用避讳。

她只在每一个岔路口告诉他，她是怎样从宿舍穿过树木和楼道去教室上课的。

"鸟儿可调皮了，有一回把屁屁拉到了我的头顶上！

"就是这儿，有一个小坑看见没？我在这里摔倒过两次。

"还有这儿，河生哥，你下来，这个点可奇妙了，太阳穿过树叶时，投下来的光是心形的。

"前面就是我们的教学楼了，我在一楼上课。"

大学校园里多的是琐碎而平淡的小事，每一件从她的嘴里说出来都生动且有趣。宋河生静静地听着，目光柔和，口罩下的嘴角微微上扬。

自行车被停放在操场旁的花坛边，两个人坐在台阶上。路灯下，陈一墨的眼里闪着亮光，她说："河生哥，我明天不能陪你玩了，我要去当家教。"

宋河生的眼神顿时变了，他问："为什么当家教？钱不够花吗？"

"不是。"

"钱不够花就跟我说，你去当什么家教？不许去！"宋河生马上就要给她钱。

"河生哥。"陈一墨娇媚地喊了一声，压住了他的手。

这招对宋河生来说简直屡试不爽。

宋河生滞了滞，整个人僵住了，哪里还说得出话来？

陈一墨微微一笑，索性倚到他的怀里。他的身上有她熟悉的味道，那是属于运河的味道，属于河坊街的味道，属于潮热的夏天的味道。

"河生哥，我不缺钱，我就是想要更多的锻炼机会。我们宿舍里的同学都在外面做兼职呢，为了锻炼能力，不是为了赚钱。河生哥，你别这样。"

他能怎样呢，还不是她说什么就是什么？何况，她还学会撒娇了！

"反正不能让自己累着，你觉得累就不许去了。"

"嗯！我知道！"

因为是假期，所以教学楼里人影寥寥。

有人从操场外沿走过，在看到台阶上重合着的人影时停住了脚步。

七天假期很快结束，宋叔和宋河生要回河坊街了。

陈一墨依依不舍地抱着宋河生的腰。

宋河生全身僵硬，手足无措，虽然这几天两个人常常有亲密的举动，可这会儿他爸还在一旁呢！

宋叔看看天，再看看地，脸上写着三个字：我瞎了。

"喀喀。"宋河生涨红了脸，勉强镇定下来，说道，"下个月我就又来看你了。"

陈一墨贴着他的胸口，小声嘀咕："你就不能在这儿陪我吗？反正也有地方住。"

宋河生的脑中浮现出这几天他和她逛校园时他看到的种种眼神，心沉了沉，说道："我还要回去学艺呢！你放心吧，下个月我准来看你。"

"等你学会了，你就来我们学校周围开一家餐馆吧？"陈一墨并非突发奇想，他们学校周边的餐馆的生意可好了，"那我就可以天天吃你做的菜了！"

宋河生顿了顿，说道："到时候再说吧，只怕我炒的菜不好吃。"

"谁说的？好吃的！好吃呀！"这几天他都露过一手了！

宋河生有些无奈，也顾不得父亲在身边了，回抱了她，唇隔着口罩碰了碰她的额头，想着：傻丫头，我在你的眼里就这么与众不同？我什么都好？我哪儿有那么好？

再怎么不舍，宋河生和宋叔还是走了。陈一墨回到学校后，好些人问她，这几天每天骑着自行车载她的男孩是不是她的男朋友。

陈一墨大大方方地承认了。

得知陈一墨有了男朋友，室友们便闹着要宋河生请客，陈一墨怎么着也要把他带来给"娘家人"看看。

陈一墨想到宋河生敏感的心，只敷衍道："再说吧。"

所有的"再说"，其实就是委婉的拒绝言辞。

她想起了他说的那句"到时候再说吧"，心里不大舒服。

十一月，珠宝系里贴出了设计比赛的通知。此次比赛是系里的学生都能参加的金银饰设计大赛，奖金还颇为丰厚呢。

陈一墨看到通知后心里一动。

她不知道自己跟着老头儿学了这么些年，水平到底如何，和同班同学进行比较的话，她觉得自己的水平还行，但跟学长、学姐比呢？

她权衡了一下，报了名，就想看看自己现在学到什么程度。至于奖金，她当然想要，但是不知道自己有没有这个能力拿到。

准备时间有两个月，她琢磨着只能在课余时间做的话，多大的物件才能在规定的时间之内完成。

有了想法之后，她一下课就往出租屋里钻，也不回宿舍睡觉了，每天废寝忘食，以至某天宋河生过来看她的时候，发现她趴在功夫台上睡着了，手边还放着银丝。

他是坐最早的一趟火车来的，到这儿没用上两个小时，这会儿也才早上八点多。可见她要么一整晚没睡，要么一整晚都是这么睡的。

他没吵醒她，只轻轻地给她盖上了一条毛毯，然后进厨房开始准备早餐。

没过一会儿闹钟便响了。陈一墨从睡梦中惊醒，弹簧一样坐起来，拿起工具准备继续忙碌，身上的毛毯却滑到了地上。

她低头一看，再一听厨房里的动静，"啊"的一声尖叫起来，扔下手里的工具就往厨房里跑，果然看见了宋河生，他正背对着她在切东西。

"河生哥——"她笑嘻嘻地踮着脚小跑，直接扑到了他的背上挂着。

宋河生被吓得赶紧放下刀，一扭头就斥责她："怎么这么毛毛躁躁的？没看见我拿着刀吗？不小心割到你了怎么办？"

她还是挂着不下来，甜甜地说道："你这次来都没提前告诉我。"

他把她的手臂从脖子上扯下来，继续去切东西——他昨天晚上连夜卤的牛肉。

陈一墨再次绕上去，靠着他的背轻轻地摇晃，并问道："怎么了？生气了？"

宋河生把切好的牛肉装到盘子里，撒上葱花、蒜蓉，再加上旁边的一小碟酱萝卜，转身递给她，说道："端出去。"

"好的！"她笑眯眯地说道，只要河生哥肯搭理她就好了。

她在外面的小餐桌上搁下盘子，先用手拿起一块卤牛肉偷偷放到嘴里，牛肉又香又软，还入味。她称赞道："河生哥，你的厨艺已经比冯叔的还好了！"

宋河生看着她继续往盘子里伸的手，十分无奈，一巴掌拍过去，道："洗手！"

她"嘻嘻"笑着缩回手，趁他不注意，在他的脸上亲了一下，十分得意地说道："那我还没洗脸、刷牙呢！现在你要怎么办？要不要把我臭臭的味还给我？"

她指了指自己侧着的脸。

宋河生的脸再也无法绷得那么紧了。谁能对这样一个女孩硬下心来呢？

他捏了捏她的脸颊，说道："去洗漱，然后吃早餐吧。"

"嗯！"

她欢欢喜喜地洗漱完回来后，桌上多了两屉小笼包、两碗粥。

宋河生把筷子递给她，问道："为什么整晚不睡觉？"只怕小丫头熬了不止一夜，她的眼里有很多红血丝，黑眼圈也很重。

陈一墨明白了，原来河生哥在为这件事生气，连忙说道："我没有不睡觉！我早上起来做了一会儿又犯困了，才睡着的。"

宋河生从旁边拿了一面小镜子递给她，说道："自己照照，你的眼睛跟大熊猫的差不多了。"

陈一墨吐了吐舌头，老实交代了比赛的事："河生哥，我也不知自己行不行，跟老头儿学了这么久，如果拿不到奖，老头儿只怕会在我的梦里跳出来教训我呢。"

老头儿始终是她心里最温暖的梦，她再提起，已不再全是悲伤情绪，更多的是怀念。

宋河生只问她："要多久？"

"什么？"陈一墨不明白他问的是什么意思。

"我说，这件作品要做多久？"

"大概两个月吧，河生哥，我必须抓紧时间。"她的眼神无比坚定，好像在说"河生哥，无论你怎么说，这两个月我都不会懈怠，即使不吃不睡，也得把作品做出来"。

宋河生在看懂她的眼神后点了点头。

"你点头是什么意思？"她的语气又变得娇软起来。

宋河生把一只小笼包夹到自己的碗里，说道："我在这里住两个月，监督你吃饭、睡觉。"

陈一墨先是愣了一下，然后惊喜不已，问道："真的吗？"

"当然是真的。"宋河生哭笑不得地说道，"这还能骗你？"她至于高兴成这样吗？

陈一墨的眼珠骨碌碌地转，她觉得自己想到了一个好方法来"对付"宋河生。

吃完早餐，陈一墨便兴致勃勃地拉着他讲她的作品："我打算设计一座钟，桃花造型的钟。现在，钟座和主树干的形状已经出来了，之后的树枝、花和点缀才是最耗时的。"说着，她还叹了一口气，"我自己瞎想的造型，也不知道到底好不好看。听说北京故宫博物院里有钟表馆，里面全是各种各样的钟，我只看过图片，如果有机会去看实物就好了。"

宋河生摸了摸她的头发，没说话。

"河生哥，你觉得我的树干做得怎么样？像不像？"陈一墨一边把钟座给他看，一边说道，"我打算在树下再做一张小桌子、一把小椅子，再在这儿做一个小屋，小屋里嵌一块钟面。"

她用的材料是银，制作树干用的是錾刻工艺。

他是外行，并不懂工艺到底怎样，只觉得这树干刻得栩栩如生，树皮的纹理、树干的疙瘩都刻得十分逼真。

他点点头，说道："很像，很漂亮。"他依然十分后悔，当初不应该贪玩，若他也跟着老头儿学艺，现在也不至于一事无成。他一想到被放弃的学业，心情就变得有点儿黯然。

"这是我设计的第一件大型作品，是我心里老头儿当初还在的画面，我想给它起名叫《旧曾谙》。"她趴在桌上，眼里光点浮动，"希望不会让老头儿失望。"

他在口罩的遮盖下微笑，眼神异常温柔，摸着她的头发，说道："不会，你是最好的小骗子，老头儿会为你骄傲。"

"小骗子"这个称呼，宛若来自天外。

陈一墨听着，"扑哧"一笑，眼里的泪却滚落下来了，说道："河生哥，我要开始工作了！"

他点点头，也不去别处，就在一旁看着她，看着她描图、掐丝。

她忙了四个小时，他就看了四个小时。差不多到吃午饭的时间了，他去做午饭，然后强迫她离开功夫台，必须先吃饭。

她的手居然僵硬得拿不稳筷子了，筷子掉了桌子上。

她暗暗吐了吐舌头，偷偷瞟向宋河生，果然发现他的眼神不太友好。

"河生哥。"她娇媚地叫了他一声。

他能怎么样？

他能做的不过是将她的手抓过来给她揉，从手肘到指尖，每一寸肌肤、每一个关节都仔细地揉，十几分钟后才问她："好些了吗？"

"嗯。"她从来不是娇弱的人，打小便倔强，如今长大了，离开了河坊街，离开了家，却变得爱在他面前撒娇了。她怕他不高兴，扑到他的怀里蹭了蹭，说道："你不要生气。"

"我没生气。"他轻轻地搂着她。他哪里舍得生她的气？终归还是他不够好，能为她做的事太少。他只说："吃饭吧。"

他拉着她坐下。

就这样连续两个月，除了上课和做家教，她把其余的时间放在了这件作品上，每天的三顿饭都要宋河生提醒她吃，每晚都要宋河生催着她去睡觉。她软磨硬泡，总要磨蹭到凌晨两三点才睡，宋河生对此感到无奈之余，又庆幸自己留在这里了，不然她只怕不会睡。

他怕她辛苦，也曾尝试着给她帮忙，毕竟他也曾陪着她跟老头儿学过艺，但是，这手艺又岂是一日之功？他瞎掺和只会破坏她的作品的完成程度。

他便陪着她拉丝，整日整夜地拉丝。

即便是这么简单的活儿，他都做不好，但他也没闲着，她在忙作品，他便一直练习拉丝，拉各种粗细的丝。好在他是有一点点基础的，跟陈一墨也算有默契，一个月之后，他拉的丝才勉强能看。

他便让她把需要的丝按型号列在纸上，他负责最初的拉丝步骤，她再把丝变成作品。他觉得这也算是帮了她一个小忙。

陈一墨每晚被他催促着睡觉，有时候早上天不亮醒来时，便看见外面仍有微光，是从工作间里透出来的。

她悄悄起身去看，那个催着她睡觉的男孩仍然坐在灯下拉丝。

她拉着他的袖子，嘟着嘴，两眼发红。

她虽然一个字也没说，他却明白她的意思。

他拍拍她的手，说道："你去接着睡，等会儿要吃早餐了我再叫你。我没事的，你去上课之后我还能睡。"

可是，她知道，她去上课以后，他会接着拉丝。

她看着他拉出来的那些细细的丝，眼眶渐渐变红。

最终，她选择了沉默。

终于，在比赛截止日的前两天，她把作品交了上去，宋河生却要回去了。

"不等我放假后一起回去吗？"她马上就要进入考试月了。

"你放假后不是还要做半个月的家教吗？"他低头看着在自己的胸口处蹭来蹭去的脑袋，说道，"我回去看看，这次在这里待得太久了，家里人惦记。你放心，我会过来接你回家过年的。"

宋河生回去了，陈一墨也回到了宿舍里。

晚上睡前通常是宿舍夜话时间，陈一墨很少参与，这一次室友们却把她拉了进来。

"陈一墨，"其中一名室友神秘兮兮地唤她，"这段时间是不是你男朋友来了？"

"是啊。"她从来就不隐瞒。

室友们更兴奋了，又有人问道："你们发展到哪一步了？"

什么发展到哪一步？陈一墨完全不明白，于是问道："应该是什么样的流程呢？"

"哎呀！就是……"几个女孩"嘻嘻"笑着，也不好意思说出来。

睡在陈一墨下铺的女孩急了，顶着寒冷从被子里钻出来，攀着陈一墨的床沿嘀咕了一句话。

这样啊？陈一墨的脸也在黑暗中红了。她和宋河生累死累活地拉了两个月的丝，谁都没往那方面想啊。

珠宝系的会议室里，系主任、各位副主任、这次比赛的各位评委以及陈一墨的辅导员围坐成一圈，集体沉默了。

会议桌的最中间，摆放着一座银镀金的钟。

钟的整个造型是一棵开满桃花的树，树底下有一座小木屋，小木屋有窗棂，正面的墙面上嵌了一块钟面。小屋前还摆放了一套小桌椅，造型十分精巧，而最让人震撼的是那棵桃树，华盖一般笼罩着小屋，桃花错落有致、缀满枝头，却丝毫不让人觉得烦冗，只让人感叹原来世间的物品能如此精美、华贵。

"我数了一下，一共九十九朵桃花。"系主任缓缓地说道，"花骨朵、半开、含蕊待吐、开四分之三、半凋、伴叶、挤堆、独开、全开。九十九朵，没有一朵相同，即便同是全开，或者同是花骨朵，也各有各的妙处，最小的花骨朵还没米粒大，当真精美至极。"

其中一位副主任的目光都舍不得离开这件作品，他说道："这件作品，我们在座的没有一个人能做出来。不是说我们没这个能力，而是说这不是我们的专长。这件作品用到的技法主要是錾刻和花丝镶嵌，以花丝镶嵌为主。花丝镶嵌是我们中华民族在漫漫历史长河里的工艺遗珠，会的人不多。我们系里有一个学生，陆璧青，现在念二年级吧？他是大师陆安平和林雪慈的儿子，而且，他的手艺也远没这位作者的好。这件作品，从技法的娴熟程度来说，不是从艺十几甚至二十年的老艺人做不出来，就算陆安平和林雪慈亲自出马，也不过做成这样罢了。"

所有人此时都看向陈一墨的辅导员以及专业老师闵真。

闵真也处于震惊状态之中，还没回过神，半晌后推了推眼镜，说道："陈一墨这个学生，咳咳，平时很刻苦，在专业上的确比别的学生更出众一些，但是，我也不知道她会錾刻和花丝镶嵌。"

教务老师这时插话道："她就是一个很普通的学生，高考成绩中等偏上，本省人，河坊镇的，父母都是普通工人。"

于是，有评委迟疑地说道："会不会是她在哪里淘到的名家遗珠，拿来冒充自己的作品？"

系主任摇摇头，说道："这件作品明显是新鲜出炉的，有设计稿为证。而且，如果有这样的传世名作，我们会从没听说过？"

"会不会是她找了高人当枪手呢？一个未满二十岁的小姑娘，难不成她从一出生就开始学了？陆璧青倒是有这个条件，可连他都还做不出如此精美的物件呢。"有评委说道。

众人再度沉默，显然大多数人已经相信了这个推断。

"不可能！"闵真反对，"陈一墨我了解，她家并不富有，父母只是工人，她哪里来的能力和渠道请枪手？"

有评委又说道："她连请枪手的能力和渠道都没有，怎么会有这样的手艺？"

最后，系主任摆摆手，阻止了这场争论："不管真相如何，都要问问当事人才行。闵真，你去把你的这个学生叫来。"

闵真去叫陈一墨的时候就先问了她一番，还陪她去了一趟出租屋。是以，再回到会议室时耽搁了好长时间，但会议室内的人仍然十分耐心地等着。

会议室的门再度被打开，所有人的目光落向门口，闵真领着一个个子还算高挑却身形瘦削的女孩进来了。

女孩穿着普通，容貌出众，举止大方，这是会议室内的所有人对她的第一印象。但是，谁也不相信，此刻会议桌上立着的作品出自这个小姑娘之手。

闵真把她让到前面来，神色、举止里都是掩饰不住的激动劲儿，说道："陈一墨来了。"

系主任点点头，问陈一墨："你就是陈一墨？"

陈一墨突然面对这么多老师，再看到自己的作品被摆在最中间，心里有些忐忑，但还是强装沉着地点了点头，回答道："是的。"

"这是你的作品？"系主任指了指桌上的钟，问她。

"是。"陈一墨的心里直打鼓，难道她的作品有什么问题吗？

一位副主任按捺不住了，问她："你怎么证明这件作品出自你之手？"

闵真听到这话后绷紧了脸，把手里的东西都呈了上去——刚才他去陈一墨的出租屋，就是去拿这些东西的。

"这些是陈一墨的设计图。这是初画稿，这部分是制图稿，按照画稿的不同方面、部位都画了分解图；这是主图，一比一的尺寸；这些是分图，作品的每一个部位、胎的厚薄、丝的种类、丝的粗细，用什么工艺、技法，都标注得清楚又详细。还有，錾刻用什么技法、后期如何镀，在这些分图里都标注了。主图和分图上还标明了位置和相互衔接的关系。你们看看。"闵真把陈一墨的设计画稿和她绘制的投产图传了下去。

系主任将这些图拿在手里看了很久，惹得其他人望眼欲穿。坐在系主任身边的两位副主任实在忍不住了，起身凑过去和系主任一起看，看着看着，他们的脸色便发生了变化。

闵真这会儿把另一件物品摆到了会议桌上，说道："还有这个，这是这件作品的石膏模型。"

大家的注意力瞬间又集中到了石膏模型上，但系主任只看了一会儿，便又低头看画稿和制图稿去了。其他的评委则围了过来，一边看石膏模型一边问陈一墨问题，诸如"小姑娘，你是在哪儿学到这一手绝技的""是不是家传的""学了多少年"等。

陈一墨对这些问题一一做了简要、清楚的回答，但当他们问到"跟谁学的"这个问题时，她顿了顿才回答道："我师父已经不在人世了，而且，他并不希望别人知道他的存在。"

大家都是搞艺术的，很理解这种高人"大隐隐于市"的心情，便点点头，没再多问了。

闵真则说道："如果大家还有疑问，可以让陈一墨当场做一朵花给大家看。来，一墨，别怕。"

要她做花，她倒是不怕的，这活儿自老头儿开始教她起，她就一直在练习，跟每日吃饭、穿衣一样，已经成为她日常生活里的一部分内容。

她取了一根素丝，熟练地用一个镊子搭在小木板上掐出一片花瓣的外形，然后跟老师说要见火。

这东西系里有！而且想到她等会儿还要焊接，系主任马上让人准备。

时间一点儿一点儿地过去，大家浑然不觉，只看着这个小姑娘把制好的花丝填入大边，再看着她焊，一朵栩栩如生的银桃花便差不多成型了。

"这个需要再洗洗，我做的是镀金，也能烧蓝。"她做起来很迅速，用语言表达的时候还是有点儿紧张，毕竟在座的人都是老师。

不知哪位老师的肚子"咕噜咕噜"地叫了起来，虽然尴尬，却也让这气氛缓和了一些。

系主任看看表，难怪有人饿了，早就过了饭点了。

他没再说什么，只让陈一墨先回去。

陈一墨还担忧呢，出去以后问陪着她的闵真："闵老师，是我的作品有问题吗？"

闵真笑了笑，说道："有问题，有大问题！"

陈一墨吓了一大跳。

闵真笑道："放心吧！回去等好消息！"

好消息来得很快，没过两天系里就通报了比赛结果，一等奖有两名，陈一墨作为排名在前的那一位震撼了全系学生。还有一位同样获得一等奖的同学是二年级的陆璧青，但两个人的作品的水平相差甚大。

获奖作品全部被展出来了，陈一墨的《旧曾谙》被放在展厅的最中间，用玻璃罩小心地保护着，所有来观展的人围在一旁，啧啧赞叹。而陆璧青的作品用的也是花丝镶嵌工艺，是一对花丝镶红宝石的耳坠，其实设计得还算精巧，做工对一个大二的学生来说也难得，可跟陈一墨的作品一对比完全没了关注度。

陆璧青首先对这个比赛结果感到颇为震惊，他以为自己会是排在榜首的那个参赛者，毕竟他去年一进校设计的第一件作品就夺了桂冠，这回竟然排在了第二？但当他看见排名第一的那件作品时脸色大变，且不说这件作品的设计怎么样，只说这花丝的手法都比他的精湛了不知多少倍，即使他爸妈亲自出马，大概也就这水平了吧？这真是一个才上大一的女孩能做出来的东西吗？还有，这件作品这么大，九十九朵桃花，一个女孩能在两三个月内完成？

他对这一切充满了疑惑。颁奖那天，看见站在自己身边和自己一起领奖的女孩时他更加疑惑了，对方就是一个这么瘦弱的女孩吗？他觉得她并非世家传承，除了长得漂亮，看不出她有何特别之处，怎么会有这么精湛的手艺？

他礼貌地和她打招呼，算是认识她了，并且记住了"陈一墨"这个名字。

但是，陈一墨完全被突如其来的惊喜结果弄得晕乎乎的，没刻意留意这个和她一起领奖的人。这实在是因为惊喜太大了，不仅有一万块钱的奖金，而且系里的一位老教师还要买下她的作品作为收藏品，给出的价格是十万元。

陈一墨长这么大第一次挣到这么大一笔钱。这笔钱能做的事太多了，她可以用它还清爸爸供她上学的贷款，剩下来的钱能不能帮河生哥做整容手术呢？她要去医院里咨询一下！

她的脑子里是各种打算，她哪里还有工夫管其他的事？

颁奖结束后就是寒假了，陆璧青郁闷地回了家。

陆璧青的家在本市最高档的住宅区里，陆家是中式独栋别墅，环境清幽，家中的陈设更是古色古香的，奢华但不张扬。

他一进家门，父亲陆安平就问起了他比赛的事。陆安平有着一头黑发，看起来不过四十来岁，但儿子已经念大二了，所以实际年龄肯定远不止四十岁，可见他保养得当。

"得了一等奖。"陆璧青闷闷地说。

"得了一等奖还不高兴？"母亲林雪慈也走了过来，笑吟吟的。林雪慈则更显年轻，仪态优雅，雪肤乌发，看起来不过三十岁出头。

陆璧青将背包扔到沙发上，说道："又不是第一名。第一名比我强太多了。"

"哦？"在林雪慈看来，全世界自家儿子最好，所以她诧异地问道，"你们学校的学生中还有比你强的？"

"嗯，也是花丝镶嵌作品，人家的作品是一座桃花钟。"陆璧青看了自己的母亲一眼，不满地说道，"我觉得，你的作品都不一定比得过人家的。"

"你确定是你们学校的学生的作品？"林雪慈微微皱眉，问道。

"怎么不确定？人家才上大一，叫陈一墨。妈，你们是不是没好好教我？我那件东西跟她的一比，简直太差劲了，我都没脸在展厅里待着。"陆璧青说着，从茶几上拿起一串葡萄，揪下几颗往嘴里扔，没注意到他妈妈的脸色已经有了极大的变化。

林雪慈和陆安平对视了一眼。

陆安平笑道："那你应该好好跟人家学习才是。你还是花丝镶嵌世家的传人呢，连人家小姑娘都比不过。"

"所以我说你们没好好教我啊！"陆璧青一边吃着葡萄，一边不高兴地说道。

林雪慈想要说话，被陆安平的眼神制止了。陆安平温和而慈祥地教导儿子："不如人家，你就要多虚心向人家学习，找到差距。我觉得你可以多跟人家接触接触，看看你这个花丝镶嵌世家的传人与人家相比差在哪里。"

林雪慈不高兴地瞪了陆安平一眼。

陈一墨做了十天家教，宋河生就来接她了。

尽管她已经在电话里跟宋河生讲了获奖的事，但他们见了面，她还是没忍住，很是得意地说道："在同学们的面前我可谦虚着呢，一点儿也不敢骄傲！可是，在你的面前我就不必谦虚了！河生哥，你说墨囡是不是很棒？"

她背着手，骄傲极了。

戴着口罩的他把眼睛都笑弯了，摇摇头，说道："不是很棒。"

陈一墨嘟起嘴，又失望又生气。

"是全世界最棒！"宋河生笑着补充道。

"啊呀！河生哥！你真讨厌！"她想去打他，拳头都伸出去了，又舍不得，改成牵他的手，和他一起去出租屋，边走边说，"你说说你给我带什么好吃的东西了？如果是我没吃过的，我就原谅你。"

宋河生一边走，一边神秘地笑，说道："保证是你没吃过的。"

腊月微雨，寒风袭来。

宋河生说，他给她带了她不曾吃过的东西，果然让她大吃一惊。

"这是什么啊？怎么这么美？"一朵朵精致的桃花吐蕊盛开，黄蕊粉瓣的桃花出现在颜色单调的冬季里，实在太耀眼了。

宋河生双眼含笑，说道："桃花酥啊。"

"这是冯叔教你的吗？"陈一墨惊讶地问。她可没见过冯叔做出这么精美的点心来。冯叔做的菜，怎么说呢，都跟他的体形似的，味儿是不错，但是模样不美观。

"不是，我自己学着做的。"他有些腼腆地说道。

"这也太漂亮了吧？河生哥，你太厉害了！"陈一墨那双看向他的眼里全是小桃心。

宋河生被她夸得脸都红了，说道："我这算什么呀，就做个糕点而已。你才是最棒的。"

"糕点怎么了？"陈一墨很不赞成他的说法，说道，"我早就说过，人无论干哪一行，只要做到最好，就是有出息！"

她取了一块桃花酥，舍不得吃，赞叹道："怎么办？它好看得让我觉得咬它一口都残忍。"

"这有什么可残忍的？"宋河生笑道，"糕点的用途就是被吃，你吃完我再做就好了。"

陈一墨抿了小小的一口点心，说了一声"甜"，笑眯了眼。

她仔细地把一块桃花酥吃完就舍不得吃了，之后便说起了正事——用奖金给宋河生整容。

宋河生眼神一黯，说道："不用，我现在挺好的。"

陈一墨不开心了。

宋河生叹息。他就怕她不高兴。

"墨囡，你不用为我的事操心，我的脸我家里人自有安排。你好好念书就行了，奖金留着自己花。"

陈一墨知道就这么光用嘴说是没法让他接受的，等她想个法子，自然会让他乖乖听话。反正就算他要做手术也得春节后了，这眼看就要过年了。

"河生哥，我们买哪天的票回家？"她小心地包着剩下的桃花酥，唯恐将它们压碎了。

宋河生笑着看着她，说道："我们先去北京。"

"什么？"陈一墨惊了一下，手指压碎了一块桃花酥，"你看！"她惋惜地把碎了的桃花酥拿出来给他看。

宋河生拾起桃花酥的碎块，喂到她的嘴边，说道："你不是说想去看故宫博物院里的钟表馆吗？"

所以，她想要的东西，他都会给她吗？她眼眶微热，低头就着他的手指吃掉桃花酥的碎块，舌尖还在他的指尖上扫了一圈。

他手指一麻，触电般缩了回来，忍不住说道："调皮！"

她眯着眼笑，桃花酥入口即化，甜到了心里。

第二天，他们便登上了去北京的飞机。

两个人都是第一次坐飞机。陈一墨坐了靠窗的位置，兴奋不已又小心翼翼，一会儿看看窗外的蓝天白云，一会儿冲着宋河生傻笑。其实她是想用力摇着宋河生的胳膊，大声地告诉他：看，天多蓝哪！看，云那边有金光！看，地上的山峦那么小！

可是，她不敢，她怕自己的大惊小怪会影响别人。

所以，她的傻笑他是懂的吧？不然，他的眼睛里为什么也全是笑意呢？

他看着她的时候眼里有光。

他们落地时正是夕阳漫天的时候，北方冬天的傍晚，天边也能红得如火一般，用红彤彤的热情拥抱两位初次来到北京的年轻人。

他们在看得见红墙的店里吃烤鸭时，他说，网友们都说这家店里的烤鸭才是最好吃的。

她喜欢吃酥脆的烤鸭皮，蘸上白糖，虽然又油又腻，可她吃得笑眯眯的。

"有这么好吃吗？笑得跟二傻子似的。"他笑了，来北京的第一天他就学会了一句北方话。

她拼命点头。

他不会知道，让她笑弯眼的不仅仅是烤鸭。她第一次坐飞机，第一次来北京，第一次吃烤鸭，还会第一次看升国旗，第一次游故宫，都是和他一起的！

他们还这么年轻，这一生还有许许多多的第一次，她都会和他一起经历。

那是比油腻腻的烤鸭皮蘸上白糖还让人觉得甜腻的滋味。

晚上，他们第一次住酒店，就住在大栅栏，方便第二天一早去看升国旗。

他开了两个房间，半夜的时候她去敲他的房门。

许久之后，他才来开门。虽然他戴着口罩，但她仍然知道他的脸是绷着的，因为他的眼神里写着"请离我远点儿"几个字。

她红着脸，怯怯地摸着自己的发梢，小声说："我……我怕。"

两个人在门口僵持。小丫头打的什么主意难道他不知道吗？可是，他并不打算放她进门。

她这个机灵鬼，大着胆子用力地将他一推，居然把他推开了好几步，然后就冲进来，躺到了床上。

他庆幸这是一间双床房，他还能臭着一张脸躺到另一张床上去。

"河生哥，你不高兴吗？"

"没。"

"哼，我知道你心里高兴，偏偏还要装出不高兴的样子。"

"……"

"哼哼，被我说中了吧？"

"……"

"哼哼，我原谅你了。"

"你知道你这样哼来哼去的像什么吗？"他终于说话了。

"像什么？"

"像乡下我奶奶家养的猪，一到喂食的时间，它们便哼个不停。"

"那你喂我一下试试？"黑暗中，她的眼睛亮亮的，瞳孔深处像是燃着一团火焰。

他又无话可说了。她要他喂什么？这个问题他都不敢往下想。

"你小气！"她在那儿说个不停，"你这回来还一口吃的东西都没给我喂呢！"

他连咳了好几声，说道："桃花酥当真是喂了猪！"

她眨了眨眼，说道："河生哥，你说，这世上比桃花酥更甜的食物是什么？"

他不想说，也不敢问。

"河生哥，要不我告诉你吧？"

他再度咳嗽，并说道："你好好睡觉，明早能按时起床，赶上看升国旗就奖励你。"

"河生哥，河生哥。"她不情不愿地叫了他好几声，他都没理她。

好吧，您所呼叫的用户已睡着。

那天早上的霞光是她见过的最美的风景。紫、粉、橙、金，渐次铺展，又彼此渗透，巨大的金球将万丈光芒洒向大地，五星红旗镀着金光迎风招展。她的唇那柔软的触感，像冬日里刚出锅的棉花糖，还带着热度，甜甜软软地一碰，只轻轻一碰，就甜得远胜桃花酥。

她一路都在笑，抿着唇低着头笑，眯着眼扬着唇笑，得意地看着他笑，蹦跳着嘻嘻哈哈地笑。

他都有些绷不住了，问她："这么开心？"

"嗯！"她用力地点头，说道，"特别开心，如果河生哥不这么小气又敷衍，我就更开心了！"哼，浅浅一口，她还没尝到是什么滋味儿呢！冬日晨曦里的棉花糖，是薄荷味儿的还是水果味儿的？

他看着她的笑容里一点点的幽怨之色，心里有一块地方软了，塌陷下去。他牵住了她的手，说道："等晚上回宾馆。"

他又是无奈又是心动。

她的笑容彻底绽开了，像阳光下的向日葵，始终朝着他的方向。

他会明白她为何开心吗？这一路走来，这一路走下去，她不惧成长，不惧一切，独独害怕他退缩。所以，只要他有一点点坚持，就足够让她开心很久。

两个人在附近开得早的早点铺里吃了油条、油饼，还喝了豆浆，然后绕着红墙慢慢散步，等故宫开门的时间到了，便兴冲冲地排队进去了。

他们在钟表馆和珍宝馆里待的时间特别长。

展馆里各式各样精美绝伦的钟让陈一墨既艳羡又有些垂头丧气。她说："我那座桃花钟，和这些钟完全没法比。"

"怎么不能比了？你才花了多长时间？两三个月！这些钟是多少匠人合作，花了不知是你的几倍的时间做出来的！再说了，你还小呢，有的是时间钻研、提升！我看，这些钟就没有一个比你的更好看。"在他心里，墨囡是最好的！

陈一墨嘟着嘴瞟了他一眼，说道："一点儿都不客观！"不过，她倒也不是真的沮丧，于是跟他解释道，"我们现在的科技已经比那时候发达多了，如果现代人做出来的东西还不如古代人做出来的，可就真的没脸下去见祖师爷了。"

她拉着他去珍宝馆，在一顶凤冠前站住就不想动了，心中的激动情绪无法用言语表达出来。她把手指压在玻璃上，好像隔着玻璃也能触摸到凤冠上的珍珠与宝石。

她的耳边再次响起老头儿的话：属于传统手艺的时代已经过去

了，两千年的历史终将成为绝唱。这并不可惜，事物的发展与消亡就像人的生与死，谁也逃不掉。

陈一墨的眼睛里涌出了泪水。

事物的发展与消亡、人的生与死都不可逆。

老头儿，老头儿，虽然你已经离我而去，但我不会让你的手艺也就此消亡！

"墨囡。"有人握住了她的手。

她仰起脸看向宋河生，眼角还有泪珠，说道："我想起老头儿了。"

"嗯。"宋河生眼神温柔，伸手轻轻擦去她眼角的那颗泪珠，说道，"我也常常想起他，还有大黑，我们一起一直想念他。对了，胖丫也经常去'旧曾谙'看大黑。"

陈一墨微微一笑，泪滴落下，心里却是暖的。她指着玻璃展柜里的凤冠，小声说："我在老头儿的画册里见过它，它叫'点翠嵌珍珠宝石金龙凤冠'，是明朝万历皇帝的皇后的礼冠。定陵当初一共出土了四顶凤冠，这是其中的六龙三凤冠。老头儿说，制作这顶凤冠用到的手艺可多了，有花丝、镶嵌、绰丝、穿系等。"

她看着凤冠，感叹道："什么时候我才能做出这样的，甚至比这个更好的作品呢？我想让大家知道，老祖宗的手艺我们没有丢，我们让它重放光芒了！"

"你可以的！墨囡，我相信你！"他握着她的手，很坚定地说。

陈一墨没说话，静静地靠在他的肩膀上，久久地凝视着玻璃柜里的那件艺术品。

是，我也相信我一定可以的！老头儿，请你相信我。

两个人在北京玩了一周，长城、颐和园、圆明园等对他们而言遥远得只存在于"听说"中的地方他们全去了。最后一天他们买了好些特产，大包小包地踏上归途，赶在除夕的前一天到了家。

陈亮到火车站接他俩。

"爸。"陈一墨没想到陈亮会来接她。

陈亮笑着接过她手里所有的东西，说道："回来了好，回来了好，正好赶上过年！"

"妈妈和弟弟都好吗？"她随口问道。

"好，都好着呢！"陈亮的笑容里闪过一丝隐忧之意。好什么呢？陈一鸣怕是治不好了。

"陈叔。"宋河生也叫他。

陈亮笑着点头应道："诶！诶！"

三个人到了安置楼附近就分开了，宋河生回了他自己的家，陈一墨和陈亮继续往陈家所在的楼栋走。

"爸，等一下。"陈一墨停了下来。

陈亮不知她要干什么。

陈一墨掏了一个塑料袋出来，交给陈亮。

陈亮不知所以，打开看了之后吓了一大跳——里面居然是好几沓钱！

"这是哪里来的钱？"陈亮的手都在抖了。

"爸，这是我的奖金，你拿去先把贷款还了吧。"陈一墨很平静地说。

"奖金？奖金能有这么多？"陈亮先是被这一大笔奖金砸晕了头，但马上想起了贷款一事是个谎言，于是赶紧把钱往她的包里塞，说道，"不，不，不，你拿回去，你上学还要钱呢！"

"爸！你就收着吧！别让人看见了！"这钱她不敢在家里给他，怕被付英英看见，但这路上人来人往的，他们推来推去也不是啥好事。

陈亮也想到了这一点，心想：行，先收着吧，以后再还给宋家人就行了。

"好，那爸就收下了！回家吧！"他继续拎上东西。

陈一墨则把行李都交给了陈亮，说道："爸，你先回去，河生哥还落下了一件东西在我这儿，我给他送去，马上回家。"

"行，那你早点儿回来，马上就要吃饭了！"陈亮说道。

"好！"陈一墨一边答应着，一边往宋家去了。

宋家正热闹着呢，宋河生忙着把特产拿出来，给他妈献宝，说道："这都是墨囡买给你的，而且，墨囡是用自己挣的钱买的！"

宋婶不信，问道："她一个学生，就能挣钱了？"

"可不！挣了不少呢！墨囡有大出息了！"他把陈一墨获奖以及作品被买走的事说了。

宋婶惊讶之后就更愁了，不断地唉声叹气。

宋叔诧异地问道："这又是怎么了？墨囡有出息了，你还不高兴了？"

"你知道什么？"宋婶啐了宋叔一口，说道，"她有出息了，只怕要越飞越远了，哪里还瞧得上……"她看看儿子，不忍心说这话了，"她又在省会那样的大地方，见的世面大了，认识的人也多了。唉，我怎么不愁啊？！"

说到这里，她猛然想起了一件事，拉着宋河生小声问："你常常去看她，你们有没有……嗯？"

宋婶说得隐晦，但宋河生一听就明白了，脸上发烫，说道："妈，你胡说什么呢？墨囡还小呢！"

说完，他便一头钻到自己的房间里去了。

"还小，还小？转年都二十岁了！"宋婶还是觉得自己的儿子太老实。

就在这个时候，陈一墨来了。

她甜甜地叫了一声"宋叔、宋婶",宋叔马上说道："河生在房间里呢。"

"不,我不是来找河生哥的,我找你们。"陈一墨笑着拿出一个盒子,说道,"宋叔、宋婶,要过年了,我不知道给你们买什么礼物,这个送给你们,希望你们不嫌弃。"

"还给我们买什么礼物啊?都买这么多了!"宋叔指着家里的一堆特产,说道。

陈一墨把盒子放到宋婶旁边的桌子上,笑道:"宋叔、宋婶,那我就先回去了,我爸还等着我吃饭呢!"

"去吧,去吧,今天是你回来的第一天,我们就不留你了,改天你再来宋叔家吃饭!宋叔烧鱼给你吃!"

陈一墨想起了那个七色鱼的笑话,"扑哧"一笑,应道:"好,改天我准来,宋叔、宋婶再见。"

陈一墨走后,宋婶打开了盒子,结果吓了一跳,盒子差点儿被摔到地上。

"干什么?"宋叔走过去一看——乖乖,一盒子的钱。

"还有一张字条。"宋婶将字条拿起来看。

"我看看。"宋叔将字条抢了过去,只见字条上写着这钱是给宋河生整容用的,希望宋叔收下,不然她以后就不来宋家玩了,还说不知道够不够,她会努力再挣。

宋叔拿着钱,也不知道该怎么处理了。

"是墨囡来了吗?"宋河生从屋里出来,看见那一盒子钱后愣住了。

陈一墨离开宋家的时候,还听见大黑"汪汪"直叫。

陈一墨往家走,刚到楼道里就听见自家传来了吵架的声音。

自高三参加集训开始,她就不常在家,在外面的日子久了,她几乎忘了家里这样的氛围，此刻听见吵架声，恍惚有种熟悉的感觉。只是，爬着楼梯，听声音越来越近，她也渐渐听清楚了自己的名字。

父母争吵的原因又与她有关。

她停在门口静静地听着，听见了一个极敏感的字——钱。

原来，她给陈亮的钱被付英英发现了。

"这钱你不能拿！这不是我们的钱！"陈亮很着急地说道。

"你别以为我不知道！"付英英的声音响起，"你想拿去还贷款是吗？为了让那个死丫头念书，你还去贷款？你可真是她的亲爹！你还骗我是怪老头儿的遗产！有本事你跟着死丫头去生活啊，还跟我们娘儿俩一块儿过干什么？她不是能挣钱了吗？你怎么不跟着她去享福呢？"

付英英劈头盖脸一顿臭骂。陈一墨不用看就能想象出陈亮被训得像鹌鹑一样缩着脖子抬不起头的样子。

果然，陈亮的叹气声传了过来。不久陈一墨又听他说道："你知道什么呀？我哪里去贷款了？不信你去银行查查，看我有贷款记录没？"

爸爸没贷款？那他上回给她的钱是从哪里来的？陈一墨皱起了眉。

屋里面的付英英也问："那死丫头念书的钱是从哪里来的？"

陈亮不出声了。

付英英则高兴了，说道："不管是从哪儿来的钱，不是我们出的那就更好！这钱不就不用还了吗？给我们鸣宝存着！"

"不能，你不能！"

屋里面一阵乱响，他们应该是上手抢了。很快，陈一鸣的声音也传了出来，他应该也加入了战斗，帮付英英的忙。

突然，瓷器破裂的声音传了出来。

陈一墨不知道发生了什么事，里面抢夺的声音却停止了。陈亮喘着气，说道："你赶紧把钱还给我！不是我们的钱，我们不能昧着良心要啊！"

看来是付英英抢赢了。不过，这一点儿也不令人意外，不是吗？

"不给！不给！不给！死丫头赚的钱怎么就不是我们的钱了？我们供她吃、供她穿、供她上学，难道白养她十几年？现在她翅膀硬了，就要和我们分你我了？"付英英咆哮道。

陈一鸣也打着嗝帮腔："不……不给，姐姐的就是……是我们的。"陈一鸣这一紧张就打嗝的病是治不好了。

陈亮都快哭出来了，说道："你们……你们丧良心的事不要做得太多！这么见钱眼开，小心遭天谴！"

"谁丧良心了？你给我说清楚！死丫头是我的女儿，户口本上写得清清楚楚！我拿自己女儿的钱也丧良心？陈亮，你怎么不说你伤我们娘儿俩的心？一鸣还要治病呢，治不好以后可怎么娶媳妇啊？"付英英说着，号啕起来。

陈亮叹息着说道："你们……唉，墨囡上学的钱是河生给的！是河生卖房子的钱，假借我的手给的！"

这话宛若晴天霹雳，陈一墨站在门口很久没缓过来。里面的人还在争吵着什么，她都听不见了，耳边只有一句话雷鸣般回响："墨囡上学的钱是河生给的！是河生卖房子的钱，假借我的手给的！"

陈一墨许久没从这个让人震惊的回声里缓过来。

她没回家，而是沿着河坊街凭着直觉一路恍恍惚惚地走着，一直走到河堤边，在她和宋河生曾经坐过的地方坐了下来。

冬天的河风割脸似的冷，穿透棉服的纤维，能渗到人的骨子里，但她感觉不到。她只看着江心，心里有浪在翻滚，直到听到有人不停地叫着"墨囡"。

胖丫出现在她的身边，说道："我看着前面的人就觉得像你，一路叫你，你都没听见。"胖丫越来越瘦了，但脸还是圆，笑起来时眼睛亮亮的，笑容很甜。

河风把陈一墨的头发吹得很乱，胖丫还给她拢了拢，说道："看你，冻得脸都红了，干吗在这儿吹风啊？"

陈一墨笑了笑，说道："想起我们小时候的日子了。"

胖丫也笑了，在她的身边坐下，给她一包零食，说道："还记得那时候你在老头儿家得了好吃的东西，就是在这儿分给我和河生哥吃的。"

胖丫的笑容忽然僵住了。

陈一墨拿起一颗青豆，放到嘴里嚼，说道："没事，我也挺想老头儿的。想一个人的时候，逮住别人说说他才好呢。"

胖丫这才笑了，说道："那时候我们多开心哪！"

"嗯！"陈一墨很赞同。

"现在也很好呢！"胖丫晃着小腿，吃着豆子，问道，"墨囡，你大学毕业后还回来吗？"

"当然回来。"她从没想过不回来。

"那太好了！"胖丫开心地说道，"那我们又能一起玩了！墨囡，我跟你说，我都打算好了，等我毕业了，就回河坊街开一家咖啡馆，装修成我喜欢的样子。到时候，你和河生哥来我的咖啡馆里喝咖啡，我给你们终生免费！"

"好呀！"陈一墨想想那样的日子就觉得很美好，于是抿着唇笑了。

"不会等太久了，我爸都答应我了，等我一毕业就帮我把店开起来！嘿嘿！到时候，大黑就能趴在我的咖啡馆门口晒太阳了！不像现在，河生哥老带它到我家饭店的厨房里，它都吃成胖狗了！"胖丫说"胖狗"的时候，神情很夸张，然后神秘地眨眼，问陈一墨，"你觉得我瘦了没？"

"嗯嗯，瘦很多了呢！"她非但瘦了，还神采飞扬的，眼里都快蹦出星星了，脸上也染上了红晕。

胖丫这是恋爱了吧？陈一墨暗暗揣摩，她自己也是个早熟的人，想起宋河生的时候，也是这个表情吧？

但胖丫不说，她就先别问吧！

她和胖丫坐在河堤上说了好一会儿话，直到把胖丫兜里的零食吃完了，两个人才手挽着手地离开。

"冻死我了，墨囡，下回咱们聊天，大冬天的就在屋里聊吧！"胖丫一边拢着手呵气，一边说道。

"好！过两天我们到'旧曾谙'里坐着聊天去，带着大黑！"她真想大黑呀，刚才她从河生哥家出来的时候，就听见阳台上的大黑正在一个劲儿地叫。它这个聪明的家伙一定知道她来了，可她都不敢停，生怕河生哥追出来把钱还给她。

陈一墨和胖丫在河堤上坐了这么一会儿后，心情平复了很多，至少她能装作什么都不知道地回家了。

她回到家时，家里已经摆上了晚饭和菜，一道韭菜炒肉，还有两道小菜，但付英英还在厨房里忙碌，菜香味扑鼻。看见陈一墨回来后，付英英在厨房里就热情地招呼道："墨囡回来了？快坐！快坐！老陈！赶紧给墨囡倒水，拿零食先吃着！鸣宝，叫'姐姐'！墨囡哪，妈这儿一会儿就好。你爸也是，你回来他也不告诉我，害我临时加菜！"

陈一墨都觉得有些受宠若惊了。她自高三出去培训，哪次回来时有这样的待遇？桌上的那三道菜才是常规标准，肉还都被挑出来给陈一鸣吃了，至于招呼着倒水、拿零食什么的，那是从来没有过的事。

半年没见，陈一鸣并没有长高，瘦瘦小小的，见了她先打嗝，半天才憋出一句："姐姐。"

"诶。"她点点头，接过陈亮递给她的茶，十分不自在。

没多久，付英英就将菜炒好了，将它们一一端了出来。

陈一墨一看，付英英炒了一只鸡，蒸了一条鱼，还做了一道海鲜汤，全是硬菜。

"墨囡，我不知道你要回来，我和你爸还有一鸣原来准备就随便吃点儿的。你不在家的时候我们都这么吃，搁点儿肉也是给一鸣加强营养，我跟你爸只有吃青菜的份儿，你也知道，咱们家穷。"

陈亮在一旁听着，脸都没法搁了。

陈一墨只当没看见。

这时，陈一鸣插话了："妈妈，我们昨天才吃了青菜。"

付英英用力地拉了陈一鸣一把，说道："对，我们昨天连肉都没炒，就吃咸菜、萝卜来着。"

总之，她的意思就是她做这几道菜都是为了陈一墨。

"来，吃，都坐下吃！老陈，你还愣着干什么？把饮料拿出来给墨囡倒上，咱们家的大学生回来了，可不得好好犒劳一下吗？"付英英拿起筷子，把鸡肉、鱼肉一个劲儿地往陈一墨的碗里夹。

陈一鸣伸着筷子来抢，一边抢一边说道："妈，这都是……是我的。"眼看着属于他的鸡腿到了姐姐的碗里，他都急了，一急打嗝就更严重了。

"听话，姐姐好不容易回来，咱们要把好吃的菜给姐姐！"付英英给陈一鸣夹了一筷子鸡肉，说道，"墨囡是你姐姐，你们是亲姐弟，要相亲相爱一辈子，知道吗？"

"不是……死……死丫头吗？"陈一鸣迷惑着呢。

"胡说！"付英英板起脸来，怒道，"这话是谁教你的？都不教人好！谁教你的，你等会儿告诉妈，妈非打到他家里去不可！"

陈一鸣不敢说话了，低头吃鸡肉去了。

付英英这突然转变的态度委实让陈一墨不习惯，陈一墨连忙岔开话题："一鸣现在怎么样了？学习还跟得上吗？"

陈一鸣一直在吃药，但据说一直没什么效果，休学一年去治病，药成罐地吃，也没把他这打嗝的毛病治好。遇人就惊的毛病倒是改善了一些，说是他今年已经回学校上学了。

提起这茬，付英英直接抓住了陈一墨的手，泪珠大颗大颗地掉，说道："墨囡哪，你弟弟命苦！他受了一场惊吓，得了这么一种病，看什么医生都治不好，学习怎么可能跟得上？老师说他上课时完全不能听课，坐在教室里人都是恍惚的。他还被同学欺负，同学们骂他是傻子，还打他，呜呜呜。"

"妈，我不是傻子！"陈一鸣将碗一摔，太阳穴处的青筋都暴出来了。

"不是，不是，咱们一鸣可聪明了！妈是说那些人是坏蛋！"付英英赶紧抱住陈一鸣，摸头摸脸地哄。

陈一墨的手背上还沾着付英英的眼泪，她身体僵硬地将手收了回来，觉得陈一鸣如果一直这样下去，只怕真的要毁了。她在陈家的日子里，陈一鸣待她的确不怎么样，但是，一个人的一辈子如果真的毁了，那也挺可惜的，跟那个人是否与她亲近无关。

"有时间就带他去省会的医院里看看吧。"陈一墨提议。她是觉得，付英英总相信民间游医的偏方而不信医生不怎么科学。

"诶！诶！我也这么想！"付英英一手抱着陈一鸣，一手给陈一鸣喂了一口饭，对他说道："鸣宝，你看姐姐多关心你，要接你去省会呢！以后你可要好好跟着姐姐，对姐姐好啊。"

这话她听着怎么这么别扭呢？陈一墨默默地在衣服上蹭掉手背上的泪水，突然想起十多年以前，第一天被付英英牵回家时的情形。她那时人小个子矮，紧紧地抓着付英英的手不放，小脚迈得飞快，生怕跟不上新妈妈的步伐，自己又被扔下。想来，付英英有十多年没再牵过她的手了——自打陈一鸣出生以后基本就没有牵过了吧？

晚上，陈一墨还是在阳台休息。陈亮进来了，把门关上，小心又内疚地说道："墨囡，爸爸没本事，对不起你。"

说完，他还听了听外面的动静，然后压低声音说道："有几句话爸爸要跟你说清楚，趁你妈在哄你弟弟睡觉。"陈一鸣如今十来岁了，但一直不敢一个人睡，这么长时间以来都是付英英带着他睡的。

陈一墨却知道陈亮要说什么，于是开口道："爸，我已经知道了。"

"你知道？"陈亮惊讶极了，问道，"钱？"

陈一墨点点头，说道："我都知道，没事。"

"爸以后攒钱了再还你。"陈亮愁苦地埋下了头。

别说在付英英的虎威下他攒不了钱，就算他真的攒了，陈一墨也不会要。

"不用了，爸，几万块钱也没什么大不了的，你们终究养了我。"阳台的灯光下，陈一墨的眼神平静而坦荡。

"唉！"陈亮重重地叹气，说道，"总归是爸爸对不起你，这个家对不起你。"

"爸，你言重了。"在她看来，虽然付英英与她期待的母亲形象相去甚远，但若说对不起她，倒也没有，她和付英英原本就非亲非故，谁有义务去养一个和自己无关的小孩呢？纵然付英英如今在法律上有养陈一墨的义务，但若付英英不想养，陈一墨也不会怨怼。

陈一墨从来不是一个擅长以恶意去揣摩他人的人，否则也不会发现老头儿的好，更不会有她和老头儿这段师徒缘分了。

陈亮是垂头丧气地出去的，一关上阳台的门付英英就从陈一鸣的房间里钻了出来，把他拉到房里，神秘兮兮地问："和死丫头说话呢？"

陈一墨又变成了"死丫头"。

"嗯。"他没心情理付英英。

"做得好，做得好。"付英英喜滋滋地在他的身边坐下。

陈亮都觉得不认识自己的妻子了，这若是从前，他早被付英英劈头盖脸地骂一顿了，她还会说"做得好"呢？

"你们都聊了些啥？"付英英眼里的兴奋之色藏都藏不住。

"没说啥。"陈亮能怎么说？难道让他说"我觍着脸去替你赔礼道歉"？于是他只回答道："随便说了两句。"

"就得这样！"付英英拍手，说道，"你跟她多拉拉家常，联络联络感情。老陈，这事只能靠你了，你也知道，我以前对墨囡……嗯，你明白的……只怕墨囡不肯亲近我了，你以后可要对墨囡好点儿啊。"

"你这是干什么？"陈亮真的听不懂付英英唱的是哪出戏了。

"这你还不懂？"付英英凑到他的耳边小声说，"这丫头真能挣钱哪！这才上大一呢，她做个什么破玩意儿就能赚好几万块钱？咱不说一天做一个吧，一个星期做一个，她一个月不得挣十几二十万块钱？她一年能挣一两百万元钱呢！乖乖，这是多少钱哪？我这辈子都没见过这么多钱，咱们一鸣可算有福了！"

陈亮听得心里烦，问道："你以为钱那么好赚？"

"怎么不好赚？你以为大家都跟你一样没出息？"付英英瞪眼，说道，"没想到死丫头有这么大的能耐！这才上大一，她就这么能挣钱了，等毕业以后岂不是更能挣钱？就算她一年挣一百万块，十年就是一千万块呢！那时候我们一鸣就二十岁了，正是找媳妇的年纪，那可就是有千万身家的人了，想娶什么样的媳妇儿没有？别说打嗝这样的小毛病了，他就是真傻都不怕！天哪，天哪，上千万块！咱们一鸣还上什么学啊，就等着躺在钱堆里数钱吧！天哪，一千万块也不知道能不能被数清，反正我是数不清的！"

陈亮难以置信地看着她，气得一下站了起来，说道："你简直是在做梦！"

"我哪里是在做梦？这钱不是实实在在地算出来的吗？我付英英虽然文化程度不高，但算钱还是能算清的。"付英英眼冒金光，还在那儿掰着指头算。

陈亮气得出了房间，直接到沙发上躺着去了。

付英英出来，哼了一声，说道："什么意思？你不愿意跟我睡？我还不跟你睡呢，我陪儿子睡去！"说罢，她便哼着小曲儿进了陈一鸣的房间。

陈一墨在家过了除夕，吃了付英英做的异常丰盛的年夜饭，大年初一一大早就收拾了一番，要去给老头儿祭拜。

她下楼的时候，付英英还追了出来，要给她塞什么东西。宋河生牵了大黑在等她，大黑一听见她的声音，就兴奋地大叫着扑了上来。

付英英在楼道里吓得赶紧退了回去。这条大丑狗也不知怎么回事，回回见了她和一鸣就叫，龇牙咧嘴的样子能吓死人！她常常怀疑这畜生知道点儿什么事，所以她从不敢让一鸣独自去上学，走在外面时也格外小心地避着它。

陈一墨不一样，和大黑可亲了。

大黑虽然再也回不到当初"英俊"的小模样，但被宋河生照顾得很好，除了身上有些永久的疤痕处再也长不出毛，整个人，不，整条狗看起来很健康，见到陈一墨后更是开心得不得了。

陈一墨好好和大黑亲热了一番，就跟宋河生一块儿上山去了。

老头儿的墓看着是有人打理的，规规整整的。除了宋河生还会是谁？

宋河生对她来说就是这样一种存在，无论把什么事情交给他，她都能放心。

她再见老头儿，心里便有些骄傲了，就好像小时候跟着他学艺，她做出一件什么作品来，便爱拿到他的面前显摆，十分得意。而今，她的作品可是得到老师的认可了，她怎能不好好自夸一番？她喋喋不休地对着墓碑说了一大通话，说书似的，把自己怎么让全系老师震惊的事描述了一遍，表情灵动，依稀是当年小院子里举着各种锉刀和老头儿斗嘴的小墨囡。

宋河生在一旁微笑着看着，感叹：有些人、有些事，从来不曾远去。

就连大黑都蹲在一旁，歪着脑袋听得津津有味的，宋河生真想撸一把它的脑袋，问问它：你听得懂吗？

春节短短的几天假过得实在太快了。

陈一墨忙得像一只陀螺。她要给各位叔伯拜年，虽然叔伯们都居于江南，但分散在各地，去看望他们都得坐车呢！商师兄和初初姐已经订婚了，一个专注于花丝作坊，一个开着自己的绣坊，他们的精神头看着都让人振奋。

陈一墨抽了一天去给宋叔、宋婶拜年，还在宋家吃了饭。宋叔说话算话地给她烧了鱼，宋婶除了一开始招呼她吃菜就没再说过话。

陈一墨聪明，自然知道原委，并没有放在心上，一口一个"宋婶"地叫着，极其亲热，倒把宋婶叫得拉不下面子了，别别扭扭地发了一个红包给她，说道："你还在上学，得有压岁钱，河生就没有了。"

陈一墨也不见外，笑嘻嘻地接着了。

宋叔和宋河生父子俩看着，暗地里乐。

陈一墨答应胖丫的聚会，直到她离开的前一晚才有时间开。

她、宋河生还有胖丫相聚在"旧曾谙"——老头儿的小院里。

陈一墨一个学期没来，小院又发生了一些变化。院子里被重新摆上了竹桌、竹椅，现在天儿冷，等暑假的时候，他们又能来吃西瓜、喝凉茶了。原来种枇杷树的地方本来已经被铺了水泥的，现在又被破开了土，种上了一棵新树苗。

"十一月份移植的，但愿我能让它结出枇杷。"宋河生对她解释道。

她摸着枇杷树的树干微笑，说道："我当初说再种一棵，老头儿不让。"

宋河生张了张嘴，但什么都没说出来。

不但小院里干干净净的，屋子里也一尘不染，一切和老头儿在时一模一样。

三个人围坐在小屋里，宋河生准备了茶和零食。有茶、零食，还有伙伴，这一定是一个话说不尽的夜晚。

青春是什么？青春就是在谈及未来时，大家眼里无所畏惧，充满光亮。

"我要把我的咖啡馆做成全镇，不，全国最好的，然后把我的咖啡馆开到全国各地去，让全国人民都喜欢喝我的咖啡馆里的咖啡！"胖丫充满信心地说，而后抓住陈一墨的手，问道，"墨囡，你呢？除了好好发扬老头儿的手艺，你还打算做什么？"

陈一墨看了宋河生一眼，笑道："就是发扬老头儿的手艺啊，我要让所有人知道，我的这双手能做出多么漂亮的东西。"

胖丫笑嘻嘻地说道："那我以后结婚时要佩戴的首饰你可得给我包了，我要排第一个！"

"没问题！"陈一墨看着胖丫亮晶晶的眼睛，忍不住逗她，"你害臊不？才多大就想着结婚了？"

胖丫先是红了脸，不过马上梗着脖子强辩："为什么要害臊？我都到法定结婚年龄了！"

"哎哟，到法定结婚年龄了？"陈一墨更乐了，"那的确是可以结婚了，快告诉我，你要跟谁结婚？"

胖丫又羞又急，去挠陈一墨的胳肢窝，还叫宋河生帮忙："河生哥，你赶紧管管你家的墨囡，叫她笑话人！"

你家的？

陈一墨和宋河生都被这仨字击中，目光在空中相撞，两个人似乎都听见了"噼啪"一声，似有火花擦亮。陈一墨对着他灿烂地笑了笑，宋河生立即把头转开了，耳根子红得发烫。

"好了，好了，我错了，我再也不说了。"陈一墨赶紧求饶。

胖丫这才放过她，回头问宋河生："河生哥，你呢，有什么打算？"

宋河生沉默了一会儿，目光落在陈一墨的脸上，瓮声瓮气地说道："没有。"

陈一墨的心像是被蜜蜂蜇了一下，又痛又麻。

回去的时候，陈一墨、宋河生和胖丫别过，两个人在楼底下相对而立，迟迟没有人挪步。

"河生哥，你真的没有任何打算吗？"陈一墨就着夜色问。

宋河生沉默了很久，回道："有的吧？"

"是什么？"陈一墨仰起脸问他。

他移开目光，看向一旁的黑暗处，说道："炒好吃的菜，赚很多钱。"

"然后呢？"

他再次沉默。

"说啊，然后呢？"

他收回目光，低头看着她。路灯下，她精致的小脸上有着淡淡的一层光。

"你说话呀！然后呢？"

他抬起头，指尖落在她柔嫩的脸上。

她眼泪一涌，扑到他的怀里，抱紧他的腰，说道："无论什么时候，你都不要丢下我，你的未来打算里必须有我！"

可能是因为马上就要分别，陈一墨变得特别敏感、柔弱。

可春节假期很快就过去了，陈一墨必须返校。

还是那个火车站，还是同样的进站口外，宋河生还是提着一大包吃的东西，通通交到她的手里。

"我要吃桃花酥，等桃花开的时候你再做，给我送来。"陈一墨紧紧地盯着他，生怕一眨眼他就不见了。

"好。"他干脆利落地答应，一个多余的字都没说。末了，他将手伸到口袋里，捂了半天，不说话，也不拿出东西来。

"什么东西？"陈一墨敏感地问。

宋河生犹豫了一下，从口袋里掏出一个红色的物件，放在她怀中的那一大包吃食上面，说道："给你的。"

陈一墨惊讶地发现，那物件居然是一部手机！

"你自己也有吧？"陈一墨欢喜地单手抱着吃食，另一只手拿着手机摆弄。这部手机小巧可爱，颜色亮丽，很适合女生用。

他点点头，摸出一部黑色的手机来，款式比她的丑很多。

陈一墨眼睛一酸，但什么都没说，只仰着大大的笑脸说道："太好了！你的手机号码是多少？我以后可以天天给你发消息了！"

宋河生的眼里这才浮起温和的波纹，像是春天的池水，柳条拂乱了一池阳光，波光粼粼地散开。他说道："我的手机号码存在里面了。"

"我现在就打！"陈一墨打开电话簿，找到唯一的记录——规规矩矩的三个字：宋河生。

她按下去，宋河生的手机便"嘟嘟嘟嘟"地响了起来。

她一听到这声音就开始笑，笑得停不下来。

宋河生被她笑得莫名其妙，正准备接听呢，她就一把按住了他的手。

"电话费是不是很贵？以后我给你打电话，你不用接，铃声一响就代表我想你了，响三声你就挂断，那就是在告诉我，你也想我了。来，我们试一下。"

女孩重新拨打电话，宋河生的手机再次响起，一声，两声，三声……

宋河生的耳边只回响着一句话：铃声一响就代表我想你了……想你了！想你了！

以至，他忘记了挂断电话。

女孩急得跺脚，连忙说道："河生哥！你挂断啊！快点儿挂断啊！"

宋河生怔了怔，"哦"了一声，连忙将电话挂断。

"你啊！下次再也不准出错了，不然我要生气的！"陈一墨说完，觉得自己不够凶，补充道，"我生气起来后果很严重，你知道吗？"

"哦，好。"他答得有些心不在焉。

陈一墨忽然想起了什么，眼珠一转，说道："把你的手机给我看看！"

宋河生的动作哪儿有她的快？一转眼她就把自己的手机揣进了口袋，抢了他的手机，飞快地翻到了通讯录的页面，发现里面也只有一个记录，备注的名字是：我的宝。

她瞬间笑了，悄悄按下拨号键，她的手机在她的口袋里响个不停。

顿时，她的心里像蓄满了春天的槐花蜜，甜得齁人。

"河生哥！我走了！记得来看我！"她把他的手机往他的口袋里

一塞，抱着东西，拎着行李，拔腿就进站了。

　　她进站以后回头看去，发现他还站在原地，不由得又暗暗跺脚——刚才她高兴得昏了头，跑得太急，忘记找他要亲亲了！

　　不过，她想起"我的宝"三个字时，笑容想收都收不住了。她踮起脚，用力地挥手，说道："河生哥，快回去吧！我等你来看我！"

第六章
我是师父的徒弟

新学期，陈一墨收到了一份邀约。

面对眼前这个自称陆璧青的男孩，陈一墨的脑海里隐隐约约生出了一些印象，对方好像是和她一样得了一等奖的人？

陆璧青请她加入学校的花丝镶嵌协会。

学校里有各种各样的社团，但是她将大部分业余时间放在了在材料学院旁听课程的学习上，没想过要加入任何社团。

花丝镶嵌协会？她还是稍稍犹豫了一下的，不过最终拒绝了。

"为什么呀？"陆璧青不甘心，追着她问。说实话，他一进校就自带"大师的儿子"的光环，无论是老师还是同学都将他捧得高高的，还没人这样不把他放在眼里。

"是觉得我是你的手下败将，你不屑吗？"少年敏感的自尊心顿时冒出了头。

"不是，"陈一墨推着自行车说道，"只是因为我很忙，没有时间。"

陆璧青着急地跟上她的步伐，说道："我们协会都是在课余时间举办活动的，不会影响学习，只会对专业有帮助，我们……"

"不好意思，我赶时间。"

陆璧青话还没说完，陈一墨就骑上车走了。

"陈——"陆璧青懊恼地看着她远去。

陈一墨没想到，自己今天成了一个香饽饽，因为还有人候着她呢！

在她骑车前往出租屋的必经之路上，有人等在路旁，两脚着地支撑着自行车，像在炫耀他的大长腿。

陈一墨起初并没注意，完全没想到会有人专程等她，骑着车一下就溜过去了。旁边的人自以为表现得很明显，毕竟他的大长腿的确让人瞩目，谁知他就这么被无视了！

他伸出一只手，"陈一墨"三个字卡在了喉咙里。他眼睁睁地看着她的头发被风吹起，她翩然离去。

"那个……"他咳嗽了两声，收回大长腿赶紧追，只差把自行车踩成风火轮了。

他这么拼命地追，陈一墨当然没他速度快，一会儿便被他追上了。她还愣了一下，这个跨着自行车挡住她的路的男孩子看起来有点儿眼熟！

向挚瞬间从她迷茫的眼神里得知了一个信息——她把他忘了。

他有那么一点儿意外，他的存在感好像没这么低过。

"你好，向挚。"他说出自己的名字时，还指了指自己的腿。

陈一墨恍然大悟，想起来了！

"哦，对，不好意思，你治腿花了多少钱？"她开始摘自己的双肩书包，认定向挚是来找她讨医药费的，该她负的责任她不会赖的。

向挚无语，半响后说道："我的腿没事，我找你有别的事。"

她愣了一下，他找她还能有什么事？

向挚不是第一次在学校里看见她了，每次她都骑着一辆自行车，形色匆匆的，不知道怎么这么忙。看她此刻随时准备走的样子，向挚决定不废话了。

"陈一墨，我看过你们系的作品展。"向挚的眼里明显有着欣赏的光，他说道，"你的作品《旧曾谙》太让人惊艳了。"

"谢谢。"他就是为了称赞她而来的吗？陈一墨犯疑。

向挚笑了笑，问她："我是服装学院的，你还记得吗？"

陈一墨点点头，但是，服装学院的人跟她的作品有什么关系呢？

"我知道你的作品用到了一种特别的工艺——花丝镶嵌。陈一墨，我很喜欢这种工艺，希望你能帮我一个忙。"向挚一口气把话说完了，唯恐自己再磨蹭下去，陈一墨会失去耐心。

"我能帮你什么忙？"陈一墨觉得奇怪。

"陈一墨，你是否见过一件名叫《百鸟朝凤裙》的作品？"

《百鸟朝凤裙》？

陈一墨的思绪被拉回到很久以前，她趴在画册上指着一条裙子问老头儿那是什么，老头儿突然沉下脸，连画册都不给她看了。

向挚一看陈一墨的神色，就知道她对这件作品是有所耳闻的。

"陈一墨，我要参加一个设计大赛，想设计一个系列的服装，运用我们的传统手艺元素，你能帮我吗？"

"你要复刻《百鸟朝凤裙》？"复刻不能算他的设计吧？

"不！当然不是！"向挚连忙否认道，"《百鸟朝凤裙》是各种传统手艺的集大成者，是花丝镶嵌大师陆安平和林雪慈的封神之作，别说再没有作品能超越它，就连两位大师自己在《百鸟朝凤裙》之后都没能再设计出胜过它的作品。对这件作品，我只是仰慕。我想做的是在现代礼服的设计上运用传统元素，而不是完全借鉴前人的作品。"

他知道《百鸟朝凤裙》，那他就该知道珠宝系里有个陆璧青啊！陆璧青可是《百鸟朝凤裙》的创作者的正宗传人，而她对它的印象就是童年时期不经意间的一瞥，她早忘记它长什么样子了。

她想到的，向挚自然也想过。

向挚为难地挠了挠头，也不说陆家人什么，只说道："陈一墨，我在我们学院也是拿过奖学金、作品大赛大奖的人，我对我们这次的合作很有信心，我们一定能创造出打破常规、一鸣惊人的作品。当然，我也知道我这么找过来很唐突，你可以不理我，可是，我是真的非常真诚地想跟你合作的，请你帮我的忙。"

说实话，若说陈一墨一点儿也不心动是假的，但她真的不太有把握能做出和《百鸟朝凤裙》一样让人惊艳的作品。

"陈一墨，我们试试吧？传统工艺和现代设计结合本来就是靠尝试和碰撞才能产生火花的。哪怕失败了也没关系，每一次失败都意味着离成功更近了一步，可是，不尝试就永远没有成功的机会。陈一墨，我不怕失败。"

打动陈一墨的正是向挚说的这段话，因为透过这段话，陈一墨想起了老头儿苍凉的声音：属于传统手艺的时代已经过去了，两千年的历史，终将成为绝唱。

她在老头儿的面前发过誓，她不会让传统手艺成为绝唱。

"我答应你。"哪怕失败，她也要去做，大不了再来！

向挚如释重负，笑容灿烂无比。

属于陈一墨的工作间里从此多了一个人。

为了方便设计和讨论，向挚常常在陈一墨的出租屋里画图纸。

那是一个周末，向挚和陈一墨头碰头地正在对着图纸比画。钥匙转动门锁的声音响起，门被打开了，戴着帽子和口罩的男孩推门进来，男孩的手里还拎着一个大旅行袋。

宋河生看到的是一幅美好的画面：屋里的男孩与女孩不知在讨论什么，脸上、眼里都闪着光，尤其是女孩，兴奋得脸都红了。

他们看起来那么蓬勃、自由。

两个人被开门声惊动，向挚表情错愕，陈一墨则跟一只欢快的雏雀儿看见亲人回来了一般，兴奋地朝宋河生奔了过去。

"河生哥！"她揪住了他的旅行袋的带子，眉开眼笑地说道，"你给我带什么好吃的东西来了？有桃花酥吗？你答应过我，桃花开的时候给我做桃花酥，现在是春天了呢！"

她一点儿也不客气。

他笑了，旅行袋被她抢去了。

面对向挚错愕的眼神，宋河生点了点头，向挚笑了笑，也点头。两个男孩就这样无声地认识了。

"我来给你们介绍一下，这位是我们学校服装学院的向挚，这位是宋河生，是我……"

陈一墨跳到宋河生的身边，挽住了他的手臂，只是，她话还没说完，就被宋河生打断了："我是她的哥哥。"

他明显感觉到陈一墨挽着他的胳膊的手紧了一下。

向挚不蠢，知道宋河生不是陈一墨的哥哥。

向挚开始收拾东西，一边收拾一边说道："陈一墨，今天就先到这儿吧，我现在脑子里灵感爆棚，我要找个地方把这些灵感抓住，我先走了。"

他还背着包在宋河生的面前站定，伸出右手，正式向宋河生介绍自己："你好，我是向挚，跟陈一墨一块儿设计一件作品。"

宋河生伸出手，和他握了握，自我介绍道："你好。宋河生。"

向挚看见宋河生虎口处的皮肤比周围的白很多，而且如根须一般，显然是受伤后长出来的新肉。联想到宋河生戴着口罩的脸，他有一种预感，但控制住了自己往对方脸上看的欲望，若无其事地和两个人道别后离去了。

向挚刚走，陈一墨就把挂在宋河生的胳膊上的手放下了，脸上的笑容也消失了，同样开始收拾书包。

宋河生静静地看着她。

陈一墨冷着脸，背上书包，脚步在门口停了停，而后跨出门，头也不回地走了。

宋河生在刚才向挚和陈一墨坐过的桌前坐下，桌上还留有几张稿纸，每张纸上都画着长长的裙子，那些裙子很好看。

他默默地将稿纸放下，继续呆坐。

一个小时过去了，他起身，拎起他的大旅行袋，把吃的东西一包包地往外掏，掏到最后一包糕点的时候顿了顿，又一包包地往回装。他纠结再三，最终还是把袋子掏空了，然后拎着空袋子，锁上门，默默地离去了。

春天的江南，细雨绵绵。

宋河生走到外面时，才发现没带伞。但他没回去拿，而是淋着雨去了火车站。

细细密密的雨带着春天不曾退尽的寒气，能让人清醒。

陈一墨和宋河生原本一个月见一次。

绵绵春霖从谷雨下到了小满。运河岸满堤碧绿，也变得喧哗起来。

在河堤上坐着的人掐了两片树叶，放到唇边，动听的曲调自树叶间流淌了出来。

他的手机铃声响了。

一声，两声，三声。

"以后我给你打电话，你不用接，铃声一响就代表我想你了，响三声你就挂断，那就是在告诉我，你也想我了。"

他的手机铃声响了很多遍，最后归于沉寂。

他用叶子吹出的曲调也渐渐停歇。那两片树叶飘落在水面上，在漩涡里打了个转，被裹卷而去。

河面上倒映出他的样子，他取下口罩，依然看不清水里影子的五官。

他扔了一颗石头子儿到水里，水面荡起涟漪，那团影子被搅乱，溅起的水花打湿了他身上的衣服，溅到他没戴口罩的脸上。他捂住脸，使劲地搓着脸上的伤疤，搓到发红、麻木。

不知谁在打孩子，骂声与哭声交织成一片，围绕着"叫你回来吃饭，你上哪儿去了"这个不知多少年、在多少户人家中都一样的话题，把这个黄昏搅得不得安宁。

原来该吃晚饭了。

这个周日的下午，即将就这么过去。

也许以后每一个周日的下午，都会这样过去。

他忽然觉得耳朵一痛。

在他的记忆里，只有他妈这样揪过他的耳朵，他条件反射般以为他妈来了，但他妈好多年没揪过他的耳朵了。

他扭头一看，看见了一张足以让他心慌意乱的脸。

怎么会是她？！

他慌忙把口罩戴回去，脑子里乱糟糟的。她怎么会揪他的耳朵？

陈一墨把小板得紧紧的，张口就骂："侬个神王殿！晓滴吃饭吗？个接几点钟晓滴伐？侬蒙蒙起！一天到牙佬外头不归来，当神仙算了！电哇喃喃不接，侬个手机老哇字吗？（你个傻子！知道吃饭吗？现在几点钟知道吗？你自己看看！一天到晚在外面不回家，当神仙算了！给你打电话你不接，你的手机是摆设吗？）"

宋河生彻底呆住了，她不但揪了他的耳朵，还用本地方言骂他，就跟刚才打孩子的人骂儿子一样，也跟他妈平日里骂他爸时一样。如果他闭上眼不看她的样子，脑子里分明是河坊街上的各位大妈、大婶跳脚骂人的画面，哪里能和她的形象挂上钩？

陈一墨闻到他的身上居然有酒味，眉毛都竖起来了，又骂道：

"侬起酒了？呐紧嚷夺！拿挂！哪葛夺！侬还晓滴侬姓加瑟吗？记弗得吗？阿金宁要侬记得！（你喝酒了？胆真大！难怪！你还记得自己姓什么吗？记不得吗？我今天要让你记得！）"

她凶神恶煞地骂完之后，揪着他的耳朵就往回走。

"墨囡。"他终于回过神了，去拉她的手。

"侬敢！（你敢！）"

他不敢。她要揪他的耳朵，要收拾他，他什么都不敢做。可揪着别人的耳朵将人往家里拉这种事，是河坊街上的凶女人找孩子、训丈夫时干的事，她清丽得像一朵带雨的小梨花，这让人看见了……

"墨囡，让人看见了不好。"他小声说道。

"侬现在怕个看见了？侬起酒葛时候，侬弗接电哇葛时候，侬弗来看阿葛时候，侬弗晓滴会有今天？（你现在别别人看见了？你喝酒的时候，你不接电话的时候，你不来看我的时候，你知道会有今天？）"

已经有人往这边看了，还是熟人。她不但没松手，还柳眉倒竖地继续骂他，惹得旁人在一边笑。

他比她高一大截，被她揪着耳朵走路，脑袋都歪到肩膀上了。

一路上，他们遇到了河坊街上的许多大叔大婶、大爷大妈。不好事的人对这一幕场景无动于衷，毕竟河坊街上哪天不上演媳妇训丈夫的剧情？好事的人挤眉弄眼，还窃窃私语："看，看，墨囡管男人呢，凶得呀！"

连胖丫都看见了，咋舌，问道："墨囡，你这是干什么呢？河生哥怎么了？"

"哼！"陈一墨气鼓鼓的，手更用力了。

胖丫吐了吐舌头，还揶揄宋河生："河生哥，祝你好运。"

宋河生的耳朵又烫又红，却不是被陈一墨揪得太用力的缘故。

陈一墨一路揪着他的耳朵，一直揪到他家。这事不但在河坊街的老街坊里引起了轰动，也让宋叔、宋婶两口子觉得震撼。

宋婶的下巴都快掉到地上了，宋叔下意识地去摸自己的耳朵，还缩了缩脖子。

宋叔感同身受！河生真不愧是他的儿子，命运与他的如此相似。他原本还为儿子高兴呢，毕竟墨囡秀气又乖巧，他可算找到一个性格软的儿媳妇了。嗯，虽然俩小孩的年纪都还小，但宋家乃至整条河坊街的人，谁不认为墨囡就是他的儿媳妇？可他万万没想到，墨囡发起飙来一点儿也不比河生妈逊色。

宋叔给了儿子一个同情的眼神，往后站了站，给陈一墨让路。

于是，宋家人自动地站成了两个阵营。

宋叔和宋河生站在一起，宋婶和陈一墨站在一起。连大黑都觉察到今日气氛不一样，趴在门口的它没立马扑上去欢迎许久未见的陈一墨，而是悄悄观察了一下，默默地蹲到了陈一墨的脚边。

宋叔"啧"了一声，说道："这狗还挺会站队的！"

四人一狗，两个阵营，面对面站着，俨然是对峙的模式。

宋叔看了看儿子，忽然醒悟过来，迅速挪到了对面。

"爸……"宋河生无语了，他爸也太不讲义气了。

宋婶的心里其实是有点儿不痛快的，谁看见自己的儿子被人揪着耳朵回家会痛快？她儿子的耳朵只有她能揪，再说，现在她都舍不得揪了。但是，这不痛快的情绪她又不能发作出来，憋得有点儿难受。这下，宋叔撞在枪口上了。

"谁准你过来的？滚回去！"宋婶张口就骂了过去。这一家人中，陈一墨她不能骂，儿子她舍不得骂，一条狗她骂它它也听不懂，那不就只能捏一捏老宋这颗柿子了吗？她可算找到发泄口了！

宋叔蒙了，慢慢挪回去，委屈地说道："我……怎么了？我又没喝酒。"

204

"儿子喝酒，不是跟你学的？上梁不正下梁歪！"其实宋婶觉得，儿子都这么大了，喝几口酒也不是什么大事。但陈一墨要管，她这个当妈的便不能拖后腿，只能板着脸，把锅甩给宋叔。

宋叔真是委屈极了，一巴掌拍在宋河生的脑袋上，连连发问："谁让你喝酒了？翅膀硬了？胆子肥了？"

这熟悉的配方！

宋河生就不明白了，为什么他在他家的地位现在又变成了"一有事他妈就训他爹，他爹就训他，然后两个人对他进行混合双打"的局面？

"我告诉你，宋河生，你不管到几岁都是我的儿子！老子不准你做的事你就不准做！"宋叔不遗余力地训着儿子，坚定地表示自己虽然身在儿子这个阵营里，但心在另一边。站队这种事，他不能连条狗都不如吧？

为了表明自己的立场，宋叔还转身寻棍子去了。陈一墨见状阻止道："宋叔，没事，先吃饭吧，我把他找回来也是因为该吃饭了。"

她就这么熄火了？

这简直皆大欢喜！宋婶舍不得儿子被别人训，宋叔唯恐再训下去，这火再殃及他这条"鱼"。至于大黑，它更欢喜了，这阵仗一结束，陈一墨就给它端饭盆来了，还给它夹了好几根肉骨头，它欢喜地蹭了蹭陈一墨，就知道自己站对了队，站对队才有肉骨头吃！

只有宋河生知道这事远没有结束，秋后问斩也会先让罪犯饱餐一顿呢。

这顿饭宋河生吃得真是坐立难安！

反正陈一墨跟他爸妈相谈甚欢，他闷头猛吃，饭菜是什么滋味的他也不知道。倒是有人不断地往他的碗里夹菜，他没怎么看，只顾着往嘴里扒，直到一股呛鼻的辛辣味直冲脑门儿，他扔下碗，眼泪、鼻涕一块儿流，喷嚏打个不停。

坐在他对面的某个人还在那儿幸灾乐祸地问他："河生哥,你怎么了?"

他怎么了?他怎么了?!他还不是被他的亲爹坑了?看他爹在一旁埋头吃饭,一脸"我不知道,不是我干的,我什么也不知道"的表情,他就真的怀疑那个人到底是他亲爹不?这不是他亲爹干的是谁干的?

宋河生重新坐下,看着饭里那一大坨还没被他扒进嘴里的芥末,没什么胃口吃了。

"吃,吃,吃。"他爸在那里拱火,"墨囡哪,你宋婶见你来了,特意买的螺,你多吃点儿,河生不吃。"

也是,他没法吃了。

一家人吃完饭,陈一墨要走了,有礼貌地跟宋叔、宋婶道别。

宋河生在那儿戳着,他爸一脚踢过来,还使劲挤眼睛。

他知道要跟墨囡去啊!他会跟去的,场面都这样了,他敢不跟去吗?

他默默地跟在她的身后,却见她不回家,看方向是要往"旧曾谙"那边走。

她好像一点儿都不着急,也没搭理他,甚至可能不知道他跟在后面。经过熟食店时,她进去买了点儿熟食,经过小超市时,宋河生不知道她又买了什么,出来的时候手里多了一个大袋子。

她果然是要去"旧曾谙"的。

进门后,她转身,冷冷地说道:"进来吧。"

他低着头进去。

她把熟食用盘子装好,取出两只玻璃杯——对,就是喝水用的玻璃杯——放在桌上,然后从一只袋子里拿出几瓶酒来,还是白酒。

原来,她进超市是去买酒了!

她买酒干什么?!

陈一墨开了酒瓶，往两只玻璃杯里都倒满了酒。

宋河生的脑子里有一万个问号，她不会要跟他喝酒吧？他们要用这么大的杯子喝酒？她根本就没喝过酒，知道这酒喝下去后会有什么后果吗？它不是水啊！

果然，她伸手，说道："河生哥，坐吧。"

"墨囡，你想干什么？"他终于不再沉默了，当然，坐也是不可能的，他绝对不可能这么陪着她坐下！

"喝酒啊！"她还冲他笑了笑，继续说道，"你不是要喝酒吗？来，我陪你。正好，刚才你也没吃好饭，咱们再坐下吃点儿。"

宋河生的脑袋里"嗡嗡"响，他简直想叫她"姑奶奶"了：姑奶奶，我宁肯你再骂我"神王殿"，别笑了行不？

"你不陪我？那我自己喝了。"她端起了玻璃杯。

他怎么能让她自己喝？

他上前抢下她的杯子，说道："你不能喝！"

"哦。"她笑了一下，说道，"那你喝？"

他也不想喝！

可他看见她的眼神后，心里那股莫名其妙的认命的感觉不知道是从哪里来的。他手腕一转，一杯白酒就这么下了肚。

她还给他喂菜吃，同时端起了另一杯酒，说道："河生哥，你干了我也干。"

一大杯白酒下肚后，宋河生的耳根迅速变红。

俗话说，酒壮尿人胆，但宋河生再怎么尿也是有底线的，让墨囡喝这么大一杯酒的事，他无论如何也做不出来！而且，被酒精控制的脑子也想不到别的事了，墨囡要喝，他一夺过来就将它喝完了！

后来发生了什么事，他就不太记得了，反正他喝了好几杯酒，然后墨囡靠到他的怀里，把他扶到了床上。

他清醒过来的时候，已经是第二天了。

他头痛，身上发凉，下意识地去拉被子时，突然觉得不大对劲，赶紧低头看去。

他竟然没穿衣服！

他瞬间清醒过来。

他居然躺在"旧曾谙"的床上！

他开始回想昨天发生的事情，可是只记得自己喝了一杯又一杯的酒，到陈一墨扶他到床上时就断片了。

所以，他昨天还干了什么？

他惊出了一身冷汗。

不会吧？

他仔仔细细地看周围，他的胸口乱七八糟的，有好些指甲印，以及床单被换过了。

"旧曾谙"里，就连一张纸都是他买来的，原本铺的什么床单他清清楚楚，绝不是现在这条！他的衣服也不知道去了哪里。

他偶尔会在这里住，所以这里有他的衣服，他另取了一套出来穿上。屋子里没有陈一墨的身影，也没有半点儿昨天的事的痕迹。直到他打开门，看见院子里晾着的床单、被套和他的衣服，他终于绝望了，眼前一黑，扶着门才站稳。

但陈一墨已经不见踪影，他开始疯狂地给她打电话。可是，她的手机始终关机。

宋河生出现在了陈一墨的学校的门口。

他不得不出现。无论昨天发生了什么事情，他都得出现。

他在河坊街找不到她，就立马来这儿了。此时差不多是中午，她应该下课了。

他不停地给她打电话，打通过，但是她没接，直接挂断了。

他只好给她发消息："墨囡，你在哪儿？

"墨囡，我在你的学校门口。

"墨囡，有什么话我们见面后再说。

"墨囡，对不起，我错了。"

他给她发了一条又一条消息，她都没有回。

他只好再打电话，但是多打几次，她就关机了。

他站在校门口，心彻底被烧焦了。

手机像是他和她之间唯一的沟通桥梁，她将手机一关，他好像就找不到她了。

这种感觉他无法形容，也许是他希望的，但是，这一刻真的到来时，那灼心的疼痛感就像小院起火的那个晚上，火焰舔舐着他的皮肤时一样，疼得他难以忍受。

如果断联的事发生在从前，也许他痛就痛了，痛着，而后把手机扔进运河，仅此而已。然而，它发生在昨晚之后，他就无法这么做了。

校门口有学生出出进进，他们青春逼人、朝气蓬勃。

其实他应该冲进学校，去食堂、教室、她的宿舍，总能找到她的。

他摸着自己脸上的口罩，迈不出脚下的第一步。

可是，要他就这么转身回去，他也做不到。

他闭上眼，耳边是轻柔的风声、学生们谈笑的声音，他想象着她也是这样走在人群中，和同学也是这般谈笑。然而，思绪把他拉回了小院，拉回他光裸的身体和洗过的、在风里飘荡着的床单和衣服的画面中。

他悔恨吗？必然是的。可是，也正是这一幅闪回画面在他的心口狠狠地扎了一下。

他根本不用在责任和他卑微的自尊心之间做选择，他的自尊心不配。

他低着头大步走进了校园。

他知道她的宿舍楼在哪里——他骑车带着她满校园转的时候，她指给他看过，他甚至知道她住在哪一层的哪一间宿舍里。

他站在宿舍门口等着，不管她在哪里，他总能等到的。

他当然等到了她。

他才等了一小会儿，就看见陈一墨抱着碗，和一个男生有说有笑地走了过来。

男生他见过，就是在出租屋里和她头碰头地聊天的那位，好像叫向挚。

陈一墨和向挚都看见了他，向挚低头和陈一墨说了一句"你朋友来了"之类的话，陈一墨却什么反应也没有，仿佛没看见宋河生。

直到走到宿舍门口了，他们想躲也躲不过去了，向挚笑着对宋河生点头，说道："宋河生你好，来看陈一墨啊？"说完，向挚又对陈一墨说道："既然你朋友来了，那我就先走了啊。"

向挚还和宋河生道了别，在向挚转身之后，陈一墨抱着碗越过宋河生，直接往宿舍的大门里走去。

"墨囡！"他忍不住叫她。

陈一墨没理他。

"墨囡！"他挡在了她的前面。

当然，他也挡住了别的女生进宿舍的路。

陈一墨看了他一眼，转身往外走，也不管他是否跟上了，直接走进了小花园。

"墨囡。"他跟着她，一步也不敢落下。

陈一墨在一棵木芙蓉树下站定，转过身。她的小脸绷得紧紧的，她就这么瞪着他。

他低下头来。

"知道错了吗？"她冷冷地问道。

他能说什么呢？

"对不起。"他低着头说，脑门儿上出了一层汗。本来就是他错了，他不该喝酒，不该犯浑。他的脑子里现在乱得很，面对这种情况，他该怎么收场呢？

"对不起什么？你错在哪里了？"她又问。

这让他怎么说呢？他做的那些浑蛋事他好意思说出口吗？

他还在迟疑，就听她的声音忽然拔高了，她说道："你说话呀！"

他耳朵通红，结结巴巴地说道："我……我……不该……"他说了半天，也没说出个所以然来。

"好受不？"她问。

好受？这时候她问他好不好受是什么意思？他喝醉了，现在胃里还挺难受的，可他也不敢说啊！但他如果说"好受"，她也会生气吧？他犯了这么大的错，还有脸说"好受"？

他慌慌张张地摇了摇头。

"下回还这样不？"

这下他真的迷糊了，下回……哪样？是他想的那样吗？

"那个……我……"这让他怎么答？"我……不了……"他还敢说"要这样"？可是，他二十来岁，冲动得只要想起某件事就会不安稳，偷偷看一眼她春衫俏颜的模样，再不敢看第二眼，再看就又是罪过！

"吃饭了没？"她似乎满意了，问他。

他犹豫了一下，点头。

"又撒谎！我一看见你就知道你没吃！"

他不出声了。他俩一起长大，别说在她面前撒谎了，用河坊街上的妇女们骂孩子的话来说，他一撅屁股她就知道他要放什么屁，没什么事能瞒过她的。

"走吧，带你去食堂吃饭。"她领先一步。

他却犹豫着没动。

她又生气了，眉毛倒竖起来。

他怕她生气，赶紧说道："不然不去食堂了，我回出租屋自己煮点儿面条……"

她果然又生气了！

她先是看了他一会儿，看得他都不敢把话说完了，然后说他："你可以啊宋河生，糊弄我糊弄得挺好啊！"

他什么时候糊弄她了？

"你才跟我起誓，再也不那样了，现在又开始了！"

这下他彻彻底底地迷糊了，问："哪……哪样啊？"他什么也没做啊，不可能就在这光天化日之下对她那样啊！

陈一墨见他一脸蒙的样子，算是明白了——他根本不知道自己错在哪里！

"跟我来！"她气狠了，大声说道。

见她又生气了，他还敢说半个"不"字吗？他只好再次跟上。

她带着他真可谓招摇过市。从花园到食堂，再到在食堂里排队买饭，最后坐下来端着她的碗吃饭，一路上，他都觉得有人盯着他俩指指点点。她却不以为意，始终大大方方的，在他吃饭的时候，还拿纸亲自给他擦嘴。

她的指尖有着淡淡的香味，从他的鼻尖拂过时，他就一口都吃不下去了。

"不吃完不许回去！"她板着脸说道。

她真凶……

他吃完饭，她才把问题绕回到"错在哪里"和"这样那样"是什么意思上来！

当他在她的威逼下终于把他理解的"这样那样"解释清楚以后，她居然笑了，笑得前仰后合的。他的脸更红了，他恨不得将头埋到地下去。

她笑出了泪花，再次问他："我不接你的电话，你难受不？"

他红着脸点头。

"我不理你，你难受不？"

他再次点头。

"我从此以后真的跟别人好了，你难受不？"

他习惯性地又要点头，点完才觉得不对劲。这个问题，他要考虑一下才能点头呀！

但已经迟了。

陈一墨拉着他的手，说道："我也一样！你不理我，不接我的电话，不来看我，我的心里多难受！你舍得我难受？"

他当然舍不得，可是……

"我一想到你要跟别人好，就难受得恨不得把你的耳朵揪掉！"

他的耳朵莫名其妙地还是疼。

说完，她又笑道："你说的那个'这样那样'……"

他的脸跟被火烧着了一样。

她抿嘴笑了笑，说道："也不是不可以……"

姑奶奶！这儿可是食堂！这里人来人往的！

宋河生是糊里糊涂地回去的，既没搞清楚昨天晚上到底是怎么发生的故事，也没搞清楚陈一墨到底是生气还是高兴，反正云里雾里的，只记得墨囡跟他说，她要吃他做的点心，让他下个月做好了给她送来。

他也只会做点心。

下个月就是夏至了。

陈一墨悄悄地出了名，倒不是因为什么好事，而是因为向挚。陈一墨也是在此时才知道，向挚是服装设计系的"系草"，长得帅，专业课的成绩也突出。

她在某天回出租屋的路上，被人拦住了。拦住她的人是几个她不认识的女生，她们打扮得很时尚，还有两个人染了发，戴着闪亮、好看的首饰。

陈一墨觉得她们几个人的打扮还挺好看的，没想过她们会对自己有敌意，毕竟她谁也没得罪过！

"原来向挚请的外援就是你啊！"为首的女生打量着她说道，眼里满是不屑之色。

"请问你是哪位？"陈一墨仍然有些蒙。

"程舒！"远处传来一声急切的呼喊。

为首的女生与陈一墨都顺着声音看了过去，是向挚急急忙忙地跑来了。

"程舒！你找她干什么？"向挚是真的急了，质问道。

程舒冷笑两声，说道："没什么，就是看看你到底找了个什么货色当外援！现在我放心了，之前真是高估你了。"

后面的这句话她是对陈一墨说的。

"都说向挚这回找了个厉害的外援，我特意来看看。现在看来，就你这品位，还设计时装？笑死我了！走吧，姐妹们，散了，散了！"程舒气场十足，挥了挥手，把一帮人带走了。

"对不起啊，陈一墨。"向挚跟陈一墨道歉。

陈一墨不明白是怎么回事。

"她就是针对我的，没想到连累你了。我请你吃饭，给你赔礼吧？"向挚的样子很诚恳。

陈一墨摇摇头，说道："用不着，我没放在心上。"

至于吃饭，她才不要呢！这会儿宋河生应该已经来了，一定在出租屋里做了好吃的东西等着她呢！她才不要和别人吃饭呢！

向挚问道："是你朋友来看你了吧？"

"嗯！"陈一墨一想到宋河生，眼里就溢满了笑意。

"好吧，那我就不惹人嫌了，下次再请你吃饭！"向挚冲她笑了笑，走了。

陈一墨踩着单车，飞快地往出租屋骑去。

果然，宋河生已经到了。她打开门，菜香味扑鼻而来，客厅里还有宋河生的行李。

"河生哥！"她大喊。

宋河生顾着锅里的菜，出来打了个转，应了一声，又进去忙了。

陈一墨不满极了，追进去，又被宋河生推了出来。

"全是油味！呛！你出去等着。"连她被油味熏一熏他都舍不得！

他还不来看她！她心里的那点儿气还没消呢！

"给你带了糕点，你先垫垫肚子，但别吃太多，免得等一下吃不了饭了。"他在厨房里面叮嘱。

陈一墨冲他做了个鬼脸，打开他带来的包。那两盒用纸包着的吃食就是糕点吧？

她打开后惊叹道："河生哥！这也太好看了吧？这些都是怎么做的？我都舍不得吃了！"

她伸手碰了碰糕点，这些比上次的桃花酥更漂亮呢！

一盒糕点被做成了荷花的模样，有花朵、莲叶，栩栩如生；另一盒则被做成了碧绿的水稻的模样，好看又精致。

宋河生从厨房里出来，给她解释："没什么，我就是看见什么做什么。绿色的那个我上个月做了，没给你吃。"

宋河生心想：我看见什么就做什么，做的都是河坊街里常见的物品，希望你忘了它，又希望你记得它。

"你还好意思说！"陈一墨嗔道，"它们有名字吗？"

"没有。"宋河生在心里补充道：糕点而已，还需要什么名字？

215

陈一墨想了想，指着糕点说道："这个水稻造型的叫'谷雨'，这个荷花造型的叫'夏至'。"说完，她又补充道，"上次的桃花酥叫'惊蛰'！"

陈一墨想：时间一直向前，二十四节气年年往复，如同你我，无论未来会奔赴何处，始终要记得回到最初。

那个叫程舒的女孩嘲笑陈一墨没品位，认定她和向挚设计不出好东西。其实，不仅仅程舒这么想，其他的大多数人也是这么认为的。

不知怎么回事，陈一墨和向挚一起设计作品的事被服装设计系和珠宝系的人知道了。服装设计系的人是什么反应陈一墨不清楚，珠宝系的人却都不看好她。

诚然，陈一墨上次设计的作品曾轰动全系，但她这次要跨界设计时装？每个人看她的眼神都和程舒看她的眼神一样，她的几个室友更是在熄灯夜谈时直接表达出了担忧之情，主要是因为陈一墨真的从头到脚没有一丝一毫跟时尚沾边的地方，永远穿着混入人群中就看不见的衣服，而且那些衣服一看就是廉价货。虽然作为学生，像陈一墨这么穿的人并不罕见，可陈一墨要去设计时装啊！

在这样的夜谈中，陈一墨对向挚的了解也多了一些。

向挚算是服装设计系的风云人物，他的父亲曾经是时装公司的负责人，这家时装公司旗下的品牌时装还占据过上海好几家百货公司最好的柜台。陈亮和付英英都是河坊镇服装厂的职工，陈一墨小时候从他们的嘴里听到过这个品牌的名字，付英英提起这个牌子时，眼里全是向往之色，抱怨陈亮一辈子也不可能给她买得起那样的衣服。但后来不知怎么了，这家公司破产了，向挚在女生们的眼里算是落魄公子吧。

如果要问陈一墨跟时装有什么渊源，那答案就是她的养父母是服装厂的职工。

所以，当室友们问她到底有没有接触过时装时，她想了想，回答道："接触过。"

室友们颇为惊讶地异口同声地问道："真的？"她们的语气里还有一些惊喜之意，大家都说陈一墨拜得高人为师，莫非这高人不但在金银饰品方面有造诣，还精通时装设计？

陈一墨在黑暗中点了点头，说道："嗯，小时候帮忙给爸妈缝过扣子。"

齐齐坐起的几个人瞬间又齐齐地躺了回去。真是愁死人了，怎么有这么不知天高地厚的人？

"你知道吗？程舒出身书香世家，家境优渥，是服装设计系的牡丹！"

"牡丹啊，国色天香呢！陈一墨，你一朵雏菊，怎么跟人家争？"

"你知道吗？程舒跟向挚从上大一开始就不对付，两个人一路竞争，向挚输多赢少！"

"他是没办法了才找你合作的，因为这次比赛对他来说非常重要！"

"陈一墨，这次比赛的冠军会代表我们学校参加国际比赛，而这次的国际比赛是LD大学主办的，如果向挚能在国际比赛中脱颖而出，会给LD大学的校领导留下特别好的印象，这对向挚申请留学和奖学金有帮助的！"

"陈一墨，向挚如果输了可就惨了，他家穷，自己没钱出国的。"
原来是这样。

陈一墨觉得自己挺傻的，真有几分不知天高地厚，向挚让她帮忙她就帮忙。这下她的心里也开始慌了，如果他们真的输了，她岂不是坏了向挚的大事？

这一晚她都担心得睡不好，第二天一大早就去食堂找向挚了。

因为前阵子他们老在一起聊作品，所以她对向挚的生活规律差不多了解了，在既定的时间、地点等他，果然等到了他。

向挚对此还挺意外，笑道："你这是专程等我的？我受宠若惊呢！"

都这样了，他还乐？！

陈一墨着急地说道："你怎么干这样不靠谱的事？"

"怎么了？"向挚诧异地问道。

陈一墨把昨天晚上室友们和她担心的事一股脑儿地全说了。

向挚大笑，惹得周围来来去去的同学都在看他俩。

陈一墨脸红了，使劲瞪他。

向挚好不容易止住笑，说道："这都是从哪里传来的谣言？我就算要申请留学，人家也是看我的作品集啊，哪儿有一次比赛定乾坤的？"

"可是，比赛对你有帮助！"这一点陈一墨是确定的。

向挚笑笑，说道："没事！你要相信我！而且，我之所以请你，是因为我一直觉得我们老祖宗的文化博大精深，把时尚跟传统文化结合起来是我一直想要探讨和研究的事，我很荣幸能请到你帮我！不管这次是成功还是失败，都是我们的尝试！尝试了，我就很开心！对了，这周五比赛，到时候会在咱们学校举行颁奖典礼，现场开奖，你一定要来看哪！"

举办颁奖典礼那天不是宋河生来看陈一墨的日子，她决定去颁奖典礼的现场看看。不管是否得奖，她和向挚的作品都会被模特穿在身上，在舞台上展示出来。她想看到它们被展示出来的样子。

她要去看颁奖典礼，向挚是最开心的，老早就给她占好了位子，请她坐在他的身边，一时，无数道目光落在她的身上，人们议论纷纷。

程舒从他们的身边经过时那趾高气扬的样子，完全在陈一墨的意料之中。

陈一墨替向挚紧张，向挚还冲她笑，劝她宽心："没事，我最大的心愿就是我的构想能被展示出来让大家看到，现在已经实现了，无论如何我都要谢谢你。上次没请你吃饭，今天散场后请你吃夜宵。"

"哼！"程舒的冷哼声从一旁传来，她将向挚的话听得清清楚楚。

向挚回头看了她一眼，没搭理她。

颁奖典礼的流程是先表演后颁奖，所以，前半部分是精彩纷呈的走秀环节。

陈一墨觉得程舒是有资本骄傲的，她设计的东西的确很美，现代感和艺术感都很强，在这一众作品里真的出类拔萃。唯一能和她的作品抗衡的便是最后被展示出来的向挚的系列作品了，向挚的设计更让人耳目一新，传统和现代元素碰撞，太让人震撼了。

走秀结束，全场掌声雷动，甚至有学妹在大喊向挚的名字。

宣布名次的时候到了，陈一墨竖起耳朵，优胜奖、三等奖、二等奖，都没有向挚的名字。她暗暗松了一口气，看这情形，向挚的作品拔得头筹应该不成问题吧？

旁边的程舒脸都青了。

对，程舒的名字也没被宣布。

难道有两个一等奖？

就在陈一墨疑惑时，主持人热情地宣布道："一等奖获得者，程舒。"

然后，就没有然后了！

向挚连优胜奖都没得到？！

陈一墨震惊了，向挚自己也震惊了，应该说，全场的人震惊了！

"为什么向挚没有得奖？"有人当场就问了出来。

这个问题很快就引发了讨论，越来越多的人提出质疑。

但没有人给予回答，主持人很快就宣布进入下一个流程——给一等奖的获得者程舒颁奖。

随后，颁奖典礼就结束了，观众开始离场。

陈一墨很为向挚不平，说道："不应该啊！你的作品明明那么好！"向挚的作品就算得不到一等奖，也绝不至于榜上无名哪！

她心潮起伏，激动得脸都涨红了。

向挚反而笑了笑，问她："你是想说我好，还是你自己好？"

陈一墨知道他是在开玩笑，但这个结果真的让人意难平！

"是不是有黑幕？"

"有黑幕！有黑幕！"

人流推动着她和向挚往外走，人群中却有人愤愤不平地大喊，这些话也是陈一墨想喊的。她用眼神问向挚：是不是真的有这种可能？

向挚笑了笑，还没来得及回答，就听有人喊道："有什么黑幕？向挚的作品在评奖期间接到举报，涉嫌抄袭！"

一石激起千层浪！

别人怎样想不知道，陈一墨是十分笃定的，这个系列的作品的每一寸甚至每一根丝都是她和向挚两个人琢磨出来的，怎么可能抄袭？

这层浪却没有就此退散。第二天，学校的论坛里出现了爆料向挚作品落选原因的帖子。帖子说他就是抄袭，而且抄的是经典名作《百鸟朝凤裙》。

《百鸟朝凤裙》陈一墨见过，但那只是十几年前的匆匆一瞥，连它长什么样子她都来不及记住。而且在设计这个时装系列作品的时候，所有的创意是向挚想的，陈一墨只是提供技术支持，怎么可能抄袭《百鸟朝凤裙》？

如果说非要跟《百鸟朝凤裙》沾上边，那就是向挚的系列作品叫《凤凰涅槃》，二者的名字都跟鸟有关。

陈一墨可以发誓，在创作的时候，她的脑子里一丝一毫《百鸟朝凤裙》的影子都没有。但她无处可辩，向挚也是百口莫辩。

　　向挚倒是发过一篇澄清帖，但很快被更多的讨伐帖淹没了。

　　最初的爆料人还将两件作品仔细拆分进行比较，最后，雷同点落在了陈一墨的技法上，他抨击陈一墨将《百鸟朝凤裙》中用到的技法和细节完全照搬到了《凤凰涅槃》里，只是变换了花样、形状和颜色。

　　"胡说八道！就好比苏绣，难道一家用了苏绣，别家就不能用了？"向挚很愤怒，别人往他的身上泼脏水无所谓，但这矛头现在直指陈一墨，他就不能忍了。

　　陈一墨也觉得这种对比毫无意义，她用的技法是老头儿教她的！至于细节，她完全没看出来两件作品的设计细节的相似点在哪里！

　　也有人帮他们说话，理由和向挚的想法一样，连举例都一样，不能说有人用了苏绣别人再用就是抄袭了。

　　但这样的声音没能坚持多久。苏绣因为常见，所以很多人用大家反而不觉得是抄袭，可陈一墨用的技法很少见，而且，在《百鸟朝凤裙》之后再也没有人将这种技法用到服装上，于是爆料人牢牢地揪住这一点，加之大量的人附和，甚至还有人干脆连陈一墨上学期获奖的作品都开始怀疑，在诸多古代金银器中去找相似点。花丝镶嵌本就是传统工艺，被一批外行指指点点，说这个缠丝的方法跟这件古金器一样，那朵花的造型与这件古金饰中的类似，生生把陈一墨的作品批判成了大杂烩之作。他们还给珠宝系的系主任写举报信，要求系里取消陈一墨的奖项，并把陈一墨钉在了珠宝系的耻辱柱上。

　　陈一墨蒙了。她怎么就抄袭了呢？《旧曾谙》是她多少个日夜的心血啊！花丝镶嵌的特色本来就是丝，她不用丝来缠怎么做？

她第一次遭遇这样的事，仿佛走在路上，人人都在交头接耳，说她是抄袭者，是小偷，这有点儿像弟弟出生那年，付英英一个巴掌扇在她的脸上，当着所有人的面说她偷钱时的感受。

那个时候，年幼的她不断辩驳，她没有偷钱，没有偷钱，街坊便都相信了她没有偷钱。

而现在，无论她和向挚怎么替自己辩驳，那些人都不信她，就是一口咬定她偷了东西。

那个时候，还有一个宋河生会对她说：墨囡！你记住，如果你的爸爸妈妈不喜欢你，你就来我家！

现在呢？

现在她还有宋河生！

她很委屈，想宋河生了。

现在既非周末也非假日，她买票回了河坊街，直接去了胖丫家的饭店。

此时正是店里最忙的时候，冯叔见了她后笑眯眯的，指了指厨房，还要帮她叫宋河生出来。陈一墨笑着摇了摇头，说道："冯叔，我自己进去找他。"

饭店里充斥着客人说笑的声音，陌生的客人、熟悉的气氛，还有空气里的油烟味，那么熟悉地尽数冲进她的鼻间，冲得她鼻尖发酸。

她站在厨房的门口，一眼便看到了那个戴着厨师帽的、个子高高的男孩子，他正掂着勺，忙得不亦乐乎。

"嗷"的一声欢呼声响起，一团黑影冲到了她的面前，直立起来，开心得露出白白的牙齿。

大黑开心地蹭着她，不断地叫，好像在问她：你回来了！你怎么回来了？

大黑，我被人欺负了！

她抱着大黑，眼眶泛红。

大黑，我被人欺负了，如果老头儿还在，一定不会让人这么欺负我吧？

宋河生注意到大黑的动静才看见了她，很惊讶，把手上的勺交给帮厨，带着一身油烟味过来，问她："你怎么回来了？"

她掩饰住刚才的委屈表情，只对他嘟了嘟嘴，笑道："我想你了。"

宋河生愕然。

"河生哥，我想你了！"她不顾一切，踮起脚抱住他的脖子。

厨房里，大伙儿都在挤眉弄眼。宋河生的两只手上都是油，他抱她也不是，推她也不是，只好僵硬地站在那里。

大黑见状，不甘心，非要挤到他俩中间来。

陈一墨闻着宋河生身上的油味儿，抱着大黑，一块儿往宋河生的怀里挤，突然就什么都不怕了。

宋河生是谁？在这过往的十几年里，他睁着眼睛眼里是她，闭上眼睛心里是她，即使她只是少了一根头发，他也清清楚楚，怎能不知道她不对劲？

但他问了，她也不说实话。

"我说了，就是想你了嘛，还不许人家想你？我想吃你做的糕点！外面买不到！"

宋河生还能说什么？他下工后，两个人回了"旧曾谙"，他开始和面，她和大黑依偎在一起，看着他发呆。大黑吃饱喝足了，渐渐倦了，蜷在她的脚边，不知啥时候睡着了。

宋河生偶尔回头，每次都刚好与她对视，她的目光就没离开过他。

他有些无奈，找话和她聊天，问道："是不是要考试了？"

"嗯。"她答。现在已经是考试周了。

"复习辛苦不？"

"不！"刚说完，她又觉得自己答得不好，马上改口，"辛苦呀！"

宋河生不知道该说什么。

"所以你要做好吃的东西慰劳我！"

她这是明晃晃地撒娇。

院里的枇杷树上已经挂满黄澄澄的果实，他出去摘了枇杷过来，打算给她做一道枇杷味的甜点。

小院里点了灯，她的目光随着他进进出出的身影转。他穿着一件白色的T恤和一条大大的短裤，站在枇杷树下的时候，她的视线忽然模糊了，一时分不清那道身影到底是他还是老头儿。她仿佛看见老头儿摘了满满一袋枇杷，嫌弃地扔给她，让她拿去扔掉，酸死人的东西不好吃！

那是老头儿吧？

就是这样热的天气里，他躺在树下的竹椅上打着盹儿，时不时地摇一摇他的破蒲扇。

可别这样就以为老头儿真的睡着了！

如果她想趁着这个机会偷懒，老头儿立马就会拿蒲扇来拍她的脑袋，骂她"小骗子""懒丫头""笨丫头"！

"老头儿。"她轻声喊道。

她看见老头儿回来了，他穿着她给他做的那件对襟的白褂子，摇着蒲扇，从院里走进来，板着脸，果然是来训她的。

可她明明受了委屈！

她多想跟老头儿说说自己的委屈情绪，脑袋就被老头儿拿蒲扇拍了一下。

"你这个没出息的笨丫头！这就没办法了？这就害怕了？简直丢我的脸！"

"可是……"

"可是什么？你把你当初立下的誓言给我再说一遍！"

她当初立下的誓言？

"它不会成为绝唱的，还有我呢！我一定会好好学，把它发扬光大！

"我要上大学！赚很多很多钱！我要给师父和大黑养老呢！"

"你就是这么发扬光大的？你还不到二十岁，往后的路还长着呢！"

"老头儿。"

老头儿的声音渐渐远去，他走之前仿佛还用蒲扇拍了她一下。

她摸着头睁开眼，眼前有一张脸，不是老头儿的，而是宋河生的！

不知什么时候，她趴在桌上，竟然睡着了。

"河生哥。"她的眼角有泪，但她并不知道。

"梦见老头儿了？"宋河生伸手，在她的眼睛边上擦了擦。

"嗯。"她低下头，耳边还回响着老头儿的质问话语：你就是这么发扬光大的？你还不到二十岁，往后的路还长着呢！

宋河生不知道该怎么安慰她，想了想，只说道："我常常在这里住，也常常觉得老头儿并没有离开我们。有时候我觉得他躺在竹椅上打盹儿，有时候又觉得他牵着大黑在院子里遛弯，有时候觉得他在工作间里摆弄他的工具，指不定什么时候就会冲出来骂我'臭小子'。"

陈一墨眼睛一亮，说道："你也这么觉得？我也是！我常常觉得他就在我们的身边陪着我们、看着我们。他什么都知道，刚才……"她想说，刚才他还训她来着，却临时改了口，"刚才他还拎着一袋枇杷要给我吃。"

宋河生笑了笑，转身端来一个盘子递给她，问道："是这个吗？"

"哇！"陈一墨惊叹道，"河生哥，你为什么这么厉害？把糕点做得太美了，让人舍不得下嘴！"

宋河生做了一盘枇杷果给她，黄澄澄的果子堆在盘子里，和真的枇杷没有两样，旁边还做了一个小木屋、一棵小枇杷树做点缀。

宋河生笑了笑，没说话。他厉不厉害他不知道，但他为什么要做？还不是因为她要吃！

"这些……这些都是能吃的？"她指着木屋和树，问他。

他点了点头，说道："嗯，能吃！"

她纠结了半天，只拿起一颗枇杷来吃，入口酸甜，还冰冰凉凉的，太好吃了！

"河生哥。"她抱着一盘枇杷点心舍不得再吃。

"吃！再不吃就化了！"他说道，"吃完我再做呗。"

陈一墨要给这盘枇杷点心起名叫"小暑"。

宋河生笑着摇头，都由着她。可是，这二十四节气名用完，他再做了新的点心，看她怎么起名！

陈一墨完全没去想这个问题，心思全在枇杷甜点上，自己吃一颗，给宋河生喂一颗，学校里发生的那些事，忽然就很远很远了。

第二天一早，天才蒙蒙亮，宋河生就送她去火车站了，毕竟她是逃跑回来的，总不能考试也逃吧？

清早的河坊街，烟火气已起，特别是早点店，早就香气四溢。新的一天就在河坊街人的吴侬软语里到来，忙碌得跟平常的任何一天没有什么不同。

他们经过冯叔的饭店时，冯叔给她装了一袋热气腾腾的小笼包，让她带着在路上吃。

陈一墨抱着小笼包，对宋河生笑道："河生哥，我们河坊街可真好！是不是？"

宋河生也笑。

阳光被晨风剪碎，散落在她的眼里，亮得他眼睛发晕。

陈一墨是真的爱河坊街。就像男生们爱玩的那些游戏，玩家受伤了，甚至阵亡了，只要回城，立刻就能满血复活。

在后来的漫长岁月里，陈一墨无论在外面如何头破血流、疲惫不堪，只要回到河坊街，就会像这次一样，立刻被治愈，重新充满力量。

陈一墨是散尽委屈情绪后回学校去的，一回去就钻进了出租屋，写个不停。

整个考试周，她除了考试就是忙着写东西，每晚写到凌晨，终于在考试结束前两天完成了她的文章。

她呼出一口气，将文章放到书包里，考完当天的这一科后直奔系主任的办公室。

系主任是个戴着眼镜的中年人，陈一墨的作品《旧曾谙》参赛时，他就是主评委。

她气喘吁吁地出现在他的办公室门口，系主任一抬眼就看见了她，先跟她打的招呼："陈一墨？"

"主任！"她直入主题，"我没有抄袭！"

系主任面色平静地看着她。

陈一墨也不知道他到底是什么意思，从书包里拿出她写好的东西交给主任，并说道："主任，这是我写的关于花丝镶嵌的一切东西。我师父说，花丝镶嵌是我们传统手工艺的瑰宝。我没有抄袭，我真的懂它！我是花丝镶嵌的传人，以它为傲！"

这是她在老头儿的面前立下的誓言，她要做花丝镶嵌的传人，把它发扬光大！从前，她不知深浅、胆怯、忐忑，但现在，她不能再蜷缩在自己的壳里！她是老头儿的徒弟，不能给老头儿丢脸！

主任接过她的东西，看了看她，笑着问道："你懂？"

陈一墨不知道主任为什么要笑，是不信她吗？她不能让主任不信她！她绷了绷脸，表情认真地点头，说道："嗯，我懂！非常懂！"

主任直接笑出了声，没说话了，低头翻看起了她写的东西。

陈一墨还是忐忑了，心想：主任这样笑，是在嘲笑我不知天高地厚吗？

她默默地站在那里，等主任说话。

主任看了好一会儿，接了个电话，好像是有什么重要的人要来。

末了，主任对她说："陈一墨，你写的这个东西先放在我这里。"

陈一墨还是很担忧，说道："那……"

"我会再找你的。"主任说。

陈一墨没了办法，只好先走。

主任说要找她，并没有诓她，第二天主任就叫辅导员把她带到了主任的办公室里。

陈一墨进去之前看了闵真一眼，闵真的眼里全是温和的笑意，闵真鼓励她："进去吧。"

陈一墨暗暗松了一口气，往前走出一步，将办公室里的场景尽收眼底，却发现里面还有两个人——她的学长陆璧青和一个打扮得很贵气的中年女子，此刻两个人都在对她微笑。

"陈一墨！来。"主任冲她招招手，说道。

陈一墨的目光从中年女子的脸上移开，她一边在心里琢磨"这个人好像有点儿眼熟"，一边顺从地朝主任走去。

主任是笑着的，问她："为什么会写这样一篇文章给我看？"

陈一墨想了想，回道："想证明我是真的懂花丝镶嵌。"接下来，她欲言又止。

主任倒是看出来了，继续说道："接着说，说实话。"

陈一墨看了看陆璧青和那个女人。

主任鼓励她："说，没关系。"

陈一墨迟疑了一下，说道："我是系里的学生，必须向系里证明我的清白，不辱系里的名声，也希望……"

她其实很单纯，想得也很简单，站在老头儿的立场上，觉得她是老头儿的弟子，如果有人这么诬蔑自己的弟子，老头儿肯定会帮她。那她是系里的学生，老师们知道她是清白的，是不是也会维护她？

　　系主任一点就透，笑着说："希望系里的老师们给你撑腰？"毕竟舆论的矛头直指整个珠宝系，那架势好像不把她钉在耻辱柱上，就要把珠宝系的所有人钉在耻辱柱上。

　　陈一墨默然。她就是这个意思。

　　系主任哈哈大笑，说道："陈一墨，真正能给你撑腰的人来了。"

　　陈一墨从系主任的办公室里出来的时候，整个人还晕乎乎的，有点儿搞不清楚状况。

　　她迎面撞上了向挚，他在她前往教学楼的必经之路上等她。

　　他的脸上全是担忧的表情。

　　陈一墨冲他笑了一下。她正好也要找他呢！

　　向挚见她笑了，把紧紧蹙着的眉头舒展开了，松了一大口气，也笑了，问她："你这几天去哪里了？我满校园找不到你。"

　　"考试啊！"陈一墨慢慢地往宿舍走去。

　　向挚陪着她走，边走边说道："担心死我了！我真怕你想不开，那样的话可是我的罪过。"

　　"瞎想什么呢？！还怕我想不开？多大点儿事啊！"

　　向挚"嘿嘿"一笑，见她现在状况还算好，一肚子安慰和道歉的话看来是用不着了。

　　学校的宣传窗附近围了很多人，程舒和她的朋友们也在，只是远远地看着，并没挤进去凑热闹。

　　"那边有什么可看的？"陈一墨问。

　　"哦！"向挚不以为意地说道，"我们系出的红榜！过了这么多天才出。"

既然是这样，他俩便都觉得没有去凑这个热闹的必要了。陈一墨打算把刚才的事说给他听，热闹却偏要找上他们！

只见程舒的姐妹之一从人堆里挤出来，跟程舒说了些什么，程舒冷笑一声，便朝着陈一墨和向挚看了过来。

向挚本能地挡在了陈一墨的前面，将她护住，脸上的神情好像在说"有什么事冲我来，别欺负她"。

程舒的脸色变得更加难看了，她果然气冲冲地奔了过来，满脸怒气地瞪着向挚，有种气得说不出话来的架势。

"有事？"向挚俯视着她问。

陈一墨想从向挚的身后出来，被他反手一拦，他将瘦削的她完完整整地遮在了身后。

程舒气得脸色都青了，用手指直接指上向挚的鼻子，说道："别以为给你个'最佳创意奖'，你的尾巴就能翘上天！你仍然是我的手下败将！"

向挚和陈一墨都还不知道这个消息呢——系里给向挚补奖了？

向挚的心微微一动，脸上却不露情绪。

程舒的手指仍然竖着，她隔着向挚大喊陈一墨的名字，说道："陈一墨！你这个躲在男生身后挑拨是非的贱东西！如果我程舒要针对你，你早不是现在这样了！还有你，不必急着帮她出头！就凭她这个乡下丫头，也配我程舒出手来对付？"后面这两句话她是对向挚说的，说完，她冷着一张脸，转身就走了。

她的几个姐妹也纷纷冷哼一声，充分表达出了对陈一墨和向挚的不屑之意，尾随她而去。

陈一墨从向挚的身后探出头来，问他："你不会找过她吧？"

向挚低头看着她，反问道："怎么？"

"我觉得举报这事不是她干的。"

"为什么？"向挚问她。

"她都赢了，犯得着踩我们一脚吗？"

向挚笑了。

"笑什么？难道不是吗？"陈一墨瞟了他一眼，问道。

"我没找她。"向挚轻声说道。

向挚的手机却在此时响了，陈一墨听见他叫了"老师"，然后说了一连串的"好"，其间还看了她一眼——难道这通电话跟她有关？

"走，跟我去我们系主任的办公室。"向挚一放下手机就对她说道。

这通电话还真跟她有关！

陈一墨跟着向挚到服装设计系的系主任的办公室里时，程舒已经在那里了，看见他俩，程舒不屑地"哦"了一声，翻了个白眼。

系主任紧接着就到了，看见他们仨后喜气洋洋地说道："都来了？这位就是陈一墨？"

"是的。"向挚可是问过系主任的，听说是好事才带陈一墨来的，否则无论如何也不会把她推到前面来。

系主任用欣赏的目光打量着陈一墨，连说了好几个"好"字，然后便提到了参加国际大赛的事。

程舒瞬间紧张起来，说道："主任，我是一等奖得主！"

"我知道，系里肯定会推荐你的。"系主任笑道。

程舒松了一口气，不掩得意地看了向挚一眼。

系主任又说道："但向挚同学这次设计的作品也非常出色，所以，我们多争取到了一个名额，你们俩的作品都将被推荐参赛。"

向挚显然很惊讶。

程舒一听这话就炸毛了，问道："主任，他和陈一墨不是抄袭了吗？"

系主任微微一笑，说道："抄袭这件事已经被澄清了。对了，向挚、陈一墨，我还要向你们说一声抱歉，因为你们的作品被投诉，而认定需要时间，所以没有在颁奖那晚当场公布奖项。陈一墨同学，你也太低调了，既然是陆安平老师和林雪慈老师的师侄，怎么一丁点儿也不透露呢？我们还闹出这一串误会。"

"什么？她是陆安平和林雪慈的师侄？就是《百鸟朝凤裙》的设计者陆安平和林雪慈吗？"程舒难以置信地问。

"是。"系主任笑道，"陈一墨同学，向挚这次设计的作品很有意义，不仅仅是跨界合作，更是传统与现代元素碰撞，是传承和发展的结合，也给了我很大的启发。欢迎你经常来我们系交流！"

且不说程舒和向挚有多么震惊了，就连陈一墨自己都不知从哪里冒出了两个师叔要替她撑腰。而且无论她怎么解释，这个师侄的身份都甩不掉，就在刚才，在珠宝系的系主任的办公室里，她就否认过一回了，但那个叫林雪慈的女人抱着她声泪俱下地讲了一个故事，珠宝系的系主任就完全不听她在说什么了。

离开服装设计系的系主任的办公室后，向挚瞪大眼睛看着她，问道："你……你是他们俩的师侄？你怎么看起来跟陆璧青不熟？"

"我本来就跟他不熟！"陈一墨头痛地说道。

珠宝系的系主任说的来给她撑腰的人就是林雪慈，亦即陆璧青的妈妈。见到她后，林雪慈先红了眼眶，然后问她："易南生呢？他在哪里？这些年他好不好？"

陈一墨当时就震惊了，她居然知道老头儿的名字！

林雪慈流着眼泪自顾自地说开了：她、陆安平和易南生是同门师兄妹。易南生是大师兄，最先入师门，她是弃婴，还在襁褓里的时候就被遗弃在了雪地里，是易南生捡到了她，并且把她带回了师父的家。师父、师娘说，他将她捡回来的时候她被冻坏了，发着高烧，是他求师父、师娘送她去医院治病的。她被治好后，也是他求师父、师娘收留她的，那时候他也才十来岁。从小，易南生就是最疼她的人，她想要什么东西他都会买给她，她喜欢吃什么，他就给她买什么。因为她喜欢吃枇杷，他还种了好几棵枇杷树。可是，后来发生了一些事情，易南生离开了师门，那时候，师父、师娘已经不在了，她和二师兄陆安平到处他都找不到，没想到，在多年后遇到了师兄的徒弟。

"陈一墨，我们见过的，你还记得吗？"林雪慈流着泪，问她。

陈一墨终于知道自己为什么会觉得这个女人眼熟了，没错，她们的确见过，在她刚跟着老头儿学艺的时候。

向挚看着她皱起的眉头，没再问什么。

一个下午，陈一墨是大师林雪慈和陆安平的师侄的消息传遍了校园。而陆璧青在学校的论坛里实名发了一篇帖子，为陈一墨澄清，陈一墨的作品与两位大师的风格和手法相仿一事顿时让外行信服，跟帖中一片"原来如此"的话。

这风向变化之快，就连陈一墨都觉得震惊不已。她突然就从一个人人喊打、必须被钉在耻辱柱上的抄袭者变成了优秀的传统文化传承者，就连她的几个室友也在下午的考试结束后将她团团围住，迫不及待地打听她跟陆璧青的事：师兄师妹之间有没有什么故事？

陈一墨人生中的前十九年都不认识陆璧青，他们哪里来的故事？

偏偏此时响起了一道温润的声音："陈一墨。"

室友们与陈一墨顺着声音看过去，只见陆璧青穿着一件清清爽爽的运动上衣，微笑着站在不远处。

姑娘们尖叫起来。

没错，陆璧青是值得她们尖叫的，他本来就是珠宝系的"系草"，长得好看，气质也好，家世又佳。陈一墨突然变成了他的师妹，没成为众矢之的已经算姑娘们宽厚了。

"我们走了，再见！"室友们挤眉弄眼，说道，"玩得开心！"

"走吧，陈一墨。"陆璧青笑容温和，似乎一点儿也不介意女孩们唐突的玩笑。

但陈一墨介意！

"不好意思，她们胡说八道的。"

陆璧青还是笑了笑，说道："我知道，没事的。走吧，就等我们了呢。"

上午的时候他们说好了，晚上陈一墨要和陆家人聚一聚。

陈一墨点点头，跟陆璧青走着，下意识地全身绷紧。

陆璧青时不时看看她，笑着说："好了，都过去了，现在没事了。"

陈一墨想了想，还是对他说道："谢谢你。"

"谢什么？我们本来就是同门，帮你不是应该的吗？"陆璧青看起来对"师兄妹"这种关系感到很高兴。

陆家的车就在校门外等着，林雪慈看见他们后马上从车上下来，迎上前，亲热地拉住了陈一墨的手，说道："墨囡？是这么叫的吧？来，上车，你陆师叔已经在餐厅里等着了。"

陈一墨是被林雪慈拥上车的。她不知道的是，在她看不见的地方，宋河生抱着一个大盒子，眼睁睁地看着她坐进了陆家的豪华汽车。

他看着她跟一个男孩一起上车，看着那辆车走远，直到那辆车汇入车流再也看不见。

"你好！"有人在和他打招呼。

宋河生的视线被向挚挡住了。

"来看陈一墨？"向挚冲他笑，露出一口白牙。

宋河生点了点头。

"买了新电脑？"向挚继续和他聊天。

"嗯。"他本该明天在她考完最后一科再来接她的，提前一天来就是为了选一台电脑送给她，给她一个惊喜。

"嘿嘿。"向挚没啥话可说了，笑得有点儿傻气，却不想走，继续没话找话，说道，"吃饭了没？我请你和陈一墨吃晚饭？"

她应该是不需要吃这顿饭了。宋河生敷衍道："她跟朋友有事出去了。"

　　"是吗？"向挚挠了挠头发，又说道，"那我请你吧！走，走，走！"

　　向挚也不等宋河生拒绝，抢了他手中的电脑抱着就走，他不去也得去了。

　　他们就是在学校附近的一家小饭馆里吃的饭，向挚还开了一瓶酒。

　　宋河生想到上回喝醉后发生的事，怎么也不肯喝酒了。

　　向挚换了啤酒，将冒着泡的玻璃杯往宋河生的面前放，笑他："该不会是陈一墨不让你喝吧？怕她骂你？那换这个，天热，凉快凉快！"

　　啤酒应该没事的，关键是，宋河生想到了刚才的那辆车，低下头，啤酒涩涩的苦味瞬间在他的胸腔里引起了共鸣。

　　啤酒的确没事，只是几瓶下去后，宋河生倒是没事，向挚这家伙却醉了。

　　于是，宋河生都不用问，就从向挚的嘴里知道了近期发生在陈一墨身上的事。

　　难怪她莫名其妙地跑回河坊街了。

　　她回去后却什么都不告诉他！

　　师叔？师兄？凭着老头儿在他脑海里的记忆，他从不知道这些人。

　　"所以，这次全靠陆什么的帮忙？"宋河生握着啤酒瓶问。

　　"是啊！说来都是我的错，是我把她拖进这个旋涡的，我却没有能力帮她走出来。如果不是陆安平和林雪慈，陈一墨不知道还要被冤枉多久。"向挚从宋河生的手里一把抢过酒瓶，问道，"你也不知道她的这些师叔？"

　　他哪里知道呢？他什么都不知道。

　　有些事，他就算知道了又能怎么样呢？他又帮不了她，甚至不懂这些事。

"这是好事，有人保护她，总比自己单打独斗轻松些。"

向挚醉得不行了，脑袋压在桌子上呓语着，手里的酒瓶也没能拿稳，倒在桌上，啤酒冒着泡从瓶里流出来，流了一桌。

两个人都没发现。

良久，宋河生喃喃道："是啊，挺好的。"

林雪慈把陈一墨带进了一家中式园林风格餐厅的豪华包间里。

包间里面已经有人在等了——一个气质儒雅，打扮考究的中年男人，想来他就是陆璧青的父亲、这行的大师陆安平了。

果然，陆璧青给她介绍道："这位是我爸。爸，这位就是陈一墨。"

陆安平的热情和林雪慈的一模一样，他叫她"侄女"，再忆一番当年他和老头儿的兄弟情，眼里满含热泪。

林雪慈一边拭泪一边笑着说："你看你，一说起来就没完，墨囡都饿了，还不赶紧入座上菜。"

"是，是，我真糊涂了，一见小墨就忘了重点。"陆安平笑着请陈一墨入座。

他叫她"小墨"。

服务员鱼贯进来上菜。

"易师兄去世前的那些年过得可好？"陆安平给陈一墨夹菜，脸上带着悲戚之色，说道，"我们竟然不知道他已经不在了。"

林雪慈也跟着叹息，说道："那些年，我们一直在找大师兄，好不容易找到了，劝他出来跟我们住到一起，他却怎么也不愿意。没想到……唉！"

她叹息着，又擦了擦泪。

陈一墨想起了老头儿，心里发酸，只说道："我师父他一生平静，过得很好。"除了逝世时凄惨、憋屈，他的确是一生悠然，自得其乐。

"师兄……他是怎么过世的？"陆安平红着眼眶问完，又说道，"我知道不该问，但我们对他实在挂念。"

陈一墨只简单地说了两个字："意外。"她不愿多说。

陆安平叹了一口气，红了双眼，哽咽着说道："小墨，我们手艺人讲究'一日为师，终身为父'。你是易师兄的徒弟，师兄不在了，以后我和你林姨就是你的亲人，如父如母，有什么困难或者想法你只管跟我们说，我们一定全力以赴地帮你。"

说到这儿，陆安平又指了指陆璧青，继续说道："璧青就是你的亲哥哥，你在学校里遇到了任何事情都可以找他。"

陆璧青显然很高兴，说道："是啊，陈一墨，我一直想要一个妹妹，没想到，我的愿望还真实现了！"

陈一墨却并没有多开心，反而沉默了一会儿。

林雪慈笑着拍了拍她的手，说道："不用害羞，也不要客气。我们和大师兄亲如手足，以后由我们来照顾你是理所当然的事。"

陈一墨起身，说道："我去一下洗手间。"

"好，去吧，让服务员带你去。服务员！"林雪慈大声喊道。

陈一墨出去后，林雪慈脸上的笑容淡了下来，她瞪着陆安平。

陆安平拍拍她的手，给了她一个安抚的眼神。

几分钟后，陈一墨回来了，林雪慈的脸上重新浮现出温柔的笑容，她招手让陈一墨再次坐到她的身边，握着陈一墨的手，柔声说："墨囡啊，马上就要放暑假了，我和陆师叔安排了一次旅行，准备带你和璧青去国外玩，你有护照没有？没有的话赶紧办一个，我们给你去办签证。"

陈一墨轻轻地抽出自己的手，轻声说道："陆老师、林老师，谢谢你们，旅行我就不去了。"

"怎么了，还见外啊？"陆安平笑道，"都说了以后我们就是一家人了！"

林雪慈更是笑了，说道："是啊，傻孩子，有你陆师叔在，往后你的从业之路不知道会比别人容易多少。不知多少人想要搭上你陆师叔的关系都搭不上，你这自家人还客气什么？"

陈一墨平静地注视着桌面，说道："陆老师、林老师，我师父教导我，一个手艺人的安身立命之本就是手艺本身，学习、钻研和探索是我们手艺人一生的本分，也是成为优秀匠人的唯一途径。我师父说，这条路上没有捷径。我师父还说，这条路注定是难走的，走在这条路上的人注定是孤独、寂寞的。我曾对师父发过誓，我不怕苦，不怕孤独，也耐得住寂寞。"

陆安平和林雪慈的脸色都变了变。

"小墨。"陆安平叫她。

陈一墨起身，向他们鞠了一躬，说道："谢谢两位老师帮我。但，我是师父的徒弟，我的一生，会向师父看齐。

"我叫陈一墨，是师父的徒弟，也只是师父的徒弟。"

陈一墨就此与陆家人分别。

陆璧青望着她清瘦的背影，以及随着她的步伐甩来甩去的马尾辫，想去追，却最终没有迈出脚步。

林雪慈和陆安平却面面相觑。

"真是给脸不要脸！"林雪慈的脸色变得异常难看，她说出的话也格外难听。

陆璧青忍不住说道："妈，别这么说！"

林雪慈用手指头戳了戳他，说道："你看看你，好心好意地求我们出来给她澄清、撑腰，她需要吗？"

"妈！那不是事实吗？她和向挚的确没有抄袭。"陆璧青辩解道。

"你不是输给她之后挺不服气的吗？"林雪慈问道。

"一码归一码。我输给她是一回事，她被诬陷抄袭又是一回事。一个艺术从业者若是被打上了'抄袭'的标签，可能她的整个艺术生涯就毁了。"

林雪慈还想说什么，陆安平用一个眼神制止了她。

她气呼呼地起身，说道："走吧！"

三个人去结账时却被收银员告知，刚才有一个小姑娘已经结过账了。

林雪慈冷笑道："果然跟他一个脾气！打肿脸充胖子，死要面子活受罪！就她那家庭条件，她结了这次账怕是几个月的生活费就没了。"

"妈——"陆璧青觉得母亲说的这些话太刺耳了，说道，"我倒是觉得，她挺有骨气的。"

"什么骨气？蠢！"林雪慈觉察了丈夫的眼神，挥了挥手，说道，"算了，算了，不说了，回家吧。"

陈一墨打算回自己的出租屋，明天还有最后一科要考试，考完就能回家了。她回出租屋收拾东西，然而打开门的一瞬间就闻到了扑面而来的酒味。

能来这小屋的人还有谁？宋河生又喝酒了？

哼，他还真不长记性！

原本她该生气的，但这个时候怎么也气不起来，心里只有满满的高兴。因为刚才在和陆家人相处的时候，她一直小心翼翼、谨慎又谨慎，现在一嗅到他的气息，瞬间放松了。

她有一种可以彻底释放的感觉，别人说的"放飞"就是这样吧？

她叉着小腰，大步地往房间走去。

结果，她看见了什么？

房间里一股酒味就不提了！宋河生就站在床前，背对着门，床上还躺着一个人！而且，她隐隐约约地看见了床上的那个人是光着身子的！一晃眼，她仿佛都看见了那个人的屁股！

如果她没看错的话！

宋河生！你太不要脸了！

她拾起门边的扫帚头就朝宋河生打去。

宋河生的背和脑袋各挨了一下，他连痛都不敢喊，转过身来，面如土色，张开双臂挡着床上的人，对陈一墨说道："不要看！不许看！"

他还不许她看？

她还不稀罕看呢！脏了她的眼睛！她只想打死宋河生这个"渣男"！

她拿着扫帚继续往宋河生的身上招呼，宋河生不顾一切地冲上来抱住她，身上挨了多少下打已经不知道了，只知道要捂住陈一墨的眼睛，不能让她看见床上那个不要脸的人！

陈一墨就这样被宋河生连拖带抱地弄了出去，手里的武器也施展不开了，她气得一口咬在了宋河生的肩膀上，痛得宋河生"哟"了一声，忍不住问道："怎么就这么凶？"

陈一墨瞪着他，心想：你才知道吗？

宋河生都无奈了，有点儿想笑，对她说道："那是你的朋友，叫向挚的那个。"

"你们两个男的？"陈一墨更震惊了，质问道，"在干什么？"

"你还挺会想的！"宋河生更加无奈地说道，"他喝醉了。"

"喝醉了也不能……"

陈一墨想说的话还没说完，就被宋河生凶狠的眼神瞪回去了。

"你自己做错了事，还有脸瞪我！"陈一墨知道是个误会，心情轻松了下来，语气就变得有些娇嗔了。

宋河生把她的扫帚放好，说道："我哪里做错了？他喝得不省人事，我不知道他的宿舍在哪儿，又不能把他扔在那儿不管！"

陈一墨吐吐舌头，捏着鼻子，说道："房间里好臭，你陪我出去吃点儿东西，我快被饿死了。"

宋河生想起了那辆豪华汽车。

"你怎么跟他一块儿吃饭了？"陈一墨捏着鼻子问宋河生。

这个问题他也不知道该怎么回答。

他是怎么跟向挚一起坐到饭桌边的？

"我来找你，遇上他了。"然后他莫名其妙地跟向挚吃饭去了。

"哦。你来也不提前跟我说，我要是知道你来，就不跟他们出去了！"陈一墨从来就不瞒他什么，边和他往外走边说，"他们就是陆家人！陆家人你知道吗？我小时候，他们来找过老头儿的。"

看到宋河生一脸蒙的样子，陈一墨才想起她幼时林雪慈来找老头儿的时候，宋河生并不在，她"叽叽喳喳"地把十几年前的事连同这次的事一并说了，说完，两个人已经到学校后门的小饭馆了。

"我不需要他们帮忙，自己能证明我就是有真才实学的，没有抄袭！就算看了我交上去的论文他们仍然不愿意相信我，我也不怕，我做了我能做的事，问心无愧！而且，这一辈子还长着呢，我相信，我一定能凭我自己的本事来证明自己的清白的！但是，他们帮了我，加快了这个证明的过程，我还是想要谢谢他们的，可我不知道该怎么感谢他们。"陈一墨在小饭馆的长桌椅边坐下来，双手托着腮，说道，"他们那样的人，也没什么需要我帮的，我就想着这顿饭我来请他们吃吧，不想欠他们的人情。"

陈一墨又想起了老头儿，说道："跟老头儿有关的事都是他们告诉我的，我不知道他们说的话里哪些是真的哪些是假的，可是我记得那天林雪慈来找老头儿的时候老头儿是什么态度——老头儿让她滚。如果他们跟老头儿真的亲如兄弟姐妹，老头儿对她就不会是这种态度，更不会十几年一次也没提到过他们。如果他们真的像他们说的那样挂念老头儿，就不会这么多年只出现了一次，还被老头儿赶了出去。河生哥，我的一切是老头儿教的，我想，我继承的不应该只是老头儿的手艺，还应该包括他的立场。他不喜欢的人，我是不会亲近的。"

她从见他开始就一直在说话，跟刚才与陆家人在一起时谨慎和拘束的样子判若两人。说到这儿，她觉得口渴了，捧着服务员倒的水，喝了个底朝天。

"渴死我了！"她湿漉漉的嘴唇嘟了嘟，宛若樱桃，鲜嫩欲滴。

宋河生看着她白皙、尖翘的下巴和粉红色的唇瓣，移开目光，清了清嗓子，想说：你在学校里发生了这么大的事怎么都不和我说？我还要从别人的嘴里听到，你现在都将事情解决了才来告诉我。但他没有说，而是问道："你要吃点儿什么东西？"

就算她告诉了他这事，又能怎样？

陈一墨这次倒是没有察觉他的情绪变化，大概是他隐藏得太好了，她翻着菜单，有点儿委屈地说道："哎呀，天气太热，这些我都不想吃。"

她翻到最后一张，指了指，说道："我吃这个吧，酒酿桂花小丸子。"

她刚说天气热没胃口，却又要吃这么甜的东西。

"就吃这点儿？"他把菜单拿过来，照着她的口味加了几道菜。

她说没胃口，等菜真的上来了，味蕾一打开，却吃了不少。倒是那碗酒酿桂花小丸子，她只吃了两口就吃不下了，最后进了他的肚子。

她哪里能认真地吃小丸子？她就是想撒娇。

她就是一个又凶又娇的人儿。

他两口就把那碗酒酿桂花小丸子吃完了。

他和向挚喝了几瓶啤酒，一碗又热又甜的酒酿桂花小丸子下肚后还挺舒服的。他喝酒时没醉，这会儿却有些晕，眼前的她笑靥如花，如在云端，声音甜甜的，忽远忽近，她说了什么话他好几次没听见。

晚上她回宿舍休息，他去了出租屋，毕竟那里有个莫名其妙的向挚，还有一屋子的酒臭味！

宋河生将屋子清扫完毕后，睡在了隔壁陈一墨的房间里。

他当然不会把向挚扔在陈一墨的房间里！他的脑子没被门夹！

陈一墨的被子里有一股清香，和她平时靠近他时他闻到的香味一样，他睡在里面，又开始晕了，整个人轻飘飘的，说不清是什么滋味。一开始他怎么也睡不着，后来不知怎么，睡着后又沉得醒不来，做了一个又一个的梦，接连不断，梦里全是陈一墨忽远忽近的声音，和在他面前不断晃动的尖翘的下巴以及樱桃般粉嫩的唇，一会儿靠得他近近的，待他要去抱她的时候又跑得远远的，每次都是差一点点他就抓到她了。

他一个晚上就在追啊跑啊，很累很累。后来他终于抱住她了，那种滋味他无法形容，好像整个人泡在了温泉里，被温泉水一点点熔化。

他小时候看蜜蜂采蜜时，发现贪心的小蜜蜂在又香又甜的花朵里沾了满身的花粉，重得都飞不起来了。他的梦也是这般，好甜好甜，甜得让他醒不过来。

还是隔壁巨大的尖叫声把他叫醒的，醒来的那一瞬间，他不知自己身在何处，梦里那种晕乎乎的感觉还没散去。

"宋河生！宋河生！"隔壁房间里传来了向挚疯狂的喊声。

宋河生没打算起床。

下一秒，向挚火急火燎地冲了进来，身上就穿着一条内裤，指着他，结结巴巴地说道："我……我……我……你……你……你……"

宋河生冷冷地看着他。

向挚双手抱胸，哀号道："宋河生，我拿你当哥们儿，有心与你结交，没想到，我的清白……你……你对得起陈一墨吗？"

宋河生此刻正烦着呢，完全没心情搭理这个疯子，只是扔给了他一句话："正常点儿！"他说这句话时语气很不好，仿佛下一句话就会说"不然我揍你"。

向挚呆了呆，安静下来，又"我"了半天。

"去找你自己的衣服。还有，昨天是你自己喊热的！"然后向挚就将自己身上的衣服脱光了，陈一墨就是在那之后来的，如果不是他拦着，真担心墨囡长针眼！

向挚又火急火燎地跑了出去，过了一会儿捏着鼻子跑了进来，身上套了一件宋河生的T恤，说道："那个，宋河生……谢谢你啊。你的衣服先借给我穿会儿，我要赶着去考试呢，等我考完试再来找你说话！"

宋河生瞪着他，仿佛在说"谁要和你说话"。

向挚好像没看懂他的眼神，第三次火急火燎地跑掉了，拎着他从角落里找出来的满是呕吐物、臭气熏天的自己的衣裤捏着鼻子走了。

宋河生此刻烦的是自己此刻的状态，刚才向挚若是再惹他，他也不可能真的跳起来揍人。他现在这个样子没法起来，也没脸起来！他做了一夜的梦，现在被子里湿漉漉的！

但他再怎么没脸也要起来，这儿可是陈一墨的房间！等她回来发现他干了些啥事，他还要不要活？

他迅速地收拾了一番，去找干净的内裤换，却怎么也没找到。他明明在这里留了一条的！

忽然，某个人贱贱的模样进入了他的脑海里。

这个浑蛋向挚，将他的内裤穿走了！

他忽然想起了自己喝醉的那一晚，有种"报应来了"的感觉。

酒这玩意儿，可真是误人哪！

浑蛋向挚心情还不错，急急忙忙地跑去学校的食堂买早饭，结果还在食堂里遇到了陈一墨，陈一墨正抱着一盆馒头。

他大喝一声，出现在陈一墨的面前，还特别得意地在陈一墨的面前转了个圈，挤眉弄眼地说道："怎么样？帅不帅？"

"你怎么……"话没说完她就明白了，他肯定是吐了一身才穿宋河生的衣服的！

向挚咧嘴笑了笑，指了指她，说道："宋河生挺有意思的，我喜欢他！"

陈一墨如临大敌似的瞪着他，大声说道："宋河生是我的！"

这话向挚都不知道该怎么接了，摸了摸脑袋，说道："你……"

他还啥都没"你"出来呢，陈一墨就抱着饭盆哼了一声之后走了，一边走一边从饭盆里拿起一个馒头，狠狠地咬了一大口。想从她的碗里抢"馒头"，不管是男的还是女的，都没门儿！

"哎——"向挚伸出一只手，没能唤回陈一墨，眼睁睁地看着她出了食堂。

有人问过他，陈一墨到底是怎样一个人？

她是怎样一个人呢？

跟他短短合作过一次的陈一墨温和、文静、理智，从不大声说话，高兴的时候只是微笑，就连被人诬陷抄袭时也没有把怒气表现在脸上，就像一泓安静的水，永远不会有波澜。

他觉得，他现在有必要去跟别人纠正一下自己之前的说法了。

暑假里陈一墨可忙了。

她要去看望师父的几位好友，要跟着鲁叔叔练玉雕，还要去陈叔叔那里和商师兄一起研究花丝。

暑假期间还有一件大事将要发生：商师兄和初初姐要结婚了。

陈一墨在梅姑那里看到了初初姐的嫁衣：出阁、婚礼、敬酒用的衣服是一水儿的中式礼服，上面有缂丝、刺绣，简直就是集传统工艺之大成的作品，美得让人移不开视线。

她忍不住赞叹道："等以后我结婚时，我也要穿这样的礼服。"

她的这句话惹得一屋子的人大笑。

梅姑还笑她："不害臊的小姑娘，这就想着结婚了？有意中人了？"

陈一墨心想：这有什么好害臊的？我早就打算好了，一毕业就跟河生哥结婚，回到河坊街，好好地把"旧曾谙"经营起来。

梅姑瞧了瞧她，更想逗一逗她了，问她："是不是姓宋的那个小子？"

"嗯！"陈一墨点点头，从来不遮遮掩掩。

梅姑意味深长地笑了，而后摸摸陈一墨的头，说道："那小子不错，你也是个好姑娘。"

"那是当然！"陈一墨并没有注意到梅姑的笑，笑眯眯地接受了梅姑的夸奖，跟着初初姐看她的结婚首饰去了。

那一整套首饰全是商师兄亲手打造的，精美绝伦就不说了，商师兄居然给初初姐做了一顶凤冠！

陈一墨围着凤冠打转，惊叹不已，也艳羡不已，说道："初初姐，我还想着送你一件首饰呢，商师兄备齐了，我都不知道送什么好了。"

"你一个小朋友，给我准备首饰干什么？"初初姐笑着看了她一眼，眼里全是幸福和满足之色。

"我送的肯定比不上商师兄的这么大手笔了。"陈一墨都不敢伸手去碰那些金灿灿的首饰。

"这凤冠算是你商师兄迄今为止最得意的作品了。"梅姑在一旁笑道。

能把自己一生中最得意的作品送给自己最爱的人，多好啊！

"是不是在想，你以后结婚也要戴上自己最得意的作品？"初初姐笑她。

陈一墨笑了笑，眼里的神采就是回答了。

她想着，虽然商师兄将首饰备齐了，她还是要给初初姐一件礼物的，心里已经在琢磨礼物的样式了。

那天，陈一墨留在梅姑那儿吃饭，聊起了在学校里发生的事，忽然想到了一件事——梅姑是老头儿的老朋友，那一定认识林雪慈和陆安平吧？

于是，陈一墨问梅姑："梅姑，你知道我师父他还有师弟和师妹吗？"

梅姑顿时变了脸色，问她："什么意思？"

"就……有两个人说他们是我师父的师弟和师妹。"她还没见过梅姑露出这样难看的脸色呢。

"他们来找你了？"梅姑紧张地问。

"他们帮了我。"陈一墨想了想，还是把所有的事说了一遍。

"你做得对！"梅姑的声音高了起来，"他们怎么可能帮你？他们不知道又在打什么鬼主意！你离他们远点儿！"

"梅姑，他们跟我师父……？"陈一墨小声问。

梅姑生气了！

"他们，"梅姑很气愤，显然这两个人跟老头儿是有恩怨的，但只起了个头，梅姑就生生把话吞了回去，依然气得不行，说道，"墨囡，我跟你说，林雪慈那个贱人说的那些事的确是真的，当年她被遗弃在雪地里，就是你师父把她捡回去的，所以才给他起名叫'雪慈'。你师父对她，那叫一个宠上天，天上飞的、水里游的，只要她想要的东西，你师父就没有不满足的。她也的确喜欢吃枇杷，所以你师父种了好几棵枇杷树，可是，那贱人……"

梅姑又不往下说了，摆摆手，转移话题道："算了，有些话我不能说。但你要记住，她对不起你师父，她和陆安平这俩鸡鸣狗盗的东西更不是什么大师，他俩都不配被称为手艺人！"

陈一墨还是没能从梅姑这里了解事情的真相。后来，她又问过鲁叔叔和陈叔叔，他们的态度跟梅姑的一样，他们非常气愤，只劝她离那两个人远点儿，还说如果她被那两个人欺负了，就来找叔叔们，叔叔们一定给她报仇！

大家越是遮掩，越能说明老头儿与那两个人之间有故事。

陈一墨回到小院里，坐在老头儿曾坐过的地方。小院被烧过，虽然被重建后再没有与老头儿有关的痕迹，可又处处有他的活动轨迹。

"不知从哪儿搬来的""会打首饰""一生未婚""无儿无女""只有一条大黑狗""人和狗都很凶"，这是河坊街上的人对老头儿全部的认知，也是陈一墨所了解的全部信息。哪怕她是陪伴老头儿十几年的人，也并不比河坊街上的其他人了解得更多。

好像，这就是老头儿。他会打首饰、一生未婚、无儿无女。

从她认识他起，他就是这样一个老头儿，再没有其他。

在她跟着他学艺的日子里，甚至在他走后的这许多日子里，她都没有想过，那个又倔又凶的老头儿也曾是少年。在漫长的岁月里，或许，他也曾爱过、笑过、温柔过、鲜活过。

院子里的那棵果实绿了黄、黄了落的枇杷树，是谁怦然心动的证据？

明月当空，它看尽这世间的恩怨离合。

深夜，那一束月光静静地笼罩着清冷的河坊街小院，也照耀着繁华退去的都市。

陆家的书房里，电脑开着，林雪慈趴在书桌上，竟然睡着了。

连陆安平进门，她都没醒来。

陆安平发现她皱着眉，额头上和鬓角处布满汗珠，鼻尖也凝着一层细密的汗，渐渐地，呼吸也变得急促起来了。

"雪慈？"他叫了她一声，她仍然没醒。

他以为是房间里太热，去看空调，显示二十二摄氏度。

不热啊！

"雪慈？"他又叫了一声，正打算去推她，她忽然睁开了眼，喘着粗气，眼里满是恐惧之色。

"怎么了？"陆安平问。

见是他，林雪慈投进陆安平的怀里，紧紧地抱住陆安平的腰，整张脸贴在陆安平的肚子上，呜咽声闷闷地传了出来："安平，他来找我了，他来了！"

这个"他"是谁，林雪慈知道，陆安平也知道，但也只有他们俩知道。

陆安平环顾四周，窗帘开着，外面不知怎么起了风，吹得树叶"哗哗"作响，莫名其妙地显得阴森森的。

他身体一僵，吞了一口唾沫，安慰妻子："是做梦了吧？别怕，梦都是假的。"

林雪慈在陆安平的怀里用力地摇头，说道："我不想让他死的，我怎么会想让他死呢？我只是……只是想要师父的手稿而已。"

陆安平抚着她的背，点头，说道："知道，我知道，他也会知道的，你怎么会想让他死呢？我们都不想让他死，他一定明白的。是那个蠢女人和她的蠢儿子害死了他，跟咱们一点儿关系也没有。"

"可是，他真的来找我了。他怪我……他穿着……"她忽然想到，梦里的他穿着她亲手给他做的那件衣服，这件事不方便跟陆安平提。这么一想，她倒是冷静下来了，渐渐止住了呜咽，人也坐直了，只是残泪犹在，她吸着鼻子轻轻拭泪。

陆安平见她正常了，拉她起来，说道："好了，不早了，去睡吧，别在这儿待着了。"

"可是，"林雪慈回头看看电脑，上面一片空白，说道，"我的作品……"

"明天再想吧，明天我帮你一起想。"陆安平一边说着，一边拉着她就要出去。

"你又能想出什么来？"林雪慈忍不住抱怨道。

在花丝镶嵌这一领域，丈夫其实和她一样天赋平庸。师父的三个弟子中，只有易南生是有天赋和真才实学的。

"你什么意思？"陆安平不满地说道。

林雪慈不再说话，任由他拉着，出了书房。

走廊里，陆璧青慌慌张张地转身要跑。

"站住。"陆安平叫住了他，问道，"干什么呢？"

陆璧青站住了，原本低着头，有点儿心虚，却突然抬头问道："'他'是谁？"

陆安平和林雪慈俱是脸色一变。

"你听到了什么？"林雪慈沉不住气了，问他，"怎么可以做偷听爸爸妈妈说话这么没礼貌的事？"

"就是没听清才问的，我又不是故意的！"陆璧青说道。

陆安平的心里有数了，他对儿子解释道："是你师祖，你妈做梦梦到他了，怪我们没回去尽孝。唉，我们当时也不想这样啊。"

陆璧青这才没问了，说道："我去睡觉。"说罢，他便一头扎进了自己的房间。

林雪慈松了一口气，快速和丈夫回了房间。

躺到床上后，陆安平倒是很快就进入了梦乡，林雪慈的眼前却浮现出了那个人的影子。少女时期的她捧着那件烟青色的外衫去找他，他穿上了，喜滋滋的，平时严肃的脸仿佛都在发光，却偏偏要装严肃，殊不知他闪闪发亮的眼睛出卖了他。

后来，他便只穿这种老式衣衫，和她做的款式一模一样。连十几年前她去找他的时候，他穿的也是那种衣衫，早已和这个世界格格不入。

在她的梦里，他穿着她亲手做的那件衣服，从火里走出来，问她："为什么？"

她把被子拉到头顶。她也不知道为什么。

旧曾谙

下 册

吉祥夜 著

青岛出版集团 | 青岛出版社

第七章
满船清梦压星河

商师兄和初初姐的婚礼，陈一墨和宋河生都参加了。

陈一墨送的礼物别出心裁。

她送了一个自己设计的银镀金音乐盒，音乐盒里的画面还原了商师兄和初初姐初遇时的场景，这是她磨了好久初初姐才告诉她的。

她将音乐盒的银胎底座做成了荷塘，荷塘里有娇艳的荷花、初结的莲藕、荷叶，荷叶被她点上了蓝绿色，荷花做得尤其好看，用粉色的丝线由浅至深地点出渐变的效果，一叶采莲舟嵌在底座的正中央，小舟上立着一个女孩，转动音乐盒的发条，便会响起《婚礼进行曲》，小舟也会转动起来。

机关方面的事陈一墨不懂，她原本只想做个摆件，和宋河生在河坊街瞎逛时看见卖音乐盒的人，叹了一句："要是能做音乐盒就好了。"

结果，两天后，宋河生来告诉她，能做音乐盒！

后来她才知道，宋河生买了十个音乐盒回去，拆了装、装了拆地研究，给她研究出了一个方案。

她笑嘻嘻地在商师兄和初初姐的面前夸宋河生："河生哥简直是

· 253 ·

天才！什么都会！"

宋河生站在她的旁边有没有脸红就先不说了，商师兄看了这个音乐盒半天，就跟饿极了的猫看见了小鱼干一样，眼睛都要发出绿色的光了。

"商师兄，怎么了？"陈一墨有点儿紧张地问，毕竟商师兄和她是同行，"是做得不好吗？那你也要原谅我！我比你小，是小师妹！"

说罢，她又笑了起来。

商师兄笑了，又兴奋又叹息，那种表情，陈一墨觉得怪得无法形容。

最后，商师兄指着她，手指都在发抖，对陈一墨说道："你啊你！你跟我去见师父！"

商师兄把她带到了陈叔叔那里。

"是我自己想的！"

陈叔叔笑着摇头，说道："我们没说不是你自己想的，在这之前也没人想出来过。"

商师兄也笑，说道："你还说别人是天才，自己是什么宝贝天才自己不知道吗？"

陈一墨有点儿蒙，陈叔叔和商师兄的反应让她有点儿震惊。

商师兄便笑着说道："以后可别再说什么比我小、做不好之类的话了，我坐火箭都赶不上你。"

陈叔叔很是欣慰，说道："你师父把你教得很好。"他想了想，又说，"不，你这本事你师父都没教过你吧？"

陈一墨眨眨眼，师父教过，只是没教过她渐变而已，她只是想着荷花的粉色本来就是渐变的，所以尝试着去点，还挺难，她试了好多次也不满意，觉得自己笨来着。

陈叔叔点了点她，说道："你都不知道自己有多聪明！你天生就是吃这一行的饭的。"

这话陈一墨爱听，眼睛一亮，问道："真的吗？"

"真的！"陈叔叔特别欣慰，她的随便一个点子就打破了边界，首创出属于她自己的东西！"你的这件作品，可不能就此被埋没了！"陈叔叔说得斩钉截铁的。

得到了前辈的夸奖，陈一墨一整天都特别高兴，回去的路上兴高采烈地跟宋河生说她当年是如何跟老头儿发誓的，现在总算要不负老头儿所望了。

她回到家时已经是晚上了，开门进去，发现陈一鸣慌慌张张地从阳台里出来。

"我……我没……没做什么。"陈一鸣结结巴巴地说完话后，飞快地进了他自己的房间。

陈一鸣现在也十二岁了，河坊街上他的同龄人马上就要小学毕业了，他却才要念四年级，成绩不好，说话结巴，时不时还要打嗝，这毛病也不知是怎么得的，付英英花了不少钱，说是治不好了。

陈一墨虽然不信他什么都没做，但一向不与陈一鸣计较，眼看陈一鸣"砰"的一声把房门关上了，她也进了阳台。

她这才知道陈一鸣来阳台干吗了——她的笔记本电脑被人动过了。

笔记本电脑的电源没插，外壳很烫手。

她打开笔记本电脑，电量只剩百分之五了，桌面上多了一个游戏软件。

陈一墨暗暗摇头。

第二天吃早饭的时候，陈家的氛围就有点儿不寻常了，这不寻常还是陈一墨熟悉的味道。

陈一墨放暑假回家后，通常起得早。做早饭、打扫卫生，这些家务都做完以后她才会去忙自己的事。但今天，她发现付英英起得比她更早，而且厨房里有人在忙，家里做过清洁了，衣服也全洗好、晒好了。

付英英一见她，就笑眯眯地叫她"墨囡"，并说道："墨囡哪，起来了？今早吃蟹黄面！妈妈专门给你做的！你等等啊，我现在就下面条。"

付英英只要摆出这种态度，就是对她有所求了。

果然，付英英把她推到饭桌边，将面放到她的面前，笑眯了眼，问她："墨囡哪，你那台电脑是多少钱买的？"

陈一鸣的房间的门轻轻地响了一下，房门被打开了一道小缝。

陈一墨知道，这是陈一鸣在偷听。

她心里一软。这个弟弟跟她一点儿也不亲密，而且从他懂事时起他似乎就站在她的对立面，她也不知道为什么会这样。他刚出生的时候，她明明是下定决心一定要对他好的，也真心想对他好，然而这十多年相处下来，他们倒处成了冤家。

她已经是个成年人了，当然不会跟弟弟计较，眼下这种情形，分明就是陈一鸣打起了她的电脑的主意。

她看着那道门缝，心里已经软了下来。

别的这个年龄段的孩子，一个个活蹦乱跳的，即便是她自己在他这个年龄的时候，也是有老头儿护着、河生哥和胖丫陪着，虽然在陈家地位尴尬，但更多的时间里她是快活的。陈一鸣却孤僻、敏感、胆小，没有一个朋友不说，整个人显得畏畏缩缩的，总是低着头，离人群远远的，站也站不直，看人都是斜着眼睛用余光看，就像今天这事，躲在房里偷听，哪里是个阳光男孩能干出来的事？

她都不太懂陈一鸣为什么被养成这样了，明明付英英对他有求必应，视他如珍宝。

陈一鸣小时候在她的面前还是飞扬跋扈、毫不讲理的，自从那年发生火灾之后，他在她的面前就慢慢蔫了下来，付英英总说是那场大火把他吓成这样的，如果真是这样，那他也的确可怜。

"妈，一鸣是不是想要电脑？"陈一墨对着付英英笑成菊花的脸，心里更不是滋味了。

付英英和陈亮这几年老了许多。

自从陈一鸣病了后，付英英就明显地憔悴了下来，很长一段时间里专门在家看孩子，陈亮一个人去打工，拼了命地工作，过早地白了头发、弯了腰，收入也有限。为了给陈一鸣治病，付英英找遍偏方、"神医"，有些"神医"明显是骗子，卖的药价格还特别贵，但付英英只要觉得有一线希望，就不惜一切代价。

平时，付英英节省得恨不得将一块钱掰成两块花，今早的这碗蟹黄面，算是下血本了。

付英英听她这么说，便叹道："墨囡哪，你现在有出息了，可你弟弟身体不好，肩不能挑手不能提的，以后肯定干不了体力活儿，学习负担这么重他也根本吃不消，他也想努力的，可他这种体质，能怎么办呢？他好不容易现在对电脑感兴趣了，我想着，他学了电脑也是一技之长，没准儿以后能靠这个养活他自己。墨囡哪，现在是爸爸妈妈在照顾他，可爸爸妈妈总是要去的，哪儿能照顾他一辈子呢？墨囡哪，你是姐姐，我也不敢求你以后负责弟弟后半辈子的生活，只希望你看在爸爸妈妈把你领养回来，还辛辛苦苦地供你上学的分儿上，帮他学会点儿谋生的本事，等以后爸爸妈妈不在了，他还能自己活下去。"

付英英说着，眼眶发红，呜咽了起来。

陈一墨相信付英英这一刻是真情流露，对付英英来说，陈一鸣是她的命，她是真的担心陈一鸣的未来生活。

"妈，我给弟弟买一台电脑吧。"她说。这台笔记本电脑不可以给陈一鸣，这是宋河生送给她的。

她攒了点儿钱，不多，买一台电脑还是够的。

付英英顿时喜出望外，对陈一鸣说道："一鸣，一鸣，快出来！

姐姐答应给你买电脑了！"

陈一鸣的房间的门被打开了，陈一鸣出来了，低着头，也看不出他是高兴还是不高兴。

既然陈一墨说了买电脑，就一刻也不能耽搁，陈一鸣不断地在桌子下踩付英英的脚，付英英懂，催着陈一鸣快吃，吃了马上去买。

于是，一家人吃完蟹黄面，直奔商场买电脑去了。

陈亮回来后，发现家里有两种不寻常的情况。

第一种不寻常的情况：付英英和陈一鸣在抢着上洗手间。付英英在里面，陈一鸣在外面死命地捶门，催她快点儿，直嚷着憋不住了。

第二种不寻常的情况：家里多了一台电脑。

付英英脱力地从洗手间里出来，陈一鸣一头钻了进去。

"这是怎么了？"陈亮问。

付英英坐下来，虚弱地摆了摆手，说道："拉了十来回了。"

他们从进商场起就开始拉，三个人轮流上厕所，可就算这样，还是坚持着把电脑买回了家。

"今天早上吃了蟹黄面，那个蟹黄真的不能吃了！"付英英捂住肚子又开始叫，冲着洗手间喊："鸣宝，你好了没？"

昨晚她回来时，一家早餐店里的人在扔东西，好几瓶蟹黄呢，说是过期了，要扔，她看着都是密封着的，立马捡了回来，现在还有几瓶没开封，收在柜子里。

陈一鸣面带菜色地出来了，付英英又进去了。

"去医院看看哪，这么拉不行的。"陈亮急了，说道。

"看了，看了！给开了药。"付英英在洗手间里回答道。

"那还没效果，去大医院！"陈亮一想就知道，付英英就是在街口的小诊所里拿的药。

"就只是拉肚子，上什么大医院？我跟你说，现在进了医院没有大几百块钱出不来。没事，在小林医生那里挂了一瓶水了，晚上就好了。哪儿有那么娇贵？"

"电脑怎么回事啊？"

"姐姐买的！"回答的人是陈一鸣。他因为高兴，还叫了"姐姐"，也不结巴了。

"你们！"陈亮觉得很心疼，墨囡是什么处境他太清楚了，至今还欠着宋家天大的情，墨囡名义上是他们陈家的养女，但自打被他们接回来，他们就没在她的身上花过什么钱，现在她还在念书，他们就开始索取了。

陈亮既难过又无可奈何，在陈一鸣的身边坐下，小声叮嘱："姐姐对你好，姐姐疼你，你要记得，以后要回报姐姐，对姐姐好。"

陈一鸣没说话，有点儿茫然，低下头，只转眼珠子。

陈亮又说道："姐姐是女孩子，你长大了要保护她，你有什么好东西，也要给姐姐留。"

他刚说到这里，付英英就出来了，听见这话后，眼一瞪，怒道："你给儿子瞎灌输什么呢？死丫头又不是我们亲生的，吃我们的、穿我们的，我们养了她这么多年，她回报我们鸣宝是应该的！"

陈一鸣略微混乱的观念，在付英英吼了一嗓子后，立马回到了以往的轨道上，他跟着付英英说："嗯！应该的！"

陈亮生气地说道："我们什么时候给墨囡吃给墨囡穿了？"

付英英再瞪他，反问道："怎么没？不然她是怎么长大的？不是我们的米、面将她养大的？"

陈亮点着她，怒道："老头儿每个月给我们的钱，买我们全家人吃的米、面还有富余！你这个人真是无药可救！"

这下陈亮点了炸药包，付英英立马炸毛，吼道："好你个陈亮！居然敢说我无药可救？这么多年来，我伺候你们吃伺候你们喝，辛辛苦苦地给你养儿子，你不但半点儿也不感谢，还说我无药可救？说老头儿给我们钱买米、面？有本事你自己挣钱买啊！你挣的那点儿钱，买了几粒米、几两面？她不就是给鸣宝买了一台电脑吗？你就心疼那个死丫头了？你心疼你倒是出钱买啊！你出啊！"

付英英一边骂一边步步逼近，直到把陈亮逼到墙边无路可走，也没了话说。他挣不到钱，没本事，这是他一辈子的弱点。

陈一鸣早在父母有吵架苗头的时候就钻进房间了，打开电脑，游戏软件已经下载完毕，他熟练地打开了游戏软件并登录。

付英英去做晚饭的时候，这场战火才平息。

付英英拖着拉得虚脱的身体做饭去了，就算不给陈亮做，也得给陈一鸣做，再赌气也舍不得饿着儿子。

她炒了两道清淡的菜端上桌，叫陈一鸣出来吃饭，叫了半天没人答应。

付英英怕儿子出事，毕竟他拉了一天肚子，她直接去拍门，咆哮道："鸣宝？鸣宝！鸣宝，吃饭了！鸣宝？你还好吧？"

房间里还是没声音。

她急了，扭门锁，门被陈一鸣从里面锁住了，只好叫陈亮来踹门："你快过来！把门踹开！还在那儿不急不慌的，跟个死人一样！"

这时候，里面传来了陈一鸣极不耐烦的声音："喊什么喊？不……不想吃！不饿！"

"鸣宝，吓死我了。"付英英拍着胸脯，说道，"不饿也要吃点儿，吃一点点，今天都拉亏了。"

"说了不……不吃！别影响我！"他虽然结巴，却很凶。

付英英不说话了，回饭桌边盛了一碗饭，再夹了一些菜，拿来椅子放到房间门口，将饭碗搁到椅子上，再敲了敲门，说道："鸣宝，饭放在门口了，你饿了就开门吃。"

陈亮板着脸，说道："你也太惯着他了！"她这样惯下去，只怕会将儿子惯成废人！儿子成了现在这个样子，陈亮心里也痛，但越惯不是越废吗？

付英英听不得半点儿关于陈一鸣不好的话，当即怒道："我自己生的儿子我不惯谁惯？就许你惯死丫头，不许我惯我的亲儿子？"

陈亮心想：我哪里惯墨囡了？他倒是想惯墨囡，也要能惯哪！但付英英的心情他也懂，这个儿子来之不易，是付英英的眼珠子，被她一路带大，过程磕磕绊绊，付英英将儿子看得更重了，没想到她将儿子养成了这样。

因今天有事要和付英英商量，他便不再继续说这个话题，低头扒了几口饭，问付英英："家里还有多少钱？"

陈一鸣是付英英的命根子，钱是付英英的命！

一听见"钱"字，付英英只差跳起来了，连连发问："你问钱干什么？你每个月交了几个钱给我，你心里没数？一大家子人开销，还能有几个钱？"

陈亮正因为心里有数，所以才问。

他这些年虽然没本事挣大钱，但是勤勤恳恳地打工，厂里只要需要人加班，他就没落下过，一个月下来，收入虽然比不上开店做生意的人，但在河坊街上靠打工为生的人中，他是挣得最多的，付英英又节约，而且还从墨囡那里拿了钱，要说家里没点儿存款，他是不信的。

他把这意思一说，付英英就跳脚了，用筷子尖指着他的鼻子骂他："你跟我算账？老娘辛辛苦苦地伺候你们爷儿俩，你给我开工资了吗？你还跟我算账？"

"我不是这个意思，"陈亮把心里的打算说了出来，"我是觉得，一辈子这样打工也挣不到什么钱，我们一鸣又这样，只怕以后花钱的地方多。现在我们河坊街也越来越好了，从前厂里会做旗袍的刘

· 261 ·

师傅打算盘一家店，把旗袍店开起来，正好有一家店要转让，刘师傅钱不够，拉我一起。往后我还去厂里打工，他负责做旗袍，你有时间的话就去旗袍店里看看，我们也算半个老板了。"

付英英眼珠一动，明显是动心了，问道："要多少钱？"

"店面转让费一共十五万元，刘师傅出八万元，我们出七万元。"

付英英当即变了脸，怒道："要这么多钱！怎么不去抢？河坊街上的那些门面，当初租的时候可都是只要租金的！现在还要转让费？黑良心哪！"

"上家也是从别人那里这么把店接过来的。"

"我跟你讲，转让店铺都会赚一笔，从上家接过来花五万元，他转十五万元！"

陈亮叹了一口气，说道："我们都打听清楚了，整条街上的门面的转让费，差不多就是这个价，原店主是个卖香包的小姑娘，没那么黑心。"

付英英的眼珠转着，心里想法不断。

陈亮又说道："刘师傅说，现在的人慢慢开始喜欢复古的东西了，喜欢手工旗袍的人越来越多，他蛮有信心的，你看这件事能做不？能的话就把钱准备好，什么时候我们把刘师傅约上，再一起去看看。"

"没有！没钱！"反正一提到钱，付英英就一个"不"字。

陈亮知道她是"铁公鸡"，不可能没钱！

他继续给她做工作："你要想，开店是为了赚更多的钱。"

"那万一亏了呢？"

"刘师傅说我们什么时候不想做了，什么时候退出来就是，他还我们钱，如果生意真的不好做，就将店面转出去，本钱也还在。刘师傅现在是真没钱，又很想做，如果不是憋狠了也不会找我们，等他缓过这口气来，就没我们什么戏了。"河坊街上的人谁不知道付英英厉害？刘师傅来找陈亮合作，证明他是真的没法子了。

陈亮都说得这么保险了，付英英还一口咬定没钱，不是说"钱要留给鸣宝读大学"就是说"不敢冒险"，陈亮都起疑了，她这些疑虑完全没必要！

付英英忽然眼睛一亮，说道："墨囡！"

"什么？"陈亮一听这话就皱起了眉，她不会想找墨囡要钱吧？

"她一个学生，哪里来的钱？"陈亮说道。

"不是！那座小院啊！'旧曾谙'！"付英英兴奋地说道，"那不是现成的店面吗？找墨囡将它借过来，我们不就可以开店了吗？"

陈亮愣了愣，迟疑着说道："那是老头儿的，而且还开着金银铺子呢。"

"那家金银铺子一年到头也没做成几笔生意，空着也是空着，我们拿来开店怎么不可以？"付英英的脑子转个不停，她继续说，"这样我们就是房东，我们还能跟刘师傅谈谈怎么分成，我们出房子，他出手艺，我们怎么也得拿七成，他拿三成，不，干脆我们雇他当裁缝师傅，一个月给他开几千块钱的工资就够了。"

陈亮看着眼前这个双眼发亮的女人，心想：她怎么这么会做梦呢？

"人家凭什么给你当裁缝师傅？那和他在厂里当裁缝有什么区别？"陈亮用一句话唤醒了她。

"那我们给他再加一倍的工资！他给我们当师傅没风险，自己做生意要承担风险的啊。"

陈亮低头吃饭，不想搭理这个疯女人。

付英英的梦却越做越大，眼前仿佛已经出现了开好的店，钞票雪花似的往她的身上飘，存折上的数字十倍十倍地涨。

她哈哈大笑，去捶陈一鸣的房间的门，说道："鸣宝，我们要发大财了！"

陈一墨今天也拉得快虚脱了。本来买完电脑时间还早，她打算去鲁叔叔那里把差个收尾工程的小玉雕做完的，反正她刚出钱买了电脑，付英英高兴着呢，她说什么付英英都会同意。

结果，她到鲁叔叔那里后不停地往洗手间里跑，把鲁叔叔都吓着了，带着她去了医院，做完检查后，医生说她是吃坏了肚子，急性肠胃炎，在医院打了半天点滴。

鲁叔叔还把这事告诉宋河生了，宋河生连店里的晚饭都不管了，向冯叔请了假，直接跑去医院陪她了。

"早上就拉，也不知道去医院看看，也不告诉我，还买电脑，还来雕玉！你怎么不拉在裤子里？"

为这事，宋河生数落了她一天。

陈一墨有点儿郁闷。她是不是跟宋河生太熟了？她都长大了！他还把"拉在裤子里"这种话挂在嘴边！她一个大姑娘，也是要脸面的好吗？

"我都吃过药了！我以为一会儿就能好的！"她解释时也显得底气不足，嘟着嘴瞪宋河生。

"你以为？"宋河生想去捏她鼓鼓的腮帮子，手指动了动，却始终没下手，捏紧了手里装着药的塑料袋，说道，"走吧，回家，晚上不许吃油腻的东西。"

"知道了！你都说八百遍了！"中午她只喝了一碗青菜粥，想加点儿酱菜他都不让，说酱菜不卫生，别吃下去后又拉肚子！

宋河生一直陪她来到她家楼下，对她说道："我就不上去了，你记得按时吃药，如果晚上还是拉肚子，就给我打电话。"

陈一墨小鸡啄米似的点头，心想：求求你了，别再说"拉肚子"这个词了好吗？你还说得这么大声，路过的邻居都听见了！

"等你完全好了，我再做好吃的东西给你吃。"他在心里补充道：给你补补，这一天下来，小脸都发青了。

她点着头，说道："好，那我上去了。"

她挥挥手，转身往楼上跑。宋河生看着她的背影，笑了笑，也往家走去，走了一段路，忽然发现自己的手里还拎着药呢！

陈一墨进门后感受到了她从未感受过的来自付英英的热情，付英英对她比上时还热情。

她突然有点儿慌。

付英英把她推到餐桌边坐下，殷勤地问："墨囡哪，乖女儿，吃晚饭没？妈给你盛饭。"

"我……我自己来。"陈一墨惊得都结巴了，莫非电脑有什么问题？她看向陈亮，陈亮只摇头，暗示她别理。

一碗热乎乎的米饭被送到了陈一墨的手上，付英英一边给她夹菜，一边说道："来，墨囡，多吃点儿，妈特意给你炒的。"

陈一墨哪里敢吃？她端着碗，眼睁睁地看着碗里的菜越来越多，都堆成山了。

"吃啊！吃啊！"付英英笑着催她。

"妈，有什么事吗？"她提着一颗心，不问不踏实。

"你先吃，吃完饭再说！"付英英的眼睛都眯成一条缝了。

陈一墨在付英英的注视下艰难地吃了两口饭，这哪里咽得下去？她把碗放下，说道："妈，你先说吧，我吃不下去。"

付英英本来也着急说事，耐着性子才等她吃饭的，她这么一说，付英英立刻把陈亮回来后说的事说了，最后说了自己的打算："妈觉得你那间店面空着也是空着，不如爸妈帮你开起来，怎么样？"

"陈婶，那间店面是我的。"门口响起一道男声。

夏天热，陈家没关大门，只关了纱门，纱门外的人是宋河生。

付英英觉得宋家的这个瘸子丑得吓人，但个头儿比从前又高了不少，这么一个大块头戳在那儿，还蛮有压迫感的。

她往他的身后看了看，还好，他没带狗，她暗暗呼了一口气。真是的，她每次见到宋家这小子和那条大黑狗，就会很心虚。

他就这么悄无声息地出现在了她家门口！付英英不知道他来了多久，将她说的话听了多少！他就跟幽灵似的，真吓人！

付英英皱了皱眉头，但还得换上笑脸，于是笑道："哟，河生来了？快进来！"

陈亮早已去开了门。

宋河生进来，把手里的袋子放下，对陈一墨说道："墨囡，我忘记把药给你了。"

他一边说话，一边在陈一墨的身边坐下，直接问付英英："陈婶，你刚才问'旧曾谙'店面的事，是怎么了？"

"哦，呵呵，呵呵。"付英英尴尬地笑道，"是这样的，你陈叔要开一家制作旗袍的店，没找到店面，想借'旧曾谙'用一下，反正是自家的生意。你说是不是？"她说罢，用力地踹了陈亮一脚。

"不是，我是想……"

陈亮话还没说完，付英英又是一脚踹了过去，截了话头不让他说了："你陈叔是想多赚点儿钱，以后也能给墨囡添补嫁妆，把她风风光光地嫁出去。"

"不是，我……"陈亮一开口，又被付英英踹了一脚。

宋河生听了，点了点头，说道："我明白了，但是，'旧曾谙'是我的，租赁合同上写的是我的名字，而不是墨囡的名字，我有我的打算，对不起了陈婶，我不能将它租给你。"

"租？"付英英可从来没想过租，就是打算将它拿来直接用的，美其名曰"借"，自己家的还用付钱？付英英不死心地说道："河生，你的和墨囡的有什么区别？总有一天不都是自己家的吗？现在'旧曾谙'不还空着呢吗？你的打算也还没开始呢，我们先用着，等你需要时，你再收回去，我们另找地方。"

宋河生却丝毫没被说动，回绝道："不好意思陈婶，这事我答应不了，老头儿交代过，'旧曾谙'不得转让给他人，不能做别的营生，那是他的地方。"

宋河生把老头儿搬出来当借口，这话也着实奏效了。

没错，那是老头儿的地方，老头儿是死在那里面的。付英英的脸色瞬间变得惨白，大热天里她打了个寒战，占用"旧曾谙"的念头就此被掐灭了，但还是埋怨了陈一墨一通，骂陈一墨蠢，连这点儿财都守不住，白白帮老头儿干了那么多年的活儿，老头儿租个店面，还被宋河生占了名头，自己什么都没得到。

宋河生后来还和陈一墨解释过，他并不是不愿意把"旧曾谙"给她的家人用，而是凡事不敢和付英英沾上关系，但凡她没有付英英这么一个妈，她想怎么用就怎么用，租金什么的更谈不上，"旧曾谙"本来就是她的。

他怕她在付英英这里吃亏，也怕她在付英英面前硬不下心肠，只好他来做这个恶人，直接拒绝以绝后患，不然还不知道付英英要搞出什么事来。

对此，陈一墨只是抿嘴笑了笑，说道："它本来就是你的！"

"什么？"老头儿可是说过的，等她成年，就把"旧曾谙"交给她。

"我妈有句话说得对！"陈一墨在夕阳下歪了歪头，说道，"我的就是你的！你的就是我的！"

宋河生笑了笑。

"笑什么？"陈一墨装出一副凶样，问他，"难道你还想藏私？你敢！"

他哪里敢？

因为钱的问题，陈亮跟人合伙开旗袍店的事始终定不下来，付英英就一句话："要钱没有。"

两个人成天为了这件事吵吵闹闹。

陈一墨倒是顾不上家里的事，连去几位叔叔、伯伯那里练习技艺都请假了，因为大黑病了。

她和宋河生带大黑去看病，医生说大黑年纪大了。

陈一墨这才去仔细计算。她七岁时遇见的老头儿和大黑，如今她十九岁，无论怎么算，大黑都是一条十几岁的老年狗狗了。

陈一墨鼻子一酸，抱住了它的头。

在她的心里，大黑一直都是十二年前那条威风凛凛的大狗，哪怕后来受了伤，哪怕别人说它是一条癞子狗，它的活力和矫健程度，在她的眼中都不损半分。

她从没想过大黑也会老去。

原来狗狗也会老。

大黑好像察觉了她的悲伤情绪，用头轻轻蹭她，舔她的手。

"大黑，对不起。"陈一墨的眼泪掉了下来。

她多忙啊，忙着上学，忙着去找几位叔叔学艺，忙得没有时间陪大黑。她把它交给了宋河生，知道宋河生会好好照顾它，就以为大黑稳稳地在这里了，和宋河生一样，稳稳地都是她的，永远也不会变，她却忘了，狗狗的生命没有人类的长。

"大黑，对不起。"她哽咽着说道。她永远记得那个夏日的傍晚，黄澄澄的枇杷簌簌地落，"吱呀"一声门响了，清瘦的老头儿和一条大黑狗出现在了余晖里，从此她的人生被点亮了一盏灯；她永远记得，后来的很多个日子，大黑陪伴着她长大，那时候的它，跳桌子、钻窗子，年轻矫健，无所不能；她也记得，后来，她每次从学校回来去找宋河生时，大黑扑过来时的欢喜样子和眼里闪着的光。

原来，她长大了它就老了。

对不起，大黑，我只顾着自己用力长大了，都没能好好陪你。

她的泪珠大颗大颗地掉。

她没想到的是，大黑居然举起了前爪，在她的脸上轻轻地拍着。

　　"别哭了，大黑都在给你擦眼泪，要你别哭了呢。"宋河生在一旁安慰她。

　　这下，陈一墨的泪水就像决了堤的水，汹涌而来，抵挡不住，她抱着大黑"哇"一声哭出声来。

　　宋河生很少看到陈一墨这么难过，她上一次这样难过，还是老头儿去世时。

　　"墨囡，我们给大黑喂药吃好不好？早点儿吃药早点儿好，大黑就是生病了，跟我们人类一样，生病了我们带它治，它就能好起来。"

　　宋河生劝了她好一会儿，最后说到给大黑喂药，她才抽抽噎噎地看着他。

　　宋河生把药准备好，交给她，说道："你来喂。"

　　"我不，你来喂。"她好像生怕自己做不好，将药交给了他。

　　"那我喂了，你帮我安慰大黑。"他给她找了点儿事做。

　　她果然做得很认真，轻轻地摸着大黑的毛，和它说话："大黑，不怕，我们吃药，吃了药病就好了。药有点儿苦，你是坚强的狗狗，不怕苦，一定要吃下去，知道吗？"

　　大黑本来就很乖，当初受了那么重的伤都很配合治疗，现在只是吃点儿药，也配合得很好。

　　看着大黑把药吃下，陈一墨再次抱住了它，脸贴着大黑的头，眼睛却看着宋河生，问宋河生："河生哥，它会好起来的对吗？"

　　"对！肯定会好的，医生都说了呀。"

　　她忍不住抽噎了一下，又问："它会好很久，还会好很久的对不对？"

　　宋河生沉默了一会儿，耳边响起医生说的话"这个不好说，以狗狗的寿命来说，十几岁就算长寿了"。

　　可是，他看着陈一墨的眼睛，说不出这句话，只用温柔的眼神看着她，说道："是的，它还会好很久。"

陈一墨安静了一会儿，又问："你会带着它在河坊街等我，每次我回来，你都会带着它来接我，等我毕业了，我们三个就在一起，再也不分开了，对不对？"

宋河生再度沉默了，许久之后，在陈一墨的逼视下移开目光，轻声说道："对，我会努力地好好照顾它，和它一起在河坊街等你。"

陈一墨眼泪一涌，对大黑说道："大黑，你听，河生哥替你答应我了，你一定要一直陪着我。"

大黑"呜呜"叫了两声，蹭着她的脸，蹭去她脸上的泪痕。

陈一墨兴奋地说道："大黑答应我了！河生哥，你看，大黑答应我了！"

大黑在兽医站看完病后，陈一墨抱着它回去。

但是大黑很重，宋河生把它接到了自己的怀里，对陈一墨说道："还是我来吧。"

陈一墨的心里还是不太好受，她说："河生哥，我快要开学了。"

宋河生知道她想说什么，抱着大黑安慰她："你放心，我会好好照顾大黑的，等你回来时，大黑又会活蹦乱跳了。"

陈一墨点点头，摸摸大黑的脑袋，大黑乖乖地用头在她的手心里蹭了蹭。

两人一狗途经一家网吧时，忽然看见陈一鸣从网吧里出来，他还是一贯缩着脖子、躲着人的模样。

陈一墨觉得奇怪，家里都有电脑了他还来网吧干什么？

"一鸣！"她喊了一声。

陈一鸣低着头、斜着眼看见她后，撒腿飞跑。

他是怕大黑吗？

病中的大黑瞬间竖直了身子，冲着陈一鸣大叫，就要跳出去。

宋河生用力地抱住它，陈一墨也摸着它的头安抚它，陈一鸣不一会儿就跑得不见了踪影，大黑这才作罢，但还是连着叫了好几声才停下来，甚至去叼宋河生的手，两个人好好安抚了它一通它才安静下来。

　　大黑还是由宋河生带回了宋家，陈一墨则回自己家去了。

　　陈家的人正在吵架，陈一鸣进门，贴着墙想悄悄钻进自己的房间。

　　付英英和陈亮为了钱吵得天翻地覆，但两个人都看见他了，同时叫住了他。

　　"来吃饭，宝！"

　　"上哪儿去了？"

　　第一句话是付英英说的，第二句是陈亮问的。

　　"怎么又是这副鬼鬼祟祟的样子？"陈亮本就生气，见儿子鬼头鬼脑的，更加生气了。

　　陈一鸣哆嗦了一下，就更加结巴了，说道："我……我……我……"

　　"你凶儿子干什么？"付英英朝陈亮吼道："你慢慢说，鸣宝。"

　　"我……遇到……那条大黑……黑狗了……"陈一鸣一边说，一边吞了一口口水。

　　大黑也是付英英的心病，一听这话她就警惕起来了，问儿子："它没追你吧？"

　　"追……追了……吓死……了……"陈一鸣结结巴巴地撒谎。

　　"这死狗！总有一天我要打死它！"付英英咬牙切齿地说道。

　　陈亮关注的重点却不在这里，他猝不及防地问陈一鸣："你妈把钱给你干什么了？"

　　陈一墨就是这时候进来的，刚好听到了这句话。

　　陈一鸣慌张地回道："没……没干……什么……"说罢，他便一头钻进了自己的房间。

　　他的这种行为分明就是此地无银三百两！

陈亮反应再迟钝也看明白了。

他干脆冲上前去。

陈一鸣看他气势汹汹的，吓得要关门，陈亮伸出胳膊一挡，直接用手把门卡住了。

"臭小子，你开门！"

陈亮怎么这么生气？

陈亮真的从来没这么气过，他的脾气好得不得了，可见家里是真的发生大事了。

陈一鸣的力气哪儿有陈亮的大？门被陈亮推开了，陈一鸣在房间里转了半天，无处可躲，大哭起来。

陈亮一把揪住他，怒道："说！钱呢？"

陈一鸣本就结巴，被这么一吓，更加说不出话了，只是一个劲儿地哭。

付英英也冲了上来，要从陈亮的手里把儿子抢走，朝陈亮吼道："你这个没本事的东西，只会在家里横！你吼儿子干什么？"

陈亮气得发抖，大声吼道："几万块钱！他小小年纪几万块钱就流水一样地花出去了！你还要惯着他！你再惯下去，他总有一天会走上歧途！"

几万块钱？

陈一墨完全蒙了。陈一鸣花出去了几万块钱？

她想起刚才看到陈一鸣从网吧里出来时慌慌张张的样子，再看看陈一鸣房间里屏幕还亮着的电脑，好像知道这钱被他花到哪里去了。

付英英这时候也看到了陈一墨，很快就将怒火朝她发泄了出来："死到哪里去了？一天到晚不着家！我给你们做牛做马还得不到一句好话！"

按照惯例，这之后付英英必然还会说"怎么抱了这么一个讨债鬼回来，花了多少多少钱"之类的话，好像陈家现在经济条件不好全是因为收养了她，是培养她花光了陈家的钱一样。

陈亮见状，示意陈一墨先回阳台去。

陈一墨憋住了想说的话，去了厨房。陈亮和付英英只顾着吵架，还没开始做饭呢。

外面的吵闹声越来越大，果然，付英英话里话外就开始说陈一墨的不是了，还用了一个新词来形容陈一墨——吸血鬼，吵到后来，付英英放狠话，让陈亮等着，过几天她就把钱全还给他，这个家她不管了！

"你哪里来的钱？"陈亮心生警惕，高声问。

"要你管？这辈子指望你是不行了，我只能指望儿子！鸣宝！鸣宝！"付英英喊着早已钻进卧室的陈一鸣："鸣宝，我们俩去外头吃！不管他们了！"

陈一鸣关着门，盯着电脑屏幕进行操作，表情紧张得不行，扔给他妈两个字："不去！"

付英英也不生气，想了想，又说道："那我去给你买酱牛肉！不给你爸他俩吃！"

陈亮被付英英这话气得说不出话来，倒不是气付英英不给他肉吃，而是这样的教育方法，陈一鸣怎么能被教好？

厨房里飘来饭香，陈亮叹了一口气，朝厨房走去。

又高又瘦的女孩，在小小的厨房里麻利地转来转去，台面上，菜洗得干干净净，切得整整齐齐。

陈亮不由得想起六岁时的陈一墨，那么小的人儿，踮着脚、绷着小脸认真地在灶台前炒菜的画面，心里不由得发酸。

"墨囡，出去吧，我来。"只可惜他没本事，不能照顾好这孩子。

"爸，不用，菜都准备好了，只要炒好就行，马上就好。"她抬头答道，继续转身去忙，心里在犹豫，到底要不要说出她的猜测？

陈亮还是进厨房给她帮忙了，一边帮忙一边说起了钱的事："墨囡，你妈妈讲的那些话你别放在心里，这个家到底怎么回事，爸爸心里有数。"

陈一墨摇摇头，冲陈亮笑了笑。她本来也没把那些话放在心上。

"就是委屈你了。"陈亮的眼睛也跟着发酸。这个女儿越乖巧他的心里就越难受。

陈一墨再次摇头，想起了什么，说道："爸，我鲁叔叔那里有新泡好的药酒，我拿了一瓶来，春天的时候你自己多用它揉揉。"

陈亮长年累月地打工，腰、背、肩、颈都有损伤，阴雨天时格外疼。

陈亮的眼眶都湿了，他唉声叹气地说道："我本想拼死拼活地攒点儿钱，你给我们家当了十几年女儿，我怎么也要给你攒一些嫁妆，谁知道……唉！"

陈一墨微微一笑，说道："爸，我出嫁还早着呢！我自己能挣钱！弟弟……"

她说到这里时，只听"砰"的一声，陈一鸣又出去了。

陈亮一肚子火，奔出去，人影早已不见，陈一鸣的房间的门已经关上了。

厨房里的陈一墨很快便听见了陈亮喊她的声音。

她关了火应声出去，只见陈亮站在电脑前，电脑的屏幕亮着，停留在游戏界面上。

"墨囡，你来看看，这是在干什么？"

陈一鸣在玩游戏！

"这些人都在说什么？"陈亮指着聊天频道，问陈一墨。

聊天频道里不断有文字被发送过来，里面聊什么的人都有，当然也有做生意卖装备的人。

陈亮现在对钱特别敏感，指着电脑屏幕，问陈一墨："这些都要用真钱买？"

陈一墨不想骗他，也没必要再为这样的陈一鸣隐瞒，好的装备当然都是要用钱买的，这个她听班上的同学聊天时说过，有些男生玩游戏时会花很多钱买装备。

她点了点头。

"你帮我好好看看。"陈亮的眼睛仿佛都在喷火了。

陈一墨查了查陈一鸣的游戏账号，其实也不懂，看来看去没看出什么名堂，只好说道："爸，我也不懂，但是网吧的老板是懂的。"

陈亮怒气冲冲地出去了。

陈亮这一怒的后果是，直接在网吧逮住了正在充值的陈一鸣，并且完全搞清楚了陈一鸣那个游戏账号花了多少钱，比付英英存折上消失的钱还要多很多！

已经被陈一鸣花出去的钱，陈亮没有脸再找人要回来，但老实人怒到极点之后，后果也很严重，陈一鸣在网吧里被暴怒的陈亮揍了一顿。

这是陈一鸣生平第一次挨揍，却不敢哭，一路被陈亮拎回了家。恰逢付英英买完酱牛肉回来，陈一鸣仿佛看见了救星，从陈亮的手里挣脱，抱着付英英大哭起来。

付英英一眼就看到了宝贝儿子脸上通红的手指印，还有几处被指甲刳破了，当即麥毛。

"爸……爸打……打我！"陈一鸣告状。他一受委屈，就更加结巴了。

这下付英英简直要和陈亮拼命了！

两个人吵了起来，主题就是那笔钱。

陈一墨大概明白了：陈一鸣在游戏里花的钱不止几万块，陈亮还在质问付英英从哪里得到的那么多钱，至少有十来万元对不上，付英英不肯说，只骂陈亮没本事还不允许她挣外快！

陈亮和付英英是吵不明白了，陈一墨却还感觉有一道阴森森的目光盯着自己，她扭头一看，还真不是她的错觉，看着她的人正是陈一鸣。他低着头，用他惯常的斜着眼睛盯人的方式盯着她，眼神冷冷的。

陈一墨打了一个寒战，便看见陈一鸣用口型在说"是你告的状"。

陈一墨暗暗摇头，还真不是她告的状。

陈亮和付英英最后以打了一架收场，陈亮的头被付英英打破了一道口子，但即便这样他还是没弄清楚付英英是怎么挣到钱的，唯一弄明白的事情是，付英英其实也是上了陈一鸣的当。陈一鸣不断地问付英英要钱，找了各种借口，甚至撒谎说在网上学电脑，付英英也不是没怀疑过，但架不住她宠儿子啊，后来，竟然被套去了银行卡号和密码。当她发现银行卡里的钱快被掏空时已经迟了，但她非但舍不得骂陈一鸣，还帮着陈一鸣打掩护，瞒着陈亮。

陈亮顶着脑门儿上的伤疤在陈一墨的面前唉声叹气地说道："陈一鸣再不管不行了。"

陈一墨是认同这个观点的，但要怎么管她也不知道，就眼下的情形，付英英根本不允许任何人去管她的宝贝儿子。

因为大黑生病，陈一墨好些天没去陈叔叔和鲁叔叔那里了，暑假眼看就要结束了，大黑也慢慢地好起来了，她抽了一天去跟叔叔、伯伯、梅姑道别，且与他们一起吃了一顿晚饭，回来时天色便很晚了。

她走在回家的路上时晚风习习，空气里飘来了不知名的花的香味，若不是有一截的路灯坏了，还是很惬意的。

陈一墨并不怕，虽然没有路灯，但这条路她从小到大不知走了多少回，闭着眼睛都能走回家。

然而，今晚这条路上并不太平。

没有任何预兆，陈一墨的身后响起了一阵杂乱的脚步声，她甚至没有时间回头看清楚，就被人捂住了嘴和眼睛，随即被拖进了旁边更阴暗的小巷。

她的嘴被捂得严严实实的，她连求救声也无法发出，只能发出"呜呜呜"的声音。

她不知道抓她的有几个人，只听得有人问："怎么搞？"

那是她陌生的声音。

"打她一顿！"

"她很漂亮。"

"喂。"

陈一墨的脑子里很乱，怕是肯定怕的，但如果他们只是要劫财或者是打她一顿，这"怕"就还没达到顶峰，一句"她很漂亮"却让她毛骨悚然，她开始奋力挣扎，但没有用。就凭这对话，她就知道对方至少有四个人，她落在他们的手里，连挣扎的余地都没有。

她用脚去踢这些人，但马上脚也被人抓住了，一只手摸到了她的胸口处。

她依然喊不出来，她的嘴、鼻子，都被人死死地捂住了，她快窒息了，下巴仿佛要被捏碎了般疼。

她绝望了，窒息前的眩晕感让她觉得意识快要模糊了。

就在这时，阴暗的巷子里响起了炸雷般的声音："墨囡！"

这声音瞬间使她的意识恢复清醒，那几个人也被这声音惊到了，捂住陈一墨的鼻子的人松了松手，一丝清凉的空气进入她的鼻腔，陈一墨清醒了不少，奋力一口咬住捂着她的嘴的那只手。

一声惨叫后，捂着她的嘴的那只手松开了。

"墨囡！"那声音离他们更近了。

"有人来了！"

"怎么办？"

"跑！"

陈一墨只觉全身一松，她被扔到了地上，迎面跌倒。疼，她全身疼。

一双强有力的手把她拉了起来，有人叫她："墨囡！墨囡！"

这声音她很熟悉！

她一头栽到宋河生的怀里，全身发抖。

"墨囡。"他伸手去抚摩她的头和脸，触感却一片黏腻。

他大吃一惊，细看陈一墨的情形，却更让他震惊。

他震惊且愤怒。

黑暗中，他隐约可以看见她身上的衬衫是敞开着的，连内衣都开了。

"墨囡，墨囡，别怕。"他给她扣扣子的手在颤抖。他不敢想象，如果他今天没过来接她，会发生什么事。他的手里还挽着她的帆布包，应该是她被人抓走，挣扎时掉落在地上的，他给她打电话，手机却在帆布包里响了，他才意识到事情不对。

他帮她扣着衣服上的扣子，手背上热热的，还有她从鼻子里滴下来的血，滴在他的手背上，让他心里热热地痛。

他不敢再耽搁半点儿时间，背上她就往医院里跑，跟医生说时，也只是说摔了一跤。

"这是怎么摔的，能摔成这样？"医生还看了他一眼，眼神里充满怀疑之意，好像在说"不是你打的吧？"。

她的整张脸都是青的，磕破了好几处，鼻子还流着血。

陈一墨自己也说是摔的，最后脸朝地跌的那一下太疼了。

她身上的伤都是外伤，医生给她处理好了，嘱咐了一番注意事项，说没什么大事。

回去的时候，陈一墨紧紧地挽着宋河生的手，贴着他走。

"不然还是我背你吧？"他担心她还在害怕。

她点点头，主动趴到了他的背上。

她没有回陈家。

他将她从医院一路背到"旧曾谙"。他们穿过寂静的黑夜，穿过满街的灯火与人潮。

此时此刻，他和她都没有避讳。这一夜，只有灯与火，没有别人。

她始终静静地趴在他的背上，一声也没吭，直到回到"旧曾谙"，他将她放下时，胳膊肘不小心碰到了她的胸口，她忍不住轻轻地"嘶"了一声。

"还有哪里有伤？"他紧张地问，盯着她捂着的地方，却又不知该如何是好。刚才在医院时，她也没说自己的身上还有伤。

陈一墨双手抱胸，低着头。

宋河生移开视线，有些手足无措，转过身说道："我去外面，你自己先看看是什么情况。"

他抬脚往外走，还是不放心，又说道："有什么事就叫我。"

他站在门外，仔细地听着门内的动静，但过了很久，里面始终悄无声息。

"墨囡？"他忍不住叫她。

"墨囡？"

在他连续叫了很多声以后，里面传来了轻轻的抽泣声。

他的脑袋里响起"嗡"的一声，他直接推门闯入，只见她用双手将衬衫的衣襟紧紧收拢裹住自己，低着头啜泣着。

他快步上前，问她："墨囡，很疼？"

她低头不语。

他站在她的面前，双手捏紧又松开，脚尖蹭着地面，口罩下的脸已经红得不能再红。

"墨囡，"他焦急却又无措地说道，"我……我看看？"

陈一墨只是摇头，眼泪掉在了裤子上。

"那我们再去医院，让医生看看？"

她还是摇头。

他忽然想到了一个法子，说道："我叫胖丫来！"

他转身就要跑，衣角却被她扯住了。他低头，看见一只白皙、小巧的手用力地拽着他的衣服，手的主人好像生怕他就这么走了。

他无奈，踌躇片刻后握住了那只手，蹲下来，柔声说道："墨囡，我不走，但是你得告诉我，你伤得重不重，是不是很疼？"

她摇摇头，头却埋得更低了。

只要她没大伤就好了。

他松了一口气，却听她抽噎着，用极小的声音说了一句话。

"什么？"他没听清，伸手拨开挡住她的脸的发丝，问她，"你说什么？"

她哽咽着，很艰难地大声了一些，问他："你，会不会觉得我……"说到这里，她便再也说不下去了，泪水直往下掉。

"不会！"他懂了，大声说道，将她整个人抱入怀里，隔着口罩，唇用力地印在她的额头上，说道，"不会，无论什么时候，你在我心里都是最好的。"

她在他的怀里放肆地哭了起来。

她推开他，慢慢地拉开自己的衣襟。

她那花骨朵一般的身体，第一次向宋河生绽放，他却没有任何悸动感，更没有冲动，有的只是刺痛。

那些由擦伤带来的血痕、伤口处沾上的泥沙都刺痛着他的眼，更令他感到刺痛的是上面的手指印，青的青、红的红，触目惊心。

那些手指印，此刻狠狠地揪着他的心，他咬紧牙关，压下眼里的戾气，只让柔光笼罩着她，轻轻地拉下她的手，轻轻地替她整理好衣服，再轻轻地抱住她，轻轻地对她说："没事，别怕，等下我们洗洗，再擦点儿药，过几天就好了，没事的，没事。"

他像哄一个小孩，声音又轻又柔，然而，在陈一墨看不见的地方，他眼里的狠厉之色一闪而过。

等她平静下来后，他给她把伤口处沾上的泥沙清洗干净，被擦伤的地方消毒，让她今晚就在这里休息，别回家。

他将那盏橘黄色的台灯的光线调到了最暗。

陈一墨静静地躺在被子里，床垫很柔软，被子很暖，他就在她的身边，安全感将她包围，好像一切安定下来了。

她什么都不怕了，就像什么也不曾发生过。

"河生哥。"她的嗓子有点儿哑。

"我在。"他将手伸入被子中，握住了她的手。

"你等一下。"

"我等一下不走，在这里陪你。"

她抿着嘴笑了笑。

两个人沉默了一会儿。

宋河生有点儿心不在焉。

"河生哥？"

他回应道："嗯？"

"胖丫的咖啡馆是后天开业？"

"是啊，我今天还去看过，都准备好了。"

"冯叔终于同意胖丫和她的男朋友在一起了？"胖丫有男朋友了，但冯叔不喜欢她的男朋友，胖丫争取了好久。

"嗯。"

陈一墨的眼睛亮亮的，她问："你见过胖丫的男朋友吗？我都没见过呢。"

"见过，今天还见了呢，挺帅的。"

"河生哥，在我眼里你也很帅，不管怎么样，你都是最好的。"被子下，她捏着他的手指的手都加了几分力道。

宋河生淡淡地笑了，眼里柔光涌动，说道："我知道。"这丫头也太敏感了，生怕他自卑，而且也太好了，自己刚经历了可怕的事，却还处处为他考虑。

"河生哥。"她就喜欢看他这样的眼神，就算他遮着脸，她也知道他在笑，他一笑，这个世界就更温暖了。

"不困吗？"他担心她还在害怕，所以迟迟不肯睡，于是说道，"我保证不走，一直在这里陪你。"

"我想和你说话。"陈一墨眨了眨眼，"冯叔为什么不喜欢她的男朋友，你知道吗？"

冯叔在背地里是怎么吐槽胖丫的男朋友的，宋河生当然知道，于是说道："他说那个小子看着就不老实，怕胖丫拿捏不住那个小子，那个小子也不踏实，绣花枕头一个，靠不住。"

陈一墨笑了笑，说道："所以，还是河生哥这样的男孩最可靠。"

宋河生再度笑了笑，实际上冯叔也这样说过，当然，冯叔还加了一个前提：如果脸没坏就好了。

"河生哥，还是这里住着最舒服。"陈一墨叹息，"等我毕业了，我们就住在这里吧，大黑也可以住得宽敞些，它还是习惯住在这里。"

宋河生的眸色微微变深，他说："你现在就住在这里吧，从今往后就住在这儿。"

"这样好吗？"陈一墨有些犹豫，问他。

"没什么不好的！你就住这儿！"宋河生的语气愈加坚定了。

"这两天也只能住在这儿了。"她这一脸的伤也不便到处走，但胖丫的咖啡馆开业她是必须去的，到时候她就学宋河生戴上口罩，她又问，"我们要给胖丫送个花篮吧？还要买招财猫？"

"嗯，花篮我都订好了，明天再去买招财猫。"

两个人就这么说着话，也没什么重要的议题，东扯扯西扯扯，大半个夜晚就过去了，陈一墨也终于聊累了，睡眼惺忪地说道，"河生哥，你也睡吧。"话是这么说，她却还握着他的手舍不得松开。

他也舍不得松手。

万一他松手后，她做噩梦了怎么办？

他看着她甜美的睡颜，目光却渐渐变冷了。

还是那条没有路灯的路，陈一鸣慌慌张张、深一脚浅一脚地走着，边走边回头看，忽然撞上了一堵肉墙，这堵肉墙又很硬，直接把他撞得站不住脚，摔倒在地。

"啊——"他吓了一大跳，叫出声来，只见前面有一道黑影，他大声问道，"谁？"

"啪"的一声，打火机一亮，眼前出现了一张带着疤痕的狰狞的脸。

"啊——妈——"陈一鸣这回真的被吓到了，腿软得站都站不起来，掉头往后爬，结果被人直接拎了起来，也叫不出声了，一双大手从后面绕过来，锁住了他的喉咙。

"救……"陈一鸣艰难地从喉咙里挤出这个字，然后就再也发不出声了。

掐住他的脖子的那只手越来越用力，他无法呼吸。他觉得自己今天要死在这里了，一开始还恐惧，后来连恐惧都没了，耳朵里"嗡嗡"响，意识渐渐变得模糊，他已经开始翻白眼了。

忽然，他脖子上的那只手松开了。

他的耳朵里仍然在响，他又能呼吸了，大口喘着气，大声咳嗽，摸着自己的喉咙，爬不起来。

这口气他还没缓过来，他的身体再次离开地面。

他被人提了起来，按在墙上，一只胳膊肘再度压住了他的喉咙。

"河……河生……生哥……干……干什么？……"

宋河生没戴口罩，脸上的疤痕在手电筒的光下显得格外狰狞，声音也带着强烈的威慑力，反问道："你说干什么？"

"我……我……我……不……不……"陈一鸣被吓得更加说不出话来了，还想求救，伸着脖子朝天喊，"救……救……"

宋河生冷笑道："救命？"

他的手又用力了一些，陈一鸣再次发不出声了，一张脸憋得通红。

"绝望吗？"宋河生咬着牙，脸上的疤痕变形得可怕，说道，"你想没想过，墨囡是怎么绝望的？你想没想过？！"

宋河生突然加重的语气、死神逼近的气息，让陈一鸣浑身发抖，陈一鸣努力摇头做着最后的挣扎。

"不是你？"宋河生要是没有把握，绝对不会来找他，"陈一鸣，我告诉你，今晚如果不是我及时赶到，如果墨囡刚才出了一点点意外，你今天就活不成了！"

他猛地松开陈一鸣，陈一鸣再度瘫倒在地上。

宋河生却把他拎了起来，一拳挥在他的脸上，再把他往墙上一扔，他在墙上重重一撞，再被弹到地面上，全身痛得像骨头散架了。

宋河生再用脚尖把他的脑袋挑起来，声音仿佛来自地狱，问他："陈一鸣，痛吗？"

陈一鸣何止痛，简直觉得生不如死！

宋河生再度冷笑，说道："还能感觉到痛，你就庆幸吧！因为只有死人才感觉不到痛！"他蹲下来，靠近陈一鸣的脸，阴森森地说道，"陈一鸣，我真的会杀了你的！不要以为我不敢！你知道墨囡对我来说意味着什么吗？为了墨囡，我什么事都做得出来！杀了你，我把命赔给你就是了！"

"我……"陈一鸣全身颤抖，觉得宋河生比恐怖片里的恶鬼还可怕！

"所以，从现在开始，你就要日日夜夜祈祷墨囡平安无事、长命百岁，哪怕墨囡少了一根头发，我都会来找你算账！"

陈一鸣趴在地上，鼻子里热热的，是流出来的血。他将眼睛睁开一条缝，从那条缝里心惊胆战地偷看宋河生。

宋河生站在那里，像取命的阎罗。

"对了，"宋河生又说道，"至于你说的不是你干的，就看你今晚回去后怎么说了。"

宋河生说罢，扬长而去，与黑暗融为一体。

陈一鸣趴在地上继续颤抖着，仍然全身发软，想站却站不起来，身下湿湿的，已经由热变凉。

陈一鸣深一脚浅一脚地回到了家里，整个人狼狈得没法看。

付英英见此情景，迅速来到陈一鸣的面前，盯着他，心痛得眼睛冒火，问他："你这是怎么了？被谁打了？"

陈一鸣仍然全身颤抖，一个字也说不出来。

他穿着一条浅色的裤子，付英英一眼就看到他的裤裆处湿了一大块，震惊地问道："你这是摔到水塘里了？"

她怎么也不愿意相信儿子是尿在裤子里了！说罢，她便去扒儿子的裤子。

陈一鸣鼻青脸肿，鼻子里还淌着血，一把挥开付英英的手，一瘸一拐地进房间去了，并且用力地关上了门。

"儿子！鸣宝！你到底怎么了？你倒是把裤子先换了啊！"付英英用力拍门。

陈一鸣烦不胜烦，对着门吼："别……别吵！"

"你到底是被人打了还是摔的？"如果他是被人打了，看她不把整个河坊街掀起来！

"说了别……别吵！"陈一鸣烦得随手抓了个东西朝门砸了过去。

"啪"，一声巨响传来，吓了付英英一跳，也成功地阻止了她继续拍门。

陈一鸣全身痛，现在只要一闭上眼睛，就能看见宋河生那张满是疤痕的脸，那张脸在黑夜里像恶鬼一样狰狞，宋河生的声音也仿佛来自地狱，宋河生在他的耳边不停地喊着要杀了他。

大热天里，他用被子把自己裹得紧紧的还觉得冷，冷得发抖。口袋里的手机响了两声，他哆哆嗦嗦地将它取了出来，手机屏幕裂了一条缝，但还是看得到消息提示。

"这件事情跟我没有关系，你告诉那个阎罗，不要来找我。是老三，老三非要占你姐姐的便宜，我还阻止了，老三不听我的。"

这几个人是他在游戏里的结拜兄弟，就住在隔壁镇。难怪宋河生这么生气，他只是要他们教训陈一墨一顿，没想到，老三竟然动了这个念头。

只是，宋河生居然找到他们了？他是怎么找到他们的？

陈一鸣觉得宋河生这个人真的很可怕。

可怕的宋河生已经回到"旧曾谙"了，戴上了口罩，衣服整洁，好像什么事也没有发生过一样，手里拎着一个小盒子，出现在陈一墨的面前。

"你回来了？"陈一墨抱着一盆枇杷在剥皮，已经剥了小小一盘了，黄灿灿地堆在盘子里，刚才自己先偷吃了一颗，指尖还全是汁水，举起一颗喂到他的唇边。

他低着头吃了，把手里的小盒子给她，说道："吃点心。"

"又做了新的点心吗？"她很惊喜，目光落在他的手上，说道，"原来你是给我做点心去了，我说你怎么这么晚了还没回来呢。"

"嗯。"他应了一声，自己拿枇杷吃。

陈一墨的目光追着他的手，她顾不得去打开盒子。

"我去洗澡。"他说。

"河生哥！"她急切地叫住他。

他顿住，叹了一声。

陈一墨扔了手里的盒子，冲上前，从后面抱住他。她看见了他虎口上的那一道血痕、拳头上擦破了皮的痕迹。

他去打人了，去给她报仇了，她知道。

"以后不要回陈家住了。"宋河生僵着身体说道。

"是陈一鸣？"她惊了，这是她万万不曾想到的。陈一鸣虽然被宠坏了，但还是个孩子啊！

"墨囡，"宋河生哑着嗓子叫她，"你不怪我？"

"为什么要怪你？"如果说陈一墨该对这件事有反应，那她也只是担心而已，担心宋河生的安危。

"我……"宋河生的嗓子更哑了，他说，"我什么都不会，什么都帮不了你，只有蛮力，只能用这样粗鲁的法子……"

陈一墨用力地把他转过来，板着脸说道："宋河生！我要罚你！"

宋河生的眸色变得黯淡下来，他说道："你罚吧，对不起，我以后不会再……"

"你先说你错在哪里了！"陈一墨气得都破音了。

宋河生的头低了下去，他说："我不该这么冲动，不该……"

"不对！"陈一墨大声地打断他的话。

"我不该……不该……"

"你不该说宋河生不好！"

宋河生猛然抬头，怔怔地看着她。

她噘着嘴，来揪他的耳朵，说道："宋河生是我的！他好不好只有我能说！你都不能！"

宋河生："……"

"好！现在我来告诉你！"她揪着他的耳朵，凑近他，在他的耳边大声说道，"宋河生是最好的！什么都好！做什么都对！你听见没有？你说话！"

宋河生说不出话，微微转开头，喉间微微哽咽，眼眶渐渐变得湿润。

对宋河生来说，要找到隔壁镇上的那几个小子并不难。

河坊街只有这么大，那些陌生小子来网吧里混通宵，时不时地还叫冯叔饭店里的伙计送晚饭。

陈一墨连续几天没回家睡觉，付英英根本无所察觉。付英英只关注陈一鸣到底怎么了，几天不理人，变着法子做好吃的东西放在陈一鸣的房间的门口。

陈亮和付英英大吵一架后，始终没从付英英那里听到一句服软的话，哪怕他证据确凿，付英英也不肯认错。

陈亮气得直接不归家了，每天在厂里加班，累了就跟工友挤一挤睡觉。计划中的旗袍店也打了水漂，刘师傅重新找了合伙人，很快就将店面盘了下来。

陈亮是算着陈一墨开学的时间回家的，结果没看见她，一问，付英英就没好气地凶他："我哪里知道？她几天几夜没回来了！你去男人的床上找吧！"

陈亮听了这话气得发抖，巴掌都举起来了，付英英用惯常耍赖的手段，将脸伸到他的面前，唾沫横飞地说道："打啊！你打啊！为了一个不知从哪里冒出来的野种你打我啊！"

陈亮眼睛都气红了，举起的手颤抖着，最终他夺门而出，付英英在他的身后啐了一口，翻了个白眼，手机里却收到了短信。

她哼了一声，拿起手机一看，是银行发来的短信通知：到账十万元。

她喜上眉梢，赶紧把短信删了，眉飞色舞起来，心里想着把这十万块钱狠狠地砸到陈亮的脸上才能扬眉吐气，可马上一想，不行，这是她和她家鸣宝的私房钱，要留着她和鸣宝花！

陈亮气得眼眶都湿了，固然气付英英不讲道理，但更气的还是自己，是自己没本事，才让这个家变成了这样。

他是在"旧曾谙"里找到陈一墨的，她正在院子里收枇杷干。枇杷熟透了，她将它们全摘了下来，晒成枇杷干，可以泡水喝，也可以当零食吃。

陈一墨脸上的伤已经好得差不多了，几乎看不出痕迹了，她在看见陈亮后怔了怔，叫了一声"爸"。

陈亮的耳边还回响着付英英刚才说的"男人的床上"那些话，他忽然觉得，墨囡以后就住在这里挺好的，也不会总听到付英英的冷言冷语。

他挤出一丝笑容来，问道："墨囡，明天要回学校了？"

陈一墨笑了笑，回答道："嗯。"

她站在树荫里，美得像一幅画。

陈亮还是叹息，这么好的女孩，可惜来了他们家。

他从口袋里掏出薄薄的一沓钱，走近她，说道："拿去，自己买点儿东西。"

陈一墨有些惊讶，陈亮哪儿有钱给她？每次他发了工资，不都全给付英英了吗？

"爸没用，给不了你更多东西。"他垂头丧气的，最终把钱放在了晒板上，转身走了。

陈一墨拿着钱追出去时，陈亮已经不见了踪影。

胖丫的咖啡馆延期开业，陈一墨要回学校，赶不上开业盛典了，却在返校的前一晚见到了胖丫的男朋友，现在应该说是胖丫的未婚夫了，姓蒲，胖丫叫他"葡萄"。

如宋河生所说，葡萄长得很帅，有一张五官立体的白皙的脸，眼睛微微上挑，情商很高，也对胖丫很好，他们一起吃饭时，他好像总能知道胖丫的需求，要水递水，要汤盛汤。

胖丫还没毕业，但葡萄比她大，这个暑假刚好完成学业，所以胖丫打算把咖啡馆交给葡萄打理，她继续上学。

胖丫叫苦连连，说道："我只想开一家咖啡馆，看看书，做做咖啡，再养几只猫，谁知道这么累！"

从某种程度上来说，他们几个人里，胖丫的确是最吃不得苦的。

打小时候起，胖丫就是家里的小宝贝，冯叔经营饭店，家里的经济条件一直不错，好吃的东西不缺，把胖丫养得胖胖的，也娇娇的，家里扫帚倒了都不用她扶，最辛苦的经历大约是小时候被老头儿罚扫院子了。她眼里的咖啡馆老板就是每天喝喝咖啡、看看书、撸撸猫、臭美地摆拍，哪里知道，这咖啡馆还没开业呢，光是装修就把她折腾得不行了。她喜欢的猫也买回来了，三只，她这才知道，原来猫需要主人给它铲屎，还掉毛。

她都要哭了，对葡萄说道："你不在的这几天，我每天光吸猫毛就要吸崩溃了！"

葡萄好脾气地看着她，摸了摸她的头，说道："没事，我来了就好了，以后我来当铲屎官，我来吸猫毛。"

胖丫并没有高兴多少，继续说道："还要学做咖啡，原来咖啡豆有这么多学问，我简直一窍不通。"

"有我呢！"葡萄继续安抚她，"我来学，我已经学了很多了，你不用操心，只管看小说、跟猫玩就行了。"

胖丫嘟了嘟嘴，问他："那你不就太辛苦了吗？"

"不辛苦，只要你开心，让我做什么我都愿意。再说了，我不努力赚钱，怎么养你？"

陈一墨和宋河生菜没吃几口，"狗粮"被喂了个饱，宋河生觉得身上凉飕飕的。其实他也是这么想的，但这些话，他怎么也说不出来。

胖丫笑眯了眼，然后冲着陈一墨眨眼睛，说道："墨囡，我打算一毕业就跟葡萄结婚，你和河生哥呢？有什么打算？"

陈一墨想也没想就说道："我们也是这么打算的！"

"真好呀！"胖丫笑眯眯地端起饮料杯，对陈一墨说道，"墨囡，祝我们都幸福！"

"嗯！"她们肯定会幸福的！陈一墨从不怀疑。

那晚，橘色的橙汁甜得像蜂蜜，灯光下，大黑懒懒地趴在地毯上，三只猫挤挤挨挨地团在它的身边。

窗外，星光璀璨，胖丫抿了抿唇，唇上满是甜甜的味道，她说："明天又是一个大晴天呀！"

第二天的确是大晴天，一早，朝霞就烧红了半边天。

宋河生这次把陈一墨送到了学校，因为东西实在太多了，光是宋河生就给她准备了很多吃的，宋婶居然也收拾了一大包，说这学期秋冬换季，要多备点儿暖和的衣服，让宋河生给她扛到学校去。

这是宋婶第一次将善意表现得这么明显。

陈一墨没有客气，笑眯眯地都收了。

两个人直奔出租屋而去，却没想到，小屋的门口早就有人等着了。

向挚抱着一大箱不知名物品戳在门口，一看见他俩，就笑嘻嘻地迎了上来，说道："陈一墨、宋河生！我要告诉你们一个好消息！"

陈一墨猜，向挚的作品获国际大奖了。

向挚"嘻嘻"笑着，说道："猜错了！"

"你脱单了！"宋河生最惦记这个问题。

"方向怎么偏到太平洋去了？"向挚心情好，还是笑着说道，"陈一墨，还没公布获奖名单，大赛的主办方邀请我们去M市，参加现场颁奖典礼，到时候会公布评奖结果。"

宋河生比陈一墨还震惊，瞪大了眼睛，问道："那是要去外国了？"

陈一墨震惊地问："为什么还有我？"

"为什么没有你？"向挚笑着说，"你也是创作者之一啊！"

"可是……"

"可是什么呀？别人收到邀请后不知道有多高兴，只有你还在这儿质疑！"向挚说的"别人"是程舒，程舒收到邀请函的时候，眉毛都要飞上天了。

"不是，"陈一墨不好意思地笑着说道，"我只是觉得太意外了。"

出国领奖？

真是她想都没想过的事。

宋河生也帮着向挚说她："是啊，墨因，你是我们河坊街第一个出国的人！是我们的骄傲！"

陈一墨的脸微微泛红，眼里闪着光，她下意识地握住了宋河生的手。

"哎，你们两个，别'喂狗'了，宋河生，这不值得喝两瓶吗？"向挚把怀里的箱子举高了一些，心想：是我举得不够高吗？他们居然没看到我的这箱东西！

向挚抱着的是一箱啤酒！

宋河生心想：你的那点儿酒量，都敢用瓶论了？

但这件事真的值得庆祝！

宋河生当即决定，要亲手做一顿大餐来犒劳陈一墨，至于向挚，爱干吗干吗！

酒过三巡，不，一巡，向挚便趴下了，离两瓶的目标还差一瓶半。

"宋河生，我就喜欢你……""陪我喝酒"这四个字还没说出来，他就开始打呼了。

陈一墨如临大敌，抓紧宋河生的手，指甲都把宋河生抠痛了。

"河生哥！你以后不要跟向挚玩了！"陈一墨绷紧了一张小脸。

宋河生哭笑不得。

"墨囡。"他轻声叫她。

"嗯？"陈一墨绷着脸，还不高兴呢。

屋里的那盏小白灯，映在宋河生的眼睛里，碎成星星点点的光。他微醺，隐藏着的、压抑着的情绪，都容易浮上来。

宋河生反握住她的手，眼里有些潮湿，说道："我们墨囡真棒。"

"哼！"

"比老头儿还棒！"老头儿都没去过国外呢！

陈一墨怔了怔，耳边响起小姑娘稚嫩的童音：我一定会好好学！把它发扬光大的！

陈一墨想起老头儿，脸色缓和了下来。

"老头儿会开心的。"宋河生的大拇指在她的手背上轻轻摩挲。

陈一墨侧头，趴在桌上，仰视着他的眼睛，问他："那河生哥你呢？开心吗？"

"开心！当然开心！"他的小墨囡长大了，要飞到很远很远的地方去了，他怎么会不开心呢？哪怕她最终要飞向属于自己的天空再也不归来，他也是开心的。

"那都没有表示！"陈一墨嘟起了嘴，语气里都是撒娇的意味，还指了指自己的脸。

宋河生的眼里都是笑意，他轻轻地靠近她。

浮动的灯影、浓浓的啤酒香，她的额头上被印上了淡淡的湿意。

满船清梦压星河。

旁边正在打呼的向挚？

管他呢！

向挚和陈一墨要赴时尚之都参加颁奖典礼的事，两个系的人都知道了。

第二天早上，宋河生回河坊街，陈一墨和向挚一起回学校。

路上，向挚和陈一墨遇到了程舒。

看见他俩，程舒板着脸等着，俨然就是在等他俩过去。

"走。"向挚指了指另一条路，要换路走。

程舒不干了，直接冲上来，挡在两个人的面前，问道："你们心虚什么？"

向挚觉得可笑，反问道："我们为什么要心虚？"

程舒瞪着他，说道："我刚才去你们宿舍找你了！你的室友们说你一晚上没回宿舍！"

向挚："我回不回宿舍关你什么事？"

"你们！"程舒看了陈一墨一眼，气得满脸通红，说道，"不要脸！"

向挚也来了气，说道："程舒，请你道歉！"

程舒气得一跺脚，跑了。

"对不起，总是让你遭受无妄之灾。"向挚只好自己给陈一墨道歉。

陈一墨摇摇头，这种小事她根本没放在心上。

随着宋河生回到河坊街，陈一墨即将出国领奖的消息也传遍了河坊街。

河坊街上的人都震惊了：陈家那个不受待见的养女要去国外领奖了？有大出息了？

宋河生其实只在家里说了一下，原因是，他回去后第一时间去银行里换了欧元回来，放到口袋里，被宋婶无意间发现了。

宋婶以为那些欧元是假钱，差点儿将它们扔了，被宋河生抢了回来，他这才说是外币，然后自然也瞒不住陈一墨要出国的消息了。

宋叔是个憨厚的人，为陈一墨高兴、骄傲，转头就将这事说给老友听了，一传十、十传百，于是河坊街上的人都知道了。

宋婶却没那么高兴，紧紧地握着那沓欧元，愁得连晚饭都没做。

好不容易等宋河生从饭店回来了，她直接把人拽上了。

宋河生先看了他爸一眼，他爸给了他一个无奈的眼神，今晚回来后饭都没的吃，自己煮的面条。

"河生，"宋婶的眼泪都出来了，她说，"到此为止，这是最后一次！"

"妈……"

宋河生才说了一个字，就被他妈打断了："我知道你的心思！可是我们得面对现实！墨囡这个孩子我也喜欢，但不是我贬低自己的孩子，现在的墨囡已经不是你配得上的姑娘了，之前我还想着对她好点儿，她念着我们家的恩情，便会回到你身边，可现在，她越来越有出息，还在国际上获奖了，你觉得她还是我们这小小的河坊街关得住的人吗？就算她愿意为你回来，我们也狠不下这个心，不能耽误她！"

宋婶就从来没停止过发愁，也从来就没看好过儿子和陈一墨的未来，但儿子认了死理，她便只好帮儿子笼络陈一墨的心，但现在，只怕墨囡远走高飞的心想抓也抓不住了！

"妈，我帮墨囡，又不是为了求她回报。"

"你傻啊！"宋婶看儿子就跟看傻子似的，如果不是把墨囡当儿媳妇，谁会这么不计一切地帮她？宋婶看着儿子戴着口罩的脸，心里又酸得难受，儿子的人生就是因为陈一墨而改变的，如今他要学历没学历，要长相没长相，墨囡抓不住了，只怕别的好姑娘也不愿意跟他。

宋婶抹了一把泪，说道："河生，我们帮墨囡已经帮得够多了！她的养父、养母都没我们对她好！这事放到哪儿去说，我们都算对得住她、对得起天地良心了！可你还要为我和你爸想想哪！不能再这么无止境地贴补她了！"

宋河生沉默了。

宋婶知道，要说服他很难，干脆下了死命令："从这个月起，你的工资全交给我！不，我去跟你冯叔说，每个月我直接去领你的工资！"

宋婶断了他的经济来源，总要为他的未来做打算。

对宋婶的反应，宋河生并不感到意外，事实上，今天这大半天，河坊街的人看他的眼神都透着别样的意味，好像每个人都在说"宋河生，你媳妇要跑了"。

当晚的夜色黑沉沉的，好像要将小小的河坊街吞没。

不一会儿开始打雷，混着闪电，震得窗户都"嚓嚓"地响，大雨倾盆而下。

"陈一墨。"

陆璧青站在教学楼的台阶上，将一把伞遮在了陈一墨的头顶上，豆大的雨点"噼里啪啦"地打在伞上，被撞击得四处飞散。

突然下起了大雨，晚自习时间，好多同学没带伞，顶着书包或者戴着帽子在雨里跑。

陈一墨也正打算如此。

"伞给你吧。"陆璧青说，"还有，恭喜你！"

"不用了。"

陈一墨是不会拿他的伞的，可话没说完，陆璧青把伞往她的手里一塞便跑了，边跑边在雨里甩过来一句话："不管怎么样，我都是你的师兄！"

陈一墨没料到他会这样做，根本没做接伞的准备，那把大黑伞掉落下去，在台阶上打了个转，掉到了雨里。

陈一墨有点儿烦恼，这种强行给予的关心并不能让她感到愉悦。

她的身边不断地有同学经过，她叫住一个与她同班的男生，不管对方是不是陆璧青的室友，反正他们住在同一栋宿舍楼里！

她捡起伞，递给他，说道："你没带伞吧？给你。"

面对这突如其来的关心，男生都有点儿结巴了，傻乎乎地接过伞，说道："那个，谢谢。"为什么他会觉得不对劲呢？难道遇到这样的暴雨时，不应该是男生一身正气地挺身而出把唯一的伞送给女生吗？为什么到他这里就反过来了呢？男生的脑子里产生了各种冒着粉红色泡泡的不切实际的猜想。

结果，陈一墨把衣服上的帽子往头上一罩，冲到雨里，扔给男生一句话："不用谢我，这是陆璧青的伞，你谢他吧！"

举着伞的男孩更蒙了：陆璧青给他伞？为什么他觉得事情更加不对劲了呢？

被还伞的陆璧青看着飞快地跑掉的男生时也蒙了。

出国的手续办得很快，不到一个月，陈一墨和向挚就登上了直飞M市的飞机。

在陈一墨和向挚不在国内的日子里，发生了一件说大不大说小不小的事——一场筹备已久的传统工艺展开展在即。

这场展会之所以颇具影响力，是因为主办方向各位传统工艺大家发出了邀请并征集作品，参加展览的作品基本出自名家大师之手，可谓精品荟萃，代表了各种传统工艺的最高水平。

花丝镶嵌大师陆安平和林雪慈已经多年不曾制作出惊艳之作，但江湖地位一直在。业内人士对他俩的境况也只说经年来致力于将手艺商业化，无心再精心打磨手工作品，换句话来说就是，人家已经只顾着赚钱了，而且赚到大钱了，哪里还做纯手工作品？

陆安平和林雪慈自己也默认了这种说法。不认他们又能怎么样呢？难道他俩不想设计出惊艳众人的精品？但他俩做不出来啊！否则他们也不会时时刻刻惦记着大师兄的秘籍了！他们只好用铜臭味来武装自己！

但这一次，林雪慈设计出了新作品，在圈子里引起了轰动。

大家在参展作品目录里看到了林雪慈的作品名。

林雪慈：《朝花夕拾》。

因为展会的宣传册还没印出来，所以大家只能看到这个名字，不知道这个《朝花夕拾》是个什么玩意儿，一时都充满了好奇心，尤其梅姑和陈叔叔他们。他们很是怀疑，林雪慈折腾了二十来年，还真折腾出东西来了？

直到他们在展览开始前看到了完整的画册。

《朝花夕拾》其实是一套首饰，用花丝掐的海棠花造型做底，谈不上如何出众，这套首饰的惊艳之处在于渐变点彩，将丝线染色后点于花瓣之上，每一朵海棠花的颜色由浅至深，令人惊艳。

作品说明介绍中最重要的一句话是：花丝镶嵌大师林雪慈多年来潜心钻研，首创渐变点彩工艺，在传统文化瑰宝发展的长河里点亮了一颗独一无二的星星。

梅姑拿着这份宣传册气得发抖，徒弟初初问她怎么了她也不说，拿着画册就去找几个老友了。

结果，陈叔叔和鲁叔叔等人已经聚在一块儿了，也拿着画册在说这事。

"林雪慈这个不要脸的贱人！真是几十年都改不了偷盗的本性！连小辈的创意都要盗！渐变点彩明明是墨囡首创的！"梅姑跨进屋气冲冲地骂道。

陈叔叔摆了摆手，说道："少安毋躁。"

"什么少安毋躁？这回我不把林雪慈和陆安平这两个沽名钓誉之辈的画皮揭下来，我就不姓梅！"她指着两位老友，说道，"我们答应易老哥的事是前事，只要他们老老实实，哪怕赚个盆满钵满，我们也就当自己瞎了，架不住这两个人狗改不了吃屎，难道我们还要一直

· 298 ·

包着狗屎闻屎臭味？"

商辉听见这句话后，忍不住笑出了声。梅老师这嘴呀，初初可算得了她的真传。

"臭小子！你还笑得出来！"梅姑气得瞪他。

商辉连忙收敛起笑容，给梅姑奉茶。

陈叔叔示意她别急："先喝杯茶，总得商量一下怎么个揭法、什么时候揭吧？"

梅姑哼了一声，几位老友便围着茶桌坐下，你一言我一语地讨论起来了。

展会的举办地是有名的古镇，各界名家、各路媒体、传统工艺的广大从业者齐聚一堂，热闹非凡，更有不知何时悄悄兴起的汉服爱好者、古典文化爱好者，得了消息纷纷赶来，给展会增加了活力。

开幕式的流程一项一项地进行着，林雪慈作为业内的佼佼者，还要代表传统工艺的从业者发言。

当天，林雪慈打扮得精致、高贵，含笑走上主席台，刚开口向在座的各位问好，就有巨大的声音响起："我反对林雪慈代表整个行业的从业者发言！"

林雪慈脸色一白，居高临下，一眼就看到了台下举着大喇叭在喊话的多年不见的梅小蕴，不由得暗暗咬牙，这个贱人！

台下响起了一片议论之声。

如果是个纯闹事的无名之辈，也许主办方就叫保安把人赶出去了，但现在不能，梅小蕴不是什么无名之辈，她作为苏绣的代表人物，也是有作品参展的。

梅姑就这么拿着喇叭走上了台，直指林雪慈，说道："我反对林雪慈代表我们发言，更反对林雪慈的作品参展，因为她是我们行业内的耻辱，她的作品也是我们行业内的耻辱！"

"梅小蕴，你不必如此，陈年旧账、私人恩怨，你用不着在这样的场合用诋毁我的名声的方式来泄愤，今天的事，我会用法律武器来维护我的权益！"林雪慈心虚，已经慌了，说出来的话也没那么得体了。

"法律武器？我求之不得！"梅姑拿着喇叭，气势上能完胜林雪慈。

主持人这时候上来控场，让梅姑有什么话等一下再说，先保证流程正常走完。

梅姑把他推开，对着喇叭喊："林雪慈的这个《朝花夕拾》，打着首创渐变点彩的创意，实际上是抄袭作品！盗取别人的创意的人，还有脸在这儿发言吗？"

现场彻底乱了。

媒体的闪光灯闪个不停，来观摩的嘉宾完全震惊了，主办方的工作人员紧急商量是不是要暂停开幕仪式，但在现场的人谁也不愿意离去。

陆安平急匆匆地上台救场，而台下还坐着一个人——陆璧青！陆璧青看着这一幕，满脸通红，眼中震惊、愤怒、失望、纠结，种种情绪交加，混成一种巨大的痛苦，折磨着他。

陆安平上台后将妻子护在身后，抢过话筒，仍然是一副温文尔雅的模样，说道："很抱歉，各位，我想这其中一定有什么误会。我跟我爱人多年来致力于推动花丝镶嵌的宣传和发展，兢兢业业，恪守本心，一生最大的追求就是让更多的人了解并爱上传统工艺，不敢做半点儿有违艺德的事。今天的事，我们一定会在查清真相后给大家一个交代。现在，请大家给我们查清真相的机会和时间，暂时离场，谢谢大家。"

梅姑举着喇叭笑了，说道："既然要查清真相，干吗要大家离场？当着大家的面查清不是更有说服力吗？"

原本已经有一小部分人，在听了陆安平这番感人肺腑的话之后迟疑着起身了，听了梅姑的话后又果断地坐了下来。

陆安平气得咬了咬牙，但很快恢复了儒雅的模样，说道："也好，那就当场查个明白，也好还林老师清白。"

梅姑便请了几个人上来，其中有陈叔叔。

陈叔叔的手里还捧着一个托盘，托盘里的东西用丝绸盖着。

林雪慈的脸色变了变，她捏了捏陆安平的手，陆安平看见这一幕后却定了心，冲她笑了笑，让她别担心。

梅姑把丝绸掀开，陈一墨送给商师兄和初初姐的结婚礼物出现了大家的眼前。

台下的人站得远，看不清楚，但台上的众人连同主办方的工作人员和相关协会的人，看得清清楚楚，这件作品的精致程度绝不在《朝花夕拾》之下，因它是一个音乐盒，所以转动时，渐变的点彩荷花的花瓣在阳光下仿佛有着晶石的光泽，随着音乐盒的转动微光璀璨。

"这件作品，是一个叫陈一墨的孩子制作的。她八岁开始学艺，聪慧、勤奋，十分有天赋，她的作品已被送至国际大赛参赛，现在，她就在欧洲参加颁奖典礼。她怎么也想不到，在她的后方，居然有人会盗她的创意，还敢说是自己首创的！我们传统工艺的生存和传承本来就困难重重，陈一墨这孩子是个好苗子，难得的是从小就立志走这条传承之路，从不曾动摇，一路上经历了多少艰难，我就不赘述了，只是，万万没想到，让她寒心的却是所谓的长辈、大师！现在，这孩子还不知道这件事，回来后要是知道了，该有多伤心！"梅姑心想：哼，就你陆安平会煽情，我不会？

她还有更绝的招数！

"陈一墨将这件作品做出来以后，我们就已经申请了专利，现在专利还未被批下来，但整个流程是可以看到的，我们申请专利的时间在林雪慈制作《朝花夕拾》之前！"梅姑直接让商辉把申请专利的流程和时间投屏在了大屏幕上。

陆安平静静地等她说完，也安安静静地等台下的喧哗声再度响起，而后微笑着示意大家安静下来，对着话筒说道："所以我说这是个误会。陈一墨是谁？陈一墨是我师兄的徒弟，我们本就是一家人，渐变点彩这个创意，本来就是我们师叔侄一起讨论、实验出来的点子，这孩子用这个技法先做出了作品，还去申请专利，实在是我们没想到的，不过没关系，我和林老师在意的是手艺的传承，而不是谁是首创者。既然这样，我们就把'首创'这两个字让给陈一墨，毕竟她是后辈，后辈的成长比'首创'两个字重要得多。我们这辈人已经老了，传统工艺的发扬和壮大终究要靠年轻人，只要年轻人好，我们这辈人就算做个垫脚石又如何？为师者，本来就是弟子的垫脚石。"

梅姑震惊了，陈叔叔和商辉也震惊了。他们万万没想到，陆安平竟然能讲出这么无耻的话，而台下，不知真相的大多数人已经开始鼓掌了，为陆安平这种真正的大师精神而感动。

林雪慈暗暗地松了一口气，多亏了丈夫的临场应变能力，两个人握着彼此的手相视一笑，林雪慈看向梅姑的眼神里带着挑衅之意。

梅姑被她的这副模样气得眼睛冒火，原本是一次揭露沽名钓誉之辈的无耻行径的行为，结果反而要给这两个人的无耻行为再披上"慈爱良师"的光环？绝无可能！

恰在此时，台下有人送上来一张字条，点名交给林雪慈。

陆安平一把将字条接了过来，和林雪慈凑在一起看，刚才还那么骄傲的林雪慈骤然变了脸色，下意识地往底下看去，只见会场的角落里，有个人被推了出来。

陈家的那个傻儿子！

林雪慈一眼就认出了陈一鸣。

他怎么会来这里？字条是他写的吗？

她紧张地看向陆安平。

陆安平却发现了陈一鸣的肩上搭着的那双手，和从宣传立牌后走出来的手的主人：戴着口罩和帽子的少年。

如果他没认错，那个少年应该就是跟陈一墨一块儿长大的人，少年的脸在多年前的那场大火里被烧毁了，这会儿那个少年却押着陈一鸣到了这里，并递上了这样一张字条：十万块钱 聊天记录。

就这么几个字，字字重如山，足以将他和林雪慈积攒了多年的名望压垮、击碎。

梅姑却笑了，宋河生来得正是时候！

陆安平脸上那副刻上去的儒雅笑容终于僵硬了，林雪慈紧紧地抓着他的手指，都捏出汗来了。

台上两个人，台下两个人，就此对望，静默，却仿佛山雨欲来前黑云压顶。

陆安平的大脑在高速运转，他要怎么办？他该怎么办？那少年清冷的目光直逼台上的人，大约因为戴着帽子和口罩，那双眼睛像寒刀一样冰凉、锐利。

这样的目光，是他给多少钱都收买不了的，这样的目光，还让他想起了很多年前某个人决然离去时的眼神，也是这般寒冷，也是这般如刀如剑。不，又不一样，多年前的那人眼中还有些许"终不忍"之色，而眼前的这个少年，完完全全站在他的对立面，是他的天敌。

这样的沉默和变故，让台下的人沸腾起来了，众人七嘴八舌地开始问到底发生了什么事，更有记者直接要求林雪慈公布字条上的内容，展会主办方的工作人员也靠近陆安平，想询问个究竟，以及这开幕式到底还要不要进行下去！真愁人！

台下的陆璧青情绪复杂，羞愧、纠结、痛苦、挣扎。

在质问的声音越来越大，他的父母却还不知道该如何应对的时候，他站了起来，朝台上走去。

"你来干什么？"林雪慈着急地问道。

陆璧青却没回答，直接挤开了林雪慈，站在话筒前，涨红着脸，对着话筒说道："各位好，我来说清事实吧。我是陆安平和林雪慈的儿子。没错，渐变点彩的创意不是我的父母想出来的，就是陈一墨独创并且首创的，是我，是我很喜欢这个创意，所以用不正当的方式将它窃取过来了。"

"你在胡说什么？！"陆安平和林雪慈异口同声地打断了他的话。

"我没有胡说！"陆璧青脸色通红，眼泪都快流出来了，继续说道，"就是我！是我盗的！我在这里向陈一墨道歉，向所有的同行道歉，对不起，我错了。"

谁也没想到事态会发展成这样。

面对陆璧青那双泛红的眼睛，林雪慈终于咬着牙当众承认了，渐变点彩这一创意是她用不正当的手段，从陈一墨那里窃取来的，跟她的儿子没有半点儿关系，但并没有说窃取的过程。

这不是什么光彩的事，林雪慈连在台上多站一秒钟都觉得难受，匆匆交代清楚后，就带着老公和儿子离场了。

这开幕式也办不下去了，草草结束，但这么多记者的好奇心没有被打消，一伙人一窝蜂地追着林雪慈一家三口去了，另一伙人则围住了梅姑等人。

宋河生在一片混乱场景中押着陈一鸣离场。

陆家的三个人简直如同逃生般从人堆里挤了出来，上了车，林雪慈的发型被挤乱了，衣服也被挤皱了，头饰还掉了一个，但她现在已经顾不上这些了，经营了半辈子的大师名声从此被毁，对梅小蕴等人的怨恨升到了顶点。

"梅小蕴这个贱人！"她实在控制不住自己的脾气了，一改平时温柔的形象，开始咒骂，"这么损人不利己的事她都要干！关她屁事？她就是嫉恨我！"

陆安平看了她一眼，没说话，脸上阴云密布。

林雪慈眼神一滞，收敛了一些。她、梅小蕴和易南生之间的旧事，陆安平并不爱听。

但她满心的愤恨情绪无处发泄，将目光落在儿子的身上，而陆璧青这时候也正看着她，他不理解母亲怎么会讲出这句话：损人不利己的事。这怎么是损人不利己的事呢？那位姓梅的老师明明做的是对的事。当然，他也无法理解母亲盗取陈一墨的创意的事，他不知道这件事父亲有没有参与，但父亲肯定是知道的，还纵容母亲这么做！

这还是让他二十年来引以为傲的父亲、母亲吗？他的世界观在今天被毁了。

林雪慈却又气又恨地训他："你这个傻孩子！你去承认干什么？你要是不承认，我们总有办法扭转局面的！"

陆璧青的脑子里是混乱的，"轰轰"直响，有东西在倒塌，有东西在萌生，他的世界观仿佛要重建，他却不知道该怎么重建。

他愣愣地看着母亲，轻声问："怎么扭转？"

林雪慈被陆璧青问住了，主要是被儿子的眼神镇住了，陆璧青那双清澈的眼睛里浮动的伤心和失望之色，以及很多很多其他的东西，让她无法回答这个问题。

"是继续否认，顺便给陈一墨泼一盆脏水吗？"陆璧青的眼泪从眼角无声滑落，他问。

林雪慈移开视线，不敢和儿子对视。

陆安平皱起眉，说道："你怎么和妈妈说话的？先不说别的，你有想法，可以私下里和我们说，这样把你妈妈逼到绝境，你怎么忍心？你明明知道你妈妈不可能让你背负骂名，自毁前途！"

他也不想。

他一点儿也不想逼妈妈，但有什么办法呢？他是真的想替妈妈把这个罪名扛下来。他是妈妈的儿子，妈妈错了，他去扛就好了，但正义、公理总要还给人家吧？

陆安平见他不说话，继续教训他："父母是自家人，别人是外人！这不是一件小事，你就没想过，这件事足以毁掉我们家全部的事业和你妈妈一生的名望，也会毁掉你自己的前途？"

他想过！

他红着眼眶问他爸："所以，就因为是自己人，因为是爸妈，便错了也是对的吗？"

陆安平被他问得怔住。

"可是爸爸，明明从小你就教育我，做人要心怀大善、刚正不阿、诚实勇敢，爸爸，哪一个你是对的呢？"这么做会毁掉妈妈的名望，会毁掉自己的前途，他都想过。他难过吗？他难过，可是，跟父母在他心中神一般的形象坍塌相比，这点儿难过情绪根本不算什么。

他出生在一个富有、幸福的家庭，父母是业界大师，备受尊重，他走到哪里都自带光环，但有一天，现实狠狠地扇了他一个耳光，原来，那对神一般的父母居然有这么龌龊、卑鄙的一面，父母给他树立的世界观，被他们自己颠覆，这样的巨变，他真的有些承受不了。

梅姑他们算是大获全胜，只是，在胜利之余未免有诸多感慨。

"歹竹出好笋！林雪慈居然养出了这么一个好儿子！"梅姑感叹。

陈叔叔没接话，只为最后的结果感到满意。林雪慈自己没脸继续参展，拿回作品，退出展会，而陈一墨制作的那个送给初初做结婚礼物的音乐盒，替代林雪慈的作品被收入了展会。

宋河生没跟他们在一起。

他在会场晃了一圈，事情差不多了结了，就押着陈一鸣从人群中悄然退出，所以，林雪慈后来在人群中再找他俩时，便没发现他们的人影。

陈一鸣觉得宋河生就是一个魔鬼，而他这辈子要被这个魔鬼吃定了，只要跟宋河生在一起，他就觉得身边阴风阵阵。

他以为这事到此便结束了，一回到河坊街就缩着脖子，老鼠似的想溜回家藏起来，但宋河生没让，他稍稍走远一点儿，宋河生就揪住了他。

"河……河……河……"他"河"了半天，"河"不出所以然来，整个人抖个不停。

宋河生漠然地看着他，说道："别慌，不打你，去你家。"

听见"不打你"三个字后，陈一鸣不仅松了一口气，还全身一松，差点儿瘫倒在地上。至于回家什么的，他倒是不怕。宋河生要告状吗？他妈反正只会帮他，何况这事他妈也参与了。

他带着宋河生回到家，一进去就想往房间里钻，被宋河生逮住了。

付英英正好在家，见状，惊讶地问道："你这一上午去哪儿了？"见宋河生拎着陈一鸣不放，她马上变脸护犊子，手里的菜刀都快舞到宋河生的脸上了，怒道："你这是在干什么？欺负我们一鸣吗？"

宋河生轻轻松松地就闪开了，推了陈一鸣一把，对他说道："自己说！"

"说什么说？"付英英步步紧逼，手里的菜刀舞个不停。

宋河生干脆把陈一鸣往中间一拉，那菜刀差点儿舞到陈一鸣的头上，付英英这才消停了。

"你不说，我说？"宋河生又说道。

陈一鸣是不怕在付英英面前说这事的，说就说呗！

他把付英英都知道的事说了一遍，不外乎林雪慈想要买秘籍的事，她怎么会不记得呢？毕竟有一条人命在里面！后来，陈一鸣偷玩陈一墨的电脑时，发现陈一墨画了一些奇奇怪怪的他看不懂的图，于是悄悄告诉了付英英，付英英再次找上林雪慈，没想到又轻轻松松地得了十万块钱！

付英英听到这里，心里顿生寒意，再也嚣张不起来了，看着宋河生，神色戒备地问道："你想干什么？"

宋河生的目的很简单，他说："墨囡从此以后搬离陈家，不再回来住了！"

陈家有太多乱七八糟的事，他实在不放心陈一墨再住在这个老虎洞里，就替陈一墨做了主，就着这事把话挑明了。这个时机比上次陈一鸣找人欺负陈一墨还好。

付英英想着别的事，对宋河生说的这句话没啥反应。宋河生只当已经告知她，说道："我会跟陈叔再说一声的。"

说完，宋河生就走了，付英英一把抓过陈一鸣，问道："你还跟他说别的事没有？"

陈一鸣其实被吓得要命，猛摇头。他知道妈妈说的"别的事"是什么。

付英英松了一口气，握紧了陈一鸣的肩膀，对他说道："记住，永远不要再跟任何人说！忘了它！一定要忘了它！"

但陈一鸣怎么忘得了？

当晚他就做起了噩梦，在梦里大喊大叫，付英英起来看他，把他叫醒，发现他又尿床了，床上湿漉漉的一大片痕迹。陈一鸣抓着她发抖，并结结巴巴地说着梦话："不是……不是我……不是我烧……"

付英英一把捂住他的嘴，她身后的陈亮也起来了，问道："大晚上的又吵什么？"

陈一鸣的眼睛不住地往上翻，露出一大半的眼白，他"呜呜呜"地出声，嘴被付英英捂着说不出话，眼里全是恐惧之色。

然而，这一切并没有结束。

下午，付英英接到电话，电话那端的人要她退回十万块钱。已经到手的钱，付英英哪里舍得退出来？！她下意识地去捂口袋。

哪知对方却说："别忘了几年前的大火，不想你儿子坐牢的话，就把钱退回来！"

付英英慌了，结结巴巴地说道："那件事……那件事你……你也……"

"我只叫你拿东西，可没叫你杀人！我充其量被罚点儿钱，你儿子就等着偿命吧！"

"你……你……"付英英嚣张了半辈子，那也只是在河坊街，此时此刻半句话也说不出来。

"今天下午五点前，我要收到钱！"

电话就此被挂断，付英英一屁股坐在了地上，既心疼那十万块钱，又明白多年前的那个把柄握在别人的手里终究是祸患，内心惶惶，拍着地大哭起来。

此刻远在异国的陈一墨完全不知道家里发生的这些事，这会儿正准备和向挚去看《最后的晚餐》。这是向挚好不容易预约上的，毕竟是世界名画，哪怕时间很赶，他们也得去见识一下真迹。

然而，他俩还没上公交车呢，向挚的手机就响了，是一个陌生的本地电话号码打来的。

他们都是学生，买了一张卡，平时也没人会打电话过来，向挚听见声音时还愣了一下，而后脸色就变了。

陈一墨只听见里面传来了女孩的声音，这异国他乡的，女孩？是程舒吗？

她再听向挚说下去，发现打电话的人果然是程舒。

"你现在在哪里？"向挚的语气很不好，他好像要骂人了。

"我……我不知道……"程舒在那边"哇"的一声哭了出来。

"那你又是拿谁的手机打电话的？"向挚这人跟"温柔""细心"这些词是挂不上钩的，至少在程舒的面前从来没有与这些词挂上钩。

"不知道。"程舒看了看身边的外国女孩，在向挚差点儿怒气冲冲地问她"你知道什么？"之前哭着说，"一个外国人……"

"把手机还给人家！"向挚皱着眉头，语气恶劣地说道。

接着，电话的另一端传来了外国女孩讲英语的声音，夹杂着程舒的抽泣声，向挚总算问到了程舒现在所在的位置。虽然这个地方他也不知道在哪儿，但把地点死记硬背下来还是可以的！

等向挚挂了电话，陈一墨问他："程舒怎么了？"

"她迷路了，还遇上了小偷，手机、钱包、护照全丢了。"向挚的语气还是很不好，末了，他看了陈一墨一眼，觉得抱歉，说道，"不好意思，我没有对你发脾气的意思。"

陈一墨笑了笑，当然知道他不是对她发脾气。

"你能自己找到教堂吗？"向挚问她。

陈一墨点了点头，说道："你赶紧去找程舒吧。"

"好！"说完，向挚又解释，"我们是一起出国的，我不能不管她。"

"嗯！当然。"陈一墨再度点头。

向挚看着她，突然有点儿为难，又说道："你真的能找到教堂？不然你还是别去了，我们以后再找时间去，我真怕找完一个人又要找另一个人！"

最终，陈一墨跟向挚一块儿去找程舒了。

他们找程舒的过程并不顺利，绕了几圈冤枉路才终于找到了那把街心小公园的长椅。街边有一家冰激凌店，程舒正坐在长椅上，捧着一杯冰激凌，一边吃一边哭。

骄傲又强势的程舒居然还有这样的一面！

向挚和陈一墨走到她面前了她才发现，她的眼角挂着泪珠，嘴角沾着冰激凌渍。

向挚见此，气不打一处来，说道："你可以啊！你的钱包不是丢了吗？你还有钱买冰激凌？"

程舒还真因为在异国他乡迷路而被吓着了，这会儿还没缓过来，竟然接受了向挚的怒火，解释道："这冰激凌是刚才借手机给我的外国女孩给我买的。"

向挚气得都不看她了。

程舒看看已经被吃得七七八八的冰激凌，说道："还挺好吃的，开心果味的，我以后请你们吃！"

"你们"？她这是还包含了陈一墨？

向挚一点儿也不客气地问她："你拿什么请？"

程舒现在"人穷志短"，撇了撇嘴，没再说什么。以她的傲气，她也没法开口跟向挚或者陈一墨借钱，是以，精神十分萎靡，只默默地跟着他俩。

她没钱，又怕再迷路，还能怎样？

陈一墨看着这两个人，暗暗笑了笑。倒不是她不愿意借钱给程舒，只是，这不是多事吗？

向挚还替程舒向大使馆预约了护照补办业务，看了一下时间，不太确定是否赶得上看画，问程舒："我们要去看画，你呢？"

程舒看了看陈一墨，表情又委屈又想保持骄傲，十分精彩。她看什么画？她又没票！

"那我们先走了，你回去吧，从这儿走路都能回酒店，我给你画一张地图。"向挚说罢，便拿出了纸、笔。

程舒更加生气了，对陈一墨短暂的友好态度结束了，又开始瞪陈一墨，陈一墨觉得自己很无辜。

"还是你们去看吧，我回酒店。"陈一墨打算做一件好事。

"不用！"

结果，这两个人异口同声地反对。

"我不用你让我！"程舒说。

"不用管她！"向挚说。

陈一墨无语。

好吧，她终究还是多事了，决定不插嘴了。

"走吧。"向挚把他画的地图塞给程舒，叫上陈一墨，打算往教堂去了。

程舒拿着地图，瞪着那两个人的背影，眼睛都要冒火了。骄傲的人设不允许她输！可是，那两个人越走越远了！她压根儿看不懂地图！尤其向挚在地图上标注着什么南啊北的，她当然知道上北下南左西右东，可是，这口诀搬到现实里，哪儿是上呢？

"那个……"对迷路的恐惧情绪，终于让她放弃挣扎。

向挚听见了，回头问她："还有什么事？"

"我的房卡也丢了，进不了房间。"情急之下，她找不到特别好的借口，当然，也不可能示弱。

其实，这个问题的解决办法很多，最简单的不就是找前台的工作人员开门吗？

程舒走上前来，又说道："我的护照丢了，前台的工作人员不相信我，不给我开门怎么办？我证明不了自己就是房间的主人，而且，M市的人的英语烂得不行，我完全听不懂他们在说什么！"转过弯来的程舒，说起借口来明显自然了许多。

M市的人表示受到了伤害。

向挚看着她，沉默了，直到程舒自己都被向挚看得心虚了，眼珠子不停地转动着，向挚才开口问她："那你说怎么办？"

程舒努了努嘴，反问道："我怎么知道该怎么办？"

她就是不能先开口！

向挚沉默了一会儿后，说道："那你跟我们一起去吧！"

程舒眼睛一亮，偏偏还要掩饰，故作深沉地思考了一下，摆出特别为难的样子，说道："那行吧。"

陈一墨："……"

其实，解决这个问题的办法还有很多，但跟着他们去看画绝对不是最佳的，毕竟，程舒没有票进不去，只能在教堂外等。

可程舒看起来并不介意在教堂外等他们，而且指着不远处的咖啡厅说道："我在这儿等你们，没事的。"

向挚说她："你当然没事。你有钱喝咖啡吗？"

陈一墨心想：向挚，就你这直男属性，难怪上大学三年多了还没女朋友！

程舒理直气壮地说道："没有！你给我付！回国以后我三倍还你！"她就差把"我家有的是钱"这几个字写在脑门儿上了。

程舒还不还钱不是陈一墨该操心的事，反正，她和向挚看完画出来时，程舒还老老实实地在咖啡厅里坐着等他们。看见他俩过来，程舒笑眯眯地迎了上去，当然，其实是迎向向挚。

"你看，我是不是没有生气？"程舒指着手表，示意她等了这么久都没发脾气。

向挚看都没看她，说道："你生气吧！"

说完，他径直走了，那眼神分明写着"谁在乎"！

程舒在等人的过程中没生气，但这会儿是真的生气了。这要是在国内，她的暴脾气就按捺不住了，可这不是在国外吗？她不认识路啊！

公交车来了，眼看向挚带着陈一墨都要跨上车了，她再也等不下去了，绷着脸就追过去了。

颁奖典礼在晚上举行。

程舒打扮得像在逃公主一样，在陈一墨和向挚的面前转圈，问他们："好不好看？今年CD（克里斯汀·迪奥）的高定礼服！我爸给我买的！"

这话让陈一墨和向挚都不知道该如何回答。不过，陈一墨现在已经总结出了经验，程舒说的话往往并不是说给她听的，程舒的事也无须她多嘴，所以她只当自己不存在。

可向挚那家伙也板着一张脸，完全当眼前亮闪闪的程舒不存在。

程舒的眼睛都瞪圆了。

眼看向挚和陈一墨要从她的身边走过去，她急得再度拦住他们，把说话的对象转为陈一墨，而且没话找话地说道："陈一墨，你身上的衣服是什么牌子的？"

她眼神里的优越感不加掩饰。

陈一墨当然穿不起什么高定礼服，以她的性子，也不会因为程舒的挑衅而暴走。事实上，她今天穿的礼服颇具中国风，所以，程舒的优越感继续爆棚。

"你身上的礼服是国内品牌的吧？好看是好看，就是档次不高，不适合今天这样的场合，我还有一件礼服，跟我身上的这件是同一个设计师设计的，我借给……"程舒说道。

"不用了！"向挚冷冷地打断了程舒的话。

程舒不乐意地翘起了下巴，问他："我跟陈一墨说，又没跟你说，你凭什么插嘴？"

向挚面无表情地说道："就凭陈一墨身上穿的是我设计的礼服！"

程舒瞪圆了眼睛，嘴巴张得合不上。如果世上有后悔药，她愿意吞下一大把！但是没有！

她怎么也不能输阵仗！

她眼珠一转，绷紧脸，问向挚："为什么你给陈一墨设计，不给我设计？"

向挚看着她，幽幽地说道："我设计的礼服档次不高，不适合今天的场合。"

程舒："……"

"走吧。"向挚叫上陈一墨，再没搭理程舒。

程舒终于消停了。

陈一墨倒觉得，程舒就算不穿CD的高定礼服，也不需要向挚来为她设计礼服，这个性格乖张的女孩是有才气的，比如，当颁奖典礼的司仪念出"Cheng Shu, China"这几个词的时候，程舒惊喜的笑容胜过所有高定礼服的加持。

程舒获得了铜奖。

她抱着奖杯下来，再看陈一墨身上的礼服时，忽然觉得自己身上的高定礼服不那么耀眼了。

她在向挚的身边坐下，踌躇满志地说道："向挚！你给我等着！我不稀罕你给我设计什么礼服！我，程舒，要让我的名字出现在全球顶尖设计师的名单里！总有一天，我会有属于我自己的高定礼服！"

向挚挑了挑眉，什么也没说。

颁奖仪式还在进行，只剩金奖没有颁发了，但在场的未领奖的设计师还有若干名。也就是说，主办方虽然邀请了多位参赛者，但并不是每个人都能获奖，看起来，一大半人只是陪跑而已。

抱着奖杯的程舒已经在安慰向挚了："虽然说民族的就是世界的，但你的作品的主要缺点是不被人理解，特别是加入了莫名其妙的元素，对外国人来说，那是什么玩意儿？不过没关系，比赛年年有，你下次再参加，好好设计，设计出外国人能看懂的东西就好了，你还是有才华的。"

这话分明就是将向挚的"失败"归咎于陈一墨加入的"莫名其妙的元素"了，她在肯定向挚的才华的同时，隐隐还有一种"虽然你有才华，但不如我"的优越感。

向挚根本就没理她，至于能不能获奖，他自己真没底。其实程舒说得有道理，设计点儿不那么标新立异的作品，迎合别人的口味，可能更保险，但那就不是他向挚了！

陈一墨都觉得向挚应该得不了奖了，程舒的话她也听见了，但并不觉得自己应该对向挚感到抱歉。艺术本来就是无垠的，创造力就该天高任鸟飞，如果要给鸟画一个笼子，那就不是她的初衷，她相信那也不是向挚的初衷。

两个人的视线在空中交会，他们都懂得了彼此的想法，不由得相视一笑。

作品能不能获奖重要吗？当然重要，可是，又不是最重要的！

程舒看见这两个人那么有默契的一笑，气得扭过了头。

台上的司仪正在宣布入围金奖的作品，虽然不再抱有希望，但向挚还是很紧张，没想到，第一组出现的就是他和陈一墨的名字："Xiang Zhi, Chen Yimo, China"。

"向挚！有你！"程舒比他更沉不住气，不但大声地喊了出来，还揪住了他的手。

向挚的注意力全在屏幕上，他完全忽略了她的动作。

金奖一共四组人入围，司仪宣读完入围者的名单后，用饱含激情的声音宣布唯一的金奖花落谁家。当"Xiang Zhi, Chen Yimo, China"再度响起时，整个会场里掌声雷动。

"向挚！是你！你获得金奖了！"莫名其妙地，向挚和陈一墨没哭，程舒却哭了。

后来，程舒为自己失控的情绪进行了解释："我当然高兴，只有与我同样有实力的你才配做我的竞争对手，不然有什么意思？"

不管程舒要怎么强行解释，在这个时间点上都不那么重要，向挚是真的很高兴，陈一墨也替他开心。LD大学的校长亲自给他们颁奖，还向他们抛出了橄榄枝，欢迎他们过来留学，当然，申请的程序不可少，但这对向挚来说是一次特别有利的经历。

向挚高兴得在请陈一墨吃冰激凌的时候把程舒也捎带上了，请的就是程舒吃过的那种开心果味的冰激凌。程舒难得没和向挚抬杠，三个人走在异国他乡的街头，说说笑笑，齿间不仅是开心果的味道，还是青春的味道，更是对未来无限憧憬、无所畏惧的味道。

陈一墨回到酒店后就给宋河生打了电话，不管时差，也不管宋河生这时候在干什么。

万水千山都变成了手机里一声又一声的"嘟"的声响。

当这"嘟"声终于变成一声清晰的"喂"时，陈一墨却不说话了。

"喂？喂？"宋河生连续"喂"了几声之后，问她，"能听到吗？墨囡？是信号不好吗？"

陈一墨总算哼了一声。

"怎么了？墨囡？"宋河生站在窗口，打开窗户，心提得跟他想象中的信号似的，随时可能断点。

陈一墨再哼了一声。

"怎么了？不开心吗？"他以为她没获奖，还在琢磨该怎么安慰她。

不料，陈一墨却说："你还记得我？"

她的语气酸溜溜的，像河坊街上初夏时小贩摆摊卖的青青的李子。

宋河生："……"

他怎么会不记得她？

"你一个电话都没给我打！"她等了好几天，倒是要看看他到底会不会主动跟她联系，结果白等了！

"那个……国际长途的话费贵。"他解释道。

"哼！消息也不发？"

"那个……"

"别'那个'了！宋河生！小时候你每次在宋婶面前撒谎时，就要先说'那个'！"

他苦笑，这个小姑娘厉害得很。

"宋河生！你想不想我？"厉害的小姑娘咄咄逼人地说道，"说！想不想？"

他顿了顿，回答道："那个……想。"

陈一墨气得跺脚，大声说道："你故意的！你把'那个'去掉！"

他在她看不见的地方淡淡地笑着，问她："在国外吃了什么好东西？"

"冰激凌，开心果味的！"

"好吃吗？"

"好吃！回家后你给我做！"

宋河生犹豫了，说道："国外的东西我不一定会做。"

"那你就慢慢研究！一回做不出来就做十回，一天做不出来就做一年，一年做不出来就做一辈子！时间长着呢！"

陈一墨慢慢地躺到了酒店的床上，窗外是异国的夜，空气里仿佛都是甜品的味道，果味、奶味，又香又甜。

年轻时，人们总觉得岁月漫长，"一辈子"这样的承诺轻易便能许出去，某一天蓦然回首时才发现，原来已经过去许多年，而时间也把人们坚定不移地相信的人和事轻轻松松地带走了。

第八章
只要还被需要

　　陈一墨载誉而归，当然是需要宋河生来接她的。

　　她像一只骄傲的孔雀，在机场的出口四处张望，看见宋河生后，愈加昂首挺胸了。

　　她出去的这几天，省会连续下了几场雨，气温骤降，宋河生看见衣着单薄的她还要摆出神气活现的姿势时，不由得想笑。

　　他走上前，忍住摸她头发的冲动，把随身带着的她的厚外套给她披上。

　　陈一墨自己也笑了，自然而然地把手里的行李都交给了他。

　　"一个人吗？"宋河生顺手接过行李，问。

　　陈一墨瞪眼，语气充满警惕地问道："你不是来接我一个人的？你还在期待谁出现？"他不认识程舒，而且，程舒坐的是头等舱，早走得不见人影了！他这不是在问向挚，还会是在问谁？

　　他们的身后响起了"嘻嘻嘻"的笑声，随后便传来了向挚的声音："宋河生，我在这儿呢！你在找我吗？"

　　陈一墨气得瞪着宋河生，鼓着腮帮子，像一只松鼠。

　　宋河生实在没忍住，笑出了声，伸手摸了摸她的脑袋，说道：

"走吧！"

"等我！等等我！"向挚跑过来，一边把自己的行李往宋河生的手里送，一边转头问陈一墨："陈一墨，你跑那么快干吗？拿了行李就跑，我追都追不上。"

说完，他发现陈一墨正用她那双乌溜溜的眼睛瞪着他。

他低头看了看，没发现自己身上哪里有问题，难道脸脏？他不禁伸出手去摸脸，却听陈一墨毫不客气地对他说道："往哪儿放呢？我说你！你将行李往哪儿放呢？你自己没有手吗？"

向挚讪讪地把行李收回来，陈一墨用力地把宋河生挽住，拉着宋河生大步往前走去。

向挚自己拉着行李跟上来，走在宋河生的另一侧，附在宋河生的耳边小声说："你的女朋友太凶了！"

宋河生微微一笑，笑容被口罩遮住了，眼神里的温柔和宠溺之意却挡不住。

陈一墨一看，哼得更响了，用力地把宋河生扯过来，隔着宋河生，不客气地对向挚说道："我们今天没空，你自己回去！"

向挚咧嘴一笑，冲宋河生说道："你们去哪儿？是要去庆祝吗？我们一起啊！"

陈一墨更生气了，怎么有这么没有眼力见儿的人呢？"我跟我的河生哥有事，你跟着不方便！"陈一墨在心中咆哮道：我的河生哥！我的！你懂不懂？

"有什么不方便的？我们又不是没一起喝过酒！走！大不了今天我请客！"向挚大大咧咧地把胳膊搭在宋河生的肩上，摆出一副哥俩好的样子。

陈一墨与向挚吵了一路，向挚还是赖着跟他俩回了出租屋。

晚上，陈一墨和向挚一左一右地守着宋河生，桌上有好几包开心果，还有一堆开心果的壳。

宋河生在给他们做开心果味的冰激凌。

冰激凌已经被放到冰箱里了，现在他们就是等着。

向挚等得直咽口水，说道："宋河生，怎么会有你这么会做美食的人？我真想把你带回家。"

这话又惹恼了陈一墨，她又要跟向挚急。宋河生剥开一颗开心果，把果仁往她的嘴里塞。

她嚼了嚼开心果，算了，懒得跟这人废话！

向挚笑嘻嘻地凑了个大脑袋过去，张开嘴"啊"了一声。

"你干吗？"陈一墨没好气地问。

"我也要吃开心果。"他这话还是用撒娇的语气说的。

陈一墨真想把那堆开心果的壳扔到他的脑袋上！

宋河生暗暗摇头，拉着陈一墨去厨房了，边走边说道："不理他。"

嗯！这话陈一墨爱听。

在等待冰激凌被冻好的时间里，宋河生做了一桌丰盛的饭菜，给陈一墨他们接风。

两个男生没喝酒。

有向挚在，谁还敢喝酒？

他们终于盼到冰激凌被冻好了。

宋河生把它取出来，先给陈一墨喂了一口，表情充满期待地看着她，问："怎么样？味道像吗？"

陈一墨细细抿着，随后缓缓摇头。

"那我明天再试试！"宋河生说道。

陈一墨握住他的手，说道："不过也好吃就是了！你别急，慢慢试！"

一旁，向挚挖了一大勺冰激凌往嘴里一送，边吃边皱眉。

"怎么？难吃？"宋河生怕墨囡说"好吃"是在安慰自己。

"不是。"向挚的眼神里充满疑惑之意，他又说道，"我再吃一口尝尝。"说罢，他又挖了一大勺冰激凌。

"喂！都快被你吃完了！你给我！"陈一墨着急地喊道。

勺子和冰激凌碗都被陈一墨抢去了。

陈家的墨囡从国外领了奖回来了！

河坊街的街坊们都与有荣焉。

宋河生和陈一墨牵着大黑走过河坊街的时候，熟人都出来跟他们打招呼，一个个笑盈盈的，有刘师傅、卖绣品的姑娘、胖丫的爸妈，还有胖丫和她的未婚夫。

两人一狗一路走着，连大黑都趾高气扬、神气活现的，好像知道它的女主人了不起似的。

哦，对了，胖丫的咖啡馆终于开张了，可惜陈一墨没能赶上开业典礼，宋河生代表他和陈一墨送了一个花篮给胖丫。

胖丫跟着他俩来"旧曾谙"玩，当然，主要是来取她叮嘱陈一墨给她代购的东西的。胖丫今年毕业，打算一毕业就结婚，从现在开始就在选购结婚用品，首饰什么的当然要在陈一墨这里做了，但还有别的东西呢。冯叔就这么一个女儿，宝贝女儿结婚，当然要事事让女儿开心了！

陈一墨把东西交给她，陈一墨的行李箱里一半是给胖丫带的东西。

胖丫抱着她的包包和护肤品，乐得在陈一墨的脸上亲了一下，兴奋地说道："辛苦你了，墨囡！我结婚时你要给我当伴娘！"

"好！"陈一墨笑道。胖丫的快乐也感染了她。

胖丫急着把她买的东西拿回去跟葡萄分享，于是对陈一墨说道："墨囡，我晚上再来陪你说话，或者你来我的咖啡馆里玩！我现在先把东西拿回去！"

说完，她便一阵风似的不见了人影。

宋河生帮陈一墨将东西收拾好后便转身去了厨房。

陈一墨跟在他的身后，看着他熟练地切菜、炒菜。她蹲下来，把篮子里的几个地瓜洗干净，再把板栗切开一道口子，一边忙碌一边说："河生哥，你还记得小时候在老头儿这里，都是我做饭，你跟胖丫只知道玩吗？"

宋河生回忆起那个调皮的自己，情不自禁地笑了。

"所以，现在就轮到你做饭了！"陈一墨笑道，"河生哥，等一下我们在院子里生一堆火，烤地瓜吃，行吗？"

"好。"

虽然天气转凉了，但小院里的炭火被烧得很旺，他们摆上一张小桌，再生了一个炭炉，两个人直接烫菜吃，就跟老头儿还在的时候一样，也不是什么正经火锅，就是随意地炖一锅油辣汤煮菜吃。当然，现在有了宋河生的厨艺加持，味道可比陈一墨小时候做的菜好多了。

桌下的炭火里已经埋进了红薯和板栗，慢慢地散发出香味。大黑趴在火盆旁，舒服地耷拉着眼皮，眼看又要打盹儿了。

陈一墨吸着鼻子，贪婪地闻着这样的空气，享受地说道："这是冬天的味道！好暖和！"

也不知大黑是不是听懂了陈一墨的话，它挤到陈一墨的脚边，蹭她的手。

陈一墨笑了笑，伸手摸它的毛，大黑便舒服地眯起了眼。

陈一墨乐了，说道："我们大黑永远是骄傲的小王子！"

陈亮就是这个时候到小院来的。

他站在门口，也不进来。宋河生看见他，叫了一声"陈叔"。

展会上发生的那件事，宋河生都说给陈一墨听了。

陈一墨在震惊的同时隐隐感觉到了什么，幼时的记忆加上梅姑他们的反应，串联起来其实是有诸多疑点的，至于她的养父母一家人……

她对站在门口的人笑了笑，问："爸，怎么不进来呢？"

陈亮哪儿有脸进门？

他看着陈一墨跟大黑亲昵，心里更是惭愧得不行。

墨囡是他看着长大的，他哪儿能不知道她的秉性？凡是对她好的人她都十分珍爱，连对一条老狗都这样好。作为她的养父母，他们但凡对她好一点儿，他们的关系也不至于发展成今天这样，他这个当爸的，又何至于被家里的母老虎逼着来和女儿缓和关系？

是的，付英英如今后悔了。她倒不是后悔自己对不起墨囡，而是后悔没和墨囡搞好关系。墨囡有出息以后她占不到便宜，毕竟她的生财之路从此被堵死了，到手的钱还被人要了回去，而街坊们都说墨囡以后是能赚大钱的，偏偏宋河生还做主斩断了墨囡和陈家的关系，这让付英英如热锅上的蚂蚁，只好支使着陈亮来讨好墨囡了。

他倒是真的想来看看墨囡，但也只是来看看。

如今看见她好好的，笑得开开心心的，他心里很欣慰。

陈一墨再次叫他进去。

他磨蹭了一下，进了门。

宋河生冲他点了点头，态度不冷淡，也不过分热情，然后闷着头往锅里放菜。

陈一墨给陈亮加了一张凳子、一副碗筷，还取了一只酒杯过来。虽然宋河生和陈一墨都没有喝酒的习惯，但小院里还是备着米酒的。

陈亮再三推辞，最后只说他就坐下来吃两口菜。

冬夜的小院里，不时有冷风吹来，但桌底火盆旺，桌上的火锅也热乎，所以他们并不觉得冷，反而脸上、身上都被烤得热烘烘的。三个人吃着热乎乎的锅子，宋河生还调了辣椒酱，陈亮一边吃一边问陈一墨在国外有什么趣事，陈一墨便和他说起自己在国外时的见闻。有些事是宋河生听过一遍的，但他仍然含笑看着她，听得特别认真，还时不时地往她的碗里夹烫好的菜。陈亮没听过，只觉得大开眼界，毕竟在电视里看的事，和自己身边的人亲身经历的还是不一样的。

渐渐地，陈亮便插不上嘴了，全是墨囡和宋河生在说。墨囡在家里从来没说过这么多话，好像十几年加起来，都没他今天听到的多，当然，家里也没有人听她说话。

火锅热腾腾的白雾将他的脸蒸得微红，也将他的眼眶蒸得泛了红。

这才是家吧？

空气里都是烤红薯的香味，一家人围着锅吃晚饭，说说笑笑，再寒冷的天气也是温暖的。

陈亮想起了不是骂骂咧咧就是摔东西的付英英。付英英要他说的那些话，他是怎么也不会说出口的，他本来就没打算说。墨囡现在有了这样好的一个家，还回陈家干什么呢？

他没有在小院里待太久，火盆里的红薯还没熟透，他就起身告辞了，陈一墨留他再坐一会儿也没留住，他转身就走了。

陈一墨送完他回来，发现桌上他用过的那只碗下面压着一沓钱。

陈一墨知道，这肯定是陈亮偷偷攒的私房钱，暗暗摇头叹气。

"叹什么气？不想拿就还回去，我有钱。"宋河生在火盆里找红薯，找出来了一个小的，仔细地吹掉上面的炭灰，开始剥皮。

陈一墨笑着看他。

"笑什么？"宋河生愣了愣，耳根有点儿红，说，"当然，我不像那些人那样有钱，但……"

他还没说完话，陈一墨就把凳子拉到了他的身边，从他的胳膊底下一钻，整个人埋在了他的怀里。

他僵住了，而后听见陈一墨在他的胸口笑道："我就喜欢听你说你有钱这句话！"

若是别人，一定会觉得陈一墨贪钱，但宋河生不会。

　　陈一墨不稀罕什么钱不钱的，就喜欢他这样理所当然地跟她不分彼此的样子。她是他的，他也是她的，他们的一切东西都是共有的。

　　但陈一墨现在不缺钱了，这次比赛的奖金有很多，她和向挚一人一半，她的那份她存起来了。

　　宋河生觉得胸前的口袋里被她塞进了什么东西，低头掏出来，原来是一张银行卡。

　　宋河生不明白她的意思。

　　陈一墨靠在他的胸口处，眉眼弯弯，心中满是憧憬，说道："河生哥，你看胖丫他们现在多好，对未来有计划、有奔头，一步步地把生活抓在手里，那是只属于两个人的生活和未来。"

　　宋河生拿着银行卡，身体和表情都是僵硬的。

　　"河生哥，从现在开始，我们也慢慢规划我们的未来吧？这张卡是我们的共同账户，我的奖金、我以后赚的钱，还有你的钱，我们都存在这里面，既是以后的创业基金，也是以后的生活基金。我们以后还有很多事要做呢，我们的事业要起步，我们自己的家要建设，要赡养老人，还有养育孩子。"

　　她很认真地在跟他讨论这件事情，说起养育孩子的时候也没有害羞，好像这是理所当然的事。

　　倒是宋河生，眼睛亮了又黯，黯了又亮。

　　"你说话啊，河生哥？听见没有？"她没听到他的答复，所以推了推他。

　　"喀喀，"他清了清嗓子，说道，"听见了。"

　　她抿嘴笑了笑，抢过卡，再次将它放到他的口袋里，说道："这卡你拿着。"

　　宋河生要将卡往外掏，她紧紧地将卡按住不放，说道："你拿着，放在你这儿。你也知道我家的情况。"

她家的情况，自然指的是贪婪的付英英和不争气的陈一鸣。

宋河生这才不推拒了。他也有自己的想法，好吧，就全存在他这里吧，反正都是她的。

"你每个月能挣多少钱？"陈一墨问。她好像从来没问过他在冯叔家的饭店里工作的工资是多少。

他的眼中泛起微微的笑意，他问："想管家？"

"迟早的事！"陈一墨现在不想管，但以后结婚了就说不准了。

宋河生并没有回答。

两个人静静地抱了一会儿，陈一墨便有些不安分了。

他的棉外套敞开着，她靠着他，手便放在他的毛衣上，慢慢地，手指钻到他的毛衣的洞里戳啊戳，戳他胸口处的肌肉。

板栗在火里"噼啪"一声响，溅起数颗火星。

他浑身一颤，仿佛被这火星烫着了。

他抓住她的手，换了一个话题。既然她提到了她家的情况，那他就跟她交底："你家那边，上回我就跟他们说了，你从此不再回陈家。你以后回来了，就到这座小院里住。你的东西，抽个时间让陈叔都带过来。"提起陈亮，他又说道，"我本来想让你彻底跟陈家断掉关系的，但只怕也难，毕竟陈叔不是坏人。"

陈一墨静静地听着，微笑着点了点头。

宋河生觉得她过于冷静，从在接她回来的路上，他跟她讲付英英和陈一鸣盗取她的创意的事，到现在，她都没生过气。于是他问她："你不怨陈一鸣和陈婶吗？"

陈一墨的手指始终不安分，不戳他的毛衣了，又缠上了他的手指，跟他的手指玩。她玩了好一会儿，他还以为她不想说陈家的那两个人呢，就听她的声音轻轻地响起："河生哥，我真的从来没想过要不要怨他们。"

陈一墨抱上了他的腰，整个人趴在他的怀里，说道："小时候在福利院，知道自己是没人要的孩子，但是院长的手好暖，院长的声音又温柔又好听，院长就是我心里妈妈的样子。可是有那么多小朋友需要她照顾，那时候，我没什么大的愿望，就希望院长妈妈每天能多牵一会儿我的手、多抱我一小会儿。后来，爸妈把我领回家，又有了弟弟……"陈一墨说到这里时顿了顿，而后继续说，"你知道吗？爸爸每天回来时都会给我带一颗糖，偷偷喂给我吃，只有一颗，水果味的很甜很甜。那时候，我的心愿就是，我只要有这颗糖就够了，它可以甜很久。"

宋河生懂她这两秒钟的停顿的意思，有了陈一鸣后她在陈家才苦，至少在他看来是苦的。可是，她把那些苦变成了两秒钟的停顿，只在乎那一颗糖的甜味。

陈一墨在他的怀里笑，继续说："我从小就不是一个贪心的人，本来以为我只有一颗糖，可是后来，我发现自己原来生活在蜜罐里。河生哥，我有了你和老头儿，还有大黑。你知道吗？我很庆幸当年我爸妈把我带回家，让我可以遇见、拥有你们，这是我愿意用一切东西来交换的幸运之事。所以，你问我怨不怨他们，河生哥，我从来没想过。我只想，能有你们，是多么好的事啊！我突然就变得贪心起来，不想只要一颗糖了，要一辈子生活在这个蜜罐里，河生哥，好不好？"

宋河生低头看她，正好她也仰起脸来，脸上带着笑，眼里仿佛有星星。

他不知道他的口罩是怎么被取掉的，也不知道她是怎么凑上来的，不知道她是怎么蹭来蹭去，还要调皮地冲他挤着眼评论"这蜜可真甜"的，最后，他们是怎么拥抱在一起缠绵难舍的，他就更不知道了。

他清醒过，却也糊涂着。

也许，只因那晚炭火太旺，使人昏沉。

"啪"，一颗板栗爆开，从炭灰里弹了出来，正好砸在宋河生压着陈一墨的后脑勺儿的手背上，让他又烫又痛，总算把他砸醒了。

他满脸通红，站起来就往房里跑。

陈一墨捡起板栗，看着他的背影笑，双唇红艳艳的，叫他："河生哥，剥板栗吃！"

"等一下！"他慌里慌张地应道。

陈一墨低头看看趴在她脚边的大黑，小声问它："他是胆小鬼，对不对？"

大黑叫了几声，继续睡去了！

片刻之后，宋河生回来了，衣服的前襟湿湿的，他前额的发尖也湿湿的——他就是用冷水洗脸去了！

"胆小鬼！"陈一墨又小声嘀咕。

"你说什么？"宋河生问。

"没什么。"她回道。

宋河生忍不住伸手捏了捏她的脸颊，像是在惩罚她不乖的举动。

"好了！吃板栗！"他说话时还有点儿粗声粗气，拾起板栗开始给她剥。

他每次剥好板栗后便喂给她吃，她张嘴时无精打采的。

他无奈地说："你毕业之前无论如何都不可以！想都别想！"

毕业？陈一墨算了算，毕业还早着呢！她想都不能想吗？她幽怨地看了他一眼，正好对上了他严肃的表情。

陈亮是缓缓走回去的。

他慢吞吞地走过河坊街，慢慢地穿梭在游客的欢声笑语里，好像那座现今叫"旧曾谙"的小院里红红的炭火带来的温暖不曾远去，直到走到长街的尽头，通往家里的那条路上的光线渐渐变得暗淡，他才加快了步伐。

陈家就在二楼，楼道里一片漆黑，不似其他楼层，有人来时声控灯会亮。

但他已经习惯了，闭着眼都能走回家。

老安置小区里，没有物业管理人员负责公共区域的服务工作，这楼道里的灯就成了私人问题。别的楼层，若灯泡坏了，住户会自己买个灯泡装上去，但这一层不行，这一层只住了陈家一户人家，对面那户人家的房子一直空着。要付英英买灯泡来装，那就跟要她的一年寿命似的，她能跳起来骂人，还说什么她家在二楼，用不用灯都一样，需要用灯的是楼上的住户，这灯泡该楼上的人来买。邻居们知她是这个德行，便觉得惹不起还躲不起吗？于是，谁也不来惹她了。

陈亮走完黑漆漆的楼梯，进了家门。

门内倒是亮堂，比灯更亮的大概是付英英的眼睛，看见他回来了，她好似看见了存折上的存款数额在不断地往上涨。

陈亮没说话，往房间里走去。

"怎么样？"付英英拉了他一下，挡住他问道。

"什么怎么样？"他装不懂。

付英英不满地"啧"了一声，反问他："跟墨囡把关系搞好没有？墨囡是什么态度？"

"还好，她留我吃饭，与我聊了会儿天。"

付英英喜上眉梢，说道："这可太好了！宋河生也在呢？"

"在！"陈亮点头。

付英英这下放了心，其实，自己家的那个养女她是不怕的，那就是个闷葫芦，怎么摆布她有分寸，她就是担心宋河生。这小子有一股狠劲，又绝情，要是他不准墨囡和他们来往，那就有点儿困难。

她把陈亮看作大功臣，笑嘻嘻地按着他坐下，问他："怎样？墨囡这次拿国外的奖，拿了多少钱？是美元吧？"

陈亮对付英英翻了个白眼，说道："她又不是去的美国，拿什么美元？"

"反正是外币!"付英英笑着问,"拿了多少钱?"

"提到钱的事,"陈亮有点儿发愁地说道,"墨囡和河生倒是说了,这个学期马上就要结束了,下个学期要交学费。"

付英英的脸色顿时变了,她说:"什么?他们不会打主意要我们给那死丫头交学费吧?那死丫头没在国外拿奖金?上回他们学校的比赛那死丫头都有奖金呢!"

"没有!"陈亮说道,"她在国外就得了荣誉,给我们中国人争光的事,没发奖金。"

"荣誉是个屁!"付英英啐了一口,说道,"那我们也没钱!老头儿当初把她收作徒弟的时候说了,以后她上学都不用我们管的!"

"老头儿不是不在了吗?我们毕竟是她的养父母!"陈亮叹了一口气,继续说道,"而且,墨囡以后如果要出国留学的话,也需要一大笔钱。我算了一下,得要一百万元以上。"

这个数字直接把付英英吓傻了。一百万元!她觉得陈一墨这辈子都不一定能挣到一百万元!现在就要她出一百万元,别说她真没有,就算有,她不会给鸣宝吗?

这不是要钱,而是要她和鸣宝的命!

"没有!"付英英边说边往房里退,"把我卖了都没有!她自己可是说了的,和我们陈家断绝关系,需要钱了就想起我们了?她的脸呢?她的脸皮怎么这么厚?!"

"砰"的一声,付英英把门关上了。

陈亮坐在外面,微微一笑,心中却苦闷不已。

渐变点彩只是陈一墨人生中的一件小事,无论是这个创意本身还是创意被盗这件事都没有给她带来太大的影响。她的生命里只有两件事:手艺、宋河生。她继续研习技艺,要更精、更新;继续为她和宋河生的未来努力,要奔着幸福而去。

但有人是变了的，比如陆璧青，他好像突然就沉寂下来了，安静得仿佛没有这个人了。

　　陈一墨再次正面遇上他时，是在食堂里。

　　那天她有事耽搁了，所以去食堂的时候已经很晚了，食堂里只剩下寥寥几人。

　　在食堂里负责打饭菜的阿姨已经在倒腾菜盆准备下班了，只留了一个窗口，窗口也就只剩一个男生在买饭。

　　陈一墨是跑着过去的，却没想到，她刚跑到窗口时，正在买饭的男生突然转身，两个人都收势不及，男生的餐盘一斜，饭和菜便泼了出来，泼在了陈一墨的衣服上。

　　"对……对不起。"男生顿时手足无措，手里的餐盘掉到了地上，他匆匆忙忙地拿出纸巾来想给陈一墨擦，在快要挨到陈一墨的衣服的时候，手又缩了回去，而后低着头，脸红透了。

　　就在陈一墨以为他还会说什么的时候，突然见他蹲了下去，他直接用手把掉在地上的饭和菜全部扒到了餐盘里，手忙脚乱，神色仓皇。

　　陈一墨没想到他会这样做，一惊之后下意识地退后两步，却见捡完饭和菜的他用一双脏兮兮的手抱着同样脏兮兮的餐盘，低着头从她的面前逃也似的跑了。因为跑得太急，他还差点儿摔倒。

　　陈一墨看着那道背影，久久没能将之与一年前的那个男孩联系在一起。那个气质不凡、说起话来神采飞扬的男孩，曾站在教学楼外的玉兰树下，神色带着一点儿高傲地对她说："陈一墨，学校有个花丝镶嵌协会，打算吸纳你入会。"

　　好像他让她入会是格外看得起她似的，她一定会喜出望外。

　　少年骄傲，陈一墨并不觉得那是什么罪大恶极的事，虽然她不会跟这样的人亲近，但天之骄子难免清高、自负。只是她没想到，这才不过短短一年的时间，一个人的精气神就会被打压至此。

餐厅里稀稀拉拉地坐着几个学生，他们看到了这一幕，开始窃窃私语。

"那是陆璧青吧？"

"他怎么变成这样了？"

"好像是因为他那对被称为什么大师的父母被人揭穿了剽窃的事。"

"什么光环、世家传人，都是假的。"

"他也挺可怜的。"

"他可怜什么呀？活该，这些年他在他父母的光环下得到了多少好处？"

"反正我觉得他挺可怜。"

"这位同学！你打饭吗？要打的话就快点儿！"阿姨要下班了，催陈一墨。

"来了。"陈一墨抱着碗走近窗口。

等她打完饭出去时，夜幕下早已没有了陆璧青的身影。她此时才恍惚觉得，似乎自打她从国外回来，那个在人群中特别耀眼的男孩就没有了存在感。其实他之前挺活跃的，各种活动上都有他的身影，但他最近真的好像从大家的视野中消失了。

陈一墨不曾看见的是，在她走过的某个小花园里的一棵柏树下，有人久久地看着她的背影，直到她消失。

他垂下头，手里依然端着脏兮兮的餐盘。

他再也没有脸面走到她的面前，就如同他再也没有勇气在老师和同学的面前抬起头。

他知道所有人在议论他和他的父母，可是，他没有资格上前辩驳，因为他们说的都是事实。他只能把自己缩进套子，第一个去教室，坐在角落里；最后一个来打饭，不被人看见。

他的手机响了。

他接听，手机的另一端传来他妈妈的声音："儿子，我们在学校

· 333 ·

门口。"

他挂了电话，沉默而缓慢地往校门口走去。

校门口停着他家那辆熟悉的车。林雪慈看到他后，立刻打开车门出来，快步走到他的面前，叫他："璧青！"

林雪慈的目光却落在了他手里的餐盘上，眼泪一下就出来了，她问："你这吃的都是什么？"

陆璧青从在食堂里和陈一墨撞上之后，一直就处在脑袋放空的状态，根本忘了他的手里端着什么。这会儿他被提醒，脸色愈加晦暗了。

"走！妈带你去吃饭！"

林雪慈伸手拉他，却没拉动。

"走啊！"

他仍然没反应。

看着儿子冷漠的脸，林雪慈的眼泪"哗哗"直流，她问："你就这么讨厌妈妈吗？你打算永远也不原谅妈妈了吗？"

话音刚落，一个耳光扇在了陆璧青的脸上。

陆璧青被这猝不及防的耳光扇得差点儿倒地，后退了好几步才站稳，手里的餐盘再次掉落。

林雪慈却挡在他的身前，冲着刚才动手的陆安平发怒："你打他干什么？"

"你就护着他吧，都这个时候了你还护着他！"陆安平指着林雪慈身后的陆璧青，对他说道："你这是什么态度？你有什么资格用这样的态度跟你妈说话？我们就算对不起所有人，也没有对不起你！你嫌我们丢你的人了是吗？你别忘了，你长这么大，吃的、喝的、穿的、受的教育，还有你能上这所大学的资格，都是我们丢人给你换来的！"

陆璧青咬着牙，鼻翼和嘴唇都在微微颤抖，闭着的眼流下了两行泪。

林雪慈回头看见了儿子这副模样，怒视丈夫，说道："你跟儿子说这些话干吗？"末了，她伸手给陆璧青擦眼泪，自己的眼里也含满了泪。她对陆璧青说道："璧青，妈妈知道，妈妈这次错了，但是，妈妈是有苦衷的。妈妈不求你理解，妈妈的艺术生涯只怕也结束了，妈妈只希望你不受影响，别这样对自己，行吗？"

陆璧青睁开眼，颤着声问："苦衷？"

"是。"林雪慈含泪点头，试着解释，"我……"

陆璧青却打断了她的话："既然您也知道艺术生涯会因这样的错误而结束，那为什么当初还要诬蔑陈一墨和向挚抄袭？他们的艺术生涯刚起步！"

林雪慈怔怔地看着他，问他："你……你怎么……？"

"若要人不知，除非己莫为！这是我小时候你们教我的道理。"陆璧青很痛苦，没有人能理解，当他意外得知陈一墨遭遇的那场抄袭风波竟然是自己的母亲主导、大量的帖子也是自己的母亲雇人刷出来的时，他有多难过。

"我……"林雪慈一时找不到措辞。

"这件事，您又有什么苦衷呢？"

沉默气氛像这黑夜，将一家三口笼罩。

"没什么，"陆璧青继续流着眼泪说道，"因果循环，我的艺术生涯大概也到此为止了，这应该就叫报应吧！报应在我的身上也挺好的。"

他说完，转身就跑。

林雪慈追出两步，大喊："璧青！"

陆璧青却越跑越快，很快跑进了校园。

林雪慈倒在陆安平的怀里，哭得不能自已。

校园里，陆璧青依然在狂奔，冬天的风在他的耳边猛烈地刮过。

他希望这风再刮得猛烈一些，最好能劈开他的脑袋，帮他理清脑子里那些混乱的对与错、恩与怨。

陈一墨什么都不知道。晚自习结束后，她收到了陈叔叔发来的一条信息，问她是否有空去他那里一趟，她第二天就收拾东西回去了。

原来，有剧组要翻拍一部由古典名著改编的电视剧，这部电视剧将由著名导演、著名编剧、著名制作团队合作完成，主创人员对整部剧的细节要求很高，其中一个重要的要求就是，要按照原著还原所有人物的饰品。

剧组的制片人在参加了这次传统工艺展之后，被陈一墨的作品惊艳了，而后找到主办方，想要找陈一墨。

又因陈一墨的作品是陈叔叔他们递上去的，所以制片人联系到了陈叔叔，陈叔叔这才把陈一墨叫了回来。

在看到陈一墨这么年轻的时候，制片人还惊了一下，坐下来仔细地聊了一会儿后，双方却十分投缘。

制片人很喜欢中国的传统文化，对传统工艺有着发自内心的尊重感，对传统工艺的传承人也抱有十足的尊敬之心，尤其对年轻人愿意投身这项事业、为发扬传统文化而努力感到特别高兴，也愿意给年轻人这个机会。但他也给了陈一墨一个考验——从原著中挑了一段对人物穿着的描写，请她试着还原首饰。

制片人挑了不长的一段文字，这段文字中提到了三种首饰：金丝八宝攒珠髻、朝阳五凤挂珠钗和赤金盘螭璎珞圈。

制片人让她先做前两种首饰。当然，由于剧组预算的问题，她不可能真的把东西做成赤金的，具体材料就在剧组给的预算范围里由陈一墨自己决定，呈现出最好的效果就行。

陈一墨看向了陈叔叔。

在这个行业里，陈叔叔是前辈，这是一个很好的向大众展示、宣传花丝镶嵌的机会，这个机会该给前辈才是，而且，在她的前面还有商师兄呢。

陈叔叔却一个劲儿地鼓励她："墨囡，不用考虑太多，只要你想做，就大胆地去做，我和你商师兄会永远支持你！"

商师兄用同样热切的目光看着她，用力点头，表示自己的态度和师父的一样。在花丝镶嵌这个领域，他的天赋不如陈一墨是事实，人家慕名而来，要找的人是陈一墨，在事业面前，能者担当，跟辈分、资历无关。

陈一墨答应了下来。陈叔叔和商师兄的话也给了她底气，这么庞大的工程不是她一个人就能完成的，到时候必然要与他们合作。

这本名著陈一墨在念高中时就通读过好几遍，作为手艺人，她对书里提到的饰品是最关注的。她记得，当时她就记了厚厚一本笔记，并且跑到图书馆查了好多史料，还跟老头儿一遍遍地探讨过那些首饰应该是什么样的。这个重要章节里提到的金丝八宝攒珠髻和朝阳五凤挂珠钗他们也讨论过。

陈一墨回到学校的当晚就在纸上画了起来，笔尖滑动，那些记忆里温暖的岁月，好像也随着笔流淌出来了。

"懒丫头！你给我出来！

"不是要画首饰吗？你在瞎琢磨什么？

"我买的老母鸡呢？你给我吃了？

"你这是在搞什么东西？！

"好你个贪吃鬼！不学做首饰，就知道吃！你以为我脾气好，不揍人是吧？

"你满河坊街去打听打听！我是脾气好的人吗？"

老头儿举着棍子，在对照着书本做茄鲞的陈一墨的脑袋上挥舞了半天，终究还是没打下去。陈一墨笑着说道："知道啦，我已经打听过了，我们老头儿威武霸气，没人能比！"

老头儿绷着脸，问她："那你还敢偷懒？"

"我知道错了，再也不敢了。菜做好了，先给老头儿尝鲜！"

"哼，就你这瞎做的菜，能吃？我可不吃！"

"真不吃？"

"不吃！怕中毒！"

"好吧，你记住了！"

"我绝对不吃！"

这道菜做出来后，某个人直接用它拌饭，将它吃了个精光。再后来呢，陈一墨自己尝了尝，呀，老头儿说得没错，这黑暗料理，他吃了没中毒真是算幸运了。

铅笔的笔尖不知什么时候停止了，陈一墨的嘴角带着淡淡的笑意。

她当时为什么要做茄鲞？还不是老头儿在那儿咂着嘴嘀咕"也不知道这道菜到底是个什么味"。

那些一老一少研究"美食"和首饰的时光，再也不会回来了，可是，它永远在那里！

临近期末，陈一墨一边准备期末考试，一边开始给剧组制作首饰。

很快便放寒假了。

这个寒假，陈一墨完全没有空闲，毕竟是真正考验技术的时候，不是和老头儿练兵，她一点儿也不敢大意，忙起来常常忘了时间。有时候不知不觉天亮了，她才恍然大悟，自己竟然熬了个通宵。可她也只是揉揉酸痛的肩膀，继续工作，直到有一次熬夜被宋河生逮到。

陈一墨放假后，大部分时间住在"旧曾谙"，宋河生却很少留下来，偶尔留下，也是被陈一墨闹得没办法。而且有趣的是，他每次离开"旧曾谙"都搞得声势浩大的，和左邻右舍都要告别一遍，唯恐别人不知道他走了。

陈一墨懂他的意思，他们毕竟是未婚男女，他不希望给她造成不好的影响。陈一墨却觉得他多此一举，就算大家误会他们同居又怎么了？反正河坊街的人都知道她是他的小媳妇。

那天，她不知不觉又熬到了天亮，却因为过于疲倦，天蒙蒙亮的时候在桌子上趴了一会儿，这一趴居然就沉沉地睡了过去。

她不知睡了多久，感觉有毛茸茸的东西在拱她的脚，迷迷糊糊地醒来时，桌子的对面戳着一道高大的身影，挡住了门口的光线，拱她的脚的自然是大黑。

"河生哥，你来了？"陈一墨揉了揉自己通红的双眼，绕到他的面前笑了起来。

宋河生虽然戴着口罩，但陈一墨仍然能感觉到他眼里流露出来的复杂的情绪。

这一幕似曾相识。

大一的时候，她制作自己的第一件作品《旧曾谙》时，跟现在一样，没日没夜地加班。那时他就常常用这样的眼神看着她，那眼神里有气愤、心疼、无奈。

"河生哥，"她有些讨好地笑着，问他，"你今天不用去饭店吗？"

宋河生看着她，说道："明天就要过小年了。"

陈一墨惊讶地问道："这么快？"

她有些不好意思了。她一头扎进工艺里，一天三顿饭都由宋河生从饭店里送来，日出、日落好像都跟她没关系了，她哪里还记得什么日子？

"走！河生哥，我们买年货去！"她心里还觉得抱歉的是，放假这么久了，她都没好好陪过他。

但当她拉着宋河生离开工作间打算换衣服时，发现家里不知什么时候已经被堆满了年货。

她转身，讷讷地问道："你什么时候买的？"她完全不知道！

宋河生叹了一口气，说道："一天买一点儿，慢慢买回来的。"

"对不起，河生哥。"她拉着他的手摇了摇，问他，"你今天想做什么？我陪你！"

宋河生还是那样看着她，最终腾出一只手来，摸了摸她的头发，说道："我想你好好休息。"

陈一墨哑然。

"你去睡一会儿吧！"宋河生想抽出手来。

陈一墨不肯放，说道："你陪我休息。"她了解宋河生，于是马上补充道，"就拉着我的手陪我休息，我没想做别的事！"

宋河生被她说的这句话逗笑了，眼神也变得温和起来。

陈一墨也笑，说道："河生哥，你终于不生气了！"

"我没有生气！"

"我知道你生气了！我答应你，以后不熬夜了还不行吗？"

他们都太了解彼此。

她知道他有情绪了，这情绪主要就是心疼她；他也知道她说的那句"以后不熬夜了"只是敷衍，在他今天撞到之前，她不知道熬过多少次夜，而以后，也必然会背着他继续熬夜。

他握着她的手，静静地看着她的睡颜。

睡着之后的她特别乖，睫毛弯弯的，嘴角也弯弯的，好像梦里也在笑。

她执拗地要他握着她的手，她的手小小的，手指却不像书里描写的女孩的手指那样软软的。由于常年练习手艺，花丝镶嵌也好，玉雕也罢，该有的茧子她一个也没少。

大黑慢悠悠地踱过来，趴在他的脚边蹭了蹭。

他伸出另一只手摸了摸它的头，它享受地闭上眼，眼看又要开始打瞌睡了。

一条老狗的狗生，就是这样吃吃喝喝睡睡，太悠闲了！它跟此刻睡着的那个人截然相反！

他暗暗叹息，小声对大黑说："如果当年我也跟着老头儿好好学艺该多好！"

大黑"哼哼"两声，好像在表达对他的鄙视。

他微微一笑，想起了去年陪陈一墨在出租屋里奋战的日子，至少，他还是能帮到一点点忙的。

卧室里有着淡淡的安息香的香味，这安息香是他在河坊街上卖香包的铺子里买的，希望她能睡个好觉。

他轻轻地抽出手来，去了工作间。

大概是太疲倦了，陈一墨这一觉睡得可真久！

等她醒来时都下午了，床前趴着大黑，宋河生不见了踪影。

这一觉她睡得神清气爽的，她揉了揉大黑的脑袋，问它："他是不是在做饭呀？"

她的肚子怪饿的！

大黑叫了一声，继续睡去了。

她起床去找宋河生，听见工作间里有动静。

她小跑着过去，推开门。工作台前，他正专注地拉着丝，她的设计图纸就放在一旁。

她的脚步在门口停了下来。

他听见声音后头也不回，仍然专注地拉着丝，说道："饭和菜热在锅里了，自己去吃。"

她没有去吃饭，而是走到他的身前，静静地看着他一丝不苟地拉丝的样子，眼眶渐渐变红。

"怎么不去？"他猛然抬头，只看了她一眼又低下头去，唯恐将手里的丝拉坏了，说道，"去吧，我慢慢帮你拉着丝，你吃完再来忙。"

陈一墨把涌起的泪水压了下去，换上笑脸，爽快地答道："好！

我这就去吃饭！河生哥，谢谢你！有你帮我，我省了好多时间！"

宋河生微微一笑，抬起头冲她说道："快去吃吧！"

"好！"陈一墨转身就走。

她走到外面之后，脚步却慢了下来，回头再看那个挺直了背，认真拉丝的男孩时，心里还是有点儿酸。

从小年开始，冯叔就给宋河生放了假。没再去饭店上班后，宋河生便每天帮陈一墨干拉丝的活儿，同时照顾她的生活，到了晚上，盯着陈一墨睡觉，她睡着后他再回家。

几天下来，他看着陈一墨工作的进度，觉得她应该不用熬夜了。但是，某天心血来潮，他来了一次突击检查。

其实他也不是刻意过来的。那晚，宋婶在家里打扫卫生时受了凉，半夜开始发烧，宋河生去药店买药，但附近的药店都没开门，他想起"旧曾谙"里常常备着感冒药，便往那儿去了，结果看见本该寂静无声的小院亮着灯，而且，灯光的源头就是工作间。

墨囡这个小骗子！

他又是生气又是无奈，抱着"这回抓个现场一定好好教训她"的心思，轻手轻脚地走近，眼前的一幕却让他怔在了原地。

她在拉丝！

看见他的一瞬间，她下意识的反应是慌乱，她甚至手忙脚乱地想把手里的丝藏起来。

他快步走过去，抓住她的手腕，再比照她的设计图，抓着她的手腕的力道突然就松了。

"河生哥，我……"她不知道该怎么解释了，"河生哥，是这样的……"

"我拉的丝根本没有用是不是？"他的声音还是很柔和。

"不是的，河生哥，你听我说，其实……"

"墨囡，是不是？"他看着她，目光依然温柔得像暖风。

"河生哥……"

"上次我帮你拉的丝，就是去年那次，是不是你也全部重新拉了？"

"我……"陈一墨着急地说道，"河生哥，拉丝这件事，其实真的只有设计图纸的人才知道要拉多粗、多细，真的，不信你问陈叔叔，真的不是你拉得不好。"

"傻姑娘，你可以跟我说啊。"宋河生笑着说，还温柔地摸了摸她的头。

"我……"陈一墨都快哽咽了。灯光下，宋河生眼里的笑容依然温暖，她第一次觉得，她都不明白宋河生的真实情绪了。

"真是傻！"她怎么不傻呢？她为了照顾他的自尊心，自己夜里再偷偷爬起来，把他拉过的丝全部熔了重新拉？他本是想给她分忧的，却给她加了成倍的工作量。怎么会有这么傻的姑娘？

"河生哥，你不要生气好不好？"陈一墨的眼泪都涌出来了，她拉着宋河生的袖子对他说道。

"傻姑娘，我怎么会生气呢？我没生气。"他伸手，粗糙的手指拂起她额前垂下的发丝，将它拨到她的耳后，说道，"我妈病了，我是过来取药的。没事，你继续忙，早点儿睡，我拿了药就回去，我妈还等着呢。"

"哦！"陈一墨抬起胳膊，用力地在眼睛上擦了一下，说道，"那你快点儿去！宋婶怎么了？她还好吧？"

宋河生的眼里满是笑意，他说："没什么大事，她受凉感冒了。我这就回去了。"

"嗯！"陈一墨跑到他的前面，说道，"我给你取药！"

当陈一墨收拾出一袋感冒药递给宋河生时，她仍惴惴不安地追问："河生哥，你真的没生气吗？"

"傻丫头。"他再度笑了笑,说道,"当然没有。我走了,你记得早点儿睡。"

"嗯!去吧!"陈一墨倚在门框上,看着他打开院门头也不回地离去时,心里的酸楚感莫名其妙地比白天时更深。河生哥说他没生气,说这话的时候还这么温柔,可是,她宁可他真的生气,生气地骂她"小骗子",揪着她的辫子骂,她再认个错,撒撒娇。

深夜的河坊街静得宛若陷入沉睡,一丝声息也没有。

宋河生保持着平静而温和的笑容走在清冷的路灯下,一步一步,走得四平八稳,仿佛他真的只是去取了一些药。

在这寒冷的夜里,他胸口处的那枚银制桃花也如冰一般凉,凉得浸透了他的皮肤,穿透了他的身体,凉得连他的心都开始隐隐作痛。

陈一墨当晚没能睡好,翻来覆去,一闭上眼睛就是黑暗中宋河生拎着药掩门而去的背影,忽然,这画面又变成老头儿牵着大黑站在小院的灯下看着她回家的样子,她一边笑一边挥手说着"再见",却不知道后来到底是在跟谁说"再见"。

"小骗子,别看了!快走吧!"

"墨囡,往前走,别回头。"

好像有人这么说过,她却想不起来对方是在什么时候、什么情形下说的了。

陈一墨按住垂在胸口处的木刻月亮,月牙儿的尖角刺痛了她的皮肤,她才觉得安心了一些。

嗯,月亮总归是不会变的。

天刚亮,陈一墨便听见了大黑的声音,一骨碌爬起来,冲到门口,打开门,看见宋河生拎着大包小包的东西进来了。

她那握着木刻月亮的手松开,悬了一晚上的心也落了地。

"河生哥!"她扑过去,一股冷风袭来。

和这风一起袭来的还有他的怒喝声："外套都不穿就跑出来？"

她才不管呢，一头扎到他的怀里，钻到他的棉服里，还抓着他的衣襟反手把她自己包起来，脸在他的胸口处蹭了蹭，露出特别享受的表情，说道："一点儿也不冷，很暖和！"

宋河生只觉得一坨冰撞入了自己的怀里。

这坨冰在他的怀中渐渐变暖、融化，随之融化的还有他进门时的那点儿怒气。

她就是这样的墨囡，他有什么办法呢？

"河生哥。"她小声地叫他。

"进去吧。"他的两只手里拎满了东西。

她抬头，两只手忽然来到他的耳边，扯下他的口罩，踮起脚就往上凑。

她的动作那么快，她以为她的偷袭动作一定能成功，没想到宋河生的动作比她的更快，他将头一偏，躲开了这个吻。

陈一墨愣住了，就连宋河生自己都愣了一下，这只是他下意识的动作。

"我从外面来，凉。"他哑着声音解释道，扔下手里的东西，搂着她进了房间。

到房间后，他就把她从他的怀里扯了出来，还给她把外套披上了，而后语气轻松地说："好了，我要忙起来了，打扫屋子、贴福字、春联，不能再耽搁了！"

"我和你一起！"她卷起袖子说道。

"不用！你忙你的去！"他拍拍她，重新把口罩戴上。

那天，他跟平常一样，给她做早、中、晚三顿饭，做好后叫她出来吃，还忙里忙外，将小院彻底地打扫了一遍，贴了窗花、春联和福字。

到了晚上，小院焕然一新，真正有了过年的气氛。

他依然要走，她也知道留不住他，欢欢喜喜地把他送走了。

但她知道今天的他是不一样的。是哪里不一样呢？他做的全是他平时做的事，连跟她说话的语气都是和和气气的，他俩谈笑风生，好像与从前没半点儿不同之处。

后来，陈一墨一个人坐在工作间里，猛然醒悟过来哪里不一样了——他今天一步也没跨进过工作间。

就好像打了个结，虽然一切如常，虽然他那晚走的时候终于没有躲开她的吻，但这个结打在她的心里，梗在那儿，就是让她不舒服。他呢？一样不舒服吗？还是，他没有感觉？

陈一墨第一次对他们的感情不那么有把握了。

宋河生回到家里后，宋婶看着他愁得不行。

宋河生知道他妈在看他，那眼神都快在他的身上戳出洞来了，他装作没看见，径直回了自己的房间。

他听见他妈跟他爸唠叨："怎么又回来了？你说，他每天去给人家洗洗涮涮、煮饭炒菜，什么进展也没有，叫什么事啊？"

他懂他妈的意思，可他除了会洗洗涮涮、煮饭炒菜，还会什么呢？他还能做什么呢？难道他真的要像他妈期待的那样，将生米煮成熟饭，然后绑住墨囡吗？

"唉，你说，上回他表姨介绍的那个隔壁镇的姑娘怎么样？我看挺好的，老实本分、嘴甜、勤快。"

"你就别瞎操心了！"宋叔把宋婶接下来想说的话堵了回去。

宋河生关上房门，苦笑。他妈已经不止一次想要给他安排相亲了。

其实，他不知道未来是不是真有这样一天，或许有吧，但至少现在还不行。

他习惯性地去摸大黑。大黑被养在他家，他回来后总是跟着他进屋,趴在他的脚边,今天他却摸了个空。他忘了,大黑被留在"旧曾谙"陪墨囡了。

他没摸到那个毛茸茸的东西,倒是有些不习惯了。

他还记得当初刚把大黑带回来时,它浑身是伤,加之长久以来在河坊街跟着老头儿,也有了恶名,他妈对它又害怕又嫌弃。

大黑是通人性的,好像知道自己不受欢迎,所以很是依赖他,总是乖乖地趴在他的脚边。

所以当他妈以为宋家只是暂时收养大黑,问他要养多久的时候,他怎么能抛弃它?他只能回答他妈:养到不需要他养的时候。

只要他还被需要,它就会一直在宋家。

"那什么时候不需要你养呢?"

他不知道,但总有一天它会不再需要他养。

就像今天,不在他身边,它也可以很开心。

没有什么唯一,世界上总还有人会陪着你。

陈一墨得到这个与知名剧组合作的机会似乎没费什么功夫,却不知这是有些人绞尽脑汁想要拿到手的东西。

这段日子,陆家就不太平静。

年前,林雪慈焦虑得不行,只要在家里待着就走来走去,家里的保姆稍微做得不周到就被她骂得狗血喷头。

这不,她刚冲保姆发了一通火,陆安平亲自给她递过来一杯水,劝她:"别焦躁了,实在等不及的话就打电话问问。"

林雪慈却不乐意了,说道:"上赶着不叫买卖!而且你让我主动找他们?这不是跌份吗?当初他们可是拜托了不少人才找到我们的!"

陆安平想了一下,说道:"那我问一下老贾吧。"老贾就是当初帮剧组跟他们牵线的人。

林雪慈想了想，点头，说道："你别说得太直白。"

"放心！"大师的架子他还是要端足的。

然而，他在打完这个电话之后，脸色就变了。

"怎么说？"林雪慈倾身过来，问道。

陆安平把手机放下后，说道："他说剧组跟别人合作了，对方是一个小姑娘。"

"陈一墨！"一听见"小姑娘"这三个字，林雪慈就想起了陈一墨，几乎是咬牙切齿地喊出这个名字的。

陆安平默然，也觉得是陈一墨。

"太不要脸了！她居然截和！"林雪慈认为，能跟这样的著名剧组合作，陈一墨肯定耍了心机和手段！她又说道："安平！不管用什么办法，一定要将这个合作机会抢回来！"

陆安平却面露难色。

"怎么？有难度？"林雪慈着急地说道，"就算有难度，我们也要抢过来！"

陆安平叹了一口气，说道："老贾说，对方可能是知道了上次展览的事，才放弃了找我们合作的想法。"

林雪慈的脸变得惨白，她却将这口气转嫁给了陈一墨，气得面目狰狞，怒道："这个小贱人！"

她骂完犹不解气，将手里的水杯用力地摔了出去，一声巨响后，水杯被砸得粉碎。她又说道："气死我了！还有这帮浑蛋，当初他们是怎么卑躬屈膝地在我们的面前叫我们'老师'的？！背信弃义！"

陆璧青正好进来，水杯就在他的脚边落地开花，几滴水还溅到了他的裤子上。

"璧青？"林雪慈其实已经很久没看见儿子了。

陆璧青亲自当场揭穿她的行为，她气过、伤心过，但自那以后，陆璧青就鲜少回来了，连放寒假都没回来。好不容易再次见到儿子，林雪慈纵然心情复杂，但还是激动地朝儿子走去，说道："你可算回来了，我还以为你……"

说着，她的眼泪便涌了出来。

她走到儿子的面前后，发现他瘦了很多，眼眶都凹进去了，脸也泛着青色，她心里的委屈情绪顿时消失了，只剩下心疼。她对儿子说道："璧青，你这段时间去哪里了？怎么把自己搞成这样了？付姐！付姐！晚上炖点儿药膳，给璧青补补！"

她大声喊着保姆。

"不用了。"陆璧青瓮声瓮气地说道，"我是回来收拾东西的。"

林雪慈震惊地问道："你什么意思？收拾什么东西？"

"我想搬出去住。"他看了看林雪慈泛红的眼眶，低头，自己的眼眶也慢慢变红了。

"你！"林雪慈的眼泪滚落下来，她问，"你还是怨妈妈吗？"

"没有……我……"

"你是要跟这个家撇清关系吗？"林雪慈哭着质问道。

"没有，我没这个意思，你们永远是我的父母。"

"那你说，你到底是什么意思？"

陆璧青闭了闭眼，也不知道自己想做什么，甚至不知道到底什么是对的。

他还没开口跟母亲解释，就听到了他爸的怒喝声："让他滚出去！我陆安平就当没生过这个儿子！"

"安平！你到底在干什么？璧青！璧青！"林雪慈一边责怪丈夫，一边拉着儿子，但陆璧青最终还是挣脱了她的手。

陆璧青从楼上收拾了一箱东西下来，被陆安平拦住了。

"既然你要滚，那就滚得有骨气点儿！我陆家的东西，你一件也不许带走！吃的、穿的、用的东西，包括你身上的袜子都给我脱下来！"陆安平指着他的箱子，大声说道。

陆璧青脸色惨白，打开箱子，果然将里面的衣服全扔了出来，只带着半箱书走了。

临行前，他还停了停脚步，背对着林雪慈说道："爸、妈，咱家现在并不算差，就这样吧，以后不要再对……"

"滚！"

陆安平用一个"滚"字直接将他轰出了家门。

林雪慈用力地捶打着陆安平，哭着吼道："你干什么呀？！他从小没吃过苦！你连衣服都不让他带一件，他怎么生活？！"

陆安平哼了一声，说道："没让他刮骨还肉已经算对得起他了！没良心的东西！"

"再怎样他也是你的儿子！你还我儿子！还我儿子！"林雪慈哭红了眼。

陆安平叹了一口气，搂住她，说道："让他出去吃点儿苦头也好，他就是太被娇惯了！过不下去了他自己就会回来的。"

这话并没有安慰到林雪慈，只是让林雪慈更恨陈一墨了。林雪慈咬牙切齿地说道："这个小贱人太可恨了！就这么放过她，我就不姓林！"

陆家别墅外，陆璧青拎着箱子回望这个他生活了二十年的地方，内心涌起难言的酸涩感。

他爸有句话说得很对：他是陆安平和林雪慈的儿子，从小就被他们的光环笼罩着，没有资格觉得羞愧和耻辱，也永远不可能跟他们剥离。可是，他仍然想要证明，他陆璧青是可以的。所以，他很努力，这次期末考试，他的专业课成绩和陈一墨的不相上下，可是没有人注意，所有人只关注陈一墨和向挚拿了国际大奖回来，就连他的父母也没问过他到底考得怎样。但没关系，他可以继续努力，可以从现在起自己养活自己，比如，他一直在勤工俭学，现在找到了一份在首饰作坊做事的长期工作。从这个寒假开始，他就可以自己赚钱了，没有父母的光环也可以活下去，而且会活得很好，甚至可以证明给所有人看，陆家人并非徒有虚名！父母那碎落一地的光环，他能凭自己的本事一点儿一点儿地捡起来！

他想：爸、妈，我会回家来的，到时候，你们会以我为荣！

车来了，他用力地抿着唇，拎着行李箱登车离去。

他要去的地方是一个小镇，镇上有一家规模不大的首饰店，以经营银饰为主，却能做花丝镶嵌制品，店主是一对年轻夫妻。

高铁不能直接到达这个小镇，他只能先乘火车到河坊镇再转车。若是从前，他出行是有家里的司机送的，再不济就打车，但现在他知道不行了，得坐大巴车。

他没怎么坐过大巴车，最近一次坐大巴车，还是上中学时老师带着他和同学们去研学。

他算着自己身上的钱，有些犹豫。从他在展会上揭穿他妈妈的行为开始，他就在学校附近的画室里给高考考前班里的孩子代课，不到两个月，结算下来的钱除去平时的生活开销后所剩不多，而且他二十年养成的富家公子的生活习惯不是一朝一夕就能被改掉的。比如刚才，往返家里一趟，他全程打车，当时憋着一口气还没觉得有什么，付钱的时候他就有些心疼了，钱怎么这么不经花呢？

有些习惯是一点儿一点儿被意识到，需要一点儿一点儿来改的。比如，他也是最近才知道，原来这世上还有几百块钱甚至几十块钱的衣服可以买，那交通工具从小车换成大巴车也没什么。

只是，他要怎么坐呢？

他站在火车站的中央环视四周，终于看见了"大巴车售票处"几个字。

他走过去排队，却听见了熟悉的声音："河生哥，我自己去可以的！你真的不用陪我！"

三个人在队伍的末尾处相逢。

陈一墨穿着厚厚的羽绒服，像只熊。宋河生则带着一大包东西，像是土特产或者年货。

三个人正面相对，视线也撞到了一起，想要再避开都不可能。

陆璧青是最尴尬的，挤出一个笑容来，点了点头。

陈一墨在面对陆璧青时心情很复杂，他爸妈不靠谱，但他本身不坏。

她也只好点点头，问他："你也买票？"

"嗯！"陆璧青自动退开两步，让他们排到前面，而后低头看着自己的脚尖。

陈一墨本来还想客气一番的，但陆璧青显示出了拒绝交流的样子，她也就不好再说什么了，说了一声"谢谢"之后，拉着宋河生站到了队伍里。

结果，三个人是去同一个地方，而且陆璧青就坐在他俩的后面。

陈一墨暗暗犯嘀咕，眼看就要过年了，陆璧青这是要去哪里呀？

下车的时候，陆璧青低着头抢先从后门下去了，等陈一墨下车的时候，他早不见人影了。

"你……"宋河生一路没有说话，此时见她的目光还在人群中搜索，终开口说了一个字，但还是把剩下的话吞回去了。

"嗯？"陈一墨收回目光，看了宋河生一眼。

"没什么，走吧！"宋河生拎着东西大步往前走去。

陈一墨皱了皱眉，自言自语道："怎么都奇奇怪怪的？！"说罢，她便跟上了宋河生的步伐。

他俩是来给陈叔叔送年货的，宋河生做的各种腌菜陈叔叔和梅姑都喜欢。他俩还拿了一只大火腿，赶在年前送来，就是给陈叔叔和梅姑加菜的。

陈叔叔今天出门了，他们倒也不必送去陈叔叔的家里，把东西放在商师兄的银器店里就行。平时他俩都是这么送东西的，到时候商师兄自然会将东西带到二位师父的家里去。

陈一墨却在店里再次遇到了陆璧青。

商师兄正在跟他说话："辛苦你了，本来过年应该让你休假的，但对我们景区的店来说，过年其实是旺季，人手还真有些紧张。"

陆璧青说："没关系，没关系，我愿意的！真的！我很需要这份工作。"

陈一墨真是犯了疑，陆璧青需要出来工作？虽然说林雪慈的剽窃事件对林雪慈的声誉有影响，但并没有影响他们家的生意，毕竟响当当的大品牌早就占领了市场，而且剽窃这事只有业内人知道，普通民众哪里知道？他们家的首饰还是很畅销的。

商师兄看见他俩了，跟他们打招呼："墨囡、河生，你们来了？"

"商师兄好！"陈一墨笑着上前，说道，"再不来不行了！我在家天天打喷嚏，耳朵都快被陈叔叔念化了！他是想我吗？才不是，他是想河生哥做的年货！"

商师兄也笑了，说道："师父一天的确要念八回！河生，辛苦了。"

被点名的宋河生把东西放下，默不作声。

陆璧青却退到了一边，神色黯然地低下头，站了会儿，往外走。

商师兄注意到了，叫他："陆同学，你有什么问题吗？"

大家的目光便集中到了陆璧青的身上。

陆璧青的脸瞬间红透，他想撒腿就跑，但想到这位年纪轻轻的商老板对自己的收留，觉得这样没有教养，红着脸低着头说："我还是不在这里了吧，谢谢你，商大哥。"

他觉得有些遗憾。他是真的想留在这里工作的，虽然这是一个小作坊，但老板是认真做花丝镶嵌的人。

说完，他低着头再次往外走去。

"等等！"这次是陈一墨叫他。

他低着的头没抬起来。

陈一墨看看商师兄，从他的眼神里能看出，他不知道陆璧青是谁，显而易见，陆璧青也不知道商师兄的身份。

她对商师兄说："商师兄，东西送到了，我和河生哥就先回去了。"说完，她看向陆璧青，又说道："陆同学，如果你是因为我而不在商师兄这里工作的话，完全没有必要。我是我，你俩怎样是你俩的事。你得根据你的需求和判断决定去留。"说罢，她又对商师兄说道："我们走了，过年时再来看陈叔叔。"

她挥挥手，拉着宋河生走了。

宋河生走得很快，而且越来越快，陈一墨要小跑着才能赶上他。

"河生哥，你干吗？你等等我！"她追着喊他。

他这才慢下来。

陈一墨拉住他的胳膊，问他："怎么突然跑得这么快？"

宋河生憋了半天，终于说出了一句话："你跟他很熟吗？"

"谁？"他这个问题问得没头没脑的！

宋河生垂下眼帘，又不吭声了。

陈一墨恍然大悟，问他："你是说陆璧青？"

宋河生还是没说话，但沉默不就是默认吗？

"没有。"陈一墨不笨，忽然笑眯了眼，说道，"河生哥，你吃醋了！"

"没有。"宋河生迈开大步，继续往前走。

"你有！你的耳朵都红了！"陈一墨笑嘻嘻地说道。

宋河生不理她，走得更快了，其实他一走快就会显出高低脚来，但陈一墨从来就不觉得有什么异样。此时看着甩开她后他急急忙忙的背影，她也不生气，反而觉得梗在心里的那个结突然松了。

春节是一家团聚的日子。

陈亮年前来叫陈一墨回家吃年夜饭，陈一墨答应了。看着陈亮略显尴尬的模样，陈一墨笑了笑，说道："没事啊，爸，我去就是了。"

年三十那晚，陈家倒是没什么异常的地方，年夜饭就他们四口人一起吃，顺顺利利地吃完，付英英和陈一鸣没出什么幺蛾子。

陈一墨知道，她的养母和弟弟不可能转性，但她要完完全全地割断和陈家的联系也没那么容易，毕竟她的名字还在陈家的户口簿上。不管怎样，陈家人对她都是有养恩的，在法律上她对养父、养母还有赡养的责任。

但，她也没什么可怕的。

何况，今天是一个特别的日子——她和宋河生第一次一起守岁的日子。

她在陈家吃着饭，心早已经飞远，心思根本没有在付英英和陈一鸣的身上。

吃完饭，她留下送给陈家人的年礼后就回了"旧曾谙"。

"旧曾谙"里窗花簇新，新买回来的几盆水仙嫩嫩的、绿绿的，吐出几朵新蕊，淡淡的香味涌动着。

陈一墨摆上零食，准备好茶水，打开电视机，等着看春节联欢晚会，也等着一个人。

也许是屋子里太暖和，也许是这种懒洋洋的状态太熏人，她蜷在沙发里睡着了，电视机的声音一直在响。

她猛然醒来，因为电视里的声音骤然增大了，她迷糊间看见了电视里熟悉的演员，原来春节联欢晚会早已开始。

她一看时间，都九点了，宋河生还没来。

不应该啊。

她拿起手机给宋河生打电话，他的手机却已经关机！

他在搞什么？！

她不是轻易就放弃的人，于是换上外套就出门，直奔宋河生家去了。

她一口气跑到宋河生家的楼下，习惯性地抬头往楼上看。守岁的日子里，家家户户灯火通明，唯独宋河生家里的灯是关着的。

他不在家？

她跑上楼，用力敲门。

她敲了半天门，宋家没人来开门，倒是隔壁家的人开门了。

"墨囡啊！找河生呢？他跟他妈回外婆家了。"隔壁的婶子探出身来，说道。

"哦。"他回外婆家了？宋河生的外婆住在隔壁镇，他只是回外婆家而已，为何不告诉她，也不接她打去的电话？她的心里浮起一丝不安情绪，她勉强地笑了笑，说道："谢谢婶子，那我回去了。"

都在一条街上住，隔壁的婶子招呼她："墨囡，来我家坐坐吧？吃点儿糖。"

陈一墨勉强地笑道："不了，谢谢婶子，我这就回家去了。"

这个除夕，陈一墨一个人在"旧曾谙"里度过，没有祝福，也没有来电。

大年初一，她带着大黑去看老头儿，跟老头儿说了好一会儿话，回到"旧曾谙"后，宋河生依然没来。

初二、初三、初四……

陈一墨是数着日子过的，宋河生一家人还是没有回来，他的手机也打不通。

初五，她去看望陈叔叔和梅姑他们，在商师兄的店里见到了陆璧青。商师兄还是决定继续用他了，陈叔叔也没反对。商师兄还说，这件事是初初姐定下来的，初初姐反问商师兄："我爸是酒鬼，你不也娶了酒鬼的女儿吗？"

晚上，陈一墨回来，经过宋家楼下时，看见宋家的灯亮了。

她心里憋着气，没有上楼，但回"旧曾谙"等他了，等了一晚上，宋河生都没来找她。

她心里的气没法平。

初六，她直接去宋家找他了。

她敲了门。

"谁呀？来了，来了！"里面传来宋婶的声音，听起来特别高兴。

门一打开，宋婶满脸的笑容便僵住了，她有点儿结巴地说道："是……是墨囡啊。"

"宋婶，新年好。"陈一墨笑弯了眼，心里却有些不安，问宋婶，"河生哥在家吗？"

"他……他……"宋婶结巴起来。

"大姨，吃面条了！"屋子里面响起女孩清脆的声音。

宋婶僵硬的脸都要裂开了。

陈一墨似乎明白了什么。

陈一墨愣了几秒钟后，冲宋婶笑了笑，把手里的礼盒拎得高了一些，说道："宋婶，我给你和宋叔拜年来了。"

她来拜年呢，宋婶还能不让她进门吗？

宋婶迟疑着，尴尬的笑容挂在脸上，还真有不让她进门的想法，但这个想法是真的不合理！

"谁来了？"宋叔在屋子里面问道。

宋婶搞出来的事，自己收不了场，回头求助般看向宋叔。宋婶这身子一侧，门口就有缝隙了，陈一墨一侧身就进去了。

"宋叔，是我！我来给你和宋婶拜年！新年好！祝你和宋婶身体健康、心想事成！"陈一墨环视一圈，并没有在客厅里见到刚才那道清脆声音的主人。

宋叔很热情，接过陈一墨手里的东西，笑道："这傻孩子，来宋叔这里还买什么东西？来，坐！坐！"说完，他便朝着宋河生的卧室门喊："河生！墨囡来了。"

他这一喊，宋婶急得直跺脚，不断地对他挤眼睛。

宋叔假装没看到，宋河生的卧室门却被打开了，宋河生出来了，站在门口，一双眼睛微红，看了陈一墨一眼便低下了头。

"阿生，你出来了？正好吃面了！"那道清脆的声音再次响起。

阿生？

陈一墨循着声音看过去，从厨房里出来的女孩端着一个托盘，托盘里放着四碗面，面热气腾腾的，上面浇着颜色好看的浇头。

陈一墨回头，笑眯眯地看着宋河生：嗯，阿生？

宋河生刚抬起来的头又低了下去。

"家里来客人了？"陈一墨笑着问。

"对！"

"不是！"

宋叔和宋婶同时回答道。

说"对"的是宋叔，说"不是"的是宋婶。

究竟是不是客人，陈一墨倒是无意去分辨，只是笑吟吟地看着宋河生，问道："河生哥，去给师父拜年不？"

她说的"师父"是老头儿，不是冯叔。两个人每年都会去给老头儿拜年。

"去！当然要去！"宋叔赶紧说道。说罢，他又迎来了宋婶的眼刀。

宋叔笑呵呵的，只当没看见，问陈一墨："吃早饭了没？"

陈一墨很实诚，摇了摇头。一大早心口架着一把大刀就来了，她哪儿还顾得上吃早饭？

"那就在家吃，吃了再去看师父！"宋叔说道。

女孩把托盘里的四碗面放下，笑着说道："那我再去煮一碗。"

"不用，不用！你歇着，哪儿能让客人干活儿呢？！"宋叔连忙说道，支使宋河生："你去！"

陈一墨还是笑眯眯的，说道："不用，宋叔，我不饿，你们先吃饭，我就先不打扰你们了。我回家等河生哥。"

她什么也没挑明，起身有礼貌地跟宋叔、宋婶道别，随后就离开宋家了。

不管是女孩，还是宋叔、宋婶，都是别人，有什么话都不该从别人的嘴里说出来，她只想听宋河生说。

陈一墨等了一刻钟左右，宋河生来了。

陈一墨正襟危坐，面无表情，那神情像个法官。

宋河生缓缓地走到她的面前，低下了头。

陈一墨也不说话，目不斜视，甚至没看他。

她不想问。这事就该宋河生给她一个交代。

过了半晌，她的耳边总算传来了宋河生的声音，断断续续的，宋河生难得有这样的时候。

"去外婆家过年了。

"我妈把我的手机收了。

"小英是姨家的亲戚。"

陈一墨在心里冷哼一声：小英？

"我也不知道她今天会来。

"她就在你前脚来的。

"我们就是亲戚，没别的关系。"

他那最后一句强调的话，不就是此地无银三百两吗？

陈一墨不点破，也不吭声，就这么板板正正地坐着。

她这是啥意思，宋河生能不懂？

他的头低得抬不起来，声音也越来越小。

"是，我妈是让我去相亲的，但我之前不知道。

"我真的以为是去外婆家过年。

"然后，她今天就跑来了。"

一动不动的陈一墨这才有了反应，也没说别的，只看着他，施施然地叫了一声："阿生！"

她一将这个称呼叫出口，宋河生的耳根就变得通红，垂在身侧的手不自然地收拳、放开。

陈一墨又喊："阿生！"

"不是，"宋河生的脖子都红了，他急忙解释道，"我没那个意思。"

陈一墨看着他，淡淡地笑了，说道："所以，是宋婶逼你去你外婆家过年，是宋婶不让你打电话，是宋婶让你在你外婆家见到了那个小英，是小英非要跑到你家来的？"

宋河生下意识地想要点头，却在点下去的一瞬间僵住了，再也抬不起头了。

陈一墨于是知道，宋河生这是明白她话里的意思了：是啊，什么都是宋婶逼他的，可是，如果他想给她打电话，手机被没收了他就没办法了吗？宋婶逼他去外婆家，他回来后就不能找她吗？他明明知道，她就在"旧曾谙"里，而且一直在。

所以，问题的根源是他自己。

宋河生的耳边此时回响的是大年三十那天他妈妈说的话：河生，你要清楚，你跟墨囡的差距越来越大，她以后会有远大的前程，就算为她着想，你也不可能把她困在小小的河坊街里，你跟她是不会有结果的。你要慢慢地拉开和她的距离，慢慢地疏远她，等你们都习惯了，分开也就没那么难了。

他承认，这番话说到了他的心里去，所以，他随父母去了外婆家，也任由妈妈没收了他的手机。

他很混乱，不知道该怎么面对陈一墨，低下头，过了半天才说了一句"对不起"。他在心里补充道：对不起，确实跟我妈没有关系，是我自己，我自己想放弃。

陈一墨红了眼眶。

一句"对不起",就能抵消她这几天的辗转反侧、思虑难眠吗?

桌上摆着她年三十的晚上就摆上去的零食、瓜果,她没有说那些哀哀怨怨的话,只是表情凶狠地举起了桌上的水果刀。

宋河生脸发白, 急忙说道:"墨囡,你冷静点儿。"

"有没有碰她的手?"陈一墨举着刀,抬起下巴问道。

宋河生一脸蒙的表情。

"小英!"

"没有!"他的确有疏远陈一墨的心,但是真的没有给小英任何暗示。他也不知道为什么,他们只是在外婆家一起吃了一顿饭她就来了。

陈一墨哼了一声,又问:"她的手机号码你留了吗?"

"没!"他真没有!两个人都没说过几句话!但是一大桌菜是他做的,为了孝敬外婆,他还做了一道甜品,小英夸了他几句而已。

"给她做甜点吃了吗?"陈一墨将刀举近了一些。

宋河生迟疑了一下,给大家做的甜品她也吃了,这算不算?

"宋河生!"陈一墨大声说道, "窝的农西朽似窝噶、啦噶要拿过日……(我的东西就是我的,谁要拿过去……)"

只见眼前刀光一闪,他下意识地偏头躲避,只听"嚓"的一声,刀子扎到了桌上的那只苹果里。

宋河生惊出一身冷汗,只见陈一墨冷冷地看向他皮带以下的地方,说道:"窝要砸了龚噶!(我就剁了谁!)"

"你的甜点只能做给我吃!"她搬起墙角处那袋新买的面粉,用力地砸过去,吼道,"做三瓦!(干活去!)"

宋河生接住面粉,头发上白了一片,只听某个往工作间走去的人边走边说:"给胖丫的咖啡厅送货还是可以的!要收钱!"

宋河生抱着那袋面粉,心有余悸,觉得自己对陈一墨刚才的眼神想多了。墨囡那么纯洁的女孩,什么都没经历过,什么都不懂呢。

第九章
永远骄傲

陈一墨将两件作品如期交给了制片人，制片人很满意，立即和她签了合约，由她负责制作剧组里所有演员的饰品。

这是一份大订单，陈一墨不可能一个人全部做出来，得跟陈叔叔、商师兄合作。制片人知晓这个情况后，对此并无异议。

她既然要跟陈叔叔、商师兄合作，这其中就牵涉到陆璧青了。

商师兄跟陈一墨提这个顾虑时，陈一墨摆了摆手，说道："没事，我相信他。"

她对陆璧青倒也并非盲目相信。首先她觉得陆璧青跟他的父母是不一样的人；其次，她不过是承接了一项复刻的工作而已，那些都是古人的东西，并非她新创，也就不怕被偷师或者被剽窃。

殊不知，她和商师兄的对话被准备进来找商师兄的陆璧青听见了，商师兄的顾虑让他停住了脚步，他藏在门外，甚至想，那不如他自己请辞避嫌，却不料听见了陈一墨说"我相信他"。

她的那句"我相信他"，温暖了他的心。

他靠着墙壁，眼眶发热。

陈一墨将大部分的精力用在了研究这批饰品上，再加上学校已开学，还要兼顾课业的她一时忙得像陀螺。

而陆璧青在学校里低调得仿佛查无此人，只因和陈一墨做着同一项事业，倒是私下里和陈一墨有了一些交流。他和她说的也不过是与饰品相关的话题，态度谦逊又低调，好像连大声说话都不敢。

陈一墨见他这样，唯有叹息。这个人已经把自己包裹起来了，有一点儿风吹草动就能发抖。

商师兄也是这么评价他的，胆小又谨慎。但商师兄没想到，竟然还能看到陆璧青发怒的样子。

商师兄隔得远，只看见陆璧青情绪激动，说话的时候还挥着双手给自己助力，而陆璧青的面前是一辆车。

车上的人并没有下来，商师兄只看见陆璧青一个人在那儿愤怒，他说了啥商师兄也听不见。不知车里的人说了些什么，陆璧青忽然颓丧下来，而后，车里伸出一只手，拍了拍陆璧青的胳膊。

车驶离了，陆璧青在原地呆呆地站了好一会儿，失魂落魄地往店里走来。

商师兄猜到了车里的人是谁，把这件事跟宋河生讲了，并说了那辆车的车牌号。

"就是陆璧青的父母的车。"宋河生无比肯定地说道，"先别打草惊蛇，你注意点儿店里的情况，也暂时别告诉墨囡这事，免得她操心。"

商师兄点头，应道："行，我会注意的。"

陈一墨对这一切浑然不知，一心扑在学习和工作上。大家忙起来时间就过得飞快，转眼一个学期即将过去，似乎一切风平浪静，商师兄的店里没有异常情况，陆璧青没出幺蛾子，陈一墨没被影响，唯有宋河生，坐在河岸上，叼着一根草，想着那辆从河坊街开出去的黑色轿车，暗暗冷笑。

期末考试即将进行，一个十分突然的消息在陈一墨就读的大学里掀起了大浪，也震撼着陈一墨和她周围的人——LD大学给他们学校几个交换生名额，珠宝系也有一个名额，且这个名额很有可能落在陈一墨的头上。

老师跟她谈话，建议她申请这个名额。LD大学的校长还记得她，竟然亲自给她发邮件说了这件事，虽然没有直接说"欢迎你来我们学校"，但他话里话外就是这个意思。

向挚是最高兴的，因为他申请到LD大学读研被批准了，他马上就要远赴异国求学。陈一墨如果过去，就又要和他成为校友。

但陈一墨是有顾虑的。

第一，她顾虑钱。但她算了一下，钱这方面应该问题不大，跟影视公司的合作项目一旦完成，她就会有一笔收入，加上原来还有一些奖金，节省着花，再想办法挣点儿钱，应该是够的。

她的第二个顾虑就是宋河生了。自寒假以来，她明显觉得宋河生跟她之间的关系变得不一样了，真的害怕跟宋河生越走越远——无论是空间距离还是别人所说的差距。

如果要在宋河生和出国之间做选择，毫无疑问她会选宋河生，但是，宋河生如果知道了这件事，肯定不会同意她这么选。

于是，她没有告诉宋河生这个消息，也迟迟没有递交申请。

但她想瞒是瞒不住的，因为她的身边还有个"大嘴巴"向挚！

得知这个消息后，向挚简直比她还兴奋，这一腔兴奋之情无处发泄，他就打电话给宋河生——他认为的他的好哥们儿。

他不但把这个消息告诉了宋河生，还信誓旦旦地跟宋河生保证："到了国外，我一定替你照顾好她。你放心，我顺便帮你盯着，坚决不允许不要脸的坏小子接近她！"

宋河生也是从向挚这里得知，LD大学是世界上数一数二的艺术类大学，前往LD大学留学的机会很难得，很多人想争取的。

于是，宋河生当天就从河坊街赶到了陈一墨的学校。

在出租屋里，宋河生打电话把陈一墨叫了回来。

陈一墨觉得有点儿反常，回去时心情很忐忑。

她一推开门，就看见了宋河生坐得板板正正的背影，预感大事不好。这有点儿像今年正月初六那天的情形，只不过她从审判者变成被审判者了。

"河生哥！你怎么来了？"她故作轻松地冲宋河生笑着。

宋河生缓缓地转过身来，面色阴沉地看着她。

"河生哥，"她放下包，露出笑脸凑过去，说道，"是给我带好吃的东西来了吗？天好热，我想吃点儿冰冰的东西。"

宋河生按住她的双肩，防止她用糖衣炮弹瓦解自己，直奔主题，问道："是不是没交申请？"

"什么申请？"她装傻。

"交换生！"宋河生的语气变得严厉起来。

陈一墨知道事情瞒不住了，默不作声。

"问你呢！"

"嗯。"陈一墨低着头回道。

"为什么？"

"我不想去。"她底气不足，说话时含含混混的。

"陈一墨！"宋河生倒吸一口气，直呼她的大名。

"河生哥！"陈一墨一急，眼眶都红了，说道，"我就是不想去！不想去！不想去！"他什么时候喊过她的大名啊？！他这么严肃干什么呀？

"你站好！别给我耍赖！"他握着她的肩膀说道，"这事不是你耍赖就能过去的！陈一墨，你用我来发誓，你是真的不想去，而不是因为不想离开我才不去的！"

陈一墨看着他，眼泪瞬间冲出眼眶，用力地摇头，不愿意发誓。

"说！'我是真的不想去，而不是因为不想离开宋河生才不想去的，如有半句假话，宋河生就不得善终、孤苦一生。'"

　　陈一墨咬紧牙关，死也不开口，泪珠大颗大颗地往下淌，泪眼模糊，看不清宋河生的眼神。

　　"说啊！"他突然大吼。

　　"我不说！我就不说！我为什么要说？"她哭出声来，往宋河生的怀里扑，边哭边说道，"什么不得善终？！你胡说！你也不会孤苦一生！你有我呢！有我呢！"

　　宋河生的眼眶也变红了，双手用力地钳住她的胳膊，不让她靠近他。

　　"站好！"他吼她，声音已嘶哑。

　　陈一墨站着，靠着他的手的力量支撑着身体，大声地哭着。

　　"陈一墨！"他再次叫了她的全名，"我可以从这个世界上消失，任何人都找不到我，你信不信？"

　　"我不听，我不听，我不听……"她用双手捂住耳朵，拼命地摇头。

　　宋河生点点头，猛然松开手，迈开大步往门口走去。

　　"不！"陈一墨突然失去支撑，差点儿摔倒，但转身就抱住了宋河生，死死地抱住，脸贴在他的背上，妥协地大哭着说道："不准消失，我去还不行吗？我去……"

　　宋河生通红的眼眶里亮光闪动，咸涩的味道打湿了嘴角，他说："墨囡，你要记住，永远不要为了他人而放弃你自己的路，那样会让另一个人背负一辈子的债，他不会开心。"

　　"墨囡，你要记住，永远不要为了他人而放弃你自己的路，那不值得"，这才是他想说的话，只是，到了嘴边他又改口了。

　　回应他的是陈一墨的哭声。

　　"墨囡，做最好的墨囡，河生哥永远为你感到骄傲。"

那天晚上，宋河生如陈一墨所愿，给她做了冰冰的点心——开心果味冰激凌。

他没有问她口味像不像国外的原版。陈一墨抽噎着一口一口地吃，完全不知道它是什么味道的。

陈一墨终于将申请交上去了，正如大家预料的那样，很快得到了批复，珠宝系交换生的名额非她莫属。

陈一墨更加忙碌了。

她要办签证、做出国前的准备、完成剧组的工作……

所有的事情要在这短短的时间里完成，她一睁开眼就有做不完的事，忙得似乎都麻木了，没有时间去想其他的事，也许是潜意识里不愿去想，所以不自觉地回避着。

但事情还是赶到一起发生了。

本学期就剩两天时，大家都准备着放假离校了，陈一墨的出租屋里来了两位不速之客——付英英和陈一鸣。

时值下午，陈一墨午休结束后，正打算去学校参加本学期的最后一次考试，本以为是宋河生来了，开门看见这两个人时愣了愣。

付英英穿着一件洗得褪了色的旧衣衫，抹着汗，领着陈一鸣进了屋。

阳光下，陈一鸣依然畏畏缩缩的，也穿着一身旧衣服，看见陈一墨后先打了一个嗝。

"叫姐姐。"付英英推了推陈一鸣说道。

陈一鸣呆呆的，又打了一个嗝。

付英英不管他了，一点儿也不见外地自己倒了两杯水，一杯给陈一鸣喂下去——对，陈一鸣这么大了，付英英还给他喂水喝——另一杯自己喝了，而后抹了抹嘴，坐下，问陈一墨："墨囡，听说你要出国念书了？"

陈一墨抿了抿嘴。她都快放假了，有什么话付英英不能回家后再说，非要找上门来说？她知道付英英没带来什么好事。

"要很多钱吧？"付英英凑过来问。

"还好。"陈一墨回道。

付英英的眼泪说来就来，她说："唉，还是你命好！可怜我们鸣宝，连治病的钱都没有。他这辈子该怎么办呀？我可怜的鸣宝。"

骤然响起的闹钟的声音打断了付英英唱戏似的哭腔。

闹钟的声音提醒陈一墨，她再不走下午就要迟到了。

"妈，我下午还要考试，要迟到了。我先去考，考完再说！"她急急忙忙地带上门就要走，想到她这一桌子的设计稿和作品，还是有点儿不放心，毕竟陈一鸣有前科，于是飞快地收拾了一下，将它们装在包里带走了。

付英英看着她的背影和被她匆匆关上的门，翻了个白眼，撇了撇嘴，说道："哼，还当宝贝呢，有什么了不起的？！谁稀罕？！"

她在几个房间里走了一遍，左翻翻，右翻翻，撇嘴撇得嘴角的白沫子直翻，自言自语道："哼，这房子收拾得还真不错！这死丫头真是会哄男人，把宋河生哄得服服帖帖，他恨不得把家底掏光来补贴她！"

陈一鸣已经拿着桌上的水果啃了起来，付英英看见了只说道："吃！吃饱！我这就做饭去，吃饱了才有力气干活儿！"

付英英打开冰箱，看什么东西贵就往外拿什么。只有两个人吃饭，她却炒了五六道菜，而且全是荤菜，招呼陈一鸣吃。

"少吃饭，多吃菜！这死丫头的生活水平真不赖！冰箱里有这么多好吃的东西！"付英英含着满嘴的食物，不停地给陈一鸣夹菜。她腻到了想起冰箱里的酱菜，于是把它拿出来开开胃，嘀咕着："这不是宋家的酱菜吗？啧啧！这些菜也是宋家那个蠢蛋给她买的！他还真是蠢到家了！这死丫头一出国，看到外面的花花世界，哪里还会记得他？"

陈一鸣打着嗝问她："你……不是……不是……说……说她出……出不了国吗？"

付英英给他夹了一只鸡翅膀，说道："当然不能让她出国，她一个赔钱货念这么多书干什么？她不如把那些钱留下来，给我的鸣宝花，给鸣宝长大了娶媳妇用！"

本学期的最后一次考试，陈一墨是最后交卷的。她交完卷出来后，跟几个比她早一点儿交卷的同学一边聊着天，一边一起下楼。

而后，在楼梯上，他们就看见系主任的办公室外面围了很多同学。

"有什么新的通知吗？"有同学问。

有时候，同学们会围在系主任的办公室外面看通知栏里的通知。

陈一墨却觉得不对劲儿，隐隐听见了付英英的哀号声。她一度怀疑自己听错了，再一细听，绝对没错！这哀号声还真是从系主任的办公室里传出来的。

大事不好！

她三步并作两步地下楼，冲向系主任的办公室。

围观的同学看见她后，露出了各种异样的眼神，有好奇，有鄙夷，也有同情，但他们都不约而同地给她让出了一条路。

她挤进办公室，果然看见付英英席地而坐，在那儿一边拍腿一边哭诉，陈一鸣则傻呆呆地站在门边，不时地打一个嗝。系主任、系里的几个主要的负责人，还有老师都在里面，几个人一起拉付英英都没能把她拉起来。

"陈一墨来了。"闵真说道。

系主任一看，一挥手，说道："陈一墨、闵真，你们跟我来。"

付英英以为系主任要走，上前一扑，抱住了系主任的腿。显然，付英英已经知道他是这个系里的负责人，哭着说道："主任，你可不能走！你要为我们娘儿俩做主！你看看我儿子，他从小就有病，这么大了话都说不利索。陈一墨虽说不是我们亲生的，可这些年来我们也没亏待她，把她培养得这么好，连自己的儿子都被耽误了。我也没说要让她停学，可是，出国真的不适合我们这样的家庭！我儿子已经被耽误了这么多年，不能继续被耽误了，我们真的已经掏光家底了，只求陈一墨能看在我们对她多年的养育之恩的分儿上，把出国的钱留给她弟弟治病。"

陈一墨这才知道，付英英此行的目的原来是这个。

系主任抽了抽腿，却没能抽出来。

付英英豁出一切，一把鼻涕一把眼泪地继续说道："我知道，现在陈一墨有出息了，能自己挣钱了，出国的钱也都是她自己挣的。可是，我们的家庭情况摆在这里，我们真的不是出得起国的家庭。她在国内也可以接受良好的教育，咱们学校不差，在国内也是排得上号的，她本本分分地把本科读完，再考本校的研究生，一样有出息，还能少花很多钱，何必出国呢？主任，不是我自私，实在是她弟弟的年龄越来越大，真的不能再被耽误了，他等钱治病哪！你看看我，再看看我儿子，我们连一件像样的衣服都舍不得买，孩子的长裤都短得快到膝盖了！我们实在是没钱，实在是想攒钱治病哪！"

外面的同学中，已经有人开始窃窃私语。

"天哪，原来陈一墨是被收养的！"

"是啊，她的养母和弟弟看起来好可怜。"

"想不到陈一墨是这么冷血的人。"

"对啊，她看起来就冷冷淡淡的，我以为她只是高冷，没想到是冷血。"

"这样的养女也太没良心了吧？她还要用给弟弟治病的钱出国！"

"真虚荣！"

同学们都在指责陈一墨，说出的话一句比一句难听。

对此，陈一墨倒是不怕，真相如何，她说得清。反倒是系主任，他哪里经历过这阵仗，哪里见过这种泼妇？他被付英英蹭了一裤管的眼泪、鼻涕却脱身不得，狼狈不已。

"闵老师，还是先找一个能说话的地方吧。"陈一墨冷静地说。且不说她要说清楚这件事，需要一个安静的地方，就系主任这狼狈的模样，被这么多学生看见了也不好啊。

谁不知道要先把场面收拾好？可是，付英英坐在地上撒泼，几个人一起拉都拉不动她，陈一鸣站在门边，谁去关门他就号，众人头痛死了。

不管怎么样，他们还是先把学生驱散了吧！

闵真和系里的几个负责人先把围观的学生劝走，至于付英英和陈一鸣，没人对付得了他们。

陈一墨看了养母一眼，叹了一口气，没打算在这里跟她纠缠，请求闵老师和系里的领导换个地方听自己说话。

"不许去！不能去！这丫头一向会说话！她说的全是假话！"付英英急红了眼，喊陈一鸣："鸣宝，抱住姐姐，别让她去！"

这下大家有了防范，一位老师迅速地挡在陈一墨的面前，把她保护在身后，自己则应付陈一鸣的纠缠。一群知识分子之前没料到自己会遇到这种情况，被付英英打得措手不及。

趁这个机会，闵真赶紧把陈一墨带离系主任的办公室，和另外两位系领导一起到了隔壁的办公室。

闵真是陈一墨的辅导员，对陈一墨的了解比其他老师更深入。他一进去就请陈一墨坐下，还给她倒了一杯水，一开口就说道："陈一墨，我相信你！"

陈一墨捧着水杯，对老师笑了笑，说道："闵老师，谢谢。"

闵真摆了摆手，既是对陈一墨说，也是对其他几位系领导说：

"作为一名老师，得天下英才而育之是最幸福的事。我们做了两年师生，我是看着你怎么踏实、努力、不骄不躁地走过来的，你的人品，我相信。"

其中一位系领导问陈一墨："陈一墨，你是陈家的养女？"

陈一墨点头，回答道："是。"

她把自己当年被陈亮夫妇收养的经历说了一遍，然后说到了老头儿。

"还记得大一的第一个学期，我设计的桃花钟获了奖，老师们问我师从何人时，我没说。"陈一墨顿了顿，又说道，"我师父叫易南生，是一个名不见经传的老手艺人，住在我们镇沿河那条街的街尾，养了一条大黑狗，无儿无女，一生孤独，晚年只收了我这么一个弟子……"

陈一墨的眼眶渐渐湿润，她说起老头儿时，还是这么几句话"养了一条大黑狗""无儿无女""一生孤独"。

这是一个很长的故事，十几年的光阴，在陈一墨婉转的声音里缓缓流淌出来。老师们听着，心都跟着变沉了。

整个办公室里，除了陈一墨的声音，再无其他动静，几位老师连茶都忘了喝。

夏日，小院，穿着白色汗衫的老头儿……

陈一墨并没有放大付英英刻薄的一面，成长中那些难过的事早被岁月中的暖心事填满，但听者不是傻瓜，如果她在陈家过得好，怎么会被她口中的"老头儿"养大，连上学都要用老头儿买她的时间的钱？她在陈家过的是什么日子可想而知！时代虽然在进步，但很多人心里重男轻女的思想根深蒂固，很多人认为女孩就该早点儿出去工作，赚钱养家、养弟弟，何况陈一墨还只是个养女！

一直到她轻描淡写地说完她的渐变点彩创意被养母和弟弟盗取，她才停止讲述。

办公室里依然一片安静，枇杷的酸甜余味未散。

不知哪位老师碰倒了杯子，杯子碎掉的声音打破了这宁静气氛。

副主任叹了一口气，问她："陈一墨，你恨你的养母吗？"

陈一墨摇头，说道："这么多年我没想过这个问题。时间对我来说太珍贵了，我要努力念书、努力学艺、努力做一个有本事的人，给师父养老，不给师父丢脸，没有时间去恨谁。"

陈一墨沉吟片刻，又说道："从另一个角度来说，我心里对养母始终存了一份感激的心，如果不是她把我带到陈家来，我就不会遇到这么好的师父。"

系里的副书记比其他的领导年纪大一点儿，目光慈祥地看着她，说道："我早该想到你是易南生的徒弟。他是高人！"

陈一墨愣了愣，问道："书记，您认识他？"

"谈不上认识。"副书记遗憾地说道，"我年轻的时候听说过他的名字，远远地看过他一眼，那时候他也年轻，但比我大一些。听说他手艺超群，坊间有很多关于他的传说，后来我想要拜访他时他却退隐了。再后来，随着陆安平和林雪慈声名鹊起，他渐渐地就被人遗忘了。"

听到这两个名字，陈一墨抿嘴不语了。

其他老师的表情也有些异样，连副书记自己都觉得有点儿尴尬，咳了两声掩饰过去，对闵真说道："闵老师，情况我们都了解了，我们也相信陈一墨。但现在情况还有点儿复杂，这些往事不知道陈一墨有没有证据，你帮着搜集一下，有备无患。"

"好的。"闵真应道。

"那先这样，你带着陈一墨先回去，我们再商量一下。"副书记又说道。

"好。"闵真应道，随后又对陈一墨说道："走吧，陈一墨。"

闵真和陈一墨走出办公室时，隔壁的办公室里已经没有了动静，有知情的老师说，他们叫了保安来，把人弄走了。老师还说："不得了，陈一墨的养母从这里离开后，走到教学楼外面往台阶上一坐，又开始一把鼻涕一把泪地号，外系的人都被吸引过来围观了。"

"现在呢？"闵真问。

"不知道，被安置起来了吧？主任都不敢放她出去乱说了。"

闵真怕陈一墨忧心，安慰她："没事，有老师呢，老师给你做主。"

陈一墨点点头，本来也没怕，说道："对了，闵老师，要说证据，原来是有的，后来……"

"什么证据？在哪儿？"

陈一墨无奈地说道："我师父原来每次给我养母钱的时候，都会让我养母写一张收据，而且写明是买我的时间让我去上学的费用，但是后来我师父家发生了火灾，那些收据很有可能都被烧了。"

闵真还是安慰着她："没关系，收据被烧了我们也能从别的地方取证。放心吧，这个世界不是谁的声音大、谁会哭谁就有理的，公道自在人心，你们河坊街还有那么多邻居呢！难道大家全部不讲良心？"

外系的同学的确知道这件事了，陈一墨走在路上时，对她指指点点的人不少，不是她多心，而是她清清楚楚地听见了"陈一墨"三个字。

闵真也听见了，对陈一墨说道："你别多想，先去吃晚饭吧，想去哪儿吃？"闵真觉得，这孩子受了委屈，他作为老师应该请她吃顿饭，安抚她一下。

陈一墨却说道："就去食堂吧，我没事。"

师生二人往食堂走去，有人远远地跑来。

来人一口气跑到陈一墨的面前，气喘吁吁地说道："陈一墨，你又有麻烦了！"

来人是向挚！

这消息还真是传得够快的!

可是,向挚怎么还在学校里?他不是该回家,然后准备出国读研吗?

陈一墨以为他只是道听途说,没想到,向挚却拿出手机,找到学校的贴吧,将贴吧里的一篇帖子翻给她看。那篇帖子有着大大的标题:忘恩负义的"传承人",弃养母、病弟于不顾。

"传承人"三个字被打上了引号。

故事的主角是一位姓陈的、号称传统工艺的传承人的女大学生,内容就是女大学生忘恩负义,弃养母和生病的弟弟于不顾,用给弟弟治病的钱出国做交换生,整件事被添枝加叶地被加工成了一个离谱的故事。

向挚义愤填膺地说道:"发帖、找人顶帖、炒热,一样的手段,一样的套路!背后之人跟上次诬蔑我们抄袭的绝对是同一个人!陈一墨,你得罪谁了?"

呵,她得罪谁了?她自始至终没得罪人,但有人看她不顺眼。

如果说上次的事件陈一墨最初还迷惘了一阵,这次,她完全可以确定是谁干的。

陈一墨的心里一直有一个疑团,想到这里,她转身就往系里跑去。

"陈一墨,你去哪儿?"向挚和闵真异口同声地问她。

"去系里,一会儿就回来!"她边跑边回答。

系主任办公室隔壁的那间办公室的门依然关着,系里的领导们应该还在讨论她的事。

她敲了敲门。

"请进。"里面传来副书记的声音。

她进去后,先给领导们问好,然后问副书记:"书记,请问您之前说,我师父不知什么原因退隐了,而后陆安平和林雪慈声名鹊起,是吗?"

"是的。"副书记不知道她为什么又回来了。

"那请问，这期间发生了什么大事？"陈一墨的心在狂跳，她说道，"听说陆安平和林雪慈是因为设计出了《百鸟朝凤裙》而一举成名的。"

"对！"副书记点头，说道，"当年有一场含金量极高的比赛，陆安平和林雪慈凭借《百鸟朝凤裙》惊艳了所有人，后来就创立了现在的公司，打造了制作传统首饰的著名品牌。你师父却在那次比赛中发挥欠佳，从此销声匿迹。"

其实那次比赛之后，还有一些不好的传言，有人说易南生江郎才尽，拿不出好作品参赛，被一大批后辈超越，羞愧得退隐江湖。

但这些话副书记不忍心跟陈一墨说，而且，当时的他并不认为一次比赛就能决定一个人一生的艺术成就，偶尔失误的情况谁都有过。

陈一墨觉得自己摸到老头儿退隐的真相的边儿了，想着那个牵着大黑站在灯下的老头儿孤独的身影，她的眼中泛起了泪光，她说道："谢谢书记。"

"陈一墨，你还有什么事吗？"副书记见她要哭了，担心地问她。

陈一墨的双眼含满泪水，她几近哽咽地说道："书记，请问，您所听说的易南生，是个什么样的人？"

"他啊，"副书记陷入回忆里，说道，"说实话，他就像一只闲云野鹤，了解他的人很少，哪怕在他的艺术生涯最辉煌的时候，好多协会想请他做会长，他也好像只出任过一次，后来就不告而别了。我还听说过一件事，他做事全凭自己的喜好，请他做首饰的人，他若看得顺眼才会同意，他若看人不顺眼，那人即使抬着金山银山去请他，他也不会同意。大家都说，他是个……"

副书记觉得那词不妥，便没说了。

陈一墨听着这些话，虽然眼里含着泪，却慢慢地弯起了嘴角，自己把话补齐了："是个怪人是吗？"

副书记有点儿尴尬。

陈一墨并没有不高兴，反而向副书记行了个礼，说道："谢谢书记！大家都是这么说的！我先回去了，打扰各位老师了。"

她走到门口时又突然回头，对副书记说道："书记，我很骄傲，他是个怪人！"

她走后，副书记笑着解释："大多数的艺术家有自己的脾气，有人把这称为'怪'，但这未尝不是风骨。你们也都很'怪'，并有'风骨'吧？"

陈一墨离开了办公室，一路抹着眼泪往前走着。

闵真和向挚还在原地等她，见她哭着跑来都惊呆了，异口同声地追问她发生了什么事。

她摇着头，泪如泉涌。

"你倒是说话呀！谁欺负你了？老子给你报仇！"向挚急得都说脏话了。

陈一墨用手背擦着眼泪，努力地笑着跟他俩解释道："我真的没事，就是得知了一个好消息，心里高兴。"

"真的？"向挚的眼珠子都要掉下来了。

"真的！千真万确！我发誓！"陈一墨的眼眶红红的，她举着手说道。

向挚无奈地说道："有好消息你还哭成这样？！"

陈一墨含着泪笑了。

也许没有人懂她为什么哭，她自己也不知道这有什么好哭的，可是，眼泪就是止不住。或许，只有老头儿能懂吧？

她哭的次数很少。怎么说呢？她不怕苦，不怕难，也不怕痛。

她只怕生离死别，以及回忆。

"闵老师、向挚，谢谢你们，我先走了。"她笑着抹去脸上的泪痕，说道。

"你去哪儿？"向挚和闵真再次异口同声地问她。

"回家！"陈一墨笑道，"不是放假了吗？"

"你不是明天回去吗？"向挚刚给宋河生打过电话，宋河生说他明天过来接陈一墨。

"我现在就回去！我还有点儿事，提前走了！"

向挚看着她果真一点儿也没被影响的样子，皱着眉问道："那学校里的这些事怎么办？"

"没关系，我真的要走了！"陈一墨心里的事更要紧，她要赶紧回家了！

"哎。"那宋河生明天来，就接不着她了。向挚糊涂了。

闵真只好说道："学校的事交给老师们，她想回去就让她回去吧！"

"那……那我陪她回去！"向挚还真不放心，这时候把宋河生叫过来也来不及了，他边追陈一墨边回头和闵真说："那拜托你了，闵老师，陈一墨真的是一个好姑娘！这帖子里写的事全是胡说八道！"

对向挚非要陪她一起回家这件事，陈一墨有些无语，但没工夫和他废话，因为心里的事比这更重要，所以她只好带着一个"拖油瓶"回去了。

然而，向挚发现她不是要回河坊街。

"这不是到你们镇了吗？你怎么还要坐大巴车？"向挚怀疑自己记错陈一墨的老家了。

陈一墨头也不回地上了大巴车，背对着他，说道："你要是怕我把你卖了就回去！"

向挚挺起胸脯，说道："谁怕？谁卖谁还不一定呢！"

陈一墨要去找陈叔叔。

她不信那些陈年往事陈叔叔他们不知道。现在回想起来，很多次聊天的时候她就快要触到真相的边了，梅姑和陈叔叔又把话题带偏了。

陈叔叔在商师兄的店里，她直奔向商师兄的店铺去。

巧了，不但陈叔叔在，梅姑也在。

陈一墨突然到来，大家都很惊讶。商师兄问她："你不是明天才放假吗？"

陈一墨径直走到正在喝茶的陈叔叔和梅姑面前，把向挚忘记了。向挚点着头对商师兄自我介绍道："你好，我是她的同学。"

商师兄替宋河生用看情敌的眼神看着他。

向挚向来擅长察言观色，举手投降，说道："我和陈一墨只是同学！真的只是同学！"为了表明自己这话的真实性，他还朝陈一墨努了努嘴，又说道，"真的，不信你问陈一墨。我和宋河生在一起的时候，陈一墨就是用你现在看我的眼神看我的。"

商师兄的眼睛瞪得更大了，他想：是我理解的那个意思吗？

"不是，不是！不是这个意思！"向挚说不清了，指了指里面，说道，"发生大事了，我先过去。"

店里的屏风后，陈一墨开门见山地说道："陈叔叔、梅姑，我今天来是有事要问你们的。"

"什么事？"梅姑许久没见她了，得知她要出国做交换生，正替她高兴呢。

梅姑没想到，陈一墨放了个炸弹。

"梅姑、陈叔叔，我师父当年为什么要隐姓埋名？"

梅姑和陈叔叔手里的盖碗同时掉落。

"这个嘛……"梅姑不自然地挤出笑容来，说道，"你师父厌倦了呗！对，就是厌倦了！因为后来手艺商业化了，你师父只想做手艺，就归隐了。"

这话听起来还真像那么一回事，跟师父的性格都匹配上了，如果是从前，陈一墨就信了。

"梅姑、陈叔叔，我不知道你们俩为什么始终不肯说出真相，但我今天非要知道不可！我来想办法。"

陈一墨思忖着，向挚从她的身后冒了出来，给她帮腔，自来熟地随了陈一墨对二人的称呼，说道："是啊，陈叔叔、梅姑，墨囡遇到事了，被人欺负了。"

他把付英英去学校闹，以及学校贴吧里的帖子的事说了出来。他不确定这两件事和陈一墨想知道的事有没有关联，但陈一墨今天哭成这样，家也不回便直奔这里，谁又敢说这些事没关联呢？

梅姑一听这话就怒了，一巴掌拍在茶几上，拍得杯碟乱响，怒道："这两个贱人还要搞事情吗？"

"所以，还不能告诉我真相吗？"陈一墨拉着梅姑的手，想好了法子，说道，"梅姑，我也不要你亲口说出来。这样，我问你答，都不用你说'是'或'不是'，如果我说对了，你就眨一下眼睛，如果我说错了，你就眨两下眼睛。怎么样？"

梅姑虽然还有些迟疑，却不再强烈反对。

"就这么决定了！"陈一墨问第一个问题，"梅姑，多年前林雪慈和陆安平是不是靠《百鸟朝凤裙》一战成名的？"

这个问题的答案尽人皆知，梅姑眨了一下眼。

"好，第二个问题，我师父是不是在那次比赛中表现不好？从那以后他就消失了？"

知道这个问题的答案的人就少了，但这个问题的答案也不是秘密，梅姑再次眨了一下眼。

"梅姑！第三个问题来了！"陈一墨斟酌了一下，抛出重磅炸弹，"梅姑，《百鸟朝凤裙》其实是我师父的作品，对不对？那两个贱人偷了我师父的作品！"

陈叔叔原本还在喝茶，一听这话，"噗"的一声，一口茶水全部被喷了出去，喷了梅姑一脸。梅姑却瞪着大眼睛，满脸的茶水也不敢擦，唯恐一动，眼睛就眨下去了。

"梅姑！眨眼睛！"陈一墨喊道。

陈一墨心想：一下还是两下，你倒是给我眨呀！

但只看梅姑和陈叔叔的反应，陈一墨也知道答案了。

"原来，我猜对了。"陈一墨松开梅姑的手，坐到了梅姑的身边。可是为什么呢？老头儿为什么愿意受这种委屈？

可这才是老头儿啊，那个又倔又傻的老头儿！

想着那个板着脸、一脸凶相的老头儿，陈一墨再次泪盈眼眶。

"梅姑，我师父的心里其实是有人的，对吧？大家都说他一生孤独，其实他的心里一直有人与他为伴，那个人不是我，而是在他的青春岁月里开过的花。"

那朵花陪伴他度过了漫长的岁月，直到他生命的最后一刻，他还在保护那朵花，哪怕那朵花有刺，刺上有毒。

话都说到这个份儿上了，他们还有什么可隐瞒的呢？

梅姑叹了一口气，说道："孽缘……林雪慈就是你师父命里的劫。早知有这一天，你师父当初就不该把她从雪地里捡回来。可是，那就不是你师父了！"

"梅姑，我师父到底是怎样一个人呢？"陈一墨又提出了这个问题，梅姑眼里的老头儿跟副书记眼里的老头儿不一样吧？"好多人说他是怪人，我们系里的副书记也这么说。"她还把副书记说的那些话说给梅姑听了。

梅姑笑了笑，说道："是个怪人！怪老头儿！"

陈叔叔把茶水清理干净，跟她说："协会那件事，这么说吧，易老头儿这个人不藏私，别的师父都是教一手留一手，把吃饭的本领留着不教，慢慢地一代不如一代。但你师父总是对别人倾囊相授，当年对那俩货也是这样，但那俩货资质平庸，又不努力，你师父教了他们也学不到精髓。你师父是想着要把这手艺好好地传承下去的，协会对传承手艺当然有好处，你师父为这点考虑，起初的确加入了一个协会，但是呢，这个世界上沽名钓誉的人也多，你师父进协会以后，看不惯那些人的毛病，最后还被惹毛了，算是挂印走人的。从此，谁再叫他加入这个协会、那个协会，他便都不去了。"

梅姑也说道："看人接活儿这事也是真的。你师父那牛脾气，你还不知道吗？又倔又臭！有一回，有人请他打一套结婚要用的饰品，你师父得知这是给那人的二奶打的以后，马上就拒绝了，任对方出多少钱都不打！他就是这么倔！"

梅姑嘴上嫌弃，眉眼间却透着骄傲之色。

"唉！"梅姑叹了一口气，又说道，"《百鸟朝凤裙》那事一出，我们几个都为你师父感到不平，可是你师父呢，也是中那女人的毒了，就是不站出来，也不准我们几个说出去，还让我们发了重誓，我们这些人最看重的就是誓言。"

陈一墨连忙说道："梅姑，不是你说出来的，你没有违背誓言！"

梅姑把陈一墨搂住，笑了笑，说道："什么誓言不誓言的？不过是君子的自我约束罢了，我们主要是不愿意违背你师父的意愿。你师父年纪本就比林雪慈和陆安平大，人又成熟稳重，虽然只是大师兄，但长兄如父，陆安平和林雪慈更多的时候是你师父带着的，算是他一手将他们带大的，就连林雪慈……"梅姑说到这里时停了下来，看了看周围的三个男人——陈叔叔、向挚和商辉，凑到陈一墨的耳边悄悄说道，"就连她初成少女的那件尴尬事，都是你师父红着脸，来问我怎么办的！"

"所以，你师父对他们两个始终有一种复杂的情感，哪怕恨铁不成钢，那也是自己养大的孩子，始终希望他们过得顺遂。"梅姑叹息着继续说道，"只可惜这俩浑蛋不是人！墨囡，你现在打算怎么办？

《百鸟朝凤裙》那件事已经过去太久，你想用这件事来反击不太可能，没有证据，就算我们站出去说也是空口无凭。"

陈一墨摇摇头，靠在梅姑的肩上，抱住梅姑的脖子，说道："我想知道真相，并不是要用这件事来反击的。我只是想确认我师父是最棒的手艺人，惊艳众人的传世之作只有我师父才能做出来，那俩货没这个本事！"

"不憋屈？"梅姑问她。

"憋屈！可那又怎样呢？"陈一墨看得开，说道，"这是师父的心愿，我还没来得及好好孝顺师父呢，就让师父如愿吧！而且，我相信这世界善恶终有报，恶人自有天收！"

梅姑还是不忿的，说道："糊涂老头儿！自己的一辈子被搭进去了不说，还纵容出俩浑蛋来害你！"

"可我还是爱这个老头儿！"陈一墨一边说，一边抱着梅姑的脖子蹭。

梅姑被她逗笑了，伸手给她整理着鬓边的碎发，说道："傻丫头！你师父这辈子最幸运的事，就是收了你做徒弟，这十几年算是他人生中最平静的时光了，幸好有你陪他！"

"梅姑！"陈一墨的鼻子酸酸的。

"没事，不怕，不管发生了什么事，你都还有我们几个老家伙呢。我们别的没有，这把老骨头还是能豁出去的！"梅姑拍拍她的头，说道。

"嗯，我不怕！"她窝在梅姑的肩窝里，说道。

现在虽是夏天，但并不酷热。沿河的窗开着，风儿阵阵吹入，空气里仿佛飘着枇杷的香味。

嗯，此时正是吃枇杷的时节。

见此情形，几个男人悄悄地退出去了，把空间留给梅姑和陈一墨。

向挚走在最前面，却在走出屏风的一瞬间愣住了，随后而来的两个男人也愣住了。

屏风外站着一个人，正是不知何时回来的陆璧青。还拎着行李的陆璧青满脸通红，泪流满面。

屏风后，传来了陈一墨和梅姑的对话声。

"梅姑，我师父退隐的主要原因，是被背叛伤了心吧？"

"哼！"梅姑不屑地哼了一声。

"梅姑，你年轻的时候，是不是也偷偷喜欢过我师父？"

"臭丫头！胡说什么呢？"

屏风后传来了嘻嘻哈哈的声音。

"唉，那个时候你师父为人正直，手艺出类拔萃，还长得一表人才，喜欢他的师姐、师妹不知多少呢。林雪慈眼瞎！不，那俩浑蛋臭味相投！"

蝉鸣茶凉，窗外的树叶在阳光下泛着金光，每个人的青春都曾闪闪发亮。

陈一墨在陈叔叔这里待了一个下午，外面的风云又涨到了新高潮。

向挚上着网，发现"忘恩负义的'传承人'，弃养母、病弟于不顾"这篇帖子不但在学校贴吧里的热度越来越高，还被人搬上了社交平台，上了热搜榜。离谱的是，居然还有付英英坐在珠宝系的教学楼外的台阶上哭诉的视频，她控诉着陈一墨。陈一鸣在视频里一副傻呆呆的模样，瘦弱不堪，不时打一个嗝，天然地获得了人们的同情。

短短一个小时，这个视频就已被转发过一万余次，评论也超过了一万条，网友们一边倒地骂陈一墨，更有人搜索出陈一墨的信息，把她的照片放到了网上。许多网民对陈一墨评头论足，说一看她这长相就不是什么好女人，更有甚者直接质疑陈一墨这个交换生名额来路不正，只差直说陈一墨跟学校里的老师有不正当关系了。

在这一片不堪入目的评论下，大量自称本校学生的网友发言，要求取消陈一墨的交换生资格。

"岂有此理！"向挚发了大火。

陈叔叔、梅姑、商师兄也很生气，唯有在角落里默默地做着事的陆璧青，突然涨红着脸从店里冲了出去。

梅姑看着陆璧青的背影，叹息着说道："可惜了这孩子。"

向挚是发誓要把这口气讨回来的，而且已经在网上和人对骂起来，就算大家都说要冷静下来想个法子，他也要先骂爽了再说。

陈一墨在整理自己的思绪，澄清的帖子肯定是要发的，还盘算着要怎样找到对自己有利的证据。她觉得居委会的人是可以开证明的，当年老头儿收她为徒时，居委会的人都知道。

就在她思考着怎么在网络上讲述她和老头儿的故事的时候，商师兄给宋河生打电话了。

他们都知道这事是谁在后面捣鬼，商师兄还提醒过宋河生，宋河生一副胸有成竹的样子，却防不住那两个垃圾。事态竟然发展到了这个地步！

他是背着陈一墨打的电话，没想到宋河生已经知道这件事了。

"我在看呢！"宋河生说话时居然不紧不慢的。

商师兄也知道不能怪宋河生。那俩老妖怪简直是不要脸界的鼻祖，而且要钱有钱，要阴谋有阴谋，宋河生这个普通人家里的小子，哪里防得住他们？

商师兄只说道："赶紧想办法澄清事实，把这场风波平息下去吧！"

"平息？"宋河生盯着电脑屏幕说道，"怎么能就这样让它平息呢？我们将热度炒起来还要费功夫，不知从哪里下手，现在人家帮我们炒起来了，不是正好吗？"

商师兄不明白了，问："你这是什么意思？"

"没什么，我等着看呢，不管怎样，这次一定要把这两拨人打倒！"

两拨人？

"你是说陆家的人和陈家的人？"

"嗯。他们每次欺负我们时，虽然我们都能将事情翻转过来，但不痛不痒，打不到他们的七寸！他们想将事情闹大，我求之不得！"

"好吧，那你掂量着办，现在墨囡的心里只怕不好受。"商师兄还是担心这事会伤到陈一墨，问道，"你要来接她吗？"

"现在暂时不行，商师兄，麻烦你帮我照顾她一下。"

"自己人还说什么照顾？梅师父陪着她呢！"商师兄无奈地挂了电话。

依着宋河生的意思，现在不必急着澄清事实。商师兄把这意思跟陈一墨一说，陈一墨也就不急了，但她要回家，想见宋河生，也想做点儿准备以应付这次风波。

向挚不同，既然不需要他做啥，那他骂死"喷子"（爱好胡乱指责他人而不通情达理的人）总可以吧？他大号、小号一起上，轮流跟各路网友舌辩，坐在商师兄的店里时用电脑打字，走在路上时用手机打字，表情狰狞，手指狂动，连陈一墨跟他说了什么话他都没听清，全心全意地骂人。

陈一墨瞟了一眼他到底在骂什么，看完觉得自愧不如。

她不禁觉得好笑。

向挚这强大的战斗力还吸引了一个人——程舒。

陈一墨的事闹得这么大，程舒也是观众。看见向挚被很多人追着骂，甚至骂及他的家人，她顿时觉得向挚挺蠢。

她给向挚发私信："你在发什么疯？"

向挚没理她，当然，也是因为顾不上理她——骂人都忙不过来呢！

程舒打电话来了。

正打字打得飞快的向挚突然被来电打断，心里冒出了一股火。

"喂？"他接起电话。

"向挚！你在发什么疯？！"

这话他就不爱听了，什么叫发疯？

他理都不想理她，把电话挂了，继续打字。

结果，程舒又给他打电话了。

"你到底想干什么？"他觉得程舒真耽误事。

"向挚，你有没有脑子？你在网上跟人对骂，还用自己的大号骂，不是发疯了是什么？惹得那么多人骂你，还骂你的家人！"程舒觉得这人就是有病，上赶着找骂。遇到这种事，对骂不是最无效的方法吗？

"你是我的家人？不然你有什么资格说话？"向挚和人对骂的气势还没下去呢，他与程舒说话时也火药味十足，何况，他跟程舒的关系一向不好，虽然从国外回来后有所缓和。

程舒快要被气死了，说道："难道狗咬了你一口，你还要追着去咬狗吗？你这样除了惹得一身臊，有什么实际意义？你是帮到陈一墨了还是摆平风波了？你就不能理智一点儿吗？简直就跟网上的'喷子'一样无脑！"

"无脑？"向挚听到这两个字时真的怒了，虽然这才是他和程舒的相处模式，但他还是忍不住爆发了，"陈一墨是我的朋友，难道我的朋友被网民攻击，我要置之不理？我这么做的意义是什么？没有意义！我就是站队！我向挚的朋友，无论遇到了什么困难，哪怕全世界都与之为敌，我也会和她站在一起，和她对抗全世界！"

他想：我们有理智，这不是有宋河生解决问题吗？我闲着也是闲着，还不让我骂"黑子"（对人物、作品进行贬低、侮辱的人群）了？

程舒快被气得心梗了。向挚这话说得，陈一墨对他那么重要？

"你！"程舒稳住声音，说道，"朋友？陈一墨是你的朋友，我不是吗？"说罢，她又在心中补充道：我还不是为了你好？你对我说话时这么大声，难道我是你的敌人？

"志同为朋，道合为友。我无脑，怎么配和你这么理智、有智慧的人做朋友？！"向挚说完这话就把电话挂了，继续去骂网友。

程舒气得直跺脚，耳边却还回响着向挚说过的话：我向挚的朋友，无论遇到了什么困难，哪怕全世界都与之为敌，我也会和她站在一起，和她对抗全世界！

这声音并没有随着电话被挂断而消失，反而在她的耳边一直重复着，振聋发聩，带着一股强大的力量，把她的怒火渐渐逼退。

这段话也在陈一墨的耳边回响，她看着正在努力"奋战"的向挚，垂下眼眸，心里暖暖的。

她觉得自己真的很幸运，遇上了这么多美好的人，朋友、亲人、爱人……都是多么温暖的词！

向挚专注于骂人，但陈一墨这么看着他，他感觉到了，看了她一眼，问她："看我干什么？"

陈一墨努了努嘴，没说话。

"感动了？"他问。

她想：嗯，有点儿吧。嗯，其实还挺多的！

"别感动，我这样做还不是为了宋河生？"

陈一墨无语了。

"谁让我喜欢你的男朋友呢？他的女朋友被人欺负，就是我被人欺负！"

陈一墨心想：这话的意思是，宋河生的女朋友等于你？

陈一墨又想：我一点儿也不感动了！

"咦？"向挚突然发出了奇怪的声音。

怎么了？

陈一墨偏着头看了过去。

"这个人是谁？"向挚发现评论里出现了一个和他一起骂"黑子"的人，长篇大论的话里还带着一堆表情，不断地复制粘贴，占据的地盘特别大，也特别明显。他再一看，这头像还有点儿眼熟，就是昵称很陌生！

他去看对方的主页，不得了，他们还是互相关注的！

他直接去看对方的相册，一看，这只猪！

他给"猪"发私信："猪！骂人之前先把相册里的照片删干净！"

啧啧啧，这么凶狠又骄傲的"母老虎"怎么拍嘟着嘴的照片？

"猪"正复制粘贴得爽呢，一看私信，想起了曾经听说过的一句话：如果一个男孩子叫你"猪"，那他一定就是喜欢你了！

"猪"连骂人都忘记了，看着私信发呆。这话还有一层意思呢，他提醒她删照片，是不是表示他关心她呢？他怕她的照片被人抨击，怕她的私人信息被人搜索出来，怕她受到伤害？

她的思维开始发散，她甚至回忆起了从前的种种事情。比如，在国外时，她丢了钱和证件，是他借钱给她并帮她补办护照的，还请她吃了冰激凌……

她仔细回想起来，许许多多寻常的细节被她脑补成了他对她的好。她还听她的那些跟班说过，有的男生喜欢一个人时，不知道该怎么表达，就喜欢惹对方生气！

她这么想着，心都有点儿乱了，也忘了要去删照片，直到向挚发现她的照片出现在了评论区。果真有人连她都骂上了。

他一个电话打过来，打断了她的胡思乱想，冲她吼："怎么还没清理相册？"

"我……"

"猪啊！"

她根本来不及说一个字，他骂了她一通后就把电话挂了。

于是，她乖乖地去清理相册了，但是，心里还是乱糟糟的，连带着脑子都乱了。然后，她做了一个让她后悔终生，不，至少今天会后悔的决定。

她发私信问他："你是不是喜欢我？"

然后她就紧张地握着手机等答案，一颗心"扑通扑通"地狂跳着。

但向挚没回应！

他可能在忙着刷评论吧？

她再一遍一遍地去翻看她的私信，她发给他的这个问句一直是未读状态，很久之后，终于在这个问句下看见了"已读"两个字。

她捧着手机的手一紧。

结果，他回过来了一串问号！

那些问号好像是他在问她："你在想什么呢？"

她快要被气死了，觉得自己颜面尽失！她气得握着手机打字质问他："那你叫我'猪'？"

她在生气的时候就喜欢写短句，发送完这句话后继续打字："你还叫我删照片！"

她刚要将这句话发送出去，便看见他又回过来了一串问号！

在这串问号的后面，他还打了一行字："骂你'猪'是喜欢你？"

凭着对他的了解，她完全能想象出他在打这行字时的神情。

她再凶也是个女孩啊，而且还是怀有心事的女孩，既丢了面子又被他嘲笑，当然没那么冷静了。

她有点儿委屈地把刚才打的一行字删了，重新打字："有一位哲人曾经说过，如果一个男孩子叫你'猪'，那他一定就是喜欢你了！"

她已经不指望他会发过来什么好话了，当然，他也绝对不会让她失望！

他接连发过来了三句话。

"这位哲人叫什么名字？

"他是吃猪饲料长大的吗？

"哪个傻子会喜欢一只猪？"

哼！那位哲人就是与她住在同一间宿舍的姐妹！但她当然不会这么说的！

然后，向挚又发过来了一句话："你这么问的意思是你喜欢我？千万不要！别吓我！"

"猪"："……"

她真的要被气死了！

她"啪啪"一顿输入："鬼才喜欢你！我宁可喜欢一只猪，也不会喜欢你！我就是怕你喜欢我才问你的！你可千万别喜欢我！我也害怕！麻烦你有多远滚多远！别出现在我的视线范围内！"

向挚无语了。他从来没有主动出现在她的视线范围内！哪次不是她莫名其妙地出现在他的面前的？

陈一墨觉得向挚怪怪的，问他："怎么了？骂不过了？那就别骂了，你没必要为这些人生气，他们跟蝗虫过境似的，还不知道哪些是真人，哪些是机器呢！"

向挚看着她，呆呆地叫了她一声："猪？"

陈一墨："……"

"你觉得我喜欢你吗？"他又问。

陈一墨："……"

陈一墨也是需要时间来做出反应的，愣了好几秒钟后才反应过来，抓着自己的包砸过去，骂道："有病！"

她想：别以为你帮我骂人了就可以胡说八道！

向挚点了点头。这才是正常反应嘛！那只猪不正常！

他低下头，继续奋战去了。

两个人回到河坊街，陈一墨做的第一件事就是去居委会找从前的阿姨，想问问阿姨能不能帮她开一张证明什么的。

阿姨看到她后既亲切又惊讶，问道："墨囡，怎么都来要证明？"

"还有谁来过？河生哥吗？"陈一墨首先想到的人就是他。

"是啊！不过我没给他。"阿姨笑道，"他不是你，虽然我知道他跟你关系好，但这个证明是不能随便给别人的。"

陈一墨惊喜地说道："您还真能开证明啊？谢谢您！"

"不是我开证明，"阿姨边说边拿出一个文件袋，"是你本来就有证明。"

阿姨笑着把文件袋里的东西取出来给她，说道："当时这份文书就是一式三份的，你师父那里一份，你妈妈那里一份，我这里一份。你当时年纪小，可能没注意到这些。"

陈一墨惊喜地接过文书，这可不就是当初的那份文书吗？文书上写明老头儿每个月给陈家人三百块钱，让陈一墨不辍学，平时去学校里念书，放学后和假期里在他那里学艺。

文书的末尾还有三方的签名以及手印：付英英、居委会和老头儿。

陈一墨看着"易南生"三个字，红了眼眶。

那时候她还小，并不懂得书法，现在重睹旧物才发现，老头儿的字写得很好。难怪梅姑说，老头儿年轻的时候，好多姑娘偷偷喜欢他呢！

这份文书到底有没有法律效力，陈一墨不知道，但是用来在网上自证清白是够了的。

那时候大家的法律意识都不强，老头儿不懂什么公证处，只知道找居委会的人。当然，付英英也不懂，不然也不会同意老头儿在文书里写什么"每个月三百块钱，用于交换陈一墨不辍学"这个条件了。

她谢过了阿姨，就把这份文书带走了。

她去找宋河生，既然他也来找居委会的人了，肯定是需要这份文书的。正好，她也想问问他有什么打算，一起商量一下怎么应对这次的风波。

她带着向挚直接去了宋河生家，却没找到人，冯叔的饭店里也不见他的人影。冯叔说他请假了，请了好几天。

她本想给宋河生一个惊喜的，这下只好打电话找宋河生了。宋河生却让她在"旧曾谙"里等，还问她和谁在一起，听说她的身边是向挚，就用一副"这还行"的口吻说道："嗯，你和他待在一块儿吧，他不忙的话就让他住下来，我也放心。"然后宋河生便让她收好文书，到时候会用到。

陈一墨悻悻地挂了电话，小声嘀咕："哼，你这么放心他？我还不放心呢！"

说罢，她幽怨地看了向挚一眼。

向挚想：我怎么了？我又怎么了？

陈一墨带着向挚回了"旧曾谙"，打开电脑，开始写文章讲述她和陈家人以及老头儿之间的故事。她不知道的是，这件事在网上引起了轩然大波，系里的老师们也在开会讨论这件事。

系里的老师们分成了两拨，一拨做付英英的工作，另一拨开会讨论怎么办。

参与讨论的老师又分成了两派，一派以闵真和副书记为代表，绝对相信和保护陈一墨。

另一派也相信陈一墨，但认为公众的有些意见是对的。不管怎么样，付英英都是陈一墨的养母，天下无不是之父母，陈家的经济条件不好是真，陈一墨要学艺术，其开支对陈家来说负担不起也是事实。两个孩子牺牲其中一个的上学机会成全另一个人也不是什么新鲜事，他们听过的、见过的事例很多，就算是亲姐弟，有些家长也会选择让姐姐打工供弟弟上学，何况陈一墨和陈一鸣还不是亲姐弟。

他们觉得陈家人的做法虽然不妥，但陈一墨已经足够幸运，还有师父供她上学，与那些丧失上学机会的女孩子相比已经好很多了，而且他们学校是国内的一流大学，陈一墨这样的孩子能考进来已经很好了。至于这个交换生的名额，的确不适合给陈一墨，她的养父母肯定负担不起她出国留学的费用，而陈一墨自己如果有钱，是不是要考虑一下反哺养父母，拿这钱给弟弟治病呢？这样对陈一墨自己也好，免得她被舆论中伤。

这个讨论会开了一个下午，大家争来争去，始终没有结论。网友们的声音却越来越大了，反对陈一墨出国的呼声也越来越大，理由跟第二派人的意见差不多：天下无不是的父母，陈一墨有钱应该给弟弟治病，帮助家里人。

负责做付英英的工作的老师打电话来，声称他们已经说了一个下午，付英英又哭又闹，就一个诉求：求陈一墨看在多年的养育之恩、弟弟需要治病的分儿上，暂时放弃出国，拿钱给弟弟治病。

会议室里的人还没做出决断，只回复会考虑。

付英英得到这个回复之后，情绪没那么激动了，说道："行，我绝对相信老师们，那我就回去了。孩子跟着我跑这一趟，也受了惊吓，只怕肚子也饿了，我先带他回家吧。"她摸着陈一鸣的头，装出很感激的样子。

负责给她做工作的老师松了一口气，把她送走了。

会议室里的气氛却变得紧张起来，闵真直接站了起来，说道："我不知道还要考虑什么？！义务教育法都颁布多少年了，剥夺女孩上学的权利供弟弟的行为，竟然还被认为是合理的？！就因为社会上有这种行为存在，所以它就合理吗？这可真是对'存在即合理'最荒谬的解读！"

"没人说它是合理的！"

"那是什么意思？这还有什么可考虑的？陈一墨是这个年级里最优秀的学生，事实上也是LD大学校长属意的交换生，就一句'天下无不是之父母'就要她放弃前途，背负整个家庭的重担？她弟弟的病是她造成的吗？如果不是，为什么要她来背负这个责任？"

"怎么谈上背负责任了呢？家庭责任如果要分得这么清楚，那还谈什么亲情？这不是要给公众一个交代吗？我们不是在讨论最佳的解决办法吗？这也是为陈一墨考虑，她这么一走了之，对她的声誉有不好的影响。这么多人关注这件事，以后别人在她功成名就后，时不时地提起这件事，对她也不好！"

"没有以后！在信息高速发展的时代，别说以后，过几天新的热搜话题一出来，公众就会把这件事忘了！至于最佳的解决办法，那就是无条件地支持陈一墨！陈一墨是我们的学生，保护学生才是我们的责任和义务，而不是我们在有舆论压力的时候瞻前顾后，被舆论绑架！"闵真年轻气盛，说完这段话后便摔门出去了。

付英英急急忙忙地往家里奔，还在路上就着急忙慌地打起了电话。

电话那端的人一接听就语气很不好地说道："不是说了不让你打电话吗？你怎么每次都不听？！"

付英英现在底气挺足的，一改从前畏畏缩缩的样子，说道："我是来提醒你的，我将事情办好了，你记得打钱！"

对方听得直咬牙，觉得付英英的这副德行真可恶！

"我说过我会找你的！"对方咬牙切齿地说道。

"你不用找我了！把钱打给我就行！"

对方被付英英气到了，说道："卡号！"

付英英冷笑着回道："我发给你。"

对方随即挂了电话，付英英立刻将卡号发了过去。

对方气得跟身边的人抱怨："气死我了！这一家人都是贱人，还敢在我面前耀武扬威了！"

她正说着话，"砰"的一声，门被人撞开了。

陆璧青满头大汗，大口喘着气，出现在了门口。

"璧青？"林雪慈先是惊喜，紧接着看到了儿子狼狈的样子。这一身的汗浸透了他身上的廉价上衣，人也瘦了一圈，她顿时心痛不已，说道："璧青，你怎么把自己折腾成了这副样子？"

陆璧青是坐公交车回来的。公交车站离他们家很远，他心里烧得慌，一路快走，就把自己搞成了这副样子。

林雪慈一说完话就开始呼唤人给陆璧青倒水、切水果，仍是一副心痛的样子，说道："你这是从哪里跑回来的？你要回来，打个电话让司机去接你就是！儿子，今天想吃什么？妈让人准备。还是，我们出去吃？"

陆安平坐在沙发上，瞟了母子俩一眼，知道陆璧青既不是回来喝茶的，也不是回来吃饭的，对妻子说道："雪慈，回来！他不是已经滚出去了吗？"

林雪慈回头瞪他。

她又转头对儿子绽开了笑容，叫他："璧青。"

只是，她话还没说完，陆璧青的一句话就把她的满腔热情堵了回去。

"你们为什么还要害陈一墨？"他问。

林雪慈脸色一变，马上又挤出笑容，说道："儿子，你在说什么呢？我跟你爸这段时间忙公司的事都忙得焦头烂额了，哪里还记得陈一墨是谁？"

在陆璧青的心里，父母的信用值已经降到负数了。

他脖子上的青筋都出来了，他说："你们二十多年前背叛师伯还不够，二十多年后还要害师伯的徒弟？你们当了二十多年所谓的'大师'，别人这么叫你们的时候，你们不心虚吗？"

这是林雪慈的老底。

林雪慈的脸顿时变得煞白，她问："你……你是从哪里听到这些事的？"

陆璧青眼眶通红，一字一顿地说道："若要人不知，除非己莫为！"他指了指天，喊道，"老天有眼！"

"啪"！

陆璧青再度挨了一记耳光。

陆安平已经铁青着脸走到他的面前，问他："你到底想干什么？"

陆璧青从小被娇宠着长大，人生的前二十年里从没听过父母的一句重话，最近却频频被父亲掌掴。

这一巴掌把他扇得脸都转向了一边，泪光浮起。

他吞咽了一下口水，带着哭腔说道："我想干什么？我想听您的话！是您教我的，要堂堂正正地做人。我只是想堂堂正正地做人，现在您告诉我，到底要怎样做才是堂堂正正地做人？偷别人的作品是不是？冒充大师是不是？一次又一次不择手段地迫害后辈是不是？"

陆安平和林雪慈被儿子问得哑口无言。

良久，林雪慈才流着眼泪说道："我们这样做还不是为了你？"

"为了我？为了我，二十多年前去偷师伯的设计？为了我，二十多年后再偷陈一墨的设计？如果真的是为了我，那你们问问我，想不想要一对惯偷父母？！你们不是为了我，只是为了你们自己，为了你们的虚荣心！"

这话说得极重，林雪慈有些受不了了，说道："这次我们真的是为了你！陈一墨凭什么拿这个交换生名额？要拿也是你拿！璧青，我知道你现在在生爸爸妈妈的气，可是在爸爸妈妈的心里，你永远是最棒的，我们要把最好的东西给你。"

"我不要!"陆璧青吼了出来,"我也不想出国!"

"怎么能不出国呢?我们早就规划好了,你读完本科就出国去念研究生,这次如果能去LD大学做交换生,跟那边的导师熟悉了,对你申请留在LD大学读研会有很大的帮助。"

"我说了,我不想出国!如果你们想把最好的东西给我,就请你们不要再欺负陈一墨,作为父母,以身示范什么叫堂堂正正地做人!"陆璧青看着自己从小崇拜的父母,内心剧痛,继续说道,"我真的再也不想去检举你们了!"

他说的话把陆安平夫妻俩镇得说不出话来。

陆璧青悲愤地站了一会儿,扭头离去。

夏日的阳光炙烤着他的皮肤,眼前白花花的一片,晃得他眼晕。

出国?他从前是想出国的,但是现在已经不想了。

这种心理,他无法解释。

这样的父母让他失望、痛心甚至有些怨恨,他想离他们远远的,可是,要离那么远,心里又难受得很。

他也不懂这样的自己,乱乱的,一切乱乱的。

林雪慈泪眼婆娑地看着儿子的背影,心疼他被太阳晒,想叫司机送他,刚开口,就被陆安平制止了:"随他去!"

林雪慈狠狠地掐了他一下。

"不会晒死!他就是太被娇惯了!想想我们小时候跟着师父学艺,不也是夏练三伏、冬练三九地过来的吗?"陆安平板着脸说道。

他这儿子就是太被娇惯了!他这儿子未经风浪,更没见过世间的险恶之事,养尊处优,读书读傻了!

林雪慈随着陆安平回到沙发前坐下,抽抽噎噎地说道:"现在怎么办?"

陆安平回头,看着她眼皮泛红、眼泛泪光的样子,说道:"不然算了,顺了他的心意。"陆安平话里的"他"是指儿子。

林雪慈不乐意了，赌气地扭过身体，说道："那就这么便宜陈一墨了？她可是抢了我跟知名剧组合作的机会！我都被人欺负到头上了！"

陆安平叹了一口气，说道："总不能让儿子继续怨恨我们吧？"

林雪慈警觉地问道："你说，璧青是从哪儿知道以前的事的？"

陆安平其实一直关注着陆璧青的行踪，于是给妻子解惑："他打工的那个作坊。你只知道是一个姓商的年轻人开的，不知道那个商姓年轻人的师父就是大师兄的好友？"

"姓陈的那位？那岂不是还有姓梅的贱女人掺和这些事？"林雪慈瞬间醒悟过来。

陆安平重重地呼出一口气，回道："嗯。"

"他们知道以前的事？他们会说出来吗？那个姓梅的贱人一直和我不对付！她肯定会说的！他们一直护着陈一墨！"林雪慈急切地抓住陆安平的手，问道，"我们怎么办？"

陆安平皱着眉，久久不语。

夫妻俩因为这突如其来的变故都有些坐立不安，林雪慈更是忘记了给付英英打钱。

付英英在回家的途中用两只手抱着手机，隔几分钟看一次，就等着银行发来的到账短信呢。

然而，和儿子坐了一路的车，她盼了一路，她的手机始终安安静静的，连一条骚扰信息也没有收到！

她知道，现在转钱只要动一动手指头就行，根本不用去银行，就是几分钟的事。之前这女人付定金时，不到五分钟钱就过来了，现在这女人拖着，是想赖账吧？

她气得想要打电话去催那个老娘儿们，但一路前前后后都是人，不方便，于是一下车就拉着陈一鸣往家里走，连在路上遇到街坊时，人家和她打招呼她都不理。

他们到家时，陈亮正好不在家中，她火急火燎地拿出手机开始打电话。

此时的陆家，林雪慈正烦着，看见付英英打来的电话后更觉得烦，压根儿不想接，直接挂断了。

付英英也不是寻常人，林雪慈挂一遍她便再打一遍，她有的是时间和林雪慈耗。

林雪慈快要被这个女人逼疯了，正打算关机时，看见了付英英发过来的一条信息："你最好接电话，我们是一根绳上的蚂蚱。"

藏在心里二十多年的秘密被儿子发现了，林雪慈正心虚呢，不知付英英这个女人到底知不知道这件事。这可真是个疯女人！

就在林雪慈犹豫时，付英英又打来了一个电话，林雪慈恨不得把手机摔掉，最终却只能咬牙切齿地接起电话。

"喂！"她没好气地开口道。

"姓林的，你最好不要耍花招！"付英英拿腔拿调地说道。

付英英的这副样子让林雪慈极为恼怒，林雪慈问："你到底想干什么？"

"钱呢？"付英英直接进入主题，"怎么不打？"

林雪慈的心里本来就不爽，她还被付英英这么一闹，心里跟有一座火山要爆发似的，但毕竟没底气，于是想探探付英英的口风。要知道，她的秘密落在大师兄的朋友们的手里远没有落在付英英的手里可怕，大师兄的朋友们虽然都装腔作势，但都是君子。付英英就是一个小人！

林雪慈强忍着一口气，问道："你知道些什么？"

付英英倒不是知道了什么，只是自认为有了在林雪慈面前扬眉吐气的办法，于是说道："林雪慈，我都说了，我们是一根绳上的蚂蚱。你用来威胁我的事，你自己也有责任，那叫'教唆'，你知道吗？"

"当年的事？"

"是啊，当年的事你不会忘了吧？你不是总拿这事来威胁我吗？你现在威胁不到我了！我不怕！你要是想举报我就举报去吧！到时候我就一口咬定是你教唆我这样做的！"

林雪慈一听付英英不知道《百鸟朝凤裙》的事，心里便安定了下来。至于当年的事，她本来就只是用来威胁付英英的，从来没打算真的举报付英英。她又不傻，这一举报自己不也栽进去了吗？但付英英那个蠢女人，生怕儿子会坐牢，自己一威胁付英英就乖乖听话了，想来也是好笑。

林雪慈不打算再理她了，说道："你去吧！"

说完，她便准备挂电话。付英英在那头喊："你给我把钱打过来！"

林雪慈把电话挂了，付英英心情郁闷地开始编辑短信。

没过多久，林雪慈就收到了来自付英英的短信："你别狂！你让我去学校演戏害陈一墨的电话我录了音。我跟你说，我现在要双倍的报酬，你马上转过来，不然我就曝光录音。"

林雪慈要疯了！她知道这婆娘无耻，但没想到这婆娘能无耻到这种地步！

她立马想给付英英回电话，但一想到这个贱女人可能要录音，这电话就拨不过去了，发信息她更不敢，因为信息就是文字证据！她甚至觉得，哪怕现在给付英英转账过去，这转账记录都是证据了！而且，依照付英英贪婪的性子，只怕付英英会拿着这份录音文件纠缠她一辈子！

付英英这个贱人！

林雪慈控制了一下自己的情绪，还是给付英英打了一个电话。

"怎么？怕了？"付英英仍然耀武扬威地说道。

林雪慈现在不敢说太多话，只说道："约个时间见面谈。"

付英英不傻，说道："不见，爽快的话你就给钱吧。见面？见了面你把我打一顿，我怎么办？"

林雪慈咬牙切齿地说道："只此一次，付清之后我们两不相欠！你永远别再来打扰我！"

付英英笑道："我回回见你都没好事。我也不想再见到你！"

林雪慈觉得这个人根本不可信，而且这段话很有可能也被付英英录下来了。这种录音，给付英英多少钱付英英都不可能将其销毁，付英英这人根本没有人品可言！

林雪慈想了想，只能继续威胁她："别忘了，你的录音里有我的声音，也有你的声音！你将录音曝光了，对你自己也没有好处！"

付英英听完哈哈大笑，说道："我怕什么？光脚的不怕穿鞋的，录音曝光了又怎么样？大不了被人骂呗，我被骂又不会少二两肉，不像你，大师啊！"

林雪慈被气得头昏，怒道："别忘了你和你儿子当年烧死了一个人！他会让你儿子拿命去填！"

付英英嘴上是绝对不会示弱的，说道："那又怎样？我都说了别再拿这件事来威胁我！我不怕！你是教唆者！你也有责任！还有，那老头儿原来是你的大师兄啊，啧啧，你这个狠毒的女人，连自己的大师兄都要烧死！你不怕晚上有鬼去找你吗？"

林雪慈立马把电话挂了，狠狠地掐断了付英英那讨厌的声音。"啊——"她捂着耳朵尖叫，随即用力地将手机摔了出去。

陆安平听见动静后下楼来，问她："怎么了？"

"没事。"林雪慈又气又委屈，谁让她招惹了一个疯女人？

"那个付英英？"陆安平一看妻子的模样就知道。

"嗯。她来要钱。"林雪慈颓然地倒在沙发上，说道，"把钱给她，我要换手机号码。"

付英英兴奋得无法睡着，一遍又一遍地数着短信里的数字。

她没想到骄傲的林雪慈这么听话，竟然真的给了她双倍的报酬，早知道她应该再多要一点儿的！

不过，她想了想，不急，有这些录音在手，她可以隔三岔五地找林雪慈要钱！林雪慈简直就是她的摇钱树！

她捧着手机疯狂地亲着。她的宝贝录音！她真是太感谢那天出现在评弹馆里的那两个小伙子了！

付英英喜欢听评弹，下午两三点是河坊街评弹馆免费演出的时间，她只要没事，就会准时去报到，跟游客们一起蹭评弹听。

那天她去得早，占了一个好位置，旁边很快就来了两个小伙子，在那儿摆弄手机，研究新手机的通话录音功能，一个说"研究这个有什么用，你又不是什么大人物"，另一个说"怎么没用？以后你在外面有了什么秘密告诉我，我录下来就能威胁你请我吃饭，你要是不答应，我就告诉你媳妇去"。

两个小伙子嘻嘻哈哈地开着玩笑，付英英却听得心里一动。

付英英不由得想起多年前老头儿被烧死，陈一鸣被吓出毛病的时候，她又害怕又难过，找到林雪慈求林雪慈帮忙，林雪慈却翻脸不认人。她和林雪慈吵了起来，说都是为了林雪慈她才闯下了大祸，林雪慈却急着和她撇清关系，还说"有什么证据证明这事跟我有关？"！

她的确没证据，当年只能含恨返回。

现在，林雪慈又来找她了。

她当下也不听评弹了，拿着手机去找人学怎么将通话内容录下来。

陈亮又加了个夜班，回来得很晚，在楼下遇到了从阴影处走出来的人。

陈亮拖着疲惫的身体，点了点头。

"我在这儿等你。"宋河生说。

陈亮上楼去了。

连续几天了，都是这种情形：他回家，宋河生在楼下等他的消息。

陈亮的心里很难受，他不能理解付英英为什么会为了几个钱就三番五次地害陈一墨，钱有这么重要吗？他更恨的是自己没本事，如果他能挣大钱，老婆就不会为了钱而苛待养女，更不会为了钱去做违背良心的事，这样，墨囡就能过上好日子了。墨囡是多好的女孩啊，从小懂事、能干，家里的事她承担了一大半；还孝顺，只要谁对她好，她就记得，像他，今年过年时就收到了墨囡给的红包。

唉！

他叹着气进了家门。

付英英还没睡，眉飞色舞的，一见他就冲他骂："做那个丧气样子干什么？一天到晚唉声叹气！真是晦气！别给老娘做那个晦气样子，把好运都熏没了！"

网上的事情闹得这么大，他又是刻意关注着的，自然什么都知道，宋河生在第一时间把什么事都告诉他了，连付英英的表演他都清清楚楚。看着付英英一把鼻涕一把泪地演戏的样子，他真是又痛心又难受。她怎么可以这样？

而此刻看来，付英英应该是把事办成并拿到钱了，或者说肯定能拿到钱，也就是说，今晚他应该能有收获了。

付英英今天高兴，便没故意找陈亮的碴儿，至于给陈亮做饭，她可就不耐烦了。她有了生财之道，还伺候他？她打着哈欠睡觉去了，毕竟演戏也是很费力气的，她真是累了。

陈亮冲完凉出来时，付英英已经睡着了，还抱着她的手机。

陈亮轻手轻脚地走近，一点点地试探着，小心翼翼地把手机从她的手里抽出来。

付英英在手里一空的时候还动了一下，把陈亮吓得立即塞了一个遥控器到她的手里。她捧着遥控器，翻了个身，继续睡去了。

陈亮同时取走了两支录音笔，这两支录音笔都是宋河生给他的。

陈亮一个人悄悄地来到了阳台上。

宋河生曾说："怎么说墨囡也是你的女儿，陈婶这样三番五次地害她，这次还要取消她出国做交换生的名额，破坏她的名誉，是要将她的一辈子毁掉吗？那姓林的和姓陆的两个人就是人渣，不把他们整治了，他们就像两条毒蛇一样，永远盯着墨囡，不知什么时候就会咬墨囡一口，简直让人防不胜防。而陈婶就是他们的工具，他们带着陈婶做坏事，如果只是小打小闹还好，万一哪天勾着陈婶做了违法的事，可怎么办？"

当时陈亮的冷汗就出来了，宋河生把计划说给他听后，他没怎么考虑就答应下来了。

宋河生还说："陈叔，这事如果成了，我肯定要把这些录音都公布于众的，到时候只怕陈婶也会连带着被骂，你可想好了？"

陈亮觉得，如果挨这次骂能让老婆改过，也未尝不是好事，就算她不改，砍断她背后的那两条毒蛇也是好的。

所以，他觉得此事可行。

如今，证据应该都在他的手里了，至少他已经看到了付英英的手机里的那几条短信，还有那一大笔钱的到账信息。

他的心又开始痛起来。

他躲到阳台上，点开手机里的通话录音，降低音量开始听。

一开始他还只是皱眉，后来渐渐地变了脸色，尤其在听到"老头儿""大师兄""烧死"这些词时，他都呆住了，脑海中一片空白，耳机里的所有声音变成了"隆隆"的轰鸣声，震得他阵阵眩晕。

录音播放结束后，他自己的手机闪了起来——宋河生在催他了。

他手一抖，手里的付英英的手机掉落在地。

他的手机一直在振动，他拿起自己的手机的手在颤抖，在接听和不接之间摇摆的他痛苦地流下了眼泪。

他的手机终于停止了振动，宋河生又发来了短信："陈叔，是出了什么问题吗？我上去看看。"

不！他不能上来！他绝对不能上来！

于是，宋河生再打电话来时，陈亮只好接了，小声地开口道："喂？"

"陈叔，录下什么了吗？"宋河生问。

陈亮的心里直打鼓，他张着口，却一个字也说不出来。

"陈叔？"宋河生觉得不对劲。

陈亮将眼一闭，眼泪"哗哗"流，说道："没……没有！"

宋河生静默了两秒钟，随后说道："陈叔，我还是上去吧。"

"不，不，不！你别来！"陈亮虽然压低了声音，但声音里的慌乱之意怎么也掩饰不住。

宋河生叹息，陈叔就不是一个会撒谎的人。

"陈叔。"

"我……我下去。"陈亮怕宋河生真的上来，也怕将付英英吵醒。但是，他瞟了一眼付英英的手机，最终还是没把它带下去。

宋河生就在楼梯口等着，看着陈亮拖着沉重的脚步下楼，也看着他满是痛苦和岁月痕迹的脸渐渐地出现在路灯下。

"陈叔？"他轻声唤陈亮。

陈亮拼命摇头，说道："没有！什么都没有！"

宋河生笑了笑，朝他伸出手。

"什么？没有！什么都没有！"陈亮坚持着说，"没有什么东西，给不了你。"

"那就算了吧。"宋河生笑道，"那陈叔总得把录音笔还给我吧？"

陈亮听闻此话后脸色变得煞白。

他没把付英英的手机带下来，但是他忘记录音笔就在他的口袋里了！

他下意识地去捂自己的口袋，但马上意识到这时候捂口袋不是此地无银三百两吗？

他赶紧控制住自己的手，强装镇定地说道："录音笔没有录下东西，所以我就没带下来。"

但这个一捂一收的动作已经落在了宋河生的眼里。

宋河生也不挑破，只说道："好，那麻烦陈叔继续帮忙吧！"

陈亮点了点头，说道："好。"说罢，他立即转身准备上楼，不想再跟宋河生在一起多待一秒钟。

宋河生凝视着陈亮的背影，突然一个箭步上前，手直接朝陈亮的口袋掏去，而且是他判断的之前陈亮想要捂住的口袋。

宋河生的动作又快又准，他直接把两支录音笔都掏了出来。

陈亮大惊，转身就抱住宋河生的手臂要将录音笔抢回去。

一个年轻力壮，一个豁出了命来抢，两个人一时之间竟然难分胜负。

争抢中，宋河生干脆一个键一个键地乱按，不知触动了哪里，录音笔开始播放录音，付英英的声音响起。

陈亮顿时要疯了，更是拼尽力气去抢夺录音笔。

宋河生觉得短时间内要把录音笔夺回来不那么容易，还不如全力防守，让录音笔把被它录下的内容播完。

他万万没想到，能从付英英的嘴里听到"我不怕！你是教唆者！你也有责任！还有，那老头儿原来是你的大师兄啊，啧啧，你这个狠毒的女人，连自己的大师兄都要烧死！你不怕晚上有鬼去找你吗？"
这样的话！

他只听到了付英英的声音，没听清林雪慈说了什么，但这段话已经说明当年老头儿被烧死另有隐情！而且这件事跟付英英、林雪慈都有关系！

听到这段话的陈亮急疯了，狠狠地咬住了宋河生的虎口。

宋河生听到这个秘密后本来就震惊到了极点，被他这么一咬，录音笔直接被抢走了。

陈亮流着泪跑开，将录音笔用力地往地上摔，再搬起楼道里不知谁家废弃的小磨盘用力向录音笔砸去。

宋河生跑来阻止时，只摸到了磨盘的边缘，没能承起磨盘的重量。录音笔在他的眼皮子底下被磨盘砸中，他赶紧搬开磨盘一看，录音笔被砸碎了。

陈亮见状，放了心，疾步上楼回家，冲进阳台，拿起付英英的手机，把里面的录音删得干干净净。

删完后，他坐在阳台上陈一墨用过的书桌旁发呆。书桌上摆着一只用痱子粉盒做的笔筒，笔筒里插着两支铅笔，他的脑海里浮现出小小的陈一墨怯生生地找他要钱买铅笔的模样，眼泪"哗哗"直流。

陈亮痛苦地想：对不起，墨囡，对不起，老头儿，如果只是别的证据，我就交出去了，挨挨骂只有那么大点儿事。可是，这是杀人的证据，杀人是要偿命的，对不起！

楼下的宋河生捡起被砸碎的录音笔，耳边回荡着"老头儿""大师兄""烧死"这些字眼，付英英刺耳的声音一刀一刀地捅向他的心。

夜。
天色黑得伸手不见五指。脚步声响起，在黑暗的夜里分外清晰。

"这该死的路灯怎么又坏了？"黑暗中，只听付英英抱怨道，"鸣宝，打开手电筒。"

"哦。"陈一鸣含着一根棒棒糖，含混不清地应道。

手电筒的光散开，照亮了他们面前的一小截路。

付英英笑着问儿子："鸣宝，今天开心吗？"

"嗯。"

"我们明天还出去玩，妈现在有钱了！你想买什么东西，妈都给你买！"

付英英的两只手里拎满了东西，她沉浸在要怎么花钱的臆想中，忽然，一声凄厉的狗叫声在黑暗中响起。

两个人均是一惊，尤其是陈一鸣，嘴里的棒棒糖掉到了地上，他整个人呆在了那里，拽着付英英的衣角开始发抖。

"别……别怕。"在这漆黑的夜里，凄厉的狗叫声形成了一种令人毛骨悚然的氛围。付英英自己也害怕起来，不由得加快了脚步，边走边说道："快，鸣宝，我们走快点儿！"

陈一鸣紧紧地拽着付英英的衣角，两条腿抖得不听使唤，跟跄着跟付英英走，没走几步，"扑通"一声栽了一个大跟头。

他年龄不小了，这么一摔的势头大得很，连带着把付英英也拽倒了。母子俩摔成一堆，付英英手里的东西散落一地，陈一鸣手里的手电筒更不知滚去了哪里，周遭再度变得漆黑一片。

"快……快起来。"付英英拉儿子。

陈一鸣却腿软得站不起来，这个地方对他来说如同噩梦。

就是在这里，他曾被宋河生吓得尿了裤子！

就在他被付英英拉着，颤巍巍地好不容易站起来时，一声狗叫声再次响起。这次，声音却离他们近了许多，仿佛下一秒钟就有狗扑上来。

陈一鸣被吓得哆嗦了一下，再度软倒在地。

付英英全身汗毛直竖，声音都是抖的："快！快啊！鸣宝，快起来！"

她也不管陈一鸣能不能站稳，连拖带拽，拉着他就跑，连掉在地上的东西都不顾了。跑了一会儿，她才想起了自己买的那些东西，刚想转身回去捡，就又听见了一声凄厉的狗叫声，近在咫尺。

"啊——"母子俩被吓得同时尖叫，紧紧地抱在了一起。

只见黑暗的巷子里，一道黑影极速奔来，闪电般腾空而起，朝二人扑来。

"啊——是……是……是大……大……"陈一鸣打了个嗝，白眼一翻，直接瘫倒在地，再也爬不动半步。

付英英也认出了这条狗是大黑，母子俩对大黑的恐惧程度不分上下，他们这几年一直在躲大黑。宋河生还算把大黑管得很好，几乎不让它在外面乱跑，没想到，在这样一个阴森森的夜里，大黑竟然像锁魂恶鬼般出现了！

对！锁魂！

付英英觉得他们今晚的遭遇跟被锁魂没什么区别，可她还想保护儿子，于是趴在陈一鸣的身上，抖着身体。她还在想：要锁魂的话就锁我的吧，放过我儿子。

她已经感觉到大黑用毛茸茸的爪子按住她了，它湿热的呼吸就在她的耳边喷着。她绝望了，绝望得呜咽出来。

可就在此时，一道略微沙哑的男声响起："大黑！"

那近在她的皮肤表层的、令她魂飞魄散的大黑的呼吸迅速消失，她以为他们得救了，抬头往声音的来处看去，结果，差点儿被吓昏过去。

周遭一片漆黑，只有不远处有一团蓝莹莹的光，光里站着一个身材高大的男子，他穿着一件半旧的对襟白衫、一条黑色的裤子。

"老……老头儿？"是……是他！付英英心头大骇，全身已经抖得跟筛糠一样了，搂着陈一鸣，想要站起来抱着陈一鸣赶紧逃，却怎么都站不起来。

大黑往光处奔去，冲到老头儿身边时停下，乖乖地立在那里——这就是河坊街的人熟悉的画面：身材高大、脾气怪的老头儿牵着一条大黑狗，走到哪里，哪里的小孩就被吓得退避三舍。

"老……老头儿，你怎么……怎么回来了？中元节还……还没到呢！你别过来，别过来，我到时候给你烧纸，多烧点儿纸！你别过来！"

付英英被吓得语无伦次，哭着拽已经被吓昏过去的陈一鸣，一点点地往后挪。

她问林雪慈，这么多年不怕做噩梦吗？其实，她自己也怕。这么多年，她从来不敢去"旧曾谙"，一听到狗叫声就紧张，每年中元节时，也会偷偷地在河边给老头儿烧点儿纸，求老头儿不要来找她。

只是，她越是害怕，就越会用大嗓门儿把自己武装起来。而且，她还有鸣宝呢，如果她怕了，鸣宝靠什么壮胆？

而现在，老头儿怎么来找她了？！

她站不起来，坐在地上往后挪。老头儿牵着大黑，大步流星地朝她走过来了。

她边挪边哭："别……别过来，别过来！"

"为什么？"老头儿沙哑着嗓子问她，那团蓝莹莹的光随着老头儿移动，这就是老头儿从地府里钻出来锁魂的样子！"为什么要放火烧死我？！"

"不是我，不是……不是我啊！"付英英闭着眼哀号，愈加确定这就是老头儿了。

老头儿是外乡人，口音跟河坊街本地居民还是有点儿不同的，她一听就听出来了，这就是老头儿的口音！

"说啊？为什么要烧死我？"老头儿的逼问声忽然到了付英英的眼前。

付英英睁眼一看，再次"啊"的一声尖叫起来，眼前的这张脸哪里还是脸哪？！这张脸被烧得又焦又黑，鼻子、嘴巴全不见了，一双眼睛被烧得只剩下了两个眼洞！

付英英只觉身下一热，竟被吓得失禁了！

付英英魂飞魄散，也挪不动了，屁滚尿流地跪在地上不住地磕头，边磕头边说："饶命哪！我不是故意的！我真的不是故意的！我只是想放一把火把你引开，然后去……去偷你的东西。我真的没想过烧死你，是没控制住火势……对！是她！是她指使我这么干的！是林雪慈，是她要偷你的东西，都是她指使我的！"

付英英的头都磕出血来了，老头儿没出声。

她颤抖着睁开眼一看，只见周围多了好多亮光，脸烂了的老头儿牵着大黑笔直地站在那里，旁边还站着陈一墨、宋河生和几个她不认识的人，每个人都拿着手电筒，照亮了这黑暗的街道。

"你……你们！"她一时没反应过来。

宋河生冷冷地说道："报警吧。"

宋河生在现场找到了付英英的手机，但发现里面并没有录音，看来，录音还是被删掉了。

当初在评弹馆聊手机录音的两个小伙子是宋河生安排好的，他也知道付英英去学如何用手机录音了。按理说，付英英那么贪婪，应该不会放过这个可以敲诈勒索的手段的。

算了，交给警察吧，如果录音是被删掉的，警方自然有办法恢复。

他们将后续所有的事交给了警察。

作恶之人必须付出代价。

雨后清晨的山里处处清爽，空气里带着潮湿的土壤的气息。

老头儿的墓前站了一排人。

梅姑抹去眼角的泪，对着墓碑说："易师兄，对不起，我们害你蒙冤这么多年，现在才知道你去得这么冤！"

陈叔叔站在她的旁边，脸上的悲愤之色还未退去，鬓角没洗干净的黑色残妆尚在。"老头儿"是他扮演的，他和老头儿个子差不多高，口音一样，就是长相不一样，可是没关系，干脆化一个面部被烧毁的妆好了。

化妆师向挚如今站在最边上，还没从这令人震惊的剧情中反应过来。作为服装设计师，他平时兼修了化妆课程，只是从没想到自己的化妆技术会在这种情形下发挥作用。他自诩陈一墨的好朋友，可是直到现在才知道，自己从未真正走近过陈一墨，她竟然有如此离奇的遭遇。

宋河生愤怒过，也悲伤过，老头儿不仅是陈一墨的阳光，也是他的忘年之交、童年伙伴。但愤怒和悲伤之后，此时此刻的他竟然有一种莫名其妙的轻松感，好像冥冥之中有一双手，在这么一个时间段，将这件事的真相推到他的面前，让他去解决。他解决之后，心里无端地有了一种完结感，像是一个故事走到了大结局，他作为这个故事的主角之一，完成了使命，而另一个故事即将开始。

陈一墨是最沉默的人，站在最前面，平静得像什么事也没发生。直到大家将该说的话说完，她蹲下来，拾起墓前的酒杯，将一杯杯酒洒在老头儿的坟头。

她在心中对老头儿说道：老头儿，安息。

她将千言万语化作了这五个字。

她拍拍一直趴在墓碑旁的大黑的脑袋，将墓前的东西收拾干净，站起来欲走，却眼前一黑，朝墓碑栽了过去。

宋河生和向挚同时站出去扶她，在向挚的手碰到陈一墨的时候，宋河生却收回了脚。

陈一墨栽倒在向挚的手臂上，但也只是短短一瞬间。缓过来后，她扶着墓碑站稳，冲大家轻声说道："我没事，走吧。"

梅姑叹息，说道："墨囡这孩子，承受的事情太多了！"她从不肯说出来，总是呈现给大家轻轻松松的样子。

宋河生看着陈一墨的背影，忽然微微一笑。

他还有一样东西要交给陈一墨。

当他把存放多年的、付英英收了老头儿的钱之后写的收据交给陈一墨时，陈一墨惊讶地说道："我以为这些全被烧掉了。"

"没被烧掉。老头儿带我签下'旧曾谙'的租约的时候把这些东西都交给我保存了。他说他年纪大了，容易忘事，别放在哪个角落就给忘记了。"宋河生跟她解释道。有了这些东西，陈一墨写文章发到网上去时，证据就能更充分一些。

他其实想把一切大包大揽过来，文章他写、证据他给，但想到自己的文笔，又犹豫了。

算了，他还是让她自己写吧，若是没写好这种文章，还会给她惹来更多的麻烦。

他只能把他能提供的证据都给她。

他只能帮她到这里了。

陈一墨的表达能力很好，很快，一篇条理清晰、感情真实的文章被发布到了学校的贴吧以及各社交平台上，文章后还附上了宋河生给她的收据、她从居委会阿姨那里取来的文书，大部分网友偏向了她。还有一小部分人相信她所言，只是坚持认为毕竟是自己的养父母，弟弟是无辜的，又有病，她还是应该原谅养父母，出钱给弟弟治病。这个观点遭到了很多人的反驳："你不是她，没经她的苦，有什么资格劝她原谅？"

于是，就原谅和不原谅的问题，网友再次吵了个天翻地覆。

但这已经不重要了，当年纵火案的真相很快就会出来，那时，自然不会再有人提"原谅"二字。

陈一墨做完自己该做的事后，便全心全意地去制作首饰了。

因为这批首饰她要和商师兄以及他铺子里的学徒们一起完成，所以她几乎吃、住都在商师兄的铺子里了。

日子好像突然变得单纯起来，她从早到晚只需要做首饰。

这样无风无浪的日子陈一墨是喜欢的。

商师兄的铺子里也恢复了平静，如果非要说这铺子里有什么不一样，那便是陆璧青最终还是辞职了。他只留下了一封信，信里写着："谢谢。对不起。"

陈一墨一旦工作起来就会进入忘我的境界。某天她突然一算，已经十来天没见到宋河生了，心里便生了几分想念，当天结束工作后便收拾了一番，打算回河坊街一趟。

她没和宋河生说，打算给他一个惊喜。

她下了大巴车，在往"胖丫饭店"去的路上遇到了陈亮。

短短数日，陈亮仿佛苍老了十岁。

在不该有白发的年纪里，他的头发竟然全白了。

父女俩隔街对望，街上行人不绝。

她知道他这段时间一直在奔走，想要为付英英和陈一鸣尽最大的努力。

对此，她不觉得意外。付英英和陈一鸣是他的家人，虽然他待陈一墨一向很好，但为至亲奔走也是人之常情。

她依然记得童年时他给她的每一颗糖、每一支笔，只是，她不知道现在若是走过去再叫一声"爸爸"，他是否还会答应。

不承想，他穿越人群，穿过马路，朝她走了过来。

她刚想开口叫他，他突然"扑通"一声跪在了她的面前，老泪纵横。

她慌了，想扶他起来，他却不肯。他终于艰难地憋出了一句话："墨囡，你能不能不告……"

她僵住了。

她不能。

而且，现在也不是她说"能"或者"不能"就行的。

大约问出这话后，陈亮自己也觉得得不到肯定的回答，终于颤巍巍地起来了，扔下一句"当我没说"，踉跄着离去。

陈一墨看着陈亮的背影消失在人群中，心里还是有些酸的。她始终不曾真正怨陈亮。

她有一种预感，她和陈亮的父女缘分到此结束了。

这人哪，走着走着，就与一段又一段的关系告别了。

第十章
故事很长

当晚，陈一墨、宋河生与胖丫在胖丫的咖啡馆里相聚。

付英英母子涉嫌当年在"旧曾谙"纵火一事已经在河坊街传开了，老街坊们茶余饭后都在聊这件事。此次好友相聚，胖丫当然也说起了这件事，在气愤不已的同时也为老头儿感到难过，还掉了眼泪。那个脾气古怪的老头儿，对他们三个小伙伴来说很重要。

宋河生不欲多谈这件事，很快便转移了话题，聊到这家咖啡馆。

胖丫的咖啡馆的生意不错，就是作为老板娘，她居然对与咖啡有关的事情一问三不知。

对此，胖丫解释道："葡萄懂啊！有葡萄就够了！葡萄说了，我只要快快乐乐地当一个小公主就行了！葡萄，你说是不是？"说罢，她还去问正在忙碌的葡萄。

葡萄特意走过来，笑着摸她的头，说道："是！这里有我就够了，你只管好好地玩！"说完，他还对陈一墨和宋河生说道："不好意思，今天太忙，顾不上陪你们。"

陈一墨说道："没关系，正事重要，你只管去忙。"

说起来，胖丫的眼光真是不错，葡萄这个人实在出众。

胖丫不懂咖啡，难道葡萄一开始就懂吗？他们都是外行，葡萄硬是从头学起，如今已对与咖啡有关的知识有了很深的认识。胖丫常说"认真工作的男人特别帅！葡萄在工作台边拼配咖啡豆的时候，我觉得他的身上笼罩着金光"。

"他还特别会用人！咖啡馆里的员工都是他请的，他在对员工进行培训的时候，大家比在课堂上上课时还认真，员工们都可怕他了！还有女员工来我面前求情，让他别这么凶呢！"胖丫指了指一个瘦小的姑娘，继续说道，"就是她！你们说好笑不？"

说到葡萄，胖丫似乎有说不完的话，又说道："连猫都喜欢黏着他！你们说奇怪不？只要他在咖啡馆里，这四只猫就都跟着他转！还有，他不仅对我好，对我爸妈也特别好！我爸之前还不同意我俩在一起呢，现在逢人便说自己有个好女婿！葡萄就是太忙了，都没时间陪我，我好不容易放暑假回来，他过几天又要出去学习。不过他说了，他现在忙，是为了我们以后的好日子！"

说起葡萄的好，估计胖丫说三天三夜也停不了嘴。

"当然，河生也好！"胖丫有点儿不好意思了，帮陈一墨夸宋河生，"他做的点心又漂亮又好吃，我们咖啡馆里的客人都特别喜欢。"

此刻，陈一墨的面前摆着的就是宋河生供给咖啡馆的蛋糕，她悠悠然地瞟了宋河生一眼，那眼神仿佛在说"给你个眼神自己体会"！

宋河生别开视线，咳了两声，问胖丫："我这次做的蛋糕卷，有一部分客人说太甜了，是吗？"

宋河生做的蛋糕卷和别家的不同，为了贴合胖丫的咖啡馆的风格，每个蛋糕卷不但配合口味呈现出了不同的颜色，上面还有猫的图案。一条蛋糕卷被切成四块来卖，有的顾客为了不把一只完整的猫切开，会把一整条蛋糕卷买下来，还有的顾客为了集齐不同颜色的猫，多次来消费。

"嗯？有吗？"胖丫有点儿蒙，反问道。

"嗯，有。"他肯定地说道。

"还好吧，我也不知道，等一下你和葡萄聊聊，都是他管的。不过，你上次做的那个季节限定款甜品很好吃。"

宋河生便和胖丫聊起了甜品。

陈一墨叉住一大块蛋糕，将其一口吞入。哼，你在逃避是吧？暂且放过你！

大黑也算咖啡馆里的常客了，经常跟着宋河生来送甜点，此刻安逸地趴在角落里睡觉。一只猫在它的面前，一会儿戳它一下，一会儿挠它一下，它也只是耷拉着眼皮瞟一眼，实在不堪其扰的时候就睁开眼，无可奈何地将爪子一伸，把猫拢到自己的怀里，还蹭了蹭猫的脑袋，才继续睡去。

陈一墨在桌子底下踩宋河生的脚，踩第一下时，宋河生皱了皱眉，继续和胖丫聊甜品。

陈一墨继续踩时，他就当没事发生了，眉头都不再皱一下。

陈一墨伸手去掐他的腿。

他再次皱眉。

陈一墨暗暗哼了哼，一次比一次掐得用力。

终于，他给了她一个无可奈何的眼神，而后，在桌子底下捉住了她的手。

她"嘻嘻"一笑，心想：算了，原谅你！

陈一墨只在河坊街待了一个晚上，第二天一大早就要到商师兄那里去。

临别时，她把自己的手伸给宋河生看。

她的手长年做花丝和玉雕，本就谈不上柔嫩，这段时间应该是一直在长时间劳作，手指更显粗糙了。

"很累！"她除了会凶，也是会撒娇的。

这大夏天的，一大早太阳就很大，晒得他仿佛要脱皮。

他只好握住她的手指。

她笑了，说道："听河生哥说说话就不累了。"

他点点头，表示自己知道了。

"那你自己算算，你有多少天没给我打电话了？"她这既是撒娇，也有点儿秋后算账的意味。

"怕打扰你。"他捏着她的手指揉，这借口离谱得他都有些心虚了。

陈一墨不说话，鼓着腮帮子瞪着他。

他投降，说道："好，我错了。今天下了班我去看你。"

陈一墨这才高兴了，兴奋地说道："带好吃的东西！"

"嗯，去吧。"她再不去，大巴车就要走了。

陈一墨捏着他的手晃了晃，他无奈，低下头在她的额头上轻轻地触了一下。

她满意地笑了，冲他挥挥手，跑着上了车。

他站在车外看着车发动，看着玻璃窗后她的笑脸，一大片明晃晃的阳光投在她的脸上，好看又耀眼，耀眼得他眼眶发酸。

多日后，公安局发布了关于当年那场纵火案的通报，再次震荡网络，再没有人说陈一墨应该如何。

至于案件开庭审判，则还需要等待。陈一墨算了一下，她怕是看不到了，那时候应该已经出国了。

学校没有取消她的交换生名额，在公安局发布通报之前她就得到通知了。闵老师那时候还不知道这个案子呢，打电话告诉她，让她只管向前，放心求学，他会是她最坚实的后盾，如果家里有困难，就跟他说，他会尽量想办法帮她。

陈一墨很感动，始终相信这个世界上还是善良的人更多。

她没错。

陈一墨在出国之前向剧组交付了所有的首饰。

那晚，宋河生将她接回河坊街，做了丰盛的晚餐慰劳她。她趴在那儿，一动也不想动，只喃喃地叫他的名字，让他给她按按肩膀。

他知道她辛苦了，默默地给她按着。

"真舒服！"她半眯着眼，哼哼着，又累又满足。

在这个暑假里，她完成了一个大项目，心情十分雀跃。她原本有一肚子话要跟宋河生说，但居然就这么睡着了，而且睡得那么沉，宋河生叫了她好几声都没能把她叫醒。

她到底有多累，还打起了鼾？

灯光下的她，黑眼圈十分明显，本就很小的一张脸上，下巴更尖了，但依然是美的。

他小心翼翼地将她抱起来，轻轻地放到床上。

陈一墨睡得迷迷糊糊的，翻了个身，宽大的T恤领口敞开，里面的风景若隐若现，他只看了一眼，就觉得烫到了他的眼睛。

他迅速移开视线，快步跑出房间。

这一觉她睡得极沉，醒来时已是第二天中午。宋河生当然已经不在她的身边，可是，从"旧曾谙"里的情形来看，宋河生前一晚仍然没在这儿睡。

陈一墨躺在床上，心里涌起惆怅感。

她在埋头苦干的时候没什么感觉，一旦闲下来，面对即将到来的离别时，这惆怅感就变得挥之不去了。

她决定做些什么，并且为此忙碌了整整一天。

傍晚，她去冯叔的饭店里找宋河生。

河坊街如今游人如织，冯叔的饭店的生意好得不得了。冯叔把陈一墨安顿在一个靠窗的座位上，让她一边吃东西一边等宋河生。

"冯叔，我四处走走就行，不用坐着。"冯叔的饭店里有这么多客人，她怎么好意思把好座位霸占了？

冯叔笑道："那不行，河生现在可是我店里的主厨，我不把你招待好了，他跳槽了怎么办？"

陈一墨笑着向冯叔点了几个菜。

可坐了一会儿，她还是起身去厨房找宋河生了。

宋大主厨这会儿忙得分身乏术，根本没看到她。

陈一墨是手艺人，也忙过，一看就知道宋河生虽然忙，但做起事来有条不紊，真有几分大厨的风范了！

她自豪地看了一会儿后，悄悄地溜回自己的座位去了。

她不打扰他！

可是，这个假期她实在太忙了，如今一松懈下来，疲倦感便如影随形。就在等宋河生的工夫里，她靠着窗户又睡着了。

被弄醒的时候，她已经被人从椅子上拉起来了，前方有人弓着身，正用宽阔的背对着她。

纵然迷糊着，她还是一眼就认出了这是宋河生的背。

"河生哥。"她嘀咕一声，毫不犹豫地趴了上去，趴在他的肩头上时依然迷糊，却不忘找冯叔："冯叔，菜。"

冯叔笑她："都这样了，还没忘记你的菜呢？我都给你装好了，让河生的徒弟给你们送去！"

她点点头，安安心心地趴在宋河生的肩膀上睡了，迷糊中还想起了一件事：河生哥都带徒弟了呀，都不跟我说，我一点儿也不知道呢。哼！

她已经不知道自己第几次这样趴在宋河生的背上从河坊街走过了。

河坊街的夜风与灯火，在随着宋河生的脚步而起起伏伏的节奏里摇曳出属于它们的味道。

很久以后有人问陈一墨："河坊街有味道吗？"

"有啊！"

"是什么味道？"

"是河坊街特有的味道，至少是在别的地方从来没有的味道。"

"那到底是什么味道呢？"

"是故乡的味道吧。"

曾经她以为，所谓故乡，是因为夜风、灯火里有他。后来她才明白，是因为那里有回忆。

陈一墨在这样的味道里渐渐清醒，可仍然不愿意自己走，懒洋洋地搂着他的脖子。

跟在他们身后帮着拎菜的宋河生的徒弟一会儿看天，一会儿看旁边的摊位，脸红红的，就是不敢看前面这两个人。

到了"旧曾谙"，宋河生的徒弟小刀把菜放下，还是不敢抬头看宋河生和陈一墨，红着脸说："师父，我先回去了。"

宋河生客气地说道："留下来一起吃饭吧？"

他刚说完，就感觉那双抱着自己的胳膊的手紧了紧。

小刀心想：师父傻不傻啊？！我要是留下来了，还不得被师娘惦记上？这种惦记可不是啥好事！

小刀十分识趣地走了，陈一墨在他的身后叫他："你叫什么名字？"

"师娘，我叫小刀！"小刀头也不回地往院外奔，觉得自己做了一个英明的决定。

师娘？陈一墨抿着嘴回味着这两个字的味道，觉得这徒弟不错！

宋河生把小刀拎回来的几道菜用"旧曾谙"里的盘子盛好，再摆出来，说："今天是很重要的日子吗？你要庆祝一番？"

宋河生一进来就看出了小院与往日不同，院子里被清理得整整齐齐，屋子里插了鲜花，窗户上、墙壁上贴着蝴蝶结、彩带之类的装饰物，看起来别致又可爱，餐桌上还放了一瓶酒、两只酒杯。

　　他觉得可能是到了该有仪式感的时候了，她要走了，只剩不多的几天了，这顿饭算是为她送行。

　　陈一墨点点头，说道："就是一个特别重要的日子！"

　　他笑了笑，说道："你还真会想，直接去店里挑几道菜。"

　　"那可不！菜钱记在你的账上，让冯叔从你的工资里扣！"她得意地挑了挑眉，接着又伸出手来，叹了一口气，说道，"不是我懒，我从前也很会做菜的，原来都是我做的呀！但是你现在有出息了，就我那手艺，我可不敢在你面前献丑！"她的厨艺还停留在小时候糊弄老头儿的阶段呢，幸亏那时候老头儿不挑。

　　宋河生握着她的手，摸着她手指上的那些茧子，再松开，说道："你的手本来就不是用来做菜的。"她的手是做大事情的！他炒几道菜叫什么有出息？！

　　陈一墨想着事，偷笑，说道："河生哥，你稍等，我换一件衣服后就出来吃饭！"说完，她把一个大袋子往他的怀里一扔，又说道，"你也去换一套！"

　　两个人吃顿饭还要换衣服？

　　宋河生看着她蹦跳着进内室的身影犯疑，不一会儿，便听见有水声从房间里的浴室里传出来。

　　他恍然大悟，闻闻自己身上的衣服，好像有一股油烟味！

　　的确，既然要有仪式感，他就得洗个澡，再换一套干净的衣服。

　　他去了外面的冷水水龙头处，冲洗一番后拎着衣服回房间换，这一看不得了，她给了他一套正式的西装，还有领结。

　　这么热的天，她让他穿西装？

　　他哭笑不得，但也只能换上。谁让她喜欢呢？

他穿着西装坐在餐桌边等她，喝了一杯又一杯水，才终于等到她出来。

她只叫了一声"河生哥"，他的魂魄便定在了那里。

她慢慢地向他走来，穿着一条红色的连衣裙，梳了头、化了妆。

时间停住，他的呼吸停止。

她走到他的面前了，他不知道；她打开酒瓶了，他不知道；她给自己和他分别倒了酒，他也不知道。

直到她把酒杯递到他的嘴边，一股涩辣之味冲到嘴里，他才被冲得激灵了一下，回过神来。

"傻了你？！"她瞋他一眼，妩媚极了。

他垂着眼皮，眼神游移，手足无措。

"我是不是特别好看？"她"嘻嘻"笑着，偏要惹他。

他根本不敢再看她，心跳如擂鼓。

"难道我不好看？"她的语气里有了怒意。

他一惊，猛然抬头，说道："好看！特别好看！真的！"

他抬头时发现她笑靥如花，才知上了她的当。

"河生哥，我要走了，你不祝我一路平安吗？"

话题一转，气氛突然变得忧伤起来。

宋河生心一横，心中莫名其妙地滋生了悲壮的情绪。他端起酒杯，说道："当然要的。墨囡，祝你一路平安！"

他举起酒杯将酒一饮而尽，火辣的滋味从喉咙一直流到胃里，五脏六腑好像都烧起来了，烧得疼。

他伸手盖住陈一墨的杯子，说道："你别喝，这酒烈。"

他就该让她喝果汁！

她倒是很听话，把杯子给了他，说道："那你替我喝。"

他二话不说，接过杯子就将里面的酒喝完了。

陈一墨再往两只杯子里倒满酒，说道："河生哥，祝我学业有成吧！"

这他当然也是要祝的！

宋河生又喝了两杯酒。

陈一墨继续倒酒，继续说道："河生哥，祝我在国外一切顺利。"

她当然要顺利！

"河生哥，祝我遇到好老师吧！

"河生哥，祝我跟同学相处和睦！

"河生哥，祝我设计的作品在国外惊艳外国人！

"河生哥，祝我永远漂亮！

"河生哥，祝我每天都能吃到好吃的东西！

"河生哥，祝我在国外不生病，身体倍儿棒！

"河生哥……"

陈一墨有一百个理由让宋河生一杯接一杯地喝酒，而宋河生不能拒绝，因为每一句祝福都是必须送出去的。

只是，这场景慢慢让他感觉到有些似曾相识，并且明白这是个"坑"。

等他反应过来时，他已经醉得连杯子都握不稳了，手里的酒杯掉在了桌子上，眼前的陈一墨变成了两个、三个，不，四个……

他不知道哪一个陈一墨才是真的。

他伸手去碰她，带着潮热气息的手指扣住了她的手指。

"河生哥。"

一团红影倚到他的怀里，火焰一样，将他燃烧。

火热的夏季，火一般的人。

他热得仿佛要爆裂开来，但他的意识是清醒的。

他知道那套带领结的、让他觉得又热又闷的西装和衬衫被脱去了，也知道自己怀中的那团红影正是陈一墨。

她的肌肤黏腻、清香。

他们纠缠又交替。

"哗啦啦——"

莽撞之间，杯盘跌落。

像是一声声惊雷，划破潮热的夜，劈开这混沌场景，电光明晃晃地照了进来。

一切变得那么清晰。

"河生哥！"她被推开，又抱上来。

他捡起西装将她裹住，自己冲到门外，拎起水管，冷水"哗哗"地从他的头上淋下。

她不甘心，跑到门口委屈地朝他哭，问他："为什么？为什么不可以？我们都长大了！我都要走了，为什么还不可以？"

那晚，陈一墨哭了半宿。

可无论她怎么哭，他都认为不可以。宋河生在某些事情上的态度简直强硬得可怕。

但那晚宋河生总算没有一走了之，两个人一个坐在门外的院子里，一个睡在门内的竹椅上。陈一墨一开始还哭、骂他，后来发誓不要跟他说话；他则不管她气也好，哭也好，骂他也好，反正都受着，在外面陪着她。

最后，陈一墨气累了，在竹椅上蜷着身子睡着了。

他拿了一床薄被子给她盖上，也盖住了她那一身火红的裙子，而后关上门。

他依然坐在门外，点燃一根烟。

说这夜短，他却怎么也望不到头；说这夜长，烟一根接着一根地抽，天也就亮了。

天亮时，地上有了一堆烟蒂。

那一宿的酒意和迷乱之情，在这烟灰里散尽了。

陈一墨闹腾一晚上，哪里又能睡得特别安稳？天刚亮她就醒了，一醒来又没看见宋河生，怒气便压不住地往上冒。

　　她拉开门，发现了坐在门口的宋河生。

　　他赤裸着上半身，身上一股烟味。

　　宋河生被这突如其来的动静吓了一跳，扔了手里的烟蒂，下意识地去寻口罩，慌慌张张地给自己戴上，又想到了自己身上的伤疤，衣服却被扔在了屋里，手边没有可以遮蔽身上的伤疤的东西。他的手按得住一处，却按不住一片；他的整个肩膀缩了起来，像一只受了伤想把自己藏起来的鸟儿，却无处可藏。

　　陈一墨心中的怒气在这一刻烟消云散。

　　她假装没看到这一幕，指着满地的烟蒂破口大骂："抽！你就给我抽！年纪轻轻，好的不学，就学些歪的！你的肺还要不要了？街头的张老头儿就是得肺癌死的，你知道吗？！"

　　她那语气，跟宋婶骂宋叔时差不多。

　　这一骂，宋河生无处可藏的尴尬感便在无形中被化解了。

　　他也跟他爸似的，默默挨骂，认命地拿起扫帚，开始扫烟灰和烟蒂。

　　"今天要去店里吗？"陈一墨靠在门框上问。

　　"嗯。"

　　"那我跟你一起去。"

　　"好，你今天打算干吗？"

　　"我先去吃早点，然后去买点儿东西，下午去胖丫的咖啡馆玩一会儿。"

　　"就玩吧，东西等我跟冯叔请两天假后陪你去买。"宋河生想着她应该是要买出国用的东西，买得多，他帮忙去扛。

　　"那我自己先逛逛！"

　　"行。"

两个人说着话，好像昨晚什么事都没发生过。

这几天，陈一墨难得清闲。

从小到大，她一直忙忙碌碌，忙学艺、忙学习，从不曾停下脚步，给自己一点儿喘息的时间。

对她来说，休息就是浪费光阴。

现在，她短暂歇息后才发现，这么多年来，她埋头忙碌，不知不觉间就成了被注视的那个人。她也习惯了被注视，她的一言一行、一点点的进步，都在宋河生的眼里和心里，宋河生却从来不曾在她的面前谈及他自己。

比如，他没说他成主厨了；没说他收徒弟了；没说他的厨艺早已超过冯叔了；没说他独创的几道菜成了店里的招牌菜且颇有名气；他没说冯叔根本不会做甜点，做甜点全凭看网上的视频自己钻研。

这些事，都是陈一墨在胖丫的咖啡馆里消磨时间时胖丫说的。

她当然不肯承认自己对宋河生的情况还没胖丫知道得多，于是很得意地说道："当然，我的河生哥可棒了！"

在胖丫看不见的地方，她却揪着宋河生的耳朵质问他："为什么都不跟我说？"

宋河生不以为意地回道："这又没啥可说的。"

"我每次问你在冯叔的店里怎么样，你都只说'挺好'，就这么敷衍我！"陈一墨生气地说道，"等我出国了，你问我怎么样，我也只告诉你'挺好'！"

他俩相处时，本来就是她更闹一些，爱说、爱笑，什么话都藏不住，一丁点儿事都要告诉他，而他一向沉默寡言。

也许一开始他只是喜欢听她说、看她笑，后来，就变成只能听她说、看她笑，而他说不出来了。

这并不是一个令人愉快的话题，至少已经触到他或者他们之间那个最根本的问题了。

但他看着她气鼓鼓的样子，那点儿不愉快情绪也就很快没了，他反而忍不住笑了起来。要她忍住什么都不说，只说"挺好"，好像也挺不容易的。

他只好捏捏她的脸，把她鼓鼓的腮帮子捏扁，说道："我真的挺好，以后也会好好的，你放心。"

陈一墨的气就这么被他捏散了，但她还是捶了捶他的肩膀，说道："那你以后要好好跟我说。我还在你身边看着呢，你都有那么多事不让我知道，以后我和你隔得那么远，你要骗我岂不是易如反掌？"

他笑得愈加无奈了，问她："我怎么会骗你？"

她靠到他的怀里，抱着他，说道："我就是怕，怕见不着你，怕你不在我身边了。"

他暗自叹息，回抱住她，过了好久才说："可是我在这里啊，在河坊街呢。"

"嗯！"他在河坊街呢，一直在，不会变，就好像河坊街的月亮，是永远不会变的。

陈一墨靠在他的胸口，凝视着他胸前的那朵银桃花，默默地想：银桃花的绳子还是从前的那根，都褪色了。我等一下重新编一根，给他换了。

陈一墨买了新绳子后，又去胖丫的咖啡馆里消磨时间。胖丫这个老板娘，除了玩也找不到别的事做，马上凑过来和陈一墨聊天，问陈一墨出国的手续办齐了没，准备工作做好了没云云。

两个人有一搭没一搭地聊着天，胖丫最终还是问了河坊街上大多数人心里的疑问："墨囡，你还回来吗？"

"当然！"陈一墨一边给绳子打上结，一边肯定地回道。

"可是，"胖丫想说的是"河生哥真的配不上你了"，但换了一个委婉的说法，"可是，你为什么不督促一下河生哥呢？你让他更加有出息一点儿。"

　　这话立马换来了陈一墨的白眼，她问胖丫："什么叫'有出息'？"

　　"就比如，"胖丫自己都心虚了，说道，"参加成人高考，有个学历？"不然墨囡书越念越多，还跑到国外去念了，而河生哥还只是高中学历。

　　"或者自己开店，赚很多钱？"胖丫一边说一边观察陈一墨的表情，只要陈一墨一生气她就不说了，"再不然，去整整脸？现在的技术比几年前好了。"说真的，墨囡样样好，河生哥要什么没什么，连长相都……虽然当初宋家也花了点儿钱给河生哥整脸，但效果并不怎么样。

　　胖丫每说一句，陈一墨的脸色就变得难看一分，她说到这里时，陈一墨的脸色已经变得难看至极，她急忙解释道："我就是随便说说的，你别生气。我知道你们俩感情好，但大家都这么说。"

　　"你觉得这些是有出息？"陈一墨一边说，一边开始收拾东西，"胖丫！那只是你认为的'有出息'！在我心里，河生哥不管有没有学历、有没有钱、长什么样子，都是最好的！"

　　陈一墨说罢，拎着包拔腿就走了。

　　"墨囡！"胖丫急了。

　　葡萄走过来，问她："怎么了？发生什么事了？"

　　胖丫把事说了，十分不安地问道："你说，墨囡是不是生我的气了？"

　　"没有，她不会生气的。"葡萄在胖丫的身边坐下来，把手里的甜品搁到胖丫的面前——这甜品他本来是拿给俩姑娘一块儿吃的。

　　"真的吗？"胖丫还是不放心。

　　"真的，我确定，不信你明天约她来喝咖啡，她准来。"

胖丫相信葡萄的判断力，他说是真的那就是真的，他看人特别准。

但她还是很疑惑，说道："葡萄，你说，墨囡真的不在乎河生哥这么碌碌无为下去吗？那她跟河生哥的差距就越来越大了，我好害怕他们有一天会分手。墨囡为什么不督促河生哥上进呢？河生哥肯定会听墨囡的话！"

葡萄微微一笑，说道："我猜她不是不在乎，而是太在乎。"

"什么意思？"胖丫不解地问道。

"因为她太在乎，所以轻不得也重不得，轻了怕忽视，重了怕伤到，只能捧在手心里爱护着，顺其自然。"

"可是……"胖丫似乎有些懂了。

"好了，你别多想了，每个人的心中都有一块禁区，他们自己比谁都清楚。而且，如果一个人想上进，别人不督促也会上进。再说，上进有很多种形式，陈一墨说得对，的确不拘泥于你说的那几种，怕的是，无论一方怎么努力、上进，心与心之间的距离就是追不平。"

胖丫无奈了，说道："葡萄，你说的话总是这么玄乎，好像很有道理的样子。"

葡萄笑了笑，说道："那你就不去想那些玄乎的事，我最近找到了一款新豆子，味道不错，你想不想尝尝？"

胖丫点了点头，说道："想。"

"你等着。"葡萄起身，去给她做咖啡。

陈一墨抱着她的包，从胖丫的咖啡馆里出来后一路狂奔，一口气跑回了"旧曾谙"，站在"旧曾谙"的门口喘着气，但胖丫的话始终在她的耳边回响。

她转过头继续飞跑，跑到了冯叔的饭店里。

这个时候，饭店里座无虚席。

冯叔跟她打招呼，她匆匆应了一声，随后直接到了厨房里。

小刀眼尖地看见了她，欢喜得眯起了眼，大声说道："师娘来了！"

她便停住脚步，在那儿看着宋河生。

宋河生正好炒完一道菜在装盘，看见她后示意她站在那儿别动，他走过去。

"干什么去了？怎么一头汗？"宋河生想给她擦汗，可看自己这一手油，也不方便。

陈一墨跑了两遭，再加上厨房里很热，所以此刻已经满头大汗。

他背后的小刀忽然做了一个鬼脸，他好像感应到了什么，回头一看，小刀马上装出一副一本正经的样子。

"师父，没事，真的没事，就是又来了几张单子，有人点了那道'锦瑟无双'。"小刀举手表示自己很无辜。

"知道了。"他应了一声，颇有几分威严气势，回头问她："是有什么事找我吗？"

陈一墨想："锦瑟无双"是菜名吗？真好听！

陈一墨忽然想起了从前她和他的一段对话。

"墨囡，你觉得呢？你觉得男生就当一个平平凡凡的老师有出息吗？"

"河生哥，什么叫有出息？我觉得有出息就是好好做自己该做的事！比如你爸，是好木匠，大家有木工活儿要做都找他，这就叫有出息；再比如冯叔，炒菜好吃，大伙儿都爱吃冯叔炒的菜，这也叫有出息！再比如我和我师父，我们都是手艺人，把手里的东西做好了也叫有出息！当老师怎么就没出息了呢？好好教书，教出一批有出息的弟子，那可就是有大出息了！"

她用力地擦了擦汗，问他："河生哥，你开心吗？"

"嗯？"宋河生不懂她的意思。

"你当厨师开心吗？"

宋河生想了想，很慎重地回答道："开心啊！"

这个答案是真实的。他是真的喜欢当厨师，比当年上学时背课文、解数学题开心多了，那些总背不好的课文、总解不开的数学题，不知让他挠掉了多少根头发。但厨艺就不同了，他好像一学就会，菜一炒就好吃，而且，看到客人喜欢吃他炒的菜，尤其看到陈一墨每次吃得特别香，那种愉悦感真的是发自内心的。

她这么着急地跑来，就是为了问他这个问题？

陈一墨笑了，说道："好！"

说完，她的目光落在他的银桃花上，她伸出手，利落地将它取下来，给它换了一根新绳子，再帮他戴上。

"就这事？"他失笑。她就不能等他回去后换吗？

"还有！"陈一墨也看着他笑，然后突然抱着他的头，踮起脚，在他的喉结上亲了一口，说道，"河生哥，我爱你！"

场合什么的，她才不管呢！

遗憾的是，河生哥戴着口罩，她亲不到他的嘴！

偷袭成功后，她撒腿就跑，又是一口气跑出饭店，跑到河坊街的商业街那边时，脚步渐渐地慢了下来。

有些话，她永远也不会说。

宋河生则被她的突然袭击弄得愣了好一会儿。

小刀笑嘻嘻地在那儿挤眉弄眼，宋河生回头瞪眼，对他说道："下班后再切一百个萝卜！"

"师父！"小刀哀号，"店里没有一百个萝卜给我糟蹋！"

他真是太无辜了！

纵然两个人再如何不舍，离别的日子终究还是到了。

陈一墨和向挚要坐同一班飞机——这也是宋河生的想法，他指望向挚能一路照顾她。

陈一墨还有两天就要离开了，冯叔直接将饭店关了门，并在门上贴上了一张纸，上书：主厨有喜，休业两日。

于是，这两天宋河生陪着陈一墨购物，以及跟陈叔叔、梅姑他们道别，再去陪老头儿说说话，还在她的要求下带着她回他家吃了几顿饭。

两天的时间眨眼就过去了。

陈一墨临行的前一晚，与宋河生在"旧曾谙"相守。

陈一墨知道，自己再想打什么鬼主意，也是绝对不可能的了，不由得有些惆怅，哀怨的眼神又来了，时不时地看他两眼。

他被她看得哭笑不得，戳戳她的脑门儿，以示责备。

陈一墨嘟着嘴说道："我偏想！我就要想！我想想你能把我怎样？我现在脑子里全是那种想法！"

她这话是针对他上回说的那句"想都别想"的。

宋河生直接笑了，说道："你可真是……"

"真是怎么了？"陈一墨抱住他的胳膊，说道，"反正刚才在我的想象里，我已经把你变成我的人了！你休想再赖账！"

他笑着摇头。

他能做什么呢？她明天就要走了，他只能笑给她看，笑着、开心着，然后把她送走。

她也是，只说开心的事。

宋河生还给她做了一次开心果味的冰激凌，她将冰激凌吃了个精光，吃完却摇着头说道："不是那个味。"

"还不是呢？它到底该是哪种味？"他陷入沉思。

"没事，你慢慢研究，我回来后再吃！"她点着头，说道，"反正你不能偷懒，好好研究！"

他失笑，问道："你还想吃什么？我一块儿研究。"

陈一墨眼珠一转，将嘴贴到他的耳边，小声地说了三个字。

"什么？"他一时没听清。这家伙说得又快又含混。

"七色鱼！"她瞪了他一眼，大声地重复道。

他愣住了。

"你不会把它忘记了吧？"她又要生气了！

"不会！当然不会！"他永远也不会忘记它。

她早已收拾好行李，里面除了必需品，还有好些吃食。他一遍一遍地帮她检查，更是再三确认护照、钱包等重要的东西，又叮嘱她，安全才是最重要的，在外面要保护好自己。

她点头，说道："河生哥，你都说了十多遍了。"

他笑了笑，心里酸酸的，十多遍怎么够呢？他恨不得时时叮咛她，日日守护她。

他拿出一个信封放到桌上，推给她。

"什么？"她打开信封看，里面是厚厚的一沓外币和一张银行卡。

"他们说不能带太多的现金入境，我也不知道是不是这样，就兑了这些，剩下的钱都存在卡里了。我听说国外能直接用银联卡，实在不行的话，你自己在国外换也可以吧？"

这是那张他们共同拥有的银行卡，是陈一墨给他的，开户时写的是她的名字，预留的手机号码却是他的。

她的奖金、她这次跟剧组合作得到的酬金，全在这张卡里。

"有多少钱？"她问他。

他犹豫了一下，觉得瞒不住，便说了一个数字。

陈一墨吓了一跳，比她预想的多很多，问道："我哪里需要这么多钱？你哪里来的这么多钱？"

"你的加我的。"他简短地解释道。事实上，卡里是他所有的钱，有他的工资，还有他几年前卖房子供她考艺考和上学后剩下的钱。

"你都拿去，我还有。而且，我在河坊街没什么需要花钱的地方，每个月还有工资。"他说。

"宋叔、宋婶知道吗？"他说的那句"你的加我的"一直在她的心里震荡。

"知道。"他倒是没有撒谎。虽然父母并不知道他这次到底给了她多少钱，但是一直认为他的钱都花在她的身上了，甚至以为卖房子的钱早就被花光了。

她挥了挥手里的卡，逼近他，问道："那是不是意味着，你的全部财产都在这里面了？"

他怔了怔，答道："不是。"

陈一墨认定了这卡里的钱是他所有的钱，把卡收了起来，说道："行，我收了！记住，你的财产全在我的手里！你想要出什么幺蛾子，那是不行的！"

他想起了另一件事，说道："那座院子……"

"停！院子就写你的名字好了！反正也不是我们买的，而是租的！别麻烦了！"陈一墨摆手，说道。

院子是老头儿当年以他的名义租的，这几天他一直想找时间带她去更改租赁合同上的承租人的名字，她就是不肯去。

行吧，她固执起来他也没办法。

最后，他从口袋里掏出一个小盒子，推到她的面前。

"这又是什么呀？你有这么多宝贝要给我？"她好奇地打开那个小盒子，看见里面的东西后大吃一惊。她都快忘了这个东西了，惊讶地看向宋河生，问他："你还保存着呢？"

盒子里是一条褪了色的绳子。

当年，那个初来陈家的瘦小姑娘怯生生地把红绳交给他，求他把它藏起来，好好保护它。

那时候的他傻乎乎地说道："绳在人在！绳亡人亡！"

陈一墨把绳子取出来，笑着说道："院长妈妈说，我到福利院的时候手上就戴着它，应该是我妈妈给我的。院长妈妈还说，这绳子像是从寺庙里请来的，能保佑我长生。"

她握住宋河生的手，想把绳子给他戴上去，但小孩戴的绳子他哪里戴得上？她便将它缠在了他的无名指上，缠了好几圈。

"既然是你妈妈给你的，就应该由你戴着，让它保佑你长生。"他盯着自己的那根无名指，只不过被缠了几圈绳子而已，竟然又酸又重。

陈一墨把他的手握成拳，用那双晶亮的眸子看着他，说道："你有绳子保佑你，我有你保护我啊！"

宋河生哽住了。

陈一墨笑着倚靠过去，很乖，只是靠着他，不再说话。

那一晚，两个人都没有睡，就这么静静地彼此倚靠着，直到天亮。

陈一墨乘坐的航班是晚上起飞的，从省会的机场起飞。

他们要先从河坊镇出发，然后坐火车去省会，再在机场跟向挚会合。

大黑习惯了陈一墨来来回回，这次却好像有预感，绕着陈一墨的腿转圈，不让她走。

陈一墨蹲下来，抱着大黑久久舍不得放手，对它说道："大黑，你要等我回来，一定要等我回来！"她告诉自己不要难过，可在跟大黑告别的这一刻，还是忍不住心里泛酸。

大黑已经是一条老狗了，她真的害怕在她赶不回来的某一天它就不在了。

大黑一向懂事，只是跟她撒了撒娇，在她的怀里叫了一阵后便松开了她。

她红着眼眶对宋河生说道："河生哥，你一定要照顾好大黑！"

"你放心！我会的！一定！"这世上也许有很多事是无法确定的，但这一点他可以确定，他一定会尽全力照顾好大黑。

两个人拴好大黑，锁了门，终于离开河坊街，去往省会。

向挚比他们先到机场，等了好一会儿才见他们到来，而后被陈一墨所带的行李震惊到了，问她："你带这么多？你是要把家搬过去吗？"

陈一墨特别自豪地说："都是河生哥，光吃的东西就给我装了一箱。"

向挚惊得眼睛都要凸出来了，宋河生瞪了他一眼，说道："不然要你有什么用？"

"所以，你让我和她坐同一趟航班，就是让我给她当挑夫的？"向挚指着自己，震惊地问。

真要走了，陈一墨拉着宋河生的手不肯放，眼里渐渐地浮起泪光。

"我们说好不难过的。你到了就给我打电话。"宋河生给她擦眼泪。

结果，她的眼泪越擦越多。

"铃声一响就代表我想你了，响三声你就挂断，那就是在告诉我，你也想我了。"陈一墨抽噎着说道。

宋河生瞬间红了眼眶。

这是他给她买第一部手机时，她惊喜之余以为电话费很贵，为了节省电话费而说的话。

"好。"他竟然也哑了声音。

"不！"陈一墨挤到他的怀里，抱着他不放，继续说道，"不要节省电话费好不好？我想听到你的声音，想和你说话！"即使国际长途的电话费真的很贵！

向挚挠挠脑袋，不明白这逻辑，说道："打视频电话不好吗？还能看见人。"

宋河生用"你懂什么"的眼神阻止了向挚的打扰。

"河生哥，你不要太节约，我现在有很多钱，转给你也很容易。你要好好的，你答应过我的。

"'旧曾谙'潮湿，没事你还是回楼房里去住吧，特别是冬天和梅雨季节。

"早上冯叔店里开门迟，你要自己做早饭，吃了再去上班。

"你现在有徒弟了，要好好使唤徒弟，别啥活儿都自己干。

"我不许你太累。

"你要想我，但不能想得晚上睡不着，我不会跑的。

"你不许做专门的甜品给别的女孩吃，那是我一个人的权利！"

陈一墨说一条，宋河生就答应一条，从生活细节说到男朋友条款，喋喋不休。

其实这些话她昨晚不知说了多少次，还说他一句话叮嘱十几次，她这还不止十几次呢！

向挚一开始还听着，后来觉得肉麻得不行，将头扭到一旁做鬼脸去了，又引来了宋河生的好几个警告眼神。

向挚皱着眉头哀求："姑奶奶，我们要进去了，不然就来不及了！"

他的这句话惹到了陈一墨，她抱着宋河生大哭起来。

"墨囡，墨囡……"宋河生一边抚着她的头发给她顺毛，一边说道，"听话，不哭了，要出发了。"

陈一墨哭着蹭着他，说道："我害怕，河生哥，我害怕。"

"不怕，墨囡。"宋河生看着机场外的阳光，亲着她的额头，说道，"墨囡，不怕，要记住，一直向前走，别害怕，也别停下。"

陈一墨抽噎着说道："不，河生哥，我害怕，我不知道前方有什么。"

那些阳光幻化成了模糊的光晕，宋河生说："前方有光。"

"那后面呢？后面有什么？"

"后面？后面有我，有河坊街呀。嗯，还有大黑。"

四月，宋家。

整个春天，江南都是细雨绵绵的天气。

宋河生坐在窗边的写字台前，面前摊开一本书，眼睛却看着外面的黑夜，耳边淅淅沥沥的雨声不绝。

晚上十二点，他依然无眠。

夜风轻轻吹起，细雨入窗，浸湿了桌面上的书页。

敲门声就在此时响起。

"河生，还没睡呢？"宋婶在外面说道，"妈进去了？"

宋河生回过神，说道："妈，进来吧。"

宋婶端了一碗夜宵——红豆小丸子进来，问儿子："饿了吗？吃点儿东西。"

宋河生摇摇头，说道："不饿。"

宋婶还是把碗放下了，瞟了一眼他的书，也不敢多说，只说道："哪儿能不饿呢？你念书也要先吃饱，我放这儿了，你想吃的时候吃点儿，我先出去了。"

宋婶给儿子带上门，唉声叹气地回自己的房间去了。

宋叔见她这样，问她："这是干什么呀，怎么愁眉苦脸的？"

宋婶："看着儿子我就发愁！"

"发什么愁呢？他不是在看书吗？"宋叔不解，儿子上进还不好吗？

宋婶更愁了，说道："你说，他小时候我们抽着打着让他好好念书，他不念，就没考好过一回，如果不是在体育方面有特长，根本就考不上大学。现在呢，不需要念书了，他倒是念得这么起劲了。"

宋叔在这点上完全不愁，说道："现在念也不晚。"他始终认为孩子肯念书就是好事。

"你知道什么？"宋婶瞪了他一眼，又说道，"我自己的儿子我还不知道吗？他根本就不是读书的料！有老师教的时候，他都考得不怎么样，这自学考试还能考出名堂来？去年十月考的那两科，他考前天天读到晚上十二点，结果一科也没及格！"

宋叔看着她，说道："他多看书也比跟人去打麻将、打游戏好。"

宋婶直接一把狠狠地掐在了宋叔的手臂上，把郁闷的情绪都发泄在了这一动作上，把宋叔掐得龇牙咧嘴的，并质问宋叔："你到底心不心疼儿子？你说他这是为了什么？如果不是为了墨囡，他用得着吃这苦？"

"念书怎么是吃苦呢？"

"闭嘴！你根本就不了解儿子！他不爱读书！他不是读书的料！但为了缩小和墨囡的差距，他逼着自己去读！如果能读出什么来也就算了，你看他能读出什么？以现在的情况，他还不如自己开一家餐馆，他的厨艺这么好，好好开餐馆不好吗？他把钱全给了墨囡，自己辛辛苦苦地给人打工，我怎么生出这么一个傻儿子？"宋婶气得眼泪都要掉下来了。

宋河生三两口就把小丸子吃完了，去厨房放碗经过父母的房间门口时，听见里面有说话声，他们好像提到了自己，于是驻足细听，听完站了一会儿，默默地去厨房放下碗，再回到自己的房间。

桌上那本《政治经济学》依然摊开着，雨水把他画重点的墨线打湿了，洇开去。

三天后的周末，自学考试结束。

宋河生走出考场时，和胖丫迎面遇上。

"河生哥！"胖丫大声地叫他，"你怎么在这里？"

宋河生急中生智，说道："有人叫盒饭，来送一趟。"

"还要你这个大厨亲自来送饭吗？"胖丫没多想，笑道，"我来等朋友玩，她今天在这里监考。"

宋河生点点头，快步走了。

除了家里人，没人知道他来考试，他也不打算让别人知道。

出了考场，他还是冯叔的饭店里的主厨，一头扎进热火朝天的厨房，掂起了勺。

小刀问他："师父，你不是请假了吗？"

"事情办完就回来了。"他闷声说道。

小刀还要问，宋河生瞟了他一眼，问他："这么闲？"

"不闲！不闲！我忙着呢！"他可不想再切萝卜了！

宋河生故意深夜才回家，没想到家里还亮着灯，电视机开着。他妈从沙发上坐起来打了个哈欠，仿佛刚睡醒，冲他笑，问他："回来了？饿不饿？妈做点儿吃的东西给你？"

宋婶的话里尽是关心与好奇之意，她却生生忍着没问他考得怎样。

她以为他没看到她站在窗口，往他回家的路上张望的影子？

那他就装作没看到好了。

"妈，不饿，在店里吃了，我先睡了。"他说罢便回了房间。

宋婶在客厅里跺脚，随后跟宋叔说道："你看，看这样子他就是又没考好。"

他的确没考好。

他坐在桌前，把桌上的那本书扔到一旁。

他妈说得对，他不是读书的料，自学更是特别费劲，很多句子的每个字他都认识，但那些字凑在一起后，他就不知道是什么意思了。

他感觉这次还不如去年十月那次考得好。

他只会做菜，可做菜又算得上什么呢？

"叮咚"，邮件提示音响起。他收到了一封来自国外的邮件，他立刻点开邮件查看。

"河生哥"三个字进入他的眼帘，耳边仿佛响起了陈一墨清脆的声音。

她喜欢给他写邮件。她说了，写信和打视频电话是不同的，很多话在打视频电话的时候要么忘了说，要么没那么多时间说，写信她就能说很多很多话了。所以，她每次都会给他发长长的一封邮件，事无巨细，跟他说得明明白白的，连她每天吃了些什么都会让他知道。

邮件的末尾附了一张她的照片，她在异国校园的碧空下捧着书，周围是一大片草地，她站在那里，笑得无比灿烂。

邮件的最后一句话是："河生哥，你呢？最近好不好？你都在忙些什么？"

他还能忙什么呢？他能忙的只有炒菜，至于自学考试的事，他还是别说了吧。

这封邮件里还有一个重要的信息：放暑假后她要回国。

放寒假时她没回来，因为刚过去，第一个学期的学习压力很大，语言关就是一道坎儿，纯英文的教学内容她听起来很吃力，所以寒假期间打算学习一下语言。

这些事，她都没瞒他。她将在新环境里的好奇、惊喜、困难和困惑心情都详详细细地写在了每一封邮件里。

她要回来了！

不管怎样，这都是一个令人振奋的消息。

他开始给她写回信，但无法回答她关于他都在忙什么的问题，只将关注点落在她的身上，叮嘱她注意这注意那，针对她在信里写的生活做个回应，最后，郑重地敲下了两个字：盼归。

他将这两个字敲下后，手指在键盘上停留了许久，最终将这两个字删去，点了"发送"。

邮件很快便发送成功了，他的心也飘飘悠悠起来。

陈一墨很快就要回来了，但谁也没想到，她会成为名人。

由她负责复刻所有演员的饰品的电视剧在这个夏天上映了，一播出就成了现象级大剧，剧组的工作人员不失时机地进行了全方位营销，更是把饰品复刻当作宣传的重点内容。于是，陈一墨这个年轻的传统工艺继承人进入了大众的视野。

陈一墨跟陆家人和陈家人的纠葛在网上被广泛宣传的事才过去一年，本来已经淡下去的事再次被翻出来，但这一次负面的声音很少，绝大部分网友对她的坎坷遭遇颇为感慨，其中也包括对她的师父——老头儿，这位现代隐士的好奇心。

也有人把当初陈一墨被抹黑时那些被曝光的照片再次翻出来发到网上，照片还是那些照片，她曾经被说看起来不像好人，现在网友的口风变成了"好清秀""好有古典气质""不像凡尘中的女子"。

甚至在陈一墨还未归国的时候，不少人找到河坊镇来，有来探寻传统工艺的"网红"（网络红人的简称，即在现实或者网络生活中，因为某个事件或者某个行为而被网民关注从而走红的人），有来"旧曾谙"观光的游客，也有一些小的视频媒体的工作人员想要找陈一墨做采访，还有什么经纪公司的人也找上门来。但这些人都扑了个空，"旧曾谙"院门紧闭。

胖丫的咖啡馆里的小猫也得到了这些人的喜爱，他们会到咖啡馆里歇歇脚，喝杯咖啡，健谈者顺带打听一下关于陈一墨的种种事情。

胖丫当然不会随便说，也会嘱咐咖啡馆里的服务员别乱说，但是背地里去找了宋河生。

她着急地说道："河生哥，好多人找墨囡！你要不要出去回应一下？"

宋河生闷着头炒菜。

"河生哥！"胖丫急得跺脚，说道，"墨囡出名了，你知道吗？很多人来找她是因为那部电视剧播出后收视率很高，她以后没准儿会变成明星！再不济她也能变成'网红'！"

"知道。"宋河生继续炒菜，但总算理她了。

"你不为墨囡高兴吗？"

"当然为她高兴。"他怎么会不高兴呢？没人比他更盼着墨囡好了。

"那你要不要出面，替墨囡接待一下这些人？机会难得！热度转瞬即逝！"

宋河生顿了顿，看向胖丫。

胖丫急得脸上汗津津的，用力地点着头。

宋河生低下头，继续炒菜去了。

"唉！你——"胖丫无语又无奈，跺了跺脚走了。

宋河生炒菜的速度慢了下来。

小刀在旁边惊讶地叫道："师父，要煳了！"

宋河生怔了怔，把锅和勺都给了他。

晚上，河坊街上仍然热闹。

宋河生原本打算走回家的，走在灯火通明的街道上时，突然又改了主意，往"旧曾谙"走去。

他站在"旧曾谙"的门口，打开院门，顺手把口罩取下——这天气实在太闷热了。

突然，他的身后传来了声音："有人过来了！"

他下意识地回头，和冲到"旧曾谙"门口来的几个人撞了个正着。灯光很亮，那些人近距离地看到了宋河生的脸，第一反应就是惊愕，然后可能是有涵养的缘故，马上换了脸色。

宋河生倒也不介意，只是快速地把口罩戴上，准备推门进去。

这几个人却围了上来，七嘴八舌地问他："你好，请问这里是陈一墨的家吗？"

"我们是来找陈一墨的，对花丝镶嵌这项传统工艺很感兴趣。"

"请问你是谁？你认识陈一墨吗？"

他没有回应，进门后马上把门关上了。

他站在门后，靠在门上，隐约听见了门外那些人的议论声。

"是这里啊，'旧曾谙'，不就是叫这个名字吗？你看牌匾。"

"可是，这个男人是什么人？我们问他，他啥也不说。"

"虽然我以貌取人不对，但他脸上的疤还真的挺吓人的，尤其大晚上的看了更是可怕。"

"听说陈一墨在国外留学，难道还没回来？这男人难道是看院子的？"

"我也觉得是，他可能是保安或者清洁工之类的。"

"算了，回去吧，以后再来。"

门后的宋河生取下口罩，摸了摸自己的脸。

再过五天她就回来了。

五天后，机场。

宋河生站在出口处的人堆里，穿着黑裤子、黑T恤，戴着黑口罩，极不显眼。

他不停地看时间，航班已抵达半个小时，陈一墨差不多该出来了。

果然，又一大拨人陆续从出口出来，其间，他看见了那个瘦瘦的女孩的身影。

他们一年没见了，她似乎没有哪里不同，可又好像到处都不一样了。

他站在人群中那么普通，她却一眼就看见了他，欣喜地冲他用力地挥手，大声喊着"河生哥"，拖着箱子飞跑过来，披散着的长发随风飞扬。

宋河生的旁边不知什么时候多了一个陌生人，高高地举着一块牌子。在陈一墨快要跑到宋河生的面前时，那人把宋河生挤开，挡在了两个人之间。

"陈一墨老师！请问你是陈一墨老师吗？"此人也很高兴。

陈一墨一看，来人举着的牌子上正写着她的名字。

"请问你是哪位？"陈一墨着急着呢，边说边走到这个人的后面，站到了宋河生的旁边，目光落在宋河生身上后就不想移开了，眼里的笑意都快溢出来了。

"陈老师你好，我是剧组的工作人员，之前和你联系好的，今晚有庆功宴，请你参加。我是来接你的，给你留过言，你可能在飞机上没看到留言。"

陈一墨只好把落在宋河生的脸上的目光移开，笑着回答道："我记得，晚上把地点和时间告诉我，我自己去就可以了。"

"我们已经给你准备好了房间，车就在停车场里等着。"工作人员看了宋河生一眼，又说道，"不如让你的司机把车开回去，我们带你去酒店吧，酒店离会场近，比较方便。"

"司机？"陈一墨一开始不懂工作人员的意思。

宋河生却懂了，马上说道："你跟他走吧，我先回去，在家里等你。"

陈一墨这才明白，原来这人是把宋河生当成司机了！

她的脸色当即就不好看了，她直接挽住了宋河生的手臂，纠正道："他不是司机，是我的男朋友！"

"哦，这……对不起，对不起，我不知道……"工作人员虽然道着歉，但余光还是将宋河生从头到脚地打量了一遍，看到他身上的加起来不超过一百块钱的衣服和裤子、杂牌运动鞋……

宋河生在这样的目光里渐渐缩起了肩膀。

"走吧！河生哥！"陈一墨把行李箱递给他，像从前很多次他来接她时一样，挽着他的手臂就走。

"陈一墨！陈一墨！"

又有声音从他们的身后传来。

陈一墨一拍脑门儿，说道："哎呀，把他们忘了！"

陈一墨说话时，向挚和程舒到了。

"你可真是，'见色忘友'这四个字用在你的身上再合适不过了！你只记得宋河生，拿了行李就跑，把我俩甩了？"向挚抱怨道。

陈一墨冲他笑了笑，说道："不好意思，我还真的只想快点儿出来见河生哥！"

向挚许久不见宋河生，刚张开双臂想来拥抱宋河生，宋河生就被陈一墨直接抱走了。

"我的河生哥！只有我一个人能抱！"她抱着他就舍不得撒手了。

向挚"啧啧"两声，跟宋河生做口型：晚上一起喝酒。

宋河生的身上挂着一个陈一墨，他浑身不自在。

程舒朝宋河生挥挥手，打招呼道："宋河生，你好。"说罢，她便站到向挚的身边不动了。

向挚纳闷儿了，问她："你家司机还没来接你？"

"他为什么要来接我？我跟你们一起！你们现在要去哪儿？吃饭吗？"

"大小姐，我们去的地方……"

"你去的地方我怎么就不能去？"

眼看两个人又要吵起来，陈一墨急忙说道："好了，好了，去吃饭吧！"

程舒冲向挚翘起了下巴，说道："哼，你看，陈一墨都让我去！"

她摆出一副胜利者的姿态走在了向挚的前面。

陈一墨对这对冤家也是无语了。

四个人去了一家主营杭帮菜的餐厅，久未尝家乡菜，实在想念得很，就连程舒这个挑剔的人也不嫌餐厅档次不够或者服务员服务不到位了，吃得很是愉快，一边吃一边吐槽国外的餐食。有程舒和向挚这两个人说个不停，大家就不会寂寞，只是，两个人大多说的是国外的事，陈一墨偶尔还能接一两句话，宋河生就完全插不上话了，别说插话，就连听都听不懂。

不过，宋河生一向话少，从前跟向挚喝酒的时候也不怎么说话，所以并不显得突兀。

味蕾得到满足后，大家就聊起了陈一墨今晚要参加的庆功宴。

程舒对这个话题最感兴趣，还给陈一墨提意见："陈一墨，你准备好礼服了吗？参加这样的正规晚宴是要穿礼服的。"

陈一墨还真没想过这事。

向挚反驳道："你以为谁都跟你似的，那么多臭讲究？"

程舒认真地说道："我这还真不是臭讲究，这是社交礼仪。亏你还是做服装设计的，出席什么场合穿什么衣服，你难道不懂？"

向挚这才不吭声了。

宋河生虽然没说话，却在认真地听，见向挚吃瘪了，就知道程舒说的是真的。

程舒继续跟陈一墨说道："陈一墨，你还真得有些准备。你现在慢慢有名气了，就要准备出入各种大场合的装备，各种各样的衣服、包包、首饰……都得有。"

程舒想了一下，又说道："我这是才回来，国外的大件礼服没带回来，家里的那些礼服都过时了，不然我还能借给你一套。"

向挚却说道："得了，谁还需要借衣服才能出门？"

程舒再看看陈一墨，点头，说道："也是，我的礼服你穿的话尺码也不对。没事，现在不是还有大半天吗？你临时买都来得及的！要不等会儿我陪你去买？"

"不用，不用！"陈一墨连忙说道，"大家刚回来，先各自休息，倒一下时差，衣服的事我自己能行，谢谢你们。"

程舒点点头，说道："也行，那你自己长点儿心！要记住，你现在是名人了，不比那些明星差！"

她怕陈一墨不懂，还从手机里找了女明星穿着礼服的照片给陈一墨看，说道："就是这种的，别太随意了！"

"好，我知道，谢谢你！"陈一墨回道。

吃完饭，程舒开始打哈欠，于是，四个人就此散了。程舒和向挚各自回家，陈一墨则和宋河生找了一家连锁酒店，打算为了今晚的宴会在这里住一晚。

临走之前，向挚还特意因为礼服的事交代陈一墨："衣服的事怎么样了？你也不必真的像女明星那样穿，她们的礼服大多是赞助的，只要漂亮、正式、不失礼就行了。"

"我知道！你放心吧！"陈一墨挥挥手，催他回去倒时差。

酒店。

陈一墨睡着了。

她说是要和宋河生好好说说话，可斜靠在床上还没说上五分钟就睁不开眼睛了，往他的怀里一靠，一秒钟后便睡着了。

她这么睡着，嘴角都是往上扬起的，带着甜甜的笑容。

他轻轻地把她放到枕头上，将空调的温度调高了一点点，给她盖上了被子，然后就出去了。

这附近有一家商场，他按照印象中程舒给陈一墨展示的女明星穿着的礼服样子去找衣服，但找了一圈也没看到合适的。

导购员看他转了好几圈了，问他需要买什么。

他想了想，在网上搜了一下，把几张礼服的图片给导购员看。

"这个啊，"导购员给他指了路，说道，"那边是礼服一条街，这种礼服挺多的，婚纱、敬酒服什么的都有。"导购员以为他要买结婚礼服。

"不是。"他连忙说道。

"那是参加年会？"

他想了一下，差不多吧。

"或者晚宴？"

"对！"他猛点头。

"那边都有。"导购员还好心地给他画了路线图。

他谢过导购员后，按路线图顺利地找到了那条街，并且在琳琅满目的礼服中找到了一件没那么亮光闪闪却仙气飘飘的礼服。他想象了一下，陈一墨穿着它肯定很好看。

这件礼服不便宜，要好几千块钱。

他毫不犹豫地将它买了下来。

店家说了，他们家的礼服质量很好，绝对值这个价。他也这么觉得，至少这件礼服是他看过的礼服里最漂亮的。

陈一墨睡了一觉，醒来后，便看见房间里挂着这样一条裙子。

其实，她今晚并未打算穿着礼服出席晚宴，但没想到宋河生想得这样周到。

当宋河生催着她把礼服换上时，她看见了宋河生眼里的惊艳之色。

"好看？"她歪着脑袋问。

宋河生许久没能说出话来。

陈一墨"扑哧"笑出声来，跑上前抱住他的脖子，说道："那我就相信它是好看的！"

宋河生觉得自己有点儿傻，耳根绯红，但终究也没忍住，笑了。

她穿上这件礼服之后是真的很美。

陈一墨当晚就是穿着这件礼服去参加宴会的。宋河生送她到举办晚宴的酒店，但只将她送到门口，没打算进去。

陈一墨知道他会不自在，所以没有勉强他。其实，她不需要他送，但宋河生怕她穿得这么正式不方便，执意陪她过来。

陈一墨心疼他，让他先回去休息，等一下不用来接她，她自己可以回去。但他不同意，只说晚宴结束的时候会来接她。

她无奈，拉着他的手摇了摇才笑着进去。

该剧的制片人是真的很欣赏陈一墨，还对她存有一分对后辈的喜爱之情，所以，陈一墨能来，他十分高兴，并把她介绍给自己的朋友认识。

制片人的朋友中有特别喜爱传统文化或者古典文学的人，他们对这部电视剧里的服化道（服装设计、化妆、道具与布景）不但认真研究了，还十分赞赏，自然对陈一墨也十分友好。

因此，第一次出席这种场合的陈一墨非但没遭冷遇，反而游刃有余，尤其在谈及自己的专业时，既谦和又头头是道，长辈们都很喜欢她。

只是，偌大的宴会厅里，所有人不会只围着她一个人说话，众人与她聊了一会儿天后，便各自都有朋友来了，大伙儿便渐渐地散开了。陈一墨缓了一口气，暂时独自待着。

但她独处的时间并不长，很快就有男子的声音响起："您好，如果我没认错的话，您应该就是花丝镶嵌大师陈一墨老师吧？"

"不敢，不敢。"陈一墨马上站起来。这次回来后，突然有很多人叫她"老师"，这让她有点儿不习惯。

"我是这部剧里的演员，演的是男N号（在一部电视剧或电影中，出现了几次便死了或退场了的男士）。"男子对她做着自我介绍，"大家都叫我'阿钦'。"

陈一墨这一年专注学习，真没时间看电视剧，但知道这部电视剧的制作班底特别厉害，就算是男N号也是由知名演员饰演的，只是她不追星，对娱乐圈里的人真的不太了解。

男子也对花丝镶嵌颇感兴趣，问了她好些专业上的问题。

两个人正聊着，突然有女声响起："阿钦！"

两个人回头看去，只见好几个女孩往这边走来。

陈一墨心里"咯噔"一下，因为领头的那个女孩穿的礼服好像跟她身上的一模一样，而且，这个女孩她很眼熟，应该是某个大明星。

陈一墨再怎么单纯，也知道在社交场合，撞衫是一件尴尬的事。

但现在，她避无可避了。

显然，那几个女孩也发现撞衫一事了，其中一个女孩以为陈一墨是十八线小明星，居然笑着说了一句话："哎，这十八线小明星穿着比你穿着好看！"

阿钦马上打圆场："陈老师是圈外人，你们别闹了。而且只是同一件衣服而已，没什么，你看我们男士，黑西装、白衬衫，所有人的穿着都一样！"

"圈外人？"领头的女明星将陈一墨上上下下地打量了一番，随后问道，"难怪！谁带来的？"

阿钦苦笑，回道："别胡说了！陈老师可是……"

阿钦没说完话，旁边突然有一个女孩发现了新大陆一般大声说道："咦，不对！你看看她这裙子，花瓣怎么是五瓣的？正品应该是四瓣的！"

领头的女明星紧绷着的脸顿时放松，她换上得意的笑容，说道："我说呢！"她虽然没将话说完，但鄙视之意已经尽显。

她旁边的女孩便七嘴八舌地奚落开了："算了，姐，撞衫不可怕，谁丑谁尴尬，更何况还撞上来一个赝品！"

"就是！这年头真是人人削尖了脑袋往娱乐圈里钻，是谁都能演戏的吗？"

"唉，理解理解吧，谁不想红？只是，有的人穿上龙袍也不是太子，公鸡飞上树也还是鸡，变不成凤凰！何况还披着一身鸡毛呢！"

几个女孩说的话特别难听，她们说话的速度又很快，旁人几乎插不上嘴。

阿钦好不容易逮到一个空当，赶紧说道："差不多得了，陈老师根本就不是娱乐圈里的人，人家也不知道娱乐圈里的这些习惯，你们别欺负人。"

"阿钦，你到底是我的同学还是她的同学？你帮谁呢？你跟她很熟？"领头的女明星仰起了下巴，问道。

阿钦想再帮陈一墨解释，但哪里有这几个女孩语速快？他还没开口，话就被堵了回去，一发出点儿声音就被淹没在了她们"叽叽喳喳"的说话声里。

"哟，她还挺有本事，这么快就把阿钦搞定了！"

"阿钦，你许诺她什么角色了？"

领头的女明星在一旁看着她的簇拥者们完胜，一边伸手端详自己手上的戒指，一边笑着说道："行了，阿钦说得对，就一个见人就贴上来的圈外人，你们也别再欺负人家了，人家怪可怜的。"

这些话比她的那几个跟班说的那些尖酸刻薄的话还扎心呢，她只差说陈一墨靠男人上位了。

陈一墨第一次遇到这种场面，一开始是蒙的，直到被人指着鼻子骂到脸上来才慢慢地缓过来，微微一笑。

被这么骂了还这么镇定的人，这几个女明星也是第一次遇到，觉得陈一墨要么是段位高，要么就是彻底不要脸。

陈一墨上前一步，算是直面迎上她们，说道："你好，我叫陈一墨，还是学生，第一次参加这样的晚宴，不懂规矩，很抱歉。"说完，她又笑了笑，继续说道，"我出身普通人家，对高端品牌不够了解，只是觉得这条裙子好看，所以买来穿上了。"其实她现在已经跟高端品牌有接触了，只是更多的关注点在配饰上，对成衣真的不了解。

"没什么大不了的，不就是一件礼服吗？谁不是出身普通人家？谁没为礼服发过愁？"阿钦的目光在几个女孩的身上扫了一圈，他对陈一墨说道，"告诉你一个秘密，这里面不知多少人的礼服是租来的！"

其实，那几个跟班中就有人的礼服是租来的，听了这话，她们的脸色顿时变了。

陈一墨却摇摇头，笑道："这是我的失误，高仿品是对品牌方的伤害，我自己就是做设计的，我理解，错了就是错了，以后我会注意，不会再发生这样的事了。"

以后，她也不会再跟这些人打交道。

她志不在此。

陈一墨的这番话虽然没有什么杀伤力，却不是几个女明星想听到的，她们期待的是她要么被激得暴跳如雷，要么羞愧地逃走。陈一墨的反应让她们觉得自己的拳头打在了棉花上，毫无爽感可言。

陈一墨看着领头的女明星的礼服上的胸针，再度笑了笑，说道："领扣改胸针，很好看。"

女明星笑了，语气略带嘲讽地说道："这是剧组的首饰，限量版，全球也只有这一枚。"

陈一墨点点头，说道："谢谢你喜欢它，我去一趟洗手间。"

说罢，她有礼貌地跟阿钦点了点头，转身走了。

阿钦看着她，暗暗摇头。

"怎么了？"女明星气他帮陈一墨，本来就对他不满，这会儿更是直接瞪着他了。

阿钦叹了一口气，回答道："你这么喜欢这枚全球只有一枚的胸针，它的设计师就在眼前，你却不认识。"

女明星并不是该剧中的演员，今天只是因为自己有点儿面子，来晚宴玩的，顺带多搭几条人脉，哪里知道谁是首饰的设计师？

她愣了一下，想起刚才那女孩说"谢谢你喜欢它"的时候，只觉一股老血往上涌，问自己的跟班："你们不是……不是说制片人请了一位专注于传统工艺的大师吗？怎么是个小姑娘？"大师不都是老头儿或老太太吗？

该剧的制片人和导演也注意到这边不对劲儿，找了几个工作人员问情况。

这边闹的动静不小，总有工作人员注意到的，于是这不大不小的风波被传开了。

怎么说陈一墨也是制片人请来的客人，而且能来还不容易。作为一个手艺人，她根本就没想过掺和到娱乐圈里去，只想安安静静地做她的手艺，是制片人一再邀请，她又正好在这个时间回国，才答应来的。

不管怎样，在刚才那一众真心喜欢她的前辈眼里，她这样的传统工艺传承人珍贵且不可替代，而没有啥演技、空有一张漂亮脸蛋的女明星是能不断涌出的。

女明星接下来便不那么顺意了。除了跟自己关系好的人，那些她原本想搭一搭的大导演、大制作人对她都不怎么热情。她也是有流量、有地位的！她当即气呼呼地走了。

宋河生并没有回住处。

他不知道晚宴什么时候结束，怕来晚了，索性只在周围转了一圈，而后便在酒店外等，结果遇到了那位接机的工作人员。

那位工作人员还记得他，看见他后眼睛一亮。

"哎！你好，你好！"工作人员想了半天，也不知道该怎么称呼他，"陈一墨老师的……"

宋河生笑了笑，说道："我姓宋。"

"宋先生你好。"工作人员跟他握手，并说道，"我姓郑，你叫我小郑就行。"小郑一边说，一边把名片递给他，"宋先生是来找陈一墨老师的吧？一起进去吧！"

"不了，不了。"宋河生连忙说道，"我等她。"

小郑知道宋先生是来接女朋友的，对自己在机场时犯的错误还觉得挺不好意思的，所以特别想弥补一下。虽然他的确认为这位宋先生穿得寒酸了一些，但他也不是那么肤浅的人。

于是，在小郑热情到几乎非要把宋河生带进去不可的情况下，宋河生无奈，在这门口拉拉扯扯的实在不好看，最终跟着他进去了。

场地很大，一眼忘过去，他看不到陈一墨在哪儿。

小郑进去后，很快就有人来找他，他跟宋河生说了一声"抱歉，宋先生不必拘束，请自便"后，便匆匆走了。

宋河生自然不会到热闹的地方去，于是在靠近门口的角落里找了一个不起眼的位置坐下。

没过多久，他就看见了几个女孩朝门口走来，领头的那个像是陈一墨。

但很快他就发现，那个女孩不是陈一墨，她们只是穿着一样的衣服而已。

领头的女明星气冲冲地出来，一边走一边说道："什么玩意儿，为了这么一个做首饰的人得罪我？跟换了个人就做不了首饰似的！只要我一招手，能接这活儿的人一大把！什么花丝镶嵌传人，还不是炒作出来的！"

女明星一把揪下自己身上的胸针，随手一抛，生气地说道："真是见鬼了！丢人！你们怎么也不知道她是这枚胸针的设计者？"

她的其中一位跟班稳稳地接住了胸针，小声解释道："我们都跟你一样，哪儿有工夫关心这么一个名不见经传的人？"

"就是名不见经传！那些人还当个宝！哼，下次找我拍戏的时候，我看他们怎么求我！气死我了！还出身普通人家，一看她就是个穷酸货，偏偏还要装，结果呢？笑死人了！她穿一件假的礼服来，没想到遇到我穿真的吧？不知到底谁丢人！"领头的女明星生气地说道。

"当然是她丢人了！这件礼服多少钱？几十万元呢！就她那穷酸样，她买得起？她以为穿假货不会被人识破，没想到被我们当场揭穿！"

"我看，她是去洗手间里哭了吧？在我们面前她还假装清高！哼！"

领头的女明星被自己的跟班们一顿捧，心情好了一点儿，得意地笑着从宋河生的面前走过，出去了。

从"穷酸货"开始，宋河生全听见了。

他顿时如坠冰窖，她们说的那个人是墨因吗？这件衣服竟然值几十万元？他买的是假的？

他怔在那里的时候，一个与刚才那个领头的女明星穿着一样礼服的女孩走了过来。

这一次来的人是陈一墨了，她旁边还跟着小郑。

她微笑着，小郑的表情却比哭还难看。

"宋先生！宋先生！"小郑忽然看见了他，像看见了救星似的。

陈一墨没想到他会进来，看见他后也很是惊喜，提着裙摆飞跑过来，叫他："河生哥！"

小郑跟着飞跑到他们面前，赔着笑说："陈老师、宋先生，我安排车送你们回去。"

"不用了，我们自己回去！"陈一墨挽起宋河生的胳膊就要走。

"别啊，车已经在外面等着了。"小郑给他们开门、领路，果然有一辆车在外面等着。

"那好吧，谢谢你。"陈一墨只好接受了小郑的好意。

司机下车给陈一墨开车门，陈一墨先上车，提着巨大的裙摆，十分费劲。

宋河生想上前给她提裙摆，小郑却凑到他的耳边，快速地说了一句话："她被欺负了，对不起，回去后好好安慰她。"

宋河生僵住了，是他害了她吗？是他买的假裙子害她被人嘲笑了吗？

"陈一墨老师！"尾随陈一墨与小郑而来的人匆匆赶到车旁，无意识地挤开了宋河生，占据了离陈一墨最近的位置，并且弯下腰，帮陈一墨收拾巨大的裙摆。

这个动作他做得很娴熟，而且十分优雅。

这样一位男士，身材颀长，气度不凡，穿着一身黑色的礼服，举手投足间都是贵气，关键是那张脸可真好看，侧脸线条精致，特别是站直身后朝陈一墨笑时，神情温柔又温暖。

"陈老师，今晚的事你不必放在心上，小小插曲而已，尊敬你的人始终尊敬你。"阿钦隔着车窗和她说话。

陈一墨笑了笑，说道："没事，谢谢你。"

陈一墨看向他身后的宋河生，笑容变得愈加甜美，招招手，说道："河生哥，我们走吧。"

阿钦这才注意到还有别人，侧身点头，对宋河生说道："保安是吗？上车吧，注意陈老师的安全。"他把陈一墨所在的后座的车门关上，将副驾驶车门外的位置让了出来。

宋河生已经记不得这是第几次被误认为保安或者司机了，也不打算解释，打开门就打算上车。

陈一墨阻止了他，笑眯眯地打开后座的车门，说道："河生哥，坐到后面来！"而后，她认真地跟阿钦说道："他是我的男朋友！"

阿钦有些尴尬，马上笑道："对不起，误会了。"

说着，他赶紧让路，请宋河生上车。

车终于在阿钦和小郑的目送中驶离酒店。陈一墨抱着宋河生的手臂，枕在他的肩上，两个人都没说话，就这么沉默着，但陈一墨一直在朝他笑，或用指尖挠他的手背，或用下巴蹭他的肩膀。

他知道她的心里全是他，明明是她自己受了委屈，现在却还担心他不好受，一个劲儿地逗他，只是她不知道，她越是这样，他的心里就越难受。

他低下头，对上她眼巴巴地看着他的眼神，心里又酸又软，暗暗叹了一口气，终于还是伸出胳膊将她的肩膀搂住了。

她的笑容忽而变大了，眼里全是满足之色。

车一路开回他们住的酒店，回房间后，没有第三人在场，陈一墨转身把宋河生抱住，抱着他轻轻地摇，并对他说道："河生哥，你别听他们胡说，他们是名利场里的人，习惯了先看衣服后看人，但我不是。河生哥，我永远是河坊街上的墨图，你要记住。"

宋河生的心里愈加难受了，他轻轻地拥着她。

他当然知道她永远是河坊街上的墨图！

"今晚开心吗？"他摸着她柔软的头发问。

"嗯！"她笑着点头，说道，"大家都对我很好，都叫我'老师'呢，我真是不习惯。"

她在撒谎。

并不是每个人都对她很好，她只是不愿意告诉他，不想他伤心，不想让他知道是他买的裙子害得她被人嘲笑的。

他没有说什么，只是表情凝重地看着她。

"河生哥，等我一下，我把礼服换下来。"在这小小的一间房间里，她穿着这件礼服后，连转身都不方便了。

她取了睡衣，打算顺便洗个澡、卸掉妆容。

“嗯。”宋河生在椅子上坐下，外面是漆黑的夜，玻璃窗成了天然的镜子，他看着“镜子”里的自己戴着口罩，都快忘了自己长什么样子了。

“墨囡。”他忽然喊她。

“嗯？”

“那个人是谁？”他鬼使神差地问。

“嗯？谁？”陈一墨看着他的样子，忽而笑了，知道他在问谁了，“你是说阿钦吗？”

“……”

陈一墨拖着巨大的裙摆，笑眯眯地过来，从他的身后圈住他的脖子，问他：“河生哥，你不会是在吃醋吧？”

“没有。”他真没有。他还不至于一见到男人就瞎吃醋，知道陈一墨跟这人也是第一次见面，绝对没有什么别的关系。但是，以后还会有第二个、第三个阿钦，她的身边慢慢地会有越来越多这样的人，他们帅气、优雅、矜贵，和她是一样的人，懂得在什么样的场合里穿什么样的衣服、说什么样的话，会照顾她，不让她受欺负，和她站在一起时不像保安或司机。

陈一墨哼了一声，撒娇道：“我就没看你吃过别人的醋，你是不是不在乎我、不爱我？”

他怎么会不在乎她？他又怎么会不爱她？

他扭头看着她，透过她晶亮的眼睛，仿佛穿越了十几年的光阴，往事纷至沓来。

她把他的口罩取下来，噘起嘴，说道：“河生哥，爱我你就亲亲我。”

面对她那样娇媚又执着的模样、那样柔软又认真的眼神，他哪里舍得说"不爱",哪里舍得拒绝?

缠绵缱绻十几分钟后,两个人的呼吸渐渐地变得急促。

他努力把自己从那样的温柔里拔出来,下巴在她的发丝上轻轻蹭着。

"去吧,先把裙子换了。"他的嗓音已然变哑。

"嗯。"她伏在他的怀里哼了一声,答应了,人却没动,眉眼间娇媚之色更甚,脸颊更是红透了。

"去吧,我又不会跑。"他需要空间冷静一下。

"那我去了。"她不舍地从他的怀里起来,临走时还在他的唇上咬了一下。

他被她的这一举动吓得激灵了一下。

这丫头,在他面前一向胆大!

等她进了浴室,他拧开一瓶水,"咕嘟咕嘟"地往嘴里灌,希望这凉水能逼退身体里的热意,却听见她在浴室里喊他:"河生哥!"

他放下水瓶走过去,问道:"怎么了?"

"你进来帮我一下!"

宋河生愣了一下,只在门上敲了敲,问她:"怎么回事?"

"我这礼服的拉链卡住了,你来帮我看看。"

原来是这样!

宋河生呼出一口气,扭了一下门把手,一扭门就开了。

他看见浴室里头发披散下来的陈一墨,看样子,是头发卡在拉链里了。

"别动,我看看。"他走近,说道,"是头发卡在拉链里了,你别乱动,小心疼。"

"嗯,就是挺疼的。"她跟他撒着娇。

他的一颗心都是酥的,他屏住呼吸,先帮她把头发一根一根地解救出来,然后拉了一下拉链,仍然有点儿卡。

这裙子到底是假货，拉链这么不好使！他懊恼地想，再试拉链的时候就用了些力，谁知拉链突然变顺畅了，一下被拉到了底，礼服应声而落。

因为陈一墨的大胆和执着性子，他不是没有和她亲密接触过，但一直都是在糊里糊涂或者黑灯瞎火的情况下进行的，从不曾这样清楚地看过她。

河坊街上的小丫头长大了。

第十一章
前方有光

暑假期间陈一墨并不清闲。

回来后，她将陈叔叔、梅姑等长辈，商师兄和初初姐、胖丫等好友拜访了一遍，还给他们都带了礼物，但没有去看陈家人。

当年的纵火案已经结案，付英英被判刑了，陈一鸣却没有，事发时陈一鸣还是一个小孩，一切事情是付英英主导的。结案后，陈一鸣却看起来更傻了，从前还能勉强在学校里混日子，现在连混都没法混了，一点点响动就能将他吓得浑身抖个不停，陈亮便带着他离开了河坊街，不知去了哪里。

至于和这件案子有关的另外两个人——陆安平和林雪慈，在纵火案里并没有直接责任，也不是他俩教唆付英英纵火的，但这两个人在业内的名声已经臭到底了，从此销声匿迹，再没闹出什么动静。倒是陆璧青，稳稳当当地完成了本科学业，又考取了本校的研究生。

这些事情都发生在陈一墨在国外的时候，她回到河坊街，来到陈家的门外，看着陈家紧锁着的大门和积满灰的窗户，想起的是那年她卖了一个暑假的衣服，被晒得很黑，却面临着不能再上学的困境，老头儿被宋河生带到她家，从此用他那双粗糙的手托着她去够天上的太阳。

这好像已经是很久很久以前的事了，记忆却那么清晰。她还记得老头儿那天穿的褂子上的扣子是什么颜色，那扣子还是她缝上去的，缝的时候不小心扎到了手，那时候她不觉得疼，现在想起来，却那么疼，疼得心里都在发颤。

走亲访友结束以后，她就要开始忙课业和工作了，晚上有时候跟人通话都在说英语。

宋河生每天晚上都会来"旧曾谙"陪她，给她做甜品。天气热，他做一份冰冰凉凉的甜品给她端去，她吃的时候能享受得眯起眼。

他只能做这些事了。

他什么都帮不了她，就连她在说什么他现在都听不懂了。

他也不知道该和她说什么。

他要听她说她在国外的见闻吗？那是一个遥远的世界，离他太远了，他倒是乐意听，但那些新鲜事总有被说完的时候。

而且他知道，只要他来了，她就会放下手里的事，刻意来陪他，陪他看电视剧或者看球赛。可他看得出来，她的心思并不在剧情上，她也不喜欢球类运动，只是为了不冷落他。

他甚至能看出来，她虽然眼睛盯着屏幕，但思绪已经在别处了。

他知道她在想什么——在想她的设计作品。

欧洲某国的某位皇室成员要结婚，请她的老师设计婚礼的礼冠和全套首饰。她的老师对中国文化很感兴趣，对她这位拿过大奖的中国传统手工艺从业者更是欣赏，竟然让她尝试着设计一款具有突破性的首饰。

她每晚用英语跟人聊的就是这件事，跟她的老师讨论设计方案。因为时差，他们打视频电话讨论的时间往往是晚上，在她陪着他看电视剧或者看球的时候，一有视频电话打来，她就去一旁说话了。

他的心思也不在剧情或者球赛上。他看着那个说着流利英语的女孩的背影，河坊街的小墨囝的影像渐渐变得朦胧。

向挚有时候会来，还带着一根"尾巴"——程舒。

程舒也申请到国外读研了，虽然和向挚、陈一墨不在同一所学校里，但在同一座城市里。

他们虽说是来看宋河生的，但大多数时间是在跟陈一墨聊天。

陈一墨的工作好像进入了瓶颈期，设计稿被删了一版又一版，在电脑上画不好她就用手画，画稿也被揉成了一团又一团。

宋河生没有办法，陈一墨还要对他笑，跟他说没关系。

但向挚他们来了就不一样了，向挚和程舒会跟她聊，聊西方的文化背景，聊那位皇室成员的喜好，聊中西方文化结合的理论和实践。有时候陈一墨还会跟他们吵起来，吵狠了陈一墨还发脾气，把人家给赶走。

这得是真朋友才能这样，吵过了他们下回还来。

向挚走的时候还跟宋河生说："安慰安慰她，她的压力太大了。"

可是，他怎么安慰她呢？他去说诸如"总有办法的，别着急"这类苍白的话吗？这对解决她的问题来说没有丝毫意义，那他还能说什么呢？他们仨争论时说的那些话，他一个字也听不懂。

把向挚赶走后，陈一墨坐在桌前发呆。宋河生走过去，挡住了她的视线，她还是抬头冲他笑，然后靠到他的怀里，抱住他的腰，闭上眼睛，鼻子吸啊吸的，好像在闻什么味道。

难道他的身上有汗味了？

他紧张地自己闻了闻，没有啊。

"在闻什么呢？"他小声问她。

她还是闭着眼睛，但开口了："我闻到开心果的味道了，河生哥，你给我做甜品吃吧？"

他也只会做这个了。

这个暑假还发生了一件大事——葡萄跟咖啡馆里的助理好上了。

胖丫的人生遭到了重大的打击，她哭着对陈一墨说道："是他自己说的，要我什么都不用管，他负责研究咖啡、努力赚钱，我只需要当他的小公主，吃吃玩玩就行了。我真的当了小公主，他却不要我了。"

胖丫觉得天都塌了，天天以泪洗面。

咖啡馆是冯叔出全资开起来的，到如今生意红火，其中葡萄功不可没。不得不承认，葡萄是一个有能力的人，河坊街上人人称赞冯叔挑女婿有眼光是有依据的。

但现在所有的称赞成了狠狠地扇在冯叔脸上的巴掌，冯叔无法跟葡萄沟通，更扬言要阉了葡萄。

这种情况下，他和葡萄坐下来好好谈一谈的可能性为零。

陈一墨问胖丫："你想怎么办？"

胖丫表情茫然。

陈一墨问她："离婚吗？"胖丫眼里的泪泉涌一样奔流。

陈一墨又问："那跟葡萄谈条件，你俩继续过？"胖丫又心有不甘。

最终还是陈一墨和宋河生约了葡萄谈话。

他们不能将地点约在河坊街，葡萄现在根本不能出现在河坊街。

陈一墨和宋河生去了葡萄家所在的镇。

葡萄家的经济条件一般，他最近才给家里人按揭买了新房子，房子还在装修，但据说冯叔已经带着人把大门砍得稀烂了。

三个人约在了镇上一家饭店的包间里，葡萄先到的，在包间里等他俩。他虽然收拾了一番，但脸色不好，看上去仍然很憔悴。

宋河生进门时，葡萄立刻站起身，刚喊了一声"河生"，一个拳头就砸在了他的脸上。

胖丫既是宋河生和陈一墨的发小儿，也是宋河生的师妹，这一拳当然是给胖丫出气的。

葡萄的鼻子当场便流出了血，但他只是抹了抹鼻子，没说话，也没还手，宋河生的下一拳紧接着又砸了下来。

被宋河生揍的过程中，葡萄始终只是默默挨揍。最后宋河生觉得打得差不多了，拎着他的衣服的前襟，把他拎起来往椅子上一放，问他："怎么打算的？"

葡萄的嘴角和鼻子全在冒血，他抹了抹，问："胖丫会原谅我吗？"

"你想回头？"陈一墨问。

葡萄沉默了良久，久到宋河生又想揍人了，陈一墨把他按住后葡萄才说："我对不起她。"

"只是对不起？"陈一墨觉得很悲哀，因为葡萄这良久的沉默而感到悲哀。沉默意味着思虑不定，思虑不定至少证明他爱得不坚定。

如果她是胖丫，她不会再要一份不坚定的爱，但她不是胖丫，不能替胖丫做主。只是她还是想知道葡萄到底是怎么想的，她是代表胖丫来的，回去后要给胖丫一个交代。

所以，到现在葡萄对胖丫说的话只有一句"对不起"吗？

陈一墨不死心，追问："葡萄，你还爱胖丫吗？"

果然，葡萄再次沉默了。

这次他的沉默代表什么呢？

陈一墨心里的悲哀感转为浓浓的酸楚情绪。

胖丫在她面前说起全世界最好的葡萄时眼睛发亮、幸福洋溢的样子还历历在目，这才多久？

"胖丫怎么说？"葡萄低下头，小声问。

陈一墨想了想，还是把胖丫死也想不通的问题问了出来："葡萄，是你自己说的，她什么都不用管，你负责研究咖啡、努力赚钱，她只要当你的小公主，吃吃玩玩就行了。她真的当了小公主，你为什

· 469 ·

么变了？"

葡萄的眼眶红了。

"墨囡、河生，我知道你们现在都讨厌我，但我还是要谢谢你们。"他哑了声，说道，"谢谢你们站在胖丫的身边保护她，爱会变，但友谊不会，谢谢胖丫始终有你们这样的好朋友。"

陈一墨含泪看着他，问道："你有什么资格来谢我们？"

葡萄苦笑，说道："是，我没资格，但是不管你们信不信，我是真的爱过胖丫。

"年少时的心动很简单，或因为她阳光下的一个笑容，或因为她笑起来好听的声音，或因为她倚在我怀里时娇媚的模样，或因为她为了我而不顾一切的勇气……总之，我爱过她，甚至发誓一辈子爱她，那时我对她的爱那么纯粹、简单，没有任何杂质，没有生活的压力。

"但没有人会一直生活在校园里，当我承担着两家人的期望努力向前走的时候，她仍然是校园里的那个小公主。我在外努力学习的时候，跟我一起学习的人是助理；我研究各种咖啡豆时，帮我记笔记的人是助理；我为扩大店铺的影响而做各种策划案和攻略的时候，也是助理和我在一起；我探索别人的管理经验的时候，也是助理给我搜集各种资料……

"不知从什么时候起，我和助理的共同语言越来越多，我们甚至悲欢与共，为发现了一种新的咖啡豆而击掌、欢呼，为某个月的营销额大涨而雀跃，也为我某次参加咖啡师比赛失利了而沮丧、失落。

"我们一起总结失败的原因，积累成功的经验，每天在一起有着说不完的话，而胖丫还是那个抱着手机不停购物的小姑娘，跟我说的话题也不外乎发现了什么好吃的东西、好玩的地方，让我下次带着她去。

"我也不知道我和胖丫为什么就走到了现在这一步，胖丫没错，她是个好女孩，善良、美好，错的人是我，我对不起她。最初，我真的不是这样想的，真的是打算和她白头到老，始终把她宠成小公主的。"葡萄说着，眼泪便流了下来。

陈一墨也跟着哭。她不知道自己为什么这么难过，难过得眼泪都止不住了。她单刀直入地问道："你跟她睡过了吗？"

葡萄愣了愣，垂头不语，沾着泪水和血迹的脸上显出几分尴尬之色。

这还有什么好说的？她还有什么好问的？

陈一墨什么也不说了，眼泪"哗哗"地流，忽然拿起桌上的水杯，将杯子里的水浇到了葡萄的脸上，怒道："你无耻！下流！'渣男'！找借口！"

他变心了，不爱胖丫了，虽然这很无情，但就像时间一去不复返，谁也强求不了！

葡萄深深地朝他们鞠躬，就像受下宋河生的所有拳头一样，这杯水他擦都没擦，又说了三个字："对不起。"

陈一墨愤怒地起身要走，宋河生深深地看着葡萄，却闭了闭眼，递给他一盒纸巾。

陈一墨转身看见了，用力地拍了一下宋河生的手，把纸巾盒拍落，还狠狠地瞪了宋河生一眼。

到了外面，陈一墨才生气地对宋河生说道："这种人，就不应该给他好脸色看！"

宋河生苦笑，良久，才说道："墨囡，葡萄有一句话我是相信的，他是真的爱过胖丫，他给胖丫的承诺，在说出口的那一刻也是真心的。"

只是，后来他变了。

谁也没想到他和胖丫只同行到结婚的那一刻，在后来奋斗的路上，只剩他一个人了，再后来，这条奋斗之路上多了一个人，而胖丫停在了原地。

陈一墨不爱听这话，只用拳头用力地砸他，骂他与"渣男"共情，有做"渣男"的潜质，还说如果他变成了第二个葡萄，她会真的阉了他，不会像冯叔那样只是说说而已！

陈一墨回去以后把葡萄说的话转达给了胖丫。葡萄的意思其实还是求胖丫原谅，如果胖丫原谅了他，他会回到胖丫的身边，弥补他犯的错；如果胖丫不原谅他，他就净身出户，怎么来的怎么去。

胖丫哭了好多天，已经哭累了，只问陈一墨："所以，他的意思是，就算他回到了我身边，也不是因为还爱我，而是因为要弥补我，是吗？"

他就是这个意思吧？

陈一墨点点头，抱住胖丫。

胖丫在她的怀里再次流泪，说道："墨囡，你知道吗？那个女孩，他说的助理，就是上次我指给你看的、说他很凶的那个。"

陈一墨当然知道。只是到了这个时候，葡萄的出轨对象是谁还重要吗？

"我觉得我自己瞎，他们居然在我的眼皮子底下搞在一起了。你说我有多傻呢？"胖丫这是有多不甘心哪！

陈一墨叹了一口气，说道："胖丫，这不是傻。"

这哪里是傻呢？这是爱呀，只有很爱一个人时，她才会这么信任他。

陈一墨陪了胖丫很久，直到胖丫说自己没事了，要一个人好好想一想，陈一墨才跟宋河生离开胖丫家回"旧曾谙"。一路上，气氛都因为今天的谈话而有点儿低迷。

直到他们回到"旧曾谙"，陈一墨的老师打来电话与陈一墨谈起工作，陈一墨的注意力才被转移。

宋河生默默地去给她做了吃的东西来，放在她的手边，而后坐到她身后的小沙发上，看着她在电脑上跟对面的人就几张设计图用英语侃侃而谈，眼前便浮现出了好多幅画面：他们第一次相见时，她被陈婶拎鸡崽一样拎在手里，怯生生地叫他"哥哥"；无数个夏日，她在老头儿的指点下掐、填、攒、焊，而他在老头儿的院子里疯跑。

他们的人生的分岔路口似乎在那时候就已注定，她走进省会，走出国门，就像翻山越岭，越走越远，越爬越高，而他日复一日地在河坊街炒菜；她用他听不懂的语言跟别人说着他听不懂的话题，他仍然只会给她做一道菜；她有了一群跟她志同道合的伙伴，他们讨论的话题都是他无法走近的领域，他还是只能给他们端上一道或者几道菜。

"不知从什么时候起，我和助理的共同语言越来越多，我们甚至悲欢与共，为发现了一种新的咖啡豆而击掌、欢呼，为某个月的营销额大涨而雀跃，也为我某次参加咖啡师比赛失利了而沮丧、失落。

"我们一起总结失败的原因，积累成功的经验，每天在一起有着说不完的话，而胖丫还是那个抱着手机不停购物的小姑娘……

"我也不知道我和胖丫为什么就走到了现在这一步……最初，我真的不是这样想的，真的是打算和她白头到老，始终把她宠成小公主的。"

葡萄的话在宋河生的耳边回响。

这些话好像哪里出错了，又好像哪里都没错。

也许，这就是人生吧？

人生太长了！

胖丫最终还是选择了离婚。

在这一点上，她的想法和陈一墨的一致：一个不爱我的人，我还留着他干什么？

葡萄如他说的那样，怎么来的怎么走，没有带走一分钱，哪怕他和胖丫卡上的存款都是他赚的，甚至他给家里人按揭买的那套房子，他也打算过户给胖丫。

胖丫没要那套房子，因为不想再跟他有任何关联，更不会去他的家乡，要那房子有什么用？

于是，葡萄打算把房子转手卖掉，再把钱给她。

一切回到了原点。

他们就像从来不曾相识。

可是，飞鸟过境，又怎么可能真的不留下痕迹呢？

胖丫的咖啡馆关闭了好些天，在某个清晨，终于恢复营业了。

胖丫依然对与咖啡有关的事一窍不通，干什么都手忙脚乱的，但她说，开咖啡馆本来就是她的想法，虽然真正开起来和她想象中的完全不一样，但她不服气，葡萄能开好，为什么她不能？

不管胖丫是真心热爱这份事业，还是因为赌气而去开始这份事业，总比整天躲在屋里哭好。

陈一墨闲暇时还是会去咖啡馆里坐一会儿，只是从前那个陪在她身边的胖丫如今站在葡萄曾经站着的位置上，忙得抽不开身，好不容易才抽个空过来和陈一墨说："墨囡，不好意思啊，我太忙了，不能陪你。"

忙好啊，忙她就能忘掉一些事。

陈一墨冲她笑，现在还不是最忙的时候呢。这家咖啡馆目前只是借着葡萄之前经营下来的人气支撑着，真正把它做好后，胖丫会更忙。

在这样忙乱的日子里，陈一墨的设计作品也终于交付了。

经过无数个夜晚进行思考与揣摩，她再一次震惊了整个行业——首创立体花丝镶嵌。

如今她还不知道她的外国老师对她的这个系列的设计作品是什么反应，但陈叔叔和商师兄惊呆了。

花丝镶嵌这门技艺有着两千年的历史，一直是一门平面艺术，陈一墨在跟老师、向挚和程舒不断争论以及讨论的过程中，突然有了灵感，创造出了立体设计。

采金为丝，妙手编结，本就是世界贵金属加工的巅峰技艺，其编织堆垒手法能达到的精美程度是普通技艺无法达到的，而陈一墨在这个基础上将其再一次往前推动了一大步，让陈叔叔再次直呼陈一墨是天才！

全套礼冠加首饰以该国的国花为主要的创作造型，堆垒织编，辅之以陈一墨脑洞大开的立体设计，再镶嵌上极品红宝石，这套作品将震惊整个贵金属工艺行业以及世界时尚界。

陈叔叔如此断言。

陈一墨却仍然忐忑不安，认为陈叔叔是看自家孩子，觉得哪儿哪儿都好。世界时尚界这么深的海洋，她这尾刚学会游泳的鱼哪儿能引起海洋的震荡？

她是带着这样的心情回学校的：期待，却也坦然。因为她没有预期。

然而，当她回学校把成品完全呈现出来时，她的老师被惊呆了。

她的老师本就是时尚界的权威人士，否则该国的皇室成员也不会请他来设计自己大婚时所需要的首饰。他围着陈一墨的作品转了一圈又一圈，除了双手颤抖着说"太美了""简直是奇迹"，就不会说别的话了。

毫无疑问，陈叔叔的断言得到了验证：陈一墨设计的这套作品一面世便在欧洲的时尚界掀起了巨浪，各时尚杂志、时尚节目、网络媒体争相报道这位神奇的中国女孩，各种采访邀约也纷至沓来。

这次她没有把自己隐藏起来，而是面向媒体的镜头，走进大众的视野，向更多的人介绍中国绝美的传统工艺。当大众知道她从七八岁就开始学艺，到现在已有十几年的学艺史时更是惊叹不已。

陈一墨一跃成为一颗闪耀的新星，这一步，她触碰到了世界之巅。

随之而来的竟然有奢侈品品牌邀请她入职，毕竟她即将大学毕业不是什么秘密，而LD大学也想留她继续攻读研究生。

她的老师对她说："你的天赋是无与伦比的，但在实践和理论研究等方面你还有很大的空间可以提升，我们学校正好可以给你提供这样的帮助，是最适合你的地方。"

陈一墨却犹豫了。

陈一墨这一次在国外引起的轰动和影响，宋河生居然是从向挚那里知道的，从小对他无话不说的墨囡第一次有了保留。

所以，其实有些事墨囡不说，不代表他不明白，尤其感情上的事。因为他珍爱，所以敏感，并且敏锐。

两个人都清楚啊！

宋河生问向挚："到那个什么品牌入职和在LD大学留学是不是很好的机会？"

"当然哪！"向挚说道，"像我，现在也要毕业了，我还获得过国际大奖呢，要去那些品牌求职都进不去，不说进去以后薪水多少的问题，那是通向时尚界最高峰的路。还有LD大学，我在这里留学，就像一块干海绵被投到了水里，疯狂地吸收养分。陈一墨在花丝镶嵌这个领域已经到顶峰了，她想要的是进一步将它发扬光大。她在这里会得到很多机会，而且LD大学在全世界的艺术类大学中名列前茅，在她的履历上会是闪闪发光的一笔，学校里的老师也全是世界知名的大师。"

向挚很为陈一墨高兴，说了很多，宋河生听着也为墨囡高兴。

宋河生放下电话，窗外的雨"哗啦啦"地下着，耳边响起他送陈一墨离开时她一遍遍叮咛的话。

"'旧曾谙'潮湿，没事你还是回楼房里去住吧，特别是冬天和梅雨季节。"

阴雨天时，他受了伤的那只脚总是会隐隐作痛，他从没跟她说，她却知道。就像很多事情他们从来不提，好像被忽略了，却实实在在地存在着，比如他的相貌、他的高低腿、他和她现在巨大的差距。

他的踝关节又在疼了，不明显，隐隐的，从脚上一直疼到心里的某个地方。

他拿了一把伞，离开"旧曾谙"去冯叔的饭店里，晚饭时间快

· 476 ·

到了。

店里已经有了好几桌客人。

有服务员从厨房里端了菜出来，没留神，一个小孩忽然跑出来，往服务员的身上撞去。

眼看一碗热汤就要泼到小孩的身上了，宋河生眼明手快，一把将小孩拉了过来。

"哐当"一声，汤碗掉在了地上。

下雨天，地上难免有些水，宋河生动作太快，没注意脚下，踩到水时脚扭了一下，本就隐隐作痛的脚踝瞬间变得钻心地疼。

小孩也被吓着了，一双手乱舞，无意中将宋河生的口罩拉了下来。

不过一瞬间的事，谁也不曾料到。

小孩看见了宋河生的脸，顿时尖叫一声，往闻讯而来的妈妈怀里奔去。

宋河生早已习惯了这一切，默默地拉上口罩，小孩的妈妈倒是感到十分抱歉，说道："不好意思。"

宋河生摇摇头，说道："下雨天，地滑，带着孩子小心点儿。"说完他便往厨房走去，由于他的脚现在一着地就疼，所以他走的时候是抬着脚的。

"妈妈，这个人好丑，还是个瘸子吗？"宋河生的身后响起了孩子的声音。

"你给我站好！"女人训斥孩子，"先给叔叔道歉。"

女人拎着孩子追了过来。

宋河生回头摆了摆手，说道："不必了。"而后他快步钻进厨房，控制不了一高一低的脚。

至于外面，女人如何教育孩子"不能以貌取人""不要到处乱跑"的话，他渐渐地听不到了。

陈一墨是过了好些天，在跟宋河生用电脑打视频电话的时候，才直面奢侈品品牌入职或在LD大学留学的问题的。

陈一墨笑靥如花，说道："河生哥，我就要回去了。"

宋河生的心里沉沉的，他问："什么时候？"

"寒假。我都买好票了。"陈一墨对着他挥了挥手机，把机票订单给他看，很开心，"回去准备毕业和论文的事，然后就再也不走了，我们再也不用分开了，你开不开心？"

所以，她最终还是决定放弃在奢侈品品牌入职和在LD大学读研的机会了。

她是为了他而放弃这两个大好机会的。

直到现在，她都对被大品牌邀请入职和LD大学留她读研究生的事只字不提。

他的鼻间酸得厉害，胸口像被堵了一团海绵，越来越胀，越来越疼。

开心，他怎么会不开心呢？

可是，她是不是忘了，他对她说过"永远往前走，不要后退，不要回头"？

他不知道自己后来跟陈一墨说了些什么，心里乱糟糟的，脑子里也乱糟糟的，一切乱糟糟的，只记得她的笑容在电脑屏幕里像盛开的花。

他的房间外响起了敲门声。

是他妈又来了。

"进来吧，妈。"他合上电脑。

宋姊端着一盘糕点进来了，将糕点放到他的桌上，说道："尝尝好不好吃？"

这糕点像是胖丫的咖啡馆里的！

他自己做的，好不好吃他不知道？

只是他哪里有心情吃糕点？

"拿去给爸吃吧，我要睡觉了。"他起身，说道。

"这是小英做的！这孩子，你不肯教她，她自己学得可好了呢，聪明、勤快！"宋婶正拿着一块蛋糕在吃，"我看哪，比你做得还好吃！你就蠢吧！"

宋河生看着他妈"你知道你错过了什么吗？"的眼神，耳边响起陈一墨刚才说的话："河生哥，开心果味的冰激凌你研究得怎么样了？我要回去验收了！"

即便隔着万水千山，陈一墨也觉得屏幕那边的宋河生不太对劲儿，所以跟宋河生打视频电话打得格外频繁。

但，都是她在主动联系他。

其实她一回想，好像他们从很久以前开始就是这样的情况了。她也不知道具体是从哪一天开始的，是从她出国做交换生的那年开始的吗？还是从她考上大学的那年开始的？又或者，其实是更早的时间呢？

就像她每晚睡觉前都要抓着胸前的木刻月亮一样，只有紧紧地抓住它，她才确信月亮依然在她的手里。

这次她发的视频邀请，宋河生过了很久才接。

看着他的脸清晰地出现在屏幕里，她展颜一笑，问他："河生哥，怎么这么久才接？在干吗？"

宋河生看着她，久久没说话。

她伸手去戳屏幕上宋河生的鼻子，笑着问他："怎么了，河生哥？是不是太想我了？"

宋河生闭了闭眼，再睁开眼时说道："墨囡，我要走了。"

陈一墨愣住了，心像是慢镜头里的一颗石头，缓缓地坠入深潭，

"啪"的一声，激起水花，再往下坠落，一直坠落……

"走？去哪里啊？"她挤出笑容，觉得自己的直觉出了错。

"去上海。

"我和朋友一起去。

"小英。

"她也喜欢餐饮。

"墨囡，我们分手吧。

"胖丫的事，你说葡萄做事顺序不对，所以我还是先和你说清楚。我不希望顺序不对。

"墨囡，我累了。对不起。"

他的脸消失在屏幕中的时候，是下午四点。

陈一墨呆呆地坐在电脑前，脚边的地面上一堆玻璃碴，那是"我们分手吧"这五个字从他的口中说出来时，从她手里掉落的水杯摔碎的碎片。

她就这么坐着，从下午四点坐到夜幕降临，再坐到深夜无声，直至天幕初白。

她不吃、不喝、不动，像是一棵干枯的树，在漆黑的夜里，没了阳光，无法呼吸，没了生机。

直到清晨，闹钟的声音响起，划破了寂静，她的耳边依稀飘来她与他的对话。

"河生哥，我害怕，我不知道前方有什么。"

"前方有光。"

"那后面呢？后面有什么？"

"后面？后面有我，有河坊街呀。嗯，还有大黑。"

她闭上眼，两行泪终于无声地流了下来。

两日后，河坊镇。

她再一次站在了熟悉的车站里。

在这里，宋河生曾无数次送她离开、接她回来。

她习惯性地往出站口望，陌生的人群里，再没有一个人是为她而来。

她呆了好久，直到有人催她别挡道才回过神，匆匆出站，坐上去河坊镇的车。

她始终不相信那天发生的一切事情是真的。可是，她再也联系不到他了，无论怎么疯了一样给他打电话、发视频请求，他都不再接听。

所以，她买了最早的机票，扔下学校里一切未完成的事情，飞回了河坊街。

可真的站在河坊街来来往往的游客里时，她却突然胆怯了，这一路积攒的勇气瞬间泄了个干净，甚至连上哪儿去找他这个问题都让她害怕起来。

最后，她一咬牙，直接往宋河生的家中走去。

当她敲响宋河生家的大门，里面传来宋婶问"谁啊？"的声音时，她不由得缓缓地舒了一口气。

她怕人去楼空，怕抓不住他，怕回首之时再也没有他的气息。

她从来没有如此紧张过。

门被打开的一瞬间，她的心提到了嗓子眼儿里。

"谁？"门内，宋婶看见陈一墨的一瞬间脸变了色，余下的话也全卡在了喉咙里。

"宋婶，是我，墨因。"陈一墨觉得自己要窒息了，狠狠地强迫自己站稳才没转身就跑。

宋婶不自然地笑着，问她："是墨因哪，你不是在国外吗？怎么回来了？"

"宋婶，不请我进去坐吗？"她也在强迫自己笑，目光在宋婶的身后游移——宋家的客厅还是从前的样子。

"哦。"宋婶尴尬地笑着，说道，"这不是说话说忘记了吗？来，墨囡进来。"

陈一墨终于坐在了宋家的沙发上。

她四下里一看，并没看到宋河生，便直接问了："宋婶，河生哥呢？"

"他？"宋婶挤出笑容来，回答道，"他已经不在河坊街了。"

"墨囡，我要走了。"

陈一墨的耳边回荡着宋河生的话，强行挤出来的笑容再度僵住了，她问："是吗？"

"对啊。"宋婶实在没想到陈一墨会在这时候回来，完全没做好应对她的准备。但早晚都会有这么一天，她心一横，也不打算再啰唆了，说道："墨囡，河生没有跟你说吗？他去上海了，我和他爸过完年也会去，就不再回河坊街了。"

陈一墨垂下头，轻轻笑了笑。他说过了啊，只不过她不相信而已，以为那是自己做的一个梦，就像从前很多次梦到的一样，她回来找河生哥，却怎么也找不到了。

"墨囡，小英打算去上海开店，河生就跟她去了。他总这么在河坊街给人当厨师也不行，小英叫他去，好歹是给自己家做事。"宋婶小心地打量着她，问道，"小英跟河生的事，河生同你说了吧？"

陈一墨依然垂着眼睛，嘴角咧了咧，算是在笑。宋婶刻意强调的"给自己家做事"她听明白了。

宋婶看着她，暗暗叹息，然后说道："墨囡，你跟我来。"

陈一墨有些诧异，但还是起身跟着宋婶进了宋河生的房间。

宋婶为什么要带她来这个房间呢？

宋婶把一堆书摆在了陈一墨的面前。

陈一墨一看，全是参加自学考试所需要的教材。这是什么意思？

"宋婶？河生哥准备参加自学考试？"

宋婶却没有正面回答她的问题，只叹了一口气，说道："墨囡，河生很辛苦。"

陈一墨怔住。

"墨囡，你那么优秀，是我们河坊街的骄傲，是飞在天上的凤凰，但我们河生不是，他只是河坊街上一个普普通通的小子，从小天赋一般，成绩也一般，我们对他最大的希望就是他有一份可以养活他自己的工作，然后结婚生子，过着跟我和他爸差不多的生活。但他遇上了你，墨囡，你太优秀了，就算……就算没有那次大火，他跟你比也是一个天上一个地下。"宋婶说到伤心处，眼眶不自觉地红了，"不是我贬低自己的儿子，他是什么样的人我再清楚不过，他根本就不是学习的料，但他的心里有压力，怕自己配不上你，所以报了自学考试，但他前两门连续考了三次都没考过。他通宵读书的时候、丧气得捶墙的时候，你都没看见，但我看见了，我心疼他，他本来可以不用这样的。"

陈一墨呆呆地听着这些话，手里的书掉在了地上。

"墨囡，我也知道读书上进是好事，可他不快乐，活得很累。墨囡，原谅宋婶自私，我只想要一个开开心心的儿子，他只是河坊街上一个普普通通的傻小子，我只要他做回他自己就好了。"

"墨囡，我累了。对不起。"

这是他留给她的最后一句话，和宋婶说的话差不多。

客厅里响起"呜呜"的声音，一条黑色的大狗突然兴奋起来，往房里扑。

是宋叔牵着大黑回来了。

宋婶看见大黑后，才想起来，说道："还有大黑，我们也要走了，河生说到时候将大黑交给胖丫，胖丫答应了帮着照顾它。"

大黑已经跑到二人的眼前，直接扑到了陈一墨的怀里，"汪汪汪"地叫，好像格外高兴。

· 483 ·

大黑永远记得她。

那个说好会一直帮她照顾大黑的人呢？

她抱住大黑，眼泪"哗啦哗啦"地往下掉。

她不知道自己是怎么离开宋家的，只记得自己还问了宋婶一句："婶，我是不是错了？我是不是不该考大学？不该出国？"

宋婶说："不是，每个人都要努力让自己变得更好，不能把自己的一生绑在另一个人的身上，那不是河生愿意看到的结果。如果你能上大学却不上，能出国却不去，河生这一辈子都不会快乐。"

宋婶还说，老头儿留下的"旧曾谙"，宋河生已经委托宋婶办理承租人更名手续了，既然她回来了，就抽时间去办吧。

还是宋叔看着她的样子不对劲儿，说这事暂时不急，问陈一墨要不要紧。

陈一墨的脑袋里一片混沌，她摇头，离开了宋家，并且带走了大黑。

她连是什么支撑着她走到"旧曾谙"的都不知道，一路昏昏沉沉的，一到"旧曾谙"就躺下了，而后不省人事。

她两三天没睡，太累了。

只是，这一觉她睡得太久了，久到大黑都觉得不对劲儿了，围着床大声叫，还去舔她的手，甚至跳上床用嘴拱她，但她始终没有反应。

不知道大黑是不是想到了什么可怕的事，吼叫声突然变成了哀鸣声，而后跳下床，冲到了院子里。

它想出去，但院门紧锁，它拱了半天也没能将门拱开，而后想跳出围墙，但是它老了，身手早已不如从前矫健，跳了几次，都没跳到围墙的一半高。

它着急起来，扑到门上去咬锁。

不知咬了多久，门锁终于脱落，它一下就跑了出去。

胖丫正在咖啡馆里忙碌，忽然看见大黑冲了进来，在她的脚边不停地绕圈。

她猛然发现大黑的嘴上全是血，问它："大黑，你怎么了？谁欺负你了？"

大黑却咬住她的裤管，将她往外拉。

"让我跟你走，是吗？"她匆匆交代了一下咖啡馆里的事，便跟着大黑走了。

大黑把她带到了"旧曾谙"，带着她直奔向卧室。

"墨囡！"胖丫看见陈一墨睡在床上的时候大吃一惊，然后发现叫不醒她，而且她的脸通红。

胖丫摸了一下陈一墨的额头，烫得吓人。

陈一墨感冒了，发着高烧。

胖丫打电话叫来咖啡馆里的一名员工与她一起把陈一墨送去了医院，陈一墨在医院里打着点滴又昏睡了一天才醒。

醒来的时候，她一度不知自己身在何处，直到看见了身边的胖丫，这几天发生的事才一幕幕地进入她的脑海。

胖丫快哭了，说道："你吓死我了！你知道你昏睡了多久吗？"

按照她后来知道的陈一墨回河坊街的时间来算，那陈一墨在"旧曾谙"就昏睡了一天一夜，再加上在医院里昏睡了一天，如果不是大黑发现情况不对，不知道会怎样！

"谢谢你。"陈一墨虚弱地说。

"你该感谢大黑！"胖丫含着泪说道，"你知道大黑是怎么离开'旧曾谙'来找我的吗？它把锁咬掉了，牙都咬得崩掉了，来见我的时候满嘴的血，爪子也受了伤，吓死我了！你呀，长点儿心吧！"

"大黑呢？它现在怎样？"陈一墨一急，眼泪就出来了。

"没事，没事！"胖丫把她按回去，说道，"我已经带它去宠物医院治了伤，现在它在我爸的店里待着呢，你先顾好你自己吧！你呀，还好有大黑！"

陈一墨躺回去，疲倦地闭上了眼。

大黑呀。

嗯，还好她有大黑。

她现在也只有大黑了！

她想笑，眼泪却自眼角缓缓流出。

陈一墨在医院里住了一天一夜，第二天还很虚弱，就强烈要求出院了。

胖丫没办法，但好在陈一墨已经退烧，胖丫拿了药，便陪她回了"旧曾谙"。

二人经过冯叔的店时，先去接大黑。

大黑在饭店的后院里趴着，戴着脖圈，爪子上包着纱布。

陈一墨看见它后，忍不住大喊一声："大黑！"

大黑猛地一惊，转头看着她，顿时想冲过来，挣得绳子直响。

陈一墨猛然跑上前，捧着大黑的头检查，说道："让我看看，让我看一下你的牙、嘴。"

大黑的嘴上裂痕犹在，牙掉了三颗，可这傻狗还张着嘴，乐呵呵地好像在看着她笑。

"傻大黑！"她抱着它的脖子，大哭起来。

自"我们分手吧"那一刻开始，她默默地流过两三次泪，还从来没哭出声来过。胖丫见她哭得这么大声，原本想上前劝一劝的，但最终止步了，默默叹息。

陈一墨正在经历的事情，是她经历过的。

涅槃之后她们才能重生。

"墨囡，你看。"黄昏时分，二人坐在小时候曾坐着吃零食的地方，胖丫指着从天上飞过去的飞机让陈一墨看。

"我曾经也很痛苦，觉得活在这世上都没奔头了，但后来我想通了。你看这飞机，它飞得多高、多远、多快呀，河坊镇的火车怎么也追不上它。飞机没什么不好，火车也没有什么不对，只是它们各自的轨道决定了它们永远一个在天上飞，一个在地上跑。墨囡，我现在跑得很稳、很开心，总有一天你也会明白，你也可以飞得又轻松又快乐。

"墨囡，忘了吧，往前走，别再回头了。"

陈一墨最终还是要回LD大学的，交换生生涯没结束，她是突然回国的。

对她的突然回国的行为，老师们都觉得很奇怪，以为她家中发生了什么事，并且发了消息来追问她在LD大学读研的事到底还会不会考虑。作为老师，他们是很希望她能留下来的。

陈一墨把大黑交给了胖丫。

陈一墨抱着大黑久久舍不得放开。大黑真的很老很老了，她真的害怕，害怕有一天她再回河坊街时，大黑也不等她了。

"墨囡，你放心吧，我一定会照顾好大黑的！否则，就罚我永远单身！"胖丫举起手向她发重誓。

"你胡说什么呀？"陈一墨起身抱住胖丫，说道，"拜托你了，胖丫。"

"放心！墨囡，你要好好的！"

"嗯，我们俩都要好好的！"

临行前，她再次去了宋家，找宋婶要银行账号。

既然他们走到了这一步，她账户里属于宋河生的那些钱就全部还给他吧，包括她上学以来他卖房子后花在她身上的每一分钱。具体的数字是没有了，她只能给个大概数目。

"宋婶，对不起，当年房子的价格和现在的不能比，按理说我应该把涨出来的一部分也给你，但是，我现在拿不出这么多钱，先……"

"不必了，墨囡。"宋婶打断了她的话，"这样就很好了，真的不用了。"这笔钱她原本是不打算拿回来的，但宋婶想着，既然墨囡执意给，那她就收下吧。

陈一墨当着宋婶的面向宋婶转账，当按下最后一个"确定"键的时候，她的心忽然就空了，空得好像过往这十几年的光阴都这么随着页面的转换而翻页了，轻飘飘地遗落在了不知名的地方。

她的视线渐渐变得模糊。

他对她的好、给她的一切东西，她一直接受得心安理得，因为那时候的她笃定他就是她的家人，他和她是一辈子要在一起的，她跟自己的家人有什么客气的呢？以后她的东西自然也是他的。

没想到，人生居然是这样的，真的没有谁的一生可以一眼望到头啊！

在胖丫和葡萄离婚的时候，她曾经气势汹汹地威胁过宋河生，如果他跟葡萄一样，她就真的阉了他。

那时候的她，想过真的会有这一天吗？

或许，她想过吧？

然而，真的到了这一天，她又能怎么样呢？

她咧嘴笑了笑，说道："宋婶，帮我祝福河生哥，祝他幸福。"

她虽然笑着，心却像被泡在了酸水里。

宋婶眼眶一红，也差点儿掉下泪来。

"不，还是别说了吧，"陈一墨笑着说道，"什么都不说最好。"

何必呢？

"走吧，墨囡，去把租赁合同上的名字改了。"宋婶扭过脸，说道。

"好啊，走吧。"她微笑着说道。

就这样吧！

上海。

陈一墨这次没从省会飞，而是买了从上海出发的机票。

为什么？她大概是不甘心吧。

此时此刻，她站在一家商场里的某烘焙店附近。

这是她求了宋婶好久才求来的地址。

她远远地站着，看见一个小女孩在烘焙店里买了一整条蛋糕卷出来，蛋糕卷的外表是一只猫咪。

她拦住小女孩，问道："妹妹，请问你的蛋糕卷是在哪儿买的啊？"

女孩指了指烘焙店，说道："就在那里。"

"还有别的颜色的猫咪吗？"

"有，有好几种颜色的猫咪。"女孩奶声奶气地回道。

陈一墨看着店里正在给顾客装蛋糕的女孩，正是那个小英，陈一墨在宋家见过的。

"不许做专门的甜品给别的女孩吃，那是我一个人的权利！"

是哪个矫情的女孩的无理要求散落在了风里？

猫咪蛋糕卷，是宋河生的招牌甜品哪。

忽然，一道身影闪进了她的视线。

是他！

她居然看到他了！

她觉得自己的心在抖，全身在抖，几乎站不稳，抓住了身边不知是什么的东西。

她却见女孩抬起头冲着他笑，而后从柜子里拿出一袋开心果，开始一颗颗地剥开心果，并将剥好的开心果扔到搅拌器里，而他拿出了一套制作冰激凌的工具。

陈一墨差点儿栽倒在地。

他连开心果味冰激凌也要教她做吗？

她终于转过身，头也不回地离开了。

他永远也不会知道，其实他第一次做出来的开心果味冰激凌就和她在国外吃的一模一样，向挚那傻子还差点儿露馅。

她一直说不像，一直要他好好研究，其实，也许是冥冥之中知道有这样一天吧，所以要他欠着自己一件又一件事，就像她毫不客气地接受他所有的帮助和钱一样，你欠着我的，我欠着你的，我们永远纠缠不清。

在她转身离去后，烘焙店里，小刀不知从什么地方钻了出来，讷讷地叫了一声："师父。"

宋河生做冰激凌的手顿住，他久久地看向某个方向，手里的工具什么时候掉了都不知道。

浦东机场。

陈一墨下意识地摸了一下脖子，突然身体一震。

她的月亮！

她的月亮不见了！

她拿出手机，颤抖着手翻看刚才打车的订单，找到后立即给司机打电话。电话被接通的那一瞬间，她几乎快要哭出来了。

"师傅，我是刚才打车的乘客，麻烦你看一下，我有没有把一条用木头刻的月亮坠子项链掉在你的车上？麻烦你了……有是吗？那能不能麻烦你给我送到机场来？求你了，不能邮寄，不能，我马上要搭飞机出国。求求你，项链对我很重要。对，谢谢，谢谢你！"

半个小时后，她的手机响了起来，司机将项链送到了。

"谢谢，谢谢！"她捧着失而复得的月亮，崩溃地哭了起来。

机场里人来人往，司机看着周围人的目光，安慰她："姑娘，找回来了呀，没事了，找回来了，别哭了。"

"找不回来了，找不回来了！"陈一墨将项链紧紧地贴在胸口，慢慢地蹲了下来，痛哭不已。

她不知道自己为什么要在这样的场合哭得这般失控，但就是控制不住自己，在没有人认识她的地方，让她再哭一场好不好？最后一次，以后她再也不哭了！

　　司机是个好人，手足无措，却也不忍心离去，只好围着她问，问她家人在哪儿、是一个人坐飞机吗、要不要吃点儿东西。

　　直到陈一墨的手机响起，司机如获大赦，赶紧指着她的手机说道："姑娘，你的手机响了！手机响了！"

　　陈一墨抽噎着看向手机屏幕，居然是老师打来的电话。

　　老师问她："你是不是乘坐今天的飞机回学校？读研的事你跟家里人沟通好了吗？你还考虑吗？"

　　她依然在抽泣，但抹去了脸上的泪水，给了老师肯定的回答："是的，考虑好了，我会申请在LD大学读研。"

　　跟老师通完话后，她的脸上依然泪水涟涟。她对司机说了声"抱歉"，打算给司机再付一次车费，司机却没要，挥了挥手让她赶紧进去，告诉她"姑娘家一个人要小心"，而后便离去了。

　　陈一墨的脸上泪痕犹在，她却坚定地走向安检通道，手里的木刻月亮的尖儿刺得她手心生疼。

　　"墨囡，不怕，要记住，一直向前走，别害怕，也别停下。"

　　"我不知道前方有什么。"

　　"前方啊，有光。"

　　我一直努力地往前走。

　　我相信前方有光。

　　宋河生，你却没有告诉我，前方没有了你。

第十二章
风景旧曾谙

四年后，河坊街，冬。

江南的冬天便是如此，清冷入骨，却极难盼到一场雪。若是遇上了阴雨不绝的日子，人们冷得愈加不想出门。

这样的日子里，河坊街上的游客都少了许多，尤其还是这么一大早，谁不想在暖和的被窝里多躺一会儿？

河坊街尽头的一座小院，"吱呀"一声院门开了，一条又老又秃的大狗先走了出来。随后，一个牵着绳子的女子走了出来，她穿着厚厚的黑色羽绒服，戴着一顶针织帽，半张脸被包在围巾里。

一人一狗，在冬日的晨风里慢慢地踱着步——这狗已经太老了，像一个行动迟缓的老人，只能慢慢走。

一人一狗慢悠悠地从河坊街的这一头逛到那一头，女子弯腰摸摸大狗的头，想牵它回去。

但它不肯，还要走。

女子蹲下，温言相劝："好了大黑，太冷了，咱们回去吧，明天或者下午再出来。"

它不同意，要继续往前走，而且要往公交车站的方向走。

这个公交站台，有公交车通往火车站。

无数次，宋河生送她离开时，大黑便在这里止步，看着她和宋河生登上公交车，再由冯叔店里的员工或者宋叔将它牵回去；无数次，她下了火车才告诉宋河生她回来了，宋河生便牵着它在这里等她。

胖丫说，宋河生去上海的那天，她、她爸还有宋叔、宋婶、大黑，是在这里将宋河生送走的。

它在这里蹲了下来，一有公交车停下，它就站起来，上前东嗅嗅西嗅嗅，什么都没嗅到的话，又乖乖地蹲下。

来来回回好几趟，直到陈一墨再三催它回去，它才勉强站起来，一步一回头地跟她走了。

一人一狗途经胖丫的咖啡馆时，咖啡馆已经开门多时。

陈一墨牵着大黑走了进去。

这算是她的生活规律：早上带大黑出来走一圈，回去的时候刚好胖丫的咖啡馆开门，她进去喝一杯咖啡，然后回去工作。

她回来半年了，只要不外出，几乎每天如此。

"墨囡，你这几天来得有点儿晚哪！"

她一进去，胖丫就招呼她。

陈一墨笑了笑，径直走向她的专座——角落靠窗的位子。这里安静，她带着大黑也不会惊扰别人。

"没办法，不知道怎么回事，这几天大黑总是要去公交车站周围晃悠好久。"她摸摸大黑的脑袋，对它说道："坐吧！饿不饿？让姨姨给你弄点儿吃的东西来。"

"行，你坐，我去给你们俩做吃的！"胖丫刻意加重了"你们俩"这个词，笑着走了。

咖啡馆里，负责打扫卫生的是河坊街上的一个老邻居，算是看着陈一墨和胖丫长大的阿姨。她像是在等陈一墨一样，打扫完了也不走，见陈一墨一个人待着了，连忙走上前来和陈一墨搭话："墨囡，我可以在你这里坐会儿吗？"

"可以啊！"现在本来就是陈一墨的休闲时间，她是很愿意跟河坊街上的阿姨们聊聊天的。

阿姨却从自己的手机里翻出了一张照片给她看，问她："墨囡，你看这个小伙子怎么样？"

陈一墨一看，照片里是一个陌生的男子，白净俊秀，戴着一副眼镜，一身斯文气。

阿姨这是什么意思呢？

她看着阿姨，笑了笑。

阿姨便小声对她说："他是我的侄子，南京大学毕业的，今年二十八岁，自己创业，开了一家小公司，一门心思搞事业，还没女朋友，可把我哥和我嫂子愁坏了，他们着急他的终身大事。墨囡，你要是觉得合适的话，周末我就叫他来我家吃饭，你们见个面，怎么样？"

陈一墨怔了怔，万万没想到阿姨竟然要给她介绍男朋友！

"阿姨，谢谢你了，我现在还不想考虑这件事。"陈一墨笑着婉拒道。

"怎么？是不合心意？"阿姨觉得自己的侄子可好了。

"阿姨，这不是合不合心意的事，这事是要看缘分的。不好意思，阿姨，我不习惯这种模式，谢谢你的好意。"

如果不是胖丫给大黑送狗粮来，阿姨还要继续说。她没办法，只能遗憾地走了。

"怎么？给你介绍男朋友？"胖丫问陈一墨。

陈一墨笑着点头。

胖丫迟疑了一下，终于还是把平日里不敢说的话说了出来："墨囡，你别怪阿姨，你知道大家在背后都是怎么说你的吗？"

"怎么说的？"

胖丫叹了一口气，说道："大家说，看着你独自住在小院里，每天早晚牵着大黑出来走一圈，就想到老头儿了。大家说，你会不会也活成老头儿那样，就这样守着一座院子、一条狗，孤单地过一辈子。墨囡，你别怪大家，大家是心疼你。"

陈一墨笑了笑，看着窗外，早上还阴沉沉的天空此时裂开了一条缝，浅金色的光穿透厚厚的云层照射下来。

"我知道，我怎么会怪大家呢？"她的声音柔柔的，像一声悠长的叹息。

"可是墨囡，你真的不打算再谈恋爱了吗？"胖丫双手撑在桌上靠近她，说道，"对不起，我不是在打听你的隐私，你不想说的话我们就不谈这个话题了。"

天空中的那道光过于耀眼，陈一墨这么盯着它，刺得她的眼睛有些花。

她再度笑了笑，说道："没有，就像我刚才说的，这种事是要看缘分的。至少，目前我还没遇到一个能让我有恋爱感觉的人，以后也许会有吧，遇到了自然就爱了。"

"就这么简单？"

"就这么简单！"她笑着看向胖丫，问，"难道你的想法不是这么简单吗？"

胖丫"扑哧"一笑，说道："那倒也是。"

四年过去了，胖丫早已走出阴影，遇到她的良人。

曾经那个跟葡萄赌气要把咖啡馆经营得比葡萄经营时更好的女孩，兑现了对自己的承诺。

河坊街上的这家小小的咖啡馆在胖丫的经营下颇具人气，胖丫已经从一个完全仰仗葡萄、对与咖啡相关的事务一窍不通的咖啡馆老板娘成长为小有名气的咖啡师。

最近的一次咖啡师比赛是她现在的丈夫陪她去参加的，在比赛中她还遇到葡萄了。

曾经的夫妻竟成了对手，胖丫既没输气势也没输阵仗，拿了个好名次让葡萄对她刮目相看，而在葡萄向她伸出右手想要表示祝贺的时候，胖丫现在的丈夫已经捧着一束花上去，与她拥抱、亲吻。

　　胖丫没有回头去看葡萄是什么表情，已经没有必要了。

　　往事如风，就让它这样随风而逝吧。

　　她再想起往事时，它也不过是风中的一张书页，翻过而已，再无涟漪。

　　现在和未来才是最好的。

　　陈一墨喝完咖啡，牵着大黑离开。

　　一人一狗慢悠悠地往回踱的时候，她想起了老头儿。

　　她觉得自己真的有点儿像老头儿了。那时候他也是这样，牵着大黑，拎着一包灯芯糕或者枣泥糕，慢慢回到小院，等小女孩来小院了，他就嫌弃地把糕点往女孩的面前扔，对女孩说道："太甜，我不吃，给我扔掉！"

　　陈一墨失笑。

　　她是师父的徒弟，像师父有什么不好呢？

　　她在国外读研两年，在时尚界摸爬滚打了四年（其中前两年为兼职设计师），"陈一墨"这个名字已经在时尚界牢牢地占据了一席之地。

　　就在所有人以为她会在海外定居，或者在一线城市成立工作室的时候，她却突然回到了她成长的小镇，将工作室开在了这座小院里，起名"旧曾谙"。

　　"旧曾谙"这三个字，还是老头儿当年亲笔写的呢。

　　她抬头看了一眼有着岁月痕迹的牌匾，微笑着牵着大黑走进小院。

　　阳光越来越暖。

　　这是难得的冬日暖阳。

陈一墨摆出一碟糕点，煮了一壶香茶，打开电脑，将大黑的厚垫子摆在自己的脚边就开始工作了。

她刚将电脑打开就发现自己收到了好几封新邮件，还有好多留言。

半年过去了，还是有国外的朋友和伙伴不理解她为什么要回国，尤其还要在这样一座小城市生活。

"陈，为什么呀？为什么叫'旧曾谙'？'旧曾谙'是什么意思？"

陈一墨笑着回："我们每一个中国人都会背这两句古诗词，'风景旧曾谙，能不忆江南？'"

对方表示不懂。

"可是，陈，你说你的家乡是一个很小的小镇，那样的地方适合你发展吗？你应该生活在时尚之都。"

她再度笑了，回："我们每一个中国人还会背另一篇古文里的句子，'山不在高，有仙则名。水不在深，有龙则灵'。"

对方仍然不懂，继续发问："龙是什么东西？恐龙吗？它不是生活在白垩纪吗？"

陈一墨哈哈大笑。

她的笑声大概惊动了大黑，吵到它睡觉了，它正不满地叫呢！

她笑着把大黑拉起来。这么快又睡了？它真是老人家了！

大黑顺势趴到她的怀里，"呜呜"叫了两声，继续睡去！

她笑着亲了亲大黑，把大黑软乎乎的身体抱在怀里真舒服。她还是个小女孩的时候，累了、困了时，就是这样往大黑的身上一躺，把它当枕头睡过去。

等夏天枇杷结果的时候，有哪个小男孩或者小女孩好奇地来摘她的枇杷时，她是不是也要挑一两个资质好的收为徒弟呢？

那样，她的院子里也会有小孩的欢声笑语了。嗯，她得准备点心、西瓜、凉茶，还有什么呢？

这样也挺好的吧？

上海。

这是一家主要经营创意菜的餐厅，店名叫"河一"，虽然没开多久，但迅速上了"黑珍珠"榜单。

"我听朋友说这家餐厅的菜很好吃，而且造型很美，来试试呗！我订了位置！"餐厅门口走过来一男一女。

男士扫视了一眼餐厅里的环境，不否认设计得很漂亮，颇具中国风。跟许多雕梁画栋的具有中国风的建筑不同，这里少了肃穆，多了随意，少了正式，多了舒适。但不管怎样，这就是一家面积很小的餐厅，还开在不那么繁华的地段。

"就这样的地段，这么小的一家餐厅，你们也能找到？"男士吐槽。

"这家餐厅很有名的！"女士瞋他一眼，说道。

服务员领他们入座，将菜单给他们。

之前对这家餐厅抱怀疑态度的男士在看到菜单上的照片后也震惊了，说道："这造型，是艺术品哪！"

服务员笑着说："是的，好多顾客来我们餐厅后，说我们的菜不但好吃还好看。"

两个人点了一些菜后，女士将菜单翻到后面几页，问："怎么没有甜品呢？"

服务员小声说道："很抱歉，我们店没有甜品。"

"是吗？现在不做甜品的创意菜餐厅很少！"女士深觉遗憾，看向男士，嘟着嘴说道："我想吃甜品，没有甜品的晚餐是不完整的。"

"这不是你闹着要来的餐厅吗？行了，先吃饭，吃完再去甜品店专门吃甜品吧！"

只能这样了，女士虽然觉得扫兴，但还是把菜单放下了，说道："那好吧，先点这些吧。对了，陈一墨回来半年了，我们得抽时间去看看她吧？"

　　"嗯，年前应该可以去看她。"

　　两个人聊起了其他的话题。

　　跟这位女士有同样遗憾的顾客还不少，至少女士听见隔壁桌已经吃完的客人也在说："这时候太想吃点儿冰冰的、甜甜的东西了，可惜……"

　　隔壁桌的另一个人则笑道："这家店里没甜品的原因是主厨不做甜品。"

　　"什么意思？他是不做还是不会做？"

　　"是不做。我认识主厨，听他的徒弟说起过，其实这位主厨最擅长的是做甜品，但他不做。"

　　"为什么？"

　　"我也不知道。你要见一见主厨吗？我跟他还有点儿熟，我帮这家店写过推广文章，可以请他出来。"

　　在好奇心的驱使下，这位客人还真想见一见主厨了。

　　于是，一位穿着黑衬衫、黑裤子的男人从厨房里走了过来。

　　男人戴着口罩，走路的姿势……

　　原本在跟女士说着陈一墨的男士忽然就被吸引住了。

　　男人越过他走向邻桌，他实在没忍住，轻轻叫了一声："宋河生？"

　　男人身体一僵，转过身来。

　　"宋河生！你是宋河生！如果我认错了，就真是瞎了！"男士忽然想起这家餐厅名叫"河一"，愈加笃定眼前的男人就是宋河生了。

　　宋河生看着他，笑道："向挚。"他们四年没见了，向挚还是这么容易激动。

"你……你居然，你到底……你……"向挚有太多太多的问题想问宋河生了，却不知从哪儿问起，最后站起来一拳砸在宋河生的胸口处，千言万语化作一句吐槽，"你太不够哥们儿了！"

"果然不一样了。"

河一餐厅的包间内，向挚打量着宋河生。

宋河生仍然穿着黑衣、黑裤，衬衫也不是什么大品牌的，但不知是岁月的积淀，还是自己当老板后的历练所致，宋河生只是坐在那里，就多了一份沉稳气息，举手投足间也多了一些镇定感，尤其是眼神，没有他们初相识时的飘忽和迷惘感，而是像两泓沉静的水。

他给向挚的感觉就是：宋河生是大人了。

向挚看他的眼神中带着幽怨之意。

宋河生都被他看得哭笑不得了，问他："这么看着我干什么？"宋河生心想：好像我负了你似的。

向挚便絮叨开了："你说呢？你说消失就消失，这么多年一点儿消息也没有！亏我天天想着你，你却把我忘了！"

坐在一旁的程舒心想：如果我不是你的女朋友，我都要怀疑你们的关系不对劲儿了！

忽然，向挚注意到宋河生敞开的领口处隐隐约约有一根绳子，瞬间蹦了起来，直接扯开了宋河生的衣领。

程舒："……"

程舒真的被吓坏了，她的男朋友要对宋河生动手了吗？

忽然，宋河生的衣领崩开，一枚银质镀金的桃花坠子跳了出来。

向挚盯着那枚坠子，问道："你不是有新欢了吗？你还戴着它干吗？你老婆不吃醋吗？"

宋河生的目光微微一滞，他不动声色地把衣领从向挚的手里解救出来，重新整理了一下，换了话题，问向挚："你现在在哪儿常住呢？"

向挚始终跟怨妇似的，阴阳怪气地说道："问我干吗？难道你记挂过我？我哪儿比得上你？你都当大老板了，发达了，抛弃我们这些'糟糠'了。"

程舒郁闷地想着：救命，谁来拯救一下这个不会正常说话的人？"糟糠"是这么用的吗？

她在桌子底下用力地揪向挚的衣角，提醒他好好说话。他的衣角都快被她捏出洞来了，他也只是把她的手扯开，继续瞪着宋河生。

宋河生无奈地笑了笑。

他还真不是什么大老板。

他刚来上海时也是给别人打工的，就是在这家店里打工，这原本是一家主营本帮菜的餐厅。

那时候他连大厨都不是，后来厨师无故辞职，老板急得上火，才试着让他掌勺儿。老板发现他的厨艺还可以，于是他又这么混了一年。但因为经营不善，这家店还是维持不下去了，老板打算将它转让出去。

他跟家里人说了这事以后，动用家里的老本，再加上贷款等各种资金折腾一通，才勉强把这家店接下来。幸亏这家店的店面小，地段也不好，老板急着脱手又看了几分情面，所以他接下来时并不是那么贵。这家店到现在营业一年多了，刚步入正轨。

不过，这家店总算往好的方向发展了。想当初，连装修他都请不起人，是他自己查各种资料胡乱设计的。他自己觉得连设计都谈不上，就是胡搞，再让他爸带着他和他的徒弟动手，才把店里布置妥当。

程舒受不了向挚这么发疯，宋河生的前女友是陈一墨好吧？就算要斥责负心汉，不也得由陈一墨来斥责吗？他在这儿起什么劲？

她替自己的男友道歉："不好意思啊，宋河生，他是很久没见到

501

老朋友了，所以有点儿激动。"

"你别解释！"向挚气鼓鼓地阻止了她，再指着宋河生，大声说道："我要吃甜品！你给我做去！开心果味的冰激凌！"

宋河生刚要开口，向挚便气势汹汹地继续指着他，说道："你别跟我说不做！你当年不是做得好好的吗？"

宋河生沉默了。

向挚哼了一声，忽然变了语调，捏着嗓子学女声说："你不许做专门的甜品给别的女孩吃，那是我一个人的权利！"

这句话像是一枚引线很长的炸弹，在铺垫了这么久、提心吊胆了这么久之后，引线终于燃尽，而后炸弹爆炸。

一声巨响之后，便是长久沉寂。

向挚用刀一般的眼神盯着他。

程舒都被吓得不敢说话了。

宋河生端坐着，双眼微垂，一动不动。

程舒觉得这种气氛太压抑了，有点儿坐不住了，咳嗽了两声打破了这沉寂，小声地跟宋河生说："那个，今天有点儿晚了，我们就先……"

"不走！我话还没说完！"向挚把她后面想说的话又堵回去了。

程舒暗暗摇头。

这个动静倒是终于把宋河生从一动不动的状态中惊醒了，原先沉稳的样子不复存在。他去拿杯子，想喝水，却又莫名其妙地放下了杯子，眼神左右游移，最终还是问出了口。

"她还好吗？"他的声音已哑。

终于，话题还是到了这里。

"好！可好了！"向挚大声说，"回学校之后她就答应了品牌方的邀请，以兼职设计师的身份入职，一边继续攻读硕士研究生，一边工作。四年间，她设计出了八件作品，一件比一件让人惊叹，成功地让时尚界的所有人记住了她的名字，也让时尚界的所有人认识了中国的国宝级技艺——花丝镶嵌。追她的人不计其数，才华横溢的大设计师、有钱人家的翩翩公子、当红男明星、有着上百年历史的大企业的继承人、欧洲皇室的成员，全部有名又多金、年轻又英俊。"

宋河生默默地听着，脸上没有表情。

向挚气鼓鼓地站起来，对程舒说道："吃完了！走！"

程舒慌慌张张地站起来，小跑着跟在他的身后，拉了拉他的衣服，小声说："我们还没结账呢。"

"结什么账？！他请！"说完，向挚还觉得不解气，又说道，"我们三天两头呼朋唤友地来吃！我倒要看看，他敢向我要账不！"

外面已是夜色浓重，空中飘着小雨，空气冷冽，透着寒意，却恰恰是程舒需要的。她总算能舒一口气了，呼吸也变得顺畅了不少。

她走在向挚的身边，问向挚："你不告诉他陈一墨回来了吗？"

"告诉他干什么？他不是有别人了吗？"向挚依然气鼓鼓的。

程舒叹了一口气，说道："就算他们不在一起了，你也没必要这样嘛，你最后说的那段话不是打击他的自信心吗？"程舒觉得，向挚说的那些人会让宋河生觉得自卑。

"那又怎样？一个男人，如果连自己这关都过不了，那他遇事就永远自卑、永远后退好了！"

程舒便不说话了。她觉得眼前这人和弃妇一样，是暂时没法好好说话的。

过了好一会儿，她才听见向挚说："人找到了就行，他总不会突然又消失了，先让他难受一阵，有什么话以后再说吧。不过，反正他有别人了，我说不说也没啥意义。"

程舒："……"

好吧。

河一餐厅里。

宋河生的耳边仍然回响着向挚说的话：她成功地让时尚界的所有人记住了她的名字，也让时尚界的所有人认识了中国的国宝级技艺——花丝镶嵌。

这不是她的梦想吗？

这不也证明了，他当初的决定是对的吗？

追她的人不计其数？

那也挺好的！

"老板，如果没什么事的话，我就先下班了？"包间外面，餐厅的经理敲门问。

他顿时回神，一看时间，该打烊了。

"嗯。"他也起身，准备回家。

所谓的"家"其实离这里不远，他并没有富有到能在上海买房子的地步——也许未来可以吧，但现在还不能——只是在餐厅的楼上租了一套很小的房子，就两间卧室，父母和他一起住。原本二老还做着给餐厅买菜、打扫卫生的工作，但近期他妈妈的身体不太好了，他强行要把二老劝回去，不想再拖累他们了。

他开门进家的时候，他妈还没睡，见他回来了，上前问他："今天怎么这么晚？"

"嗯，有两个客人吃得晚，耽搁了点儿时间。"

"河生，妈有话跟你说。"宋婶跟在他的身后说道。

"怎么了？哪里不舒服吗？"宋河生的第一反应就是他妈是不是又病了。

"不是。"宋婶回道。

"那是怎么了？"宋河生坐下来，听妈妈细说。

宋婶挨着他坐下，说道："我跟你爸商量了一下，我们俩决定回河坊街去。"

"怎么了？你们住得不舒服吗？"

"不是。"宋婶笑了笑，说道，"我们老了，之前想着在这里还能帮你干点儿活儿，给你节省点儿人工费。现在我俩什么都干不了，白吃饭，何必在这里增加你的负担呢？"

"妈。"

"你听我说，河生。"宋婶按住他的手，说道，"我们回老家也挺好的，在那儿住习惯了，街坊也都还在呢，我们就当回去养老好了。"

"妈，不用，我真的没觉得有负担。而且，你本来就身体不好，我爸年纪也大了，这话虽然不该说，但万一哪天你们有个头痛脑热的，我都看顾不上。"

宋婶笑道："哪里就到需要你看顾的地步了？而且，我的老姐妹都在呢，她们的业余生活可丰富了，天天排节目，都上景区的舞台了。她们老让我回去加入她们。"

宋叔也出来了，帮着说："是呀，河生，你妈回去后，跟着她们锻炼锻炼身体也好。上海太大了，周围的圈子不是我们熟悉的，我们来了这些日子，也没遇到几个能交心的人，不如回去，熟悉的环境、熟悉的人能让我们的心境更开阔一些。"

无论宋河生怎么说，二老都坚持要回去。宋河生也无奈了，问二老："那你们打算什么时候回去？"

"就年前吧！现在离过年也没多久了。"

河坊街。

新年的气氛被烘托起来了，街上一片红。

某个热热闹闹的傍晚，一辆小汽车开进河坊街，停在了河坊街老的居民安置区里。

现在虽然是冬天，但不乏饭后出来散步的人，人们的注意力便都集中在了这辆车上。结果，从车里下来了几个老熟人。

"老宋！"很快就有人认出了从车里下来的其中一个人，热情地打招呼。

一时，散步的人都围了上来。

"老宋，你们这是发财了啊？"

"是啊，河生有大出息了吧？"

"回来过年的吗？"

"好久没见了呢！"

宋家一家三口一边笑着与老邻居寒暄，一边搬着东西上楼。

又有人问："咦，就你们三个人回来吗？儿媳妇呢？"

"是啊，是啊，老宋有孙子了吧？"

宋婶的表情僵了一下，她笑起来时都没那么自然了，说道："老姐姐，我们刚回来，要花好几天的时间打扫卫生呢，我们就先上去了啊。"

好不容易搪塞了邻居们，宋家三个人回到了阔别已久的家。

一进门，说要打扫卫生的宋婶便拉下脸来，问："问你呢，儿媳妇呢？孙子呢？"

她问的是宋河生。

这算是宋婶这两年以来最大的心病了。

她一直以为小英后来频繁来河坊街是冲着宋河生来的，结果，她理想中的儿媳妇被小刀夺去了！她还被蒙在了鼓里！

宋河生也很无语。小英来河坊街时，他什么时候搭理过她？每次都是小刀在那儿与她周旋，就连做蛋糕也是小刀教她的。她自己也说了，她就是来学艺的，没别的心思，学好后回去开一家烘焙店。

那时候，他的心思全在他和陈一墨该怎么办这件事上，他根本就不知道身边有什么人、会发生什么事。后来，小英还真从小刀那里把手艺学全了，也真打算开店，只是这店一开就开到了上海，且邀请小刀去上海给她帮忙——对，她邀请的人是小刀。

这给他提供了一个思路：离开河坊街吧，离开这里的一切，斩断二十年的所有关系。

然后，他在陈一墨的面前撒了一个谎，不那么地道地用小英做借口。当然，这借口只有他自己知道，他没告诉任何人，至少他以为只有他自己知道。谁知道他妈能从他去上海这一点来认定小英是她未来的儿媳妇？而且在他走后，他妈还将这事弄得河坊街的人都知道了，她难道自动忽略了，一起去上海的人中还有他的两个徒弟吗？小刀是其中之一。

当然，这个误会可能在了结他和陈一墨之间的关系这件事上补了重重的一刀。只是，到上海以后，小刀跟他说，自己喜欢小英很久了，打算帮她开甜品店，不追随他了。他还是吃了一惊的，这小子什么时候动的心思？宋河生再想想小刀那么费心地教小英，才恍然大悟，自己太后知后觉了。

小英的甜品店自始至终是小英的，不，还有小刀的一半。而宋河生一到上海，就是奔着做厨师去的，根本没在小英的甜品店里干过活儿，除了那天去演戏。

也不知道小刀这家伙是不是切萝卜切出阴影来了，对烹饪始终不肯下苦功夫，但做甜品很有天赋，所以到了上海，他这个当师父的就带着另一个徒弟去饭店打工了，而小刀跟小英的甜品店也慢慢地开了起来。

等他妈来上海知道这件事以后，差点儿把他劈了。

现在，小英和小刀连孩子都有了。宋河生不想再聊这个话题了，拿起扫帚开始扫地，说道："爸、妈，我打扫，你们休息吧。"

河坊街能有多大？

一会儿的工夫，老宋一家人回来了的事就在老街坊里传开了。

彼时，陈一墨正牵着大黑从公交站回来。

大黑在这段日子里，健康状况每况愈下，但雷打不动地要出来走，还必定要走到公交车站。

回家的路上，她照常不时地遇到老街坊，大都彼此会打个招呼，陈一墨却纳闷儿了，今天和她打招呼的这些人，怎么都怪怪的呢？

他们要么欲言又止，要么神神秘秘的。

所有人都笑得不自然。

她一度以为自己的脸上有什么脏东西，回去一看，没有啊。

第二天早上，陈一墨给大黑准备了早饭端过去，发现它趴在自己暖烘烘的窝里，还睡得香着呢。

她笑了笑，冬天还真是睡懒觉的好时光呢。

不过，她也知道，大黑近些日子越来越懒了，在院子里几乎不怎么动，老趴着打瞌睡。她很担心，带大黑去宠物医院看过好几次，兽医给大黑做了很详细的检查，一再跟她说，大黑的身体没什么毛病，它真的只是老了。狗狗能活到这个岁数已经是很少见的了，现在就像个一百岁的老人，说不定哪天就会离去。

兽医还安慰陈一墨不要太难过，生老病死，人如此，狗狗也一样。而且，大黑就算真的去了，也是寿终正寝。

兽医说的话陈一墨都懂，只是她还是舍不得。她舍不得大黑，大黑也一定舍不得她吧？陈一墨有时候甚至想着，既然它已至暮年，是不是应该积攒体力，少出去活动？但大黑不，每天早晚去车站逛一圈是它的必修课，少一次都不行。有一次她忙忘了，也不知道是不是院门没关好，它自己跑出去了，吓得她找了一路。

她真不知它这样坚持到底是为了什么！

这会儿陈一墨没吵它，检查了一下院门，准备剪窗花、写对联。

大黑一直静悄悄的，也没来闹她。然而等她弄好东西，准备开门贴对联的时候，发现大黑又不见了。

这就奇怪了，她明明关着门！

她慌了，马上打开院门去找。大黑在没人陪着的情况下出去，她既怕它吓到别人，又怕有人伤害它。

但她找了一大圈都没找到它，大黑平时活动的路线就只是从"旧曾谙"到公交车站！

路过胖丫的咖啡店的时候，她还进去问了，胖丫也说没留意。

她只能抱着"它也许已经回家了"的希望往回走，但院门锁得好好的，门口并没有大黑在等她。

它会在小院周围玩吗？

她只能抱着试试看的心理绕着小院找。

没想到，她的这个猜测还真对了。她绕着小院走了大半圈，听见了狗叫声，好像是大黑的声音。

她快步跑过去，果然，在后院的围墙处看见大黑蹲在那里。

"大黑！"她都急出一身冷汗了，大喊了一声。

她没看见和大黑面对面站着的那个人。

那个人却绷直了身子。

她这么大声地叫大黑，大黑也没往她这边走，还在原地蹲着。

"你是怎么出来的？你可真是有能耐了！哟，你还自己带着绳子！"她一边说着大黑，一边走过去捡地上的绳子，正在猜测是谁把绳子挂在它的脖子上的，就见大黑朝她叫了两声，而后又朝着它的对面叫了两声，声音很急切，好像在告诉她一件很重要的事。

她诧异地看过去，随后呆在了原地，仿佛是在梦里。

一切那么熟悉，却又分明不一样了。

就好像，岁月这把刻刀用了很长的时间，慢慢地、耐心地将一个人精雕细琢出来。

明明他还是一样的轮廓，岁月却加深了他的眉眼，细细地雕刻了纹路，在那还是一模一样的眉宇间填入了许多不一样的东西。

那是他们分开以后，每一年、每一个月、每一日的时光印记。

那是遗失，是错过，亦是收获。

像是两棵在贫瘠的土地里根部紧紧缠绕的树被强行剥离，它们各自被移植到别处丰饶的土地里，各自生长出新的枝杈和叶子，然后偶然有一天，在空中相望！

彼此再一细看，原来你已如此好了呀？好到我都移不开视线了呢！

最后，不知谁先笑了，一句"回来了"却是他们同时说出口的话。

是陈一墨先动的。

她点点头，说道："我带大黑回去了。"

她原想着，牵着大黑从他的面前翩然走过还挺有画面感的。谁知下一刻，这画面就卡顿了——她居然没能牵动大黑！

"大黑，走了，回家了！"她的神色云淡风轻，像什么事也没发生过，就跟平常牵着大黑出来散步时遇到了一个再寻常不过的老街坊一样。

但大黑不动。

"走啊！"后来她都觉得窘迫了，但大黑不走，直勾勾地瞪着宋河生。

"大黑！"她要生气了！

大黑终于起来了，跟着她慢悠悠地晃了几步。

她终于如愿地从他的身侧走过，冬日冷冽的风擦过她的脸颊和发丝，流畅而又洒脱。

然而，这风吹了不过几秒钟便再一次停了。

她低头，看见大黑朝着他的方向蹲着，看着他。

他背对着她和大黑，身形不动，也许都不知道大黑在干什么。

大黑急了，慢悠悠地摇着老迈的身子，晃到他的脚下，咬他的裤管。

他这才被惊动了，重新转过身来。

陈一墨只将视线放在大黑的身上，问它："大黑！你干吗呢？"她变得焦躁起来。

大黑不干吗，就要咬他的裤管，要拉着他一块儿走。

他只好蹲下来，摸着大黑的脑袋，小声劝它："你先回家去，我下次再去看你！"

大黑不。

反正它听不懂，就咬着他的衣服，拼命地拉他。

他好不容易才把自己的衣服从它的嘴里扯出来，然后朝它挥手，让它走。

大黑似乎终于明白了，原来这个人再也不能跟它一起走了。

它叫了两声，然后回头去咬陈一墨手里的绳子。

"你干吗呢？大黑？"陈一墨被它闹蒙了，手里的绳子拽不住了，被大黑咬了去。

然后，她就看见它叼着绳子，再将绳子递到了他的面前。

大黑这个叛徒！

"大黑！"她气得跺脚。当初他都不要你了，把你托付给了别人！

它真是太不争气了！

连他都惊讶了，看着眼前的绳子迟迟没接。

大黑凑得更近了一些，直接把绳子往他的手里塞。

陈一墨真的气得很，这股气里带着一点儿酸、一点儿委屈，总之她就是生气！

她不是没设想过，她这辈子也许有一天还会遇上他，但想一千遍、一万遍，也不是这种场景！她更没想过自己会变成气鼓鼓的那个人！

她要端庄、优雅、云淡风轻地保持自己的高傲样子！

她哪里能想到，会有这样一只小"白眼儿狼"把她的一切搅乱！

"行！你不跟我回去是吧？那你别回了！你跟着他吧！"陈一墨气得转身就走。

他对大黑的行为也是猝不及防！

初回老家，家里的东西都要重新买，这个上午他是出来置办东西的，谁知道会在路上遇到大黑呢？它一见到他，就跟疯了似的往他的身上扑，又咬又扯，拉着他往这边走，先去了"旧曾谙"的大门处，发现进不去，领着他又到了这里。

哦，对，这里……

他想起了什么，起身冲着远去那道风风火火的背影喊："哎——"他突然不知道该喊她什么了，一声"哎"好像极其不恰当。

"那个……喀喀，墨囡！"他还是叫了她"墨囡"。

陈一墨当没听到，继续大步往前走。

"你家这个洞……"

洞？什么洞？

陈一墨回头，只见他指着她家后院的围墙。

用砖砌成的围墙底下不知什么时候有几块砖松动了，并且被刨了一个小洞出来！

原来，大黑是从这里偷偷溜出去的！

所以，大黑刚才带着他，是要他和它一起从这个狗洞爬到院子里去吗？

这个吃里爬外的大黑！

"要你管！"她一甩头发，大步流星地往家走去。

他牵着大黑站在原地，看着她的身影因为步子迈得太大而一起一伏，忽而笑了。是啊，她是不需要他管了，不安全也好，该补上也罢，都不是他该操心的事了。

但，大黑该怎么办呢？

他低头看看手里被塞进来的绳子，再看看紧贴着他的腿的大黑，暗暗摇头苦笑。

算了，他先将它牵回家再说吧。

这会儿，大黑已经乖乖的了，跟着他慢慢地往回走，一点儿也不闹。

一人一狗途经胖丫的咖啡馆时，被胖丫逮了个正着。

"宋河生！"胖丫大吼一声，"真的是你！大家都说你回来了，我正要去逮你呢！

"墨囡早回来了！

"墨囡不走了，就在河坊街定居了。

"她将工作室都开在这里了，叫'旧曾谙'。

"她现在工作可自由了，有事的时候就飞走，平时就在家里做设计。

"她说工作上的事情都可以在网上交流。

"有需要的时候，朋友也会来看她。

"现在都什么时代了呀，她肯定可以在线上工作的！

"还有，她现在还是一个人。这是她的手机号码。"

宋河生离开胖丫的咖啡馆的时候，脑袋里一片混乱，全是胖丫给他的头脑风暴似的轰炸信息。

陈一墨回到"旧曾谙"，看见给大黑准备好的早饭还摆在那儿没动过，又生气了，可一坐下来，又不知道自己到底在气什么。

最终，她将桌上的一杯凉茶灌下肚，渐渐地冷静了下来。

这时，胖丫却打电话来了。

"墨囡，河生哥回来了！

"他在上海开了餐厅。

"他跟那个小英根本没有结婚。

"小英和小刀是一对，而且孩子都有了。

"我也刚知道这些消息！

"他一直单身！这是他的手机号码。"

胖丫心安理得地在两头放了炸弹后，就啥事也不管了。陈一墨放下手机，在椅子上默默地坐了很久，而后起身，一张小脸绷得紧紧的，大步走向前院。

前院的工具房里堆了水泥和各种工具。

一个人住的日子里，她什么都会做，什么都能做。

围墙有洞？她补上就是了！

她提着水泥走到后院处，蹲下，捡起一块砖，熟练地抹上水泥，刚要往洞口垒时，就见外面伸进来一只手，"啪"的一下，将一块砖垒在了她要垒上去的位置。

她的动作微微一滞，她没说话，将手里的砖垒在了这块砖的上头。

她刚放下砖，外面的手就又加上来一块砖。

就这样，二人全程一个字也没说，里一块，外一块，洞转眼被补好了。

外面是什么情形她看不到了。她拎着桶，大步走回了屋里。

没几天就要过年了，各家各户都忙，陈一墨自然也忙，除了出去采买一些新鲜的瓜果蔬菜，基本都在家里，忙于工作室来年的新款设计。

有时候她会在街上遇到大黑。大黑当然不会忘记她，只是现在有人领着它了，它冲到她的面前与她亲昵一下，转瞬间就跟着人家走了。

它就好像是别人家的狗。

哼，你不是每天都要在公交车站转悠吗？现在你怎么不去了？一天天的别人带你去哪儿，你就去哪儿？

说起大黑，宋河生也是哭笑不得。

这家伙什么时候变得这么黏人了？他去哪儿它都跟着。

他洗澡的时候它在外面守着，上洗手间的时候它在外面候着，出去一趟它一定要跟着。只要他不在它的眼前，它就会焦躁。

有一回它还睡着时，他出去了，它醒来后没看见他，就在家里横冲直撞，他爸和他妈怎么都劝不住它，直到他回来，它才消停下来，绕着他的脚叫个不停，像是受了无尽的委屈。

它这究竟是怎么了？

胖丫即便到现在还是一个满脑子浪漫思想的文艺青年，得知大黑这样异常后，思索了一下，然后一拍手掌，两眼放光地说道："我知道了！大黑是怕你再走！"

宋河生无语，这是什么解释？莫非一条狗还成精了？

"真的！你知道大黑这段时间每天必做的事是什么吗？"胖丫表情笃定地说道，"它每天要去公交车站两趟，在那儿傻等。我现在才明白，原来它是在等你回来！你看，自从你回来后，它就没再闹着要去公交车站了吧？"

宋河生怔住了。还真是，它每天跟着他转悠，但他真不知道它喜欢去公交车站，它从来没表达过这个意愿，只要他在家里，它就乖乖地趴在他的脚边。尤其这几天，它越来越懒，越来越不愿意走动，前两天在家趴了整整两天。

"河生哥，你别说什么狗狗成精了，狗狗只是不会说我们人类的话，其实什么都懂，何况已经这么大年纪了。"胖丫愈加沉溺在自己编的故事里，"而且，我听墨囡说，大黑只怕时日无多了，你想啊，人在生命中最后的日子里，都想要完成自己未完成的心愿，做完自己没做完的事，那狗狗也是有心的，它也想这样做吧？

"河生哥，这段日子，它这么舍不得你，你就满足它的心愿，好好陪陪它吧。毕竟大黑对你们来说，是一条特别不一样的狗狗！"

宋河生回去以后，耳边还回荡着胖丫的话。

大黑就在他的身边，平时这个时候早就呼呼大睡了，但今天不知怎么了，它好像一直不太安宁。

他轻轻地摸着大黑的头，问它："你到底还有什么心愿呢？"

宋河生说不难过是假的。这条大黑狗陪伴了他整个童年、少年和青春期，早已是他的生命里的一部分。

大黑往他的身边蹭了蹭，愈加躁动，似乎连呼吸都不稳定了。

"大黑？"他觉得不对劲儿，心里一惊。

大黑轻轻地叼着他的手，头往门口歪。

他摸着大黑发颤的身体，深深的惊慌和恐惧感袭来。他当即穿上衣服，抱起大黑就往门外冲。

很快，他就跑到了交叉路口，交叉路口的两边一边通向"旧曾谙"，一边通向宠物医院，他毫不犹豫地抱着它跑到了通往宠物医院的那条路。

但它果真什么都知道似的，在他的怀里挣扎，不愿意去宠物医院。

他不敢将它抱得太紧，一松手它就跳到地上去了，然后往交叉路口的另一个方向走去。

他追上去抱它起来去宠物医院，结果它又要跳下去。

如此几番，他也没有办法，顺着它的意思走向河坊街。

不出所料，它要去"旧曾谙"。

他站在门口，新上过桐油的大门散发着淡淡的清香，门环却还是旧的，铜镀光泽已经变暗，与门的接口处生了铜绿。

他看着"旧曾谙"几个字，久久伫立。

他怀里的大黑叫了几声，像是在催他。

他深吸一口气，终于叩响了门环。

门开了，露出她包裹在厚厚的棉服里的笑脸，像一朵小小的、开在冷风里的白梅花，暗香微涌，撞碎了所有的屏障。

她的笑容在看见他的一瞬间僵住了。

"大黑不太好。"他一边说着，一边把怀里的大黑往前举了举。

她的注意力果然落在了大黑的身上，她关了门就要出来，说道："那去宠物医院啊！"

"它不愿意，要回来。"他想，它放不下的人是她吧？它想着她，最终要回到她的身边。

"那也得去宠物医院！"她不容置疑地说道。

但大黑是真的不愿意去宠物医院，从宋河生的怀里纵身一跳就进了"旧曾谙"。

"旧曾谙"依然是当初的格局，院墙边种了一棵枇杷树，屋子前面种了一棵樟树，樟树底下放着桌子、椅子，她的电脑开着，茶壶里冒着热气。

大黑缓慢甚至有些不稳地往桌子那边走去，在那儿站了一会儿，觉得不对，走回屋去了。

宋河生和陈一墨这会儿的心思全在大黑的身上。两个人跟着它走，就见它叼了一把椅子要往外拖，但明显力不从心了。

宋河生赶紧抢先一步，帮它把椅子搬起来，它便对着桌子的方向叫，看着他把椅子放在桌边，自己又去咬另一把椅子。

直到把屋子里跟外面那张桌子配套的椅子都搬出来了，它才摇晃着到外面去。

它有一个窝，就在桌边。

它老老实实地趴回了窝里。

他和她站在一旁，不明何意。

它似乎不想再起来了，只对着他俩叫，叫一会儿再对着椅子叫。

"它是想让我们坐下吗？"宋河生颤着声音猜测。

陈一墨却莫名其妙地想起了那个夜晚，想起了那个夜晚的大火、混乱场面和痛哭声，大黑披着一身火焰从屋里冲出来的画面更是一遍一遍地在她的脑海中重现。

她忽然好想哭。

一听这话，她就毫不犹豫地坐下了，差点儿将椅子撞翻。

直到宋河生也坐下，大黑终于不叫了，安安静静地趴在自己的窝里。

宋河生猛然意识到一件事：现在这场面，除了老头儿不在，难道不是跟多年前的夏天一模一样吗？她学了半天手艺，他在院子里撒了半天欢，都累了，坐在这儿陪老头儿喝凉茶，它便趴在一旁，静静地打盹儿。

那是他们一生中最美好的时光。

所以，大黑，你放不下的事到底是什么？你的心愿又是什么？

他的心里一阵闷痛，他红了眼眶，弯下身来，拉着大黑的前爪，问它："大黑，这就是你的心愿吗？是吗？"

大黑看着他，一双乌溜溜的大眼睛弯了弯。

宋河生看清楚了，它在笑！

那天晚上，大黑走了。

无论宋河生和陈一墨如何努力，它都不愿意去宠物医院，就这么趴在它的窝里安静地睡着，而后再也没醒来。

宋河生和陈一墨始终在它的身边。

陈一墨抱着大黑哭了很久。

在宋河生的记忆里，她上一次这么伤心，还是老头儿去世的时候。

陈一墨哭着问他："大黑的心愿到底是什么？"

她问了一遍又一遍。

他看着她，紧紧地皱起眉头，不知该如何回答。

第二天就是除夕。

他们将大黑葬在了老头儿的身边。

两个人在墓前久久站立，久到山下的人家放的团年的鞭炮响了一轮又一轮。

"墨囡，回去吧。"宋河生迟疑着开口，本想说"生死聚散，纵苦难逆"，可这样说又显得无情，于是又闷闷地说道，"老头儿在底下孤单了这么久，大黑去陪他了。"

陈一墨哭了一夜，双眼又红又肿。

她茫然地看着墓碑，哑着声音再次问他："大黑的心愿是什么，你真的知道？"

他愣住了。

她等了一会儿，没等到他的回答，转身下山，再不出一言。

"墨囡！"他急忙叫住她。

她停下脚步。

"我知道。"他说，"但是，不是三言两语能说明白的。以后也许会有一个合适的时机，到时候我再告诉你，行吗？"

她没说"行"或者"不行"，只迈步继续下山。

除夕夜，万家灯火。

"旧曾谙"里亦灯火通明。

大门口的大红灯笼、院子里的庭院灯、树枝上缠绕着的小灯笼、每间屋子里暖融融的橘色灯，全亮着。

热热闹闹的，多好。

对联和福字被贴上了，玻璃窗上贴着窗花。

她的窗花可与众不同了呢，除了"春"字和"福"字，她还打印了她自己画的卡通大黑，贴在了窗户上。

大黑自己也没见过它这样笑得傻呵呵的样子吧？

哼，谁让它那几天要黏着别人呢？她贴窗花的时候偏不叫它！

她坐在沙发里，将电视机的声音开得很大，电视里正在播放小品，应该挺逗的吧？不然，观众在笑什么呢？

茶几上的茶壶里投了茶叶，只是投茶的人还没往里面加水。

水？

水在电磁炉上烧着呢，只是，水是两个小时前放上去的，烧开了，又冷了吧？

她坐在沙发上一动不动好久了！

就像她准备的零食，摆了满满一茶几却不曾被动过一样。

就像她给大黑准备的丰盛的大餐，放在它喜欢趴的地毯旁，不会再有谁来动一样。

这个热热闹闹的除夕，在她这里静止了。

她的手机忽然响了。

她眼珠一动，只见手机屏幕上一串数字闪了一下，就没了动静。

过了一会儿，它又响了。

手机屏幕上还是那串数字，手机又只响了一声就没了动静。

她将手机拿起，它再次响了起来，还是只响了一声就没了动静。

她盯着通话记录里未接来电的红色数字，脑中忽然轰然一响，一道声音飘了过来。

"电话费是不是很贵？以后我给你打电话，你不用接，铃声一响就代表我想你了，响三声你就挂断，那就是在告诉我，你也想我了。来，我们试一下。"

她坐着，捧着手机，眼眶慢慢变红。

上海。

河一餐厅。

靠窗的位子上坐了一位客人，那是一位年轻女子，她穿着一条素色的连衣裙，一根长长的辫子垂在胸前，露出一侧白润、小巧的耳朵，耳朵上的耳钉很好看，垒丝编就，镶了一颗小珍珠，别致又精巧。

服务员端着一份甜品送到她的桌边，对她说道："您好，您的甜品。"

一时，餐厅里议论之声不断。

"这家餐厅里不是没有甜品吗？"

"是啊，我在这家餐厅里从来没点到过甜品。"

"这是怎么回事？为什么那桌的客人有甜品？"

女子看着眼前甜品的造型愣住了。

那份甜品是用巧克力做的小屋，小屋是有名字的，牌匾上写着"旧曾谙"三个字，小屋旁有一棵很大很大的桃树，粉红色的花苞挂满枝头，小屋前有一张桌子，桌子的旁边还有三把椅子，一条长着黑色长毛的大狗趴在椅子边打着盹儿。

"这份甜品叫什么名字？"女子的声音有些哽咽，她问服务员。

服务员不知道，去问了一圈回来后告诉她："我们老板说，叫'立春'。"

又是立春了吗？

二十四节气年年往复，如同你我，无论未来奔赴何处，始终要记得回到最初。

她的视线渐渐模糊，眼前的小屋、桃树和桌椅在模糊的视线里幻化。

不知什么时候，大黑狗醒来了，在屋前屋后"汪汪"叫着疯跑。空空的椅子上坐了人，一个穿着旧式褂子的老头儿在竹躺椅上打着盹儿，手里的蒲扇时不时地摇一下。跑得满头大汗的男孩捧着西瓜大口大口地吃，小女孩小口地吃着手里的点心，问男孩："河生哥，古诗词你会背了吗？"

"会了！我背给你听！"男孩清了清嗓子，背起了古诗词，"江南好，风景旧曾谙。日出江花红胜火，春来江水绿如蓝。能不忆江南……"

总有人问她，为什么要回到那个小镇？

她当然要回来！这里有她的老头儿，有一条秃毛老狗，还有她的男孩呢。

她自有记忆起就生活在福利院里，不知道自己本来叫什么名字，也不知道自己从何处来。

她这一生没有来路，却始终记得归途。